HEYNE <

DAS BUCH

Ein hagerer Mann mit einer Lanze ging auf mich los, fletschte seine gelben Zähne und knurrte. Ich brachte den verwundeten Krieger, den ich gestützt hatte, durch einen kräftigen Stoß außer Gefahr und wich dann selbst mit einem Sprung der Lanze aus, die auf meinen Bauch zielte. Ihre Spitze traf mich an der Flanke, zerriss den Stoff meiner Tunika und streifte meine Rippen. Ich biss die Zähne zusammen und taumelte nach hinten außer Reichweite der Waffe. Mein Gegner knurrte ein weiteres Mal und stieß erneut nach mir, wobei er nun etwas höher zielte. Ich erriet seine Absicht, sah die blattförmige Spitze auf mich zukommen und ging in die Hocke. Die Lanze rauschte durch die Luft und verfehlte nur knapp meinen Kopf. Bevor sich mein Gegner wieder zurückziehen konnte, sprang ich vor und vollführte einen Hieb schräg nach unten. Wenn ich nicht sterben wollte, musste ich sofort einen Treffer landen, egal wohin.

DER AUTOR

Simon Scarrow wurde in Nigeria geboren und wuchs in England auf. Nach seinem Studium arbeitete er viele Jahre als Dozent für Geschichte an der Universität von Norfolk, bevor er mit dem Schreiben begann. Mittlerweile zählt er zu den wichtigsten Autoren historischer Romane. Mit seiner großen Rom-Serie und der vierbändigen Napoleon-Saga feiert Scarrow internationale Bestsellererfolge.

Besuchen Sie Simon Scarrow im Internet unter
www.simonscarrow.co.uk

SIMON SCARROW
T. J. Andrews

KRIEGER

Roman

Aus dem Englischen
von Kristof Kurz

WILHELM HEYNE VERLAG
MÜNCHEN

Die Originalausgabe *The Warrior* erschien erstmals 2023
bei Headline Publishing Group, Hachette, London

MIX
Papier | Fördert
gute Waldnutzung
FSC® C014496
FSC
www.fsc.org

Penguin Random House Verlagsgruppe FSC® N001967

Deutsche Erstausgabe 02/2024

Redaktion: Rainer Schöttle
Karte im Innenteil: © Tim Peters
Umschlaggestaltung: Nele Schütz Design unter Verwendung
der Motive von Colin Thomas, Nele Schütz Design (Eric Müller)
und Shutterstock.com (3DMI)
Satz: Greiner & Reichel, Köln
Druck und Bindung: GGP Media GmbH, Pößneck
Printed in Germany
ISBN 978-3-453-47192-4

www.heyne.de

BRITANNIEN IM JAHR 18 N. CHR.

LHANDAIN

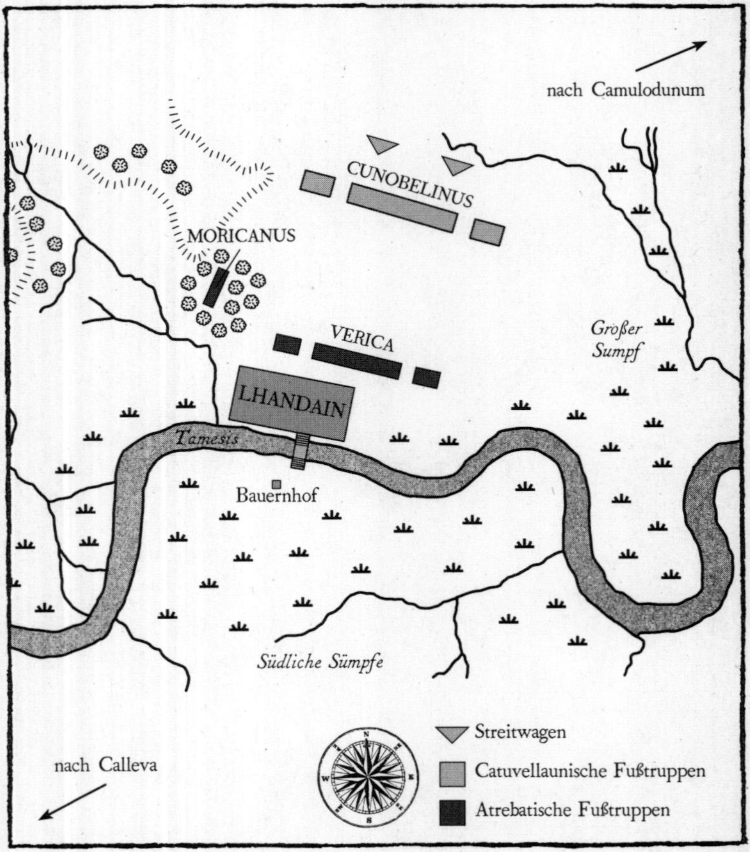
nach Camulodunum
CUNOBELINUS
MORICANUS
VERICA
LHANDAIN
Großer Sumpf
Tamesis
Bauernhof
Südliche Sümpfe
nach Calleva
Streitwagen
Catuvellaunische Fußtruppen
Atrebatische Fußtruppen

MERLADION

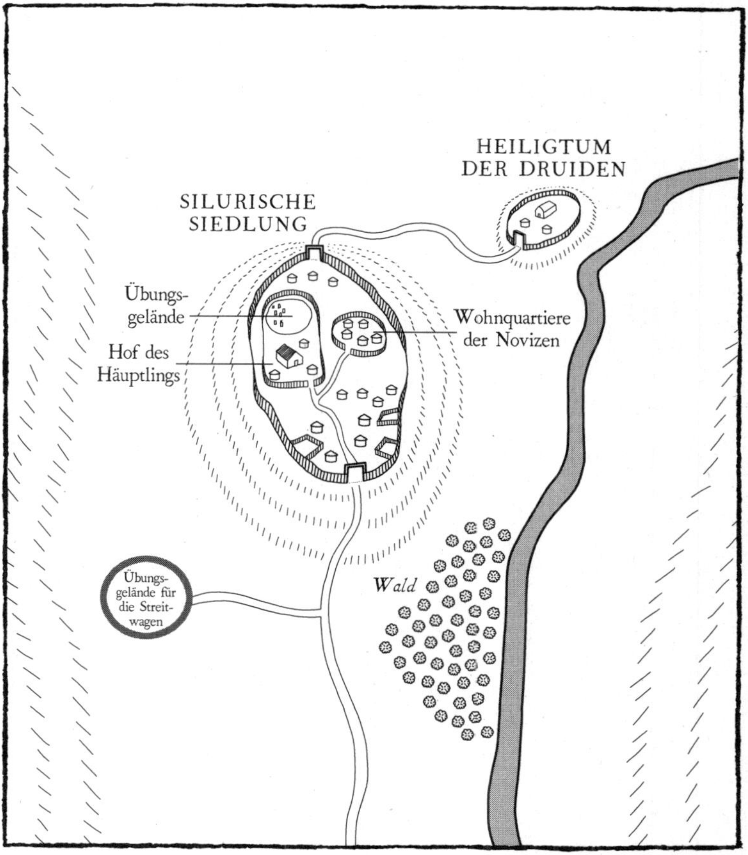
HEILIGTUM
DER DRUIDEN
SILURISCHE
SIEDLUNG
Übungs-
gelände
Wohnquartiere
der Novizen
Hof des
Häuptlings
Übungs-
gelände für
die Streit-
wagen
Wald

PERSONEN

In Rom, 61 n. Chr.

Caratacus: Großkönig der Catuvellaunen und britannischer Kriegsherr
Caius Placonius Felicitus: Geschichtsschreiber
Nero Claudius Caesar Augustus Germanicus: letzter Kaiser der julianisch-claudischen Dynastie
Mardicca: Ehefrau des Caratacus
Decius Spurinnus Tuscus: in Ungnade gefallener Geschichtsschreiber
Aelia: Ehefrau des Felicitus
Lugnus: Tavernenbesitzer
Vulcatius Araricus: ehemaliger Zenturio der Zwanzigsten Legion
Marcus Cominius Largus: bekannter Geschichtsschreiber
Marcus Lucretius: Sohn des Senators Marcus Lucretius Saper
Sextus Afranius Burrus: Befehlshaber der Prätorianer
Lucius: Sohn der Aelia und des Felicitus
Salidus: ältester Sohn des Caratacus
Davos: Pförtner und Sklave des Caratacus
Spittara: ehemaliger Gladiator

Britannien, 18–27 n. Chr.

CATUVELLAUNEN

Cunobelinus: König der Catuvellaunen
Adminius: älterer Bruder des Caratacus
Togodumnus: jüngerer Bruder des Caratacus
Epaticcus: Onkel des Caratacus und jüngerer Bruder des Cunobelinus
Bellocatus: Anführer einer catuvellaunischen Kriegsbande
Parvilius: Anführer der königlichen Leibwache
Maridius: jüngerer Bruder des Caratacus
Vodenius: jüngster Bruder des Caratacus
Dubnocatus: junger Krieger
Garmanus: Mitglied der königlichen Leibwache
Maglocunus: altgedienter Krieger
Baloras: Stammesältester
Trenico: Stammesältester

ATREBATEN

Verica: König der Atrebaten
Moricanus: Fürst und Vetter des Trigomaris
Eppillus: älterer Bruder des Verica
Eboricus: Novize der Druiden und Neffe des Königs

SILURER

Vortagus: Häuptling der Silurer in Merladion
Mendax: Anführer der Leibwache des Vortagus

DOBUNNI
Antedius: König der Dobunni
Sediacus: Neffe des Königs
Lugovesus: trinkfester Krieger

TRINOVANTEN
Vassedo: begabter Jäger und Späher
Orenus: älterer Adliger
Dubnovellaunus: abgesetzter König der Trinovanten

ANDERE
Bladocus: Druide und Lehrer des Caratacus
Nemobnus: Kundschafter vom Stamm der Regni, im Exil
Lugracus: Hochdruide von Merladion
Segorix: Ältester der Druiden von Merladion
Tejanus: ehemaliger Gladiator und Leibwächter des Adminius
Cadrus: Novize der Druiden
Trigomaris: bereits verstorbener Fürst von Lhandain
Vegorix: Freund des Eboricus
Durrus: Freund des Eboricus
Bogiodubnus: König der Durotriger
Tingetus: in der Schlacht gefallener König der Regni

ERSTER TEIL
Der König in Rom

KAPITEL 1

Rom, 61 n. Chr.

Man sagt, dass Geschichte von großen Männern geschrieben wird – oder von großen Frauen, sofern man sie lässt. Wie vieles, was man so sagt, ist das völliger Blödsinn. Geschichte wird von Geschichtsschreibern geschrieben. Und die klammern sich am Togazipfel der Großen fest in der Hoffnung, dass etwas von deren Größe auf sie abfärben möge. Mit der Geschichte, die ich hier erzählen möchte, verhält es sich nicht anders.

Alles begann an einem warmen Sommerabend mit einem Gastmahl, das veranstaltet wurde, um die guten Nachrichten aus Britannien zu feiern. Der Aufstand, der drei der wichtigsten Städte in dieser Provinz in Schutt und Asche gelegt hatte, war niedergeschlagen worden, Zehntausende der Feinde Roms niedergemetzelt – und mit ihnen auch ihre barbarische Anführerin mit einem ebenso barbarischen Namen, die offenbar eine blindwütige Harpyie gewesen war. Allerdings waren Bankette im kaiserlichen Palast nicht so unterhaltsam, wie man sich das vielleicht vorstellt. Wenn man nicht zu Neros engstem Umfeld gehörte, musste man auf unbequemen Klinen liegen, und die Speisen wurden zwar zügig serviert, allerdings hatte man zu warten, bis der Kaiser mit dem Essen anfing. Bis dahin war alles kalt, die Soßen hatten eine Haut und den Gästen war der Appetit vergangen. Dazu kam der Lärm Hunderter Menschen, der von den hohen Wänden des Festsaals widerhallte. Wer sich unterhalten wollte, musste die Stimme heben, wodurch alle anderen drum herum gezwungen waren, dasselbe zu tun – bis man sich schließlich anstrengen musste, um sein Gegenüber zu verstehen, und die eigene Stimme vom Schreien heiser wurde.

Ruhe kehrte nur dann ein, wenn der Majordomus des Kaisers die Anwesenden zum Schweigen aufforderte, um den nächsten Gang oder die nächste Darbietung anzukündigen. Dieser Majordomus hatte ein lautes Organ, was nicht weiter verwunderte, war er doch einst Ausbilder bei der Prätorianergarde gewesen. Seine Gabe, sich verständlich zu machen, war meiner Ansicht nach in seiner jetzigen Position im Palast verschwendet – er hätte als Schauspieler auf einer Bühne stehen sollen. Von seinem Herrn und Meister konnte man dies allerdings nicht behaupten. Dessen dünne, näselnde Stimme reichte kaum über die ersten zehn Reihen hinaus, es sei denn, er fing an zu schreien. Das wiederum war so schrill, dass es einem durch Mark und Bein ging.

Noch schlimmer war es jedoch, wenn die Gäste zur Ruhe gerufen wurden, um sich die neuesten poetischen oder musikalischen Werke ihres Kaisers anzuhören. Manchmal versuchte er sich an einer Komödie. Dann musste der Majordomus hinter ihm stehen und dem Publikum zu verstehen geben, wann es zu lachen hatte. Neros Vorliebe gehörte jedoch der Tragödie. Die dabei im Publikum vergossenen Tränen waren durchaus echt – allerdings weinten die Menschen aus anderen Gründen als den von Nero intendierten, die meisten schlicht aus Langeweile. Ich verkniff mir die Tränen, um ihn nicht zu weiteren Darbietungen zu ermutigen. Kurz gesagt: Bei den Banketten des Kaisers bekam man Ungenießbares, gefolgt von Unverdaulichem.

Auch die Gäste machten die Angelegenheit nicht erfreulicher. Einige wenige, von Nero handverlesen, durften auf dem Podium am Kopfende des Festsaals in unmittelbarer Nähe zur goldenen, mit purpurnem Polster ausgestatteten Kline des Kaisers zu Tische liegen. Dabei handelte es sich um die üblichen Günstlinge – zu denen der adrette und redegewandte Seneca gehörte, dessen an Lächerlichkeit kaum zu überbietende Schöntuerei Nero stets für bare Münze nahm, sowie Burrus, der Kommandant der Prätorianer, dem Senecas Talent für gefällige Plattitüden fehlte, was er aber mit seiner hündischen Ergebenheit mehr als wettmachte – dazu die derzeitigen Lieblingsschauspieler des Kaisers, die momentan in seiner Gunst stehenden Senatoren und mehrere der besten Dichter und Musikanten Roms und sogar der ein oder andere Geschichtsschreiber. Schließlich war es von Vorteil, sich einige davon gewogen zu machen, wenn man verhindern wollte, dass die Nachwelt den eigenen Namen in den Schmutz zog.

Die übrigen Gäste, ein wild zusammengewürfelter Haufen, waren einer knappen, von den Schreibern des Majordomus verfassten Einladung gefolgt. Wir gehörten zu jener Gruppe, die gerade gut genug war, um die leeren Bänke zu füllen. Dazu zählten die Senatoren, die nicht zu Neros Vertrauten gehörten und jenen, die es in diesen verschworenen Zirkel geschafft hatten, immer wieder giftige Blicke zuwarfen, ihre Gemahlinnen – sichtlich unglücklich darüber, dass man ihnen beim Arrangement ihrer Ehe eine solche Niete zugeteilt hatte –, junge Aristokraten und aufstrebende Politiker und schließlich eine Reihe nicht ganz so bedeutender Künstler und Gelehrter, darunter sich verächtlich gebende Philosophen, einigermaßen erfolgreiche Poeten und Dramatiker, die auf lukrative kaiserliche Patronage hofften, Maler und Bildhauer, die geringschätzig das Dekor des Bankettsaals begutachteten, und viele andere, zu denen auch ich zählte.

Wenn ich mich vorstellen darf: Mein Name ist Caius Placonius Felicitus, und ich bin Geschichtsschreiber.

Man hatte mich zu diesem Gastmahl eingeladen, weil ich vor Kurzem wieder einmal die wohlwollende historische Darstellung einer römischen Adelsfamilie veröffentlicht hatte. Mein Werk war gut angekommen, vor allem bei dem Senator, der es in Auftrag gegeben hatte – und der außerdem reich genug war, um jedem einzelnen Mitglied des Senats ein Exemplar zukommen zu lassen, wodurch sich in den nächsten Monaten hoffentlich weitere Aufträge ergeben würden. Es war eine angenehme und gut bezahlte Arbeit, die sich fast im Schlaf erledigen ließ. Ich begann stets mit der selbstverständlich unbegründeten Behauptung, es gebe eine Verbindung des Auftraggebers mit einer legendären Gestalt aus der römischen Geschichte, abhängig von seiner Großzügigkeit vielleicht sogar einer mythologischen Figur – eine kleinere Gottheit im Stammbaum sorgte zuverlässig für große Freude bei meinen Kunden. Danach musste ich nur noch die Annalen durchsehen und die mehr oder weniger unbekannten Vorfahren des Auftraggebers mit Schlüsselmomenten der römischen Geschichte in Verbindung bringen. So hatten überraschend viele Vorfahren meiner Klienten eine wichtige Rolle bei Horatius' Verteidigung des Pons Sublicus gegen die etruskische Horde des Lars Porsenna gespielt oder waren am Sturz von Tarquinius Superbus beteiligt gewesen. Geschichte wird nun mal für jene geschrieben, die es sich leisten können.

Obwohl mir diese Arbeit ein angenehmes Leben ermöglichte, machte sie nicht besonders viel Spaß. Ich träumte davon, einmal ein wahres historisches Werk zu verfassen, die Geschichte eines echten Helden niederzuschreiben, die keine großen oder kleinen Lügen und Verbrämungen notwendig machte. Es versteht sich von selbst, dass kein römischer Senator Interesse an einer schonungslos wahrhaftigen Geschichte seiner selbst oder seiner Familie hatte. Im Senat sprachen sie, in prächtige Togen gehüllt, von Ehre und Anstand, während sie in Wirklichkeit so käuflich waren wie der Anführer irgendeiner römischen Straßenbande. Die meisten waren schon für kleines Geld dazu bereit, sich für eine beliebige Sache einzusetzen, und umgekehrt zahlten sie bereitwillig jeden Preis oder fielen sich gegenseitig in den Rücken, um sich selbst, einem Familienmitglied oder einem ihrer Günstlinge zu größerer politischer Macht zu verhelfen.

Als ich die Gesichter der Aristokraten um mich herum betrachtete, wurde mir einmal mehr klar, wie satt ich es hatte, ihre Geschichten zu erzählen.

Dann fiel mir ein verspäteter Neuankömmling ins Auge, der gerade zu seinem Platz ganz in meiner Nähe geführt wurde. Ein großer, breitschultriger Mann mit langen grauen, mit einem einfachen Lederriemen zusammengebundenen Haaren. Ich schätzte ihn auf Mitte fünfzig. Sein langer Schnauzbart hing zu beiden Seiten des Kinns herunter, auf seine Wangen war ein verblasstes Wirbelmuster tätowiert. Wo die Ärmel der einfachen, gegürteten Tunika endeten, waren weitere Tätowierungen auf seinen Armen erkennbar. Er hätte schwerlich noch keltischer aussehen können, weshalb er hier so fehl am Platz wirkte wie ein Paar Eier bei einem Eunuchentreffen. Trotzdem war er nicht irgendwer, sonst hätte er selbst unter den Senatoren und anderen unwichtigeren Gästen wie mir nichts zu suchen gehabt. Ich hatte ihn noch nie gesehen und konnte nicht anders, als ihn unverwandt anzustarren, während alle anderen um mich herum einander wissend zunickten oder seine Ankunft mit einem abfälligen Blick quittierten. Er war also kein unbekannter Schmarotzer, der es irgendwie geschafft hatte, sich an den Prätorianern vorbei in den Palast zu schmuggeln, manchen Blicken nach zu urteilen aber dennoch nicht unbedingt willkommen.

Ich beugte mich zu meinem Tischnachbarn vor, einem mäßig bekannten stoischen Philosophen, der sich gerade einen großen Kelch Falerner-Wein und eine mit Kalbshackfleisch gefüllte Pastete schmecken ließ.

»Dieser Mann da …« Ich deutete unauffällig auf den Neuankömmling. »Wisst Ihr, wer das ist?«

Der Stoiker drehte sich um und nickte, kaute schnell fertig und schluckte. »Ja, den kenne ich. Oder sagen wir besser, ich habe von ihm gehört. Er stammt aus Britannien. Dort war er Anführer der Stämme, die sich während der Eroberung der Insel unter Kaiser Claudius gegen unsere Legionen erhoben haben. Er hat uns beinahe ein Jahrzehnt lang Ungemach bereitet, dann wurde er gefangen genommen und nach Rom gebracht. Eigentlich sollte er zusammen mit seiner Familie auf dem Forum Romanum hingerichtet werden, doch er hat sich als geschickter Redner entpuppt und dem alten Claudius so viel Honig ums Maul geschmiert, dass der ihn und seine Familie schließlich verschont hat. Sie bekamen ein Haus und eine Leibrente und werden den Rest ihres Lebens im Exil verbringen. Sie dürfen Rom nie wieder verlassen.«

Nun erinnerte ich mich wieder an diesen Mann und an die Berichte darüber, was er alles getan hatte. Der Häuptling hatte Rom weitaus mehr als nur Ungemach bereitet …

»Ich habe seinen Namen vergessen. Wisst Ihr noch, wie er …?«

»Caratacus«, fiel mir der Stoiker ins Wort. »Zumindest wird er bei uns so genannt. In seiner Muttersprache wird sein Name sicher grässlich und unaussprechlich sein.«

»Caratacus«, wiederholte ich. Ich war neugierig geworden. Ein Mann, der Rom so lange Widerstand hatte leisten können, hatte sicher eine interessante Geschichte zu erzählen.

Ich sah zu, wie Caratacus sich am Essen auf dem Tisch vor ihm bediente. Zwei Klinen weiter in Neros Richtung hinauf hielt ein muskulöser junger Aristokrat in einer leuchtend blauen Tunika inmitten einer kleinen Schar gleichaltriger Günstlinge Hof. Sie waren Anfang zwanzig und platzten förmlich vor Arroganz und Selbstbewusstsein, wie es die Vertreter ihres Standes eben zu tun pflegten. Laut waren sie auch. Ihrem übermütigen

Gerede entnahm ich, dass sie sich über den keltischen Neuankömmling lustig machten. Caratacus bedachte sie mit einem kurzen Blick und wandte sich dann mit einer Miene, die keinerlei Gefühlsregung erkennen ließ, wieder seiner Mahlzeit zu.

»He! Du da! Barbar!«, rief der Anführer der Truppe. »Weißt du nicht, dass man bei einem Gastmahl gefälligst pünktlich zu erscheinen hat?«

Der Britannier antwortete nicht und ließ sich auch sonst nichts anmerken. Er kaute einfach weiter und starrte vor sich hin.

»He! Dich meine ich!« Der junge Aristokrat setzte sich auf und richtete den Finger auf den Kelten. »Sieh mich an, wenn ich mit dir rede!«

Er war so laut geworden, dass mehrere Gäste um ihn herum ihre Unterhaltung unterbrachen und sich in seine Richtung drehten. Dann breitete sich Stille wie eine Welle zu beiden Seiten aus, bis sie den ganzen Bankettsaal erfüllte. Als der junge Mann merkte, dass er die Aufmerksamkeit aller Anwesenden auf sich gezogen hatte, stand er auf, stemmte die Arme in die Hüften und holte tief Luft. »Barbar, ich kann nicht umhin, dich scharf zu ermahnen! Wie kannst du es wagen, mir Rede und Antwort zu verweigern? Weißt du überhaupt, wen du vor dir hast?«

Der Kelte bedachte den jungen Mann mit einem Seitenblick, und ich hätte schwören können, dass ein kaum wahrnehmbares Grinsen um seine Lippen spielte. »Mein Freund, warum fragt Ihr mich das? Habt Ihr Euren Namen etwa vergessen?«, sagte er mit klarer Stimme und kaum wahrnehmbarem Akzent.

Vielleicht lag es am Alkohol, vielleicht auch an der angeborenen Dummheit, die so vielen seines Standes zu eigen ist, jedenfalls warf sich der junge Mann in die Brust und tippte mit dem Daumen darauf. »Ich bin Marcus Lucretius, der Sohn des Senators Marcus Lucretius Saper, und ich beschuldige dich, unserem Kaiser nicht den gebührenden Respekt entgegenzubringen! Dir dreckigem Barbaren sollte man Manieren beibringen.«

Die Günstlinge des jungen Aristokraten brachen in Gelächter aus. Der Britannier hörte auf zu essen und drehte sich in aller Ruhe, doch mit einem Funkeln in den Augen zu dem jungen Mann um. »Fordert Ihr mich etwa heraus?«

Lucretius lachte laut. »Allerdings, ich fordere dich heraus, und ich würde dich fertigmachen, hättest du die Eier, dich im Kampf mit mir zu messen.«

»Jetzt«, sagte Caratacus, »seid Ihr einen Schritt zu weit gegangen, mein römischer Freund.« Er erhob sich vom Sofa und richtete sich zu voller Größe auf. »Ich nehme die Herausforderung an.«

Ich sah, wie der Kaiser am anderen Ende des Saals, der die Auseinandersetzung verfolgt hatte, seinem Majordomus mit ernster Miene einen Befehl erteilte, woraufhin dieser mit der eisernen Spitze seines Stabs auf den Marmorboden klopfte.

»Ruhe! Hört mich an!«, bellte er. »Seine kaiserliche Hoheit wünscht, dass Marcus Lucretius dem Exilanten eine Lektion erteilt. Macht Platz!«

Der Majordomus deutete auf eine freie Fläche vor dem Podium des Kaisers, wo sich gerade einige Akrobaten auf ihren Auftritt vorbereiteten. Sofort machten sie mit gesenkten Köpfen mehreren Prätorianern Platz, die sich auf Befehl eines Optio aufstellten und so den Kampfplatz markierten. Lucretius erhob sich von seiner Kline und stolzierte hinüber, Caratacus folgte ihm seufzend. Dann standen auch alle anderen Gäste auf und versammelten sich um die behelfsmäßige Arena. Die Senatoren waren dem Podium am nächsten und erhaschten die besten Plätze. Ich wollte nichts verpassen, deshalb stieg ich auf den Tisch und schob mit meiner Sandale vorsichtig die Platten mit dem Essen darauf beiseite, damit ich nicht auf ihnen ausrutschte. Ein paar andere Gäste taten es mir gleich.

Lucretius drängte sich durch die Senatoren, betrat das nun freigeräumte Podium und verbeugte sich respektvoll in Neros Richtung. Caratacus bahnte sich in aller Ruhe einen Weg durch die ihm offensichtlich feindlich gesinnte Menge, ohne auf die Beleidigungen zu achten, die man ihm zuzischte. Ein älterer Aristokrat spuckte ihn gar an, doch der Kelte wischte den Speichel lediglich mit dem Handrücken ab, nahm seinen Platz neben Lucretius in der kleinen Arena ein und nickte zum Gruß. Nero grinste in seine Richtung und erhob sich, um das Wort an die versammelte Menge zu richten.

»Römer! Freunde! Das heutige Unterhaltungsprogramm hat soeben eine kleine Änderung erfahren.« Die Menge quittierte seine Worte mit fröhlichem Gelächter. Nero ließ sie einen Moment lang gewähren, bevor er die Hände hob und so für Ruhe sorgte. »Der junge Lucretius hat sich mutig bereit erklärt, Roms Ehre zu verteidigen, die durch die verspätete Ankunft eines aus seiner Heimat verbannten Barbaren besudelt wurde. Offenbar müssen wir diesem Britannier, der die Herausforderung angenommen hat, einmal mehr an den Wert zivilisierten Benehmens erinnern. Ich habe entschieden, dass der Kampf mit bloßen Fäusten ausgetragen wird. Wer den anderen zur Aufgabe zwingt, hat gewonnen. Der junge Römer und der Barbar mögen sich auf ihre Plätze begeben!«

Die Menge johlte aufgeregt, als Lucretius an die rechte Seite des Kaisers trat, die Schultern anspannte, den Kopf hin und her rollte und seine Hände zu Fäusten ballte. Nun sah man erst so richtig, wie gestählt sein Körper war. Er gehörte anscheinend zu jenen Aristokraten, denen Muskeln wichtiger waren als Köpfchen. Sie hielten sich für hart wie Gladiatoren, genossen jedoch das Privileg, sich niemals den Gefahren der Arena stellen zu müssen. Er besaß einen so ausgeprägten Trapezmuskel, dass er eine gerade Linie vom Kiefer bis zu den Schultern bildete, dazu muskelbepackte Unterarme. Im Vergleich zu ihm wirkte Caratacus schmal und sehnig, außerdem war er etwa doppelt so alt wie sein Gegner. Der Barbar tat mir leid. Er hatte nicht nur sein Königreich verloren und war als Gefangener nach Rom geschleift worden, das er nun für den Rest seiner Tage nicht mehr verlassen durfte, sondern würde nun auch noch eine gehörige Tracht Prügel einstecken. Der leicht gebückten Haltung und dem müden Gesichtsausdruck nach zu urteilen hatte er sich bereits mit seiner Niederlage abgefunden.

»Fünfzig Sesterzen auf den Kämpfer Roms!«, schrie der Stoiker, der mittlerweile neben mir auf den Tisch gestiegen war. »Setzt jemand dagegen?«

Ein paar Köpfe drehten sich zu ihm um, aber niemand hatte Lust, die Wette anzunehmen. Normalerweise wäre ich ebenso wenig dazu bereit gewesen, aber nach Abschluss meines letzten Werks war mein Geldbeutel gerade gut mit Silber gefüllt. Plötzlich hatte ich das Gefühl, dass mehr in diesem Barbaren steckte, als es den Anschein hatte. Trotz seines fortgeschrittenen Alters und der schmaleren Statur strahlte Caratacus völlige Selbstsicherheit aus, und mich überkam ein Anflug von Leichtsinn. »Ich setze dagegen.«

Wir besiegelten die Wette mit einem Handschlag. Die beiden Kontrahenten begaben sich auf ihre Positionen an gegenüberliegende Seiten des Kampfplatzes, den die Prätorianer mit horizontal gehaltenen Speeren von den Zuschauern abgrenzten.

»Macht euch kampfbereit!«, bellte der Majordomus. Lucretius nahm eine leicht geduckte Haltung ein und hob die geballten Fäuste vor sich in die Höhe. Caratacus dagegen ließ die Arme hängen und wirkte beinahe teilnahmslos.

»Für die Ehre Roms!«, rief Nero und zwinkerte Lucretius zu.

In diesem Moment wurde mir klar, was hier vor sich ging: Es war nicht zufällig zu diesem Kampf gekommen, es handelte sich dabei vielmehr um eine sorgfältige Inszenierung, die Caratacus' Verspätung zum Anlass genommen hatte. Jemand hatte Lucretius davon in Kenntnis gesetzt, dass Nero den Exilanten zu demütigen wünschte, und dies hatte schließlich zu dem Spektakel geführt, dem wir gerade entgegenfieberten. Nero nahm sein Mundtuch, hielt es in die Höhe und wartete, bis er die Aufmerksamkeit beider Männer hatte. Dann warf er das Tuch in die Luft. »Kämpft!«, rief er mit schriller Stimme.

»Jaaaaaaa!« Lucretius brüllte wie ein wildes Tier, als er auf den Britannier losging, die Fäuste hoch erhoben, als wollte er sie wie Steine auf seinen Gegner werfen. Caratacus' Gesichtsausdruck wirkte dagegen kühl und berechnend. Er stellte sich auf die Fußballen, hob die Arme und hielt dem auf ihn zustürmenden Aristokraten die geöffneten Handflächen entgegen. Dann trat er im letzten Moment flink beiseite, parierte einen Fausthieb mit dem linken Unterarm, während er mit der Rechten weit ausholte, sich gleichzeitig auf dem Fuß drehte und so mit seinem ganzen Körpergewicht Schwung für den Schlag holte. Er traf Lucretius mit einer solchen Wucht nahe der Achselhöhle in die Rippen, dass dieser ein paar Schritte zur Seite taumelte und darum kämpfen musste, das Gleichgewicht nicht zu verlieren. Die Menge stöhnte auf. Caratacus zog sich zurück und behielt seinen Gegner dabei scharf im Auge. Einen schwächeren Mann hätte dieser Hieb auf die Bretter geschickt, aber Lucretius war hart im Nehmen. Er spuckte aus und ging dann wieder auf seinen Gegner los, diesmal etwas besonnener: Er hielt Fäuste und Unterarme hoch, um seinen Kopf zu schützen.

»Schon viel besser, Kleiner«, sagte Caratacus im Tonfall eines Lehrers, der seinen Schüler anspornen möchte. »Die Deckung nicht fallen lassen. Ja, genau so. Und immer auf der Hut sein.«

Noch während er sprach, trat Caratacus mit dem linken Bein nach Lucretius. Dieser senkte den Blick, um der Finte auszuweichen, wodurch er Caratacus eine weitere Gelegenheit zum Schlag bot. Der Britannier holte mit der Linken zu einem Haken aus, und als Lucretius die Arme hob, um ihn abzuwehren, nahm Caratacus die Kraft aus dem Schlag und verpasste ihm stattdessen mit der Rechten eine Gerade gegen das Kinn, die den Römer benommen nach hinten taumeln ließ.

»Habe ich Euch nicht gerade gesagt, dass Ihr immer auf der Hut sein müsst? Und was ist mit Eurer Beinarbeit? Ihr kämpft wie ein blutiger Anfänger. Erst denken, dann schlagen.«

Caratacus täuschte einen weiteren Hieb an. Lucretius blockte den Angriff ab und bediente sich nun seinerseits einer Finte, bevor er zu einem heftigen Aufwärtshaken ansetzte. Caratacus wehrte den Schlag mit Leichtigkeit ab und wich ein paar Schritte zurück, um sich freier bewegen zu können. Die Zuschauer feuerten den Römer an. Einige von ihnen waren sichtlich wütend, dass er bereits zwei Treffer hatte einstecken müssen, ohne selbst einen gelandet zu haben. Ich sah, wie Nero die Lippen zu einer dünnen Linie zusammenpresste. Seine Miene verfinsterte sich.

»Und nun noch eine letzte Lektion.« Caratacus grinste. »Die Wahl des richtigen Zeitpunkts.«

Er warf sich nach vorn und zielte mit der Faust auf Lucretius' Gesicht. Der so Angegriffene riss instinktiv die Arme hoch, woraufhin Caratacus seine Körpermitte mit einer ganzen Serie von Schlägen bearbeitete. Lucretius nahm die Arme wieder herunter, um den Angriff abzuwehren, woraufhin der Britannier eine kraftvolle Gerade auf die Nase des Römers landete. Lucretius' Kopf wurde mit einem deutlich hörbaren Knacken nach hinten geschleudert. Er taumelte rückwärts und schwankte leicht, während Caratacus behände vor ihm hin und her tänzelte. »Von mir aus können wir jetzt anfangen«, sagte er.

Der nun vor Scham und Wut knallrote Lucretius stürmte mit wild rudernden Fäusten nach vorn. Seine Linke streifte Caratacus' Schulter, was ihn halb herumwirbeln ließ. Er trat einen Schritt zurück, ging wieder in Kampfstellung und parierte die auf ihn einprasselnden Schläge. Lucretius verausgabte sich zusehends und verzweifelte sichtlich an der Gewandtheit des Britanniers. Schließlich ließ er von ihm ab, und die beiden starrten einander wachsam an. Dann räusperte sich Caratacus. »Das war lustig, aber nun ist es wohl an der Zeit, diese Unterrichtsstunde zu beenden.«

Er trat einen Schritt vor und machte dabei kleine Kreisbewegungen mit den Fäusten, um Lucretius zu verwirren. Als er ihm nahe genug war, duckte er sich und traf das rechte Knie des Römers mit einem rechten Haken. Ich sah ganz deutlich, wie das Kniegelenk unter der Wucht des Schlages zur Seite wegknickte. Lucretius heulte vor Schmerz auf und ging in die Knie.

»Ergebt Euch!«, rief Caratacus laut. »Sagt, dass Ihr verloren habt. Und zwar laut!«

Stattdessen erhob sich Lucretius wieder in eine aufrechte Position und schlug wild um sich, ohne seinen Gegner zu treffen. »Bleib gefälligst stehen und kämpfe, verdammt noch mal!«, schrie er.

»Ein Kämpfer sollte wissen, wann er besiegt ist.« Caratacus trat vor, verpasste ihm zwei schnelle Geraden mit der Linken und schlug dann so flink mit der Rechten zu, dass meine Augen der Bewegung nicht folgen konnten. Lucretius taumelte zurück und fiel auf den Rücken, blieb mit ausgestreckten Armen liegen und rang mit bebender Brust nach Atem. Caratacus' Gesichtsausdruck hatte sich völlig verändert: Mit vor tierischem Triumph wildem Blick starrte er den gefallenen Gegner zu seinen Füßen an. Dann gewann der Britannier die Fassung zurück, setzte wieder seine kühle und geringschätzige Miene auf und hob die Fäuste. »Ich bin Caratacus!«, rief er voller Trotz der ihn umgebenden Menge zu. »Großkönig der Catuvellaunen und Kriegsherr von Britannien! Der Sieg ist mein!«

Seine Worte hallten von den Wänden wider. Der Kaiser und seine Gäste sahen ihn schweigend an. Ihre Wut und ihre Scham waren so deutlich wahrnehmbar wie der Gestank in einer Gerberei. Nero stand langsam auf und richtete einen dicklichen Finger auf Caratacus. »Barbar! Du bist ein Gefangener Roms, wo du bleiben wirst, bis du stirbst. Für immer aus deinem Vaterland vertrieben. Mehr bist du nicht! Du tust gut daran, dies nie zu vergessen!«

Damit drehte sich der Kaiser um und ging erbost zur Tür am hinteren Ende des Saals, die zu seinen Privaträumen führte. Sobald er verschwunden war, stupste ich den Stoiker neben mir an. »Wenn ich um meine fünfzig Sesterzen bitten dürfte?«

Wir stiegen von dem Tisch herunter, und nachdem er seinen Geldbeutel geöffnet und mir meinen Gewinn ausbezahlt hatte, nickte ich ihm zum Dank zu und machte mich auf die Suche nach dem Britannier. Dieser war an seinen Platz zurückgekehrt, hatte seine Mahlzeit beendet und war gerade dabei, seinen Umhang anzulegen. Wir sahen uns einen Moment lang prüfend an.

»So etwas wie gerade eben habe ich noch nicht erlebt«, sagte ich bewundernd. »Wo habt Ihr gelernt, so zu kämpfen?«

Caratacus lächelte bitter. »Hier in Rom. Im Gymnasium des Badehauses von Attilus auf dem Aventin – am Ende der Straße, in der man mich und meine Familie einquartiert hat. Ein weiser Mann ist immer bereit, von den Besseren zu lernen. Verzeiht, aber ich glaube, meine Anwesenheit ist nicht länger erwünscht.«

Ohne eine Antwort abzuwarten, drehte er sich auf dem Absatz um und marschierte davon. Ich blickte ihm hinterher, und mein Herz klopfte laut vor Aufregung. Endlich hatte ich gefunden, wonach ich gesucht hatte: einen Helden, dessen Geschichte ich erzählen wollte – vorausgesetzt, ich konnte ihn überreden, sie mit mir zu teilen. Damit konnte ich beweisen, dass ich den Titel eines »Großen Geschichtsschreibers« verdiente, ganz genauso, wie Caratacus des Titels »Kriegsherr von Britannien« würdig war.

»Morgen«, murmelte ich, »werde ich Attilus' Badehaus einen Besuch abstatten.«

KAPITEL 2

Am nächsten Morgen, nach einem leichten Frühstück in meinem bescheidenen Domizil auf dem Esquilin – bei dem ich mir die Beschwerden meiner Frau Aelia über die Nachbarn anhörte, während unser kleiner Sohn lautstark seinen Unmut über alles Mögliche kundtat –, zog ich ein paar Erkundigungen ein und brachte dabei in Erfahrung, dass ein ehemaliger Gladiator namens Spittara jeden Tag zur achten Stunde im Badehaus des Attilus Unterricht im Faustkampf anbot. Ich erledigte ein paar Besorgungen, war aber in Gedanken stets bei der schwierigen Frage, wie ich am besten an Caratacus, der meiner Einschätzung nach bestimmt nicht ganz einfach im Umgang war, herantreten konnte. Sicher hatte ihn die Erfahrung gelehrt, den Römern nicht über den Weg zu trauen. Bestenfalls duldete er uns – so wie wir Zivilisierten umgekehrt diesen Barbaren in unserer Mitte duldeten. Ich ahnte, dass man ihn nicht bei seiner Eitelkeit packen konnte, und ihn für seine Worte zu bezahlen, kam nicht infrage. Wie sollte ich diesen Britannier also dazu überreden, mir – einem römischen Bürger – seine Geschichte zu erzählen, wenn es doch die Römer gewesen waren, die seine Truppen geschlagen und sein Königreich geplündert hatten?

Aber ich dachte auch über andere Fragen nach. Wer in dieser Stadt würde einen Bericht über das Leben eines britannischen, aus seinem Heimatland verbannten Kriegsherrn lesen wollen? Vor allem jetzt, wo ein weiterer Aufstand auf der Insel gerade vorüber war? Aber je länger ich darüber nachdachte, desto überzeugter war ich, dass so ein Werk durchaus für Aufsehen sorgen konnte: Der gewöhnliche Römer hatte eine beinahe mythische Vorstellung von Britannien und seinen Barbarenvölkern, während für die Reichen und Gebildeten die Fantasie des Kelten als tapferer, edler Wilder durchaus einen gewissen Reiz hatte. Daran hatte auch der gerade niedergeschlagene Aufstand in dieser Provinz nichts geändert. Hatte nicht neulich während eines Gastmahls die Frau eines gut situierten Aristokraten stolz einen goldenen Torques um den Hals getragen? Hatte ich nicht vor Kurzem wirbelartige keltische Tätowierungen auf den Armen der besten Gladiatoren bemerkt? Besonders Verwegene bemalten sogar ihre Körper vor jedem Kampf mit dem Blau des Färberwaids. Nein, über das Fehlen einer interessierten Leserschaft musste ich mir sicher keine Gedanken machen. Das größte Problem war, dem alten König seine Geschichte erst einmal zu entlocken.

Mir blieben noch ein paar Stunden Zeit, also machte ich einen Abstecher zum Buchladen des Secundus im Argiletum, um mir etwas Lesestoff über Britannien zu besorgen – in der Hoffnung, darin auf hilfreiche Hinweise zu stoßen. Ich nickte dem alten Ladenbesitzer zum Gruß zu und begab mich dann direkt zur Historienabteilung. Bei Durchsicht der in kleinen runden Löchern aufbewahrten Schriftrollen bemerkte ich erstaunt, wie wenig Material es zu dieser fernen Insel gab. Abgesehen von der gelegentlichen Erwähnung in geschichtlichen Übersichtswerken bestand der Großteil der schriftlichen Aufzeichnungen zu Britannien aus den Kriegserinnerungen der Offiziere, die an der Invasion beteiligt gewesen waren. Die meisten davon waren Selbstbeweihräucherungen, die von ruhmvollen Siegen über ungebildete Eingeborene erzählten, darunter auch das besonders abstoßende Werk eines gewissen Vitellius, der inzwischen Statthalter der Provinz Africa war. Keine der Schriften enthielt jedoch irgendwelche Erkenntnisse über die Britannier selbst.

Ich sah die Werke durch, die sich mit Gallien beschäftigten, und merkte schnell, dass es sich hier genauso verhielt: Die gallische Geschichte wurde stets von römischer Warte aus erzählt. Die Kelten waren wie die anderen Erzfeinde Roms nur so lange in unsere Annalen eingegangen, wie wir Krieg gegen sie geführt hatten. Sobald das Spektakel vorbei war und wir sie unterworfen hatten, verschwanden sie von der Bühne der Geschichte. Vielleicht würde es dem Römischen Reich eines Tages ebenso ergehen. Wenn die Kelten und ihr großes Reich komplett aus der Geschichtsschreibung verschwinden konnten, warum nicht auch die Römer? Andererseits besaßen die Kelten im Gegensatz zu den Römern keine eigene Literatur, keine Bibliotheken, keine schriftlichen Zeugnisse, mit denen sie ihr uraltes Wissen hätten bewahren können.

Und da war es plötzlich: mein schlagendes Argument! Die Kelten waren an den Rand der bekannten Welt gedrängt worden. Die meisten ihrer Anführer waren tot oder in Gefangenschaft, die heiligen Haine ihrer Druiden zerstört und ihre Siedlungen romanisiert. Schon bald würde ihre gesamte Kultur im Nebel der Geschichte verschwinden. Aber Caratacus befand sich als »Gast« Roms in der einzigartigen Position, der Geschichtsschreibung eine keltische Stimme hinzuzufügen. Ich konnte ihm die Möglichkeit geben, alles aus seiner Sicht zu erzählen. Indem er seine Vita auf Pergament festhalten ließ, konnte er verhindern, dass die Geschichte seines Volkes bei den künftigen Generationen in Vergessenheit geriet. Caratacus könnte die Welt der Britannier so wenigstens im Kleinen bewahren und dabei vielleicht sogar den ein oder anderen weitverbreiteten, ins Groteske verzerrten Irrglauben über sein Volk richtigstellen. Ich konnte ihm keine Statue auf dem Forum versprechen, aber ich konnte seinem tapferen Kampf gegen Rom ein schriftliches Denkmal setzen.

Das schien mir ein überzeugendes Argument. Und ich war mir fast sicher, dass ich Caratacus damit seine Zustimmung würde abringen können. Mit neuer Zuversicht machte ich mich auf den Weg zum Aventin. In den Straßen wimmelte es vor Fußgängern, Tieren und Handkarren. Vorsichtig bahnte ich mir einen Weg hindurch, immer darauf bedacht, auch die verfaulenden Unrathaufen zu meiden. Händler priesen in klapprigen Bretterbuden entlang der Straße ihre überteuerten (und oft schon überreifen) Waren an. Wer als Fremder nach Rom kommt, staunt über die Wunder und die Pracht dieser Stadt, dabei ist das einzig Staunenswerte die Tatsache, dass das chaotische Durcheinander nicht schon längst Feuer gefangen hat und bis auf die Grundmauern niedergebrannt ist.

Auf den Straßen zum Aventin hinauf lichtete sich die Menschenmenge etwas, und die Luft wurde besser. Ich hatte diesem Teil der Stadt noch nie viel abgewinnen können. Mir ist durchaus bewusst, dass dieses Viertel heutzutage einen etwas besseren Ruf hat, aber ihm hängt noch immer der Gestank des Elendsquartiers an. Die Häuser sind hässlich und ihre Bewohner meist rüpelhafte Emporkömmlinge: Händler, Lagerbesitzer und Geldverleiher, die ihren Reichtum dem nahe gelegenen Hafen verdanken. Ihr seid mit diesem Typus sicherlich vertraut, hochgeschätzte Leserinnen und Leser: Eine Haartracht im Stil unseres verehrten Kaisers, beste Sitzplätze ganz vorn im Marcellustheater, wo sie sich die neuesten Tragödien ansehen, Tuniken aus feinster Seide und ebenso wertvolle Goldringe … alles in allem also kein angenehmer Wohnort für einen ehemaligen König.

Als ich das Badehaus des Attilus erreichte, hatte sich vor dem Portikus bereits eine Schlange gebildet. Ich reihte mich ein, bezahlte bei einem Sklaven mit verkniffenem Gesicht den Eintrittspreis, stieg ein paar Marmorstufen hinab, ging an den Umkleideräumen vorbei und hinter ein paar Jugendlichen her in das Gymnasium im Zentrum des Innenhofs. Vierschrötige Gewichtheber stemmten grunzend schwere Steine – einen in jeder riesigen Hand – in die Höhe. In einem anderen Teil des Hofs sah ich ein halbes Dutzend Männer beim Ballspiel. Ein fetter, glatzköpfiger Bediensteter mit einem Handtuch über der Schulter saß auf einem Hocker und wartete darauf, den Männern mit der Strigilis, die er auf dem Schoß hatte, den Schweiß vom Körper zu schaben. Als ich zu ihm trat, sah er mich missbilligend an. Wir beide wussten genau, dass ich hier fehl am Platz war.

»Ich suche Spittara«, sagte ich. »Er soll hier unterrichten.«

Der Bedienstete deutete mit dem Kinn auf eine kleine Gruppe von Männern, die gerade zwei Boxer anfeuerten. »Da drüben«, erwiderte er tonlos. »Spittara ist der Kleine mit der riesigen Narbe quer über dem Gesicht. Aber an Eurer Stelle würde ich mir gar nicht erst die Mühe machen, Herr.«

»Nicht?«

»Er nimmt keine Anfänger.«

Dann wandte sich der unhöfliche Kerl wieder dem Ballspiel zu. Ich drängte mich durch die Zuschauergruppe, um die Kämpfenden besser sehen zu können. Der kleine, drahtige Mann – Spittara – stand an der Kreidelinie, die das Kampffeld begrenzte, und rief dem jüngeren Kämpfer Anweisungen zu. In dem Älteren erkannte ich sofort den Kelten von gestern Abend wieder: Caratacus, der geschickt vor seinem wesentlich jüngeren Gegner tänzelte und ihm unter dem Jubel der Umstehenden eine Reihe von schnellen Geraden mit der Führhand in die Magengrube verpasste.

»Beweg dich!«, bellte Spittura in Richtung des jüngeren Boxers. »Steh doch nicht wie eine beschissene Statue in der Gegend herum!«

Der Angesprochene versuchte sich daraufhin an einem linkisch ausgeführten Aufwärtshaken, dem Caratacus ohne Mühe auswich und seinerseits einen Hieb auf das Gesicht seines Gegners antäuschte. Der jüngere Mann riss den Kopf zurück, sodass sein Brustkorb ungeschützt war – eine Gelegenheit, die Caratacus nicht ungenutzt verstreichen ließ, sondern für einen kräftigen Hieb auf den Torso seines Gegners nutzte, was die Umstehenden erneut in Jubel ausbrechen ließ. Der junge Mann stöhnte und stolperte rückwärts, woraufhin Caratacus ihm einen weiteren harten Schlag gegen das Kinn verpasste. Mit einem schnellen Schritt war Spittara zwischen den beiden Männern und drohte dem Jüngeren mit dem Finger, während Caratacus stehen blieb und zusah.

»Freundchen, was hab ich dir gesagt? Zum Kämpfen brauchst du die Füße ebenso wie die Hände. Glaubst du etwa, ich hätte die vielen Kämpfe in der Arena überlebt, weil ich so groß bin?«

»Nein, Herr«, antwortete der jüngere Mann mürrisch und hielt sich das Kinn.

»Schnelligkeit, darauf kommt es an. Selbst der härteste Bursche von ganz Rom kann nicht gewinnen, wenn er die Füße nicht in die Höhe bekommt.« Spittara sah sich unter den Zuschauern um. »Na los, die nächsten beiden. Auf geht's, meine Damen, wir haben nicht den ganzen langen Tag Zeit.«

Zwei weitere Kämpfer traten vor, während Caratacus und der jüngere Mann zu einem Bediensteten gingen, der direkt an der Kreidelinie wartete und ihnen mit schnellen, geübten Bewegungen die weichen Lederriemen um Hand und Unterarm abnahm. Die johlende Menge hatte sich den nächsten Kontrahenten zugewandt, die sich bereits den ersten Schlagabtausch lieferten. Die Gelegenheit war günstig. Ich drängte mich durch die Zuschauer.

Als ich mich den beiden Männern näherte, sahen sie im gleichen Moment zu mir auf. Bevor ich mich Caratacus zuwandte, warf ich dem jüngeren Mann einen kurzen Blick zu. Ich bemerkte etwas an ihm, das ich nicht sofort benennen konnte.

»Ihr habt euch gut geschlagen, Herr«, sagte ich. »Fast so gut wie gestern Abend beim Gastmahl, wenn mir die Bemerkung gestattet ist.«

Dünne Falten erschienen auf Caratacus' Stirn. »Und Ihr seid ...?«

Ich vollführte eine kleine Verbeugung. »Caius Placonius Felicitus, Geschichtsschreiber der Elite. Wir haben gestern Abend ein paar Worte gewechselt – ich habe Euch gefragt, wo Ihr so zu kämpfen gelernt habt.«

»Ich erinnere mich.« Die Falten auf Caratacus' Stirn wurden tiefer. »Was wollt Ihr hier, Römer? Die Kunst des Faustkampfs werdet Ihr ja wohl kaum erlernen wollen.«

»Eigentlich möchte ich mich kurz mit Euch unterhalten.« Ich ließ den Blick zu seinem Begleiter huschen. »Unter vier Augen, wenn es Euch beliebt.«

Der jüngere Mann sah Caratacus an. »Vater, was will der Mann von dir?«

Caratacus bemerkte meine überraschte Miene. »Das ist Salidus, mein Ältester. Er ist ein kühner Kämpfer, aber er muss noch viel lernen ... wie er selbst am besten weiß.«

»Sehr erfreut«, sagte ich.

Salidus sah mich mit kaum verhohlener Feindschaft an. »Was wollt Ihr von meinem Vater?«

»Das möchte ich, wie gesagt, gern unter vier Augen mit ihm besprechen«, erwiderte ich.

Salidus hob trotzig das Kinn. »Blödsinn. Was immer Ihr meinem Vater zu sagen habt, könnt Ihr auch vor mir sagen.«

Caratacus bedachte seinen Sohn mit einem finsteren Blick. »Verschwinde und lass mich mit ihm reden.«

»Aber Vater …«

»Du machst allein weiter.« Caratacus deutete auf einen ledernen Sandsack, der am anderen Ende des Hofs an einem stabilen Holzrahmen hing. »Übe die Schlagfolgen, wie ich es dir gezeigt habe. Geh.«

Salidus warf mir einen letzten wütenden Blick zu, drehte sich um und marschierte über den Hof davon. Caratacus wandte sich wieder mir zu. »Vergebt mir, mein Sohn vertraut den Römern nicht.«

»Wirklich? Das geht mir ähnlich.«

Caratacus lächelte müde. »Er kann nichts dafür. Salidus hat es nicht leicht in Rom – meine anderen Kinder sind zu jung, um sich an das Leben in Britannien zu erinnern, aber Salidus hat seine gesamte Kindheit dort verbracht und ist im Herzen immer ein stolzer Kelte geblieben.«

»Dann will er also dorthin zurückkehren?«

»Eines Tages …« Der Britannier lächelte. »Der Junge ist ein Träumer. Ich glaube nicht, dass irgendjemand von uns das Land unserer Väter noch einmal wiedersehen wird. Wir sind die Gefangenen Eures Kaisers.«

»Ihr habt ein Haus auf dem Aventin«, gab ich zu bedenken. »Außerdem eine gut bemessene Leibrente und Eure Familie bei Euch. Das scheint mir doch recht komfortabel für ein Gefängnis … Viele würden dafür töten, in einem solchen ›Gefängnis‹ leben zu dürfen.«

»Es ist ein goldener Käfig«, erwiderte Caratacus mit düsterer Miene. »Man hat uns zwar nicht in die Tiefen des Tullianums geworfen, da habt Ihr recht, aber letzten Endes kommt es auf dasselbe hinaus.«

»Trotzdem gibt es weitaus schlimmere Schicksale.«

»Ach ja?« Er schüttelte den Kopf. »Ich war einmal ein König. Von der Gunst eines anderen Herrschers abhängig zu sein, ist würdelos. Vielleicht hätte ich doch den Tod wählen sollen, als Eure Soldaten uns damals hierher verschleppt haben, anstatt diesen stotternden Idioten Claudius um Gnade anzuflehen.«

»Und warum habt Ihr das nicht getan?«

»Ein römischer Präfekt hat mich kurz vor dem Triumphzug davon überzeugt, dass es besser sei, meinen Lebensabend in Frieden zu verbringen als zum Vergnügen des Pöbels zu sterben.« Caratacus lachte bitter. »Ich bin dem Rat eines römischen Soldaten gefolgt. Ich hätte es besser wissen müssen.«

»Ein Soldat? Wie war sein Name?«

»Cato hieß dieser Präfekt.« Caratacus winkte ab. »Aber genug von den vergangenen Zeiten. Was wollt Ihr von mir?«

Ich dachte kurz über mein weiteres Vorgehen nach. Wenn ich mein Angebot direkt und unvermittelt vorbrachte, würde es Caratacus sicher umgehend ablehnen, immerhin war ich ein völlig Fremder für ihn. Es war sicher besser, hier mit Bedacht vorzugehen und ihn mit sorgfältig gewählten Worten von den Vorteilen einer schriftlichen Niederlegung seiner Geschichte zu überzeugen.

»Ich hätte da einen Vorschlag«, begann ich vorsichtig, »der Euch sicher interessieren wird.«

»Einen Vorschlag?«, sagte Caratacus. »Was meint Ihr damit? Sagt es mir geradeheraus!«

Ich zog es vor, seiner Frage auszuweichen. »Gestern Abend habt Ihr auf beeindruckende Weise gegen diesen kaiserlichen Günstling den Sieg davongetragen. Ihr habt äußerst mutig und gekonnt gegen ihn gekämpft. Eine Darbietung, die, wenn Ihr mir diese Anmerkung erlaubt, eines großen Kriegsherrn würdig war.«

Caratacus schüttelte den Kopf. »Ich bin kein großer Kriegsherr mehr«, sagte er und klang sehr müde. »Mein Königreich wurde vor langer Zeit in den Staub getreten, und zwar von den Füßen Eurer verdammten Legionen.«

»Dann ist es vielleicht an der Zeit, Rom an Eure Größe zu erinnern.«

»Und wie sollte ich das anstellen? Soll ich noch ein paar arrogante Emporkömmlinge verprügeln?«

»Nein, Ihr sollt mich Eure Geschichte niederschreiben lassen.«

Caratacus zog die Augenbrauen zusammen. »Ihr wollt die Geschichte meines Lebens aufschreiben?«

»Ja, warum nicht?«

Er lachte trocken. »Euer Kaiser hält mich für einen wertlosen Barbaren, und die meisten Eurer Mitbürger sind wohl derselben Ansicht. Ich kann mir nicht vorstellen, dass es viele interessierte Leser geben wird.«

»Ihr wart einst ein großer König«, erwiderte ich unverzagt. Diese Ansprache hatte ich mir auf dem Weg den Hügel hinauf zurechtgelegt. »Ihr wart die Geißel Roms. Die Soldaten zitterten wie die kleinen Kinder, wenn sie auch nur Euren Namen hörten. Euer Königreich mag verloren sein wie so vieles, das einst den Kelten gehörte. Aber es kann wiedererstehen im großen Buch der Geschichte. Erzählt mir von Eurem Schicksal, und ich kann dabei helfen, Euren Namen unsterblich zu machen. So lautet mein Vorschlag.«

»Ich bin Kelte«, antwortete Caratacus. »Wir schreiben unsere Geschichte nicht auf und lassen unsere großen Taten dadurch nicht zu bloßen Worten verkommen, wie Ihr Römer das so gern tut. Unsere Geschichten leben in unseren Herzen, und sie sterben mit uns. Vielleicht werden sie dann zu Legenden – oder verblassen mit der Erinnerung.«

»Möglicherweise wird auch Eure Geschichte ja dereinst zur Legende, doch weshalb sollte man dies dem Zufall überlassen?«, sagte ich. »Nutzt diese Gelegenheit, um Euren langen Kampf gegen Rom aus Eurer Sicht zu erzählen.«

»Weshalb? Damit Eure reichen Freunde sich in ihren literarischen Zirkeln über den unzivilisierten Barbaren aus dem Norden lustig machen können?«

»Mir schwebt da etwas anderes vor«, antwortete ich vorsichtig.

»Nämlich?«

»Ihr habt fast zehn Jahre lang gegen Rom gekämpft und seid noch am Leben. Das allein ist außergewöhnlich. Unsere Feinde finden meist ein unerfreuliches Ende.«

Caratacus grunzte. »Es wäre auch für mich besser gewesen. Lieber stolz sterben, statt als Beispiel für Roms Großherzigkeit weiterzuleben.«

»Aber Ihr könnt Eure Lage doch zu Eurem Vorteil nutzen, versteht Ihr das denn nicht? Euer Blick auf die Vergangenheit ist einzigartig – kein anderer Britannier hatte jemals die Gelegenheit, seine Sicht der Dinge wiederzugeben. Wenn Ihr Euch bereit erklärt, mit mir zusammenzuarbeiten, könnten wir zusammen das erste Epos über einen großen keltischen Helden erschaffen.«

Ich zuckte mit den Schultern. »Oder zumindest könntet Ihr so den vielen prahlerischen Berichten der römischen Offiziere etwas entgegensetzen, die es derzeit zuhauf gibt. Ihr könnt den Menschen erzählen, wie es wirklich war.«

Caratacus sah mich eindringlich mit seinen grauen Augen an. »Und warum sollte ich gerade Euch meine Geschichte erzählen?«, fragte er. »Einem römischen Schreiberling?«

Wenn man meine Fähigkeiten infrage stellte, pflegte ich normalerweise in wohlgewählten Worten auf meine langjährige Erfahrung im Verfassen der Biografien besonders erlauchter römischer Familien hinzuweisen, auf meine Fähigkeit, jeden noch so unmöglichen Termin einzuhalten, und auf meine Geduld, mit der ich auf die zahllosen Wünsche geschäftiger Familienoberhäupter und ihrer anspruchsvollen Ehefrauen einging. Anschließend wies ich üblicherweise (in aller Bescheidenheit) auf meine vielen Talente und den Erfolg meines in den literarischen Zirkeln Roms begeistert aufgenommenen letzten Auftragswerks hin (und bot schriftliche Referenzen auf Anfrage an).

Aber irgendetwas sagte mir, dass ich so bei Caratacus keinen Erfolg haben würde. Schmeicheleien schienen bei ihm wirkungslos, und mit der Aussicht, durch mein Werk sein Ansehen im Senat zu verbessern, konnte er auch nichts anfangen. Ich musste also auf eine andere Taktik zurückgreifen.

»Ihr habt natürlich vollkommen recht«, sagte ich. »Es steht mir nicht zu, die Geschichte eines britannischen Königs fern der Heimat niederzuschreiben. Vielleicht findet Ihr hier in der Stadt ja einen halbwegs des Schreibens mächtigen Gallier, der bereit ist, diese Aufgabe zu übernehmen. Jemanden, dem die keltische Wesensart vertrauter ist. Ich habe gegenüber allen anderen Geschichtsschreibern lediglich einen einzigen Vorteil.«

Caratacus kniff die Augen zusammen. »Und der wäre?«

»Mein guter Name«, antwortete ich. »Ich habe mir die Hochachtung der einflussreichsten Gelehrten und Künstler Roms durch meine Kunst verdient, die Geschichten der reichsten, aber auch langweiligsten Familien Roms spannend und unterhaltsam darzustellen. Wenn Ihr mir Eure Lebensgeschichte anvertraut, könnt Ihr sicher sein, dass sich jeder Aristokrat von hier bis Pompeji dafür interessieren wird.« Er wirkte unentschlossen. Ich machte eine dramatische Pause und holte dann zu einem letzten, vernichtenden Schlag aus. »Und was wäre ein besserer Beweis dafür, dass Ihr unserer hochmütigen Aristokratie ebenbürtig seid, als Eure Lebensgeschichte aus der Feder ihres bevorzugten Geschichtsschreibers?«

»Und wer entlohnt Euch für Eure Mühe? Falls Ihr auf eine großzügige Bezahlung hofft, muss ich Euch leider enttäuschen.«

»Ich erwarte überhaupt keine Bezahlung«, versicherte ich ihm. »Wenn Ihr einverstanden seid, soll meine Arbeit mit einer Hälfte der Einnahmen vergütet werden, die andere Hälfte geht an Euch. Sollte sich die Schrift so gut verkaufen, wie ich annehme, wird ein hübsches Sümmchen dabei zusammenkommen. Außerdem habe ich vor, zusätzlich Vorträge über die Kelten und ihre Kultur zu halten, wenn es denn so etwas gibt.«

»Deshalb wollt Ihr meine Geschichte erzählen? Um damit reich zu werden?«

»Das ist *ein* Grund. Aber ich habe noch andere.«

»Und die wären?« Caratacus lachte. »Jetzt erzählt mir bloß nicht, dass Ihr einem alten Kelten aus Edelmut Gehör verschaffen wollt.«

Ich breitete meine Hände aus. »Ich hatte noch nie die Gelegenheit, eine solche Geschichte niederzuschreiben. Es wäre mir eine Ehre, nur ein einziges Mal von einem wahren Helden berichten zu können.«

»Ihr wollt die Wahrheit erzählen? Damit lockt Ihr in dieser Stadt keinen Hund hinter dem Ofen hervor.«

»Immer noch besser, als weiter Lügen über irgendwelche reichen Nichtstuer zu verbreiten.«

Ich hatte ihn überzeugt, da war ich mir sicher – außerdem war damit mein Vorrat an Argumenten erschöpft. »Nun?«, fragte ich. »Was sagt Ihr dazu?«

»Das ist ein interessantes Angebot«, sagte Caratacus und rieb sich das Kinn.

»Mehr als das«, sagte ich. »Es ist die einmalige Gelegenheit, die Geschichte des größten Kriegers unserer Zeit zu erzählen.«

Caratacus grinste zynisch. »Spart Euch Eure Schmeicheleien, Römer. Würdet Ihr die Wahrheit sprechen, dann wäre ich wohl kaum der Gefangene dieses kleinen Jungen auf Eurem Kaiserthron, sondern stattdessen er mein Sklave – oder sein Kopf würde die große Halle meines Fürstenhofes zieren. Dennoch ist es ein verlockendes Angebot. Ich muss erst einmal darüber nachdenken.« Er zupfte einen Moment lang an seinem Schnurrbart und fasste dann einen Entschluss. »Besucht mich heute

Abend. Ich wohne ein Stück weiter die Straße hinauf. Es ist das Haus mit der grünen Tür direkt neben dem Neptunaltar.«

»Wann?«

»Eine Stunde vor Sonnenuntergang«, sagte Caratacus, »dann sollt Ihr Eure Antwort bekommen.«

Ein paar Stunden später ging ich also im frühabendlichen Dämmerlicht ein weiteres Mal den Aventin hinauf. Ich hatte meine Schreibutensilien dabei, in der vagen Hoffnung, dass Caratacus sich bereit erklären würde, mir seine Geschichte zu erzählen.

Um diese Stunde war es deutlich ruhiger auf den Straßen – die Reichen hatten sich bereits zum Abendessen in ihre vornehmen Häuser zurückgezogen, die von Kritzeleien und Schmierereien bedeckten Holzläden der meisten Geschäfte waren geschlossen. Ich kam an einer Gruppe Lampadarii vorbei, die ihre Fackeln vorbereiteten, um damit später jenen den Weg zu leuchten, die sich ihre Dienste leisten konnten. Dann stand ich vor dem beschriebenen Haus. Der Putz der mit Vogelkot verdreckten Außenwand blätterte bereits ab, ebenso wie die Farbe von der Haustür. Nachdem ich den löwenköpfigen Türklopfer zweimal kräftig betätigt hatte, wartete ich. Kurze Zeit später wurde der Riegel mit einem schabenden Geräusch zurückgezogen, die Tür schwang auf und vor mir stand ein untersetzter Sklave in einer zerschlissenen Tunika, der mich mit jener Mischung aus Misstrauen und Verachtung ansah, die allen Türhütern unserer Stadt zu eigen ist.

»Ja, bitte?«, fragte er tonlos.

»Caius Placonius Felicitus. Euer Herr Caratacus erwartet mich.«

Der Sklave nickte kurz. »Ja, Herr. Hier entlang.«

Ich folgte dem barfüßigen Türhüter durch einen düsteren Flur mit einem Bodenmosaik, das einen Gladiator beim Erschlagen einer zweiköpfigen Schlange zeigte, in den kleinen Innenhof. Unkraut wuchs aus Rissen in den Bodenfliesen, die meisten Blumen waren welk und viele der Terrakottadachziegel waren beschädigt oder fehlten gleich ganz. Ein leicht muffiger Geruch lag in der Luft, und aus dem Haus war das Geschrei spielender Kinder zu hören. Alles in allem schien mir dies keine angemessene Behausung für einen König.

Wir durchquerten das Atrium in Richtung des Arbeitszimmers am anderen Ende des Hauses. Der Sklave blieb an der Schwelle stehen und bedeutete mir einzutreten.

Der Raum war spärlich möbliert. In einer Ecke standen eine schwere Truhe und zwei gepolsterte Stühle. Ein fadenscheiniger Vorhang trennte den Raum vom Peristyl dahinter. Vor einer Wand stand ein Regal, dessen sämtliche Fächer mit Papyrusrollen gefüllt waren.

Caratacus saß zu meiner Linken hinter einem Schreibtisch aus Walnussholz und las im orangefarbenen Schein mehrerer Öllampen eine Schriftrolle. Auf dem Tisch standen ein Krug und zwei Trinkbecher aus Ton. Als der Britannier uns kommen hörte, sah er auf und richtete seinen Blick auf den Sklaven. »Danke, Davos. Du kannst jetzt gehen.«

»Ja, Herr.«

Der Sklave verbeugte sich und verschwand in die Richtung, aus der wir gekommen waren. Caratacus wartete, bis er außer Hörweite war, dann deutete er auf die Stühle. »Bitte, nehmt Platz.«

Ich setzte mich auf den Stuhl, der mir am nächsten war, und nahm meine Wachstafel und den Griffel auf den Schoß. Caratacus griff nach dem Krug und goss eine dunkle bernsteinfarbene Flüssigkeit in die beiden Becher.

»Bier«, erklärte er. »Aus Gallien. Ab und zu schickt mir ein Freund aus Lugdunum einen kleinen Vorrat. Nicht so gut wie das Bier meiner Heimat, aber trinkbar. Ich hoffe, es macht Euch nichts aus – ich bin nie so recht auf den Geschmack Eures Weins gekommen.«

Er gab mir einen Becher. Ich betrachtete zögerlich seinen schaumigen Inhalt, und ein unangenehm süßlicher Duft stieg mir in die Nase. Dann trank ich einen Schluck der malzigen, stark und bitter schmeckenden Flüssigkeit. Ich hätte mich am liebsten übergeben und weiß bis heute nicht, wie ich es schaffte, stattdessen meinen grinsenden Gastgeber höflich anzulächeln.

»Und? Mundet es Euch?«, fragte er.

»Ganz wunderbar«, sagte ich mit dem fauligen Geschmack des Biers im Mund. »Es ist sehr … stark.«

»Oh ja, davon bekommt Ihr Haare auf der Brust.«

»Tatsächlich?«, fragte ich mit dem Entsetzen, das wohl jeder bei der Vorstellung empfinden würde, so haarig wie ein Barbar zu werden.

Caratacus grinste. »Das sagt man so bei uns in Britannien.«

»Verstehe.«

»Vergebt mir, wenn mein Heim einen heruntergekommenen Eindruck macht«, sagte er unvermittelt. »Ich habe im Palast um ein paar Reparaturen gebeten, aber die kaiserliche Schatzkammer findet immer einen neuen Vorwand, um nicht dafür aufkommen zu müssen.«

»Habt Ihr denn kein Einkommen?«, fragte ich.

»Der Kaiser hat mir eine kleine Leibrente zugestanden, aber die reicht kaum für den täglichen Bedarf.« Caratacus lächelte dünn.

»Wie konntet Ihr Euch dann dieses Haus leisten?«

»Oh, das hier?« Caratacus sah sich in dem Raum um, als hätte er ihn noch nie zuvor gesehen. »Es gehörte einem der vielen Feinde des verstorbenen Kaisers Claudius, einem reichen Gladiatorenausbilder mit hochfliegenden Plänen. Offenbar gehörte er zu einer Gruppe von Verschwörern, die einen Anschlag auf Claudius verübte.«

Ich kramte einen Moment lang in meinem Gedächtnis. »Die Liberatoren?«

Er nickte. »Genau die … Jedenfalls wurde der Verräter beseitigt, sein Besitz beschlagnahmt und seine Gladiatoren sowie sein Landsitz verkauft. Nachdem der Kaiser mein Leben verschont hatte, wurden meine Familie und ich hier untergebracht. Wie sich herausstellte, ist dieses Haus eher ein Fluch als ein Segen, was seine Instandhaltung betrifft – es schröpft einen wie ein Spieler mit gezinkten Würfeln.«

»Vielleicht könnte ich bei dem einen oder anderen meiner Klienten ein gutes Wort für Euch einlegen«, schlug ich vor. »Sie sind sehr einflussreich, vielleicht ist es ja möglich, Eure Leibrente ein wenig zu erhöhen.«

»Das ist sehr freundlich von Euch, aber ich fürchte, Ihr würdet nur Eure Zeit damit verschwenden. Es ist dem Kaiser eine große Genugtuung, mich zu einem besseren Bettler gemacht zu haben.«

»Das tut mir leid.«

»Wirklich? Die meisten Eurer Mitbürger sehen das sicher anders. In ihren Augen bin ich nur jemand, der der kaiserlichen Schatzkammer auf der Tasche liegt. Ich bekomme ständig zu hören, dass ich doch gefälligst dahin zurückgehen soll, wo ich hergekommen bin. Das würde ich ja auch gern – wenn Rom mich nur ließe.«

»Es muss schwer für Euch und Eure Familie sein, hier zu leben.«

»Ihr macht euch keine Vorstellung.«

»Da habt Ihr sicher recht«, erwiderte ich.

»Aber es ist nicht alles schlecht. Ein paar Freuden, die nicht viel Geld kosten, sind mir geblieben. Ich mache täglich meine Leibesübungen. Ich spiele mit meinen Enkeln. Ich lese viel.« Caratacus deutete auf die vor ihm liegende Schriftrolle. »Rom hat mir viel genommen, aber zumindest hat es mir die Möglichkeit gegeben, über Eure Kultur und Geschichte zu erfahren.«

»Ich wusste gar nicht, dass Kelten so gern lesen.«

»Und ich wusste nicht, dass römische Geschichtsschreiber sich für das Schicksal von Barbaren im Exil interessieren. Wir haben also beide Grund, überrascht zu sein.«

Ich erwiderte nichts darauf, hatte aber Mitgefühl mit dieser traurigen Gestalt. Trotz der widrigen Umstände und der beständigen Demütigung vonseiten des Kaisers gelang es Caratacus, eine ruhige Würde zu bewahren, die in krassem Kontrast zum Benehmen unseres verwöhnten Herrschers stand. Ich ertappte mich sogar dabei, widerstrebend Bewunderung für diesen hartgesottenen Krieger zu entwickeln. Vielleicht waren die Britannier doch nicht jene primitiven Barbaren aus meiner Vorstellung.

Er trank noch einen Schluck von seinem Bier, starrte dann den Becher an und schwieg einen Moment. »Ich habe über Euren Vorschlag nachgedacht«, sagte er schließlich und sah mich an. Nun war der Moment der Entscheidung gekommen. Ich umklammerte den Becher in meiner rechten Hand noch fester, während ich darauf wartete, dass er weitersprach. »Ich werde Euch meine Geschichte erzählen – ganz ungeschönt, so wie sich alles zugetragen hat. Aber nur unter zwei Bedingungen.«

Mir schlug das Herz vor Aufregung bis zum Hals, und ich nickte schnell. »Aber natürlich. Alles, was Ihr wollt.«

»Erstens möchte ich, dass Ihr diese Geschichte ebenso ungeschönt niederschreibt – als eine absolut wahrheitsgetreue Schilderung meines Lebens und der römischen Invasion, so hässlich sie gelegentlich auch sein mag. Ich wünsche keine aufgeputzte, für die römischen Leser von allen unappetitlichen Einzelheiten gesäuberte und dadurch leicht verdauliche Fassung. Und deswegen muss ich darauf bestehen, dass Euer Werk erst nach meiner Durchsicht und Freigabe veröffentlicht wird.«

»So soll es sein«, antwortete ich. Ich war nur zu gern bereit, eine Geschichte endlich einmal nicht erst mühevoll zurechtbiegen und aufhübschen zu müssen. »Und Eure zweite Bedingung?«

Caratacus stützte die Ellenbogen auf den Tisch, beugte sich vor und sah mir direkt in die Augen. »Meine Geschichte darf erst nach meinem Tod veröffentlicht werden.«

Ich starrte ihn an und wusste einen Moment lang nicht, was ich darauf erwidern sollte.

»Nur keine Sorge, Römer. Ich bin ein alter Mann, Ihr werdet Euch sicher nicht allzu lange gedulden müssen.«

»Aber weshalb?«, sagte ich. »Warum warten?«

»Mein Leben ist von der Gnade des Kaisers abhängig. Ich bin einer seiner bekanntesten Gefangenen – wenn meine Lebenserinnerungen so kurz nach Boudiccas Aufstand an die Öffentlichkeit gelangen, wird das sicher seinen Zorn erregen, und er könnte meine Leibrente schmälern oder sie ganz einstellen.«

»Das würde Nero nicht wagen«, versicherte ich ihm. »Damit würde er einem Beschluss des vergöttlichten Claudius zuwiderhandeln – und so etwas wird er sich sicher zweimal überlegen.«

»Seid Ihr sicher? Ich habe gehört, dass der Kaiser sehr empfindlich und leicht zu kränken ist. Und nach dem gestrigen Abend werde ich wohl kaum in seiner Gunst gestiegen sein.«

»Vermutlich nicht«, murmelte ich. Caratacus hatte nicht unrecht. Ich wusste nicht viel über Nero, doch er war wohl tatsächlich sehr dünnhäutig.

»Ich habe meiner Frau und meinen Kindern bereits genug Kummer gemacht«, fuhr Caratacus fort. »Und ich habe genug von Euren Geschichtsschreibern gelesen, um zu wissen, dass die Wahrheit leichter zu ertragen ist, wenn die Protagonisten der jeweiligen Geschichte bereits gestorben sind. Gebt mir Euer Wort, dass Ihr meine Lebenserinnerungen bei Euch verwahrt, bis Lud mich in die Anderswelt geleitet hat, und ich werde Euch meine Geschichte erzählen.« Er zuckte mit den Schultern.

»Und wer weiß, vielleicht trägt bis dahin auch ein anderer das kaiserliche Purpur.«

Ich dachte gründlich darüber nach. Die Vorstellung, Caratacus' Geschichte niederzuschreiben, nur um sie dann für Jahre wegzuschließen, entmutigte mich. Allerdings war die Gelegenheit, von einer so beeindruckenden Figur wie diesem britannischen Kriegsherrn zu berichten, wohl einmalig. Seine Geschichte musste einfach erzählt werden, selbst wenn es noch viele Jahre dauern sollte, bis sie das Licht der Öffentlichkeit erblickte.

»Nun gut«, sagte ich. »Ihr habt mein Wort.«

Caratacus' Miene hellte sich auf. »Wunderbar. Dann fangen wir an.«

Ich setzte mich ruckartig auf. »Jetzt sofort?«

»Ja, warum nicht? Oder habt Ihr etwas Besseres zu tun?«

Meine Antwort bestand darin, Griffel und Wachstafeln einsatzbereit zu machen. Caratacus füllte seinen Becher bis zum Rand mit Honigbier, nahm einen Schluck und lehnte sich dann auf seinem thronartigen Stuhl zurück.

»Seid Ihr so weit?«, fragte er. Ich nickte. »Gut. Dann fangen wir einfach am Anfang an …«

KAPITEL 3

Britannien, 18 n. Chr.

Man bringt Euch bei, dass Rom unbezwingbar ist und seine Feinde niemals auf den Sieg hoffen dürfen. Und nun seht Ihr einen bemitleidenswerten, heimwehkranken Fremden vor Euch und fragt Euch staunend, wie mein Volk der Macht der römischen Legionen so lange standhalten konnte. Aber jedes Reich kann untergehen, und sein König mit ihm. Eines Tages womöglich wird Euer Kaiser so enden wie ich. Für Euch ist das nur schwer vorstellbar, aber hört meine Geschichte und erfahrt, wie es dazu kam, dass ich, Caratacus, einst König der Catuvellaunen und Herrscher über viele britannische Stämme, heute in Rom bin.

Ich wurde in Verulamium geboren, der größten Siedlung unseres Stammes. Als ich zwei Jahre alt war, erfuhr mein Vater, König Cunobelinus, von der vernichtenden Niederlage, die die germanischen Stämme Varus und seinen Legionen beigebracht hatten. Mein Vater war nicht besonders religiös, aber als er diese frohe Kunde hörte, ordnete er sofort an, den Göttern zu opfern. Daraufhin wurden reiche Opfergaben in den Fluss Ver geworfen, die Druiden richteten zwei Diebe hin und lasen aus ihren Todeszuckungen große Siege für unser Volk heraus. So erzählt man es sich – aber es würde mich nicht überraschen, wenn sich die Wahrheit ein wenig anders verhielte. Mein Vater hatte ein Talent dafür, die Wahrheit seinem politischen Vorteil anzupassen. Er hätte einen guten römischen Anwalt abgegeben.

Ich war noch zu klein, um mich daran erinnern zu können, aber man hat mir erzählt, dass dies eine Zeit der Hoffnung für alle Gegner Roms war. Viele Jahre lang hatte die Scham darüber, dass unsere Vorfahren sich Caesar ergeben hatten, einen Schatten über unser Land geworfen. Die britannischen Stämme hatten mit zunehmendem Unbehagen beobachtet, wie Roms Griff immer fester um Gallien und Belgica wurde, und sie hatten den Tag gefürchtet, an dem die Legionen wieder über das Meer kommen würden. Doch die verheerende Niederlage des Varus gab ihnen neue Hoffnung. Zum ersten Mal überhaupt schienen die römischen Legionen nicht mehr unbesiegbar. Und da er nun keine Angst vor einer Invasion mehr haben musste, erweiterte mein Vater seinen Einflussbereich über unser Stammesgebiet hinaus.

Kurz vor meinem ersten Geburtstag marschierten unsere Krieger gegen Camulodunum, die im Osten Britanniens gelegene große Hauptstadt der Trinovanten. Ihr König Dubnovellaunus hatte geschworen, seine Festung niemals aufzugeben, aber seine Männer gerieten beim Anblick unserer Armee in Panik, und nach einem kurzen Kampf floh er mit seiner Familie und seinen Anhängern über den Tamesis nach Süden. Daraufhin erklärte sich mein Vater umgehend zum Großkönig beider Stämme, und für eine kurze Zeit herrschte tatsächlich Frieden.

Ich hatte vier Brüder. Adminius, der Erstgeborene, war vier Jahre älter als ich. Als kleines Kind wäre er fast an einem Fieber gestorben, woraufhin er von meinen Eltern bei jeder Gelegenheit besonders verhätschelt wurde.

Kurz nach unserem Umzug nach Camulodunum wurde Togodumnus geboren. Er war von frühester Kindheit an sehr eigensinnig, dickköpfig und furchtlos, und ich liebte ihn von ganzem Herzen. Später gebar meine Mutter noch zwei weitere Söhne: Maridius und Vodenius. Doch im Winter nach Vodenius' Geburt bekam sie Husten und Fieber und starb im folgenden Frühjahr. Vater trauerte viele Monate lang, und vielleicht war Adminius deswegen auch stets sein Lieblingssohn, denn er hatte Mutters gutes Aussehen und ihre gewinnende Art geerbt, was ihn sicher sehr an sie erinnert hat.

Die ersten Jahre meines Lebens verbrachte ich in Camulodunum. Diese Siedlung hatte nichts mit Euren hübsch gerasterten römischen Städten gemein. Sie bestand damals aus kaum mehr als ein paar auf Äckern verteilten Kuhställen und Rundhäusern um einige wenige Steinbauten und eine Bootslandestelle am nahe gelegenen Fluss herum. Gelegentlich legten kleine Handelsschiffe an. Sie brachten gallische Waren für die Adligen unseres Stammes oder für jene im Umland, die sich den teuren Wein und das Geschirr aus Terra Sigillata leisten konnten. Erdwälle mit einer starken Palisade schützten die Siedlung vor Feinden. Sie käme Euch im Vergleich zu Eurer großartigen Stadt ganz sicher dreckig und barbarisch vor – aber sie war eben unsere Heimat.

Unsere Familie residierte an dem im südlichen Teil von Camulodunum gelegenen Fürstenhof. Ich spielte oft mit Adminius und Togodumnus in den Wäldern und an den Flüssen in der Umgebung der Stadt. Wir jagten und fischten und rauften miteinander, wie es Jungen eben so tun. Alles in allem war es eine unbeschwerte Zeit, die jedoch endete, als ich zu den Druiden geschickt wurde, um mich ausbilden zu lassen.

Das war der erste Schritt auf dem Weg, der mich auf den Thron führen und zum größten Kriegsherrn Britanniens und Erzfeind Roms machen sollte. Und verantwortlich dafür war mein Lehrer, der Druide Bladocus. Ohne ihn wäre ich niemals König geworden.

An einem trüben grauen Morgen spät im Herbst – ich war gerade elf Jahre alt – befand ich mich auf dem Weg durch den Fürstenhof zur Großen Halle. Der Lehmboden war matschig, und der Geruch eines Holzfeuers lag in der Luft. Adminius und Togodumnus trotteten neben mir her. Der Schlamm unter unseren Lederstiefeln gab bei jedem Schritt ein schmatzendes Geräusch von sich. Wir hatten ein paar Stunden lang in einem kleinen Tal außerhalb des Fürstenhofs gespielt, dann hatte uns einer von Vaters Gefolgsmännern zum täglichen Unterricht bei Bladocus – einem der letzten Vertreter des gallischen Druidenkults – in die Halle gerufen.

»Hoffentlich fasst sich der alte Ziegenbock heute kurz«, maulte Adminius, als wir an den Ställen vorbeiliefen. »Sicher müssen wir uns wieder irgendwelche Geschichten über tote Könige und Zaubersprüche anhören.«

»Und was ist daran falsch?«, fragte ich.

»Das ist stinklangweilig«, schnaubte Adminius verächtlich. »Reine Zeitverschwendung. Wir sollten lieber kämpfen lernen, anstatt diesem stinkigen Gallier zuzuhören.«

Bladocus als Erzieher für uns zu gewinnen war Vaters Idee gewesen. Er hatte entschieden, dass wir als Söhne eines Königs auch eine ordentliche Ausbildung bekommen sollten, sobald wir alt genug dafür waren. Und so mussten Adminius, Togodumnus und ich sowie die Sprösslinge einiger Edelmänner aus Camulodunum jeden Morgen zur dritten Stunde in der Halle antreten, um von Bladocus unterrichtet zu werden. Die Druiden waren unsere gelehrtesten Männer, vollzogen unsere heiligen Rituale und gaben die Weisheit der Ältesten weiter. Sie kannten sich mit Magie, Astrologie, Heilkunst, Sprachen, der Geschichte unserer Stämme und dem Wirken der Götter aus. Ihnen brachte das Volk die höchste Achtung entgegen, und ihre Bedeutung war so groß, dass Könige und Älteste ihnen ihre Söhne anvertrauten, damit sie von ihnen lernten und so eines Tages zu guten Anführern wurden.

Mir gefielen Bladocus' Lektionen, besonders die Geschichten über unsere Vorfahren und die großen Schlachten, in denen sie gekämpft hatten, Geschichten aus einer Zeit, in der die Kelten die halbe bekannte Welt beherrscht und die Römer vor den Armeen unserer Ahnen gezittert hatten. Adminius und Togodumnus konnten den Unterricht bei dem Druiden nicht ausstehen. Sie spielten lieber grobe Streiche mit ihren Freunden, als sich diesen alten Kram anzuhören.

»Keine Ahnung, warum uns Vater dazu zwingt«, fuhr Adminius mürrisch fort. »Dieses ganze Gerede von goldenen Streitwagen und Viehdieben ist völliger Blödsinn.«

»Aber das ist die Geschichte unseres Volkes«, widersprach ich. »Das ist doch wichtig. Und die Geschichten sind lustig.«

»Für dich vielleicht.«

»Warum gehst du überhaupt hin, wenn es dir keinen Spaß macht?«, fragte ich herausfordernd. Adminius hatte in letzter Zeit schon ein paarmal geschwänzt und die Vormittage lieber damit verbracht, den Töchtern der örtlichen Oberschicht schöne Augen zu machen.

»Weil ich es Vater versprochen habe«, sagte er mürrisch. »Und weil er mich verprügelt, wenn ich nicht hingehe.« Er schwieg einen Moment lang. »Vielleicht sollte ich das in Kauf nehmen. Alles ist besser, als diesem traurigen alten Druiden zuzuhören.«

»Ich finde Bladocus nicht so schlimm.«

»Er ist ein Langweiler. Sein Atem stinkt nach Zwiebeln. Und er ist so hässlich wie die Zähne eines alten Weibs.«

»Sag doch nicht so was!«, rief Togodumnus ängstlich. »Dafür bekommst du Ärger. Die Druiden hören alles.«

»Wer behauptet denn so was?«, fuhr Adminius unseren jüngeren Bruder an.

»Onkel Epaticcus. Er sagt, das gehört zu ihren übermenschlichen Fähigkeiten. Die Druiden können so gut hören und sehen wie die Götter, und jedes Kind, das etwas Schlechtes über sie sagt, wird blind und ihm fallen die Haare aus.«

Adminius gab ein fieses Lachen von sich. »Und das glaubst du? Brüderchen, du bist ja noch dümmer, als du aussiehst.«

»Sei still!«

»Sei doch selber still, Blödmann.«

»Er hat recht«, sagte ich zu Adminius. »Du solltest dich nicht über Bladocus lustig machen. Er ist ein Druide des dritten Rings und sehr mächtig.«

»Mag sein, aber er ist trotzdem ein grantiger alter Gallier. Du magst ihn nur, weil du sein Lieblingsschüler bist.« Adminius funkelte mich böse an. »Weil du dich immer lieb Kind bei ihm machst.«

»Wenigstens lerne ich etwas«, antwortete ich aufgebracht. »Im Gegensatz zu dir.«

»Und wofür soll das gut sein?«, fragte Adminius bitter und schüttelte den Kopf. »Was soll es uns bringen? Geschichte und Dichtkunst werden uns kaum von Nutzen sein, egal, was Vater denkt. Nicht, solange Verica uns weiter Schwierigkeiten macht«, fügte er noch leise hinzu.

Ich wandte mich schmollend von ihm ab. Verica war König der Atrebaten, eines mächtigen Stammes, der die fruchtbaren Ländereien südwestlich von uns besiedelte. Verica hatte ein paar Jahre zuvor seinen älteren Bruder Eppillus vom Thron gestoßen, indem er viele Adlige seines Stammes mit römischem Silber bestochen hatte. Eppillus war aus der Hauptstadt Calleva nach Osten geflohen, und Verica hatte römischen Kaufleuten erlaubt, entlang der Küste und der Flüsse seines Königreichs Handelsstationen zu errichten, und sich dafür mit Silber entlohnen lassen. Viele Stämme fürchteten, dass den Händlern eines Tages römische Soldaten folgen würden. Und nun hatte Verica ein Auge auf unser Reich geworfen. Vor einem Monat hatten wir erfahren, dass er Unruhe stiftete, indem er sich bei in die Verbannung geschickten Adligen der Trinovanten einschmeichelte und sie gegen ihre catuvellaunischen Herren aufwiegelte. Diese Neuigkeit hatte an unserem Hof für große Aufregung gesorgt. Camulodunum war davon nicht betroffen, doch einige der entfernteren Siedlungen unseres Reichs waren ihrem vorherigen Herrscher immer noch treu ergeben – viele fürchteten einen verlustreichen Bürgerkrieg, sollte Verica die Exilanten noch weiter aufhetzen.

Als wir uns dem Eingang der Halle näherten, sah ich zwei Wachposten in hellblauen Tuniken mit aufgepflanzten Speeren davor stehen, die gelangweilt den Blick über den Fürstenhof schweifen ließen. Das Banner unseres Stammes mit dem heiligen Hirsch darauf flatterte in der morgendlichen Brise, was mich irgendwie an eine Schlangenzunge erinnerte. Die Wächter begrüßten uns mit einem ehrfürchtigen Nicken und machten Platz, damit wir durch die kleine Vorhalle den klammen Innenraum betreten konnten.

In der Halle war es an diesem Morgen völlig still. Mein Vater hatte sie nur kurze Zeit vor uns verlassen, um die neuesten an den Verteidigungsanlagen von Camulodunum vorgenommenen Verbesserungen zu inspizieren. Eine Handvoll Vertreter des niederen Adels und ein paar Krieger saßen noch auf den Bänken zu beiden Seiten des breiten Mittelgangs. Im Zentrum der von ein paar Dutzend Talgkerzen spärlich beleuchteten Halle war ein Diener damit beschäftigt, in den brennenden Scheiten der Feuergrube herumzustochern, neben der eine Hündin mit ihren Welpen auf dem Steinboden lag und sich wärmte. In der gegenüberliegenden Ecke hatten sich meine Brüder Vodenius und Maridius sowie die anderen catuvellaunischen Kleinkinder versammelt. Eine Dienerin erzählte ihnen gerade eine Geschichte. Auf einem freien Platz vor einem der groben Holztische saßen ein Dutzend Jungen, Kinder der Adligen von Camoludunum, auf gepolsterten Stühlen, unterhielten sich und scherzten, in ihrer Mitte ein großer Mann mit wirren Haaren, der eine schwarze Robe trug. Das war Bladocus, der Berater meines Vaters. Als er uns kommen hörte, stand er auf und drehte sich zu uns um.

»Ah, unsere Prinzen geruhen zu erscheinen«, verkündete er mit seinem weichen gallischen Akzent. Er warf meinem großen Bruder einen überraschten Blick zu. »Selbst Adminius beehrt uns heute mit seiner Anwesenheit.«

Adminius zuckte mit den Schultern. »Ich habe es Vater versprochen, Herr.«

»Nun, das ist äußerst lobenswert.« Bladocus lächelte und entblößte dabei seine fleckigen Zähne. »Da du nun hier bist, möchtest du ja vielleicht auch das ein oder andere lernen.«

»Oder mich zu Tode langweilen, was wesentlich wahrscheinlicher ist«, murmelte Adminius.

Die Augen des Druiden verengten sich, und sein Blick durchbohrte ihn wie ein Dolch. »Hast du etwas gesagt?«

»Nein, Herr.«

Bladocus starrte ihn weiter kühl an. »Es freut mich, dass du zum Unterricht gekommen bist, aber ich erwarte auch, dass du wirklich daran teilnimmst. Solltest du dich nicht ordentlich benehmen oder Ärger machen, werde ich das deinem Vater unverzüglich mitteilen. Verstanden?«

»Ja, Herr«, erwiderte Adminius und beugte leicht den Kopf.

»Gut.«

Ich setzte mich auf einen Stuhl und beobachtete Bladocus. Für einen Römer hätte er auf den ersten Blick wohl wie ein schrumpeliger alter Bettler ausgesehen. Er war dünn und sehnig, seine Haut war milchig weiß, sein Gesicht eingefallen und seine Augen saßen wie schwarze Steine tief in ihren Höhlen. Wie alle Vertreter seines Kults hatte er einen geflochtenen Bart und Tätowierungen auf Stirn und Händen. Um seine Handgelenke hingen magische Talismane aus Rosshaar und Tierzähnen. Er wartete, bis wir uns alle gesetzt hatten, dann räusperte er sich. »Heute wollen wir uns weiter mit der Geschichte eures großen Vorfahren Cassivellaunus beschäftigen.«

Der ein oder andere im Kreis stöhnte, darunter auch meine Brüder, aber ich lauschte gebannt, als Bladocus zu erzählen begann. »Gestern haben wir gehört, wie Cassivellaunus nach Überwindung großer Schwierigkeiten den Thron bestiegen hat. Er hatte gegen Verräter am eigenen Hof zu kämpfen gehabt und feindliche Stämme bezwingen müssen. Doch nun bekam er es mit dem größten Feind von allen zu tun: mit Caesar, dem barbarischen Keltenschlächter und brutalen Eroberer meines eigenen Volks, der Gallier. Als die Römer in Britannien einfielen, herrschte dort eine Zeit des großen Unfriedens und der Unruhe. Die Ernte war schlecht ausgefallen, die Frauen und Kinder verhungerten und überall gab es Aufstände. Nur König Cassivellaunus konnte die Stämme vor der drohenden Vernichtung retten …«

Bladocus war zwar Druide, aber er konnte viel besser erzählen als all die unterwürfigen Barden meines Vaters. Ich hörte wie gebannt zu, als er das Leben des alten Königs in jedem Detail schilderte. Adminius hingegen passte nicht auf, sondern tuschelte mit dem verzogenen kraushaarigen Sohn eines trinovantischen Adligen. Bladocus warf den beiden einen zornigen Blick zu, der sie schnell verstummen ließ.

»Nun denn«, sagte Bladocus schließlich und sah uns alle nacheinander an. »Wer kann mir die Namen der fünf Stämme nennen, die König Cassivellaunus verraten und sich Caesar ergeben haben?«

Es wurde still, und die Jungen rutschten auf ihren Stühlen herum oder starrten ihre Füße an. Keiner wagte zu antworten. Schließlich fiel Bladocus' Blick auf mich. »Caratacus, vielleicht könntest du uns aufklären?«

Ich fühlte die Blicke der anderen Schüler auf mir. Ich hatte oft den Eindruck, dass Bladocus mich im Unterricht öfter drannahm als die anderen und mir die schwierigsten Fragen stellte. Manchmal kam es mir gerade so vor, als wollte er, dass ich einen Fehler machte. Das ließ ich mir natürlich nicht gefallen. Dass er ständig mein Wissen prüfte, brachte mich nur dazu, noch mehr zu lernen.

»Aber natürlich, Herr«, erwiderte ich selbstbewusst. »Das waren die Bibroci, Cenimagni, Ancalites, Segontiaci und Cassi.«

»Korrekt.« Bladocus sah mich einen Moment lang nachdenklich an. »Ausgezeichnet.«

»Danke, Herr.«

»Wenn nur deine Mitschüler ebenso fleißig lernen würden.«

Aus dem Augenwinkel sah ich, wie Adminius dem Jungen mit den blonden Locken etwas zuflüsterte. Die beiden kicherten. Bladocus fuhr zu ihnen herum und starrte meinen Bruder wütend an. »Möchtest du uns etwas mitteilen, Adminius?«

»Nein, Herr.«

»Wirklich nicht?« Bladocus deutete auf den blonden Jungen neben ihm. »Deinen Freund Moxius scheinst du aber gerade sehr erheitert zu haben. Vielleicht möchtest du uns alle an dem Witz teilhaben lassen?«

»Aber ich habe überhaupt nichts gesagt, Herr. Ihr täuscht Euch.«

Wie ein Schatten legte sich eine finstere Miene auf das Gesicht des Druiden. »Versuche nicht, mir etwas vorzumachen. Du hast überhaupt nicht zugehört, sondern stattdessen mit deinem Freund hier Witze gerissen.«

»Das ist nicht wahr, das schwöre ich!«

Bladocus' Mund verzog sich zu einem grausamen Lächeln. »Beweise es mir. Sag mir, welcher unserer Könige Verulamium erobert hat. Da du in den letzten Wochen ja so aufmerksam zugehört hast, solltest du diese Frage mühelos beantworten können.«

Mein Bruder wurde rot, und die anderen Schüler starrten ihn an. Er sah sich um, als hoffte er, dass ihn jemand aus dieser peinlichen Situation befreien würde.

»Na los, Adminius«, sagte ich. »Das ist doch nicht schwer!«

»Ruhe! Lass ihn selbst antworten!«, fuhr mich Bladocus an. Er ging einen Schritt auf Adminius zu und öffnete erwartungsvoll die Hände. Moxius zappelte nervös herum und starrte auf den Boden.

»Ich warte immer noch auf die Antwort«, sagte der Druide.

Adminius biss sich auf die Lippe. »Das war ... König Ludnus, Herr?«

»Nein.« Bladocus schüttelte den Kopf.

»Es war Tasciovanus«, rief ich dazwischen. »Die Antwort lautet Tasciovanus. Das weiß doch jeder. Bei Lud, sogar ein Schwachkopf könnte diese Frage beantworten.«

Einige der anderen Jungen lachten leise. Bladocus hob die Hand. »Schon gut. Das war deutlich genug.«

Jetzt, ein halbes Leben später, weiß ich, dass ich damals einen Fehler gemacht habe. Ich hätte auf den Druiden hören sollen, aber das habe ich nicht getan, sondern stattdessen einfach weitergemacht in der Hoffnung, dass es mir noch ein paar Lacher einbringen würde. Monatelang hatte mich Adminius wegen meiner Begeisterung für Geschichte und Dichtung gehänselt. Nun nutzte ich die Gelegenheit, es ihm heimzuzahlen.

»Ich meinte ja nur, dass er besser zuhören sollte, Herr.« Ich wandte mich Adminius zu. »Wenn du nur halb so viel Zeit mit Lernen verbringen würdest wie mit deinen Haaren, dann wüsstest du vielleicht das ein oder andere.«

Aus dem Kreis der anderen Schüler war wieder Gelächter zu hören – und das gefiel mir außerordentlich gut. Manche folgten meinem Beispiel und schleuderten Adminius ebenfalls Beleidigungen entgegen, woraufhin dieser in sich zusammensackte, den Kopf hängen ließ und den Blicken seiner Mitschüler auswich.

»Ruhe!«, donnerte Bladocus. »Seid still, und zwar alle!«

Alle schwiegen abrupt, und eine unangenehme Stille breitete sich in der Halle aus – unterbrochen nur von einem gelegentlichen Husten oder den Geräuschen der in der Küche nebenan arbeitenden Sklaven. Bladocus sah mich finster an und wandte sich dann wieder meinem Bruder zu.

»Caratacus wollte damit wohl sagen, dass es Disziplin und Konzentration braucht, wenn man etwas lernen will. Das ist richtig, auch wenn er sich sehr ungeschickt ausgedrückt hat.« Er verstummte und sah mich ein weiteres Mal böse an. Dann nickte er Adminius zu. »Du tätest gut daran, dem Beispiel deines Bruders zu folgen, ohne dir seine Manieren anzugewöhnen. Hast du das verstanden, mein Junge?«

»Ja, Herr«, murmelte Adminius.

»Gut, dann machen wir nun weiter mit dem Unterricht …«

Während des ganzen Vormittags sah ich immer wieder zu Adminius hinüber. Er hatte den Mund zu einer schmalen Linie zusammengepresst und starrte mich böse an. Mich vor allen anderen über ihn lustig zu machen, war ein Fehler gewesen. Wir waren von jeher Rivalen, die um Vaters Anerkennung buhlten. Ich war der bessere Schüler, Adminius sah dafür besser aus und hatte eine umgängliche Art, was ihn bei allen beliebt machte. Dass ich mich über ihn lustig gemacht und ihn der allgemeinen Lächerlichkeit preisgegeben hatte, verletzte seinen Stolz.

Ich begriff, dass dies die Feindschaft zwischen uns nur noch vertiefen würde. Adminius würde diese öffentliche Demütigung nicht vergessen und sich früher oder später dafür rächen.

KAPITEL 4

Am Nachmittag desselben Tages versammelten sich die Schüler zur täglichen Übung an den Waffen. Ein leichter, kühler Herbstwind wehte durch den Fürstenhof, während wir unter dem aufmerksamen Blick meines Onkels paarweise mit groben, an Schwerter erinnernden Holzstöcken fochten. Epaticcus war der Anführer der Kriegsbande meines Vaters und der beste Kämpfer des ganzen Königreichs. Diejenigen, die bereits alt genug waren, ein solches Holzschwert zu schwingen, übten sich damit gegen einen passenden Gegner im Kampf, während die Kleineren in der Nähe der Halle mit Spielzeugschwertern im Schlamm spielten. Am anderen Ende des Übungsplatzes waren ein paar Veteranen damit beschäftigt, auf robuste Holzpflöcke einzuschlagen.

»Verdammt, nennst du das etwa einen Hieb?«, bellte mich mein Onkel an, als ich einen schwächlichen Angriff auf meinen Gegner ausführte. »Bei Lud! Du sollst deinen Feind niederstrecken und ihn nicht zu Tode kitzeln.«

Ich hielt inne, um wieder zu Atem zu kommen, umfasste mein Holzschwert fest mit der Hand und wandte mich wieder meinem Gegner zu: Brigos, der jüngere Sohn eines trinovantischen Adligen, der nach der Flucht seines Königs die Seiten gewechselt hatte. Er war ein paar Monate älter als ich, aber kleiner, hatte dunkles Haar und ein dickliches, rundes Gesicht. Um uns herum krachten die Holzschwerter der anderen Jungen lautstark gegeneinander.

»Na los, Caratacus!«, schrie Epaticcus. »Worauf wartest du denn noch? Greif ihn an!«

Ich holte tief Luft und hieb mit dem Schwert nach Brigos' Oberkörper. Brigos beeilte sich, den Schlag abzuwehren, täuschte einen Angriff an und ließ einen schrägen Hieb folgen, der mich am Unterarm traf. Ich stolperte rückwärts und stieß dann noch einmal unbeholfen in seine Richtung.

Epaticcus gab ein missbilligendes Stöhnen von sich. »Aber doch nicht so!«, knurrte er, marschierte zu Brigos und streckte die Hand aus. »Na schön. Gib mir dein Schwert, Fettwanst. Ich mache hier weiter.«

Brigos gab ihm zögerlich sein Holzschwert und begab sich dann in sichere Entfernung. Epaticcus starrte mich mit der Übungswaffe in der riesigen Hand an. Mit seinem langen Schnauzbart, den strahlend blauen Augen und dem blonden Haar, dünn vom jahrelangen Waschen mit Kalkwasser, war mein Onkel das Abbild eines wahren Kelten. Sein Gesicht war mit Narben übersät. Damals war er mir sehr alt vorgekommen, obwohl er erst in seinen Dreißigern gewesen war. Aber einem Kind erscheinen ja alle Männer alt. Epaticcus war stolz und überheblich und hatte eine vulgäre Ausdrucksweise, war aufbrausend und schien endlos viel Bier trinken zu können. Aber er war auch der mutigste Mann, den ich kannte, und ich liebte ihn wie meinen eigenen Vater. Vielleicht sogar noch mehr.

»Wenn du mit einem Langschwert kämpfst, ist nur eins wichtig: die Schneide«, sagte er und tippte gegen das

Holzschwert. »So haben schon unsere Väter und Vorväter gekämpft. Und weißt du auch, warum?«

Ich schüttelte langsam den Kopf. »Nein, Onkel.«

»Weil das ein verdammt wirkungsvoller Angriff ist.« Ein Grinsen breitete sich auf seinem Gesicht aus. »In einem Zweikampf kann ein Treffer mit einer Hiebwaffe verheerenden Schaden anrichten. Ordentlich ausgeführt kannst du damit ein Schlüsselbein zertrümmern, Sehnen und Muskeln durchtrennen … und mit einem einzigen sauberen Schlag sogar einem Mann den Kopf abtrennen.«

Er trat ein paar Schritte zurück, spannte die Muskeln an und ging in die Hocke. »Greif mich an, dann zeige ich dir, was ich meine.«

»Muss ich wirklich?«

»Keine Sorge, ich tu dir schon nichts.« Epaticcus lachte leise.

Ich holte tief Luft, stürzte mich auf ihn und versuchte es mit einem kräftigen Stoß auf seinen Brustkorb. Epaticcus wich geschickt aus und drückte meine Waffe nach oben von seinem Körper weg. Dann tänzelte er geschmeidig nach rechts und verpasste mir mit der harten Schneide des Holzschwerts einen Schlag gegen die rechte Flanke. Ich verzog das Gesicht und zog mich zurück. Epaticcus grinste.

»Siehst du? Mit einem gut gezielten Hieb kannst du deinen Gegner in jeder Höhe treffen. Und jetzt versuch es noch einmal!«

Epaticcus wartete in aller Ruhe auf meine nächste Attacke. Ich schüttelte den Schmerz ab und ging dann noch einmal ungestüm auf meinen Onkel los. Epaticcus wich mir erneut mit Leichtigkeit aus und senkte sein Schwert, woraufhin ich mit dem Oberschenkel dagegenstieß. Ich hatte so viel Schwung, dass ich nicht innehalten konnte und darüber stolperte. Dann spürte ich einen leichten Schlag, als mich die stumpfe Spitze seines Holzschwerts in den Rücken traf, und ging mit einem kläglichen Stöhnen zu Boden. Mehrere ältere Jungen zeigten auf mich und lachten. Epaticcus rief ihnen zu, dass sie sich wieder ihren Übungen widmen sollten, und hielt mir die Hand hin. »Beachte sie gar nicht«, murmelte er. »Sie haben auch einmal klein angefangen. Du hast zwar keine Ahnung vom Schwertkampf, aber du hast Mut, und das ist die Hauptsache.«

Ich nahm seine Hand und stand langsam auf.

»Tapferkeit, mein Junge!«, sagte Epaticcus. »Tapferkeit zeichnet den wahren Kelten aus. Man kann jedem Trottel beibringen, ein Schwert zu halten oder einen Wurfspeer zu schleudern. Aber man kann niemandem beibringen, im Angesicht des Feindes seinen Mann zu stehen. Unser Mut macht uns zu dem, was wir sind. Vergiss das nie.«

»Das werde ich nicht«, sagte ich.

Er sah mich scharf an. »Und denk immer daran: Ein Kampf lässt sich am schnellsten durch einen Hieb mit dem Langschwert beenden. Wenn du deinen Feind mit einem Streich tötest, wirst du seine Kameraden in Angst und Schrecken versetzen. Außerdem ist ein Langschwert wesentlich eindrucksvoller als die niedlichen kleinen Klingen, die die Mädels von den römischen Legionen mit sich herumtragen. Und du weißt doch, was man über einen Mann mit einem kleinen Schwert sagt?«

Ich starrte ihn verständnislos an. »Was denn, Onkel?«

Epaticcus schüttelte den Kopf. »Vergiss es ... Und nun pass auf.«

Er trat einen Schritt zurück, nahm seine Kampfposition ein und schwang das Holzschwert, als wäre es leicht wie eine Feder. Dann ließ er es plötzlich durch die Luft nach unten sausen. Anschließend wiederholte er die Bewegung zu meinem Verständnis noch einmal langsamer.

»Bei dieser Kampfweise liegt das Geheimnis darin, die Klinge die Arbeit machen zu lassen. Nutze die Kraft und den Schwung deines gesamten Körpers für den Angriff. Die Knie müssen leicht gebeugt sein und die Schultern entspannt. Ziele stets auf Kopf, Hals oder Bauch, dort kannst du am meisten Schaden anrichten.«

»Aber was ist, wenn der Feind einen Brustpanzer trägt? Oder einen Helm?«

»Dann kannst du ihn trotzdem kampfunfähig machen. Selbst wenn der erste Hieb den Mann nicht tötet, wird er schneller zu Boden gehen, als ein Hundefurz ein Rundhaus leerräumen kann. Wenn er sich erst mal am Boden krümmt, kannst du ihn mit einem kurzen Stich in den Bauch erledigen. Oder – noch besser – du schlägst ihm den Kopf ab.« Er zwinkerte mir zu. »Ein Mann, der ein paar berühmte Köpfe als Trophäen vor seinem Haus hängen hat, ist bei den catuvellaunischen Frauen sehr beliebt. Das bedeutet, dass er ein guter Krieger ist.«

»Ich will es auch versuchen!«, schrie Togodumnus, der uns zugesehen hatte. »Ich will auch kämpfen!«

»Und ich will eine schöne pralle Königstochter zur Frau, aber man kann eben nicht alles haben, oder?«, entgegnete Epaticcus.

Auf dem sommersprossigen Gesicht meines Bruders machte sich Enttäuschung breit. Epaticcus wandte sich wieder mir zu und sah mich ernst an. »Denk dran: Immer erst einen ordentlichen Streich mit der Klinge, danach kannst du zustechen, falls er noch nicht erledigt ist. So zu fechten erfordert viel Geschicklichkeit und Kraft, aber sobald du es einmal beherrschst, wirst du keinen Kampf mehr verlieren. Wir Kelten machen das schon seit Jahrhunderten so. Zuverlässiger lässt sich ein Gegner auf dem Schlachtfeld nicht besiegen.«

»Was ist mit den Galliern?«, fragte ich.

»Was soll mit ihnen sein?«

»Sie haben mit ihren Langschwertern ganz genauso gegen Caesar gekämpft, und trotzdem hat Vercingetorix gegen die Römer verloren.«

Epaticcus runzelte die Stirn. »Du hast bei deinen Geschichtslektionen gut aufgepasst, nicht wahr?«

»Bladocus hat uns das beigebracht.«

Mein Onkel rümpfte angewidert die Nase. »Mir egal, was dieser Druide sagt. Die Gallier haben verloren, weil sie ein Haufen weinsaufender Angsthasen sind, mit der Kampftechnik hat das nichts zu tun. Diese Feiglinge würden doch vor einem alten Weib Reißaus nehmen. Dann haben die Römer sie eben besiegt – an uns werden sich diese Scheißkerle in ihren roten Mänteln ganz bestimmt die Zähne ausbeißen!«

»Ja, wahrscheinlich.« Ich nickte vage und wünschte mir, so zuversichtlich wie mein Onkel sein zu können. Doch ich hatte von Bladocus genug über die römischen Legionen gehört, um sie selbst damals schon zu fürchten.

»Glaubst du, dass die Römer noch einmal hierherkommen?«, fragte ich.

»Woher soll ich das wissen? Ich bin nur ein einfacher Krieger.« Epaticcus tippte sich mit einem Finger gegen die Schläfe. »Dein Vater ist der Schlauere von uns beiden. Deswegen ist er auch der König.«

»Vater sagt, dass die Römer nicht Ruhe geben werden, bis sie sich die ganze Welt untertan gemacht haben.«

»Da hat er sicher recht. Die Römer sind gierige Schweine.« Epaticcus ging neben mir in die Hocke und legte mir die Hand auf die Schulter. »Aber lass dir gesagt sein: Wenn sie jemals wiederkommen sollten, dann werden wir ihren Soldaten so was von in den Arsch treten. Die werden sich in die Hosen scheißen, noch bevor sie überhaupt aus ihren beschissenen Schiffen gestiegen sind.«

Ich starrte ihn an.

»Was?«

»Du hast geflucht.«

Epaticcus verdrehte die Augen. »Bei Danu! Sag das bloß nicht deinem Vater. Du weißt ja, wie er ist – sonst muss ich mir das bis in alle Ewigkeit anhören.«

»Dein loses Mundwerk wird dich noch mal in Schwierigkeiten bringen, Bruder«, rief eine mir wohlbekannte Stimme.

Epaticcus richtete sich auf und sah zur Großen Halle hinüber, aus der gerade eine hochgewachsene, breitschultrige Gestalt trat. Es war mein Vater Cunobelinus, König der Catuvellaunen und Trinovanten.

Er trug wie üblich eine fein gewebte Tunika, eine grobe Hose, Lederschuhe und einen dicken Wollmantel mit Fellbesatz. Um den Hals hatte er einen beeindruckenden goldenen Torques, so dick wie eine Schlange. Eine kleine Schar aus Bediensteten, Adligen und Druiden in weiten dunklen Gewändern folgte ihm. Unter Letzteren war auch Bladocus, dessen Kopf von einer Kapuze verdeckt wurde. Ein großer, gefleckter Jagdhund trottete ergeben neben meinem Vater her und schnüffelte am Boden.

Epaticcus verneigte sich. »Eure Hoheit.«

Dann bedeutete er den Jungen mit einer Geste, ihre Übungskämpfe zu unterbrechen und sich ebenfalls vor dem König zu verneigen.

»Ich wollte nur einmal nachsehen, wie sich meine Söhne so machen«, sagte mein Vater. »Dass solche Kraftausdrücke zur Ausbildung gehören, ist mir neu.«

Sein ruhiger Blick fiel kurz auf mich. Obwohl sie nur ein paar Jahre trennte, sah mein Vater wesentlich älter aus als Epaticcus. Cunobelinus saß nun seit acht Jahren auf dem Thron, und die Bürde, unser Volk anzuführen, machte sich inzwischen auch körperlich bemerkbar. In seinem sorgfältig gestutzten Bart war das erste Grau zu erkennen, und in seinen Augenwinkeln hatten sich Krähenfüße gebildet.

Die Wangen meines Onkels färbten sich rot. »Verzeihung, Hoheit. Ich habe mich hinreißen lassen. Es wird nicht wieder vorkommen.«

Der Mund meines Vaters zuckte. »Da war sicher nichts dabei, was meine Jungen noch nie gehört haben.«

Epaticcus wollte etwas erwidern, doch der König brachte ihn mit einer knappen Geste zum Schweigen. »Meine Söhne sollen einmal große Krieger werden«, sagte er, »keine geziert parlierenden Barden. Ich kann sie ja nicht auf ewig von der Sprache des Schlachtfelds fernhalten, oder?«

»Nein, Hoheit, sicher nicht.«

»Wie machen sich meine Söhne?«

»Gut.« Epaticcus deutete mit dem Kinn auf meinen älteren Bruder. »Adminius wird jeden Tag besser. Er ist noch etwas langsam auf den Beinen, und manchmal spielt er sich etwas zu sehr auf, doch er ist auf einem guten Weg.«

»Und Caratacus?«

Epaticcus kratzte sich nachdenklich am Kinn. »Es ist noch zu früh, um das beantworten zu können. Er hat erst ein paar Übungsstunden hinter sich und macht noch viele Fehler.«

»Wie wir auch in seinem Alter.«

»Wie wahr.« Epaticcus grinste. »Aber er ist tapfer und lernwillig. Und er hat eine schnelle Auffassungsgabe. Eine schnellere als die meisten sogar, würde ich sagen. Er erinnert mich an dich, wenn ich so darüber nachdenke.«

Mein Vater warf mir einen neugierigen Blick zu. »Er hat also Talent?«, fragte er Epaticcus.

»Das möchte ich meinen. Mit der richtigen Anleitung kann ein guter Krieger aus ihm werden. Vielleicht so gut wie sein Bruder.«

Adminius schnaubte verächtlich. »Dieser kleine Schwächling? Das kann doch nicht dein Ernst sein, Onkel. Aus dem wird nie ein brauchbarer Krieger. Sieh ihn doch nur an! Er ist so dünn wie ein Hirtenstab.«

»Er mag schmächtig sein, aber Körpergröße ist nicht alles«, sagte Epaticcus.

»Schmächtig?« Adminius lachte. »Er ist schmaler als

ein Strahl Pisse. Du solltest lieber bei deinen Geschichtsstunden bleiben, Brüderchen. Überlass das Kämpfen den Großen.«

»Ich könnte dich besiegen«, sagte ich.

»Du bist nur ein dürrer Wicht«, sagte Adminius verächtlich. »Das war schon immer so und wird auch nie anders sein. Ich wette, du hättest nicht mal gegen einen Blinden eine Chance im Schwertkampf.«

Ein paar ältere Jungen kicherten. Ich presste die Kiefer zusammen und spürte, wie heiße Wut in meiner Brust aufstieg. »Halt den Mund«, sagte ich leise.

Adminius warf den Kopf zurück und lachte. »Oder was? Wie willst du mich dazu zwingen?«

»Das wirst du schon sehen.«

Adminius trat auf mich zu und grinste höhnisch. »So dürre Wichte wie du sollten keine leeren Drohungen aussprechen«, sagte er. »Das ist gefährlich.«

Ich sah meinen Bruder mit festem Blick an. »Ich habe keine Angst vor dir.«

»Wenn du dich für so einen harten Kerl hältst, warum beweist du es mir nicht?«, fragte er herausfordernd. »Ich könnte dich mit einer auf den Rücken gefesselten Hand fertigmachen.«

Die Erwachsenen beobachteten unsere Auseinandersetzung mit einem leisen, amüsierten Kichern.

»Ihr seid Hohlköpfe, alle beide«, murmelte Epaticcus und verdrehte die Augen. »Benehmt euch nicht immer wie die Rotzlöffel. Ständig müsst ihr euch streiten.«

»Lass sie kämpfen, Epaticcus«, sagte der König.

Mein Onkel zog erstaunt die Augenbrauen hoch. »Hoheit?«

»Sollen die Jungen ihren Streit so beilegen, wie es von jeher Brauch bei uns ist«, erklärte der König. »Und außerdem ist das eine ganz wunderbare Gelegenheit für sie, ihr Können zu zeigen.«

»Aber das wäre ein sehr ungleicher Kampf«, warf Epaticcus ein. »Adminius ist vier Jahre älter, mindestens einen Kopf größer und viel besser entwickelt.«

»Sie sind beide noch Kinder, und sie streiten fortwährend miteinander oder fordern sich gegenseitig heraus. Das hast du doch eben selbst gesagt.«

Epaticcus schüttelte energisch den Kopf. »Sich zankende Kinder und ein Zweikampf sind doch zwei völlig verschiedene Dinge. Adminius übt sich seit Jahren im Führen des Schwerts, Caratacus hatte dagegen nur ein paar Übungsstunden. In einem echten Zweikampf hätte er keine Chance.«

»Es sind ja nur Holzschwerter«, stellte der König klar. »Damit können sie sich wohl kaum ernsthaft etwas tun.«

»Caratacus könnte schwer verletzt werden, auch wenn es nur Holzschwerter sind.«

»Dann wird ihm das eine wertvolle Lehre sein«, sagte mein Vater kühl.

»Was für eine Lehre denn?« Epaticcus warf die Hände in die Luft. »Wie man von jemandem, der viel größer ist als man selbst, den Arsch versohlt bekommt?«

»Caratacus hat seinem älteren Bruder gedroht«, sagte der König. »Damit hat er ihn herausgefordert, und der Junge muss lernen, dass ein Krieger ohne Ehre ist, wenn er seinen Worten nicht auch Taten folgen lässt.«

»Herr, der Kleine hat's nicht so gemeint«, erwiderte

Epaticcus. »Das sind doch nur ein paar Grünschnäbel, die sich gegenseitig Beleidigungen an den Kopf werfen.«

»Vielleicht hätte er nachdenken sollen, bevor er den Mund aufmacht.« Die Miene des Königs verhärtete sich. »Worten wohnt große Macht inne. Caratacus muss lernen, sie mit Bedacht zu wählen oder mit den Folgen zu leben.«

»Das ist falsch.«

Die Miene meines Vaters war nun wie versteinert. »Vergiss nicht, mit wem du sprichst, Epaticcus. Ich bin der König, und ich habe einen Zweikampf meiner Söhne befohlen. Du wirst meinem Befehl gehorchen und sie gegeneinander antreten lassen. Ist das klar?«

Epaticcus öffnete den Mund, um noch einmal zu protestieren, überlegte es sich dann aber anders und senkte demütig den Kopf. »Ja, Herr.«

»Gut.«

Vaters Gefolge bildete einen Kreis um uns. Die Krieger auf der anderen Seite des Platzes legten ihre Waffen nieder und kamen zu uns herüber, um den Wettkampf der Prinzen nicht zu verpassen. Adminius und ich stellten uns inmitten des Kreises voreinander auf. Epaticcus, der die Rolle des Kampfrichters einnahm, trat zwischen uns. Einige ältere Jungen riefen Adminius aufmunternde Worte zu. Er nickte seinen Freunden kurz zu, aber in seinen Augen funkelte es gefährlich.

»Gestern hast du mich gedemütigt, heute bist du an der Reihe«, zischte er. »Das wird dir noch leidtun.«

»Das werden wir ja sehen«, erwiderte ich unbeeindruckt.

Er grinste. »Diesmal wird dich dein Druide nicht retten. Wenn ich mit dir fertig bin, wirst du um Gnade winseln.«

»Also gut, ihr beiden.« Epaticcus sah uns nacheinander in die Augen. »Es ist nur ein Übungskampf, also keine schmutzigen Tricks! Keiner versucht, den Gegner ernsthaft zu verletzen. Gewonnen hat, wer den anderen als Erstes aus dem Kreis drängt oder entwaffnet. Verstanden?«

»Ja, Onkel«, antworteten wir gleichzeitig.

Ich holte Luft, beugte leicht die Knie und spreizte den Schwertarm etwas zur Seite ab – genau so, wie Epaticcus es mich gelehrt hatte. Dieser trat zurück und gab den Kampf mit einem Ruf frei. Adminius ging sofort brüllend auf mich los. Durch die vielen Übungsstunden hatte er Kraft in den Muskeln bekommen, und die Wucht, mit der er mit seinem Holzschwert nach meinem Hals schlug, überraschte mich. Ich parierte den Hieb, woraufhin ein splitterndes Geräusch zu hören war, und noch bevor ich mich von dem Angriff erholt hatte, stürmte Adminius erneut auf mich los und traktierte mich mit einer ganzen Reihe wuchtiger Schläge, die ich nur mit Mühe abwehren konnte. Seine Freunde feuerten ihn begeistert an.

Adminius griff ein weiteres Mal an und drosch nun wie ein Wilder auf mich ein. Ich konnte es an Kraft nicht mit ihm aufnehmen, aber ich war flinker als er. Ich warf mich nach rechts, um seiner Attacke zu entgehen, holte zu einem tiefen Schlag aus und traf sein Schienbein. Adminius fauchte vor Schmerz, aber der Treffer machte ihn nur noch wütender. Er hieb nach meinem Kopf, als wollte er Holz hacken. Ich bemerkte es einen winzigen Moment zu spät und keuchte vor Schmerzen auf, als das Holzschwert von oben gegen meine Schulter krachte, taumelte rückwärts und verlor beinahe das Gleichgewicht. Adminius hielt kurz inne, um sich von seinen Anhängern bewundern zu lassen.

»Mach ihn fertig!«, rief einer seiner Freunde.

»Vernichte ihn!«, schrie ein anderer.

Meine Schulter pochte vor Schmerz, und ich atmete kurz und stoßweise. Mir war klar, dass ich in der Klemme steckte, denn ich war meinem Bruder in Können und Stärke unterlegen. Wenn mir nicht schnell etwas einfiel, wie ich ihn auf andere Art und Weise besiegen oder zumindest ein Unentschieden herausschlagen konnte, riskierte ich tatsächlich eine schwere Verletzung.

Also atmete ich tief durch, spannte meine Muskeln an und zwang mich, die brennenden Schmerzen in meiner Schulter zu ignorieren.

»War's das schon, Adminius?«, schrie ich. »Und du hältst dich für einen Krieger? Da habe ich ja Säuglinge besser kämpfen sehen. Du schaffst es ja nicht einmal, deinen kleinen Bruder außer Gefecht zu setzen!«

Ein paar der Zuschauer lachten herzhaft, und meine Sticheleien zeigten die gewünschte Wirkung. Adminius stürzte sich nun mit wutverzerrtem Gesicht auf mich und holte zu einem vernichtenden Schlag nach dem anderen aus. Mein Holzschwert erzitterte unter seinen Hieben, während er mich Schritt um Schritt zurücktrieb. Ich blickte kurz über meine Schulter und stellte fest, dass ich den Rand des Kreises fast erreicht hatte.

»Jetzt hab ich dich«, sagte Adminius höhnisch.

Er hob das Holzschwert hoch über den Kopf, um es auf meinen Schädel niedersausen zu lassen. Dabei war sein Oberkörper für einen winzigen Moment ungeschützt, und ich ließ das Schwert gegen die Rippen meines überraschten Bruders krachen. Adminius keuchte vor Schreck auf. Ich wich einem wilden Schlag durch einen Satz nach rechts aus, sprang auf die Fußballen und schlug noch einmal zu. Die hölzerne Schneide des Übungsschwerts krachte mit einem üblen Knacken gegen den Kiefer meines Bruders, sodass sein Kopf zur Seite geschleudert wurde. Seine Arme erschlafften, er sackte in sich zusammen und die Waffe entglitt seiner Hand. Die Menge verstummte und starrte uns an, während mein Bruder zappelnd am Boden lag und sich das schmerzende Gesicht hielt.

»Adminius hat die Waffe verloren! Caratacus ist Sieger!«, rief mein Onkel.

Togodumnus rief voller Freude meinen Namen, und die anderen Zuschauer stimmten kurz darauf ein. Bald jubelten mir fast alle zu. Durch die johlende Menge sah ich, wie mein Vater zwei Männern aus seinem Gefolge ein Zeichen machte. »Ihr da! Bringt ihn in die Halle«, befahl er und zeigte dabei auf meinen verwundeten Bruder. »Macht ihn sauber.«

Sie beeilten sich, Adminius aufzuhelfen. Der hob langsam den Kopf, spuckte Blut und einen abgebrochenen Zahn aus. »Das war ungerecht«, krächzte er. »Ich hatte ihn in die Ecke gedrängt, Vater. Der Sieg war mein. Ich verlange eine weitere Runde.«

»In einem Zweikampf gibt es keine zweite Chance«, erwiderte mein Vater streng. »Du hast deinen Gegner unterschätzt, Adminius. Das war ein schwerer Fehler, aus dem du lernen solltest. Ein besserer Schwertkämpfer hätte dich glatt bewusstlos geschlagen.«

»Er hatte doch nur Glück.« Adminius deutete auf den Kreis. »Lass uns noch einmal gegeneinander antreten. Sieger soll sein, wer zwei von drei Kämpfen gewinnt – und dann wird sich ja zeigen, wer der Bessere von uns beiden ist, Vater. Beim nächsten Mal mache ich den kleinen Scheißer fertig.«

»Nein! Meine Entscheidung ist gefallen.« Mein Vater sah Adminius zornig an. »Du hast verloren, und nun wirst du dich mit Würde in deine Niederlage fügen, wie es sich für einen catuvellaunischen Prinzen geziemt. Verstanden?«

»Ja, Vater.«

Adminius humpelte mithilfe der königlichen Diener und dicht gefolgt von einer Handvoll seiner Freunde in Richtung Halle davon. Mein Vater lächelte mich dünn an. »Du hast gut gekämpft, Caratacus – wenn auch auf ungewöhnliche Weise. Das ist ein Sieg, auf den du stolz sein kannst.«

»Danke, Vater.«

Er lächelte noch einmal und nickte Epaticcus zu. »Für heute habe ich genug gesehen. Fahrt mit euren Übungen fort.«

»Ja, Herr.«

Mein Vater machte seinem Gefolge ein Zeichen und ging dann in Richtung der Halle davon. Adlige und Diener folgten ihm, während die Kämpfer wieder zu ihren Holzpfählen auf der anderen Seite des Platzes schlenderten. Epaticcus bellte den Jungen einen Befehl zu, woraufhin sich diese wieder zu ihren Übungspartnern gesellten. Ich wollte es ihnen schon gleichtun, doch da winkte mich Bladocus zu sich. Als ich vor ihm stand, sah er mich nachdenklich an.

»Das hast du gut gemacht«, sagte er. »Aber du hattest Glück, dass dein Bruder am Ende den Kopf verloren hat. Bei anderer Gelegenheit hätte er dich möglicherweise besiegt.«

Ich schüttelte den Kopf. »Mit Glück hatte das nichts zu tun, Herr.«

»Nicht?« Bladocus sah mich fragend an.

»Mir war klar, dass ich in einem reinen Kräftemessen nicht gegen Adminius bestehen konnte. Ich musste ihn wütend machen und zu einem Fehler verleiten.«

»Deswegen hast du ihn gereizt?«

»Adminius ist sehr dünnhäutig«, sagte ich und rieb mir die schmerzende Schulter. »Und er ist stolz. Ich wusste, dass er die Fassung verliert, wenn ich ihn vor seinen Freunden beleidige. Er kann gar nicht anders.«

Der Druide legte den Kopf schief und runzelte die Stirn. »Nicht viele Kinder in deinem Alter können so strategisch denken.«

»Anders hätte ich gegen ihn nicht gewinnen können.«

»Das ist wohl wahr.« Er verschränkte die Hände. »Dennoch wäre es zu diesem Kampf mit Adminius gar nicht erst gekommen, wenn du ihn gestern nicht so grob behandelt hättest. Das war dumm von dir.«

»Aber ich habe doch überhaupt nichts getan.«

»Du weißt genauso gut wie ich, dass das nicht stimmt. Wenn ich mich recht erinnere, hast du ihn einen Schwachkopf genannt.«

»Er hat Eure Frage falsch beantwortet. Es ist doch nicht meine Schuld, dass er keine Lust zum Lernen hat.«

»Das wohl nicht. Aber das war kein Grund, ihn so zu behandeln«, tadelte Bladocus. »Du musst lernen, andere freundlicher auf ihre Fehler hinzuweisen, damit du sie dir nicht zum Feind machst. Dein Betragen gestern war unmöglich.«

Ich wurde wütend auf den Druiden. Gerade hatte ich mich in einem Wettkampf gegen einen weit überlegenen Gegner bewiesen, aber anstatt mir dafür zu gratulieren, tadelte er mich. »Na und?«, erwiderte ich beleidigt. »Ich war doch im Recht, oder etwa nicht? Wenn Adminius sich dadurch gekränkt fühlt, dann ist das seine Sache.«

»Es geht nicht immer darum, wer recht hat. Manchmal ist es wichtiger, die Leute von der eigenen Meinung zu überzeugen – und sie außerdem glauben zu lassen, dass es ihr eigener Einfall war. Auf diese Weise kannst du ihre Fehler zu deinem Vorteil nutzen. Ja, du warst im Recht. Aber indem du dich über deinen Bruder lustig gemacht hast, hast du ihm gar keine andere Möglichkeit gelassen, als so zu handeln, wie er es getan hat. Verstehst du das?«

»Na gut, vielleicht hätte ich ihn nicht lächerlich machen müssen«, gab ich zu.

Bladocus sah mich forschend an. »Du bist ein vielversprechender Schüler. Und du verstehst es zu kämpfen. Aber du wirst es nicht weit bringen, wenn du nicht lernst, wie man die Menschen für sich gewinnt. Ein guter König erringt seine Siege nicht nur durch Mut auf dem Schlachtfeld, sondern ebenso durch List und Tücke.«

Ich schüttelte den Kopf. »Ich werde nie König werden. Adminius wird eines Tages auf dem Thron sitzen. Das weiß doch jeder.«

»Schon möglich«, sagte Bladocus mit einem Lächeln, das ich nicht deuten konnte. »Und nun geh weiter üben.«

»Danke, Herr.«

Ich drehte mich um und ging über den Platz zu Epaticcus, der mich, die muskulösen Arme vor der Brust verschränkt, aus der Entfernung beobachtet hatte. Er deutete mit dem Kinn auf den Druiden, der auf die Große Halle zuging. »Was wollte er von dir?«

»Nichts«, sagte ich. »Er hat mir nur ein paar Fragen gestellt.«

»Fragen, soso.« Epaticcus schniefte. »An deiner Stelle wäre ich in seiner Nähe vorsichtig.«

Ich sah meinen Onkel stirnrunzelnd an. Wie fast jeder hatte Epaticcus eine Riesenangst vor Druiden und machte einen großen Bogen um sie, wo es nur ging.

»Warum?«

»Er ist Gallier.«

»Na und? Sie sind Kelten, genau wie wir.«

Epaticcus gab einen missbilligenden Laut von sich. »Sie sprechen vielleicht die gleiche Sprache und verehren die gleichen Götter wie wir, aber mehr auch nicht. Sie verstehen weder unsere Kultur noch unsere Sitten.«

»Vater vertraut ihm.«

»Dein Vater duldet ihn – das ist ein gewaltiger Unterschied. Und das auch nur, weil er die Unterstützung der Druiden braucht, um sich auf dem Thron zu halten. Aber wenn dieser Gallier sich für dich interessiert, dann hat er sicher seine Gründe dafür.«

»Wie meinst du das?«, fragte ich. »Was will er denn von mir?«

»Das weiß nur er allein. Druiden sehen Dinge, die andere Männer nicht sehen. Deswegen werden sie von den Göttern als Diener auserkoren. Sei einfach nur vorsichtig, versprichst du mir das?«

»Ja, Onkel.«

»Dann ab mit dir, zurück zu deinen Übungen.«

Ich marschierte zu Brigos hinüber. Meine Siegesfreude machte zusehends einer düsteren Vorahnung Platz. Dass ich Adminius geschlagen hatte, würde unsere Feindschaft noch vertiefen. Und zusätzlich musste ich mir auch noch über den Druiden Gedanken machen. Bladocus hatte mich in den letzten paar Wochen genau im Auge behalten und oft auch aus der Ferne meine Kampfübungen bei Epaticcus beobachtet oder mich nach dem Abendessen in der Halle ausgefragt. Nun fragte ich mich, was er damit bezweckte.

Ich schüttelte den Kopf, um diese Gedanken daraus zu vertreiben. Es brachte nichts, sich endlos den Kopf über die Beweggründe des Druiden zu zerbrechen. Was auch immer er mit mir vorhatte, ich würde es sicher bald erfahren.

KAPITEL 5

Schon des Öfteren schien es mir, dass die Götter eine Vorliebe für grausame Scherze haben. Mehr als einmal haben sie mich aus tiefstem Unglück errettet, nur um mich dann noch grausameren Qualen auszusetzen. Aus dem Kochkessel direkt in die Feuergrube, wie mein Vater immer sagte. Das ist vielleicht nicht gerecht, aber andererseits ist das ganze Leben weder gerecht noch gut – wieso sollten es da die Götter sein? Doch wann immer mich Lud aus einem Unglück rettete, war es nur eine kurze Verschnaufpause, denn schon lauerte mir eine neue Bedrohung auf wie eine Schlange im Schatten eines gefällten Baumes.

In den Tagen nach dem Kampf war ich ständig auf der Hut, da sich mein Bruder wie befürchtet noch feindseliger verhielt. Ich gab mir alle Mühe, ihm aus dem Weg zu gehen, aber jedes Mal, wenn ich ihn dennoch erblickte, starrte er mich mit zornigen Augen, einer von einem Bluterguss entstellten Wange und stark geschwollener Lippe finster an. Früher oder später würde es wieder zu einem Kampf zwischen uns kommen, und mir war völlig klar, dass ich dann nicht den Hauch einer Chance gegen ihn haben würde. Adminius würde ganz sicher nicht zweimal auf denselben Trick hereinfallen.

Meine Lage schien aussichtslos. Da wurde ich eines Tages gegen Abend in die Große Halle gerufen.

Es war nach den Kampfübungen, die Diener hatten bereits die Übungswaffen weggeräumt. Ich spielte mit Togodumnus und seinen Freunden im schwindenden Licht berühmte Schlachten unserer Vorfahren nach.

»Seht!«, schrie ich und richtete mein Spielzeugschwert auf einen unsichtbaren Feind. »Da kommt Caesar mit seinen römischen Hunden! Ihre Schiffe legen am Strand an!«

»Ich kann sie sogar von hier aus riechen!«, rief Togodumnus aufgeregt. »Ihr Gestank ist noch schlimmer als der Mundgeruch unseres Druiden! Widerliche Römer!«

»Schnappt sie euch! Mir nach! *Angriff!*«

Wir brüllten die Schlachtrufe unseres Stammes, während wir auf die unsichtbaren römischen Soldaten losgingen und uns dabei immer weiter der Palisade auf der gegenüberliegenden Seite des Fürstenhofs näherten. Über den Kampfeslärm hinweg hörte ich plötzlich eine raue Stimme nach mir rufen. »Caratacus!«

Ich hielt inne. Ein Leibwächter meines Vaters, ein dunkelhaariger Mann mit einer auffälligen Narbe auf der Wange, kam aus der Großen Halle, marschierte auf mich zu, blieb ein paar Schritte entfernt von mir stehen und nickte mir zu. »Mitkommen«, sagte er barsch.

»Ich? Warum?«, fragte ich.

»Dein Vater will dich sehen. In der Großen Halle.«

»Jetzt?«

»Wenn es dir nichts ausmacht.« Er warf einen Blick auf Togodumnus. »Oder soll ich deinem Vater sagen, dass du zu beschäftigt bist?«

»Ja doch«, murrte ich. »Ich komme schon.«

»Aber du wolltest doch mit uns spielen«, stöhnte Togodumnus. »Du hast es versprochen.«

»Mache ich auch noch.« Ich fuhr ihm spielerisch durchs Haar. »Es dauert bestimmt nicht lange, und dann komme ich sofort zurück, das schwöre ich.«

Togodumnus sah mich zweifelnd an. »Wehe, wenn nicht.«

Ich rannte hinter dem Leibwächter her, der über den festgetretenen Lehmboden zum Hintereingang der Großen Halle schritt. Er führte mich durch eine Holztür und an den königlichen Privatgemächern und Vorratsräumen vorbei in die Halle. Im flackernden orangefarbenen Licht der Fackeln hatte sich eine kleine Gruppe von Adligen neben dem steinernen Thronpodest versammelt. Epaticcus war auch dabei. Mein Vater saß auf seinem geschnitzten Holzthron, zu seinen Füßen lag ein edler schwarzer Jagdhund. Bladocus stand neben ihm. Er hatte die Kapuze zurückgeschlagen, sodass sein blasses, narbiges Gesicht zu sehen war. Ein paar Schritte entfernt waren zu beiden Enden des Podests Leibwächter postiert.

»Ah, Caratacus!« Mein Vater strahlte. »Da bist du ja, mein Sohn.«

Er entließ den Leibwächter, der mich geholt hatte, mit einer knappen Handbewegung. Der Mann verbeugte sich steif und ging dann zur Vorderseite der Halle, während mein Vater mir bedeutete, näher zu treten.

»Hoheit, Ihr habt mich rufen lassen?«, fragte ich.

Er nickte kurz. »Ich habe meine Berater ebenfalls hinzugebeten, da diese Angelegenheit die Zukunft unserer Familie – und unseres Stammes – betrifft. Sie sollen hören, was ich zu sagen habe, bevor ich es dem Volk verkünde.«

»Ihr habt etwas zu verkünden, Herr?«

»Ja.« Ein Lächeln huschte über sein Gesicht. »Du wurdest von den Druiden auserwählt.«

Ich zog die Stirn in tiefe Falten. »Herr, ich verstehe nicht …«

»Ich habe mich mit Bladocus beraten«, fuhr mein Vater fort. »Er hat mir gesagt, dass du dich in den letzten Monaten zu einem hervorragenden Schüler entwickelt hast. Du scheinst außergewöhnlich begabt zu sein.«

»Ich gebe mir Mühe.«

Ich warf den Adligen einen kurzen Blick zu. Einige von ihnen sahen Bladocus beunruhigt und misstrauisch an. Das überraschte mich nicht weiter, denn es war kein Geheimnis, dass viele Berater die Anwesenheit eines Fremden am königlichen Hofe ablehnten und sich des Öfteren über die gallische Herkunft des Druiden lustig machten.

»Aber du hast Bladocus nicht nur mit deinen Leistungen im Unterricht beeindruckt«, fuhr mein Vater fort. »Du bist auch ein vielversprechender Nachwuchskrieger – wie du uns allen neulich bewiesen hast.«

»Ja, Hoheit«, sagte ich, weil ich nicht wusste, was ich sonst sagen sollte, und fragte mich dabei im Stillen, warum er mich in die Halle hatte rufen lassen.

»Bladocus ist der Ansicht, dass es das Beste für dich wäre, deine Erziehung woanders fortzusetzen. Und da stimme ich ihm zu«, fuhr mein Vater fort und tätschelte dabei dem Hund liebevoll den Hals.

»Woanders?«

Mein Vater nickte. »Bladocus hat vorgeschlagen, dich

in die Obhut der Druiden zu geben, und ich bin damit einverstanden.«

Aus den Reihen der Adligen war überraschtes Gemurmel zu hören. Dies stellte eine außergewöhnliche Ehre für einen Jungen in meinem Alter dar. Ich starrte meinen Vater entgeistert an.

»Ich soll … zu den Druiden gehen?«, fragte ich. Meine Gedanken überschlugen sich.

»Ja, für eine gewisse Zeit.«

»Und wohin?«

Nun ergriff Bladocus selbst das Wort. »Du wirst an einen heiligen Ort gehen, an dem sich einige der weisesten Druiden Britanniens befinden, mein Junge. Dort wird deine zukünftige Erziehung unter meiner Aufsicht fortgesetzt.«

Mir wurde immer mulmiger zumute. »Ist das weit von hier, Herr?«

»Ja, sehr weit im Westen. Bei Merladion, der Hauptstadt der Silurer.«

»Die Silurer?« Epaticcus schüttelte den Kopf. »Aber diese Hinterwäldler leben auf der anderen Seite der Insel, Herr. Am Arsch von Britannien.«

Bladocus warf meinem Onkel einen Blick zu. »Na und?«

»Warum sollen wir Caratacus so weit nach Westen schicken? Warum kann er nicht irgendwo hier in der Nähe ausgebildet werden? Wo wir ihn im Auge behalten können?«

Bladocus lächelte. »Als ich mein Volk in Gallien verließ und nach Britannien kam, habe ich einige Zeit als Novize in Merladion verbracht. Die Druiden in diesem

Heiligtum bewahren alles Wissen der Kelten. Einen besseren Ort für Caratacus gibt es nicht.«

Ich hatte einen Kloß im Hals. »Wie lange werde ich weg sein?«

Mein Vater sah zu Bladocus auf, als wollte er die Antwort aus seinem Mund hören. »Die Ausbildung ist lang und anspruchsvoll«, sagte der Druide nüchtern. »Du wirst die Gesetze, Rituale und Sitten jedes Stammes studieren, die Geschichte unserer großen Vorfahren, die Taten jedes Königs und jedes großen Kriegers dieser Insel, ob lebend oder tot. Außerdem wirst du dort in Astrologie, der Bedeutung der Kalender sowie den vielen Sprachen der verschiedenen Stämme unterrichtet. All das wirst du später auswendig wissen und ohne Zögern aufsagen können.«

Epaticcus blies die Wangen auf und atmete dann hörbar aus. »Das ist scheißviel Arbeit, oder?«

»Einfach ist es nicht«, stimmte ihm Bladocus zu. »Normalerweise dauert es mindestens sieben Jahre, bis die Novizen in den ersten Ring aufgenommen werden. Danach können sie sich entscheiden, ob sie die Ausbildung fortsetzen oder in ihre Heimat zurückkehren und das Gelernte dort einsetzen wollen.«

»Sieben Jahre!«, stieß ich entsetzt hervor.

»Das ist nicht so lange, wie du glaubst. Wer dem Druidenkult beitreten möchte, dem steht noch eine viel längere Lehrzeit bevor. Manche Anwärter brauchen fünfzehn oder zwanzig Jahre, bis sie bereit sind, Druide zu werden.«

Ein dünner, grauhaariger Edelmann in einer edlen violetten Tunika trat vor. »Ich hätte da eine Frage, Herr.«

»Aber natürlich, Orenus. Immer heraus damit«, sagte mein Vater.

Orenus deutete mit einem seiner langen Finger auf mich. »Warum er? Warum nicht sein älterer Bruder?«

»Adminius hat viele Talente. Allerdings werden nur die begabtesten Schüler zur Ausbildung im Heiligtum zugelassen. Bladocus ist ganz eindeutig der Ansicht, dass Caratacus der geeignetere Kandidat dafür ist.«

»Und was wird aus Adminius, Herr?«

»Er wird hier bei mir am königlichen Hof bleiben und sich auf den Thron vorbereiten. Das ist eine wesentlich passendere Ausbildung für einen künftigen Herrscher.«

»Und was ist mit der Kampfausbildung des Jungen?«, fragte Epaticcus. »Wer wird ihn dort im Kampf unterrichten? Er darf seine Schwertkünste nicht vernachlässigen.«

»Bladocus zufolge steht das Heiligtum unter dem Schutz eines Häuptlings vom Stamm der Silurer«, sagte mein Vater. »Die Druiden sind mit ihm übereingekommen, dass er die Ausbildung der Novizen in allen Bereichen der Kriegskunst übernimmt. Während seines Aufenthalts wird der Junge zusammen mit den anderen Novizen in Merladion untergebracht sein.«

»Warum in Luds Namen sollte dieser Häuptling das tun?«

»Ich bin gut mit ihm bekannt«, sagte Bladocus verärgert. »Er hat uns die Gefolgschaft geschworen und gehört zu den engsten Verbündeten der Druiden. Außerdem ist er ein hervorragender Krieger.«

»Die Silurer haben keinen König«, erklärte mein Vater. »Stattdessen gelobt jeder Häuptling den Druiden die Gefolgschaft. Bladocus sagt, dass die Druiden über die Einwohner Merladions gebieten. Diese versorgen die Druiden des Heiligtums mit Essen, Bier, Leibwächtern, Sklaven und so weiter … was immer sie benötigen. Im Gegenzug wehren die Druiden böse Geister ab und schlichten die Streitigkeiten zwischen den Häuptlingen.«

»Da scheinen die Druiden aber das bessere Geschäft gemacht zu haben«, murmelte Epaticcus.

Bladocus warf ihm einen finsteren Blick zu. »Diese Vereinbarung gereicht beiden Seiten zum Vorteil. Die Silurer haben sich noch nie darüber beschwert.«

»Wie dem auch sei, solange Caratacus dort ist, wird ihn ihr Häuptling mit allem Nötigen versorgen«, fiel mein Vater den beiden ins Wort. »Und als zusätzlichen Anreiz und um ihn für seine Mühen zu entschädigen, werde ich ihm eine großzügige Menge an Silbermünzen zum Geschenk machen.«

Mein Vater musste wohl meinen ängstlichen Gesichtsausdruck bemerkt haben, denn er beugte sich vor und lächelte mich beruhigend an. »Du wirst dort nicht allein sein, falls du dir deshalb Sorgen machst«, sagte er. »Bladocus wird als dein Lehrer bis zu deiner Rückkehr bei dir in Merladion bleiben. So ist es wohl üblich bei den Novizen«, fügte er mit einem Blick auf Bladocus hinzu.

»Ja, Hoheit«, bestätigte der Druide.

Ich versuchte zu lächeln, doch die Vorstellung, meine Familie, meine Freunde und die seit jüngster Kindheit vertraute Umgebung meiner Kindheit zu verlassen, machte mir große Angst. Auch wenn ich die Druiden nicht so sehr fürchtete wie mein Onkel oder meine Brüder, wollte ich weder unter ihnen noch unter ihren silurischen Anhängern leben. Ich hatte gehört, dass die Silurer verwegene und wilde Krieger waren, vor denen jeder andere Stamm in Britannien zitterte.

»Und wer wird sich während Bladocus' Abwesenheit um die Erziehung der anderen Jungen kümmern?«, fragte mein Onkel.

»Ein anderer Druide wird meine Stelle einnehmen«, erwiderte Bladocus. »Ich habe bereits nach ihm schicken lassen, er wird in ein paar Tagen eintreffen.«

Wieder meldete sich Orenus zu Wort. »Vergebt mir, Hoheit, aber mir drängt sich da die Frage auf, ob wir nicht in Hinblick auf die Interessen unseres Stammes eine wertvolle Gelegenheit vertun.«

»Inwiefern?« Mein Vater runzelte die Stirn.

»Wenn wir Caratacus schon wegschicken, warum dann nicht zu einem benachbarten Stamm? Zu den Icenern zum Beispiel. Oder nach Norden zu den Corieltauvi. Der Austausch von Prinzen zweier königlicher Familien würde Frieden und Freundschaft zwischen unseren Stämmen erhalten und fördern.«

»Ich werde meinen Sohn ganz bestimmt nicht bei einem Haufen feiger Töpfer und Handwerker in die Lehre schicken«, erwiderte mein Vater streng. »Außerdem habe ich Bladocus bereits mein Wort gegeben.«

»Die Erziehung bei den Druiden stellt ganz gewiss eine große Ehre dar. Aber ich fürchte, Ihr werdet viel dringender Verbündete brauchen, Hoheit. Vor allem in Anbetracht dessen, was in jüngster Zeit von Verica berichtet wurde.«

Der König starrte den Aristokraten durchdringend an. »Ihr seid mit meiner Entscheidung nicht einverstanden, Orenus?«

Der Adlige trat von einem Fuß auf den anderen. »Hoheit, wir alle wissen, welchen Ärger uns Verica im Süden macht. Es vergeht kaum eine Woche, ohne dass die Atrebaten einen weiteren in Ungnade gefallenen trinovantischen Adligen auf ihre Seite ziehen.«

»Und?«

»Was Verica will, liegt doch auf der Hand, oder etwa nicht? Er ist fest entschlossen, seinen Einfluss nach Norden auszudehnen, indem er einen Keil zwischen unseren Stamm und die Trinovanten treibt.«

»*Meinen* Stamm«, betonte mein Vater. »Es ist nicht dein Stamm, Orenus. Du wurdest schließlich als trinovantischer Adliger geboren. Hast du vor lauter Hast, dich an meinem Hof zu bereichern, deine Herkunft vergessen?«

Orenus senkte den Kopf. »Ich bin Euch treu ergeben, Hoheit. Das habe ich Euch an dem Tag geschworen, an dem Ihr den Thron bestiegen habt.«

Mein Vater hob die Hand, und Orenus verstummte. »Genug von deiner Treue«, sagte er gereizt. »Komm zur Sache.«

»Ich wollte nur bemerken, dass es im Hinblick auf die wachsende Stärke der Atrebaten klug wäre, uns andere Stämme zum Freund zu machen. Wir werden Verbündete brauchen, falls sie uns irgendwann angreifen sollten.«

»Verica würde es nicht wagen, uns auf unserem eigenen Gebiet anzugreifen«, erwiderte mein Vater. »Dafür hat er gar nicht genug Männer. Viele sind nach Osten geflohen, um sich Eppillus anzuschließen, und die Handvoll Krieger, die noch bei ihm sind, kann man kaum als solche bezeichnen. Wie du weißt, dauert es Jahre, um eine brauchbare Kriegsbande zu versammeln und auszubilden. Verica stellt keine unmittelbare Bedrohung dar.«

»Noch nicht. Aber früher oder später wird er uns Ärger machen.«

»Darum kümmern wir uns, wenn es so weit ist.«

»Und bis dahin sollen wir nichts tun, um unsere Interessen zu verteidigen, Hoheit?«

»Vericas Herrschaft ist nicht so gefestigt, wie es den Anschein hat. Meine Spione berichten aus Calleva, dass viele Adlige gegen ihn sind, insbesondere seit er den römischen Händlern erlaubt hat, sich auf seinem Gebiet niederzulassen. Er wird nun erst einmal alle Hände voll damit zu tun haben, seine Herrschaft zu sichern. Aber natürlich wird der Tag kommen, an dem wir uns gegen den atrebatischen Thronräuber wappnen müssen.«

»In der Tat«, bestätigte Bladocus. »Vor allem, wenn Verica sich weiter so bei den Römern anbiedert. Das wird den britannischen Stämmen nur Unheil bringen. Unserer Insel könnte es ebenso ergehen wie Gallien, wenn wir dieser Gefahr nicht begegnen.«

Orenus schniefte. »Britannien ist nicht Gallien.«

»Das stimmt«, erwiderte Bladocus, »aber ich habe erlebt, was geschieht, wenn von Macht und Reichtum geblendete Häuptlinge versuchen, sich mit dem römischen Kaiser zu verbünden. Ich könnte Euch viel darüber erzählen, wie Rom die Schwäche und die Zerstrittenheit unseres Volkes ausgenutzt hat. Unsere Stämme waren selbst dann nicht in der Lage, ihre Streitereien beizulegen, als die Legionen unser Land verwüstet, unsere Leute versklavt und unsere Wallburgen zerstört haben. Wenn wir uns gegen die Rotmäntel verteidigen wollen, müssen wir ein Bündnis unter catuvellaunischer Führung anstreben, das stark genug ist, um gegen Verica und die Römer zu bestehen. Wir müssen unsere Kräfte bündeln und gemeinsam streiten, oder wir sind dem Untergang geweiht.«

»Vorausgesetzt, dass die römischen Legionen überhaupt noch einmal an unserer Küste auftauchen.«

»Das werden sie, Orenus. Da bin ich mir absolut sicher.«

»Und was, wenn Verica doch angreift?«

»Dann zerschmettern wir diesen Bastard«, sagte Epaticcus.

»Wenn er so schwach ist, warum greifen wir ihn dann nicht an?«, drängte Orenus. »Wir packen das Übel an der Wurzel und reißen es aus.«

»Kommt nicht infrage«, sagte mein Vater. »Unsere Krieger haben genug damit zu tun, unsere beiden Stammesgebiete zu beschützen, wie du weißt. Wir haben nicht genug Männer, um ein Königreich anzugreifen.«

Orenus schüttelte den Kopf. »Aber, Hoheit …«

»Meine Entscheidung ist gefallen«, fuhr mein Vater ihn an. »Ich lasse mich nicht umstimmen.«

»Ja, Herr.«

Mein Vater sah zu mir herab. »Hast du noch irgendwelche Fragen?«

»Wann muss ich abreisen?«, fragte ich ängstlich.

»In zwei Tagen«, antwortete Bladocus. »Alle neuen Zöglinge müssen sich zwei Tage vor Samhain in Merladion vorstellen. Das ist in zehn Tagen. Die Ausbildung beginnt dann am Tag darauf im Heiligtum.«

»Auf dem Weg nach Westen sind die Straßen nicht sicher«, sagte Epaticcus mit einer hilflosen Geste. »Der Junge muss durch das Land der Dobunni, das von Straßenräubern und durotrigischen Banden unsicher gemacht wird.«

»Und deswegen wirst du ihn auch begleiten, zusammen mit ein paar Männern aus meiner Leibgarde. Wir dürfen schließlich nicht zulassen, dass mein Sohn von ein paar durotrigischen Strauchdieben als Geisel genommen wird, oder?«

»Nein, Hoheit.« Epaticcus rieb sich das Kinn. »Aber dafür brauche ich gute Männer.«

»Wie viele?«

»Vier sollten genügen.«

»So sei es. Alles Weitere überlasse ich dir.« Mein Vater sah sich unter den Anwesenden um. »Wenn sonst niemand etwas zu sagen hat …«

Alle schwiegen. Einen Augenblick später erhob sich mein Vater von seinem Thron. Der Hund zu seinen Füßen sprang ebenfalls auf und gähnte.

»Morgen Abend werden wir ein Fest feiern«, verkündete er. »Und dabei werde ich dem Volk meine Entscheidung bekannt geben. Alles, was in Camulodunum Rang und Namen hat, soll dabei sein.«

»Was für ein wunderbarer Einfall, Hoheit«, sagte Orenus.

Mein Vater sah mich mit besorgter Miene an. »Was hast du denn?«

»Nichts, Hoheit«, brachte ich mühsam hervor.

Mein Vater lächelte. »Heute ist ein großer Tag, mein Junge. Du solltest dich freuen. Von den Druiden auserwählt zu werden, ist eine seltene Ehre.«

Zwei Tage später, an einem hellen, klaren Herbstmorgen, an dem Mückenschwärme in Haupteshöhe tanzten, verließ ich Camulodunum. Bladocus, Epaticcus und die anderen vier Männer der königlichen Leibwache standen neben dem Tor und sahen zu, wie mein Vater sich von mir verabschiedete. Die Druiden verkündeten, dass sie einen Raben nach Westen hatten fliegen sehen, was wir alle als gutes Zeichen deuteten. Ich stieg auf mein Pferd, das Tor wurde geöffnet, Epaticcus rief seinen Männern einen Befehl zu, und dann verließen wir die Stadt auf dem ausgetretenen Pfad, der zwischen den zur Verteidigung aufgeschütteten steilen Erdwällen hindurchführte.

An diesem Tag verabschiedete ich mich nicht nur von meiner Familie, sondern auch von meiner Kindheit. Vor mir lag ein unbekannter Weg in ein ebenso unbekanntes Land, und ich befand mich in Gesellschaft eines Druiden, dem ich nicht vertraute. Aber es gab kein Zurück. Ich warf noch einen letzten Blick auf Camulodunum.

Ich würde mein Zuhause viele Jahre nicht wiedersehen.

KAPITEL 6

Ich habe Euch Ehrlichkeit versprochen, Römer. Also muss ich auch zugeben, dass sich bei meiner Abreise Angst in meiner Brust breitmachte. Ich wollte mein angenehmes Leben in vertrauter Umgebung nicht aufgeben. Warum hatte der Druide ausgerechnet mich ausgewählt? Ich hasste ihn dafür. Wenn ich ein Mitspracherecht gehabt hätte, wäre ich am Hof meines Vaters geblieben. Im Vergleich zu der Aussicht, die nächsten sieben Jahre unter diesen seltsamen Druiden am äußersten Zipfel der Insel zu verbringen, schienen mir Adminius und seine Freunde das weitaus geringere Übel.

Wir ritten nach Westen, wobei das gute Wetter auch die nächsten Tage anhielt. Ich habe viel von Eurer Stadt und der näheren Umgebung gesehen, aber nichts kann mit der Schönheit Britanniens an einem warmen Herbsttag mithalten, wenn die Sonne alles in goldenes Licht taucht, die Blätter an den Bäumen gelb und rot leuchten, die Luft voll vom würzigen Geruch der feuchten Erde ist und überall die Vögel singen.

Wir übernachteten auf abgelegenen Bauernhöfen entlang des Weges, wo wir uns am Herdfeuer die Bäuche mit Schweinefleischeintopf, grobem Brot und etwas Käse füllten. Epaticcus bestand immer darauf, den armen Bauern ein wenig Geld für ihre Gastfreundlichkeit zu geben – ebenso wie diese Bauern immer darauf bestanden, nichts davon anzunehmen, so wie es Brauch bei uns ist. Ihr denkt vielleicht, dass wir nichts als kriegerische Barbaren sind, und das mag in vielerlei Hinsicht auch zutreffen. Aber wenn man als Fremder in einer finsteren Nacht durch ein unbekanntes Land reist, ist es ein überaus tröstlicher Gedanke, auf die keltische Gastfreundschaft zählen zu können.

Am Nachmittag des dritten Tages betraten wir das Gebiet der Dobunni. Meine Laune besserte sich. Zum ersten Mal in meinem Leben verließ ich das Königreich meines Vaters. Ich war fröhlich und aufgeregt, als wir die weiten, fruchtbaren Täler und die sanften grünen Hügellandschaften durchquerten. Wir sahen riesige Steinkreise, die, so sagt man, von den Riesen errichtet wurden, die einst unser Land durchstreiften. Zu jener Zeit herrschte Frieden zwischen den Dobunni und unserem Stamm, doch der Bauer, der uns an diesem Abend in seinem Rundhaus empfing, warf meinen Leibwächtern argwöhnische Blicke zu, und sein Lächeln war ohne Wärme. Später am Abend saß er dann mit düsterer Miene schweigend am Feuer und beobachtete mich misstrauisch dabei, wie ich die Reste meines Eintopfs mit einem Stück Brot auftunkte. In einer Ecke seiner Hütte saß seine dicke Frau und wiegte ein weinendes Kleinkind auf ihren Knien.

»Was bedrückt dich?«, fragte Bladocus, als ihm mein beunruhigter Gesichtsausdruck auffiel.

»Der Bauer kann uns anscheinend nicht besonders gut leiden«, antwortete ich leise.

»Natürlich nicht. Du bist ein Catuvellaune.«

Ich runzelte die Stirn. »Was hat das damit zu tun?«

»Dein Stamm ist hier nicht besonders gern gesehen. Die Leute haben Angst vor den Kriegern deines Vaters.«

»Aber wir sind doch mit den Dobunni befreundet«, sagte ich. »Und ich will ihm nichts Böses. Sagt ihm das bitte.«

Bladocus wandte sich an den Mann und sprach dabei in dessen melodischem Dialekt. Auch wenn allen unseren Stämmen die gleiche Sprache zu eigen ist, gibt es im Keltischen doch eine erstaunliche Menge an von Stamm zu Stamm unterschiedlichen Dialekten – und der des Bauern war völlig unverständlich für mich.

Der Bauer grunzte und schüttelte den Kopf, dann antwortete er in demselben gutturalen Tonfall. Beide Männer lachten herzhaft.

»Was hat er gesagt?«, fragte ich.

»Er dankt dir für deine freundlichen Worte. Aber er sagt, dass sich alle Freunde der Catuvellaunen merkwürdigerweise schnell als Sklaven wiederfinden, wenn nicht noch Schlimmeres mit ihnen passiert.«

»Heute kann er von Glück reden, dass sie unsere Freunde sind«, sagte Epaticcus. »Andernfalls würde ich diesem undankbaren Bastard die Eingeweide herausreißen.«

»Und damit bestätigen, was er gerade gesagt hat, nicht wahr?«, erwiderte Bladocus trocken.

Epaticcus wischte sich die fettigen Hände an der Tunika ab. »So sind diese beschissenen Dobunni eben. Ständig beschweren sie sich darüber, dass wir unsere Seelen an die gallischen Händler verkaufen, aber wenn dann mal gallische Weine und der andere Kram unsere Handelsstationen erreichen, können sie gar nicht genug davon kriegen.«

»Ein Handel, von dem beide Seiten profitieren, nehme ich an«, bemerkte der Druide.

Epaticcus legte den Kopf schief und sah den Druiden an. »Auf welcher Seite steht Ihr eigentlich?«

»Auf keiner. Mir liegt das Schicksal unseres ganzen Volkes am Herzen.«

»Ihr seid ein Berater unseres Königs. Vergesst das bloß nicht.«

»Treue und blinder Gehorsam sind nicht dasselbe.«

Mein Onkel schnaubte verächtlich und goss sich noch etwas warmes Bier in seinen Becher. Ich sah Bladocus fragend an. »Wie viele Sprachen sprecht Ihr, Herr?«

»Ich beherrsche alle Dialekte der Insel fließend, und außerdem kann ich etwas Griechisch und Latein.«

»Latein? Wo habt Ihr das gelernt?«

»In Gallien, von meinem Großvater. Er war auch Druide und ein Stammesältester der Karnuten, zu denen auch ich gehöre. Er hatte vorausgesehen, dass die Römer eines Tages in unser Land kommen würden und dass es von Nutzen sein könnte, die Sprache unseres Feindes zu lernen.«

Ich runzelte die Stirn. »Ich dachte, die Römer hätten die gallischen Druiden ausgerottet.«

Bladocus lachte bitter. »Das haben die Legionen auch versucht, mein Junge. Mein Großvater und einige andere Druiden haben sich in Höhlen tief im Wald versteckt. Dort haben sie weiterhin nach ihrem Glauben gelebt und das heilige Wissen an eine jüngere Generation weitergegeben, zu der auch ich gehörte. Aber jedes Jahr wurde es gefährlicher, die alten Traditionen aufrechtzuerhalten. Als sich unser Stamm gegen die fremden Herrscher erhob, starben viele unserer Männer durch die römischen Klingen, darunter auch mein Vater. Daraufhin floh mein Großvater mit mir nach Britannien.«

»Würdet Ihr nicht gern nach Hause zurückkehren?«

»Wohin sollte ich da zurückkehren? Die Römer haben alles zerstört. Mein Großvater ging ein paar Jahre, nachdem wir hier angekommen waren, in die Anderswelt ein. Alle aus meiner Familie sind tot, und die Gallier haben den Widerstand mittlerweile aufgegeben. Meine Heimat ist nun hier.«

Ich schwieg einen Moment lang und starrte in die Flammen. Seit mein Vater in der Großen Halle verkündet hatte, dass ich zu den Druiden gehen würde, beschäftigte mich eine Frage. Nun beschloss ich, sie Bladocus zu stellen. »Warum habt Ihr mich ausgewählt?«

»Du bist ein begabter Schüler, das habe ich auch deinem Vater gesagt.«

Ich dachte darüber nach und schüttelte dann den Kopf. »Ein paar von den anderen Jungen waren genauso gelehrige Schüler wie ich. Es muss noch einen anderen Grund dafür geben, dass Ihr mich ausgewählt habt.«

»Bist du dir da sicher?«

Ich dachte nach. »Ihr werdet mehrere Jahre lang nicht an der Seite meines Vaters sein. Das würdet Ihr nicht ohne guten Grund in Kauf nehmen.«

Bladocus zuckte mit den Schultern. »Alles hat seinen Grund, mein Junge. Wie der Wind durch die Bäume streicht, das kleinste Kräuseln des Wassers an der Oberfläche eines Sees – alles.«

»Ich kann Euch nicht folgen, Herr.«

Der Druide seufzte. »Glaubst du an das Schicksal?«

Ich überlegte einen Moment und nickte dann.

»Die Götter warnen uns mit ihren Prophezeiungen vor dem, was die Zukunft bringt«, fuhr er fort. »Aber eine Prophezeiung ist in etwa so verlässlich wie der Flug eines Vogels. Die Götter verlangen von uns, dass wir die Pläne verfolgen, die sie für uns gemacht haben. Es reicht nicht, sich einfach im Fluss des Schicksals treiben zu lassen. Verstehst du?«

Ich schüttelte den Kopf. »Die Götter haben einen Plan für mich?«

»Die Götter haben einen Plan für jeden Menschen. Die Frage ist, ob du bereit bist, diesen Plan auch anzunehmen.«

»Ich verstehe es immer noch nicht«, erwiderte ich. »Was wollt Ihr von mir?«

»Das wirst du wissen, sobald du bereit dafür bist«, erwiderte Bladocus streng. »Jetzt iss auf. Du brauchst Kraft für den Rest der Reise.«

Fünf Tage später erreichten wir Gobannium. Ich weiß noch, dass es ein trostloser, wenig bemerkenswerter Ort war, wo stinkende Schmutzhaufen auf der Straße lagen und über allem der Rauch der zur Eisengewinnung dienenden Rennöfen hing. Wir übernachteten im Heim des Häuptlings, eines dunkelhaarigen Mannes, der immerfort eine finstere Miene machte. Bei Tagesanbruch machten wir uns wieder auf den Weg – es war die letzte Etappe unserer Reise nach Merladion.

An diesem Tag schlug das Wetter um. Dicke graue

Wolken, die Regen ankündigten, bedeckten den Himmel und ein schneidender Wind wehte über das Land, das wir in stetigem Tempo durchritten. Auf unserem Weg nach Westen durchquerten wir einen seichten Fluss an einer Furt und ritten dann an kleinen Bauernhöfen und verstreuten Schafherden vorbei durch Ackerland. In einiger Entfernung erhob sich eine Kette von Bergen, die wie dunkle Fäuste aus der Erde ragten. Ihre bedrohlichen Gipfel waren von Nebelfetzen umhüllt. Es war kalt, der erste Hauch des Winters lag in der Luft und der Wind zerrte an meinem Mantel. Bladocus führte uns immer tiefer in das Tal hinein. Am späteren Vormittag legte sich der Wind, und die Sonne brach durch die Wolken. Vor uns lag ein niedriger, aber steiler und mit Farnkraut bewachsener Hügel. Hier und da ragten Ginsterbüsche auf.

»Herr, wie weit ist es noch?«, fragte ich, als wir uns an den mühsamen Aufstieg machten.

»Nicht mehr weit«, antwortete Bladocus.

»Das will ich doch verdammt noch mal hoffen«, murmelte Epaticcus, nahm einen Schluck aus seinem Wasserschlauch und wischte sich den Mund ab. »Euer Heiligtum ist ja wirklich am Arsch der Welt.«

»Selbstverständlich, schließlich ist das Heiligtum ein Ort der Abgeschiedenheit und Ruhe, wo man seine Gedanken nach innen richtet und sich von den unliebsamen Ablenkungen der Welt freimachen kann.«

»Das klingt furchtbar langweilig.«

»Keineswegs. Das Heiligtum ist ein Hort druidischen Wissens, wo es viel zu staunen und zu lernen gibt und einige der wichtigsten Fragen unseres Glaubens verhandelt werden.«

Epaticcus verdrehte die Augen. »Wie faszinierend … Na ja, solange ich einen Becher mit warmem Bier und ein großes Stück Schweinebraten bekomme, soll es mir recht sein.«

Kurze Zeit später erreichten wir den Gipfel des Hügels. Bladocus ritt weiter voraus in ein Waldstück, hielt kurz darauf auf einer kleinen Lichtung an und deutete auf ein abgelegenes Tal, das sich unter uns ausbreitete. »Da, schau. Wir sind angekommen. Dort unten ist Merladion«, sagte er.

Ich blickte hinunter und musste meine Augen anstrengen, um im schwindenden Licht des späten Nachmittags etwas erkennen zu können. Zwischen kahlen Berghängen zu beiden Seiten erstreckte sich ein schmales, von vereinzelten Gehöften und kleinen Wäldchen übersätes Flusstal. Auf einer Anhöhe in der Mitte befand sich eine weitläufige von einem hohen Erdwall und einer Palisade umgebene Siedlung. Hinter dem Tor waren gewöhnliche, strohgedeckte Holzrundhäuser sowie ein etwas größerer, umfriedeter Bereich zu erkennen. Bei Letzterem schien es sich um den Hof des Häuptlings zu handeln. Über uns zeichneten Rote Milane träge Muster in den Himmel.

»Wo ist das Heiligtum?«, fragte ich.

Bladocus zeigte auf eine zweite Einfriedung auf einer Anhöhe, die sich etwa eine Viertelmeile hinter dem Hügel neben einem Fluss erhob. Am Eingangstor der Anlage standen zwei Wachposten, hinter denen ich eine Handvoll steinerner Rundhäuser und einen Kreis aus knorrigen alten Eichen ausmachen konnte. Ein gewundener Pfad führte vom Heiligtum zur Siedlung.

»Und was ist das da?« Ich deutete auf einen großen Holzbau in der Mitte des Heiligtums.

»Das ist der Heilige Schrein, auch als Schrein der Zwölf Schädel bekannt«, erklärte Bladocus. »Er wird von den treuesten Gefolgsleuten der Druiden bewacht. Jeder dieser Krieger hat geschworen, ihn mit seinem Leben zu verteidigen.«

»Scheint ja ganz schön wichtig zu sein, wenn die Leute bereit sind, dafür zu sterben«, sagte Epaticcus.

Bladocus warf ihm einen freudlosen Blick zu. »Der Schrein wurde auf dem heiligsten Boden Siluriens errichtet. Es heißt, dass hier der Eingang zur Anderswelt liegt. Einmal im Jahr ertönt Luds Kriegstrompete, und die Seelen aller Krieger, die in den letzten zwölf Monaten gestorben sind, treten dann ihre Reise ins Jenseits an. Die Silurer bringen Opfergaben am Schrein dar, wann immer sie eine große Schlacht gewinnen. In seinem Inneren befinden sich viele Schätze von unermesslichem Wert.«

»Und wenn jemand versucht, sie zu stehlen?«, fragte ich.

»Das würde niemand wagen. Die Strafe dafür ist äußerst grausam.«

»Erwartet die Diebe der Tod?«

»Viel schlimmer. Diebe werden bei lebendigem Leib gehäutet, ihre Körper auf Pfähle gespießt und dann den Krähen überlassen.«

Angesichts dieser Vorstellung konnte ich ein Zittern kaum unterdrücken. Ich folgte Bladocus, der nun in einem leichten Trab den Hügel hinabritt. Im Tal angekommen, durchquerten wir einen seichten Fluss und folgten etwa eine Meile lang einem Pfad durch offenes Gelände. Dann hatten wir die mit Heidekraut und Schlehen bewachsene Anhöhe erreicht, auf der sich die silurische Siedlung befand. Als wir uns dem Holztor näherten, erschien ein Wächter auf dem Wall und brüllte uns einen Befehl entgegen, woraufhin Bladocus die Hand zum Zeichen erhob, dass wir anhalten sollten. Einen Moment lang geschah nichts, dann öffnete sich das Tor mit einem Ächzen und wir ritten in die Hauptstadt der Silurer ein.

Kurz hinter dem Tor kamen uns drei in Felle gehüllte Wachen entgegen. Ein kleiner Mann mit behaarter Brust und dichtem Bart trat vor, während uns seine beiden Kameraden, die Lanzen fest umklammert, argwöhnisch beobachteten. Der Bärtige wechselte in dem volltönenden, melodiösen Dialekt, der in diesem Teil der Insel gesprochen wurde, einige Worte mit Bladocus. Auch wenn ich nichts davon verstand, hatte ich ganz deutlich den Eindruck, dass die Silurer Angst vor dem Druiden hatten.

Bladocus zeigte auf mich und sagte etwas, woraufhin der Wachposten ein überraschtes Gesicht machte. Dann zuckte der Mann mit den Schultern und gab einem Kameraden einen kurzen, scharfen Befehl, woraufhin dieser auf der von Schmutz bedeckten Straße zum Fürstenhof eilte. Kurze Zeit später erschien ein großer Mann in einem schwarzen Umhang und marschierte schnellen Schrittes in unsere Richtung. In seinem kleinen Gefolge befanden sich zwei Druiden mit zerzausten, struppigen Haaren und den üblichen dunklen Gewändern. Als sie näher kamen, stieg Bladocus von seinem Pferd, und wir beeilten uns, es ihm gleichzutun. Der Häuptling begrüßte Bladocus, und sie unterhielten sich eine Weile, dann drehte sich Letzterer wieder zu uns um.

»Das ist Vortagus, der Häuptling von Merladion«, sagte Bladocus. »Er heißt uns bei sich willkommen und fühlt sich sehr geehrt, dass König Cunobelinus seinem Stamm seinen Sohn anvertraut.«

»Sagt ihm, dass ich ihm dafür sehr dankbar bin«, antwortete ich.

Vortagus sah nun mich an und grinste. Er war groß und kräftig, hatte langes, fettiges Haar und einen borstigen Schnurrbart. Sein Wollumhang war mit Schlamm bespritzt, und seine schiefen Zähne erinnerten mich an die verfallenen Steinkreise, die ich vor ein paar Tagen gesehen hatte.

»Du bist also der catuvellaunische Prinz«, stellte er in einem schweren, mir kaum verständlichen Akzent fest. »Er ist noch ein bisschen jung, oder?«

»Vortagus wurde selbst eine Weile im Heiligtum ausgebildet, bevor er Häuptling wurde«, erklärte Bladocus. »Er war außerdem länger in einem der heiligen Haine im Osten. Im Königreich deines Vaters.«

»Ihr kennt also unser Land?«, fragte ich.

»Gut genug«, antwortete Vortagus. »Ich habe Verulamium und auch andere Orte gesehen, aber ich würde nicht für das ganze Silber Britanniens noch einmal dorthin zurückgehen wollen.«

»Warum nicht?«

»Weil es dort keine Berge gibt. Das ganze Land ist so flach wie die Titten einer Hexe. Und die Frauen erst! Die saufen mehr als die Briganten, so wahr ich hier stehe.«

Bei der Erinnerung daran schüttelte es ihn. »Nein, die frische Bergluft hier ist mir wirklich lieber.«

»Was für ein Haufen Ziegenficker«, murmelte Epaticcus.

Vortagus überhörte die Bemerkung. Er starrte mich an und strich sich dabei übers Kinn wie ein Bauer auf dem Markt, der Vieh begutachtet. »Ich dachte, ihr im Osten seid alle so hässliche Riesen wie der da«, sagte er und zeigte mit einem dicken Finger auf meinen Onkel. »Aber du siehst aus, als ob dich der kleinste Windhauch umwehen könnte, Junge.«

Mein Gesicht brannte vor Wut. »Ich mag vielleicht noch jung sein, aber ich kann genauso gut kämpfen wie jeder andere.«

»Tatsächlich?« Der silurische Häuptling lachte. »Na, zumindest nimmst du den Mund so voll wie ein wahrer catuvellaunischer Krieger – auch wenn du nicht so aussiehst.«

»Wenn wir schon davon sprechen«, warf Epaticcus ein. »Der Junge braucht einen Ausbilder, solange er hier ist. Jemanden, der ihm das Kämpfen beibringt. Mir wurde gesagt, dass sich Eure Leute darum kümmern.«

»Ja, das stimmt.« Vortagus brüllte etwas, woraufhin ein wettergegerbter Krieger mit bereits ergrauendem Haar aus seinem Gefolge hervortrat.

»Das ist Mendax«, sagte Vortagus. »Er führt meine Leibwache an und ist für die Ausbildung der Novizen zuständig. Er wurde von Kindesbeinen an im Schwertkampf unterrichtet und hat noch aus jedem Jungen einen Krieger gemacht. Sogar aus so dürren Würmern wie dir«, fügte er an mich gerichtet hinzu.

Mendax musterte mich von oben bis unten mit einem Gesichtsausdruck, der an Verachtung grenzte. Er hatte gewaltige Pranken, und sein Atem stank nach abgestandenem Bier und Zwiebeln. An seiner linken Hand fehlten zwei Finger.

»Mendax gehört zu meinen besten Kriegern«, fuhr Vortagus fort. »Er hat meine Kriegsbande zu vielen Siegen über unsere Feinde geführt.« Er grinste. »Leider kann er deinen Stamm nicht besonders gut leiden, aber du wirst in ganz Silurien keinen besseren Ausbilder finden.«

Der Leibwächter starrte mich lange an, dann spuckte er aus und flüsterte seinem Kameraden etwas im örtlichen Dialekt zu. Die Krieger brachen in Gelächter aus.

»Was ist hier so lustig?«, wollte mein Onkel wissen.

Mendax grinste hämisch. »Ich habe nur gerade zu meinen Kameraden gesagt, dass die Trinovanten wohl von Weibern und Kleinkindern regiert wurden, wenn sie sich von einem Stamm mit so mickrigen Prinzen haben erobern lassen.«

»Das sagt ausgerechnet so ein silurischer Schlappschwanz mit einem Zopf wie ein Weib.«

Die Miene des Leibwächters verfinsterte sich für einen Moment. »Wenigstens habe ich Haare. Immer noch besser, als so kahl wie ein Säugling zu sein.«

Mendax' Kameraden brüllten vor Lachen. Epaticcus spannte die Muskeln an, seine Nasenflügel bebten vor Zorn. »Du hältst dich wohl für witzig, was? Mal schauen, wie lustig du es findest, wenn ich dir die Eier aus dem Arsch trete.«

»Ruhe!«, fuhr Bladocus Epaticcus an. »Das reicht!«

»Was seht Ihr mich so an? Der Idiot da hat angefangen.«

»Das ist mir egal.« Der Druide sprach nun sehr leise. »Wir sind Gäste dieses Stammes, und Ihr werdet Euch entsprechend benehmen, verstanden?« Bladocus sah meinen Onkel herausfordernd an.

»Na schön«, erwiderte Epaticcus widerwillig. »Wie Ihr wünscht.«

»Gut.« Bladocus nickte dem silurischen Häuptling zu. »Wir haben eine lange Reise hinter uns. Die Leibwache des Prinzen muss sich ausruhen und die Pferde versorgen. Ihr könnt diesen Männern doch sicher eine Unterkunft für die Nacht anbieten? Morgen früh werden sie dann wieder in Richtung Heimat aufbrechen.«

»Aber natürlich. Eure Freunde werden in unserem Gästequartier untergebracht.« Der Häuptling wies mit dem Kinn auf Epaticcus. »Heute Abend feiern wir in der Großen Halle. Gebt Ihr uns die Ehre? Unser gutes silurisches Bier wird in Strömen fließen.«

»Bier?« Die Augen meines Onkels strahlten. »Warum habt Ihr das nicht gleich gesagt?«

Vortagus deutete mit dem Kopf auf seinen obersten Leibwächter. »Mendax wird dich zu deiner Unterkunft bringen«, sagte er zu mir. »Du teilst dir ein Quartier mit den anderen Jungen.«

»Gibt es viele andere Novizen?«, fragte ich.

»Ein paar.« Vortagus kratzte sich das stoppelige Kinn. »Mit dir sind es dieses Jahr neun Jungen. Vielleicht kommen noch ein paar weitere. Bei den meisten handelt es sich um hochgeborene Prinzen, aber es sind auch mehrere Jungen aus dem niederen Adel darunter. Du wirst gut mit ihnen auskommen, da bin ich mir sicher. Vorausgesetzt, du vergisst nicht, wo hier dein Platz ist.«

»Was soll das heißen?«

Er zuckte gleichgültig mit den Achseln. »Es gibt immer ein paar Novizen, die mit dem Leben in Merladion nicht zurechtkommen. Du wärst nicht der Erste, der wieder nach Hause läuft, sobald es anstrengend wird, und sicher auch nicht der Letzte.«

»Harte Arbeit macht mir nichts aus.«

»Das sagen sie alle.« Er grinste mich spöttisch an. »Hast du noch irgendwelche Fragen, mein Junge?«

»Wann fängt die Ausbildung an?«

»Morgen früh in der Dämmerung. Die Druiden werden dich und die anderen Neulinge bei Tagesanbruch hinüber ins Heiligtum bringen. Wenn der Unterricht dann nachmittags zu Ende ist, kommst du wieder hierher und übst dich im Kampf. Dann werden wir schon sehen, aus welchem Holz du geschnitzt bist.«

Er teilte Mendax mit leiser Stimme noch etwas mit, dann drehte er sich um und ging in Richtung seines Hofes davon. Epaticcus und die übrigen Männer, die uns begleitet hatten, folgten ihm und schmatzten angesichts des versprochenen Biers mit den Lippen. Mendax rief die beiden anderen Leibwächter zu sich und ließ sie unsere Reittiere zu den Ställen neben dem Tor führen. Dann sagte er noch etwas zu Bladocus und bedeutete mir, ihm die Hauptstraße entlang zu folgen. Bladocus drehte sich zu mir um und nickte. »Geh mit Mendax. Er zeigt dir dein Quartier.«

Ich verzog das Gesicht. »Und wohin geht Ihr?«

Bladocus wies auf die Halle des Häuptlings. »Ich werde mich mit Vortagus und seinen Männern unterhalten. Der Häuptling muss angemessen dafür entschädigt werden, dass er dich versorgt, solange du sein Gast bist. Wir sehen uns dann später.«

»Wann?«

»Bei dem Fest. Nun geh schon. Ach ja, eins noch, Caratacus.«

»Ja, Herr?«

»Ruh dich vor der Feierlichkeit heute Abend noch ein bisschen aus. Morgen wird ein großer Tag für dich.«

KAPITEL 7

Rom, 61 n. Chr.

Dann herrschte Schweigen im Arbeitszimmer, und ich blickte von meiner Wachstafel auf. Caratacus hatte sich in seinem Stuhl zurückgelehnt. Seine schwieligen Hände ruhten in seinem Schoß, sein Blick war auf das Regal mit den Schriftrollen hinter mir gerichtet. Es war spät geworden, und die Nacht war mit all ihren Schrecken und Versuchungen über die Stadt gekommen. Im Haus war es dunkel und still geworden; außer einem leisen Wassertröpfeln, das wohl aus einem Garten im rückwärtigen Teil des Anwesens kam, und dem Gejohle betrunkener Zecher, das von einer nahen Taverne herüberdrang, war nichts zu hören. Ein Hund bellte, was empörtes Geschrei zur Folge hatte. Ich wartete darauf, dass Caratacus mit seiner Erzählung fortfuhr, aber der alte Kelte schien völlig in seinen Erinnerungen versunken.

Ich räusperte mich. »Das muss ja schrecklich für Euch gewesen sein«, sagte ich, um ihn aus seinen Gedanken zu reißen und zum Weitererzählen zu bewegen. »Die Ausbildung bei den Druiden, meine ich.«

Ruckartig richtete Caratacus seinen Blick wieder auf mich, legte den Kopf leicht schief und runzelte die Stirn. »Wie kommt Ihr darauf?«

Ich zögerte mit der Antwort, schließlich wollte ich meinen Gastgeber nicht durch eine abschätzige Bemerkung über seinen Glauben beleidigen – egal, wie abstoßend ich diesen insgeheim auch finden mochte. »Es ist ja bekannt, dass die Druiden sich in eher … äh … fragwürdigen Praktiken üben. Da muss doch jedes Kind bei der Aussicht, von ihnen erzogen zu werden, Todesängste ausstehen.«

»Ich nehme an, Ihr bezieht Euch auf unsere Sitte der Menschenopfer?«

»Unter anderem, ja.«

»Glaubt Ihr die Geschichten, die man sich darüber erzählt?«

Ich betrachtete meine Wachstafel und dachte nach. Wie so viele meiner Kollegen hatte ich über die Jahre in Biografien oder Traktaten das ein oder andere über die Druiden gelesen – zugegebenermaßen in erster Linie sehr bildhafte, Aufmerksamkeit heischende Darstellungen von verurteilten Verbrechern, die durch Pfeilhagel getötet oder bei lebendigem Leib in riesigen, aus Weidenruten geflochtenen Figuren verbrannt werden, oder von Druiden in dunklen Gewändern, die durch das Lesen menschlicher Eingeweide in unheimlichen Eichenhainen mit ihren Göttern in Kontakt treten. Alles zweifellos völlig übertriebene Schauergeschichten, um zartbesaitete Leser zu erschrecken, doch allein die schiere Masse solcher Berichte deutete darauf hin, dass doch zumindest ein Körnchen Wahrheit in diesen blutrünstigen Darstellungen steckte.

»Ja, warum nicht?«, sagte ich. »Ich sehe keinen Grund, an ihrer Wahrhaftigkeit zu zweifeln.«

Caratacus lächelte traurig. »Ihr solltet nicht alles glauben, was Ihr lest.«

»Ihr wollt doch nicht etwa behaupten, dass die Geschichten von den Menschenopfern gelogen sind? Bei allen Göttern, da könntet Ihr mich noch leichter davon überzeugen, dass der Kaiser ein großer Dichter ist.«

Er schüttelte den Kopf. »Nein, es ist wahr. Aber unser Glaube beschränkt sich nicht auf das, was in Euren Büchern steht. Bei Weitem nicht. Das sollte doch gerade jemandem wie Euch klar sein.«

»Wie meint Ihr das?«, fragte ich stirnrunzelnd.

Der alte König griff nach dem Krug und goss sich noch etwas Bier in seinen Becher, bevor er antwortete. »Ihr seid Geschichtsschreiber, also wisst ihr auch, dass die Vertreter Eurer Zunft keine teilnahmslosen Beobachter sind. Jeder Verfasser bezweckt etwas mit seinem Werk … Wie Ihr ja auch, Felicitus.«

Ich überging diese Bemerkung. »Und was hat das mit den Druiden zu tun?«

»Ihr findet unseren Glauben abstoßend, dabei kennt Ihr nur Teile davon, die, bis zur Unkenntlichkeit verzerrt, dazu dienen sollen, die Absichten Eurer Kaiser und Heerführer zu rechtfertigen.« Er beugte sich vor. »Oder glaubt Ihr ernsthaft, dass die Druiden tatsächlich solche Bestien sind, wie sie sich der gemeine Römer vorstellt?«

»Das vielleicht nicht«, antwortete ich. »Gut möglich, dass es so ist, wie Ihr behauptet, und man den Druiden Unrecht getan hat. Aber das ändert nichts an der Tatsache, dass sie Menschenopfer befehlen und selbst durchführen. Das ist ja wohl bestialisch genug – würden manche zumindest behaupten«, fügte ich rasch hinzu.

»Und was ist mit den Sklaven und Verbrechern, die Ihr zur Belustigung des Volks in den Tod schickt? Ist das nicht ganz genauso bestialisch?«

»Tatsächlich finde ich diese Spektakel ziemlich abstoßend. Ich habe mir seit Jahren keine derartigen Vorstellungen angesehen – ich ertrage den Anblick von Blut nicht.«

Caratacus sah mich überrascht an. »Dann seid Ihr aber eine seltene Ausnahme in dieser Stadt. Ich hatte das zweifelhafte Vergnügen, dem Ganzen ein paarmal als Zuschauer beizuwohnen – wenn man es als Vergnügen bezeichnen möchte, dabei zuzusehen, wie Männer zur Belustigung der Massen von wilden Tieren zerrissen werden. Bei uns gilt es zumindest als eine große Ehre, von den Druiden als Opfer ausgewählt zu werden und so den Zorn der Götter zu besänftigen. Ihr Römer dagegen tötet einfach so zum Vergnügen – und habt trotzdem die Unverschämtheit, uns als Barbaren zu bezeichnen.«

»Nicht jeder hat eine derart schlechte Meinung von Eurem Glauben«, gab ich zu bedenken. »In gewissen Kreisen ist es heutzutage geradezu Mode, die Druiden zu bewundern, müsst Ihr wissen. Einige unserer Philosophen scheuen sich nicht, in aller Öffentlichkeit die Vorzüge druidischen Wissens zu preisen.«

Auf Caratacus' wettergegerbtem Gesicht erschien ein Grinsen. »Oh ja, ich habe ein paar solcher Männer kennengelernt. Humorlose Stoiker, die glauben, dass unsere Stämme in einem urwüchsigen Arkadien leben, unverdorben von der Zivilisation.« Er trank einen großen Schluck Bier. »Die können gern mal versuchen, einen Monat lang in einem silurischen Dorf zu leben.«

»Aber wie waren die Druiden denn in Wahrheit?«, wollte ich wissen. »Ihr habt es erlebt. Erzählt mir, wie es war, von ihnen erzogen zu werden.«

Caratacus schüttelte den Kopf. »Ihr als Römer würdet es nicht verstehen.«

»Ich würde aber gern versuchen, es zu verstehen.«

»Warum? Was kümmert Euch, was ich von den Druiden halte? Das wird die Meinung Eurer Leser nicht ändern.« Er lachte trocken. »Eher brennt ganz Rom nieder, möchte ich behaupten.«

»Schon möglich. Aber wenn ich Eure Stimme wiedergeben soll, muss ich die Wahrheit kennen. Dies ist Eure Geschichte, nicht meine. Wenn Ihr mir von den Druiden erzählt, werde ich besser verstehen können, wie Ihr denkt.«

Der König der Britannier wandte sich ab. »Ich weiß nicht. Vielleicht wäre es einfacher, wenn wir uns nicht so sehr auf meinen Aufenthalt im Heiligtum konzentrieren.«

»Ihr habt mir die vollständige und ehrliche Geschichte Eures Lebens versprochen«, erwiderte ich mit einer Leidenschaft in der Stimme, die mich selbst ebenso erstaunte wie mein Gegenüber. »Ihr habt viele Jahre bei den Druiden verbracht, das ist also ein wichtiger Teil Eures Lebens und sollte deshalb auch ausführlich erzählt werden. Sonst kann das Werk keinen Anspruch auf Vollständigkeit erheben.«

Ich schäme mich nicht, zuzugeben, dass mein Appell an Caratacus rein egoistische Gründe hatte. Warum sollte ich auch? Ein Schriftsteller ist immer auf der Suche nach einer literarischen Goldader, und die Götter allein wissen, wie viel Zeit wir damit verbringen, in Dreck und Schund danach zu wühlen. Ich war mir sicher, dass bisher Unbekanntes über die Druiden für Aufmerksamkeit, wenn nicht gar für einen kleinen Eklat sorgen konnte. Druiden sind da genauso wie Seeungeheuer oder griechische Pornografie: Sie kommen nie aus der Mode. Ich weiß nicht, warum dieser uns so ferne und unverständliche Kult eine so große Faszination auf uns ausübt, aber ich war mir sicher, dass Caratacus' Lebensgeschichte sehr viel mehr Aufmerksamkeit zuteilwerden würde, wenn sie ein paar entsprechend grausige Abschnitte über Menschenopfer in heiligen Hainen zu bieten hatte. Selbst wenn ich noch einige Jahre auf die Veröffentlichung warten musste.

Caratacus stellte seinen Trinkbecher ab und seufzte müde. Im aprikosenfarbenen Licht der Öllampen wirkten die Falten in seinem Gesicht wie schwarze, tiefe Schluchten. Sein Blick wirkte merkwürdig abwesend – so wie ich ihn von den armen, verkrüppelten Veteranen kannte, die in den Straßen rund um das Forum bettelten.

»Ich hatte ja keine Ahnung«, sagte er schließlich und starrte dabei die Wand an, als spräche er zu den dort in den Regalen gestapelten Schriftrollen. »Ich hatte völlig unterschätzt, was mich dort erwartete. Es war eine gewaltige Herausforderung.«

»Merladion?«, fragte ich.

Caratacus nickte langsam. »Ich musste schnell lernen, und zwar nicht nur Gesetze und Sprachen. Ich musste das Überleben lernen. Und das war wesentlich härter, als ich gedacht hatte.« Er sah mich mit wässrigen Augen an. »Ich habe Dinge gesehen, die Ihr nicht für möglich halten würdet.«

»Was für Dinge?«

Er ging nicht auf meine Frage ein. »Die Druiden haben nichts mit jenen bösen Zauberern gemein, von denen Ihr gelesen habt, Römer. Die Wahrheit sieht ganz anders aus.«

»Und was ist die Wahrheit?«

Ich umklammerte meinen Griffel und wartete begierig darauf, dass er fortfuhr. Aber Caratacus fiel erschöpft in seinen Stuhl zurück. Dann sah er mich unter schweren Lidern an und rief nach seinem Türhüter. Einige Zeit später war das dumpfe Klatschen von Füßen zu hören, als der Sklave durch das Atrium zu uns kam. Caratacus stemmte sich mit einiger Mühe aus seinem Stuhl und nickte. »Es ist schon spät«, sagte er. »Lasst uns morgen fortfahren. Davos wird Euch einen vertrauenswürdigen Lampadarius holen, und einer meiner Haussklaven wird Euch nach Hause begleiten.«

Ich stand auf. »Wann treffen wir uns wieder?«

»Kommt morgen früh zur dritten Stunde wieder hierher. Dann werde ich Euch über meine Zeit bei den Druiden erzählen.«

Dann ließ ich ihn in seiner spärlich beleuchteten Studierstube mit seinen Schriftrollen und Gedanken allein. Der Türhüter führte mich durch den Flur zurück, und ich wartete in dem verfallenen Atrium, während er einen vierschrötigen Haussklaven nach einem Fackeljungen sandte. Wie ich so dort saß und dem Geklapper der Lieferwagen in den nächtlichen Straßen lauschte, dachte ich über das nach, was Caratacus über die Druiden gesagt hatte. Es war offensichtlich, dass etwas sehr Bedeutendes während seines Aufenthalts im Heiligtum passiert war.

Etwas, das ihn zu jenem gefürchteten Kriegsherrn und Roms mächtigstem Gegner auf dieser götterverlassenen Insel gemacht hatte. Aber was?

Morgen, sagte ich mir, würde ich die Wahrheit herausfinden.

ZWEITER TEIL
Bei den Druiden

KAPITEL 8

Rom, 61 n. Chr.

Am nächsten Morgen kehrte ich zur vereinbarten Stunde zu Caratacus zurück. In der Nacht hatte es stark geregnet, und der Himmel war immer noch bedeckt, doch selbst das scheußliche Wetter konnte mir auf meinem Weg durch die mit Pfützen übersäten Straßen die Laune nicht verderben. Der Gedanke an das nächste Treffen mit Caratacus erfüllte mich mit Spannung und Vorfreude, immerhin war meine erste Unterhaltung mit ihm gut verlaufen – sogar viel besser, als ich zu hoffen gewagt hatte. Danach war ich nach Hause geeilt und hatte noch am gleichen Abend meine Notizen ins Reine geschrieben. Wie ich da im fahlen Licht der bronzenen Öllampe an meinem Schreibtisch gesessen und wie im Fieber geschrieben hatte, war meine Zuversicht weiter gewachsen, dass dieses Werk meinen Namen – Caius Placonius Felicitus, bislang unbedeutender Geschichtsschreiber der römischen Aristokratie – unsterblich machen würde.

Und Caratacus selbstverständlich auch.

Nachdem ich so viele Jahre damit verbracht hatte, die öden Lebensberichte von Senatoren und anderen hochgestellten Persönlichkeiten niederzuschreiben, bot sich mir nun endlich die Gelegenheit, eine Geschichte zu erzählen, die es wirklich wert war. Caratacus' Lebenserinnerungen würden, da war ich mir sicher, auch in den kommenden Zeiten immer wieder gelesen werden. Über die Tatsache, dass die einzige wahrhaftige Darstellung der Invasion Britanniens von einem aus seinem Heimatland verbannten Barbaren stammen würde, wollte ich ebenso wenig länger nachdenken wie darüber, was dies über unser ruhmreiches Imperium aussagte.

Im Tageslicht wirkte sein Haus auf dem Aventin noch heruntergekommener als am Abend zuvor. Davos, der mürrische Türhüter, ließ mich mit einem missbilligenden Grunzen ein. Als wir das Atrium durchquerten, bemerkte ich zwei kleine Kinder, einen Jungen und ein Mädchen, die mit Holzfiguren spielten. Eine Frau stand neben ihnen und passte auf sie auf. Ich nickte ihr zu, aber sie erwiderte meinen Gruß mit einem Blick so kalt wie ein Frigidarium.

»Werte Herrin, erlaubt mir, mich vorzustellen«, sagte ich, »ich bin …«

»Ich weiß schon, wer Ihr seid. Felicitus irgendwas. Ihr seid der Geschichtsschreiber, mit dem sich mein Mann so lange unterhalten hat. Der Römer«, sagte sie schroff. Sie sprach Latein mit einem starken Akzent.

Es dauerte einen Augenblick, bis ich begriff, was sie soeben gesagt hatte. »Verzeiht, und Ihr seid …?«

»Mardicca«, erwiderte sie tonlos. »Seine Frau.«

Ich betrachtete sie genauer. Sie war über fünfzig, hatte zornige grüne Augen und zahlreiche graue Strähnen im roten Haar. Ihre Kleidung wies sie eindeutig als Keltin aus; wie es in ihrer rückständigen Kultur Brauch war, trug sie eine farbenfrohe Tunika unter einem von einer

Fibel zusammengehaltenen Überwurf mit Karomuster. Der goldene Torques um ihren Hals war an beiden Enden mit Schlangenköpfen verziert. Mardicca hatte nichts mit einer adligen Römerin gemein, war aber einmal eine sehr schöne Frau gewesen – auf ihre Art.

»Ich bin erfreut, Euch kennenzulernen, Herrin«, sagte ich.

»Schön für Euch. Von mir kann ich das jedoch nicht behaupten.«

Diese unhöfliche Bemerkung stieß mich so vor den Kopf, dass ich einen Moment lang nicht wusste, was ich darauf erwidern sollte. »V-Verzeiht«, stotterte ich. »Habe ich Euch in irgendeiner Weise gekränkt?«

»Ihr seid Römer, oder etwa nicht? Das reicht da, wo ich herkomme, als Kränkung völlig aus.«

»Verzeihung, aber …?«

»Egal.« Sie legte den Kopf schief. »Sein Leben aufzuschreiben ist eine ganz fürchterliche Idee. Das wird kein gutes Ende nehmen.«

Ich zog erstaunt die Augenbrauen zusammen. »Caratacus ist ein großer Mann. Ein wahrer Held seines Volkes. Seine Geschichte verdient es, erzählt zu werden.«

»Und er ist außerdem mein Ehemann, der Vater meiner Kinder und der Großvater dieser beiden hier.« Sie deutete mit dem Kinn auf die Kinder. »Ein Bericht, der den prahlerischen Lügen der römischen Schilderungen widerspricht, wird für uns nichts als Schwierigkeiten zur Folge haben, das wisst Ihr ebenso gut wie ich. Also tut nicht so unschuldig.«

Ich hob abwehrend die Hände. »Ich habe Eurem Mann geschworen, nichts davon zu veröffentlichen, solange er lebt. Das war seine Bedingung. Mein Werk wird ihm also nicht zum Schaden gereichen, das versichere ich Euch.«

»Und was ist mit uns? Darüber habt Ihr Euch keine Gedanken gemacht, oder?«

Da hatte sie zugegebenermaßen recht. Ich stammelte etwas darüber, dass die Menschen durch mein Werk von den Heldentaten ihres Mannes erfahren würden, was seinen Ruf nach seinem Tod gewiss wiederherzustellen helfe und sicherlich auch zum Besten seiner Familie sei. Doch offen gestanden glaubte ich das selbst nicht.

»Ihr habt eine viel zu hohe Meinung von Euren Mitbürgern.« Mardicca schnaubte verächtlich. »Euer Kaiser hält uns für Barbaren und das römische Volk für den letzten Dreck. Wieso glaubt Ihr, dass Ihr daran etwas ändern könnt?«

»Die Menschen sind wankelmütig, und Meinungen ändern sich.«

»Nicht, wenn es um uns Britannier geht.« Sie nickte in Richtung der Straße vor ihrem Haus. »Seit zehn Jahren leben wir nun schon hier, und immer noch rufen uns die Leute alle möglichen Beleidigungen hinterher: Milchtrinker, Hosen tragender Abschaum und noch vieles mehr. Seit Boudiccas Aufstand ist alles noch schlimmer geworden. Es vergeht kaum ein Tag, ohne dass irgendwer auf der Straße meine Familie beleidigt. ›Geht nach Hause‹ haben irgendwelche Idioten letzten Monat an unsere Tür gekritzelt. Und das war noch das Freundlichste.«

»Das zu erfahren tut mir sehr leid.«

Mardicca schüttelte den Kopf. »Ich kann damit umgehen. Lud weiß, dass ich in meinem Leben schon Schlimmeres ertragen musste. Aber die Kinder sind unschuldig. Warum sollen sie darunter leiden?«

»Ich habe nur die besten Absichten.« Ich trat verlegen von einem Fuß auf den anderen und suchte nach tröstlichen Worten. »Vielleicht wird dieses Buch auf die schlimme Lage aufmerksam machen, in der sich Eure Familie befindet. Vielleicht wird es den Kaiser sogar dazu bewegen, Euch und den Kindern eine angemessenere Leibrente zu bewilligen, wenn Caratacus nicht mehr ist.«

Sie lachte. »Ihr kennt Nero nicht besonders gut, oder? Eher würde er uns alle verrecken lassen.«

»Ja«, gab ich leise zu. »Da habt Ihr recht, fürchte ich.«

»Wenn Ihr uns wirklich helfen wollt«, sagte Mardicca, »dann lasst uns in Ruhe. Mein Mann, wir alle haben schon genug unter den Römern gelitten. Er sollte sich lieber um die Zukunft seiner Familie kümmern, anstatt in seinem Arbeitszimmer zu sitzen und in Erinnerungen zu schwelgen.«

»Aber mir geht es nicht um einen schnöden Lebensbericht, sondern um etwas viel Wichtigeres: die Wahrheit über sein Leben und über die Invasion Britanniens, Herrin.«

Daraufhin lachte sie bitter. Ich runzelte die Stirn. »Was ist daran so komisch?«

»Mein Mann hat gestern Abend etwas ganz Ähnliches gesagt, und ich konnte ihn nicht dazu bringen, seine Meinung zu ändern. Wie mir scheint, seid Ihr ebenso stur, und ich verschwende nur meinen Atem an Euch. Versprecht mir wenigstens eines.«

»Ja, Herrin?«

»Ihr habt gute Beziehungen, wie ich höre. Einflussreiche Freunde. Ist das wahr?«

»Ich habe ein paar Bekannte im Senat, das ist richtig.«

Sie nickte. »Wenn meine Familie jemals in Gefahr geraten sollte, müsst Ihr mir versprechen, uns zu helfen. Lasst uns nicht im Stich.«

»Aber warum solltet Ihr in Gefahr geraten?«

Mardicca verzog das Gesicht. »Ich kenne Rom, und ich bin nicht dumm. Mir ist klar, dass der Kaiser uns nichts tun wird, solange mein Mann noch hier ist, immerhin ist er der lebende Beweis für Roms Großmut – und daher wichtig für seinen guten Ruf. Aber ohne Caratacus ist unsere Familie ihm ausgeliefert. Ich will Euer Wort, dass Ihr uns helfen werdet, wenn ihm etwas zustoßen sollte.«

»Aber natürlich«, erwiderte ich aufrichtig. »Das schwöre ich Euch.«

»Dann hoffe ich, dass Ihr auch zu Eurem Wort steht.« Sie trat beiseite und verschränkte die Arme vor der Brust. »Und jetzt geht zu ihm, er wird schon auf Euch warten.«

»Wo ist er denn?«

»In seinem Arbeitszimmer. Da ist er dieser Tage fast ständig. Er hat gerade einen unserer Enkel unterrichtet.«

Ich verneigte mich, ging zum Studierzimmer und blieb vor dem Eingang stehen. Caratacus ging mit den Händen hinter dem Rücken im Raum auf und ab. Ein blonder Junge von etwa sieben oder acht Jahren saß auf einem gepolsterten Hocker und sagte ein paar misstönende Worte in einer abscheulichen fremden Sprache auf. Ich räusperte mich vernehmlich, woraufhin beide innehielten und aufblickten. Dann legte Caratacus dem Jungen lächelnd eine Hand auf die Schulter. »Genug für heute«, sagte er auf Latein. »Das war ausgezeichnet. Geh jetzt mit deinen Geschwistern spielen. Braver Junge.«

»Ja, Herr«, antwortete der Kleine.

Der Junge rannte an mir vorbei zum vorderen Teil des Hauses. Ich sah ihm hinterher und blickte dann Caratacus fragend an. »Was war das denn für eine Sprache? So etwas habe ich noch nie gehört.«

Er lächelte traurig. »Das war Catuvellaunisch, die Sprache unseres Königreichs, auch wenn sie inzwischen nur noch wenige sprechen. Der Junge ist ein Naturtalent im Erlernen fremder Zungen und schon sehr weit für sein Alter.«

Es hatte beinahe etwas Tragisches, dass dieser alte Britannier auch nach zehn Jahren fern der Heimat immer noch an den alten Traditionen festhielt. »Meine Enkel sind die Nachfahren eines Königs«, fuhr er fort. »Sie sollen stolz auf ihre Herkunft sein – egal, was man in Rom über uns denkt.«

»Was bringt Ihr ihnen sonst noch bei?«

»Einige unserer Sitten und Gebräuche, die Geschichte unserer Stämme, die Namen unserer Götter. So bleibt zumindest ein kleiner Teil unserer Traditionen erhalten.« Dann senkte er die Stimme. »Leider ist meine Schwiegertochter da ganz anderer Meinung.«

»Ist sie gegen diesen Unterricht?«

Er grunzte verächtlich. »Sie ist der Ansicht, dass meine Enkel nach römischem Vorbild erzogen werden sollten, anstatt die alten Bräuche unseres Stammes von mir zu lernen.«

»Vielleicht hat sie damit ja nicht ganz unrecht«, erwiderte ich und breitete die Arme aus. »Schließlich ist Rom jetzt ihre Heimat.«

Caratacus funkelte mich böse an, und seine Stimme bebte vor Wut. »Wir mögen zwar Gefangene des Kaisers sein, aber diese Stadt wird nie die Heimat meiner Familie werden. Niemals.«

»Aber Eure Familie wird nicht mehr nach Britannien zurückkehren. Das habt Ihr selbst gesagt. Und wer weiß, vielleicht wird man ihnen eines Tages sogar das römische Bürgerrecht verleihen, wenn sie in eine römische Familie einheiraten oder sich zu den Legionen verpflichten ...«

»Nero hat meinen Kindern bereits angeboten, Bürger Roms zu werden«, fiel mir Caratacus ins Wort, »wenn sie sich im Gegenzug von ihrer barbarischen Herkunft lossagen und das Loblied der herrlichen römischen Zivilisation singen. Selbst jetzt, wo er mich verbannt hat, scheint Euer Kaiser nur eins im Sinn zu haben: mich und meine Familie zu demütigen.«

Anscheinend hatte ich einen wunden Punkt berührt, daher erwiderte ich nichts mehr darauf. Caratacus setzte sich und bedeutete mir, es ihm gleichzutun. »Also«, sagte er, »wo waren wir stehen geblieben?«

Ich nahm Platz, legte meine Wachstafeln auf den Schoß und warf einen Blick auf meine Notizen. »Bei den Druiden. Ihr habt erzählt, wie Euer Vater Euch zur weiteren Erziehung zu diesem silurischen Heiligtum geschickt hat. Ihr hattet gerade Merladion erreicht, die Hauptstadt der Silurer.«

»Ja, richtig, ich erinnere mich.« Mit einem Funkeln in

den Augen beugte er sich über den Schreibtisch zu mir vor und richtete den Finger auf mich. »Zuerst einmal müsst Ihr Euch der Tatsache bewusst sein, dass Ihr Römer eine völlig falsche Vorstellung von den Druiden habt. Die Geschichten, die über sie verbreitet werden, sind nichts weiter als grobe Verzerrungen der Wahrheit. Und wisst Ihr, warum das so ist?«

Ich schüttelte den Kopf.

»Weil sie eine Bedrohung für Euch sind«, fuhr er fort. »Die Druiden besitzen mehr Macht als irgendeiner unserer Könige. Seit meiner Gefangennahme sind sie die Einzigen, die die Stämme noch gegen die Legionen zu einen vermögen. Und die Römer haben die Angewohnheit, diejenigen, die sie besonders fürchten, als Ungeheuer darzustellen.«

Da hatte Caratacus nicht ganz unrecht. Kaum ein Monat verging, ohne dass man aus den Provinzen eine neue blutrünstige Geschichte über die Druiden und ihre Vorliebe für Menschenopfer hörte. »Aber das liegt doch alles in der Vergangenheit«, widersprach ich. »Das Heiligtum auf der Insel Mona wurde kurz vor Boudiccas Revolte zerstört – das weiß jeder, so wurde es auf dem Forum verkündet. General Suetonius Paulinus' Männer haben dessen Verteidiger und ihre druidischen Anführer überrannt und die heiligen Haine zerstört. Die druidischen Kulte gibt es nicht mehr, heißt es.«

Caratacus grinste listig. »Wenn Ihr das wirklich glaubt, dann seid Ihr dümmer, als Ihr ausseht. Die Druiden haben andere Verstecke, von denen Eure Heerführer nichts wissen. Und dort, vor Euren Augen verborgen, sammeln sie ihre Kräfte. So war es schon immer.«

»Möglich. Aber sie können sich nicht ewig verstecken. Der Kaiser hat geschworen, sie ein für alle Mal unschädlich zu machen.«

»Eine leere Drohung. Die Druiden lassen sich nicht einfach ausrotten, egal wie viele Haine eure Soldaten niederbrennen. Paulinus hat denselben Fehler gemacht wie seine Vorgänger. Er glaubt, dass die Druiden die Stämme anführen, indem sie deren Dummheit und Angst ausnutzen. Wenn er sich die Mühe gemacht hätte, sie besser zu verstehen, wäre ihm schnell klar geworden, wie sinnlos sein Vorgehen war.«

»Und wie denkt Ihr über die Druiden?«, fragte ich.

Caratacus schwieg einen Moment lang und sah aus dem Fenster in den verwitterten, vernachlässigten Peristylgarten am hinteren Ende des Hauses. »Die Druiden waren für unsere Stämme auf vielerlei Art von großer Bedeutung«, sagte er dann. »Es stimmt, dass sie den Göttern Tiere und Menschen geopfert haben, aber das war beileibe nicht alles. Sie haben noch viel mehr getan.«

»Was zum Beispiel?«

»Zuallererst einmal waren sie die Weisesten und Gelehrtesten von uns. Es ist durchaus richtig, dass wir Angst vor den Druiden hatten, aber wir sind ihnen auch mit Hochachtung begegnet. Sie waren Propheten, Heiler, Gelehrte und Schlichter bei Streitigkeiten. Sie kannten die Geheimnisse der Sterne ebenso wie die Geschichten aus der fernsten Vergangenheit der Kelten … Und sie konnten zaubern.«

»Zaubern?« Ich unterdrückte ein Lachen.

Caratacus verengte die Augen. »Ihr glaubt mir nicht?«

»Oh, ich bin mir sicher, dass eure Druiden ein paar Kunststückchen beherrschten«, erwiderte ich. »Genau wie die phönizischen Zauberkünstler auf dem Forum, die die Menschen auf ähnliche Weise hinters Licht führen.«

Der alte Britannier schüttelte verschmitzt den Kopf. »Das ist nicht dasselbe. Die Druiden haben Kräfte, die Eure Vorstellung bei Weitem übersteigen. Das war eine der ersten Lektionen, die ich von ihnen gelernt habe. Die erste von vielen …«

KAPITEL 9

Britannien, 18 n. Chr.

Anfangs war ich nicht besonders glücklich in Merladion. Nach meiner Ankunft in der silurischen Hauptstadt brachte mich Mendax, der Anführer der Leibgarde des Häuptlings, zum Novizenquartier. Während die letzten Strahlen der untergehenden Sonne hinter den fernen Berggipfeln verschwanden, folgte ich ihm an den dicht gedrängten Rundhäusern und Tierställen Merladions vorbei zu einem umzäunten Bereich. Durch das Vordertor betraten wir einen großen Platz um mehrere in einem Halbkreis angeordnete, gedrungene Hütten, auf dem ein paar ältere Novizen in einfachen braunen Tuniken saßen. Ihre Köpfe waren geschoren, und jeder Junge hatte die Tätowierung einer Sichel auf der Wange. Einige blickten auf und starrten mich an, aber die meisten waren damit beschäftigt, das aufzusagen, was sie von ihren druidischen Lehrern beigebracht bekommen hatten.

Mendax führte mich zu einer Hütte und blieb vor der Tür stehen. Aus dem Inneren drangen aufgeregte Stimmen.

»Hier rein«, knurrte er.

Ich trat durch die Tür in einen düsteren Raum, der spärlich von ein paar Talgkerzen auf zwei Eichenholztischen erleuchtet wurde. Gegenüber lagen ein paar Matten mit Decken darauf. In der Mitte der Hütte fiel der Lehmboden zu einer kleinen Feuerstätte hin ab, neben der eine Handvoll Holzteller, Tonbecher und ein hölzerner Wassereimer standen. Ein paar Novizen saßen auf ihren Betten, an einem Tisch spielten drei Jungen ein Brettspiel mit geschnitzten Holzfiguren.

»Du wirst hier schlafen«, erklärte Mendax im Singsang seines Dialekts und deutete auf eine leere Stelle am Boden neben den Schlafmatten. »Das hier ist nun dein Zuhause. Morgen wirst du zusammen mit den anderen Novizen den Hochdruiden kennenlernen, dann beginnt deine Ausbildung.«

Ich sah mich ernüchtert um – die Annehmlichkeiten, die ich von zu Hause gewöhnt war, fehlten völlig. Aber ich war fest entschlossen, mir vor diesem groben Silurer meine Enttäuschung nicht anmerken zu lassen. »Wo ist mein Bettzeug?«, fragte ich.

»Das haben alle neuen Novizen selbst mitzubringen. So ist es Brauch hier.«

»Aber ich habe nichts dabei«, sagte ich. »Ihr erwartet doch wohl nicht von mir, dass ich wie ein Hund auf dem Boden schlafe?«

Mendax zuckte mit den Achseln. »Das ist nicht mein Problem.«

»Bekomme ich wenigstens etwas zu essen? Ich hatte heute noch nichts und bin am Verhungern.«

»Heute Abend«, erwiderte er kühl. »Du isst zusammen mit den anderen Novizen in der Halle.«

»Aber das dauert ja noch ewig.«

»Tja, Pech.«

»Ich wünsche, Euren Häuptling zu sprechen. Das ist unzumutbar.«

Mendax brach in Gelächter aus. »Vergiss es, Prinzlein. Du bist hier nicht mehr in Camulodunum.«

»Aber das ist ungerecht!«

Ohne etwas darauf zu sagen, machte Mendax kehrt und marschierte aus der Hütte. Ich setzte mich an dem mir zugewiesenen Platz auf den Boden und seufzte laut. Sobald der Silurer verschwunden war, stand einer der Jungen am Tisch auf und kam zu mir herüber.

»Lass dich von dem nicht einschüchtern«, sagte der Junge aufmunternd. »Mendax ist immer so. Als hätte er es nicht mit den Novizen der Druiden, sondern mit Rekruten zu tun.«

»Den Eindruck habe ich auch.«

Der Junge lächelte mir freundlich zu. »Ich bin übrigens Sediacus aus dem Land der Dobunni. Freut mich, dich kennenzulernen.«

Ich musterte ihn von oben bis unten. Sediacus war schätzungsweise ein oder zwei Jahre älter als ich. Er war dünn und schlaksig, hatte kurz geschorenes blondes Haar und Sommersprossen. Sein Dialekt war kaum zu hören, was wohl auch an seiner edlen Herkunft lag: Die dobunnischen Bauern, die uns auf der Reise nach Westen begegnet waren, hatte ich kaum verstehen können.

»Du bist ein Prinz?«, fragte er.

Ich nickte. »Ich bin Caratacus, Sohn des Cunobelinus.«

Er starrte mich mit großen Augen an. »Der Hochkönig der Catuvellaunen und Trinovanten ist dein Vater?«

»Ja«, antwortete ich vorsichtig. »Du hast also von ihm gehört?«

»Natürlich, was für eine Frage! Jeder hat von deinem Vater gehört. Er ist schließlich der mächtigste Herrscher im Land. Und wohl auch der, vor dem alle anderen die größte Angst haben.« Er schwieg einen Moment lang. »Bist du zum ersten Mal weg von zu Hause?«

Ich nickte. »Bis auf ein paarmal im Sommer, als wir meinen Vetter in Verulamium besucht haben, war ich mehr oder weniger mein ganzes Leben lang in Camoludunum. Ich habe mir das alles hier ganz anders vorgestellt.«

Er lächelte mitfühlend. »Am Anfang ist es ziemlich hart, vor allem, weil man seine Familie und seine Freunde vermisst. Aber das gibt sich mit der Zeit, du wirst schon sehen.«

»Bist du schon lange hier?«

»Ein Jahr. Aber ich kann mich noch gut an meinen ersten Tag hier erinnern. Ich hatte eine Scheißangst.« Sediacus spitzte die Lippen. »Aber für dich muss es ja noch viel schlimmer sein. Weil du der Sohn von Cunobelinus bist und so.«

»Warum das denn?«

»Ein paar von den anderen Novizen gehören Stämmen an, die früher gegen deinen Vater gekämpft haben.« Er zuckte fast entschuldigend mit den Achseln. »Die werden sicher nicht erfreut über deine Anwesenheit sein.«

»Dann hätten ihre Stämme sich im Kampf gegen unsere Kriegsbanden eben mehr anstrengen müssen«, erwiderte ich. »Wenn hier irgendjemand ein Problem mit meinem Vater hat, soll er es mir ins Gesicht sagen. Dann werde ich ihn eines Besseren belehren.«

»Das ist keine besonders schlaue Idee. Die weniger hellen Köpfe hier vertrauen eher auf die Faust als auf das Wort.«

Ich sah ihn an. »Was ist mit deinen Leuten? Hasst ihr uns auch?«

»Wir begegnen deinem Vater mit Misstrauen. Wie alle anderen Stämme auch, schätze ich. Ich glaube, mein Onkel hat Angst vor ihm.«

Ich runzelte die Stirn. »Dein Onkel?«

»Antedius«, sagte er. »Er ist unser Häuptling. Vielleicht hast du schon mal von ihm gehört, aber er ist natürlich nicht so berühmt wie euer König.«

Ich nickte. Aus Bladocus' Unterricht wusste ich ein wenig von den Dobunni und ihrer Geschichte, und ich erinnerte mich vage, dass Antedius vor ein paar Jahren die Herrschaft über den Stamm übernommen hatte. Die Dobunni waren vor Kurzem zu engen Verbündeten meines Vaters geworden, trotzdem blickte unser Stamm mit Verachtung auf sie herab. Für uns waren sie nicht viel mehr als ein Haufen rückständiger Bauern, im Moor lebende Dummköpfe, die weder kulturelle Errungenschaften noch militärische Erfolge vorzuweisen hatten. Dies alles behielt ich gegenüber Sediacus vorsichtshalber für mich.

»Und was ist mit dir, mein Freund?«, fragte Sediacus. »Wie bist du hier gelandet?«

»Das ist schnell erzählt«, sagte ich. »Mein Lehrer Bladocus hat meinem Vater geraten, mich hierher zu schicken, und mein Vater war einverstanden. Das war es eigentlich schon.«

»Und dein Vater hat dich einfach so gehen lassen?

Wieso wollte er nicht, dass du daheim bleibst und lernst, wie man ein Königreich regiert?«

Ich schüttelte den Kopf. »Das macht mein älterer Bruder Adminius. Er ist der Lieblingssohn meines Vaters und wird den Thron erben, nicht ich.«

»Und was soll dann aus dir werden?«

»Ich muss mir etwas anderes suchen, hat mein Vater gesagt. Vielleicht werde ich Druide und schließe mich unserem Kult an.«

Sediacus schnalzte mit der Zunge. »Wenn du meinst. Aber ich bezweifle, dass das was für dich ist.«

»Warum?«

»Du bist ein Catuvellaune. Jeder weiß, was für ein kriegerisches Volk ihr seid. Das Kämpfen liegt euch im Blut. Du würdest es nicht lange bei den Graubärten aushalten.«

»Bei den Graubärten?«

»So nennen wir die Druiden, die uns unterrichten«, sagte Sediacus. »Seit ich hier bin, habe ich viele kennengelernt, und so jemanden wie dich kann ich mir in ihren Reihen irgendwie nicht vorstellen.«

Dass er davon so überzeugt war, ärgerte mich, ich bemühte mich aber, es nicht zu zeigen. »Und was ist mit dir? Möchtest du irgendwann einmal Druide werden?«

Sediacus lachte. »Auf gar keinen Fall. Ich lasse mich hier ausbilden, bis ich den ersten Ring erreicht habe, aber dann verabschiede ich mich. Ich habe keine Lust, für den Rest meines Lebens in einem abgelegenen Hain zu hocken und aus Schafslebern den Willen der Götter zu lesen.«

»Was willst du denn stattdessen tun?«

»Darüber habe ich noch gar nicht so richtig nachgedacht. Vielleicht kämpfe ich in einer der Kriegsbanden meines Onkels. Aber eines weiß ich ganz sicher: lieber Krieger als Druide. Von wegen der Enthaltsamkeit und so weiter, kein Bier und keine Frauen …« Beim bloßen Gedanken daran schüttelte es ihn.

Ich beschloss, das Thema zu wechseln. »Wie ist der Hochdruide denn so?«

Sediacus dachte einen Augenblick lang nach. »Er ist ein strenger Lehrmeister, aber gerecht. Und sei vorsichtig, denn er sieht alles. Er ist nämlich auch ein Meister der Zauberkunst.«

»Wer sagt das?«

»Unter anderen auch ein paar von den Druiden. Sie glauben, dass er die Gestalt eines jeden Tieres annehmen, das Wetter beeinflussen und sich sogar unsichtbar machen kann.«

Ich sah ihn misstrauisch an. »Glaubst du das auch?«

»Der Hochdruide wurde von den Göttern erwählt, sie in dieser Welt zu vertreten – wer weiß schon, welche Kräfte sie so einem Mann verleihen?«

»Mein Bruder Adminius sagt, dass es gar keine Zauberei gibt. Er hält das alles für Lug und Trug.«

»Er kennt den Hochdruiden nicht, sonst würde er seine Meinung schnell ändern, das kannst du mir glauben. Ich habe mit eigenen Augen gesehen, welche Macht der Hochdruide hat.«

Ich sah ihn erstaunt an. »Du hast gesehen, wie er gezaubert hat?«

»Mehr als einmal. Aber du wirst es morgen bei der Initiationszeremonie ja selbst erleben.«

Ich hob die Augenbrauen. »Was ist das?«

»Weißt du das nicht? Der Hochdruide vollzieht im Beisein der anderen Lehrer und Novizen die Initiationsriten im Heiligtum, und alle neuen Novizen müssen am ersten Tag ihrer Ausbildung einen Eid vor ihm ablegen.«

»Und was muss ich da machen?«

»Oh, nicht viel. Das ist eben so Brauch, mit Gesang und Weissagungen, und dann wird ein Opfer dargebracht. Und anschließend bekommst du das Zeichen.«

»Das Zeichen?«, wiederholte ich.

Sediacus deutete auf die Tätowierung auf seiner Wange. »Allen Novizen wird der Kopf geschoren, und sie erhalten das Zeichen der Initiation, bevor sie mit der Ausbildung beginnen dürfen.«

Meine Eingeweide verkrampften sich. »Tut das weh?«

»Es ist nicht gerade angenehm. Na ja, wenn die Druiden mit ihren Knochennadeln ankommen, wirst du es ja selbst erleben.« Er verstummte. »An deiner Stelle hätte ich viel mehr Angst vor der Ausbildung.«

»Ist die wirklich so hart?«

»Ja. Der Unterricht ist lang, die Kampfausbildung kaum auszuhalten und das Wetter in diesen Breiten meistens fürchterlich. Wir leben auf engem Raum, und die Hütten sind rattenverseucht. Die Hälfte der Jungen aus meinem Jahrgang hat aus allen möglichen Gründen aufgegeben. Und soweit ich weiß, schafft es so gut wie kein Novize in den zweiten Ring.«

»Verstehe«, sagte ich leise. Allmählich wünschte ich, dass mich Bladocus nicht nach Merladion gebracht hätte.

Sediacus sah meinen verunsicherten Gesichtsausdruck. »Wenn ich dir einen guten Rat geben darf«, sagte er und blickte mich dabei scharf an, »dann sieh zu, dass du den Hochdruiden nicht verärgerst. Mach keine Schwierigkeiten, tu immer genau das, was er dir befiehlt, und sieh zu, dass du nicht auffällst.«

»Ich werde versuchen, das zu beherzigen. Danke.«

»Gern geschehen.« Er klopfte mir auf den Rücken und machte eine Handbewegung ungefähr in Richtung der anderen Novizen. »Und nun will ich dir mal die übrigen Jungs vorstellen.«

Den ganzen Tag über kamen weitere Novizen in Merladion an. Mendax führte sie in unsere Hütte und wies ihnen ihren Platz auf dem Lehmboden zu. Einige Mutige stellten sich den älteren Novizen vor, aber die meisten saßen nur ängstlich und stumm auf dem Boden. Am Abend holte uns ein Diener des Häuptlings ab. Wir verließen unser Quartier und gingen den Pfad zum Fürstenhof hinunter, wo das Fest zu Ehren unserer Ankunft stattfand. Ich folgte Sediacus und den anderen Novizen in eine große Halle mit hoher Decke. In die Steinwände waren Nischen eingelassen mit den Schädeln getöteter Feinde und Metallklammern, in denen Dutzende flackernder Fackeln steckten. Häuptling Vortagus, die Stammesältesten und Krieger saßen an Holztischen auf einem Podest. Ein Diener führte uns in eine hintere Ecke des riesigen Raums.

Ich setzte mich neben Sediacus an einen Tisch. Aus der benachbarten Küche waberte der würzige Duft von gebratenem Fleisch, und nach der langen Reise knurrte mein Magen bei der Aussicht auf ein herzhaftes Mahl. Da marschierte ein älterer Novize zu unserem Tisch herüber und baute sich vor mir auf.

»Du sitzt auf meinem Platz«, sagte er. »Verzieh dich.«

Ich erstarrte und blickte zu dem Novizen auf. Er war vielleicht zwei oder drei Jahre älter als ich und um einiges größer, hatte fettiges dunkles Haar und ein pockennarbiges Gesicht. Hinter ihm standen zwei weitere ältere Novizen und starrten mich feindselig an.

»Bist du taub?«, fuhr mich der Dunkelhaarige an. »Ich rede mit dir, du Made.«

Die mir gegenübersitzenden Novizen sprangen hastig auf und setzten sich wortlos an das hintere Ende der Bank. Sediacus starrte den Boden an und schwieg.

»Wir waren zuerst hier«, sagte ich. »Außerdem ist hier doch noch jede Menge frei.«

»Mir egal. Das hier ist mein Platz. Beweg dich, du Made, und nimm deinen Freund mit. Das hier ist der Tisch der Hirsche. Die Maden sitzen bei ihresgleichen.«

Er sprach im geschmeidigen Ton des Hochgeborenen, doch die Drohung in seiner Stimme war unüberhörbar. Ich wollte gerade etwas erwidern, als Sediacus meinen Oberarm packte. »Komm mit, Caratacus. Wir setzen uns an einen anderen Tisch.«

»Caratacus?«, fragte der dunkelhaarige Junge mit einem Funkeln in den Augen und trat noch näher. »Was sagt man dazu! Du bist also der Sohn von Cunobelinus, diesem tollen Hund?«

Ich atmete scharf ein. »Wage es nicht, so von meinem Vater zu sprechen«, sagte ich mit eiskalter Stimme.

»Ich rede über ihn, wie es mir passt, du kleiner Pisser.« Er runzelte die Stirn. »Wozu in Luds Namen hat man dich denn hierhergeschickt? Ich dachte, die Catuvellaunen wären so dumm wie ihr Vieh.«

»Ich bin nicht dumm«, protestierte ich lahm.

»Ach, nein?« Er lachte. »Das glaubst du doch selbst nicht. Ihr seid Abschaum, ungebildete Flegel und dumm wie Brot. Hab ich recht, Freunde?«

Seine Kumpane nickten und murmelten ihre Zustimmung. Ich erwiderte nichts darauf. Der Dunkelhaarige legte den Kopf schief und grinste mich verschlagen an. »Ich muss schon sagen, nach einem Kriegerprinzen siehst du mir nicht aus. Du bist ja nur Haut und Knochen. Ernsthaft, ich habe schon Scheißhaufen gesehen, die mir mehr Angst gemacht haben.«

»Ich bin der Sohn eines Königs«, erwiderte ich und bemühte mich dabei um eine feste Stimme. »Und ich erwarte, entsprechend behandelt zu werden.«

Der Junge stieß ein höhnisches Lachen aus. »Du bist der Sohn eines Schafhirten, der sich einbildet, was Besseres zu sein, und dementsprechend behandle ich dich auch.«

Er kam noch einen Schritt näher und ragte nun drohend über mir auf. Ich musste mich dazu zwingen, seinem finsteren Blick nicht auszuweichen.

»Verschwinde, sonst wirst du es bereuen«, sagte er. »Kriech mir aus dem Weg, du Made.«

»Leg dich nicht mit ihm an«, raunte mir Sediacus zu. »Das ist es nicht wert.«

Der ältere Junge lächelte mich spöttisch an. »Hör auf deinen Freund, Frischling. Das ist ein guter Rat.«

Ich biss die Zähne zusammen und warf ihm noch einen letzten Blick zu, dann stand ich auf. Doch bevor ich an einen anderen Tisch gehen konnte, stellte sich mir der Dunkelhaarige in den Weg und funkelte mich böse an. »Pass bloß auf, du Königssohn. Hier bist du nämlich nichts weiter als eine ganz gewöhnliche Made. Und eine königliche Leibwache hast du hier auch nicht.« Er grinste. »Und jetzt verpiss dich.«

Ich trottete zusammen mit Sediacus davon. Wir fanden bei einigen jüngeren Novizen an einem anderen Tisch Platz, und als wir uns setzten, sah ich zu dem älteren Jungen und seinen Freunden hinüber. Sie lachten und stopften große Brotstücke in sich hinein.

»Nimm es nicht persönlich«, sagte Sediacus. »Eboricus hackt auf allen Maden herum.«

»Maden?«

Sediacus lächelte etwas verlegen. »So nennen wir die Neuen. Eboricus hat es sich zur Gewohnheit gemacht, jedes Jahr bei ihrer Ankunft auf ihnen herumzuhacken. Und aus irgendeinem Grund hegt er eine ganz besondere Abneigung gegen Catuvellaunen.«

»Was ist das überhaupt für einer?«

»Eboricus? Eigentlich niemand von größerer Bedeutung. Ein Neffe von Verica, dem neuen König der Atrebaten – und offenbar einer von vielen, Zwölfter in der Thronfolge oder so ähnlich. Ein recht grober und unangenehmer Zeitgenosse, wie dir sicher auch schon aufgefallen ist. Ich weiß nach wie vor nicht, wie er es hierher geschafft hat. Tja, anscheinend machen auch die Druiden mal Fehler. Die meisten Novizen haben Angst vor ihm.«

»Warum bitten sie nicht die Druiden um Hilfe?«

»Das trauen sie sich nicht. Wenn Eboricus und seine Kumpane herausfinden, wer sie angeschwärzt hat, werden sie demjenigen eine ordentliche Tracht Prügel verpassen.«

Ich schüttelte wütend den Kopf. »Aber jemand muss doch etwas gegen ihn und seine Freunde unternehmen. Sie können doch nicht einfach so auf uns herumtrampeln.«

Sediacus machte eine Geste der Hilflosigkeit. »Eboricus ist ein Hirsch.« Als er meinen verständnislosen Blick sah, verdrehte er die Augen. »Das sind die ältesten Novizen.«

»Na und?«

»Als Hirsch darf Eboricus vieles, was wir nicht dürfen, und ich habe gehört, dass Verica den Druiden vor Kurzem eine sehr großzügige Spende hat zukommen lassen. Der Hochdruide wird es sich sicher nicht mit ihm verscherzen wollen, indem er seinen Neffen allzu hart bestraft.«

»Und jetzt sollen wir in ständiger Angst vor Eboricus leben?«

Sediacus zuckte mit den Schultern. »So ist das nun mal. Daran können wir nichts ändern.« Er sah sich um. »Du scheinst mir ein netter Kerl zu sein«, sagte er mit leiserer Stimme, »also lass dir raten: Halte dich von jetzt an einfach von Eboricus fern. Reiz ihn nicht.«

»Und wie soll ich das machen?«

»Indem du nicht auffällst und keinen Ärger suchst. Auch ohne dir Feinde zu machen, wirst du es hier schwer genug haben, das kannst du mir glauben.«

Während er redete, brachten die Diener ganze gebratene Schweine sowie Platten mit Brot und Käse. Mir lief das Wasser im Mund zusammen. Zunächst durften sich der Häuptling und seine engsten Berater am dampfenden Fleisch bedienen. Sie luden sich die Teller mit den besten

Stücken voll, dazu nahmen sie große Stücke des feinen Brotes. Sobald sie fertig waren, trugen die Diener das, was übrig war, zu uns herüber. Zuerst durften sich Eboricus und die anderen älteren Novizen die Fleischstücke aussuchen, erst dann kamen sie mit den Platten an unseren Tisch. Ich reichte meinen Teller einem Diener und sah dann mit wachsender Verzweiflung dabei zu, wie dieser ein paar Knochen und Knorpel darauffallen ließ.

»Was soll das sein?«, fragte ich.

»Dein Abendessen, was denkst du denn? Guten Appetit.«

Ich starrte die mickrigen Klumpen von zähem Fleisch und Knorpeln an. Das Brot war schimmlig. »Aber da ist ja kaum etwas dran. Wie soll ich denn davon satt werden?«

»Mehr gibt es nicht für dich, Kleiner. Die Maden kriegen das, was übrig bleibt. Lass es doch stehen, wenn du es nicht magst.«

Ich drehte mich zu Sediacus um, der mit vor Konzentration gerunzelter Stirn wie wild an einem Fleischstück herumkaute. Am anderen Tisch lachten Eboricus und die anderen älteren Novizen gerade über einen Witz. Der Saft aus ihren zarten Fleischstücken lief ihnen das Kinn hinunter.

»Stimmt was nicht?«, fragte Sediacus mit vollem Mund.

»Das Essen. So etwas bringe ich nicht hinunter. Solche Stücke werfen wir daheim den Hunden vor.«

»So schlimm ist es auch wieder nicht. Man gewöhnt sich daran, du wirst schon sehen.«

Ich nahm einen kleinen Fleischbrocken von meinem Teller und betrachtete ihn misstrauisch. Dann biss ich vorsichtig davon ab. Das Fleisch war geschmacklos und so zäh und trocken wie altes Leder. Ich zwang mich zu einem weiteren Bissen und spülte alles mit etwas Wasser hinunter.

»Ähem, isst du das noch?«, fragte Sediacus und deutete mit dem Kinn auf einen Knorpel.

Ich schüttelte den Kopf. »Bedien dich.«

Sediacus griff mit hungrigem Blick nach dem sehnigen Stück. Im gleichen Augenblick stand Vortagus von seinem Thron auf. Die Gäste unterbrachen ihre Mahlzeit und lauschten gehorsam, als der Häuptling zu einer kurzen Ansprache anhob. »Heute Abend sind ein paar neue Gesichter unter uns«, begann er und erhob sein Trinkhorn in unsere Richtung. »Ich möchte euch alle willkommen heißen. Ich kann mir vorstellen, dass ihr euer Zuhause vermisst, und ganz bestimmt haben einige von euch Angst vor dem, was vor euch liegt. Zu recht, denn eure Kindheit ist hiermit vorüber. Ihr werdet Hunger und andere Unbill zu ertragen haben, und nur die Willensstärksten, die Zähesten und die Schlauesten werden bis zum Ende durchhalten. Der Rest von euch wird in Schmach und Schande nach Hause gehen, sobald er den hohen Anforderungen der Druiden nicht mehr genügt.« Vortagus machte eine kurze Pause. Als er fortfuhr, war ich mir sicher, dass er mich dabei direkt anblickte. »Dessen könnt ihr euch gewiss sein. Viele kommen hierher, und die Allermeisten versagen, bis nur noch die von den Göttern Auserwählten übrig sind. Ich wünsche jedem von euch viel Glück, ihr werdet es brauchen. Und nun … genießt weiter euer Mahl.«

Er setzte sich wieder und machte einem Sklaven ein Zeichen, woraufhin zwei Barden auf einer Galerie über dem Podest anhoben, in langatmigen Versen Vortagus' Großmut und seine Heldentaten zu besingen. Ich stocherte weiter in den armseligen Resten des Festmahls.

Es war nicht leicht, mit den anderen Neuankömmlingen ins Gespräch zu kommen. Wir waren zu elft: die besten Schüler der vielen Stämme unseres Landes. Mehrere Jungen, die tatsächlich Angst vor meinem Vater zu haben schienen, fragten mich, ob er wirklich so groß wie ein Riese sei und die abgeschlagenen Köpfe seiner Feinde an einer Kette um den Hals trage. Die anderen verhielten sich mir gegenüber entweder misstrauisch oder geradezu feindselig – und so war ich insgeheim erleichtert, als das Fest zu Ende war und wir zurück in unsere Hütten geschickt wurden.

Als ich in dieser Nacht in einem Raum voller Fremder auf dem nackten kalten Boden lag, überkam mich starkes Heimweh. Ich vermisste meine Familie und meine Freunde aus tiefster Seele. Hinzu kam, dass ich auch noch Eboricus und seinen Kumpanen aus dem Weg gehen musste. Immer wieder sah ich vor meinem geistigen Auge, was sich gerade auf dem Fest ereignet hatte, und jedes Mal wünschte ich mir, etwas anderes gesagt oder getan zu haben. Nun würde ich mich vor ihm in Acht nehmen müssen. Ich wälzte mich stundenlang hin und her, bevor ich endlich in einen unruhigen Schlaf fiel.

KAPITEL 10

Es war noch dunkel, als uns Mendax und die anderen Wachen am folgenden Tag mit Gebrüll weckten. Ich sprang hastig auf und rieb mir die Augen. Eine Wache warf mir eine einfache braune Tunika hin.

»Was ist das?«, fragte ich, noch nicht ganz wach.

»Deine Kleidung, Frischling. Alle Novizen tragen dasselbe, so ist es Brauch hier. Zieh dich an.«

Schnell zog ich mir die Tunika über und schnürte meine Lederstiefel. Ein Mann stellte uns einen Weidenkorb mit Brot und einen Krug mit frischem Wasser hin. Wir aßen im Stehen, und kurze Zeit später trottete ich mit den anderen Novizen hinaus in das schmutzig graue Licht vor Sonnenaufgang. Wir folgten den Wachen den Pfad bis zum Tor am hinteren Ende der Siedlung, wo uns Bladocus und die anderen Lehrer bereits erwarteten. Der stärker werdende Wind zerrte an ihren schwarzen Gewändern. Ich warf einen Blick über die Schulter zum Hof des Häuptlings in der Hoffnung, meinen Onkel Epaticcus zu sehen – aber so früh am Morgen war dort weit und breit noch niemand.

Bladocus empfing mich mit strenger Miene. »Was ist los?«

»Mein Onkel, Herr«, sagte ich. »Ich würde mich gern von ihm verabschieden, bevor er sich mit den anderen wieder auf den Weg nach Osten macht.«

Der graubärtige Druide schüttelte den Kopf. »Dafür ist keine Zeit. Wir müssen zum Heiligtum, der Hochdruide erwartet uns.«

»Aber ich habe es ihm versprochen, Herr. Ich habe Epaticcus mein Wort gegeben.«

»Vergiss deinen Onkel, du bist jetzt einer von uns«, fuhr mich Bladocus an. »Dein altes Leben, wie du es aus Camulodunum kennst, ist vorüber, verstanden?«

»Ja, Herr«, murmelte ich und ließ den Kopf hängen.

Auf das Kommando von Mendax hin öffnete eine Wache das Tor, und unsere kleine Gruppe machte sich auf den Weg zum Heiligtum. Während wir den Hügel hinunter und auf ein dunkles kleines Wäldchen zugingen, lugten die ersten schwachen Sonnenstrahlen hinter den Berggipfeln hervor. Wir folgten einem unbefestigten Pfad durch das Unterholz und überquerten auf einer schmalen Holzbrücke mehrere Stromschnellen. Die Felsen unter uns waren nass vom spritzenden Wasser. Kurze Zeit später verließen wir das Wäldchen wieder. Nun lag das Heiligtum der Druiden vor uns auf einer Anhöhe neben dem sanft dahinfließenden Fluss. Die beiden Wachposten nahmen Haltung an, als wir uns näherten, und riefen einen Befehl, woraufhin das Tor geöffnet wurde. Ich folgte den anderen Novizen und unseren Lehrern in das von einer Palisade geschützte Heiligtum.

Hinter dem Tor öffnete sich ein großer Platz mit einem Weg, der von grob behauenen Steinsäulen mit eingemeißelten Runen darauf flankiert wurde. Am anderen Ende dieses Weges befand sich der heilige Schrein der Druiden: ein Bauwerk mit Holzdach und einem Türsturz aus Eiche, über dem das größte Hirschgeweih hing, das ich jemals gesehen hatte. Ich hob den Blick und blieb vor Schreck stehen, als ich hoch über dem Eingang ein Dutzend Nischen mit Totenschädeln darin erblickte. Ich konnte einen kurzen Blick in den Schrein selbst werfen: In der Mitte des Raums lagen in einer Mulde im gepflasterten Boden ein Haufen verbogener Schwerter sowie Schilde und Helme aus Bronze, die im Licht der an der Wand befestigten Fackeln glänzten.

Rechts neben dem Gebäude befand sich ein weiterer, von Wall und Graben umgebener Bereich mit mehreren tiefen Löchern, die offenbar mit Tierschädeln gefüllt waren, sowie einem kleinen Stall. Auf der anderen Seite führte eine Treppe auf eine abgeflachte Erdaufschüttung mit einem großen, von grob behauenen Steinsäulen umringten Podest, an dessen Ende sich ein riesiger Altar aus Kalkstein erhob. Die uralten Äste der knorrigen alten Eichen, die die Erhöhung umgaben, knarrten und ächzten in dem starken, heulenden Wind.

»Na, was hältst du davon, mein Junge?«, flüsterte Bladocus.

Voller Ehrfurcht blickte ich zu dem riesigen Altar auf. »So etwas habe ich noch nie gesehen.«

Er grinste. »Ich habe dir ja gesagt, dass das hier ein ganz besonderer Ort ist.«

»Wer wohnt dort?«, fragte ich und zeigte auf mehrere Rundhäuser direkt neben dem Haupttor.

»Der Hochdruide und die Ältesten«, erklärte Bladocus. »Alles Männer des fünften Rings. Nur den Mächtigsten und Gelehrtesten ist es gestattet, unter den Geistern der Anderswelt zu leben.«

»Wie lange dauert es, um den fünften Ring zu erreichen?«

»Viele Jahre«, sagte Bladocus. »Manche verbringen ihr ganzes Leben mit dem Versuch, diesen Grad an Weisheit zu erlangen.«

Während er sprach, trat eine Gruppe von Männern in dunklen Gewändern aus einer Hütte und kam zu uns herüber. Ein verschrumpelter alter Mann mit einem langen Stab, an dessen Spitze eine kleine Sichel befestigt war, wechselte ein paar leise Worte mit Bladocus und den anderen druidischen Lehrern.

»Willkommen im Heiligtum der zwölf Totenschädel«, sagte er dann und drehte sich zu den neuen Novizen um. »Ich heiße Segorix und bin einer der ältesten Druiden hier. Wenn ihr mir bitte folgen wollt.« Er drehte sich um und führte uns die Steinstufen hinauf zu dem Podest, vor dem sich die älteren Novizen und ihre Lehrer in einem losen Kreis aufstellten. In den Bäumen über uns sah ich die dunklen Umrisse mehrerer krächzender Krähen, die auf uns herabstarrten.

Als alle ihren Platz eingenommen hatten, hob Segorix die Hände zum Himmel und stimmte einen Sprechgesang in einer mir unbekannten Sprache an.

»Was macht er da?«, fragte ich.

»Die Druiden rufen die Götter an, damit sie dem Initiationsritual beiwohnen«, erklärte Bladocus. »Sie müssen Luds Einverständnis einholen, bevor sie die Riten vollziehen.«

Segorix verstummte, und einer seiner Begleiter, ein großer Mann in einem fließenden weißen Gewand, der eine Goldkette um den Hals trug, trat in die Mitte des

Podests. Er hielt mehrere Eisenstäbe in der Rechten, jeder so lang wie ein Pfeil und verziert mit eigenartigen Zeichen. Der Mann rief mit donnernder Stimme eine Zauberformel und warf die Stäbe, die mit einem metallischen Klappern übereinander auf dem Boden landeten. Unter den Blicken der Anwesenden bückte der weiß gekleidete Druide sich sodann, um die am Boden liegenden Stäbe in Augenschein zu nehmen.

»Was macht er jetzt?«, flüsterte ich Bladocus zu. »Was sind das für Stöcke?«

»Orakelstäbe«, antwortete Bladocus leise. »Und jetzt sei ruhig, Junge.«

Es herrschte eine angespannte Stille, während der Druide die Zeichen studierte. Einen Augenblick später richtete er sich auf und verkündete etwas in seinem mir fremden Dialekt. Mehrere andere Druiden klopften mit ihren Stäben auf den Boden.

»Was ist passiert?«, fragte ich.

»Es ist ein gutes Omen, hat der Seher gesagt. Lud hat sein Einverständnis gegeben, wir können mit der Zeremonie fortfahren.«

»Und jetzt?«

»Jetzt warten wir.«

Einige der älteren Novizen unterhielten sich leise miteinander. Segorix klopfte mit seinem Stab auf den Steinboden, um für Ruhe zu sorgen, und eine gespenstische Stille legte sich über das Heiligtum. Bis auf den leichten Wind, der durch die Blätter der umstehenden Eichen fuhr, war nichts zu hören.

»Wo ist er? Wo ist der Hochdruide?«, flüsterte ich und reckte den Hals.

»Ruhe«, zischte Bladocus.

Das Rauschen des Windes schwächte sich zu einem Flüstern ab und verstummte dann ganz, während sich am Himmel über unseren Köpfen dunkle, tief hängende Wolken sammelten. Dann wurde die Stille plötzlich von einem flatternden Geräusch in den Bäumen durchbrochen. Einer der Jungen deutete mit einem Schrei in den Himmel, in den sich ein laut krächzender Krähenschwarm erhob und über uns kreiste. Dadurch waren wir einen Augenblick abgelenkt.

»Willkommen, meine Kinder«, rief eine krächzende Stimme.

Wir wandten uns wieder dem Altar zu, wo nun eine Gestalt im Gewand der Druiden vor uns stand, die scheinbar aus dem Nichts erschienen war. Der Mann trug eine Kopfbedeckung mit einem Geweih, und trotz seiner eher kleinen Statur umgab ihn eine ehrfurchtgebietende Aura. Seine tief unter den dichten Augenbrauen liegenden Augen glänzten wie nasse Kohlestücke. Die faltige Haut über seinen knochigen Gesichtszügen wirkte grau. Er hob einen dürren Arm, woraufhin alle schlagartig verstummten.

»Ich heiße Lugracus«, fuhr er fort. »Ich bin der Hochdruide der silurischen Stämme und Hüter des Schreins der zwölf Schädel. Ihr werdet mich mit ›hoher Herr‹ ansprechen, habt ihr das verstanden?«

»Ja, hoher Herr«, antworteten wir im Chor.

Der Hochdruide lächelte. Dabei sah ich seine zu Spitzen gefeilten Schneidezähne.

»Novizen«, fuhr er mit strenger Stimme fort, »eure Lehrer haben euch hierhergebracht, damit ihr für die

Initiation in den ersten Ring ausgebildet werdet. Das ist eine große Ehre. Ihr wurdet ausgewählt wegen eures scharfen Verstandes, eures Wissensdurstes und weil wir euch für fähig erachten, die Zeichen unserer Götter lesen zu können. Nur wenige werden dazu berufen, noch viel weniger haben Erfolg. Was ihr bisher geleistet habt, zählt in Merladion nichts. Ihr werdet hier härter arbeiten als jemals zuvor und jeden einzelnen Tag eure körperlichen und geistigen Kräfte bis zur Neige ausschöpfen. Es wird Augenblicke geben, in denen ihr glaubt, aufgeben zu müssen. Aber für Schwäche ist hier kein Platz. Hier zählen nur Stärke und Disziplin. Um zu bestehen, müsst ihr lernen, euren Körper und euren Geist zu beherrschen. Von jedem Novizen verlange ich drei Dinge: Gewissenhaftigkeit, harte Arbeit und Gehorsam. Nur damit werdet ihr eines Tages die Weisheit der Druiden erlangen. Diejenigen, die dazu auserwählt werden, ihre Ausbildung über den ersten Ring hinaus fortzusetzen, werden die Geheimnisse der Weissagung und sogar der Zauberkunst kennenlernen. Aber es dauert viele Jahre, solche Macht zu erringen. Nur wenige Novizen bringen es so weit … Sehr wenige.«

Lugracus hielt inne, bis er sich unserer vollen Aufmerksamkeit sicher war.

»Ihr werdet euch jeden Tag zur ersten Stunde mit euren Lehrern hier einfinden«, fuhr er fort. »Der Unterricht dauert bis Mittag. Am Ende eines jeden Monats werdet ihr vor euren Kameraden zu einem bestimmten Thema geprüft werden. Alle, die diese Prüfung nicht bestehen, werden nach Hause geschickt.«

Dann deutete er auf die Druiden, die die Novizen nach

Merladion begleitet hatten. »Eure Lehrer hier sind für eure Erziehung verantwortlich. Sie werden auf dieser Reise eure Führer sein, und es ist unerlässlich, dass ihr ihre Ratschläge beherzigt und ihren Anweisungen stets Folge leistet. Verstanden?«

»Ja, hoher Herr«, antworteten wir alle im Chor.

»Ausgezeichnet.« Lugracus nickte und legte die Hände zusammen. »Wir alle hier befolgen bestimmte Regeln, an die sich jeder von euch halten wird, andernfalls muss er für seinen Ungehorsam mit den härtesten Strafen rechnen. Wir dulden weder Diebstahl noch Trunkenheit noch den Umgang mit Frauen, und wir missbilligen außerdem den Brauch des Zweikampfes, den auszutragen allen Novizen verboten ist – es sei denn, es handelt sich um besonders schwere Fälle von Ehrbeleidigung. Zusätzlich zu dem Unterricht hier werdet ihr von den Leibwächtern des Häuptlings an den Waffen ausgebildet. Ihr habt ihnen ebenso zu gehorchen wie euren Lehrern. Ich werde jeden, der seine Ausbildung im Kriegshandwerk vernachlässigt, eigenhändig bestrafen.« Er hob die Hand und deutete mit dem Finger auf uns. »Hat jemand eine Frage?«

Ich sah mich unter den Novizen um. Niemand sagte etwas. »Dann fahren wir nun mit der Initiation fort.«

Der Hochdruide wandte sich seinen Begleitern zu und gab dem Mann mit der Sichel ein Zeichen, woraufhin dieser einen Befehl rief. Der Kreis öffnete sich, und zwei Druiden führten eine blökende weiße Ziege an einem Strick um den Hals die Stufen hinauf. Hinter ihnen schritt ein weiterer Druide mit einer großen Tonschale in der Hand einher. Er blieb am Rand des Podiums stehen, während die anderen beiden die Ziege zu dem Steinaltar führten.

»Dieses Opfer ist notwendig«, erklärte mir Bladocus, »damit Lud die neuen Novizen annimmt. Außerdem bitten wir damit die Götter, euch bei eurer Ausbildung gewogen zu sein.«

Die beiden Druiden nahmen der Ziege den Strick ab und hoben sie auf den Altar. Gleichzeitig zog der Hochdruide einen kleinen Dolch aus den Falten seines weiten Gewandes, ging zu dem Tier hinüber und hob den Dolch gen Himmel, sodass die Spitze der Klinge in der aufgehenden Sonne blitzte. Wieder sang er einige Sätze in der mir unbekannten Sprache. Die beiden Druiden kämpften kurz mit der blökenden Ziege und legten sie dann auf die Seite. Der Hochdruide stieß mit der glänzenden Klinge auf die Ziege hinab und durchtrennte ihr mit einem brutalen Schnitt die Kehle.

Das Tier gab einen hässlichen Laut von sich und zuckte wie wild. Aus der aufgeschlitzten Kehle drang ein gequältes Gurgeln. Der Druide mit der Tonschale eilte zum Altar, kniete daneben nieder und fing das dunkle Blut, das aus dem Hals des Tieres schoss, in seinem Gefäß auf. Nach einem kurzen Todeskampf hörte die Ziege auf zu zucken, und ihr Kopf sackte leblos nach hinten weg. Der Hochdruide reckte seine blutbespritzten Hände gen Himmel. »Lud, Herr der Anderswelt!«, schrie er, so laut er konnte. »Nimm diese bescheidene Gabe deiner Diener an! Beschütze diese Jungen und führe sie auf ihrem Weg hinein in die Ringe der Druiden!«

Dann ließ er die Hände sinken, trat vom Altar zurück und wischte den Dolch an seinem blutbeschmierten Gewand ab. Kurze Zeit später kam ein Diener mit Mistelkränzen zu uns herüber. Hinter ihm her schritt ein zweiter Diener mit einem großen Trinkbecher. Er ging zum Altar, stellte den Becher ab, füllte ihn bis zum Rand mit Ziegenblut und streute getrocknete Kräuter und Gräser darüber. Dann brachte er den Becher zu uns und hielt ihn mir hin.

»Trink«, flüsterte mir Bladocus zu.

Ich betrachtete den Inhalt des Bechers und rümpfte angewidert die Nase. »Muss ich wirklich, Herr?«

»Du musst, mein Junge. Das beschützt dich vor bösen Geistern.«

Ich streckte die Hand nach dem Becher aus und kämpfte gegen den Brechreiz an.

»Spuck es bloß nicht aus«, warnte mich Bladocus. »Für den Hochdruiden wäre das ein Zeichen dafür, dass deine Seele nicht rein ist.«

Ich holte tief Luft, drückte den Becher an meine Lippen und zwang mich, das warme Ziegenblut hinunterzuschlucken. Dann gab ich dem Diener den Becher zurück und bemühte mich, den widerlichen Geschmack in meinem Mund nach Möglichkeit nicht zu beachten. Der Diener schritt die Reihe der neuen Novizen ab und nötigte jeden Einzelnen dazu, aus dem Becher zu trinken. Als er fertig war, trat der andere Diener vor und drückte jedem Novizen einen Kranz auf den Kopf. Dann winkte uns der Hochdruide zu sich. Nervös stellten wir uns vor ihm auf, während er die Schale mit dem Blut von dem Mann neben sich in Empfang nahm. Er tauchte einen Finger in die dunkle Flüssigkeit und beschmierte unsere Stirnen damit, während er leise Beschwörungsformeln murmelte. Dann stellte er die Schale neben das geschlachtete Tier auf den Altar und legte die Hände zusammen.

»Meine Kinder, nun sprecht mir nach«, sagte er. »Ich schwöre im Namen der Götter der Anderswelt und ihrer Diener …«

Er wartete, während wir langsam seine Worte wiederholten. Den übrigen Wortlaut des Eides werde ich nicht aussprechen, denn sie sind ein Geheimnis, das nur die Druiden und ihre Novizen kennen. Wenn ich diesen Eid hier wiederhole, würden mich die Götter bis in alle Ewigkeit bestrafen. Daher genügt es zu sagen, dass der Eid mit den folgenden Worten endete:

»Ich schwöre, niemals das Wissen meiner Lehrer schriftlich niederzulegen und die Geheimnisse der Druiden mit meinem Leben zu schützen …«

Als wir den Eid geleistet hatten, nickte uns der Hochdruide zu. »Damit ist es geschehen«, verkündete er. »Lud ist Zeuge. Der Schwur wurde abgelegt, und die heiligen Riten wurden vollzogen. Jeder von euch gehört nun mit Leib und Seele zu den Druiden, von heute an bis zu dem Tag, an dem er das Heiligtum verlässt. Und nun kann eure Ausbildung beginnen.«

Als die Initiationszeremonie vorbei war, verließen wir den Altar und gingen zum Platz vor dem Schrein hinunter. Die älteren Novizen begannen mit ihrem täglichen Unterricht bei ihren jeweiligen Lehrern, wir Frischlinge folgten Lugracus und Segorix in eine andere Ecke des Heiligtums. Kurze Zeit später kamen drei weitere Druiden zu uns herüber. Einer trug ein Holzbrett, auf dem ein paar spitze Knochennadeln, Rasiermesser und Scheren aus Bronze sowie ein kleiner Tontopf mit Farbe lagen. Dann riefen sie uns nacheinander nach vorn, schoren uns die Köpfe und stachen uns mit der Knochennadel das Zeichen auf die Wange. Als wir alle tätowiert waren, versammelten wir uns um einen Druiden mit hagerem Gesicht und verbrachten den restlichen Vormittag damit, die grundlegenden Lehrsätze der Druiden auswendig zu lernen. Anschließend übten wir uns im Einzelunterricht mit unseren jeweiligen Lehrern im Verständnis der Dialekte der verschiedenen Stämme. Als die Sonne ihren höchsten Stand erreicht hatte, verkündete der Hochdruide, dass der Unterricht für heute beendet sei. Wir machten uns auf den kurzen Rückweg den Hügel hinauf zur Hauptstadt, wo uns die Ausbildung an den Waffen erwartete.

Am Tor standen bereits mehrere silurische Wachen bereit. Sie grüßten uns wortlos und führten uns dann quer durch die Stadt zu einem großen Übungsplatz neben dem Häuptlingshaus. Die älteren Novizen begannen sofort damit, unter dem strengen Blick ihrer Ausbilder mit ihren Übungsschwertern auf in einer Reihe aufgestellte Holzpflöcke einzuschlagen. Mendax befahl uns Frischlingen, Aufstellung zu nehmen. Dann verschränkte der Krieger mit der verstümmelten Hand die haarigen Arme vor der Brust und machte sich zu einer Ansprache bereit. Bladocus stand zusammen mit den anderen Lehrern ganz in der Nähe und beobachtete sehr genau, was geschah.

»Also gut«, sagte Mendax mit rauer Stimme. »Wer von euch hat schon einmal mit einem Schwert geübt? Oder wenigstens mit einem Holzschwert?«

Die meisten, aber nicht alle, hoben die Hand. Mendax grinste schief. »Sehr gut. Also, ihr könnt den Blödsinn getrost vergessen, den man euch beigebracht hat. Ab heute werdet ihr lernen, wie wahre Krieger zu kämpfen. Wie Silurer!«

Seine Stimme hallte über den ganzen Übungsplatz. Dann schwieg er einen Moment lang, damit seine Worte ihre Wirkung entfalten konnten. Ich warf meinen Kumpanen einen Seitenblick zu – sie alle starrten Mendax gleichzeitig neugierig und verwirrt an.

»Wie ihr wisst«, fuhr der Leibwächter schließlich fort, »sind wir ein Bergvolk. Wir sind außerdem der härteste und zäheste Stamm des Landes. Es ist noch keinem fremden Volk gelungen, uns zu erobern. Das unterscheidet uns von den meisten anderen Stämmen. Kann mir jemand von euch sagen, warum das so ist?« Alle schwiegen. Mendax sah uns böse an und wartete auf eine Antwort. Als keine kam, machte er mit einem Arm eine ausholende Geste in Richtung der mit Nebel bedeckten Berge, die zu beiden Seiten des Tals aufragten.

»Schaut euch doch um«, knurrte er. »Seht ihr diese verdammt hohen Berge? Mit ihrer Hilfe halten wir uns Eindringlinge vom Leib. Wir stürzen uns nicht in der offenen Feldschlacht auf den Feind wie ein Haufen Idioten, sondern nutzen das Land um uns herum zu unserem Vorteil.«

Ich spitzte die Ohren und wartete gespannt, was Mendax noch zu sagen hatte. »Wir bekämpfen unsere Feinde nicht mit Speer und Schwert in großen Schlachten«, erklärte er, »sondern mit List und Tücke. Wir nutzen den natürlichen Schutz der Berge und Wälder, um unsere

Feinde zu überraschen – wann und wo wir wollen. Wir greifen sie mit aller Härte an, schlitzen die Bastarde auf und verschwinden, bevor der Feind überhaupt begriffen hat, was los ist. So haben wir seit Jahrhunderten unsere Widersacher bezwungen, und das sogar dann, wenn sie uns zahlenmäßig überlegen waren.«

Ich hörte ihm fasziniert zu. Diese Art zu kämpfen war den Kriegern meines Volkes gänzlich unbekannt. Mein Onkel hatte uns beigebracht, dass der Kampf Mann gegen Mann und jeder für sich der beste Weg zum Sieg auf dem Schlachtfeld war. Dass jeder Krieger sein Können und seinen Mut im Nahkampf gegen einen würdigen Gegner beweisen musste, und dass Ruhm und Ehre die höchsten Tugenden waren, die es im Gefecht zu erringen galt. Mendax dagegen verfolgte einen völlig anderen Ansatz.

»Während ihr hier seid, werden wir euch in unserer Kampfkunst ausbilden«, fuhr er fort. »Das heißt, ihr werdet lernen, wie man Hinterhalte legt, Überfälle plant und sich vor dem Feind verbirgt. In den kommenden Jahren werdet ihr euch im Klettern üben und auf langen Strecken durch das schwierigste Gelände unseres Gebiets marschieren. Ihr werdet lernen, mit Schwert, Speer, Schleuder und Bogen zu kämpfen, und alles über unsere Art der Kriegsführung erfahren. Und am Ende eures Aufenthalts in Merladion werdet ihr genauso gut sein wie unsere besten Kämpfer.« Er hielt kurz inne und nickte in meine Richtung. »Sogar du, Prinz Hänfling.«

Ein paar Jungs um mich herum fingen an zu lachen. Mendax wartete, bis sie wieder still waren. »Noch Fragen?«

Ich hob den Arm. »Wo sind die Übungsschwerter, Herr?«

Mendax schüttelte den Kopf. »In den ersten Monaten bekommt ihr keine Waffen. Die braucht ihr auch noch nicht.«

Hier und da war leises Stöhnen zu hören. »Aber die meisten von uns haben doch bereits mit Waffen geübt«, erwiderte ich.

Mendax kam zu mir herüber. »Freundchen, willst du mir etwa vorschreiben, wie ich meinen Unterricht zu halten habe?«, fragte er und richtete einen dicken Finger auf mich. »Du hältst dich wohl für schlauer als mich?«

»Nein, Herr.«

»Vielleicht würdest du gern meinen Platz einnehmen und uns allen zeigen, wie man es richtig macht?«

»Nein, Herr.«

»Das will ich auch meinen, verdammte Scheiße. Mir ist egal, was du bei dir daheim von irgendwelchen Schafhirten gelernt hast. Jetzt bist du hier in Merladion und wirst genau das tun, was ich dir sage. Und wenn ich sage ›keine Waffen‹, dann gibt es auch keine. Ist das klar?«

»Ja, Herr.«

»Na fein. Dürfte ich jetzt wohl mit meinem Unterricht fortfahren, Prinz Hänfling? Oder hast du noch mehr schlaue Fragen?«

»Nein, Herr.«

Er trat einen Schritt zurück und wandte sich wieder der Gruppe zu. »Wie gesagt, bevor ihr im Kampf ausgebildet werdet, müsst ihr lernen, euch wie ein silurischer Krieger zu bewegen. Es ist sinnlos, einen Gegner aus dem Hinterhalt zu überfallen, wenn man zu erschöpft ist, um sein Schwert zu heben, wenn es zum Kampf kommt.« Er deutete auf den von einer Laufbahn umgebenen Übungsplatz hinter ihm, auf dem die älteren Novizen an ihren Holzpfählen übten.

»Wir fangen mit etwas ganz Einfachem an. Zwanzig Runden um den Platz.« Sein Mund verzog sich zu einem sadistischen Grinsen. »Der Letzte muss eine Woche lang die Quartiere putzen. Los geht's!«

Mendax nahm uns den ganzen Nachmittag hart ran. Nach dem Lauf führte er uns aus der Stadt hinaus und ließ uns die Hügel in der Umgebung hinauf- und wieder hinunterrennen, wobei jeder Novize einen mit Steinen gefüllten Sack aus gewebtem Stoff mitschleppen musste. Es war mörderisch, anstrengender als alles, was man mir daheim in Camulodunum jemals zugemutet hatte. Als wir fertig waren, brannte jeder Muskel in meinem Körper. Eine Stunde später wurde es dunkel. Ich folgte den anderen erschöpften Novizen zurück zu unseren Quartieren. Während die anderen die Zeit bis zum Abendessen dazu nutzten, sich auszuruhen, herumzualbern oder Spiele zu spielen, baute ich mir ein behelfsmäßiges Bett aus ein paar Zweigen und etwas Farnkraut, das ich am Hügel gepflückt hatte.

Sediacus kam zu mir herübergeschlendert. »Wie war der Unterricht bei Mendax?«, fragte er.

»Schweißtreibend«, murmelte ich. Die pochenden Schmerzen in meinen Beinen waren so stark, dass ich eine Grimasse schnitt. »Geht das jetzt jeden Tag so?«

Sediacus lachte. »Aber nein. Es wird noch schlimmer, mein Freund. Viel schlimmer. Mendax ist von allen der größte Leuteschinder, das kannst du mir glauben. Ein paar Mal war es so anstrengend, dass ich kotzen musste.«

»Na wunderbar. Noch etwas, worauf ich mich freuen kann.«

»Ich habe dich gewarnt.«

»Ich weiß«, erwiderte ich leise.

Als er merkte, wie niedergeschlagen ich war, klopfte er mir auf den Rücken. »Kopf hoch. Hier ist nicht alles schlimm.«

»Bist du dir da sicher?«, gab ich traurig zurück und betrachtete mein grobes Lager aus Zweigen und Farn. »Ich habe noch nicht einmal einen ordentlichen Schlafplatz, und Mendax hasst mich und triezt mich bis zur Erschöpfung. Und das Essen …« Ich schüttelte den Kopf. »Diese fauligen Reste, die wir zum Abendessen bekommen, sind ja noch nicht mal gut genug für einen Sklaven.«

»Das Essen ist ganz in Ordnung – wenn du dich erst mal daran gewöhnt hast. Mit der Zeit wird alles besser, du wirst schon sehen«, sagte Sediacus. »Ich bin jetzt im zweiten Jahr und habe bereits gelernt, die Zukunft vorherzusagen.«

»Wirklich?«

»Aber sicher. Und in diesem Augenblick sehe ich voraus, dass du dich gleich in die Küche der Großen Halle schleichen und uns etwas Honigwein aus den Vorräten des Häuptlings stehlen wirst.«

»Das kann ich nicht!«

»Du musst, mein Junge.« Sediacus imitierte die langsame und barsche Sprechweise des Hochdruiden und richtete einen krummen Finger auf mich. »So ist es dir vorherbestimmt!«

Einen Moment lang sah er mich ernst an und brach dann in schallendes Gelächter aus. Seine gute Laune war ansteckend. Einen Augenblick lang lachten wir gemeinsam, doch dann wurde es schlagartig still in der Hütte. Ich blickte auf und sah, wie Eboricus zusammen mit den beiden Jungen hereinmarschierte, die auch schon während des Festes bei ihm gewesen waren: Einer war klein und gedrungen und hatte eine rosige Narbe über der Oberlippe, der andere war mindestens einen Kopf größer als Eboricus, hatte kurzes rotes Haar und einen Mund, der so dünn war wie eine Messerklinge.

»Scheiße«, murmelte Sediacus.

»Was will er denn jetzt schon wieder?«, fragte ich.

»Das, was die Hirsche immer wollen«, flüsterte Sediacus. »Uns das Leben zur Qual machen.«

Die jüngeren Novizen saßen still und stumm da, während Eboricus sich in der Hütte umsah. Schließlich richtete er den Blick auf mich, und ein boshaftes Grinsen erschien auf seinem Gesicht. Er kam auf mich zu, seine beiden Freunde blieben am Hütteneingang stehen und sahen mich finster an.

»Sediacus, was sagt man dazu«, meinte Eboricus. »Haben wir uns etwa mit dem Dorftrottel angefreundet? Was gab es denn so Lustiges?«

Ich stand auf und sah ihm gelassen in die Augen. »Kümmere dich um deinen eigenen Kram.«

Eboricus sah mich mit gespieltem Entsetzen an. »Sprichst du so etwa mit Höhergestellten? Ich bin Novize im letzten Jahr und der Sohn eines geachteten atrebatischen Edelmanns, aber du redest mit mir wie mit einem niedrigen Knecht. Ts, ts. Bringen die Edlen in Camulodunum ihren Söhnen heutzutage keine Manieren mehr bei?«

»Lass ihn in Ruhe«, mischte sich Sediacus ein. »Er ist neu, und er hat es nicht böse gemeint.«

»Das hast du nicht zu entscheiden, du Bauerntölpel. Wenn du nicht still bist, schlagen wir dir deinen dummen Schädel ein, nur so zum Spaß.«

Sediacus schwieg, und Eboricus wandte sich wieder mir zu. Dabei schien er etwas zu bemerken. Mit einem gemeinen Grinsen im Gesicht deutete er auf den goldenen Ring an meiner linken Hand – ein Geschenk meines Vaters und Zeichen meiner königlichen Abstammung.

»Na, was hast du denn da Hübsches?« Sein Grinsen wurde immer breiter. »Her damit.«

Ich schüttelte entschlossen den Kopf. »Nein. Das war ein Geschenk meines Vaters.«

»Und wenn er von Lud selbst stammt: Her damit, Frischling. Als Wiedergutmachung.«

»Wiedergutmachung? Wofür denn?«

»Dafür, dass du es versäumt hast, einem Ranghöheren die gebührende Hochachtung zu erweisen.« Der Atrebat streckte die Hand aus. »Und jetzt her damit, du Made.«

»Nein«, wiederholte ich mit fester Stimme.

»Es ist ganz einfach: Entweder du gibst mir den Ring oder meine Freunde und ich verprügeln dich so, dass du nicht mehr weißt, wo oben und unten ist.« Er deutete mit dem Daumen auf seine beiden Kumpane. »Wenn wir mit dir fertig sind, wirst du den nächsten Monat über Blut pissen.«

Ich ballte die Fäuste und wich einen Schritt zurück. Eboricus warf seinen Freunden einen Blick zu. »Durrus, hilf mir mal. Vegorix, du passt auf, dass uns niemand stört.«

Der kleinere, untersetzte Junge kam zu uns herüber, der große bewachte den Eingang. Eboricus kam näher, die Hände zu Fäusten geballt. »Dafür wirst du mir noch dankbar sein, Grünschnabel. Ich werde dir nämlich eine wertvolle Lektion darin erteilen, wie man den Älteren Respekt erweist.«

Eboricus ging auf mich los. Er nahm die Schultern herunter, um zu einem kraftvollen Schlag in mein Gesicht auszuholen. Ich erahnte, was er vorhatte, und erinnerte mich an das, was Epaticcus mir beigebracht hatte. Ruckartig wich ich nach rechts aus und ließ meine Faust in derselben Bewegung gegen seine Rippen prallen. Eboricus war wesentlich größer als ich, dennoch setzte ihn mein Schlag einen winzigen Augenblick außer Gefecht. Doch gleich darauf ging er mit einem wütenden Grunzen zum Gegenangriff über. Diesmal wich ich seinem Hieb aus, indem ich mit dem Kopf zurückzuckte, dann trat ich ihm in den Schritt. Eboricus taumelte rückwärts und hielt sich stöhnend die Eier.

Bevor ich noch einmal zuschlagen konnte, ging Durrus mit einem wütenden Schrei auf mich los. Ich wirbelte zu meinem neuen Gegner herum, sah, dass er auf meine Wange zielte und riss instinktiv die Hände hoch, um mein Gesicht zu schützen. Durrus' nächster Hieb war tief gezielt, und ich keuchte vor Schmerz, als sich seine Faust in meinen Magen bohrte und mir die Luft aus der Lunge drückte. Ich krümmte mich zusammen und fiel japsend auf die Knie. Durrus ging neben mir in die Hocke. Sediacus wollte zu mir laufen, um mir zu helfen, aber Vegorix, der große Junge, der die Tür bewachte, fing ihn ab und hielt ihn fest, bevor er auf Eboricus und Durrus losgehen konnte.

Durrus warf mich auf den Bauch und drückte mich mit dem Knie gegen den Boden. Ich wehrte mich nach Kräften und trat um mich, aber ich konnte den schweren Jungen nicht abwerfen. Eboricus kam zu mir gestolpert und ging neben mir in die Knie. Er keuchte noch – offenbar hatte er sich von meinem Tritt noch nicht ganz erholt. Nun umklammerte er mein linkes Handgelenk und versuchte, den Ring von meinem Zeigefinger zu ziehen.

»Runter von mir!«, schrie ich.

»Ruhe!«, zischte Eboricus. »Halt ihn fest, Durrus!«

Während er weiter versuchte, mir meinen Ring abzunehmen, hörte ich plötzlich eine vertraute raue Stimme. »Das reicht!«

Eboricus und Durrus erstarrten vor Schreck und ließen mich sofort los. Ich sah auf. Bladocus stand mit strenger Miene im Eingang der Hütte. Schweigend betrachtete er erst uns, dann die anderen anwesenden Novizen und schließlich Eboricus. »Was geht hier vor?«, wollte er wissen.

Eboricus und Durrus rappelten sich auf, während ich noch um Atem rang. »Verzeiht, Herr«, sagte Eboricus und verneigte sich leicht vor dem Druiden. »Wir haben nur ein wenig Ringkampf geübt, in aller Freundschaft. Ist doch so, Jungs?« Durrus und Vigorix murmelten zustimmend.

»Tatsächlich?« Bladocus hob eine schmale Augenbraue. »Von meiner Warte aus wirkte das gar nicht so freundschaftlich.«

Eboricus klopfte mir auf den Rücken. »Ihm ist nichts passiert, Herr. Es nur ist ein wenig mit uns durchgegangen. Das können die anderen hier alle bestätigen. Oder fragt ihn doch selbst, wenn Ihr uns nicht glaubt.«

Bladocus sah mich fragend an. »Ist das die Wahrheit, Junge?«

»Ja, Herr.« Bladocus anzulügen gefiel mir ganz und gar nicht. Doch die Wahrheit konnte ich ihm nicht sagen, denn dann hätte mein Wort gegen das von Eboricus gestanden, und die anderen hätten sich sicher vor Angst auf seine Seite geschlagen. Darüber hinaus wollte ich mich nicht bei den anderen Novizen unbeliebt machen, indem ich mir den Ruf einer Petze einhandelte.

»Bist du dir da ganz sicher?«, fragte Bladocus.

Ich nickte. »Eboricus und ich haben nur so zum Spaß gerauft, und dann ist es ein wenig aus dem Ruder gelaufen.« Mir entging nicht, dass Eboricus mich dabei genau beobachtete. »Eigentlich war das Ganze meine Schuld. Aber es ist ja nichts passiert.«

»Verstehe.« Bladocus richtete sich zu voller Größe auf und strich eine Falte aus seinem Gewand. »Steh auf und komm mit.«

»Jetzt sofort, Herr?«

»Ja, jetzt sofort. Hoch mit dir, mein Junge.«

Er drehte sich um und ging wieder geduckt durch den Eingang hinaus. Ich richtete mich mühsam auf und wollte ihm folgen, als sich mir Eboricus flink in den Weg stellte.

»Wir sprechen uns noch, Freundchen«, zischte er leise. »Diesmal hast du Glück gehabt, aber ich bin noch lange nicht fertig mit dir, verstanden? Und das nächste Mal wird dir niemand zu Hilfe kommen.«

Dann trat er beiseite und starrte mir böse hinterher, während ich aus der Hütte hastete. Bladocus wartete mit hinter dem Rücken verschränkten Händen und gerunzelter Stirn neben dem Tor auf mich.

»Was war da los? Sag es mir.«

»Nichts, Herr. Wirklich, es war völlig harmlos.«

Der Druide starrte mich noch einen Augenblick lang an, dann entspannten sich seine Gesichtszüge und er seufzte. »Nun gut, gehen wir. Für heute Nachmittag hast du genug herumgealbert.«

»Wohin denn?«, fragte ich.

»In die Große Halle. Dort suchen wir uns eine ruhige Ecke, denn vor dem Abendessen wartet noch eine weitere Lektion auf dich.«

»Aber Mendax hat gesagt, dass der Unterricht für heute vorbei ist.«

Bladocus wirbelte zu mir herum und sah mich finster an. »Ich bin hier für deine Erziehung zuständig und niemand sonst. Und du musst mir und niemandem sonst gehorchen. Dein Unterricht dauert so lange, wie ich es sage, und wenn ich der Meinung bin, dass noch eine weitere Lektion nötig ist, wirst du mir ohne Murren Folge leisten.«

»Aber warum muss ich lernen, während die anderen sich ausruhen dürfen?«

»Weil ich das so sage. Das ist ja wohl Grund genug!« Ein kaltes Lächeln breitete sich auf seinen narbigen Lippen aus. »Und wenn ich dir etwas befehle, hast du nicht zu widersprechen. Oder möchtest du stattdessen lieber noch zwanzig weitere Runden laufen? Die Entscheidung liegt bei dir.«

Ich wollte schon etwas einwenden, aber als ich den eisigen Blick des Druiden sah, presste ich die Lippen fest zusammen und schwieg. Es hatte ja doch keinen Sinn. »Nein, Herr«, murmelte ich schließlich.

»Na also. Und jetzt komm mit, du sollst schließlich Latein lernen. Da gibt es heute noch eine Menge zu tun.«

»Latein?« Ich blieb abrupt stehen. »Warum soll ich die Sprache der Römer lernen?«

Bladocus' Lächeln erlosch. »Weil sie eines Tages unsere Feinde sein werden, und ein weiser Mann sollte so viel wie möglich über seine Feinde wissen. Nur so kann er sie besiegen.«

KAPITEL 11

Die ersten Wochen in Merladion waren geprägt von Schmerz und Erschöpfung. Die Wachen weckten uns jeden Tag bei Morgengrauen, dann folgten lange Unterrichtsstunden bei unseren Lehrern im Heiligtum. Nachmittags veranstaltete Mendax endlose, unvorstellbar harte Läufe die umgebenden Berge hinauf und wieder hinunter, wobei wir immer schwerer werdende Lasten auf unseren Rücken tragen mussten. Als er schließlich der Ansicht war, dass wir genug Kraft und Ausdauer hatten, begann die Ausbildung an den Übungswaffen. Wir übten mit Holzschwertern, leichten Wurfspeeren und Bogen in den Wiesen und Feldern rund um Merladion. Ich hatte schon in Camulodunum ein wenig Erfahrung mit dem Bogen gesammelt und wurde schnell zum besten Schützen meiner Gruppe, da ich zuverlässig ins Ziel traf. Doch Mendax lobte mich kein einziges Mal dafür, im Gegenteil trugen meine Leistungen höchstens dazu bei, dass er mehr von mir forderte als von den anderen. Wenn ich mich am Abend zum Zusatzunterricht bei Bladocus einfand, tat mir vor Erschöpfung alles weh. Das Arbeitspensum war kaum zu bewältigen, aber der Druide zeigte kein Mitleid und bestand darauf, dass ich noch bis eine Stunde vor dem Abendessen lernte.

»Wieder mal ein anstrengender Tag, mein Bester?«, fragte Sediacus, als ich auf meinem behelfsmäßigen Bett zusammensackte. Nach mehreren Wochen des Schlafens auf Stöcken und Farnen tat mein Rücken entsetzlich weh. Ich hatte Mendax nach einer gebrauchten Schlafmatte aus den Beständen des Häuptlings gefragt und ihm sogar versprochen, dass mein Vater für die Kosten aufkommen würde. Aber der Silurer hatte nur gelacht und gesagt, dass ich künftig beim Vieh schlafen würde, sollte ich mich noch einmal beschweren.

»Kann man wohl sagen«, murmelte ich. An diesem Abend hatte Bladocus meine Fortschritte in Latein einer Prüfung unterzogen, an deren Ende er mit mir zum Übungsplatz gegangen war. Dort hatte er mich zwölf Runden laufen lassen – eine für jede falsche Antwort. Danach war ich kaum noch in der Lage gewesen, mich zu meiner Unterkunft zu schleppen.

Sediacus ging neben dem Holzeimer bei der Feuerstelle in die Hocke, füllte einen Trinkbecher aus Ton mit Wasser und gab ihn mir. »Trink«, sagte er, »das wird dir guttun.«

»Danke.« Ich nahm den Becher und trank gierig.

Sediacus sah mich mit einem besorgten Gesichtsausdruck an. »Dein Lehrer verlangt dir viel ab, oder?«

»Das ist noch harmlos ausgedrückt.«

»Hast du eine Ahnung, warum er es dir so schwer macht? Kein anderer Novize muss so schuften wie du. Es wirkt beinahe so, als ob er dich fertigmachen will, und zwar mit Absicht – und bei Mendax ist es das Gleiche.«

»Bladocus ist der Meinung, dass das alles nur zu meinem Besten ist. Zumindest sagt er mir das ständig.«

»Seltsam.« Sediacus strich sich übers Kinn. »Als dein

Lehrer wird er schon seine Gründe haben, schätze ich. Vielleicht hält er dich für etwas Besonderes.«

»Oder vielleicht will er auch einfach nur, dass ich aufgebe.«

»Glaubst du das wirklich?«

»Manchmal frage ich mich, warum er mich überhaupt hierhergebracht hat«, sagte ich düster. »Ständig schimpft er mit mir und bestraft mich selbst für die allerkleinsten Fehler. Anscheinend kann ich ihm überhaupt nichts recht machen.«

Sediacus schwieg kurz und biss sich auf die Lippe. »Aber zumindest einen Vorteil hat diese viele zusätzliche Arbeit.«

»Wirklich?« Ich lachte freudlos. »Welchen denn?«

»Sie hält dir Eboricus vom Leibe. Solange du beim Unterricht mit deinem Druiden bist, kann er dir nichts tun.«

Ich starrte in den leeren Becher, und mir war, als würde sich eine unsichtbare Last auf meine Schultern legen. Ich hatte mich bemüht, Eboricus aus dem Weg zu gehen. Zu meiner Erleichterung hatte er nicht noch einmal versucht, mir meinen goldenen Ring abzunehmen, doch sobald mich Bladocus aus den Augen ließ, schikanierte er mich, bedachte mich mit Schimpfworten oder machte sich vor den anderen Novizen über meinen Vater lustig. Beim Abendessen bereitete es ihm ein ganz besonderes Vergnügen, sich an seiner Portion Honigkuchen satt zu essen, während wir uns mit den Resten begnügen mussten. Manchmal zwang er mich, meine Ration den Jagdhunden des Häuptlings abzutreten. Und als ich mich einmal – halb verhungert nach den ermüdenden Kampfübungen – geweigert hatte, war er später zusammen mit seinen Kumpanen in unsere Hütte marschiert und hatte meinen Kopf in den Wassereimer gehalten, während alle anderen Novizen so getan hatten, als würden sie nichts mitbekommen. Manchmal beachtete mich Eboricus auch gar nicht und quälte andere Maden, indem er ihnen wortwörtlich in die Suppe spuckte oder sie verprügelte, wenn sie ihn auch nur falsch anzusehen wagten.

Nachts lag ich auf meiner Schlafstatt und hing düsteren Gedanken nach. Wenn ich besonders verzweifelt war, dachte ich sogar an Flucht. Ich würde mich zu einem Dorf in der Nähe durchschlagen und die dortigen Bewohner dazu überreden, mich zu meiner Familie zurückzubringen. Das Einzige, was mich davon abhielt, war die damit verbundene Schande für mich und meinen Stamm. Deswegen ließ ich mich lieber weiter von Eboricus und seinen Spießgesellen quälen, als künftig vor allen als Feigling dazustehen. Trotzdem fragte ich mich, wie viel ich noch ertragen konnte, bevor ich dieser Versuchung schließlich doch nachgeben würde.

»Was macht das schon für einen Unterschied?«, erwiderte ich mutlos. »Ich kann mich nicht ewig vor Eboricus verstecken. Und er schafft es sogar, mir das Leben zu vermiesen, wenn er nicht in meiner Nähe ist.«

»Du bist nicht der Einzige, den er piesackt«, rief mir Sediacus in Erinnerung. »Gestern hat er Cadrus zum Heulen gebracht.«

»Ich weiß, ich war dabei.«

Bei dem Gedanken daran verzog ich das Gesicht. Gestern Nachmittag hatte ich zusammen mit Sediacus und ein paar anderen Jungs ein traditionelles Spiel gespielt, bei dem es darum ging, einen Lederball mit einem Stock zwischen zwei als Markierung auf dem Boden liegende, gefaltete Wollmäntel zu schießen. Unsere Mannschaft hatte heldenhaft einen minimalen Punktevorsprung verteidigt, als der Ball Cadrus – dem freundlichen, aber auch tollpatschigen Sohn eines minderen Adligen aus dem Volk der Cantiaci – vor die Füße gefallen war.

Ich rannte so schnell ich konnte zurück zu unserem Tor, während Cadrus ungeschickt mit dem flachen Ende seines Holzschlägers auf den Ball drosch, der daraufhin mit beachtlicher Geschwindigkeit durch die Luft sauste, das Ziel aber weit verfehlte und stattdessen Eboricus, der zusammen mit den anderen Hirschen in der Nähe saß, in den Rücken traf.

Entsetztes Schweigen machte sich breit. Eboricus richtete sich zu seiner vollen Größe auf, drehte sich um und entdeckte dann den Ball zu seinen Füßen. Dann hob er langsam den Blick und sah mit einem Stirnrunzeln zu uns hinüber. Wir standen wie angewurzelt da, als er den Ball aufhob und in die Höhe hielt. »Wer war das?«, wollte er wissen.

Niemand antwortete. Eboricus stürzte sich auf den Spieler, der ihm am nächsten stand. »Du! Raus mit der Sprache.«

Der Junge zögerte. Seine Lippen zitterten. Eboricus packte ihn an der Tunika und zog ihn zu sich. »Sag mir, wer das war, oder ich schwöre bei Lud, dass ich dir das Hirn aus dem Schädel prügeln werde.«

»Er war es«, antwortete der Junge ängstlich und deutete mit dem Kinn auf Cadrus. »Er hat den Ball geschlagen.«

Eboricus sah nun Cadrus an und marschierte auf ihn zu, während sich dieser Hilfe suchend unter seinen Mitspielern umsah. Keiner von uns wagte es, ihm beizustehen.

»Du warst das also«, fuhr Eboricus ihn an. »War das Absicht?«

»Nein!«, flehte Cadrus nervös. »Das wollte ich nicht. Es war ein U-U-Unfall, Eboricus. W-w-wirklich.«

»U-U-Unfall, ja?« Eboricus schnitt eine Grimasse. »Dann pass das nächste Mal besser auf. Wenn du weiterhin einfach so die Bälle durch die Gegend schlägst, könntest du jemanden ernsthaft verletzen.«

Cadrus nickte hastig. »J-j-ja, Eboricus. Es t-t-tut mir leid.«

»›T-t-tut mir leid‹ reicht mir nicht«, erwiderte Eboricus. »Du hast mich getroffen, Fettwanst. Dafür wirst du büßen.«

Der kleinere Junge machte große Augen. »Aber es war doch keine Absicht.«

»Das ist mir scheißegal.« Eboricus versetzte Cadrus mit aller Kraft einen Schlag gegen das Zwerchfell, sodass diesem die Luft wegblieb. Cadrus ging in die Knie, Eboricus stieß ihn ganz zu Boden und trat ihm in die Rippen. Cadrus schrie und flehte um Gnade, während sich Eboricus nach Cadrus' auf dem Boden liegenden Schläger bückte und damit auf ihn einprügelte. Die anderen Spieler sahen entsetzt zu. Ich biss die Zähne zusammen und machte einen Schritt auf Eboricus zu. Doch bevor ich ihm zurufen konnte, dass er aufhören solle, erkannte Sediacus, was ich vorhatte, schüttelte den Kopf und deutete wie beiläufig auf Vegorix und Durrus, die in der Nähe bereitstanden für den Fall, dass es jemand wagte, sich einzumischen. Mit seinem letzten Hieb traf

Eboricus Cadrus mit dem stumpfen Ende des Schlägers ins Gesicht. Dann warf er den Schläger beiseite. Cadrus lag vor Schmerzen stöhnend und nach Atem ringend zusammengekrümmt auf dem Boden.

»Na, wirst du das jetzt noch mal machen?«, fragte Eboricus.

»N-n-nein, Eboricus!«, heulte Cadrus. »Das schwöre ich! B-bitte!«

»Das will ich dir auch geraten haben, du fette Made«, knurrte Eboricus. »Sonst breche ich dir jeden einzelnen deiner wertlosen Knochen.«

Er spuckte auf Cadrus aus, dann wirbelte er herum und ging mit seinen Kumpanen im Schlepptau in Richtung der Hütten davon. Cadrus blieb als Häuflein Elend im Schlamm liegen. Wir spielten nicht mehr weiter. In der folgenden Nacht hörte ich Cadrus in unserer Hütte leise weinen.

»Das ist falsch«, sagte ich wütend. »Wir dürfen uns so etwas nicht gefallen lassen. Warum nur tut niemand etwas dagegen?«

»Aber was sollen wir denn tun?«, fragte Sediacus.

»Wir sagen es den Druiden«, schlug ich vor, »und erzählen ihnen, was Eboricus mit Cadrus gemacht hat. Dann bleibt ihnen gar nichts anderes übrig, als etwas zu unternehmen. Sie können doch solche Schikanen im Heiligtum nicht dulden, oder?«

»Aber wir haben keine Beweise. Die älteren Jungen werden bestimmt alles bestätigen, was Eboricus behauptet, und dann glauben uns die Druiden kein Wort. Und überhaupt: Wenn du Eboricus verpetzt, wird er es herausfinden, und dann kriegst du richtig Ärger.«

»Dann sollte ihn jemand herausfordern und ihm eine Lektion erteilen.«

»Aber wie soll das gehen? Eboricus ist größer und stärker als wir alle.«

Sediacus hatte recht. Aber ich war trotzdem der Meinung, dass es besser war, Eboricus und seinen Kumpanen die Stirn zu bieten, als monate- oder gar jahrelang seine Schreckensherrschaft ertragen zu müssen. Damals in Camulodunum hatte mein älterer Bruder Adminius einige kleinere Jungs gegängelt, und ich wusste ganz genau, dass man dem nur ein Ende bereiten konnte, indem man so jemandem entschlossen entgegentrat. Jeder Versuch, einen solchen Tyrannen zu besänftigen, ließ ihn nur noch dreister werden. Aber wenn wir uns verbündeten, waren wir sicher dazu in der Lage, Eboricus eine Lehre zu erteilen.

Sediacus hörte sich geduldig an, was ich zu sagen hatte, schüttelte dann aber den Kopf. »Das wird leider nicht klappen, mein Bester.«

»Warum nicht?«

»Wie ich schon sagte: Die anderen Jungen haben alle Angst vor Eboricus, sogar die Hirsche. Keiner wird es wagen, sich ihm entgegenzustellen.«

»Jetzt noch nicht«, erwiderte ich leise. »Aber wenn ihm einer von uns die Stirn bietet, werden andere vielleicht folgen.«

»Das ist ein hehrer Gedanke, aber leider hoffnungslos. Du hast ja selbst erlebt, dass Eboricus und seine Speichellecker jeden zu Brei schlagen, der es wagt, sich gegen sie aufzulehnen.«

»Aber so kann es doch nicht weitergehen, Sediacus.«

»Da stimme ich dir zu. Aber das größere Problem kommt erst noch: Früher oder später wird Eboricus seine Drohung wahrmachen, und dann wird es dir genauso ergehen wie Cadrus.« Als er meinen Gesichtsausdruck sah, hob er beschwichtigend die Hände. »Tut mir leid, mein Freund. Mir gefällt das so wenig wie dir, aber so ist es nun mal.«

»Ich weiß«, erwiderte ich mit zusammengebissenen Zähnen.

Sediacus sah mich gespannt an. »Und was wirst du jetzt tun?«

Ich zuckte mit den Schultern. »Keine Ahnung. Vielleicht sollte ich ihn herausfordern, damit das ein für alle Male erledigt ist.«

»Vergiss es«, sagte Sediacus und schüttelte den Kopf. »Du hättest nicht den Hauch einer Chance. Vegorix und Durrus folgen ihm überallhin. Die drei sind so eng verbunden wie die miteinander verflochtenen Stränge eines Torques. Wenn du ihn herausforderst, schlagen sie dich grün und blau.«

Ich warf verzweifelt die Hände in die Luft. »Aber wir müssen doch irgendetwas gegen ihn unternehmen. Das kann doch nicht so weitergehen!«

Sediacus schüttelte ein weiteres Mal den Kopf. »Ich wüsste nicht wie, mein Freund. Du bist schließlich nicht der Erste, der in so einer Lage ist.«

Ich sah ihn fragend an. »Wieso? Wer noch?«

Sediacus zögerte. »Eboricus hat schon viele Novizen dazu gebracht, Merladion wieder zu verlassen. Jedes Jahr sucht er sich einen Jungen aus, den er ganz besonders quält. Das habe ich schon ein paarmal miterlebt.«

»Und dieses Jahr bin ich dieser Junge?«

»Sieht ganz so aus.« Sediacus sah mich bedauernd an. »Es tut mir leid. Eboricus wird dich nicht in Ruhe lassen, bis du aufgibst. Wenn du es nicht schaffst, ihm aus dem Weg zu gehen oder ihn irgendwie zu besiegen, dann sind deine Tage hier wohl gezählt.«

KAPITEL 12

Ein paar Tage später führte uns Mendax in ein nahe bei Merladion gelegenes Tal und baute sich vor uns auf. Hinter ihm befand sich ein von einem breiten Fahrweg umgebenes brachliegendes Feld, in dessen Mitte ein aus Weidenruten geflochtenes Ziel stand, das von der Form her grob an einen Mann erinnerte. Ein paar Schritte entfernt von uns warteten einige der älteren Novizen, darunter auch Eboricus und Sediacus, neben zwei reich verzierten Streitwagen. Auch einige Druiden, darunter Bladocus und die anderen Lehrer, hatten sich eingefunden, um uns bei unseren Übungen mit dem Wagen zuzusehen. Sie beobachteten die beiden Wagenlenker – man hatte die besten und erfahrensten ausgewählt – dabei, wie sie die metallbeschlagenen Räder und die Geschirre der Pferde prüfend in Augenschein nahmen.

Mendax räusperte sich. »Heute werden euch die älteren Novizen den Einsatz und die Grenzen eines unserer ältesten Kriegsgeräte zeigen: des Streitwagens«, erklärte er in gewohnt schroffem Ton.

Alle redeten durcheinander, Aufregung lag in der Luft.

»Wie einige von euch vielleicht wissen, ist der Streitwagen nicht mehr so beliebt, wie er es früher einmal war«, fuhr der bullige alte Krieger schließlich fort. »Tatsächlich haben die Gallier vor vielen Jahren damit aufgehört, mit Streitwagen zu kämpfen, und einige von unseren Stämmen verzichten mittlerweile auch darauf. Dafür gibt es gute Gründe: Sie machen eine Menge Lärm, sind teuer im Unterhalt und in einer Feldschlacht ungefähr so nützlich wie ein hölzerner Kessel. Trotzdem sind sie für bestimmte Arten der Kriegsführung immer noch von Vorteil.« Er zeigte auf mich. »Du da, Schwächling. In welchen Fällen sollten wir heutzutage noch Streitwagen einsetzen?«

»Äh … für Überraschungsangriffe, Herr?«, antwortete ich zögerlich.

Mendax setzte eine gespielt schockierte Miene auf. »Verdammt noch mal, das stimmt. Vielleicht bist du doch nicht so blöd, wie du aussiehst.«

Er ging zu einem der Streitwagen hinüber. Die polierten Holzspeichen der Räder glänzten matt im schwächer werdenden Licht der Nachmittagssonne. Die beiden fein herausgeputzten Pferde trugen robustes Geschirr, und ihr Joch war durch eine Deichsel zwischen ihnen mit dem Wagen verbunden. Die Tiere schnaubten, während Mendax fortfuhr. »Die Made hat recht. Der Streitwagen ist immer noch nützlich, um aus dem Hinterhalt heraus anzugreifen, und zwar aus einem ganz einfachen Grund: Schneller kann man die Krieger nicht zum Scharmützel und wieder heraus schaffen. Unsere Vorfahren haben Caesar, dieses elende Schwein, ordentlich damit geärgert. Im Zusammenspiel eingesetzt können Streitwagen die Krieger schneller in eine Schlacht und dann wieder in Sicherheit bringen, als ein Gallier einen Krug Wein austrinkt.« Er grinste. »Außerdem machen sie beim Weibsvolk mächtig Eindruck. Vertraut mir: Mit einem solchen Gefährt zieht man die Blicke aller schönen Mädchen auf sich.«

Aus der Novizengruppe war Gekicher zu hören. Mendax tätschelte das eisenbeschlagene Rad des Wagens. »Eure Vorfahren haben sich vor noch nicht allzu langer Zeit von ihrem Wagenlenker auf Streitwagen wie diesem in die Schlacht fahren lassen«, fuhr er fort. »Heutzutage kämpfen wir zu Pferd oder sogar zu Fuß. Trotzdem sollte jeder adlige Krieger den Umgang mit dem Streitwagen erlernen, was viel Geschicklichkeit und starke Nerven erfordert. Man muss einen Speer werfen können, während man in Windeseile über das Schlachtfeld rast, man muss seinem Wagenlenker genaue Anweisungen geben können und die Kunst beherrschen, von einem fahrenden Wagen zu springen, ohne sich dabei den Knöchel zu brechen oder sich zum Idioten zu machen. Und jetzt passt gut auf.« Er kehrte uns den Rücken zu und deutete auf den für die älteren Novizen zuständigen Ausbilder. Dieser winkte einen schlanken Prinzen vom Stamm der Durotriger nach vorn. Wir beobachteten genau, wie er auf den Wagen stieg, seinen Platz hinter dem Wagenlenker einnahm und sein rechtes Knie gegen den Holzbogen über der Seitenwand stemmte, um mehr Halt zu haben. Man reichte ihm einen leichten, mit einem Eisendorn versehenen Wurfspeer. Dann ging der Wagenlenker in die Hocke und trieb die Pferde mit einem Stachelstock zu einem leichten Trab an. Die Luft war erfüllt vom Klirren der Trensen, dem Knarren der Geschirre und dem gleichmäßigen Getrappel der Hufe auf der Fahrbahn.

»Eboricus!«, rief der Ausbilder.

Der Junge löste sich aus der Gruppe seiner Kameraden und trat vor. »Ja, Herr?«

»Du bist der Nächste.« Der Ausbilder deutete auf den anderen Wagen. »Eboricus, du beherrschst den Kampf mit dem Streitwagen bereits. Also zeig mal, was du kannst!«

Ein selbstgefälliges Grinsen machte sich auf Eboricus' Gesicht breit. »Wie Ihr wünscht, Herr.«

Unsere Aufmerksamkeit galt wieder der Fahrbahn, als der Wagenlenker einen Befehl brüllte und die Leinen schnalzen ließ. Die Tiere galoppierten los, und sofort wurde der Wagen schneller. Die Räder ratterten über den unebenen Boden, als der Wagenlenker das Gefährt gekonnt über die Fahrbahn steuerte. Der junge Prinz, der hinter ihm stand, ging leicht in die Knie, holte mit dem Speer in der Rechten aus und zielte auf die Puppe aus Weidenruten in der Mitte des Felds. Dabei hielt er sich mit der linken Hand am Wagen fest, um das Gleichgewicht nicht zu verlieren. In dem Augenblick jedoch, in dem er warf, holperte der Wagen über eine Unebenheit, sodass der Speer viel zu tief durch die Luft flog. Die Eisenspitze bohrte sich etwa drei Schritte vor dem Ziel in den Boden. Eboricus und seine Freunde lachten den Prinzen wegen seiner Ungeschicklichkeit aus.

In diesem Moment bemerkte ich aus den Augenwinkeln eine Bewegung, drehte mich danach um und sah, dass sich Cadrus neben den zweiten Streitwagen gestellt hatte. Der dickliche Junge sah sich einen Moment lang unter den älteren Novizen und ihren Ausbildern um und vergewisserte sich, dass aller Augen auf den Prinzen und seinen Wagenlenker gerichtet waren und ihn niemand bemerkte.

Nur ich beobachtete Cadrus dabei, wie er sich neben den Wagen kniete und schnell die Lederriemen löste, die eines der gebogenen Seitenteile mit dem Wagenboden verbanden. Kurz darauf gesellte er sich wieder zu den anderen Zuschauern, und wenige Augenblicke später beendeten der Durotriger und sein Wagenlenker ihre Runde um das Feld herum. Der Lenker zügelte die Pferde und brachte den Wagen neben uns zum Stehen.

»Gut gemacht«, sagte Mendax, dann drehte er sich wieder zu uns um. »Eboricus!«, bellte er. »Du bist dran. Dann wollen wir mal sehen, was du kannst, Junge. Zeig den Frischlingen, wie es gemacht wird.«

»Mit Vergnügen, Herr.«

Eboricus umrundete den zweiten Wagen und stieg auf, während sein Wagenlenker die losen Zügel in die Hand nahm.

»Herr!«, rief ich Mendax zu, bevor sie losfahren konnten.

Mendax warf mir einen verwirrten Blick zu. »Was ist, Hänfling?«

Einen kurzen Moment lang war ich versucht, Mendax darauf aufmerksam zu machen, dass sich Cadrus am Wagen zu schaffen gemacht hatte. Doch dann überlegte ich es mir anders und schloss den Mund wieder. Immerhin war das eine günstige Gelegenheit, Eboricus zu demütigen und dafür zu sorgen, dass er vor seinen Gefährten, ja vor aller Augen das Gesicht verlor. Weil böses Blut zwischen uns herrschte, würde er vielleicht vermuten, dass ich mich an seinem Streitwagen zu schaffen gemacht hatte. Dann konnte ich ihn unter Umständen dazu bringen, mich vor den anderen herauszufordern. Damit hätte ich die Gelegenheit, ihn ein für alle Mal in seine Schranken zu weisen …

»Was ist denn?«, fragte Mendax gereizt.

»Lasst mich an seiner Stelle auf den Wagen«, erwiderte ich in der Gewissheit, dass er eine solche Bitte selbstverständlich ablehnen würde.

Mendax beäugte mich neugierig, dann versteinerte sich seine Miene und er beugte sich mit bösem Blick zu mir vor. »Du musst erst einmal das Gehen beherrschen, um laufen zu lernen, Junge. Du verschwendest meine Zeit.«

»Verzeiht, Herr.«

»Also gut.« Mendax richtete sich auf und nickte Eboricus zu. »Los!«

Eboricus legte die Hand um den Schaft seines Wurfspeers und klopfte seinem Wagenlenker auf die nackte Schulter, der daraufhin die Zügel schnalzen ließ. Das Gefährt knarrte und ächzte, als die Pferde antrabten. Vegorix und Durrus feuerten Eboricus an, während die Tiere ihr Tempo rasch zu einem donnernden Galopp steigerten, wobei ihre Hufe Erdklumpen aufwirbelten. Eboricus stemmte sich mit den Beinen gegen die Seitenwände und drehte leicht den Oberkörper, dann schleuderte er den Wurfspeer in einer anmutigen Bewegung auf die Puppe. Der Speer traf die Figur aus Weidenruten in die Brust, was für laute Jubelrufe unter den treuen Anhängern des Atrebaten sorgte.

»Verdammter Angeber«, murmelte der Junge neben mir.

Ich sah mich nach Cadrus um, der den Wagen wie gebannt anstarrte. Auf der anderen Seite des Felds führten Eboricus und sein Wagenlenker nun eine Reihe von

Kunststücken zur Belustigung ihres Publikums vor. Der Wagenlenker balancierte barfüßig und mit im Wind flatterndem langem Haar auf der mit dem Joch verbundenen Holzdeichsel nach vorn. Eboricus posierte währenddessen mit stolzgeschwellter Brust auf der Plattform des Wagens. Er hatte die Arme erhoben und spannte seine beeindruckenden Muskeln an.

Plötzlich ertönte ein Schrei. Die Riemen, mit denen die beiden Seitenteile am Wagen befestigt waren, rissen ab, und mehrere Zuschauer keuchten vor Entsetzen, als die Holzbögen wegbrachen. Eboricus fiel mit wild rudernden Armen nach hinten vom Wagen und kam mit einem Schmerzensschrei auf dem Boden auf. Im selben Moment verlor der Wagenlenker das Gleichgewicht und stürzte von der Deichsel. Er landete auf dem Rücken und rollte sich im Staub zur Seite, wodurch er nur knapp vermeiden konnte, von den Rädern überrollt zu werden. Die Pferde galoppierten mit dem beschädigten Wagen davon.

»Fangt die Pferde ein!«, brüllte Mendax. »Na los!«

Zwei Ausbilder liefen den Tieren hinterher, griffen nach den Zügeln und brüllten Befehle, um die Pferde wieder unter Kontrolle zu bekommen. Mendax lief zu dem Wagenlenker, ein anderer Ausbilder ging neben Eboricus in die Knie und hielt ihm die Hand hin, um ihm beim Aufstehen zu helfen. Doch Eboricus schlug sie wütend weg, schüttelte den Kopf und richtete sich unsicher auf. Er rieb sich die schmerzenden Rippen, während er auf wackligen Beinen zu unserer Gruppe zurückkehrte. Die anderen Ausbilder schoben den Wagen an den Rand des Felds. Einer untersuchte die Schäden, während sich die Druiden und Novizen um ihn herum versammelten.

»Was ist passiert?«, fragte Mendax.

Der Ausbilder kratzte sich am Hinterkopf. »Sieht so aus, als hätten sich die Befestigungen der Wagenseiten gelöst«, sagte er und deutete auf die Riemen. »Die waren sicher schon vorher locker.«

»Unmöglich!«, protestierte der Wagenlenker mit gequetschter Stimme, während er versuchte, das Blut aufzuhalten, das ihm aus der Nase floss. »Ich habe sie selbst überprüft. Sie waren straff gespannt.«

»Und wie konnten sie sich dann lösen?«, fragte Mendax.

»Vielleicht waren sie durchgescheuert und sind abgerissen?«, vermutete der Ausbilder.

Der Wagenlenker schüttelte heftig den Kopf. »Irgendjemand hat sie in einem unbeobachteten Augenblick gelockert. Das ist die einzige Erklärung.«

Eboricus blickte mich an und marschierte mit geblähten Nasenflügeln auf mich zu. Seine Gesichtsmuskeln zuckten vor Zorn. »Du«, sagte er kochend vor Wut. »Das warst du, nicht wahr? Du hast das getan.«

Ich tat überrascht. »Ich weiß nicht, wovon du sprichst.«

»Du beschissene Made«, zischte Eboricus, dann ging er mit einem wütenden Schrei und wirbelnden Fäusten auf mich los. Unter dem Jubel der anderen Jungen wich ich ihm aus, indem ich einen Satz nach hinten machte. Eboricus fluchte und wollte sich noch einmal auf mich stürzen, aber bevor er zuschlagen konnte, ging Mendax, der sich einen Weg durch die Zuschauer gebahnt hatte, dazwischen.

Bladocus eilte herbei und starrte uns nacheinander böse an. »Was in Luds Namen ist hier los?«, zischte er wütend.

»Die Made hier hat sich an meinem Streitwagen zu schaffen gemacht«, rief Eboricus. »Das war Caratacus, ich weiß es genau.«

»Willst du mich etwa einen Lügner nennen?«, fragte ich mit ruhiger Stimme.

»Und ob!« Eboricus bedachte mich mit einem verächtlichen Grinsen.

Ich atmete tief ein und spürte, dass dies der Moment war, auf den ich gewartet hatte. Wochenlang hatte Eboricus die neuen Novizen gequält, und jetzt hatte ich die Gelegenheit, seiner Schreckensherrschaft ein Ende zu setzen.

»Eboricus hat öffentlich meine Ehre beleidigt«, sagte ich. »Ich fordere ihn zum Zweikampf.«

Eboricus lachte. »Das ist nicht dein Ernst.«

»Du hast mich beschuldigt, deinen Streitwagen manipuliert zu haben«, sagte ich kühl. »Ich mache hiermit von meinem Recht Gebrauch, den Streit durch einen Zweikampf zu entscheiden – mit einer Waffe meiner Wahl.«

»Blödsinn.«

»Die Anschuldigung wiegt schwer, und Caratacus' Ehre wurde verletzt«, sagte Bladocus. »Er hat daher gemäß den Regeln des Heiligtums das Recht, einen Zweikampf zu fordern. Es sei denn, du möchtest dich lieber entschuldigen.«

»Von wegen Entschuldigung!«, knurrte Eboricus. »Diese Made ist im Unrecht, nicht ich. Er hat sich an meinem Wagen zu schaffen gemacht. Lieber fresse ich einen Scheißhaufen, als mich bei ihm zu entschuldigen.«

»Dann bleibt uns keine andere Wahl«, sagte Bladocus. »Ihr beide werdet morgen früh bei Tagesanbruch gegeneinander antreten. Und bis zu der festgesetzten Stunde werdet ihr anständig miteinander umgehen. Auf welche Weise soll der Kampf ausgetragen werden, Caratacus? Du als Beleidigter hast das Recht, die Waffen zu wählen.«

»Ich habe mich bereits entschieden«, sagte ich kühn. »Wir werden im Bogenschießen gegeneinander antreten. Aus zwanzig Schritt Entfernung.«

»Bogenschießen?« Eboricus runzelte die Stirn, und ein Schatten der Besorgnis huschte über sein Gesicht, aber er hatte sich schnell wieder in der Gewalt. »Ist mir egal. Ich mache dich trotzdem fertig, Made.«

»Bogenschießen soll es sein.« Bladocus nickte feierlich. »Ihr werdet morgen früh bei Sonnenaufgang gegeneinander antreten. Einer der anderen Druiden wird die notwendigen Vorbereitungen treffen, und in der Zwischenzeit werdet ihr keinen weiteren Ärger machen. Mögen die Götter denjenigen beschützen, der im Recht ist.«

Eboricus drehte mir den Rücken zu und marschierte hinüber zu seinen Gefährten. Mendax knurrte einen Befehl, woraufhin einer der silurischen Ausbilder den verletzten Wagenlenker mit dem Arm stützte. Die beiden Männer humpelten in Richtung Merladion davon.

Als die Menge sich lichtete, erschien Sediacus an meiner Seite. »Was im Namen der Götter soll das denn werden?«, fragte er leise. »Hast du den Verstand verloren?«

»Das ist eine Frage der Ehre. Ich darf nicht zulassen, dass er mich so beleidigt. Das kannst du doch sicher nachvollziehen.«

»Aber Bogenschießen, bei allen Göttern der Anderswelt! Du könntest dabei draufgehen.«

»Dessen bin ich mir sehr wohl bewusst«, sagte ich mit zusammengebissenen Zähnen. »Aber ich habe keine andere Wahl. Entweder ich stelle mich ihm, oder er wird weiter auf mir herumhacken. Und auf den anderen Frischlingen. Auf diese Weise haben wir überhaupt eine Möglichkeit, ihn zu besiegen.«

»Glaubst du wirklich, dass du gegen ihn gewinnen kannst?«

Ich stieß einen bitteren Seufzer aus. »Mit bloßen Fäusten oder mit Schwertern wäre Eboricus klar im Vorteil, weil er stärker ist und besser kämpfen kann. Das wäre hoffnungslos. Aber mit dem Bogen bin ich ziemlich geschickt, das hat mir mein Onkel in Camulodunum beigebracht.« Ich rang mir ein Lächeln ab. »Vertrau mir. Ich weiß, was ich tue.«

Sediacus warf einen Blick in Richtung Eboricus und gab einen angestrengten, kehligen Laut von sich. »Das hoffe ich, mein Freund«, sagte er dann leise.

KAPITEL 13

Den Rest des Nachmittags über sahen wir den älteren Jungen dabei zu, wie sie die Grundlagen des Streitwagenfahrens vorführten, abwechselnd von einem fahrenden Wagen auf- und absprangen und übten, mit Schwert und Schild aufrecht stehen zu bleiben, während der Wagenlenker im Galopp um das Feld preschte. Später befahl uns Mendax einen langen Lauf über die Hügel. Im Lauf des Tages wanderten meine Gedanken immer öfter zu dem bevorstehenden Kampf gegen Eboricus. Ich hatte mich noch nie mit der Möglichkeit meines eigenen Todes auseinandersetzen müssen, und meine Angst wuchs mit jeder Stunde. An diesem Abend saß ich in der Großen Halle und stocherte in den armseligen Resten, die man mir vorgesetzt hatte, während die anderen um mich herum aufgeregt über den bevorstehenden Zweikampf und die jeweiligen Fähigkeiten von Eboricus und mir diskutierten. Es wurden sogar Wetten abgeschlossen, und es überraschte mich nicht, dass die große Mehrheit der Novizen auf meinen atrebatischen Gegner setzte.

In dieser Nacht schlief ich kaum und erwachte lange vor Morgengrauen mit einem mulmigen Gefühl in der Magengegend. Vielleicht war meine Forderung nach einem Zweikampf voreilig gewesen. Ich war erst elf Jahre alt, viel zu jung, um mich schon zu meinen Vorfahren in der Anderswelt zu gesellen. Und doch hatte ich mich törichterweise dazu bereit erklärt, mein Leben aufs Spiel zu setzen, nur um einem Rüpel Einhalt zu gebieten – und nun war es zu spät, um einen Rückzieher zu machen. Kurz vor Tagesanbruch kam Mendax in die finstere Hütte marschiert und riss mich aus meinen Grübeleien. »Hoch mit dir, Junge!«, bellte er. »Es ist so weit!«

Ich zitterte so vor Nervosität, dass ich Mühe hatte, meine Stiefel anzuziehen. Ein Diener bot mir ein Stück grobes Brot und etwas gepökeltes Schweinefleisch an, aber bei dem bloßen Gedanken an Essen drehte sich mir der Magen um, und ich lehnte höflich ab.

»Bist du dir sicher, Junge?«, fragte er. »Das hier könnte deine letzte Mahlzeit sein, bevor du mit Lud in die Anderswelt gehst.«

»Nein, vielen Dank«, krächzte ich.

Der Diener zuckte daraufhin gleichgültig mit den Schultern. »Wie du willst.«

»Die anderen warten schon auf uns«, sagte Mendax, während ich mich anzog. »Einer der Druidenältesten hat den Ort für den Zweikampf ausgewählt.«

»Wo?«, fragte ich.

»Eine Lichtung im Tal, nicht weit von hier. Eboricus und die anderen sind bereits dorthin unterwegs.«

»Und was ist mit Bladocus? Wo ist er?«

»Dein Lehrer ist bereits dort, der von Eboricus auch.« Mendax betrachtete mich mit einer bemerkenswerten Mischung aus Mitleid und Bewunderung. »Beeil dich. Wir wollen die Druiden nicht zu lange warten lassen.«

Dann drehte sich der Silurer auf dem Absatz um und verließ die Hütte. Als ich ihm folgen wollte, sah ich, dass Sediacus mich mit ernster Miene anstarrte.

»Willst du das wirklich tun?«, fragte er.

Ich schüttelte langsam den Kopf. »Es gibt kein Zurück mehr. Das ist eine Frage der Ehre.«

»Um Luds willen, das weiß ich selbst. Aber ist es das wert, wegen eines Streits mit Eboricus zu sterben?«

»Wäre es dir lieber, ich würde wie ein Feigling davonlaufen?«

Sediacus hob abwehrend die Hände. »Niemand zweifelt an deinem Mut. Ich hoffe nur, dass du weißt, was du da tust. Das ist alles.«

Ich seufzte. »Wenn ich Eboricus jetzt nicht die Stirn biete, wird er uns weiterhin das Leben sauer machen. So habe ich wenigstens die Möglichkeit, ihm Einhalt zu gebieten, auch wenn ich dafür Leib und Leben riskieren muss. Oder hast du einen besseren Vorschlag?«

»Nein. Leider nicht.«

»Eboricus hat uns schon viel zu lange herumgeschubst«, sagte ich und war selbst überrascht, wie fest meine Stimme trotz des immer härter werdenden Knotens der Angst in meiner Brust klang. »Es wird Zeit, dass sich ihm jemand entgegenstellt.«

Sediacus zuckte mit den Schultern. »Dann machen wir uns besser auf den Weg.«

Als wir hinaus in die morgendliche Kühle traten, waren die Novizenquartiere so gut wie verlassen. Die meisten waren bereits aufgebrochen, um sich einen guten Platz zu sichern. Mendax führte uns aus dem Tor und den Hang hinunter in das Tal, über dem ein leichter Nebel lag. Während wir durch den Wald gingen, machte ich mir bewusst, dass ich unter Umständen nicht mehr sehr lange zu leben hatte. Vielleicht würde mir Eboricus gleich einen Pfeil mitten in die Brust schießen. Dann würde man meinen Leichnam nach Camulodunum bringen, um ihn dort nach den Bräuchen unseres Volkes zu bestatten. Ich verscheuchte diese düsteren Gedanken und ermahnte mich, dass ich eine ruhige Hand brauchte, wenn ich den nächsten Sonnenaufgang erleben wollte.

Nach einer Viertelmeile auf einem Trampelpfad, der grob dem Verlauf eines seichten Baches folgte, erreichten wir eine große, von einem Ring aus knorrigen Eichen umstandene Lichtung. Die rosige Morgendämmerung breitete sich über den Himmel aus, und die letzten fahlen Nebelfetzen lichteten sich. Es erschien mir grausam von den Göttern, mir am Ende meines Lebens noch einen so schönen Morgen zu schenken.

Eboricus stand in der Mitte der Lichtung, neben ihm ein hochgewachsener Druide mit einer glänzenden Goldkette um den Hals, in dem ich Segorix wiedererkannte, den Mann, der uns vor ein paar Wochen bei unserer Initiation begrüßt hatte. Daneben überprüften gerade zwei Bedienstete die Jagdbögen, und ein Stück weiter hatten sich Vortagus und eine Schar von Leibwächtern, Druiden und Stammeskriegern versammelt, um das Geschehen aus sicherer Entfernung zu verfolgen.

Ich hielt nach Bladocus Ausschau und entdeckte ihn schließlich etwas abseits von den anderen. Auch er beobachtete mich genau.

Sediacus wünschte mir Glück und lief dann über die Lichtung zu den anderen Novizen. Alle verstummten, während ich auf meinen Gegner zuging. Ich zwang mich zu einem gelassenen Schritt und hoffte inbrünstig, dass mir meine Angst nicht anzusehen war. Dann blieb ich etwa eine Schwertlänge von Eboricus entfernt stehen. Segorix, der bei diesem Zweikampf die Rolle des Schiedsrichters einnahm, sah mich streng an. »Ist es euer fester Wille, mit dieser Angelegenheit fortzufahren, auch wenn sie den Tod bedeuten sollte?«, fragte er uns. »Dies ist die letzte Gelegenheit, euren Streit friedlich beizulegen.«

Ich atmete tief durch. »Eboricus hat meine Ehre verletzt«, sagte ich. »Wenn er bereit ist, seine Anschuldigung zurückzunehmen und mich vor allen hier Versammelten um Vergebung zu bitten, werde ich darauf verzichten, einen Zweikampf zu fordern.«

»Niemals!« Eboricus blickte mich ebenso hochmütig wie spöttisch an, aber ich bemerkte ein leises Unbehagen in seiner Stimme.

»Dann soll der Zweikampf beginnen«, verkündete Segorix. »Diener!«

Die beiden Männer eilten mit den Jagdbögen herbei. Ich nahm eine der Waffen und prüfte ihr Gewicht. Der Bogen war aus Eibenholz und wog schwer in meiner Hand. Ein Bediensteter gab Eboricus den anderen Bogen, der andere nahm zwei Pfeile aus dem Köcher und reichte uns jeweils einen.

»Nun die Regeln«, fuhr Segorix fort. »Auf meinen Befehl hin nehmt ihr Aufstellung. Sobald ich den Befehl dazu gebe, dürft ihr auf euren Gegner zielen und dann jederzeit euren Pfeil abschießen. Wer nicht getroffen hat, muss stehen bleiben und warten, bis der andere seinen Schuss abgibt. Wenn beide Schüsse daneben gehen, wird der Wettkampf für unentschieden erklärt, was bedeutet, dass die Ehre beider Parteien wiederhergestellt ist.«

Einen kurzen Moment lang begegnete ich Eboricus' Blick. Er wirkte angespannt und ungeduldig.

»Habt ihr diese Regeln verstanden?«, fragte Segorix.

»Ja, Herr«, antwortete ich.

»Bringen wir es hinter uns«, blaffte Eboricus.

Segorix hieß mich an einer mit einer farbigen Fahne markierten Stelle Position einnehmen, während Eboricus in zwanzig Schritten Entfernung seinen Platz neben einer anderen Fahne einnahm. Sobald Segorix mit allem zufrieden war, nickte er den beiden Dienern zu, woraufhin sich diese an den Rand der Lichtung begaben. Dann trat der Druide einige Schritte von uns zurück.

»Seid ihr bereit?«, rief er mit lauter Stimme, sodass ihn alle hören konnten.

»Ja, Herr«, antwortete ich.

»Bereit.« Eboricus nickte.

Mein Mund war trocken, und mir stockte der Atem. In meiner Vorstellung waren mir zwanzig Schritte als eine angemessene Entfernung vorgekommen. Aber als ich Eboricus nun gegenüberstand, erschien mir der Abstand so gering, dass es fast unmöglich war, das Ziel zu verfehlen.

»Auf mein Zeichen hin«, rief Segorix. Dann hob der Druide seinen Stab und hielt ihn eine gefühlte Ewigkeit lang in die Höhe. Schließlich stieß er ihn mit einem dumpfen Geräusch auf den Boden. »Schießt!«

Noch bevor ich überhaupt zielen konnte, hatte Eboricus seinen Pfeil eingelegt und die Sehne gespannt. Ein peitschendes Geräusch ertönte, als der Atrebat seinen Pfeil fliegen ließ. Einen grässlichen Augenblick lang erstarrte ich vor Schreck, als dieser in einem niedrigen Bogen auf mich zuflog. Mein Herz raste, kalte Angst erfasste jeden Teil meines Körpers. Dann geschah das Unglaubliche: Der Pfeil verfehlte mich um etwa eine Handbreit und zischte an mir vorbei.

Eboricus sah mich entsetzt an. »Nein! Das ist nicht möglich!«, rief er.

»Schweig!«, fuhr Segorix ihn an. »Nun musst du an Ort und Stelle stehen bleiben, bis dein Herausforderer seinen Schuss abgegeben hat. Caratacus, schieß, wann immer du bereit bist.«

Panik erschien auf dem Antlitz meines Gegners, als ihm die Tragweite seines Fehlers bewusst wurde. In seiner Hast, als Erster zu schießen, hatte er vorschnell gehandelt und dadurch das Ziel verfehlt. Jetzt war er machtlos und konnte nichts tun, außer dazustehen und auf meinen Schuss zu warten.

Ich legte meinen Pfeil ein und zwang mich zu ruhigem Atem. Eboricus stand totenbleich und stocksteif da, während ich in aller Ruhe auf seinen Rumpf zielte. Es war ein Augenblick unerträglicher Spannung. Dann stieß Eboricus einen spitzen Schrei aus und sprang, offenbar von Angst überwältigt, zur Seite und warf sich auf den Boden.

Einen kurzen Moment lang dachte ich an die vielen grausamen Demütigungen, die Eboricus mir zugefügt hatte, und war kurz davor, auf meinen nun am Boden liegenden Peiniger zu schießen. Ich hätte ihn mühelos töten können. Doch dann ließ ich den Bogen sinken, zielte an Eboricus vorbei und ließ die Sehne los. Ohne Schaden anzurichten, bohrte sich der Pfeil zwischen uns in den Boden. Mehrere Zuschauer, die offensichtlich auf ein blutigeres Ende gehofft hatten, umringten mich und verspotteten mich als Feigling.

Einen Augenblick später schritt Segorix eilig in die Mitte der Lichtung und schwenkte seinen Stab, um damit das Ende des Zweikampfs zu signalisieren. »Ich erkläre Caratacus zum Sieger«, sagte er und blickte voller Verachtung auf Eboricus herab.

Eine Handvoll Zuschauer jubelten angesichts dieser Entscheidung. Eboricus' Kameraden eilten herbei und halfen ihm auf die Beine. Er wirkte benommen, dann schüttelte er den Kopf und sein Gesicht verzerrte sich vor Zorn. Er riss sich von seinen Freunden los und marschierte auf den Druiden zu. Vortagus und mehrere Druiden beobachteten Eboricus vom Rand der Lichtung aus mit unverhohlener Verachtung. Selbst Eboricus' Kumpane wirkten unglücklich, als dieser mit dem Finger auf Segorix zeigte. »Der Zweikampf ist noch nicht vorbei«, sagte er. »Ich verlange einen weiteren Versuch, Herr.«

Segorix sah ihn mit teilnahmsloser Miene an. »Das kommt nicht infrage. Du hast es nicht geschafft, den Schuss deines Gegners in mutiger und ehrenvoller Weise zu erwarten.«

»Aber die Made hat viel zu lange für ihren Schuss gebraucht. Das war Betrug.«

»Jeder Zweikämpfer darf sich die Zeit für seinen Schuss lassen, die er braucht. Caratacus hatte das Recht, so lange zu warten, bis er bereit war. Vielleicht hättest du dein Ziel nicht verfehlt, wenn du dasselbe Maß an Selbstbeherrschung an den Tag gelegt hättest.«

Eboricus starrte mich mit vor ohnmächtiger Wut lodernden Augen an. »Ich bin noch nicht fertig mit dir, du

Made. Ich fordere dich auf, noch einmal gegen mich anzutreten, wenn du es wagst. Dann zeige ich dir, wer von uns beiden der bessere Schütze ist.«

»Es wird keinen zweiten Wettkampf geben«, sagte Segorix im Ton der Endgültigkeit. »Die Entscheidung ist gefallen, und damit hat es sich.«

Dann kehrte er Eboricus den Rücken und rief den Dienern einen Befehl zu, woraufhin einer die Hände trichterförmig um den Mund legte und das Ende des Spektakels verkündete, während der andere Bögen und Pfeile einsammelte. Die Schaulustigen verließen die Lichtung. Ein paar Novizen warfen Eboricus, der immer noch lautstark nach einem neuen Kampf verlangte, im Vorübergehen spöttische Blicke zu, aber die meisten Jungen beachteten ihn überhaupt nicht. Ich folgte den anderen und erblickte Sediacus, der am Rand der Lichtung auf mich wartete.

»Sieht aus, als wären dir die Götter heute Morgen gewogen gewesen.« Er lächelte mit offensichtlicher Erleichterung. »Lud sei Dank. Einen Moment lang dachte ich wirklich, du bist geliefert.«

»Das dachte ich auch«, sagte ich heiser.

Eigentlich hätte ich mich über meinen Sieg freuen sollen. Aber tatsächlich hatte ich vor allem ein hohles Gefühl im Magen, und die Erschöpfung saß mir in den Knochen. Die nagende Angst der letzten Stunden hatte einen schweren Tribut von meinem Körper gefordert, und ich sehnte mich nach nichts anderem als Ruhe. Ich könnte mir vorstellen, dass sich eure Gladiatoren so ähnlich fühlen, wenn sie einen dieser blutigen Kämpfe überlebt haben.

»Schade, dass dich deine Schießkünste heute im Stich gelassen haben«, sagte Sediacus bedauernd. »Wenn du besser gezielt hättest, hättest du Eboricus für immer zum Schweigen bringen können.«

Ich schüttelte den Kopf und erklärte ihm, dass ich mit voller Absicht danebengezielt hatte. Sediacus sah mich erstaunt an und machte dann eine finstere Miene. »Warum das denn, um Luds willen? Du hättest uns allen einen Gefallen getan, wenn du ihn getötet hättest.«

»Das wäre völlig unnötig gewesen«, erwiderte ich. »Eboricus hat sich selbst gedemütigt, als er sich zu Boden geworfen hat. Es hätte grausam und rachsüchtig gewirkt, ihn in diesem Moment zu erschießen. Jetzt muss er für immer mit der Gewissheit leben, dass es ihm im Angesicht seines Gegners an Mut gefehlt hat – und er kann sich der Verachtung der Druiden und Novizen sicher sein. Das ist eine gerechte Strafe für seine Taten.«

»Eines steht jedenfalls fest«, sagte Sediacus. »Von nun an wird er niemanden mehr tyrannisieren. Nicht nach dieser Demütigung.«

Als wir später am Nachmittag unsere Kampfübungen beendet hatten, nahm mich ein Druide beiseite und teilte mir mit, dass mich der Hochdruide sehen wollte, und ich folgte dem Mann durch das Tor des Heiligtums. Schließlich blieben wir vor dem größten Rundhaus stehen. Der Druide befahl mir, draußen zu warten. Dann zog er die Tierhäute zurück, die vor dem Eingang hingen, und duckte sich unter dem Türsturz hindurch, über den weitere Schädel genagelt waren. Es dämmerte bereits. Während ich wartete, lauschte ich dem Gemurmel von Stimmen aus dem Inneren. Wenige Augenblicke später tauchte der Druide wieder auf und bedeutete mir einzutreten. Ich zögerte voller Angst vor dem, was mich im Inneren des Rundhauses erwarten mochte, doch der Druide stieß mich hinein. Ich stolperte in die Finsternis.

Ich fand mich in einem großen Raum wieder, der von mehreren hübsch verzierten Öllampen aus Bronze erleuchtet wurde. An den Holzpfosten zu beiden Seiten eines eichengerahmten Bettes waren mit Eisennägeln Tierschädel und Amulette befestigt. Der Hochdruide saß hinter einem schweren Tisch, auf dem eine Platte mit saftigem Wildschweinbraten, Brotlaibe und ein Stück Käse angerichtet waren. Da ich wochenlang von Essensresten gelebt hatte, ließ der Anblick dieses Festmahls meinen Magen vor Hunger schmerzhaft knurren.

Bladocus stand mit vor dem Körper gefalteten Händen neben dem Hochdruiden und beobachtete mich aufmerksam. Lugracus winkte mich zu sich. Ich trat an den Tisch und stand dann in ängstlichem Schweigen da, während der Hochdruide geräuschvoll an dem zarten Fleisch kaute und es dann mit einem Schluck Met aus einem Silberbecher hinunterspülte. Er stieß einen zufriedenen Rülpser aus, tupfte sich mit einem Tuch den Bart ab und lehnte sich zurück.

»Bladocus hat mir von dem Zweikampf erzählt«, sagte er mit seiner krächzigen Stimme, nachdem er mich eine Weile gemustert hatte. »Ich muss sagen, dass mich sein Ausgang eigentlich nicht überrascht hat.«

»Nicht, hoher Herr?«, fragte ich überrascht.

Lugracus lächelte. »Denkst du, ich kenne meine Novizen nicht? Eboricus ist ein kluger Junge, wenn auch durchtrieben und rücksichtslos. Aber wegen einer leichtfertig geäußerten Anschuldigung würde er nicht sein Leben aufs Spiel setzen.« Der Hochdruide steckte sich einen weiteren Bissen gebratenes Wildschwein in den Mund und tupfte sich die Lippen mit dem Tuch ab. »Eboricus hat um einen weiteren Wettkampf gebeten«, fuhr er fort. »Sein Lehrer hat mir diese Forderung übermittelt. Ich nehme an, du weißt davon?«

»Ja, hoher Herr«, antwortete ich.

»Ich habe die Angelegenheit mit deinem Lehrer besprochen. Es wird keinen weiteren Zweikampf geben. Das habe ich auch Eboricus ausrichten lassen. Wenn er von dieser Forderung nicht absieht, werden ihm seine Privilegien als Hirsch entzogen.«

Ich starrte den Hochdruiden schockiert an. Der Entzug der Privilegien war die schwerste denkbare Strafe für einen älteren Novizen. Eboricus würde seinen Platz am vordersten Esstisch und damit das Vorrecht verlieren, sich bei den Mahlzeiten die besten Fleischstücke zu sichern, außerdem seine schöne Schlafmatte und zahllose andere Annehmlichkeiten, die das Leben in Merladion etwas erträglicher machten.

»Du hast dich sehr anständig benommen, wie ich höre«, fuhr der Hochdruide mit einem Seitenblick auf Bladocus fort. »Trotzdem erwarte ich von dir, dass du von nun an keinen weiteren Ärger mehr machst.« Ich wollte protestieren, aber er brachte mich mit einer Handbewegung zum Schweigen. »Ich kann nachvollziehen, dass du keine andere Wahl hattest, als ihn zum Zweikampf zu fordern, nachdem Eboricus vor deinen Kameraden deine Ehre verletzt hat. Aber ein weiser Krieger denkt sorgfältig darüber nach, welcher Kampf es wert ist, ausgefochten zu werden. Das wirst du schon noch lernen.«

»Ja, hoher Herr.«

»Eine Frage hätte ich allerdings noch.«

»Ja, hoher Herr?«

Lugracus beugte sich vor und sah mir direkt in die Augen. »Eboricus hat dich beschuldigt, dich an seinem Streitwagen zu schaffen gemacht zu haben, und du hast das bestritten. Und da du bereit warst, dein Leben darauf zu verwetten, gehe ich davon aus, dass du tatsächlich unschuldig bist. Nur – wer war es dann?«

Ich warf Bladocus einen kurzen Blick zu und schüttelte dann den Kopf. »Das weiß ich nicht, hoher Herr.«

»Ich bitte dich, du warst dabei und hast doch sicherlich etwas mitbekommen. Sag die Wahrheit, mein Sohn.«

Lugracus lehnte sich zurück und trommelte mit den Fingern auf dem Tisch, während er auf eine Antwort wartete. Ich mahlte mit den Kiefern und starrte ihn an – hin- und hergerissen zwischen dem Bedürfnis, die Wahrheit zu sagen, und meinem Wunsch, Cadrus vor Strafe zu schützen. »Bitte verzeiht, hoher Herr«, sagte ich schließlich. »Ich habe den Streitwagen beobachtet, wie alle anderen Novizen auch, und habe nichts gesehen. Tut mir leid.«

Ich sah aus dem Augenwinkel, wie Bladocus mir einen neugierigen Blick zuwarf. Lugracus strich sich über den Bart und legte dann die faltigen Hände vor sich auf den Tisch. »Nun, ich nehme an, dass schon bald ans Licht kommen wird, wer der Übeltäter war. Hier bleibt nichts lange verborgen. Auch das wirst du mit der Zeit lernen.«

»Ja, hoher Herr.«

Der Hochdruide räusperte sich. »Das ist alles, Caratacus. Du kannst nun zum Unterricht zurückkehren. Ich erwarte, dass du dich von nun an wieder deinen Studien widmest.«

»Ja, hoher Herr.« Ich nickte eifrig. »Das werde ich tun.«

»Das will ich auch hoffen. Dein Lehrer sagt, dass du ein vielversprechender Schüler bist. Es wäre eine Schande, wenn du deine Zeit hier mit läppischen Zankereien vergeudest, nicht wahr?«

Als ich hinter Bladocus aus dem Rundhaus trat, wurde es bereits dunkel. Auf der anderen Seite des Heiligtums hockte eine Gruppe von Druiden neben einer Hütte auf dem Boden. Einige nahmen sich Schüsseln mit dampfend heißer Brühe, andere unterhielten sich leise. Nachdem wir uns ein paar Schritte vom Rundhaus des Hochdruiden entfernt hatten, blieb Bladocus stehen und sah mich stirnrunzelnd an. »Warum hast du den Hochdruiden belogen, mein Junge?«

Die Frage erschreckte mich. Ich blieb stehen und sah ihn an. »Herr?«

»Ich habe dich gestern beobachtet«, antwortete Bladocus. »Als euch die Streitwagen vorgeführt wurden. Ich habe gesehen, wie der andere Novize die Riemen an Eboricus' Wagen gelöst hat. Es war Cadrus, dieser pummelige Junge. Und ich habe auch mitbekommen, dass du ihn ebenfalls bemerkt hast, oder etwa nicht? Und dennoch hast du Cadrus' Tun vor dem Hochdruiden verheimlicht. Warum?«

Ich ließ den Kopf hängen und gestand ihm, dass ich Cadrus nicht in weitere Schwierigkeiten hatte bringen wollen. Den Hochdruiden hatte ich deshalb anlügen müssen. Ich erzählte ihm auch, dass Cadrus wie viele andere von uns wochenlang von Eboricus schikaniert worden war und sich nicht mehr anders zu helfen gewusst hatte, als sich bei der Vorführung mit dem Streitwagen zu rächen. Und dass ich darin eine Gelegenheit erkannt hatte, Eboricus zum Zweikampf herauszufordern, indem ich ihn dazu brachte, mich vor den anderen zu beschuldigen. Bladocus hörte aufmerksam zu, und seine Stirnfalten vertieften sich. »Aber du hättest den Zweikampf verlieren können«, sagte er. »Ihn zu einem Kampf herauszufordern hätte deinen Tod bedeuten können.«

Ich schüttelte den Kopf. »Die Wahrscheinlichkeit, ihn zu besiegen, war groß genug. Ich habe schon viel mit dem Bogen geübt. Epaticcus hat mir gezeigt, wie man damit schießt. Aber wie auch immer: Ich hatte gar keine andere Wahl. Ich musste den Zwist zwischen uns ein für alle Mal aus der Welt schaffen, Herr.«

Bladocus starrte mich an, und einen Moment lang dachte ich, er würde mich zurechtweisen. Doch er seufzte nur. »Das hast du gut gemacht«, sagte er zu meiner Überraschung. »Du hast ebenso viel Mut wie Verstand bewiesen.«

»Ich danke Euch, Herr.«

»Vielleicht taugst du ja doch für die Pläne, die ich mit dir habe.«

»Pläne?« Jetzt war es an mir, die Stirn zu runzeln. »Was für Pläne?«

Bladocus breitete seine Arme aus. »Du bist ein außergewöhnlich vielversprechender junger Mann. Ich glaube, dass du mit der richtigen Anleitung Großes für deinen Stamm vollbringen kannst. Wie du mit Eboricus umgegangen bist, ist nur ein weiterer Beweis dafür.«

Ich trat unsicher von einem Fuß auf den anderen. »Habt Ihr mich deshalb hierhergebracht?«

»Ich habe dich in erster Linie hierhergebracht, weil du ein hervorragender Schüler bist. Aber ich sehe noch etwas anderes in dir. Etwas, das den anderen Novizen fehlt: die Fähigkeit zum strategischen Denken. Das ist ungewöhnlich für jemanden in deinem Alter.«

Ich zuckte mit den Schultern. »Herr, ich versuche nur, irgendwie über die Runden zu kommen.«

»Das mag sein. Aber ich habe viele adlige Sprösslinge erzogen, und die meisten sind einfach nur verweichlichte, selbstverliebte Faulpelze, die nur darauf bedacht sind, sich den Magen vollzuschlagen und ihre Vorrechte eifersüchtig zu bewachen. Nur wenige können über ihre Nasenspitze hinausblicken. Aber du bist anders. Mit dem Segen der Götter könntest du ein großer Krieger oder vielleicht sogar König deines Volkes werden.«

Ich schnaubte verächtlich. »Ihr vergesst meinen Bruder. Vater will, dass Adminius den Thron erbt. Das hat er oft genug deutlich gemacht.«

»Vielleicht ändert er seine Meinung ja irgendwann.«

»Wie kommt Ihr darauf?«

Bladocus ließ seinen Blick über das Heiligtum schweifen. »Adminius weiß, wie man Menschen für sich gewinnt, aber ihm fehlt es an den nötigen Fähigkeiten, um ein Königreich zu regieren. Das wird auch dein Vater vielleicht irgendwann erkennen.« Er hielt inne. »Wenn du wirklich eines Tages König werden willst, musst du bereit sein, dafür zu leiden.«

Die Erkenntnis traf mich wie ein Faustschlag. »Deshalb habt Ihr es mir die ganze Zeit so schwer gemacht, nicht wahr? Ihr prüft mich?«

Die schwarzen Augen des Druiden funkelten wie Dolchspitzen. »Das alles war nichts im Vergleich zu den Herausforderungen, die noch vor dir liegen, mein Junge. Vor allem, wenn die römischen Legionen wieder an unseren Ufern auftauchen sollten.«

Ich sah ihn zweifelnd an. »Glaubt Ihr denn, dass sie wieder nach Britannien kommen werden?«

Bladocus nickte. »Ich vermute, dass das nur noch eine Frage der Zeit ist.«

»Das verstehe ich nicht. Warum sollten sie das noch einmal versuchen? Sie haben sich doch seit Jahrzehnten nicht blicken lassen.«

»Der Hunger der Römer nach neuen Eroberungen kann niemals gestillt werden.« Bladocus deutete auf den Boden und dann gen Himmel. »Sie glauben, dass all das hier ihnen ebenso zusteht wie das Land, auf dem Rom selbst steht. Früher oder später wird ihr gieriger Blick erneut auf unsere Insel fallen. Und dann müssen wir bereit sein.«

»Selbst wenn dem so ist, könnte das noch Jahre dauern«, erwiderte ich. »Oder noch länger, vielleicht sogar Jahrzehnte.«

»Es ist nie zu früh, um Vorbereitungen zu treffen, und dazu gehört auch die Ausbildung möglicher künftiger

Herrscher unseres Königreichs. Dein Vater wird nicht ewig unter uns weilen.«

Ich sah den Druiden völlig verwirrt an und konnte kaum glauben, was er da sagte. Seit Wochen war ich wütend auf ihn, weil er mir all den zusätzlichen Unterricht aufbürdete. Jetzt plötzlich verstand ich: Er hatte mich damit nicht bestraft, sondern mich prüfen und herausfinden wollen, wie viel ich aushalten konnte und ob ich mich für seine Zukunftspläne eignete – Pläne, die er mir bis jetzt vorenthalten hatte.

»Wenn du Großes erreichen willst, musst du mir blind vertrauen und tun, was ich dir sage. Aber ich muss dich warnen: Deine Ausbildung wird von nun an noch härter werden. Was du bisher in Merladion ertragen hast, ist nichts im Vergleich zu den Qualen, die noch kommen werden. Aber wenn du meinen Anforderungen genügst, wirst du von mir im Gegenzug die notwendige Führung und Weisheit erhalten. Nur dann wirst du eines Tages dazu bereit sein, den Thron deines Vaters zu besteigen.« Er trat einen Schritt zurück und legte den Kopf schief, während mich Aufregung und Erwartung erfüllten.

»Nun, Caratacus?«, sagte er. »Bist du bereit, so richtig hart zu arbeiten?«

KAPITEL 14

Rom, 61 n. Chr.

Selbstverständlich war ich dazu bereit«, sagte Caratacus, als wir in seinem mit Schriftrollen vollgestopften Arbeitszimmer saßen, und lächelte reumütig. »Ich war ein Narr. Und ich hatte keine Ahnung von all den Gefahren, die mich erwarteten.«

»Was für Gefahren?«, fragte ich.

Anstatt zu antworten stand er auf, umrundete seinen Schreibtisch und zog den Faltenvorhang zurück, der den Raum vom Garten trennte. Im hellen Sonnenlicht war nun die Staubschicht zu erkennen, die auf jeder Oberfläche des Arbeitszimmers lag. Winzige Staubflocken schwebten träge durch die Luft. Caratacus bahnte sich einen Weg durch die Schriftrollen, die sich auf dem Boden stapelten, nach draußen und bedeutete mir, ihm zu folgen.

»Ich möchte mir ein wenig die Beine vertreten«, sagte er. »Dieser Tage kann ich nicht mehr allzu lange sitzen. In meinem Alter fangen die Knochen an zu rosten.«

Ich klappte meine Wachstafeln zu, erhob mich von meinem gepolsterten Stuhl und folgte ihm in den Garten. Das stehende Wasser eines Fischteichs verströmte einen fauligen Geruch, der mich an die schmutzigen Armenquartiere der Suburra erinnerte. Die Wege waren mit Laub und verfaulten Pflanzenteilen bedeckt. Der Brunnen in der Mitte des Hofs war noch in Betrieb, aber das Becken hatte Risse, und eine Wasserlache hatte sich darunter gesammelt. Einen Moment lang erwog ich, diese Szenerie als Sinnbild für Caratacus' tragischen Niedergang zu verwenden, aber dann verwarf ich den Gedanken wieder. Schließlich sollte mein Werk sich nicht durch plumpe Schwülstigkeit auszeichnen, wie sie Neros dekadente Höflinge zum Gefallen der literarischen Zirkel zu verfassen pflegten. Ich strebte nach Höherem.

Schweigend gingen wir durch den Säulengang, der um den Hof führte. Ich beschloss, Caratacus nicht zu drängen. Meiner Erfahrung nach ist es am besten, wenn man dem Klienten beim Erzählen die Zeit lässt, die er braucht. Das Geheimnis besteht darin, ihm das Gefühl zu geben, er hätte die Zügel in der Hand. Wenn man seinen Kunden unter Druck setzt, als wäre man ein hartgesottener Vernehmungsbeamter aus dem kaiserlichen Palast, wird er sich nur zurückziehen. Nein, meine Aufgabe ist es, diesen Menschen sozusagen an der Hand zu halten und mit ihm auf den vertrauten Pfaden seiner Vergangenheit zu wandeln.

»Nach jenem Tag besserte sich die Stimmung im Heiligtum spürbar«, sagte Caratacus schließlich. »Die Novizen mussten sich nicht länger vor Eboricus fürchten, denn nun wusste jeder, dass er ein Feigling war.«

»Sind das nicht alle, die andere tyrannisieren und quälen?«

Caratacus blieb stehen und dachte einen Moment lang nach. »Ja, da habt Ihr wohl recht«, sagte er schließlich.

»Was geschah mit Eboricus? Vermutlich ist es ihm nach dem Zweikampf nicht besonders gut ergangen.«

»Eboricus hat sich nie davon erholt. Die meisten seiner Freunde wollten nichts mehr mit ihm zu tun haben. Ich erinnere mich an ihn als einen erbärmlichen Wicht, der beim Abendessen allein an einem Tisch saß. Ein Jahr später wurde er dann aus dem Heiligtum verbannt.«

»Warum das?«, fragte ich, als würde ich mich tatsächlich um das Schicksal dieses unbedeutenden Stammesadligen scheren. Es kann nie schaden, selbst die kleinsten Details im Leben eines Klienten wissen zu wollen – besonders dann, wenn man sein Vertrauen gewinnen will. »Hat er einen anderen tyrannisiert?«

Caratacus schüttelte den Kopf und lächelte verschmitzt. »Er hat gegen das Zölibat verstoßen. Der Narr hat sich mit Vortagus' Tochter erwischen lassen. Daraufhin hatten die Druiden keine andere Wahl, als ihn hinauszuwerfen. Sogar sein Onkel konnte ihn da nicht mehr retten.«

Wir gingen langsam um den Hof herum, während Caratacus seine Gedanken ordnete. Aus dem Inneren des Hauses war Mardicca zu hören, die ihre Enkel anschrie, und die schrille Stimme eines Kindes, das seine Unschuld beteuerte. Es klang nicht anders als in jedem beliebigen Haus unserer Stadt. Vielleicht waren diese widerspenstigen Kelten gar nicht so anders als wir. Caratacus sah zum Haus hinüber und wartete, bis das Geschrei verstummt war. Dann wandte er sich wieder mir zu. »Rom tut meiner Familie nicht gut«, sagte er. »Die Kinder verweichlichen hier nur. Sie sind undiszipliniert und wissen unsere Werte und Traditionen immer weniger zu schätzen.«

»Vielleicht könnten sie von einer römischen Erziehung auch profitieren«, erwiderte ich.

Caratacus sah mich mit seinen hellen Augen an, und als er antwortete, lag eine leise Wut in seiner Stimme. »Also stimmt Ihr meiner Schwiegertochter zu? Erwartet Ihr wirklich von mir, dass ich meine Enkelkinder von meinen Feinden erziehen lasse? Von jenen Schurken, die mir mein Land und meine Königswürde genommen haben?«

»Ich meine nur, dass sie von einem Privatlehrer das eine oder andere lernen könnten. Die Dichtkunst, das Schreiben auf Latein und Griechisch, Rhetorik und solche Dinge.« Ich hielt einen Moment inne, dann kam mir ein Gedanke. »Ihr habt mir selbst gesagt, dass man seinen Feind studieren sollte. Wenn Ihr wollt, könnte ich sicher einen meiner Bekannten dafür gewinnen.«

»Meine Enkelkinder sind Kelten, und bei uns wird ganz anders unterrichtet. Wir bewahren unsere Geschichten hier auf.« Der Britannier tippte sich an die Schläfe. »Unsere Dichtung, unsere Vergangenheit, unsere Geschichten sind viel reicher als alles, was ich in euren staubigen Schriftrollen gelesen habe, seit ich in Rom bin. Unsere Geschichten und Legenden leben in unseren Seelen. Sollen meine Nachkommen ihr stolzes Erbe aufgeben für das zweifelhafte Privileg, die Werke einiger toter Griechen zu lesen?«

»Viele Eurer Landsleute würden ihren rechten Arm dafür geben, ihre Nachkommenschaft hier erziehen zu lassen«, erwiderte ich.

»Belehrt mich nicht über meine Landsleute, Römer«, fuhr Caratacus mich gereizt an. »Ich weiß sehr wohl, wie sie sich gegenüber unseren Eroberern benehmen. Dieser adlige Abschaum, der sich auf die Seite Roms gestellt hat und seither darin wetteifert, sich bei dem Feind einzuschmeicheln. Nur weil sie bereit waren, ihre Werte zugunsten von Wein und Toga aufzugeben, bedeutet das noch lange nicht, dass man auch mit mir so umspringen kann.«

Wie dieser alte König darum kämpfte, an seinen überkommenen Traditionen festzuhalten, war schon fast bewundernswert. Es wäre wohl ganz anders gekommen, hätten die anderen britannischen Stammesführer den Legionen ebenso bitteren Widerstand geleistet wie Caratacus. Doch als die ersten römischen Soldaten auf ihrer fernen, windgepeitschten Insel gelandet waren, hatten es viele Könige stattdessen sehr eilig gehabt, sich ihren neuen Herren zu Füßen zu werfen.

»Hättet Ihr es vorgezogen, Eure Kinder in einem druidischen Heiligtum ausbilden zu lassen?«, fragte ich halb im Scherz. »Nach dem zu urteilen, was Ihr mir bislang darüber erzählt habt, scheint mir das Leben dort nicht gerade einfach zu sein.«

Er lächelte. »Vielleicht habt Ihr recht. Aber meine Ausbildung dort hat mich die Bedeutung von Disziplin und harter Arbeit gelehrt. Ohne sie wäre ich sicher niemals König geworden.«

»Wie ging es weiter, nachdem der Druide Euch in seine Pläne eingeweiht hatte?«, fragte ich.

Caratacus zuckte müde mit den Schultern. »Da gibt es eigentlich nicht viel zu erzählen. Ich vertiefte mich in meine Studien und wurde von den Silurern weiter an den Waffen ausgebildet. So wie von Bladocus angekündigt, war es hart und gnadenlos – härter, als ich es mir je hätte vorstellen können, aber ich war entschlossen, meinen Lehrer nicht zu enttäuschen. Die Jahreszeiten wechselten sich ab, die Jahre vergingen, und dann war meine Zeit als Novize vorbei.«

»Wann war das?«

Er dachte nach. »Sieben Jahre nach meiner Ankunft in Merladion. Ich war gerade achtzehn geworden.«

»Was geschah dann?«

»Wartet Ihr auf ein paar grausige Einzelheiten, Felicitus?« Caratacus grinste. »Wir haben keine Verbrecher in eine große Figur aus Weidenruten gesteckt und sie als Opfer für die Götter verbrannt, falls Ihr darauf hinauswollt.«

»Wie viele von euch wurden in den ersten Ring aufgenommen?«

»Nur eine Handvoll. Ich, Cadrus, ein oder zwei andere. Sediacus hatte ein Jahr zuvor aufgegeben und war an den Hof seines Onkels zurückgekehrt.«

Caratacus sah jetzt entspannter aus, und ich hielt das für den richtigen Moment, ihn noch einmal auf seine vorherige Bemerkung anzusprechen. »Ihr habt von Gefahren gesprochen, die Euch erwarteten«, rief ich ihm in Erinnerung. »Was habt Ihr damit gemeint?«

Wir waren neben einer Steinbank stehen geblieben. Caratacus nahm darauf Platz und bedeutete mir, dasselbe zu tun. Ich ließ mich nieder, wobei ich darauf achtete, mich nicht auf die getrocknete Vogelscheiße zu setzen. Der Britannier legte seine Hände in den Schoß, und eine Weile lang saßen wir im stillen Garten und lauschten dem stetigen Plätschern des Brunnens.

»Nach der Einweihung musste sich jeder Novize entscheiden, ob er seine Studien in Merladion fortsetzen oder zu seinem Stamm zurückkehren wollte. Ich hatte mich bereits entschieden zu bleiben.«

Ich bemühte mich, meine Verwunderung zu verbergen. »Aber ich dachte, Euch hätte es dort nicht gefallen? Habt Ihr Eure Familie nicht vermisst? Euer Volk?«

»Sehr sogar. Aber Bladocus war der Meinung, dass es besser für mich sei, noch mindestens ein oder zwei Jahre im Heiligtum zu bleiben, und ich hatte gelobt, ihm bedingungslos zu gehorchen. Zumindest war es so geplant«, sagte er nachdenklich. »Leider musste ich meine Studien unterbrechen, als das Unheil seinen Lauf nahm.«

Ich setzte mich aufrecht hin. »Unheil?«

»Der Konflikt zwischen König Verica und meiner Familie.«

»Der Herrscher der Atrebaten? Derjenige, der seinen Bruder vom Thron von Calleva gestoßen und diesen danach selbst bestiegen hat?«

Caratacus hob die buschigen Augenbrauen. »Ihr erstaunt mich, Römer. Ihr werdet noch ein Experte für britannische Stammesfehden.«

»Man tut, was man kann.«

Caratacus grinste kurz, dann wurde er wieder ernst und nachdenklich. »Zwischen unserem Stamm und dem der Atrebaten herrschte schon seit vielen Jahren böses Blut«, sagte er. »Mein Vater und Verica haben sich nie verstanden. Aber kurz nachdem ich mit der Ausbildung zur Aufnahme in den zweiten Ring begonnen hatte, spitzte sich die Situation zu, und aus den Spannungen zwischen unseren Völkern wurde eine gewalttätige Auseinandersetzung – von der wir allerdings nicht ahnten, dass sie zum Untergang beider Reiche führen würde.«

»Warum? Was ist passiert?«

Caratacus erhob sich abrupt von der bröckelnden Bank. »Ich bin dieses Haus hier leid. Hier treiben zu viele Geister ihr Unwesen. Reden wir woanders weiter.«

»Gewiss.« Ich nahm meine Wachstafeln und meinen Griffel. »Wo wollt Ihr denn hin?«

»Weiter unten auf dem Aventin ist eine Taverne namens ›Der betrunkene Eber‹, die sich damit brüstet, keltische Gerichte zu servieren. Das ist zwar zu viel gesagt, aber das Bier ist passabel und ich kenne den Besitzer. Er wird uns einen ruhigen Tisch geben. Dort werden wir später weiterreden.«

»Wann?«

»Um die neunte Stunde. Wenn ich mit meinen Leibesübungen fertig bin. Dann erzähle ich Euch vom Krieg zwischen den Stämmen, der letztlich das Schicksal unserer Insel besiegelt hat.«

DRITTER TEIL
Der Kriegerprinz

KAPITEL 15

Rom, 61 n. Chr.

Am Nachmittag ging ich in die Taverne, die Caratacus für unser nächstes Gespräch ausgewählt hatte. Sie befand sich direkt neben einem heruntergekommenen Wohnblock, wie es viele in diesem schmutzigen Teil der Stadt gibt, an der Ecke einer der Hauptstraßen des unteren Aventin. »Der betrunkene Eber« wirkte nicht besonders einladend. Der Putz an den Außenwänden bröckelte, sodass die Ziegel darunter zum Vorschein kamen. Jemand hatte anzügliche Kritzeleien unter ein Fenster geschmiert. Ein Schild über dem düsteren Eingang versprach »Warme Speisen und Getränke«, doch das wollte noch nicht allzu viel heißen – gewärmter Wein und Essen waren schließlich das Mindeste, was man in einer halbwegs anständigen Taverne erwarten konnte.

Ich bahnte mir einen Weg durch das widerliche Pack, das den unteren Teil des Aventin bevölkerte, und betrat das Lokal.

Ein schaler Geruch von Bier und menschlichem Schweiß hing dick wie geronnene Milch in der Luft. Zu dieser frühen Stunde war es noch ruhig. Die Schauerleute von dem nahe gelegenen Hafen hatten ihre Arbeit noch nicht beendet, und ich zählte nicht mehr als ein halbes Dutzend alter Männer an den Tischen. Am anderen

Ende des Raums stand ein stämmiger Mann hinter einem Tresen und spülte rote Keramikteller in einem mit schmutzigem Wasser gefüllten Waschbecken. Man hatte versucht, die Kultur der Kelten auf Wandmalereien abzubilden: Verschlungene Muster waren dort zu sehen, außerdem Könige auf ihren Streitwagen, vor einem Rundhaus spielende Kinder und Männer mit nackten blauen Oberkörpern bei der Wildschweinjagd. An der Wand hinter dem Tresen hing eine bronzene, mit einem Tierkopf verzierte Kriegstrompete.

Ich ging zum nächsten freien Tisch, setzte mich dort auf einen wackligen Hocker und gab dem untersetzten Wirt mit einem Handzeichen zu verstehen, dass ich etwas zu bestellen wünschte. Er stellte die schmutzigen Teller beiseite, wischte sich die Hände an einem Lappen ab und kam zu mir herüber.

»Was darf es sein?«, fragte er mit krächzender Stimme. Seinem starken Akzent nach zu urteilen, stammte der Mann aus Gallien und weilte noch nicht lange in Rom.

»Habt Ihr gallischen Wein?«, fragte ich. »Vorzugsweise einen billigen?«

Der Wirt grunzte. »Gallischen nicht, aber wir haben britannischen, falls Ihr wollt. Gerade erst eingetroffen.«

Ich verzog angewidert das Gesicht. »Britannischer Wein?«

»Ganz recht. Vom Weingut des Cogidubnus persönlich. Angeblich ist er unter die Winzer gegangen.«

»Das klingt doch etwas gewöhnungsbedürftig«, antwortete ich. Der Name war mir in mehreren Lebenserinnerungen römischer Offiziere begegnet, die ich zu Forschungszwecken gelesen hatte: Cogidubnus entstammte dem niederen britannischen Adel und hatte Rom bereitwillig unterstützt, weshalb man ihm ein Königreich auf einem vormals von den Atrebaten beherrschten Gebiet gewährt hatte.

»Es ist ein eher herber Tropfen«, gestand der Wirt, »aber gerade sehr beliebt bei den Reichen auf dem Caelian. Die können gar nicht genug davon kriegen. Wollt Ihr ihn probieren?«

Wenn das stimmte, dann war es mit dem einst so guten Geschmack der dortigen Anwohner nicht mehr weit her.

»Ein andermal vielleicht.« Ich würde mich bei Caratacus wohl kaum beliebt machen, wenn ich Wein vom Gut eines römischen Vasallenkönigs trank. »Hättet Ihr vielleicht einen etruskischen Wein?«

Der Wirt schüttelte entschieden den Kopf. »Ich habe britannischen Wein oder Bier. Ihr habt die Wahl, mein Freund.«

»Bei allen Göttern, was ist das hier nur für ein Loch?«, fragte ich ungläubig.

»Die meisten, die hierherkommen, sind keine Römer, sondern Kelten mit Heimweh – obwohl wir heutzutage auch zunehmend Gäste von Eurer Sorte haben.«

»Von meiner Sorte?« Ich sah ihn verwundert an.

Der Wirt nickte. »Junge Römer, die unsere einheimischen Speisen und Getränke probieren wollen, um dann später vor ihren Freunden damit zu prahlen, nehme ich an. Oder um ihre Weltgewandtheit unter Beweis zu stellen. Ihr würdet Euch wundern, wie viele gut situierte Römer seit Neuestem britannisches Bier trinken.«

»Dann gehen die Geschäfte also gut?«, fragte ich.

»Ich kann nicht klagen.« Der Wirt kratzte sich den struppigen Bart. »Auch wenn einige unserer Stammgäste nicht gerade glücklich darüber sind.«

»Warum nicht?«

Er zuckte mit den Schultern. »Denen wäre es lieber, wenn die Römer unter ihresgleichen blieben.«

Ich war versucht, dies mit einer sarkastischen Bemerkung über die Kelten und ihre weithin bekannte Gastfreundschaft Fremden gegenüber zu quittieren, aber der Gesichtsausdruck des Wirts verriet mir, dass er die Abneigung seiner Gäste gegenüber Römern wie mir teilte. »Dann nehme ich den britannischen Wein«, sagte ich stattdessen.

»Wie Ihr wünscht. Darf es auch etwas zu essen sein? Wir haben eine Menge guter keltischer Speisen im Angebot.« Er deutete auf eine Speisekarte an der Wand. »Heute kann ich den Kanincheneintopf empfehlen.«

»Erst einmal nur Wein. Und bringt mir zwei Becher.«

Der Wirt zuckte mit den Schultern und ging zum Tresen. Dann kam er mit einem Krug und zwei angeschlagenen Tonbechern zurück, die er nachlässig auf den fleckigen Tisch knallte. »Das macht dann drei Sesterzen.«

Ich zuckte angesichts dieses stolzen Preises zusammen, fischte eine Handvoll Münzen aus dem Lederbeutel an meinem Gürtel und legte sie auf den Tisch. Als der Wirt keine Anstalten machte, sie an sich zu nehmen, legte ich widerwillig noch ein kleines Trinkgeld dazu – und fragte mich dabei, wie ich Aelia diese Verschwendung erklären sollte. Meine liebe Ehefrau hatte an diesem Nachmittag – in unserer beengten Wohnung mit unserem schreienden kleinen Sohn Lucius auf den Armen –

bereits meine Entscheidung infrage gestellt, Caratacus' Lebensgeschichte aufzuschreiben.

»Ein Britannier!«, hatte sie gerufen. »Caius, das ist ja wohl das dümmste von all den törichten Dingen, die du in deinem Leben bereits getan hast! Warum in aller Welt hast du dich zu so etwas breitschlagen lassen?«

»Eigentlich war es meine Idee.«

»Das ist ja noch schlimmer!«, hatte Aelia über das hysterische Heulen des Säuglings hinweg geschrien. »Hast du solche Schwierigkeiten, Aufträge zu finden, dass du für einen Barbaren im Exil arbeiten musst? Wieso lässt du nicht deine Beziehungen zum Senat spielen?«

»Das hat doch damit gar nichts zu tun. Ich habe genug Aufträge. Ich wollte nur zur Abwechslung mal eine spannende Geschichte erzählen. Eine wahre Geschichte. Dieser Kelte hat ein wirklich außergewöhnliches Leben vorzuweisen.«

Aelia schnaubte verächtlich. »Ich hoffe, Cara-docos, oder wie auch immer man seinen barbarischen Namen ausspricht, entschädigt dich wenigstens großzügig für deine Arbeit.«

»Liebste, dafür bekomme ich bedauerlicherweise überhaupt kein Geld«, hatte ich entgegnet. »Cara-*tacus* wurde von unserem Kaiser ziemlich schäbig behandelt und kann es sich nicht leisten, mir etwas zu bezahlen.«

Aelia hatte mir einen dieser eisigen Blicke zugeworfen, mit denen sie einer Kuh das Fell über die Ohren ziehen könnte. »Caius, du arbeitest also *ohne Entlohnung* für diesen Mann?«

»Ja, aber darum geht es doch gar nicht. Liebste, verstehst du denn nicht? Dies ist die große noch unerzählte

Geschichte unserer Zeit. Sie wird sicher viel mehr Aufsehen erregen als diese langweiligen Familiengeschichten, die ich bislang geschrieben habe. Dieses Werk könnte mir neue Türen öffnen … uns beiden!«, verbesserte ich mich hastig. »Wer weiß, wenn ich damit so viel Erfolg habe, wie ich hoffe, können wir vielleicht auf den Caelian ziehen. So wie du es dir immer gewünscht hast.«

»Sei doch kein Narr, Caius!«, erwiderte Aelia und versuchte dabei nicht einmal, ihren Hohn zu verbergen. »Glaubst du ernsthaft, du könntest ein Vermögen damit machen, über einen faltigen alten Britannier zu schreiben?«

»Wenn du wüsstest, was er mir erzählt hat, würdest du anders darüber denken«, erwiderte ich abwehrend. »So etwas wie seine Geschichte habe ich noch nie gehört, und mein Werk könnte eine der größten Historien unserer Zeit werden, davon bin ich überzeugt.«

»Ganz wundervoll. Dank Caratacus werden all unsere Träume wahr. Und wie gedenkst du in der Zwischenzeit für unseren Lebensunterhalt aufzukommen, liebster Ehemann?«

»Wenn du dir ums Geld Sorgen machst – von meinem letzten Honorar ist noch etwas Silber übrig«, sagte ich. »Das sollte für die nächste Zeit reichen.«

»Caius, darum geht es doch nicht«, schimpfte Aelia. »Jetzt, wo du einen Sohn hast, kannst du es dir nicht mehr leisten, deinen Launen nachzugeben. Du solltest dich darum bemühen, Freunde am kaiserlichen Hof zu gewinnen, anstatt deine Zeit mit einem längst vergessenen Barbarenkönig zu verschwenden.«

Ich versuchte, die schmerzhafte Erinnerung an unseren Streit zu verdrängen und griff nach dem Krug, um mir großzügig Wein einzuschenken. Ich probierte ihn vorsichtig und hätte mich um ein Haar verschluckt, so sehr brannte die saure Flüssigkeit im Hals. Ich wollte gerade den Wirt rufen, um mich über das Gift zu beschweren, das er mir verkauft hatte, als ich einen zerzausten Kerl bemerkte, der aus einer düsteren Ecke des Raums auf mich zusteuerte.

»Felicitus! Caius Placonius Felicitus!«, lallte der Mann, stolperte auf meinen Tisch zu und verschüttete dabei etwas Wein aus seinem Becher auf den strohbedeckten Boden. »Seid Ihr das wirklich? Kaum zu glauben!«

Ich starrte ihn verwirrt an und fragte mich, woher um alles in der Welt dieser Bettler meinen Namen kannte. Er war mindestens zehn Jahre älter als ich, hatte schütteres, wirres Haar und einen struppigen grauen Bart. Seine braune Tunika war alt und zerfranst. Irgendwie kam er mir zwar bekannt vor, aber ich konnte mich nicht erinnern, wo ich ihn schon einmal gesehen haben könnte.

Als er näher kam, erkannte ich plötzlich sein Gesicht und fuhr auf. »Beim Jupiter! Decius Tuscus!«

Decius Spurinnus Tuscus war ein unbedeutender kleiner Geschichtsschreiber, der sich im Dunstkreis des letzten Kaisers durch das Verfassen speichelleckerischer Darstellungen seiner Verbündeten beliebt gemacht hatte. Trotz aller Bemühungen war es ihm nicht gelungen, sich mit Nero ebenso gut zu stellen. Es ging das Gerücht um, dass einige, die Gegenstand seiner früheren Werke gewesen waren, beim neuen Kaiser in Ungnade gefallen waren und ein schlimmes Ende genommen hatten – was wohl irgendwie auch auf Tuscus selbst zurückgefallen war. Wir hatten uns vor einem Jahr bei einem langweiligen Gastmahl kennengelernt und uns mehrere Stunden über die zweifelhaften Vorzüge der Werke von Ennius und Naevius unterhalten. Ein recht langweiliger Kerl, wie ich fand, der sich mehr auf seine Beziehungen zur kaiserlichen Familie denn auf sein schriftstellerisches Talent verließ. Seitdem hatten sich unsere Wege noch ein- oder zweimal gekreuzt, aber in den letzten Monaten hatte Tuscus im Palast durch Abwesenheit geglänzt. Ich war geradezu fassungslos, ihn hier an einem so erbärmlichen Ort wiederzutreffen.

»Was für eine angenehme Überraschung«, log ich und bemühte mich, mir mein Entsetzen nicht anmerken zu lassen. »Wie .. äh … unerwartet.«

»Darf ich?« Tuscus deutete auf den Hocker gegenüber und setzte sich, bevor ich antworten konnte. Er stellte seinen Becher auf den Tisch, wobei er noch mehr Wein verschüttete. Er war eindeutig betrunken. Sein Atem stank nach billigem Wein, sein Gesicht war aufgedunsen, und seine Augen hatten den Glanz des gewohnheitsmäßigen Säufers. Von dem gut gekleideten, aalglatten Langweiler, mit dem ich mich bei dem Gastmahl vor einigen Monaten unterhalten hatte, war wenig übrig.

Es kostete mich größte Mühe, meine Verärgerung über seine aufdringliche Art zu verbergen und ihm stattdessen zum Gruß zuzulächeln. »Was führt Euch denn hierher?«, fragte ich. »Studiert Ihr die Tavernen des Plebs für eine neue menippeische Satire?«

Tuscus schüttelte den Kopf und wies mit einem dicken

Daumen in Richtung des heruntergekommenen Wohnblocks, an dem ich auf dem Weg zur Taverne vorbeigekommen war. »Ich wohne hier gleich um die Ecke«, sagte er und rülpste. »Im vierten Stock. Ganz oben bei den Tauben, wie es so schön heißt.«

»Oh.« Auch diesmal konnte ich meine Bestürzung nur knapp im Zaum halten.

»Das hier ist mein Stammlokal. Der Wein ist furchtbar, aber die Gesellschaft ist ganz angenehm. Und man sieht nur wenige bekannte Gesichter«, fuhr er fort, als müsse er die Wahl seiner Lieblingstaverne rechtfertigen. »Was führt Euch hierher?«

»Ich bin verabredet«, antwortete ich ausweichend.

»Mit einem Freund?«

»Eher einem Bekannten, sozusagen.«

Er grinste schelmisch. »Anscheinend erhaltet Ihr immer noch gut bezahlte Aufträge von den Würdenträgern im Senat. Wer ist Euer neuer Auftraggeber? Kenne ich ihn?«

»Ich kann wirklich nicht darüber sprechen«, antwortete ich. Ich hatte nicht vergessen, dass Tuscus der Ruf einer Plaudertasche vorauseilte. Wenn ich ihm etwas von meinem geplanten Werk über Caratacus verriet, würde noch vor Sonnenuntergang jeder kleine Schreiberling in Rom davon wissen. »Was ist mit Euch? Wie geht es Euch dieser Tage?«

Der alte Historiker machte eine finstere Miene und schnaubte wütend. »Nicht ganz so gut wie Euch«, murmelte er. »Ich hatte seit Monaten keinen einzigen Auftrag, weil jemand Nero ein wenig schmeichelhaftes Gedicht hat zukommen lassen, das ich vor Jahren über

Kaiser Claudius verfasst habe. Damit war meine Laufbahn beendet.«

Er trank einen Schluck Wein und ließ unglücklich den Kopf hängen. Mein Mitleid mit dem alten Kauz hielt sich in Grenzen. Wer ein Gedicht *ad hominem* schreibt, sollte sich vorher gut überlegen, über wen er sich lustig macht. Wie man in den Wald hineinruft, so schallt es heraus. Trotzdem fand ich sein ungepflegtes Äußeres mehr als nur ein wenig beunruhigend. »So schlimm kann es doch nicht sein«, erwiderte ich. »Ihr habt doch viele einflussreiche Freunde. Die werden Euch sicherlich nicht alle im Stich gelassen haben!«

Tuscus lächelte bitter. »Ihr habt keine Vorstellung, wozu Nero fähig ist. Er hat vielleicht die Majestätsprozesse abgeschafft, aber er ist dennoch so bösartig, wie man nur sein kann. Alle haben Angst vor ihm. Er hat verbreiten lassen, dass jeder, der Umgang mit mir hat, einen hohen Preis dafür bezahlen wird.«

Ich rutschte auf meinem Hocker herum. Unbehagliches Schweigen machte sich breit, während Tuscus seinen Weinbecher leerte. Es war kein Geheimnis, dass Nero äußerst empfindlich auf Kritik reagierte, und es verstand sich von selbst, dass man am kaiserlichen Hof stets darauf achtete, was man sagte oder tat. Doch das, was Tuscus da andeutete, klang wesentlich bedrohlicher. Ich konnte mich noch gut an die Schreckensherrschaft des Claudius erinnern, als angebliche Feinde des Kaisers des Nachts aus ihren Häusern geholt wurden, um ihnen irgendwo in den Tiefen des Palastes im Geheimen den Prozess zu machen. Nero hatte behauptet, dass solche Methoden der Vergangenheit angehörten, und öffentlich seine Unterstützung für den Senat erklärt – aber hatten nicht auch seine Vorgänger ähnlich leere Versprechungen gemacht?

»Aber nicht nur der Kaiser hat es auf mich abgesehen«, fuhr Tuscus fort, »sondern auch der Kommandant der Prätorianergarde, ein übler Bursche. Er hat es sich zur Aufgabe gemacht, meinen guten Ruf zu ruinieren.«

»Burrus?«

Tuscus nickte. »Genau der. Was für ein niederträchtiger Bastard. Manche halten ihn sogar für schlimmer als Nero selbst.«

Als ich diesen Namen hörte, verzog ich vor Abscheu das Gesicht. Ich hatte Sextus Afranius Burrus neulich Abend beim kaiserlichen Bankett gesehen und wusste das ein oder andere über ihn: Als Kommandant der Prätorianergarde stand er Nero näher als jeder andere – Seneca vielleicht ausgenommen. Man munkelte, dass Burrus bei der Beseitigung von Neros Mutter Agrippina geholfen hatte. Solche Vermutungen laut zu äußern, wäre allerdings äußerst unklug gewesen.

Ich sah mich ängstlich um, voller Sorge, dass ein kaiserlicher Spion mich womöglich dabei beobachtete, wie ich mit einem in Ungnade gefallenen Schriftsteller Wein trank.

»Und was werdet Ihr jetzt tun?«, fragte ich leise.

»Was soll ich schon tun?« Tuscus zuckte mit den Schultern. »Ohne den Segen des Kaisers wird mir niemand mehr einen Auftrag geben. Ich habe noch ein kleines Einkommen als Privatlehrer für die Söhne von Lagerhausbesitzern und Händlern, aber das reicht kaum für die Miete.«

»Das tut mir sehr leid«, sagte ich und unterdrückte ein Schaudern. Schließlich ist der Beruf des Schriftstellers nun einmal abhängig von wechselnden Moden und der Wankelmütigkeit der Politiker. Deswegen verspürte ich unweigerlich ein gewisses Maß an Mitleid für diejenigen, die in Ungnade gefallen sind – selbst für jemanden, der niederträchtige Gedichte verfasst hatte.

Er machte eine wegwerfende Handbewegung. »Ich bin noch vergleichsweise glimpflich davongekommen. Saloninus wurde letzten Monat von Burrus und seinen Schergen abgeholt.«

Mir fiel die Kinnlade herunter. »Saloninus? Der Dramatiker?«

Tuscus nickte mit düsterer Miene. »Sie sind mitten in der Nacht bei ihm aufgetaucht, haben ihn in den Palast gebracht und fast totgeschlagen. Dann haben sie ihn gezwungen, ihnen sein Anwesen in Kampanien zu übereignen.«

»Aber mit welcher Begründung?«

»Unter anderem, weil er im neuesten seiner furchtbar langweiligen Stücke recht unverschleierte Kritik an Nero geübt haben soll.« Tuscus verdrehte die Augen. »Oder zumindest hat jemand aus dem Publikum dies vor Burrus behauptet – zweifellos plant dieser Jemand gerade die Küche in seinem neuen Haus in Kampanien.«

»Das ist ja grauenvoll«, erwiderte ich geistesabwesend, während ich zum Eingang hinübersah in der Hoffnung, dass Caratacus auftauchte und mich davor bewahrte, Tuscus' bedrückende Geschichten noch weiter anhören zu müssen. »Ich würde ja gern weiter mit Euch plaudern, aber …«

Tuscus streckte plötzlich über den Tisch hinweg den Arm nach mir aus. Seine kalte, feuchte Hand umklammerte mein Handgelenk, und er sah mich mit verzweifeltem Gesichtsausdruck an. Einen schrecklichen Moment lang dachte ich, er würde uns beide in Verlegenheit bringen, indem er mich darum anflehte, ihm Geld zu leihen, oder – da mochten die Götter vor sein – mich bei meinen Bekannten im Senat für ihn zu verwenden, was sowieso sinnlos gewesen wäre.

Doch stattdessen beugte er sich über den Tisch zu mir vor. »Seid vorsichtig, Felicitus«, sagte er mit einem warnenden Unterton. »Ihr seid ein kluger Mann. Ich rate Euch, nehmt Euch gut in Acht. Nero mag durch seine künstlerischen Bestrebungen lächerlich wirken, aber er ist gefährlich. Er und die Männer in seinem Umfeld. Wenn Ihr diesen Leuten in die Quere kommt, dürft Ihr keine Gnade erwarten. Selbst wenn Ihr Euch nichts habt zuschulden kommen lassen.«

Ich lachte nervös. »Ich bezweifle, dass der Kaiser und seine Günstlinge sich mit so unwichtigen Leuten wie mir befassen. Bei den Göttern, ich glaube nicht, dass Nero überhaupt weiß, dass es mich gibt.«

»Das habe ich auch einmal gedacht«, erwiderte Tuscus. »Und seht nur, was aus mir geworden ist.«

Ich griff nach meinem Becher und nahm noch einen Schluck von dem widerlichen Wein. In meinem Magen machte sich ein flaues Gefühl breit. Vor Aufregung darüber, Caratacus' Lebensgeschichte zu erzählen, hatte ich mir keinerlei Gedanken darüber gemacht, was der kaiserliche Hof dazu sagen würde. Neros Abneigung dem alten britannischen Kriegsherrn gegenüber war wohlbekannt.

Würde er versuchen, mein Werk zu zensieren, oder sogar die Veröffentlichung verhindern? Darauf wusste ich keine Antwort. Ich war den Launen der kaiserlichen Politik ausgeliefert, und zum ersten Mal beschlich mich die beunruhigende Vorahnung, dass sich Caratacus' Lebensgeschichte doch nicht so sehr für mich auszahlen würde, wie ich es mir ausgemalt hatte.

In diesem Moment sah Tuscus zum Eingang hinüber und erstarrte. Ich blickte in dieselbe Richtung. Eine große, hagere Gestalt mit tätowierten Wangen und langen grauen Haaren hatte soeben das Lokal betreten. Der Mann blieb in der Tür stehen und sah sich unter den Gästen um.

Tuscus beobachtete ihn mit verengten Augen. »Na so was«, sagte er dann und klang verblüfft. »Ist das denn nicht Caratacus?«

Bevor ich etwas erwidern konnte, entdeckte mich der einstige König der Britannier und kam an meinen Tisch. Als er nur noch ein paar Schritte von uns entfernt war, hielt er inne und blickte Tuscus, der ihn immer noch anstarrte, verwundert an. Ich stand auf, wobei mein Hocker über den Boden kratzte, und nickte dem alten Historiker kurz zu. »Also, ich …« Ich verstummte und hustete. »Decius Tuscus, es hat mich wirklich sehr gefreut, Euch wiederzusehen und ein wenig mit Euch zu plaudern. Ich würde mich gern noch weiter mit Euch unterhalten … Ein andermal vielleicht?«

Zum Glück hatte sich Tuscus trotz seiner Trunkenheit noch einigermaßen in der Gewalt. Er machte eine ernste Miene, klatschte mit den Händen auf die Knie und erhob sich so würdevoll, wie es ihm möglich war. »Aber natürlich. Ich war … äh … sowieso gerade auf dem Sprung. Passt gut auf Euch auf, Felicitus.«

»Ihr auf Euch auch.«

Er nickte Caratacus kurz zu, wünschte uns einen guten Abend und schlurfte zur Tür. Ich sah ihm hinterher. Kurz bevor er das Lokal verließ, blieb er stehen und warf noch einen Blick zurück. Einen winzigen Moment lang blitzte ein wissendes Funkeln in seinen Augen auf. Dann drehte er sich um und verschwand im Menschengetümmel auf der Straße.

Caratacus sah mich neugierig an. »Ein Freund von Euch?«

»Nur ein alter Bekannter«, antwortete ich.

Der Britannier zog eine Augenbraue hoch. »Sind die römischen Schriftsteller üblicherweise mit Bettlern befreundet? Das ist mir neu.«

»Sind wir nicht. Er war einmal Geschichtsschreiber, so wie ich.« Caratacus warf mir einen fragenden Blick zu. »Das ist eine lange Geschichte, ich erzähle sie Euch lieber ein anderes Mal«, fügte ich hinzu.

Er zuckte mit den Schultern und machte dem Wirt, sobald er in unsere Richtung blickte, ein Zeichen. Dieser wischte noch einen Tisch ab und verschwand dann in einem Raum hinter dem Tresen. Wenige Augenblicke später kam ein breitschultriger Mann mit langen dunklen Haaren und Narben am Kinn daraus hervor und humpelte zu unserem Tisch herüber. Er warf mir einen neugierigen und Caratacus einen erfreuten Blick zu. Die beiden Männer packten sich gegenseitig bei den Unterarmen und begrüßten sich herzlich in ihrer gutturalen Sprache.

»Das ist Lugnus«, sagte Caratacus dann auf Lateinisch und deutete auf den riesenhaften Mann neben ihm. »Ein alter Freund von mir. Ihm gehört übrigens diese Taverne hier.«

»Stammt Ihr auch aus Britannien?«, fragte ich.

Lugnus lachte schallend. »Ihr beliebt zu scherzen. Lud sei Dank habe ich noch nie auch nur einen Fuß auf die Insel von diesen haarigen Bastarden gesetzt.«

»Lugnus kommt aus Gallien«, erklärte Caratacus. »Er ist vom Stamm der Arverner und war in seiner Jugend ein großer Faustkämpfer. Er ist gegen die besten Pugilisten des Römischen Reichs angetreten.«

»Tatsächlich?«, fragte ich und bemühte mich, interessiert zu klingen. Die Kelten hatten eine große Faustkampftradition, und keltische Kämpfer gehörten auch bei uns zu den Besten in dieser – unserer drittliebsten – Sportart (noch lieber sahen wir dabei zu, wenn sich die Leute in der Arena gegenseitig in Stücke hackten oder in zerbrechlichen Streitwagen um die Wette fuhren).

»›König der Kelten‹ hat man mich genannt«, sagte Lugnus mit hörbarem Stolz. »Wohlgemerkt, ich habe nicht einen Kampf verloren. Nachdem ich mich zur Ruhe gesetzt hatte, habe ich mein hart verdientes Geld in diese Taverne hier gesteckt. Sie ist nichts Besonderes, ich weiß, aber sie gehört mir ganz allein.«

»Lugnus war mir und meiner Familie eine große Hilfe, als wir noch neu in der Stadt waren«, sagte Caratacus. »Er kennt jeden Kelten in Rom. Ohne ihn wäre es für uns hier noch schwieriger gewesen.«

Ich runzelte die Stirn. »Ich dachte, die Gallier und die Britannier sind miteinander verfeindet?«

»Ja, das ist auch so.« Lugnus grinste. »Die meiste Zeit können wir uns gegenseitig kaum ertragen. Aber so viele Kelten gibt es in dieser Stadt nicht, da müssen wir zusammenhalten. Von den Römern können wir ja schließlich nicht viel erwarten, oder?«

»Nein«, antwortete ich. »Wahrscheinlich nicht.«

Lugnus musterte mich. »Caratacus hat mir erzählt, dass Ihr seine Lebenserinnerungen niederschreibt.« Ich nickte, woraufhin der riesenhafte Gallier einen kehligen Laut von sich gab. »Wie kommt Ihr auf die Idee, dass die Römer etwas über das Leben eines Kelten lesen möchten? Normalerweise begegnet ihr uns doch mit Verachtung.«

»Das ist wahr«, räumte ich ein. »Aber wir besuchen auch gern eure Tavernen, trinken euer Bier und probieren eure Speisen. Wir sind ein ziemlich widersprüchlicher Haufen, würde ich sagen.«

Er grinste und entblößte dabei verfaulte Zähne. »Auch wieder wahr.« Dann gab er mir einen kameradschaftlichen Klaps auf die Schulter. »Wenn Ihr fertig seid, könnt Ihr ja vielleicht auch meine Lebensgeschichte aufschreiben. Ich habe eine Menge Schwänke auf Lager.«

»Da bin ich mir sicher«, antwortete ich diplomatisch.

»Lugnus, ich würde mich gern mit meinem Freund hier unter vier Augen unterhalten. Ohne neugierige Ohren in der Nähe«, sagte Caratacus.

»Aber natürlich. Hier entlang.«

Lugnus führte uns zu einem Tisch in einer Ecke, weit entfernt von den anderen Gästen. Er bellte dem Wirt etwas zu, und dieser brachte eilig den Krug und die Becher vom anderen Tisch herüber. Ich bot Caratacus von dem Wein an, doch er schüttelte den Kopf und bat den Wirt stattdessen um Bier. Dieser stellte kurz darauf einen mit dunklem Gebräu gefüllten Krug vor Caratacus ab, lehnte die dafür angebotenen Münzen höflich ab und zog sich wieder hinter die Theke zurück.

»Wie gefällt es Euch hier?«, fragte Caratacus und schwang den tätowierten Arm in einer umfassenden Geste.

»Es hat durchaus einen gewissen Charme«, sagte ich, nachdem ich fieberhaft nach einem Kompliment für dieses jämmerliche Loch gesucht hatte. »Ich nehme an, Ihr seid hier regelmäßig zu Gast?«

Caratacus nickte. »Normalerweise ein-, zweimal pro Woche. Nicht nur, weil es mir hier gefällt, sondern auch wegen der Neuigkeiten, die hier die Runde machen. In dieser Taverne hat immer irgendjemand Nachrichten aus Britannien. So bleibe ich über meine alte Heimat auf dem Laufenden.«

»Warum lest Ihr nicht einfach die wöchentlichen Aushänge auf dem Forum, wie jeder andere auch? Da wird doch oft genug aus Britannien berichtet.«

Caratacus lächelte dünn. »Glaubt Ihr ernsthaft, dass man diesen Nachrichten trauen kann, Römer?«

Ich musste zugeben, dass der Britannier nicht ganz unrecht hatte. Wieder einmal wurde mir die Tragik der Lebensumstände dieses ehemaligen Königs bewusst. Er wohnte in einem heruntergekommenen Haus in Rom und musste sich mit spärlichen, in einer Taverne aufgeschnappten Nachrichten aus jenem Land begnügen, über das er einst als König geherrscht hatte. Ich murmelte etwas in der Richtung, dass ich mir gut vorstellen könne, wie sehr er das Land seiner Ahnen vermisse.

»Dort gibt es keine Zukunft für meine Familie mehr«, erwiderte Caratacus grimmig. »Eure Legionen herrschen nun über unsere Reiche, und die Heiligtümer unserer Druiden wurden allesamt dem Erdboden gleichgemacht. Wer sich Rom widersetzte, wurde niedergemetzelt oder versklavt, während sich Leute wie Cogidubnus ihren neuen Herren bereitwillig zu Füßen warfen. Vielleicht wäre die Lage heute anders, wenn die Briganten mich nicht verraten hätten oder Boudiccas Aufstand erfolgreich gewesen wäre …« Er verstummte und schüttelte dann entschlossen den Kopf. »Das spielt keine Rolle mehr, denn das alles ist sowieso verloren. Und bald wird auch unsere Kultur verschwunden sein. Dann bleiben uns nur noch Orte wie dieser hier.«

»Und Eure Lebenserinnerungen. Wenn Sie einmal veröffentlicht sind, werden sie länger Bestand haben als jedes Gebäude dieser Stadt.«

Er lächelte bitter. »Seid Ihr sicher, dass es Euch darum geht, meinen Namen unsterblich zu machen – oder nicht eher Euren eigenen?« Anscheinend war mir mein Unbehagen deutlich anzusehen. Caratacus grinste. »Wir wollen ehrlich zueinander sein, Römer. Ihr habt Eure Gründe, warum Ihr meine Geschichte erzählen wollt. Wir müssen nicht so tun, als würdet Ihr das aus Mitleid für mein Volk tun.«

»Ich möchte die Geschichte eines wahren Helden unserer Zeit erzählen, das ist alles.«

Er lachte. »Ihr seid Geschichtsschreiber, also sehnt Ihr Euch nach literarischem Ruhm, ganz genauso wie jeder andere Schriftsteller auch. In gewisser Weise unterscheidet Ihr Euch da nicht so sehr von unseren Häuptlingen, die ihre Geschichte in den Liedern aller großen Barden unseres Landes verewigt wissen wollen. Der Unterschied dabei ist nur, dass diese Häuptlinge tatsächlich eigene Taten vorweisen können, während ihr Schreiberlinge die Flöhe seid, die von ihrem Blut leben.«

»Das mag sein«, erwiderte ich, während ich meine Wachstafeln hervorholte. »Aber Ihr braucht jemanden wie mich, der Eure Geschichte niederschreibt.«

»Und Ihr braucht mich, um jene Heldengeschichte erzählen zu können, für die Euch die literarischen Zirkel Roms bewundern sollen.«

Nach meinem entmutigenden Gespräch mit Tuscus war ich mir gar nicht mehr so sicher, dass mein Werk in den erlauchten Kreisen Roms so gut aufgenommen werden würde, aber ich wollte diese Befürchtungen nicht mit Caratacus teilen. »Das ist wahr«, sagte ich. »Und was wollt Ihr mir damit sagen?«

»Ich habe von Anfang an auf eine ehrliche Darstellung der Eroberung Britanniens bestanden«, sagte Caratacus nachdrücklich. »Und ich hoffe, dass Euer Ehrgeiz nicht zu viel Einfluss auf Eure Arbeit hat, Felicitus. Denn schließlich wäre eine geglättete Version für Eure Freunde im kaiserlichen Palast sicher wesentlich erfreulicher und Eurem Ansehen zweifellos förderlicher.«

»Das ist keineswegs meine Absicht«, erwiderte ich. »Ich habe Euch mein Wort gegeben, diese Geschichte wahrheitsgetreu zu erzählen, und das gedenke ich auch zu tun.«

»Das freut mich zu hören.« Er nahm einen Schluck aus seinem Krug und lehnte sich zurück. »Dann wollen wir fortfahren.«

Ich betrachtete die Notizen auf meiner Wachstafel. »Wir waren bei dem Konflikt zwischen Eurem Stamm und dem der Atrebaten unter König Verica stehen geblieben.«

Der einstige König nickte und faltete die narbigen Hände. »Ja, ich erinnere mich. Damals konnte das natürlich niemand ahnen, aber das war der Anfang vom Ende der Kelten in Britannien.«

»Wieso?«

»Eure Geschichtsschreiber bezeichnen uns oft als einen zänkischen Menschenschlag, und da haben sie nicht unrecht. Die Wahrheit ist, dass wir uns ständig wegen Kleinigkeiten in den Haaren lagen.« Er hielt inne und starrte seine Hände an. »Wenn wir gewusst hätten, wo das hinführt, hätten wir vielleicht anders gehandelt und Rom keine Gelegenheit gegeben, uns zu überfallen und zu erobern.«

»Glaubt Ihr das wirklich?«, erwiderte ich zweifelnd. »Oder ist das nur eine bequeme Lüge, die Ihr Euch selbst erzählt?«

Caratacus sah mich streng an. »Roms Sieg in Britannien stand keineswegs von vornherein fest – auch wenn Eure selbstgefälligen Schreiberlinge das behaupten. Wenn es uns gelungen wäre, die Stämme zu einen, anstatt uns weiter untereinander zu bekriegen, wäre es womöglich anders ausgegangen. Aber der Krieg zwischen uns und Verica hat das verhindert.«

»Wie kam es überhaupt dazu?«, fragte ich.

»So, wie solche Konflikte zwischen unseren Stämmen immer ihren Anfang nehmen: mit einem Streit, der sich dann durch ein paar dickköpfige Narren, die Zugeständnisse mit Schwäche verwechseln, immer weiter auswächst.«

Mit dem Griffel fest in der Hand wartete ich darauf, dass Caratacus fortfuhr. Er schien an meiner Schulter vorbei in die ferne, ein halbes Leben zurückliegende Vergangenheit zu blicken, an die sich sein scharfer Verstand zu erinnern versuchte.

»Als das alles anfing, war ich gerade einmal achtzehn«, fuhr er schließlich fort. »Zu dieser Zeit war ich noch in Merladion und hatte eigentlich vor, dort noch ein paar weitere Jahre zu bleiben und mich ausbilden zu lassen. Doch alles änderte sich an einem Nachmittag, als ...«

KAPITEL 16

Britannien, 25 n. Chr.

Oftmals ändert eine scheinbar unwichtige kleine Begebenheit den Lauf der Geschichte. Ihr mögt da vielleicht anderer Meinung sein, aber ich weiß dies aus eigenem Erleben. Und in einem Punkt bin ich mir ganz sicher: Die Saat unseres Untergangs war bereits ausgebracht, lange bevor die römischen Legionen an unsere Küsten zurückkehrten. Und der Auslöser war ein unbedeutender britannischer Fürst, von dem Ihr Römer vermutlich noch nie gehört habt. Ohne Trigomaris hätte es womöglich keinen langen und verlustreichen Krieg zwischen unseren großen Stämmen gegeben, und Britannien hätte ein anderes Schicksal ereilt. Vielleicht hätte es sogar keine römische Invasion gegeben. Aber das wissen nur die Götter.

Der Ärger begann während meines letzten Jahres in Merladion. Viele andere Schüler waren zu diesem Zeitpunkt bereits zu ihren Familien zurückgekehrt, und auch mein guter Freund Sediacus hatte uns im Jahr zuvor verlassen. Wir waren wie Brüder gewesen, und ich war traurig, als er ging. Aber ich konnte auch nachvollziehen, wie erleichtert er darüber war. Er hatte sich mit der enthaltsamen Lebensweise der Druiden nicht anfreunden können und schon lange davon geträumt, nach Hause zurückzukehren – zweifellos, um den schönen Frauen der Dobunni seinen beträchtlichen Charme nicht länger vorzuenthalten. Trotzdem vermisste ich ihn schrecklich.

Die wenigen, die sich entschlossen hatten, in Merladion zu bleiben, unterwarfen sich einer zermürbenden Ausbildung in unseren Traditionen, an den Waffen und unserer Religion, die kaum zu bewältigen war. Aber wann immer ich so erschöpft war, dass ich das Gefühl hatte, nicht mehr weitermachen zu können, erinnerte ich mich an den Eid, den ich Bladocus geschworen hatte: Dass ich Schmerz und Mühsal klaglos ertragen und mich seinem Willen fügen würde. Denn nur durch harte Arbeit und die Führung der Götter würde ich eines Tages die Nachfolge meines Vaters antreten können.

Gegen Ende des Herbstes wurde ich in den ersten Ring aufgenommen. An diesem Tag mussten diejenigen von uns, welche die für die Einweihung nötigen Studien abgeschlossen hatten, im Heiligtum vor dem Hochdruiden antreten. Die Druiden, ihre Leibwächter und die anderen Novizen versammelten sich vor dem Altar, um der Zeremonie beizuwohnen. Ein Leibwächter steckte einen Eisenstab in die Glut eines Kohlebeckens, während wir alle einen Eid ablegten, den ich hier nicht wiederholen darf. Wir tranken ein Gebräu aus frischem Ziegenblut und Kräutern, die ein druidischer Heiler mit der linken Hand gepflückt hatte, und dann erhielten wir das Brandzeichen, das unsere Aufnahme in den ersten Ring symbolisierte. Der Leibwächter wickelte ein Wolltuch um das Ende des Eisenstabs und zog ihn aus dem Feuer. Dann kam er ohne zu zögern auf mich zu und drückte die vor Hitze weiß glühende Spitze des Stabs gegen meine Stirn.

Ich keuchte auf, als mehrere quälende Augenblicke lang ein sengender Schmerz meinen Körper durchfuhr. Dann zog der Mann den Eisenstab wieder weg, und ich sackte mit tränenüberströmtem Gesicht zu Boden.

Auf diese Weise gezeichnet zu werden, ist eine große Ehre, und diejenigen, die das Zeichen des ersten Rings tragen, genießen hohes Ansehen bei ihren Stammesangehörigen. Es steht für das Wissen, das man sich als Schüler der Druiden, der weisesten aller Männer, erworben hat. Ich war niemals in meinem Leben so stolz gewesen wie an diesem Tag, und ich war bereit, mich für die vielen Jahre harter Arbeit zu verpflichten, die für die Aufnahme in den zweiten Ring nötig waren.

Eines Abends hörte ein Novize, wie die Wachen darüber sprachen, dass mein Vater das Königreich der Cantiaci unterworfen hätte. Der von seinem Bruder Verica aus Calleva vertriebene Eppillus hatte die zerstrittenen Fürsten Cantiums unter seiner Herrschaft vereint und war dann nach Norden marschiert, um Camulodunum zu erobern. Mein Vater hatte eine gewaltige Kriegsbande gegen ihn geführt und in einer großen Schlacht den Sieg davongetragen. Auf beiden Seiten waren viele Krieger gefallen, darunter auch Eppillus selbst. Es ging das Gerücht, dass mein Vater nun plante, meinen älteren Bruder Adminius zum König von Cantium zu machen, um ihn darauf vorzubereiten, eines Tages auch unser Volk zu regieren. Daraufhin vergingen mehrere Monate, und allmählich bezweifelte ich, dass Bladocus' Prophezeiung jemals in Erfüllung gehen würde.

Später hörten wir weitere Neuigkeiten von einer Gruppe reisender Barden und Geschichtenerzähler. Die

Spannungen zwischen unserem Stamm und den Atrebaten hatten zugenommen, und Verica schien bei der Suche nach Verbündeten offenbar noch engere Bande mit Rom geknüpft zu haben.

In den Jahrzehnten nach Caesars Invasion hatte der Hohe Rat der Druiden darüber gewacht, dass das fein ausbalancierte Kräfteverhältnis zwischen den verschiedenen britannischen Stämmen beibehalten wurde. Nun befürchtete man, dass die wachsende Rivalität zwischen uns und den Atrebaten dieses empfindliche Gleichgewicht stören könnte, allerdings glaubten nur wenige, dass es zu einem offenen Krieg kommen würde, denn beide Seiten hatten viel zu verlieren. Dennoch drangen den ganzen harten Winter hindurch immer wieder unheilvolle Nachrichten bis zu uns nach Merladion.

Als die Tage wieder länger wurden, verbrachte ich doppelt so viel Zeit wie vorher mit Kampfübungen. Mendax, mein silurischer Ausbilder, trieb mich ohne Erbarmen an, bis ich stark genug war, täglich zwanzig Meilen die steilen Hügel der Umgebung mit einer schweren Steinlast auf dem Rücken hinauf- und hinunterzumarschieren. Unter seiner Anleitung lernte ich, mich zu verbergen und lautlos in der Nacht zu bewegen, Waffenverstecke einzurichten, Hinterhalte zu legen und alles andere, was zur Kriegsführung in den Bergen gehört. Zusätzlich war ich nun geübt in der Handhabung von Schleuder, Bogen und Langschwert. Selbst bei schlechtem Wetter war ich stundenlang auf dem Übungsplatz und hieb mit dem Schwert auf die robusten Holzpfosten ein, bis die Muskeln in meinen Unterarmen vor Anstrengung brannten.

Manchmal war ich kurz davor, an der nicht enden wollenden Mühsal unter dem strengen Blick der Druiden zu verzweifeln. Dass ich dieses harte Leben in Merladion ertragen musste, während meine Brüder mit den Annehmlichkeiten des königlichen Hofes in Camulodunum aufwuchsen, ärgerte mich. Wenn es am schlimmsten war, fragte ich mich sogar, ob ich mein Zuhause jemals wiedersehen würde.

Und dann, an einem Nachmittag im Frühherbst, tauchte plötzlich mein Onkel in Merladion auf.

Es war ein besonders anstrengender Tag gewesen, und ich war gerade in das enge Rundhaus zurückgekehrt, das ich mir mit den anderen Novizen teilte, um mich vor dem Abendessen noch etwas auszuruhen. Ich saß auf meiner Schlafmatte und wiederholte die Lektionen vom Vormittag, als ein stämmiger Krieger der Leibwache des Häuptlings den schweren Ledervorhang vor dem Eingang beiseiteschob, in die Hütte trat und sich umsah, bis er mich entdeckte. »Hoch mit dir, na los! Der Häuptling erwartet dich in der Großen Halle.«

»Jetzt sofort?«

»So lautet Vortagus' Befehl.«

Ich setzte mich auf. Zum Häuptling von Merladion zitiert zu werden war sehr ungewöhnlich, und ich spürte eine plötzliche Enge in meiner Brust. Vortagus interessierte sich üblicherweise nicht für die Novizen, die er in seiner Hauptstadt beherbergte. Ab und zu sah er uns bei Übungskämpfen mit dem Schwert zu oder wenn wir einmal die Woche mit unseren Schlägern zum Ballspiel gegen die Söhne der hiesigen Adligen antraten.

»Was gibt es denn?«, fragte ich.

Der Krieger zuckte mit den riesigen Schultern. »Woher soll ich das denn wissen? Bin ich etwa ein Seher? Beeil dich, Vortagus wartet nicht gern.«

Ich stand auf und folgte dem Mann aus der Hütte. Ein rauer Wind fegte durch das Tal und stach wie tausend Knochennadeln in meine Haut. Es war klamm und eiskalt, und ich zitterte in meiner groben Tunika.

»Verdammtes Sauwetter«, murmelte der Krieger und bedachte den grauen Himmel mit einem bösen Blick. »Wenn das noch länger so weitergeht, versinkt das Tal im Schlamm, noch bevor der Herbst vorbei ist.«

Der Wind zerrte an unserer Kleidung, als wir durch das offen stehende Tor in den Hof des Häuptlings traten. Unter dem Vordach der Halle lehnten zwei Krieger gelangweilt an einem Fuhrwerk und teilten sich einen Krug mit Bier. Sie nickten der Wache zu und winkten uns durch, ohne mir größere Beachtung zu schenken.

Als ich die Halle betrat, stieg mir der Rauch eines Holzfeuers in die Nase. Der Krieger führte mich zu dem Podest am anderen Ende des Raums, wo Vortagus flankiert von mit Lanzen bewaffneten Leibwächtern auf seinem hölzernen Thron saß und seinen strengen Blick auf mich richtete. Bladocus, der neben dem Podest stand, hatte die Kapuze zurückgeschlagen, sodass sein blasses, hageres Gesicht zu sehen war. Er quittierte meine Anwesenheit mit einem knappen Nicken.

Zu seiner Rechten stand eine breitschultrige Gestalt in einem dicken Wollmantel, die ich im fahlen Schein des Feuers zuerst nicht erkannte. Als ich mich näherte, drehte er sich zu mir um, und ich blieb abrupt stehen. Mir klappte vor Erstaunen die Kinnlade herunter. »Onkel!«, rief ich.

»Sei gegrüßt, mein Junge«, erwiderte Epaticcus. Freudestrahlend eilte ich zu ihm, und wir ergriffen uns fest bei den Unterarmen. »Bei Lud, du bist aber gewachsen«, sagte er. »Womit haben sie dich denn hier gefüttert?«

Ich war überglücklich, meinen Onkel nach acht langen Jahren wiederzusehen. Doch dann bemerkte ich den angespannten Ausdruck auf seinem Gesicht und wusste sofort, dass etwas nicht stimmte. »Was führt dich hierher?«

Bevor er antworten konnte, beugte sich Vortagus vor. »Caratacus, wie es aussieht, wirst du nicht länger bei uns bleiben.«

Einen Moment lang starrte ich ihn überrascht und sprachlos an. Dann wandte ich mich wieder Epaticcus zu. »Ist das wahr?«

»Ja, so ist es.« Ich bemerkte, dass mein Onkel stark gealtert war, seit ich ihn das letzte Mal gesehen hatte. Sein blondes Haar war jetzt fast vollständig grau und seine Stirn von Falten zerfurcht. »Ich soll dich zurück nach Osten bringen«, fuhr er fort. »Dich und den Druiden. So lautet der Befehl deines Vaters.«

»Was ist mit meinen Studien?«, fragte ich zögernd. »Ich werde gerade für die Aufnahme in den zweiten Ring ausgebildet.«

»Tut mir leid, mein Junge, aber daraus wird nichts. Der König hat mir befohlen, dich nach Hause zu holen. Bladocus hier ist ebenfalls der Meinung, dass es das Beste ist.«

»Aber … warum?«

»Die Atrebaten im Süden machen Ärger«, erklärte mein Onkel. »Diese schmierigen Schweine.«

Ich runzelte die Stirn. »Ärger?«

Er zögerte und warf Bladocus einen Seitenblick zu. »Fürst Trigomaris ist tot«, sagte er dann.

»Trigomaris? Der Herrscher über Lhandain?«

»Ja. Genau der.«

Ich dachte nach. Trigomaris war im Unterricht bei den Druiden zur Sprache gekommen. Er war der Herrscher eines kleinen, aber wohlhabenden Reichs an den Ufern des Tamesis in der Nähe der Grenze zwischen unserem Gebiet und dem der Atrebaten. Lhandain war unabhängig, aber es hatte einst, in der Regierungszeit von König Cassivellaunus, unserem Stamm gehört – die Menschen dort sprachen nach wie vor unseren Dialekt und teilten viele unserer Bräuche. Unter der Herrschaft des Fürsten war Lhandain in den letzten Jahren zu einem wohlhabenden Umschlagplatz für die Waren aller möglichen – auch römischen – Händler geworden. Am Hof des Fürsten standen sich zwei Parteien unversöhnlich gegenüber: eine, die uns die Treue hielt, und eine andere, die die Atrebaten unterstützte, die ebenfalls ein Auge auf den lukrativen Handel entlang des Flusses geworfen hatten.

»Wie ist das passiert?«, fragte ich.

»Trigomaris hatte einen Jagdunfall, drei Tage vor dem letzten Vollmond. Offenbar hat ihn der Pfeil eines Edelmanns aus seinem Gefolge getroffen.«

»War das auch wirklich ein Unfall?«

»Meines Wissens schon, aber ich kenne nicht alle Einzelheiten.«

»Und was hat das dann mit mir zu tun?«, fragte ich. »Oder mit meinem Vater?«

»Wie du wahrscheinlich weißt, hatte Trigomaris keine Kinder. Seine Frau ist bereits seit drei Wintern tot, und der Fürst starb, ohne einen Nachfolger zu benennen. Das bedeutet, dass sein Land nach altem Recht uns zufällt.«

Ich nickte und versuchte, mir das alles ins Gedächtnis zu rufen: Vor zwei Generationen hatten die Druiden ein Abkommen zwischen unserem Stamm und den Herrschern von Lhandain vermittelt. Letztere hatten sich angesichts der wachsenden Macht der Atrebaten im Süden bereit erklärt, Lhandain an uns fallen zu lassen, wenn sein Herrscherhaus keinen Erben mehr hervorbrächte. »Aber ganz so einfach ist es leider nicht«, fuhr Epaticcus fort.

»Wie meinst du das?«

»Die Vereinbarung wurde nicht eingehalten«, sagte er. »Nach dem Tod des Fürsten hat sich ein atrebatischer Adliger zum rechtmäßigen Herrscher erklärt.«

»Und wer ist dieser Adlige?«, fragte ich.

»Irgendein Hundsfott namens Moricanus, ein Vetter des verstorbenen Fürsten. Er hat den größten Teil seiner Kindheit am Hof von Calleva verbracht, du kannst dir also vorstellen, wem er die Treue hält.« Der Zorn in der Stimme meines Onkels war nicht zu überhören. »Nach dem Tod des Fürsten hat Moricanus eine Versammlung des Ältestenrates einberufen, das Bündnis mit uns aufgekündigt und behauptet, rechtmäßiger Herrscher von Lhandain zu sein. Dann hat er von den Ältesten verlangt, ihn als solchen anzuerkennen. Mehrere Adlige haben sich geweigert, und es kam zu einem Handgemenge. Die fürstliche Leibwache war jedoch auf Moricanus'

Seite. Seine Gegner wurden verhaftet und hingerichtet. Und mittlerweile hat er Verica die Treue geschworen.«

»Wie habt ihr davon erfahren?«

»Ein paar Adlige, die unserem Stamm treu ergeben sind, konnten Moricanus' Leibwache entkommen und aus Lhandain fliehen. Sie sind sofort nach Camulodunum und haben uns davon berichtet.«

»Und was hat Verica getan?«, fragte ich.

»Was glaubst du denn?« Epaticcus schäumte vor Wut. »Er unterstützt natürlich Moricanus' Anspruch auf den Thron. Verica hat verlauten lassen, dass er jeden Versuch, sich in Lhandains innere Angelegenheiten einzumischen, wie einen Angriff auf Calleva selbst betrachten wird.«

»Aber wir hatten einen Vertrag mit Lhandain geschlossen, der für beide Seiten bindend ist. Die Druiden können es bezeugen. Ist das denn gar nichts wert? Außerdem gehört Lhandain zu unserem Land. Es liegt auf unserer Seite des Flusses, und die Menschen dort sind mit uns verwandt.«

»Moricanus sieht das anders«, sagte Bladocus. »Er behauptet, eine Vereinbarung mit Fürst Trigomaris getroffen und Beweise für seinen Anspruch auf den Thron zu haben.«

»Beweise?« Ich runzelte die Stirn. »Was für Beweise?«

Epaticcus schüttelte den Kopf. »Das spielt keine Rolle. Hier geht es nicht um Moricanus, sondern um seinen Verbündeten Verica. Dieser Hundesohn, der so gern römische Stiefel leckt, versucht seit Jahren, seinen Einfluss nördlich des Tamesis auszuweiten.« Er schlug sich mit der geballten Faust gegen den Oberschenkel. »Und jetzt will er uns Lhandain direkt vor der Nase wegschnappen.«

»Wenn wir zulassen, dass sich Verica Lhandain einverleibt, wird sich auch Rom bald für den Hafen dort interessieren, der einer der bedeutendsten Warenumschlagplätze in Britannien ist«, sagte Bladocus. »Dann wird es nicht lange dauern, bis es in Lhandain von römischen Kaufleuten und kaiserlichen Gesandten nur so wimmelt – wenn die sich erst einmal dort breitgemacht haben, werden wir sie nie wieder los. Und sobald sie merken, wie schutzlos diese Ländereien einem Angriff gegenüber sind, werden ihnen die römischen Legionen folgen. Sie werden die druidischen Kulte zerstören, hohe Tributzahlungen von den Stämmen fordern, Frauen und Kinder versklaven und alle vernichten, die sich ihnen widersetzen. So ist es in Gallien geschehen, und dasselbe Schicksal wird auch uns blühen, wenn es uns nicht gelingt, die Atrebaten aufzuhalten.«

Ich sah Epaticcus an. »Glaubst du wirklich, dass Verica versuchen wird, Lhandain seinem Reich einzuverleiben?«

»Darauf verwette ich mein rechtes Ei. Glaub mir, schon bald wird dort das Banner der Atrebaten wehen.«

»Aber das kann sich Moricanus doch nicht so einfach gefallen lassen«, gab Vortagus zu bedenken.

Epaticcus lachte. »Moricanus ist der Marionettenherrscher einer kleinen Handelssiedlung. Er hat nur eine Handvoll Krieger. Wenn er versuchen sollte, sich Verica zu widersetzen, wird der ihn einfach gegen einen anderen austauschen. Aber ich bezweifle, dass es so weit kommen wird. Viel wahrscheinlicher ist es, dass Verica ihn so lange auf dem Thron sitzen lässt, wie er ihm von Nutzen ist. Und wenn erst einmal Gras über die Sache gewachsen ist, wird er sich still und heimlich das ganze Reich unter den Nagel reißen und Moricanus den Ruhestand mit einem Anwesen im Süden versüßen.«

Ich dachte einen Moment lang nach. »Und was sagt Vater zu alldem?«

»Er besteht darauf, dass die ursprüngliche Vereinbarung eingehalten wird, da diese von beiden Seiten in gutem Glauben geschlossen wurde. Sollte Lhandain wirklich den Atrebaten in die Hände fallen, wäre das eine verheerende Niederlage für uns. Verica würde den ganzen Handel entlang des Flusses beherrschen und gut daran verdienen.«

»Und außerdem«, sagte ich, da ich gedanklich bereits noch ein paar Schritte weiter war, »würde sich dann die einzige Brücke über den Tamesis in seiner Hand befinden.«

»Wie dem auch sei, das wird Ärger geben«, sagte Epaticcus.

»Wird Vater ihnen den Krieg erklären?«

Mein Onkel schüttelte bedächtig den Kopf. »Noch nicht. Er macht sich Sorgen, dass er damit die Römer reizen könnte.«

»In Lhandain gibt es viele einflussreiche Händler, darunter auch römische. Wenn dein Vater Moricanus und seinen atrebatischen Verbündeten den Krieg erklärt, könnte das zur Folge haben, dass die Römer sich einmischen«, sagte Bladocus, der unser Gespräch schweigend verfolgt hatte.

Ich sah ihn an. »Glaubt Ihr wirklich, dass Verica dazu fähig wäre, die Römer um Unterstützung zu bitten?«

»Das lässt sich nicht ausschließen. In der Vergangenheit haben auch schon andere Könige versucht, das Römische Reich für ihre Zwecke einzuspannen – trotz der offensichtlichen Gefahr, den römischen Einfluss dadurch zu vergrößern. Verica hat bereits römische Händler in seinem Reich willkommen geheißen.«

»Das ist noch milde ausgedrückt«, warf Epaticcus ein. »Angeblich hat diese Schlange in Calleva ein Straßennetz nach Vorbild der römischen Städte jenseits des Meeres anlegen lassen.« Er verzog angewidert das Gesicht.

»Was sollen wir also tun?«, fragte ich.

Epaticcus kratzte sich am Kinn. »Dein Vater hat den Rat der Druiden um Hilfe gebeten, und seine Berater unterstützen diese Entscheidung. Er versucht, diesen Streit wenn möglich ohne Blutvergießen zu beenden.« Epaticcus hielt inne. »Und er möchte, dass du an diesen Gesprächen teilnimmst.«

»Warum ich?«

»Du wirst seit mittlerweile acht Jahren bei den Druiden ausgebildet und kennst das Stammesrecht in allen Einzelheiten. Du wirst den König dabei beraten und helfen, diesen Streit in unserem Sinne zu entscheiden.«

»Ich werde deinem Vater in dieser Angelegenheit nicht helfen können«, ergänzte Bladocus. »Als Mitglied des Hohen Rates der Druiden bin ich verpflichtet, nach Lhandain zu reisen, um mich mit den anderen vor der Versammlung zu treffen. Wir müssen gewisse Rituale durchführen und den Willen der Götter erfragen, bevor wir beide Seiten anhören und dann unser Urteil sprechen. Deswegen fällt dir die Aufgabe zu, deinem Vater beratend zur Seite zu stehen.«

»Du bist schließlich kein Kind mehr«, fügte Epaticcus hinzu, »und Zweiter in der catuvellaunischen Thronfolge. Dein Vater ist der Ansicht, dass dir die Druiden jetzt mehr als genug beigebracht haben – nun ist es an der Zeit, dass du das Führen der Regierungsgeschäfte lernst.« Der Ton seiner Stimme verriet, dass er ebenfalls der Meinung war, dass ich lange genug in Merladion gewesen war.

»Wann und wo findet diese Versammlung denn statt?«, fragte ich.

»In zehn Tagen im Heiligtum von Senomagus ein paar Meilen nördlich von Lhandain. Alle drei Parteien wurden eingeladen, dem Rat der Druiden ihre Argumente vorzutragen.«

»Drei?«, wiederholte ich.

Mein Onkel nickte. »Verica hat darauf bestanden, ebenfalls zu der Versammlung zu kommen, was angesichts seines Interesses an Lhandain nicht weiter verwunderlich ist.«

»Im Rat muss es eine klare Mehrheit für ein Urteil geben, damit es Bestand hat«, gab Bladocus zu bedenken.

»Und wenn sie sich nicht einigen können?«, fragte ich.

»Dann wird es Krieg geben, so einfach ist das.«

»Wird sich Verica denn der Entscheidung der Druiden beugen?«

»Er hat keine andere Wahl. Er kann es sich nicht leisten, sich gegen das Urteil des Rates der Druiden zu stellen. Damit würde er jeden einzelnen Stamm Britanniens beleidigen.« Epaticcus zuckte mit den Schultern. »So haben wir wenigstens eine Chance, uns Gehör zu verschaffen. Wenn die Druiden auch nur einen Funken Verstand haben, werden sie erkennen, welche Gefahren es birgt, sollte Lhandain in die Hände der Atrebaten und ihrer römischen Freunde fallen. Und dann müssen sie zwangsläufig zu der Entscheidung kommen, dass es uns zufällt.«

»Aber was, wenn sie sich trotzdem dagegen entscheiden?«, fragte ich.

»Werden sie nicht. Nicht, wenn bei den Druiden alles mit rechten Dingen zugeht. Aber dein Vater möchte dich für alle Fälle an seiner Seite wissen, und wenn die Sache ein schlimmes Ende nimmt, brauchen wir alle verfügbaren Krieger – du siehst übrigens so aus, als könntest du mittlerweile ganz gut mit dem Schwert umgehen.« Epaticcus nickte mir anerkennend zu. »Als ich dich das letzte Mal gesehen habe, warst du noch so schmal wie eine Sichel. Und jetzt schau dich an!« Er grinste. »Vielleicht haben diese haarigen Silurer doch ein wenig Ahnung vom Kämpfen.«

»Wo ist mein Vater jetzt?«

»In Camulodunum, wie auch der restliche königliche Haushalt. Er hat alle catuvellaunischen Häuptlinge an seinen Hof gerufen. Wir werden dort zu ihnen stoßen und dann gemeinsam zum Treffen mit dem Rat der Druiden reiten.«

»Ich werde euch bis Verulamium begleiten«, sagte Bladocus. »Aber dort trennen sich unsere Wege, und ich reise allein weiter nach Lhandain.«

»Und wann brechen wir auf?«, fragte ich.

»Morgen früh bei Morgengrauen. Ich habe zwei königliche Leibwachen dabei.« Epaticcus wandte sich Vortagus zu. »Wir brauchen zwei Reittiere für die beiden hier. Außerdem Verpflegung für fünf Männer und die Pferde.«

»Aber natürlich«, erwiderte Vortagus. »Ich gehe davon aus, dass Euer König mir meine Ausgaben ersetzen wird.«

Epaticcus warf ihm einen finsteren Blick zu. »Ich dachte, Ihr seid ein Freund unseres Stammes?«

»Das bin ich auch.« Ein schmales Lächeln erschien auf dem Gesicht des Häuptlings. »Aber ich bin nicht so töricht, mich dabei erwischen zu lassen, wie ich den Catuvellaunen Geschenke mache. Die anderen Stämme könnten einen falschen Eindruck bekommen und auf die Idee kommen, dass wir uns in diesem Streit auf Eure Seite geschlagen haben.«

Epaticcus schnaubte verächtlich. »Ist das die berühmte Neutralität der Silurer? Mag sein, dass ihr am Arsch der Welt lebt, aber früher oder später werdet ihr euch trotzdem für eine Seite entscheiden müssen.«

»Vielleicht. Aber bis es so weit ist, schauen wir lieber dabei zu, wie ihr Starrköpfe euch im Osten gegenseitig die Köpfe einschlagt.«

Bladocus sah den finsteren Blick meines Onkels und trat schnell vor. »Ich werde dafür sorgen, dass Ihr entschädigt werdet«, sagte er zu Vortagus. »Man wird Euch für die Pferde und die Vorräte angemessen bezahlen, Ihr habt mein Wort darauf.«

»Freut mich zu hören.«

Epaticcus nickte Bladocus mit immer noch finsterer Miene zu. »Dann wollen wir mal hoffen, dass Eure Druiden zu unseren Gunsten entscheiden. Denn wenn nicht, werden nicht einmal mehr die Götter einen Krieg verhindern können.«

KAPITEL 17

Unsere kleine Gruppe brach am nächsten Tag im ersten Morgenlicht auf. Es war ungewöhnlich warm für den Herbst, die Sonne strahlte vom blauen Himmel, ließ die kahlen Hänge der umliegenden Berge leuchten und löste die über dem Boden schwebenden milchigen Nebelschwaden schnell auf. Anders, als man es vielleicht hätte erwarten können, fühlte ich mich nicht erleichtert, als ich das Heiligtum nach acht langen Jahren verließ. Stattdessen dachte ich an das Unheil, das sich in meiner Heimat zusammenbraute, während wir auf einem aufgewühlten Pfad nach Osten ritten.

Abends rasteten wir in einem Dorf an der Grenze zum Land der Dobunni. Epaticcus erstand nach längerem Feilschen mit dem Häuptling für ein paar Münzen eine Tunika aus feinem Tuch, einen gemusterten Umhang und Beinkleider, die ich gegen meine fadenscheinige Tunika aus dem Heiligtum tauschte. Am nächsten Tag überquerten wir die Grenze. Die Dobunni waren zwar offiziell unsere Verbündeten, doch als wir uns am Abend eine Herberge suchten, sah ich Angst in den Gesichtern unserer Gastgeber. Am Tor der Hauptstadt wurde ich von einem alten Bekannten in Empfang genommen: Sediacus. Ich freute mich sehr, ihn wiederzusehen, doch der drohende Krieg überschattete den kurzen Abend, den wir miteinander verbrachten.

»Alle Häuptlinge sagen das Gleiche«, erzählte er beim Abendessen in der Großen Halle seines Onkels, König Antedius.

»Was denn?«, fragte ich.

Sediacus senkte seine Stimme, damit Bladocus ihn nicht hören konnte. »Die Versammlung der Druiden wird den Konflikt nicht lösen. Das Ganze ist reine Zeitverschwendung.«

»Dann sind eure Häuptlinge aber bessere Seher als die Druiden, wie mir scheint.« Mein müder Scherz entlockte auch mir kaum mehr als ein Lächeln, glaubte ich doch selbst nicht an eine friedliche Lösung. Zwischen uns und den Atrebaten herrschte eine so tiefe Feindschaft, dass nicht einmal der Hohe Rat der Druiden daran etwas würde ändern können.

»Wird uns dein Onkel wirklich zu Hilfe eilen, wenn es zum Krieg kommt?«, fragte ich nach längerem Schweigen.

»Der König wird das tun, was das Beste für die Dobunni ist.« Sediacus lächelte dünn.

»Was soll das heißen?«

»Dein Vater hat meinen Onkel in eine schwierige Lage gebracht. Er will sich nur ungern in eine Fehde einmischen, die ihm eine Angelegenheit zwischen den Catuvellaunen und den Atrebaten zu sein scheint. Einige Häuptlinge zweifeln bereits daran, dass es klug war, sich mit den Catuvellaunen zu verbünden, wenn wir dadurch in diesen Konflikt hineingezogen werden.«

»Aber er hat uns seine Unterstützung zugesagt.«

»Das stimmt. Und wenn es so weit kommen sollte, werden wir zu unserem Wort stehen und an der Seite deines Vaters kämpfen – soweit es uns möglich ist. Allerdings wird das vielen nicht gefallen.«

»Verica ist unser gemeinsamer Feind«, ließ ich nicht locker. »Auch euer Gebiet grenzt an das der Atrebaten. Wenn er unser Land stiehlt, was hält ihn davon ab, mit euch dasselbe zu machen?«

»Du hast völlig recht, aber davon wollen die Häuptlinge nichts hören. Ihnen geht es vor allem um ihre Dörfer: Sie müssen eine feste Zahl von Männern zur Kriegsbande meines Onkels beisteuern. Wenn der Krieg zu lange dauert, werden sie nicht genug Leute haben, um die Ernte einzubringen. Wenn die Ernte verdirbt, steht unserem Stamm ein harter Winter bevor. Und meinen Onkel wird es viel Silber kosten, eine Armee auszuheben, zu versorgen und auszurüsten – und das kann er sich eigentlich nicht leisten.«

Ich fühlte mich plötzlich sehr müde. »Gibt es denn irgendeinen Stamm in ganz Britannien, der nicht so kurzsichtig und nur auf das eigene Wohl bedacht ist?«

»Warum sollten sie, solange sich unsere Anführer so gern bekriegen? Wenn dein Nachbar jenseits des Flusses deinen Hof bedroht, interessieren dich die Sorgen ferner Könige herzlich wenig. Warum also in ihren Kriegen sterben?«

»Dann lass uns einfach hoffen, dass es gar nicht erst so weit kommt«, sagte ich.

Tags darauf verließen wir die Hauptstadt und erreichten am Nachmittag des dritten Tages unserer Reise eine ausgedehnte Siedlung namens Abondun, die in einem Tal neben dem Zusammenfluss zweier Ströme lag. Zur Landseite hin schützten riesige Erdwälle den Ort. Abondun war einst nur ein kleines Dorf gewesen, aber durch den wachsenden Einfluss der Römer auf Lhandain und Umgebung hatten sich einige wenige fremde Händler hier angesiedelt, die aus dem römischen Interesse an unseren Waren Kapital schlagen wollten. Einige Einwohner waren durch den Handel reich geworden, und einige Neuankömmlinge wiederum hatten Mittel und Wege gefunden, an diesem neu gewonnenen Reichtum teilzuhaben – zum Beispiel durch Tavernen nach römischem Vorbild, von denen es in Abondun gleich eine Handvoll gab. Dort gab es eine Auswahl an importierten Weinen sowie einige traditionelle Biere – für diejenigen, die kein Geld hatten, auch im Tausch gegen Schmuck, Pelze und dergleichen. Nachdem wir einige Zeit in der Gesellschaft des Häuptlings und seiner Familie verbracht hatten, schlug Epaticcus vor, eine Taverne zu besuchen, die ihm von einem Krieger in Camulodunum empfohlen worden war. Weil ich nichts Besseres zu tun hatte, begleitete ich ihn. Bladocus jedoch hielt nichts von solchen Vergnügungen und verbrachte den Abend lieber zusammen mit unseren beiden Leibwachen in der Halle des Häuptlings.

Wir irrten eine Weile durch die dunklen Gassen am Rand von Abondun, bevor wir schließlich fanden, was wir suchten: einen schäbigen Holzbau in der Nähe eines großen Areals mit Werkstätten, Schmieden und Lagerhäusern. Auf einem Schild über dem Türrahmen prangte ein ungelenk gemaltes Weinblatt, und aus dem Inneren drang Stimmengewirr, durchsetzt mit dem schallenden Gelächter Betrunkener. Als wir uns näherten, flog die Tür auf und ein korpulenter Mann in einer gemusterten

Tunika stolperte heraus. Er taumelte ein paar Schritte, dann fiel er hin und erbrach sich.

»Jemand hat dir diese Taverne hier empfohlen …?« Ich warf Epaticcus einen skeptischen Blick zu.

»Mein Kumpel sagt, dass das die beste Taverne von Abondun ist.«

»Heißt das, es gibt noch schlimmere?«

»Wenigstens ist hier was los«, sagte er. »Und alles ist besser, als den ganzen Abend lang dem Geschwätz des Königs und seiner Günstlinge zuhören zu müssen.«

Epaticcus marschierte zum Eingang und riss die Tür auf. Ich folgte ihm und musste erst einmal warten, bis sich meine Augen an den flackernden orangen Schein des Herdfeuers und der Öllampen gewöhnt hatten. Ein gutes Dutzend Männer saß an den in dem feuchtwarmen Raum verteilten Tischen und trank Wein und Bier aus Bechern. Viele von ihnen trugen goldene Torqes sowie Tuniken und Beinkleider mit einem Muster, das sie als hiesige Krieger auswies. Ihre Arme und Gesichter waren über und über mit Tätowierungen von ineinander verschlungenen Mustern bedeckt. Mehrere Augenpaare folgten uns, als wir zum Tresen gingen.

Epaticcus winkte dem Wirt, einem Zottelbart in braunem Kittel, woraufhin dieser zu uns herüberschlurfte. Seine Augen unter schweren Lidern musterten uns ganz genau. »Was darf's sein?«

»Ein Krug Bier«, antwortete Epaticcus. »Und zwei Becher.«

Der Wirt nickte. Dann holte er einen Krug und ein Paar angestoßene Tonbecher hinter dem Tresen hervor, schob alles zu uns herüber, streckte seine Handfläche aus und nannte einen exorbitanten Preis. Epaticcus schnaubte empört. »Ihr macht wohl Witze. So viel zahle ich nicht.«

»Ich kann nichts dafür«, erwiderte der Wirt. Ich konnte seinen schweren gallischen Akzent kaum verstehen. »Weil sich in Lhandain etwas zusammenbraut, kommen kaum noch Waren den Fluss hoch. Wir haben seit Wochen keine brauchbaren Lieferungen mehr bekommen, und was ich überhaupt ergattern kann, kostet doppelt so viel wie sonst.«

»Das ist nicht unser Problem.«

»Wenn Ihr weiter die Annehmlichkeiten meiner erstklassigen Taverne genießen wollt, dann schon«, erwiderte der Gallier ohne den leisesten Hauch von Ironie.

»Bei den Preisen, die Ihr verlangt, müsst Ihr ja ein Vermögen machen.«

Der Wirt zuckte mit den Schultern. »Zahlt oder verpisst euch, aber verschwendet nicht länger meine Zeit.«

»Schon gut, Onkel«, sagte ich leise. »Wir wollen keinen Ärger.«

Epaticcus blickte mich wütend an und ballte die Fäuste. Einen Moment lang dachte ich, er würde sich auf den Wirt stürzen. Doch dann verschwand die finstere Miene. Er griff nach seinem ledernen Geldbeutel und fischte ein paar Silbermünzen heraus.

Durch den Rauch, das laute Stimmengewirr und Gelächter hindurch fiel mir eine Gruppe vierschrötiger Gestalten ins Auge, die an zwei Tischen in der Nähe des Kamins saßen.

»Was sind das für Leute?«, fragte ich und zeigte auf die Männer.

Der Gallier verzog das Gesicht. »Diese Männer gehören zu einem Adligen aus dem Norden. Sie sind vor einer Woche auf Befehl von König Antedius hier eingetroffen.«

»Warum? Droht Abondun Gefahr?«

Der Gallier warf mir einen merkwürdigen Blick zu. »Wir sind hier an der Grenze zu den Atrebaten und den Catuvellaunen. Der König hat Angst, dass Verica die Lage in Lhandain als Vorwand nutzen könnte, um unsere Handelsposten in seine Gewalt zu bringen. Nicht, dass der Haufen da auch nur den Hauch einer Chance gegen Vericas Männer hätte. Die trinken und raufen die meiste Zeit, anstatt mit ihren Waffen zu üben.«

»Zumindest sind sie gut fürs Geschäft.«

Er zuckte mit den Schultern. »Nicht unbedingt.«

»Wieso nicht?«

»Die Bande hat einige meiner Stammkunden verscheucht«, sagte er verbittert. »Die trinken jetzt lieber woanders, wo es nicht so rau zugeht.«

»Ist das denn so schlimm?«, fragte Epaticcus. »Wie es aussieht, habt Ihr doch auch so genug Kunden.«

»Aber mit Wein verdiene ich mehr, und die Reichen hier können gar nicht genug davon bekommen. Die würden ihre Mutter für einen Krug verkaufen. Beim Bier ist die Gewinnspanne leider nicht annähernd so groß. Damit verdiene ich kaum etwas.«

»Lügner.« Epaticcus klatschte die Münzen auf den Tresen und starrte den Gallier zornig an. Dann schnappte er sich den Krug und die Becher und marschierte zum nächsten freien Tisch. »Verdammte Gallier«, murmelte er. »Alles Diebe, die ganze Bande.«

Wir setzten uns auf eine grob gezimmerte Bank, von der aus man die Taverne gut überblicken konnte. Epaticcus hob den Krug, füllte beide Becher bis zum Rand mit der bernsteinfarbenen Flüssigkeit und reichte mir einen davon. »Da. Um die Kehle anzufeuchten.«

Ich nahm den Becher und trank einen Schluck Bier. Epaticcus schnalzte anerkennend mit den Lippen. »Nicht schlecht, was? Die Dobunni mögen ein Haufen fauler Bauern sein, aber vom Bierbrauen verstehen sie was.«

Ich sah mich um. »Sieht so aus, als wäre diese Taverne ziemlich beliebt.«

Epaticcus schnaubte verächtlich. »Das ist doch nur so eine Mode. Das Trinken in Tavernen wird sich nie durchsetzen. Warum mit einem Haufen Fremder zusammensitzen, wenn man gemütlich daheim in seinem Rundhaus saufen kann? Ist doch Blödsinn.«

»Aber wir sind doch auch hier«, gab ich zu bedenken.

»Das ist was anderes. Und wir saufen schließlich nicht schläucheweise ausländischen Wein – im Gegensatz zu diesem Haufen hier.« Er deutete mit dem Kinn auf die anderen Gäste. »Schau sie dir an. Als Nächstes werden sie Togen tragen und Latein sprechen. Und das sollen unsere Verbündeten sein!«

»Ich hatte keine Ahnung, dass der römische Einfluss bereits so weit ins Land vorgedrungen ist.«

Mein Onkel lachte bitter. »Wenn du denkst, dass es hier schon schlimm ist, dann solltest du mal Calleva sehen. Wenn man den Berichten der Reisenden glauben kann, wimmelt es dieser Tage dort nur so von römischen Händlern. Verica lädt sie sogar zu seinen Festen ein, kannst du dir das vorstellen? Und es kommt noch schlimmer: Sogar in Camulodunum haben sich mittlerweile ein paar Römer niedergelassen. Das Römische Reich streckt seine Tentakel überallhin aus. Wie ein verdammtes Seeungeheuer.«

Ich runzelte die Stirn. In unserer Hauptstadt hatten schon immer ein paar gallische Händler gelebt, aber das war etwas anderes. »Und Vater duldet das?«

»Er hat keine andere Wahl. Ein paar von den Ältesten sind durch ihre Geschäfte mit diesen Händlern reich geworden, und viele haben sich mittlerweile an römischen Wein und den anderen römischen Plunder gewöhnt. Übrigens auch dein älterer Bruder.«

»Adminius trinkt Wein?«

Mein Onkel nickte. »Und nicht nur das. Adminius hat sich mit diesen Händlern angefreundet. Ein oder zwei davon treiben sich seit Kurzem sogar am Hof deines Vaters herum.«

»Ich kann mir nicht vorstellen, dass Vater das gutheißt. Ich weiß doch, wie er über die Römer denkt.«

»Was kann er schon dagegen tun?« Epaticcus rutschte auf der Bank herum. »Die Lage zu Hause ist ziemlich verworren, mein Junge. Dein Vater hat sich mit Händen und Füßen gegen die zunehmende Einmischung Roms in die Angelegenheiten unseres Volkes gewehrt. Aber er weiß auch, dass wir es uns nicht leisten können, die Römer oder ihre Freunde unter den catuvellaunischen Edelmännern zu verärgern. Also erlaubt er einer Handvoll Kaufleute, ihre Geschäfte bei uns zu betreiben, solange sie keinen Ärger machen und sich aus den Stammesangelegenheiten heraushalten. Es ist ein schmaler Grat, doch bis jetzt hat es ganz gut funktioniert. Aber diese Sache mit Lhandain hat den Hof gespalten.«

»Was meinst du damit?«, fragte ich.

»Einige der Ältesten sind besorgt darüber, dass dein Vater Lhandain um jeden Preis einfordern will. Sie meinen, dass wir dadurch mehr Schwierigkeiten bekommen, als Lhandain wert ist – besonders wenn Rom mit hineingezogen wird.«

»Aber das Land gehört uns. Es wurde uns versprochen, und unsere Vorfahren haben sich die Hand darauf gegeben.«

»Da stimme ich dir zu, aber diese Ältesten sehen das anders. Sie würden es niemals laut aussprechen, aber insgeheim sind sie der Ansicht, dass dein Vater den Wert von Lhandain überschätzt.«

Ich schüttelte den Kopf. »Vater kann nicht zulassen, dass es in die Hände der Atrebaten fällt. Das würde bedeuten, dass ein mit Rom verbündetes Königreich die Kontrolle über einen lukrativen Handelsposten direkt vor unserer Haustür hat.«

»Ich weiß. Aber das ist leicht gesagt. Dein Vater muss die widerstreitenden Interessen aller Adligen im Auge behalten.« Epaticcus starrte nachdenklich in seinen Becher. »Unter uns gesagt: Das Ganze fordert seinen Tribut von ihm.«

»Inwiefern?«

»Er ist erschöpft. Und er wird immer vorsichtiger. Er weiß, dass dieser Streit unser Volk spalten könnte, wenn er Fehler macht. Er kann es sich nicht leisten, dass sich mächtige Adlige oder die Männer unseres königlichen Rates gegen ihn wenden.«

»Aber eigentlich spielt es doch keine Rolle, was sie denken«, sagte ich. »Wenn die Druiden den Streit nicht beilegen können, wird jeder einzelne Krieger unseres Stammes Vericas Kopf fordern.«

»Ich hoffe, du hast recht. Aber eines weiß ich mit Sicherheit.«

»Und das wäre?«

»Wenn es zum Krieg kommt, wird es ein harter Krieg werden. Verica bemüht sich schon seit Jahren, die Kampfkraft seiner Kriegsbanden zu erhöhen.« Er trank seinen Becher so hastig aus, dass die goldene Flüssigkeit von seinem Kinn tropfte. Dann griff er nach dem Krug und füllte unsere Becher wieder auf.

»Aber jetzt genug von dem ernsten Zeug. Lass uns feiern!«

Ich runzelte die Stirn. »Was feiern wir denn?«

»Dass du nicht mehr bei den Druiden herumhockst, du Schwachkopf, was denn sonst?« Er klopfte mir fröhlich auf die Schulter. »Du bist doch sicher erleichtert, dieses Drecksloch endlich verlassen zu können!«

Ich stöhnte innerlich auf, als mir wieder einfiel, welch aberwitzige Mengen mein Onkel trinken konnte. Da ich auf keinen Fall mit ihm mithalten konnte, trank ich nur ab und zu einen Schluck von dem warmen, würzigen Gebräu. Aber einige Becher später überkam mich ein Gefühl, als hätte sich hinter meinen Augen ein dichter Nebel gebildet. Es fiel mir immer schwerer, Epaticcus zuzuhören, der gerade eine seiner alten Kriegsgeschichten zum Besten gab. Kurze Zeit später leerte er den Krug und warf ein paar Münzen auf den Tisch.

»Hier, besorg uns noch eine Runde«, sagte er.

Ich sah zu ihm auf. »Warum ich?«

»Weil ich es verdammt noch mal sage, deshalb.«

Er warf mir einen finsteren Blick zu. Ich schnappte mir die Münzen und machte mich auf den Weg zum Tresen. Mir war schwindlig, und beim Gehen wurde es noch schlimmer. Es gelang mir nur mit höchster Konzentration, einen Fuß vor den anderen zu setzen. Zu dieser späten Stunde drängten sich die Gäste nur so in der Taverne. Neben dem Tresen stand eine Gruppe von Kriegern, die lachten und sich in dem vertrauten gutturalen Dialekt der Dobunni unterhielten. Während ich auf die Theke zustolperte, drehte sich ein bulliger Kerl mit einem Becher in der Hand, der mit seinen Freunden gesprochen hatte, gerade um, stieß mit mir zusammen und verschüttete sein dunkles Bier auf meiner neuen Tunika.

»Pass doch auf, du Tölpel!«, knurrte der Mann.

Ich blieb stehen und richtete den schwankenden Blick auf ihn. Er trug bunte Beinkleider und eine gestreifte Tunika mit einem Ledergürtel. Sein langes Haar war nach Art der Dobunni-Krieger zu beiden Seiten des Kopfes nach hinten geflochten, Tätowierungen schmückten seine muskulösen Arme. Die rosafarbenen Narben an seinen Fingerknöcheln und im Gesicht zeugten von seiner Kampferfahrung. Seine Augen traten vor Wut hervor, er machte einen Schritt auf mich zu und bohrte seinen Finger in meinen Brustkorb. »Wegen dir habe ich gerade mein Bier verschüttet«, sagte der Dobunni und kam näher heran, bis ich sein Narbengesicht direkt vor mir hatte. Er lallte, und ich roch seinen ranzigen Bieratem. »Du schuldest mir ein neues.«

Ich biss die Zähne zusammen. Ich spürte, wie die Wut in meinen Adern pochte und sich mit dem Bier darin vermischte. »Ich schulde dir gar nichts. Sieh dir mal meine

Tunika an, sie ist völlig nass! Ich glaube, du schuldest vielmehr mir ein Getränk.«

»Schwachsinn«, knurrte der Dobunni. »Das war nicht meine Schuld. Pass doch auf, wo du langgehst.« Er spuckte auf den mit Stroh bedeckten Boden. »Und jetzt bring mir ein Bier.«

»Nein.«

Der Dobunni stellte seinen Becher auf dem Tresen ab, machte einen Schritt auf mich zu und ballte die Hände zu Fäusten. Seine Begleiter verstummten, sobald sie die feindseliger werdende Stimmung spürten, und drehten sich zu uns um. Der Krieger musterte mich verächtlich.

»Ich werde dich nicht noch einmal darum bitten«, knurrte er.

Ich spannte die Muskeln an und zwang mich, ihm die Stirn zu bieten. »Wenn du es so regeln willst, mein Freund …«

Als ich mich ihm näherte, sah ich im Augenwinkel eine verschwommene Bewegung. Epaticcus war aufgestanden und marschierte zu uns herüber. »Was bei allen Göttern ist hier los?«

»Halt dich da raus, du alter Sack«, lallte der Dobunni. »Das ist eine Angelegenheit zwischen mir und diesem stinkenden Scheißhaufen da.«

Mein Onkel hob die Hände. »Aber nicht doch, Jungs. Ihr habt beide zu viel getrunken. Hört auf, euch wie Trottel zu benehmen.«

»Der einzige Trottel hier ist dieses Stück Scheiße«, zischte ich durch zusammengebissene Zähne.

Der Dobunni starrte mich böse an. »Ach ja?«

Ich wollte etwas erwidern, da umrundete der gallische Wirt den Tresen und kam wütend mit den Armen fuchtelnd auf uns zu. »Aber doch bitte nicht hier drin, die Herren!«, rief er und zeigte auf einen kleinen Hinterausgang. »Wenn ihr ein Problem miteinander habt, dann klärt das da draußen. Hier wird nicht gerauft.«

Die dicken Lippen des Kriegers kräuselten sich zu einem betrunkenen Grinsen. »Meinetwegen. Ob hier oder da spielt keine Rolle.«

»Na, dann mal los«, knurrte ich zurück.

»Schlägerei! Alle nach draußen!«, rief einer der Betrunkenen erfreut.

Bänke und Hocker schabten dumpf über den Boden, als die Gäste aufstanden und zur Hintertür stürmten. Einige nahmen ihre Getränke mit, andere palaverten aufgeregt über die unerwartete, aber willkommene Unterhaltungseinlage. Einigen Gesprächsfetzen entnahm ich, dass die meisten dem Dobunni bessere Chancen einräumten. Epaticcus sah mich zur Tür taumeln und schüttelte den Kopf. »Ts, ts. Muss das unbedingt sein?«, fragte er mich leise.

»Was soll das denn heißen?«, lallte ich. »Du lässt dir doch auch nichts gefallen, das hast du selbst gesagt.«

»Aber nicht, wenn ich weder geradeaus gehen noch schauen kann. Sieh dich doch an, Junge. Du bist nicht in der Verfassung für eine Prügelei. Bei Lud, du kannst ja kaum noch stehen.«

»Du hast es doch selbst gesehen. Der Trottel da hat angefangen«, widersprach ich beleidigt. »Wenn er sich unbedingt mit mir anlegen will, dann wird er schon sehen, was er davon hat.«

Ich folgte Epaticcus durch den rückwärtigen Ausgang in einen Hinterhof, der auf drei Seiten von Steinmauern umschlossen war. Hinter der Taverne war ein Abfallhaufen, und der Gestank von Dung und Rauch hing in der Luft. Der dunkle, schlammige Boden war aufgewühlt und schmatzte unter meinen Füßen, als ich in die Mitte des Kreises schritt, den die Männer um uns herum gebildet hatten. Ich baute mich drei Schritte von dem Krieger entfernt auf, während zwei Gäste Pechfackeln aus der Taverne holten, deren unruhig flackernder orangefarbener Schein den kleinen Platz erhellte, auf dem sich nun auch der Rest der Zuschauer versammelt hatte.

Ein kleiner Krieger mit stacheliger Haartracht hatte sich bereit erklärt, als Schiedsrichter zu fungieren. Alles drehte sich, und ich hatte Mühe, ihm zuzuhören. »Kämpft ehrenhaft, Männer!«, schrie er uns über den Lärm der Schaulustigen hinweg zu. »Bis einer aufgibt. Seid ihr bereit?« Wir nickten, wobei ich stark schwankte. »Los!«

Der Kleine machte einen Satz zurück. Der hünenhafte Krieger stieß einen wilden Schrei aus und taumelte wütend auf mich zu. Er holte mit dem rechten Arm aus und zielte auf meinen Kiefer. Dabei schätzte er die Entfernung falsch ein und fluchte, als mich seine Faust um eine Handbreit verfehlte und durch die Luft sauste, ohne Schaden anzurichten. Die Zuschauer lachten.

»Na los, Lugovesus!«, rief einer der Umstehenden ihm zu. »Das kannst du doch besser!«

»Vielleicht solltest du ihn das nächste Mal treffen!«, riet ihm ein anderer.

Ich schüttelte meinen benommenen Kopf, um irgendwie den Nebel hinter meinen Augen loszuwerden. Dann stürzte ich vor und zielte auf den Bauch meines Gegners. Ich hatte unzählige Stunden auf dem Übungsplatz in Merladion unter Mendax' Anleitung damit verbracht, das Kämpfen zu lernen, aber jetzt fühlten sich meine Glieder so schwer und langsam an, als würde ich mich durch tiefen Schnee bewegen. Der Krieger wich meinem Angriff mühelos aus und taumelte dabei rückwärts auf eine Steinmauer zu. Mehrere Stimmen aus der Menge forderten uns auf, endlich mit dem Kampf anzufangen. Viele brachen angesichts unserer lächerlichen Versuche, den anderen zu treffen, in Gelächter aus. Ich trat erneut vor und schlug unbeholfen nach dem Kinn des Kriegers. Der Dobunni warf sich im letzten Moment nach links und meine Faust traf die Wand hinter ihm, sodass meine Fingerknöchel an den Steinen entlangschrammten. Die Umstehenden brüllten vor Lachen.

»Das soll ein Kampf sein?«, schrie eine heisere Stimme. »Bei Lud, dann sollte auch mal jemand den anderen treffen!«

Ich drehte mich wieder zu dem Dobunni um, wobei ich fast das Gleichgewicht verlor. Dann wurde mein Blick gerade noch rechtzeitig klar genug, um zu sehen, wie der Krieger wie ein wahnsinniger Stier auf mich zu taumelte und dabei mit der Faust auf meinen Kopf zielte. Ich stand einfach nur wie versteinert da. Bevor der Dobunni zuschlagen konnte, stieß er plötzlich einen überraschten Schrei aus. Er war im dunklen Wasser einer Pfütze ausgerutscht, fiel mit rudernden Armen vornüber auf den Boden und blieb ein paar Schritte von mir entfernt mit dem Kopf im Matsch liegen.

Es folgte ein Moment der Stille, dann richtete sich mein Gegner langsam wieder auf. Sein Gesicht und seine Tunika waren mit Schmutz bedeckt. Ich erwartete, dass er ein weiteres Mal auf mich losgehen würde, doch dann trafen sich unsere Blicke. In diesem Moment wurde uns beiden gleichzeitig die Sinnlosigkeit dieses Kampfes klar. Der Brustkorb des Dobunni erbebte, als er in schallendes Gelächter ausbrach. Ich musste grinsen, und schon bald brüllten wir beide vor Lachen, während uns die Menge ratlos zusah. Ein paar Augenblicke später taumelte der Krieger zu mir herüber und reichte mir seine Hand in trunkener Freundschaft.

»Bruder, ich schlage vor, dass wir uns auf Unentschieden einigen«, sagte er. »Bevor wir beide noch größere Esel aus uns machen.«

»Das wäre mir sehr recht.«

Wir packten uns gegenseitig an den Unterarmen, dann trat der Schiedsrichter in den Ring. »Das war's, Leute! Der Kampf ist vorbei! Gehen wir was trinken!«

Die Menge kehrte in die Taverne zurück. Einige beschwerten sich mit leiser Stimme über den enttäuschenden Wettkampf. Epaticcus sowie die beiden Trinkkumpane des Dobunni-Kriegers warteten in der Gasse auf uns.

»Ich heiße Lugovesus«, sagte der Dobunni. »Und du?«

»Caratacus«, antwortete ich. »Vom Stamm der Catuvellaunen.«

Dem Krieger blieb der Mund offen stehen. »Götterverdammte Scheiße! Du bist der Sohn von … König Cunobelinus?«, stammelte er.

Ich nickte und zeigte ihm meinen goldenen Ring, der mich als Prinz des catuvellaunischen Königshauses auswies. Lugovesus starrte ihn an und wurde vor Verlegenheit rot. Dann trat er zurück und senkte ehrfürchtig den Kopf.

»Verzeiht mir, Herr«, sagte er. »Hätte ich gewusst, wer Ihr seid, hätte ich es nicht gewagt, Euch herauszufordern …«

Ich unterbrach ihn mit einer Handbewegung. »Du musst dich nicht entschuldigen, Lugovesus. Das Ganze war ebenso mein Fehler wie deiner.«

»Ja, das stimmt.« Der Dobunni rieb sich den Nacken. »Was ich vorhin gesagt habe, war alles nicht so gemeint, Herr. Dass Ihr ein stinkender Scheißhaufen seid und so weiter.«

Ich grinste. »Ich habe acht Jahre lang bei den Silurern gelebt. Da hat man mich weit schlimmer beleidigt, das kannst du mir glauben. Aber du solltest in Zukunft lieber darauf achten, was du sagst, Bruder. Man weiß ja nie, mit wem man es zu tun hat.«

»Ja, Herr.«

Ich deutete mit dem Kopf in Richtung Taverne. »Möchtet ihr mit uns trinken? Mein Onkel gibt einen aus.«

Lugovesus' Gesicht hellte sich auf. »Das klingt doch gleich viel besser.«

Wir gingen zurück in die Taverne und teilten uns einen Krug Bier mit Lugovesus und seinen Kameraden. Etwa eine Stunde später brachen die drei Dobunni auf, um die noch zwielichtigeren Tavernen Abonduns unsicher zu machen. Lugovesus grinste mich zum Abschied schief an, dann folgte der hünenhafte Krieger seinen Kumpanen nach draußen. Er musste den Kopf einziehen, um nicht gegen den niedrigen hölzernen Türsturz zu stoßen.

»Ein Kerl wie ein Menhir«, sagte Epaticcus, kratzte sich am Ellbogen und rülpste laut. »Du hattest Glück, dass er nicht nüchtern war.«

Ich versuchte, meinen Onkel anzusehen. »Was soll das denn heißen? Ich kann schon auf mich aufpassen.«

»Das bezweifelt ja auch niemand. Aber das war ein Riese, der könnte sogar Taranis selbst eine ordentliche Abreibung verpassen. Na, zumindest sieht er wie ein brauchbarer Krieger aus. Was man vom Rest seines Volks nicht unbedingt behaupten kann.«

»Hältst du die Dobunni für schlechte Krieger?«

»Diesen Haufen?« Epaticcus lachte. »Die können nichts als pflügen und töpfern und haben seit Jahren keinen anständigen Krieg mehr geführt. Die meisten von ihnen wissen wahrscheinlich nicht einmal, wo bei einem Schwert vorn und hinten ist. Wenn wir wirklich gegen Verica in den Krieg ziehen müssen, wird uns dieser Trupp keine große Hilfe sein.« Er schüttete den Rest seines Biers hinunter und knallte dann seinen Becher auf den Tisch. »Na schön«, sagte er. »Trink aus. Beeil dich.«

»Warum? Ich dachte, wir bleiben noch.«

»Dein neuer Freund hat mir vorhin verraten, dass es hier noch eine Taverne gibt, die eine ganz andere Art von Nahkampf im Angebot hat, und zwar mit ein paar netten, prallen Weibern.« Er grinste. »Wer weiß, vielleicht hat die Taverne doch eine Zukunft …«

KAPITEL 18

Am fünften Tag erreichten wir Verulamium, die ehemalige Hauptstadt unseres Volkes. Die Siedlung befand sich auf einer Erhebung über einem niedrigen Tal neben einem Fluss und war landseitig von steilen, mit Gras bewachsenen und von einem niedrigen Palisadenzaun bekrönten Erdwällen umgeben. In der Landschaft vor diesen beeindruckenden Verteidigungsanlagen fanden sich Gehöfte und Viehherden. In weiter Entfernung, jenseits der dicht bewaldeten Täler, die die Stadt umgaben, konnte ich mit Mühe die Umrisse jener Festung ausmachen, in der sich einst König Cassivellaunus den Legionen Caesars widersetzt hatte. Seitdem war sie verlassen, nicht mehr als eine gespenstische Erinnerung an jene furchtbare Zeit, als Rom gedroht hatte, ganz Britannien zu überrennen. Bei diesem Anblick lief es mir jedes Mal kalt den Rücken hinunter.

Verulamium war zu diesem Zeitpunkt schon seit Jahren nicht mehr Regierungssitz, da mein Vater den Hof nach Camulodunum im Osten verlegt hatte. Dennoch gedieh die Stadt prächtig und profitierte von ihrer Lage an den wichtigsten Handelsrouten. Der Adel war reich geworden, indem er Zölle auf die Waren verlangte, die durch das Tal transportiert wurden, doch nun hatte der drohende Krieg mit Verica eine regelrechte Panik unter den Einwohnern ausgelöst.

Ihre Angst war verständlich: Wenn Moricanus und seine atrebatischen Verbündeten Lhandain behielten, würden sie künftig die lukrativen Handelsströme entlang des Tamesis kontrollieren. Dann waren die Atrebaten in der Lage, die Warenlieferungen nach Verulamium zu unterbrechen, wenn sie nicht gleich versuchten, unsere ehemalige Hauptstadt zu erobern und uns damit eine empfindliche Niederlage zu bereiten: Von Verulamium aus würden die Atrebaten tief in unser Stammesgebiet eindringen und vielleicht sogar Camulodunum selbst bedrohen können.

Ich versuchte, diesen trüben Gedanken nicht nachzuhängen, als wir uns am nächsten Morgen wieder auf den Weg machten.

Bladocus verließ uns, um sich mit den anderen Druiden des Hohen Rates in Lhandain zu treffen, während wir dem Weg nach Camulodunum folgten und die glorreiche Hauptstadt unseres Stammes zwei Tage später erreichten. Zwei Wachen begrüßten uns vor dem äußeren Graben und führten uns durch das hölzerne Tor in die weitläufige Siedlung. Als wir abstiegen, bemerkte ich eine jämmerliche, elende Menge von Menschen, die vor den königlichen Ställen primitive Zelte und einfache Schlafstätten aus Farn und Binsen errichtet hatten. Einige von ihnen starrten uns an und unterhielten sich dabei mit gedämpften Stimmen. Es war ein erbärmlicher Anblick. Ich sah Mütter mit weinenden Säuglingen und dürre, in Lumpen gekleidete Kinder.

Epaticcus winkte einen der Wachposten am Torhaus, einen kleinen, stämmigen Krieger in hellblauen Beinkleidern, zu sich, der den Kopf zum Gruß neigte. »Ja, Herr?«

»Wer sind diese Leute?«, fragte Epaticcus und deutete mit dem Daumen auf die zerlumpte Schar vor den Ställen.

»Flüchtlinge, Herr«, sagte der Torwächter. »Aus Lhandain.«

»Und was machen die hier?«

Die Wache sah uns überrascht an. »Wisst Ihr es denn noch nicht? Moricanus hat die Catuvellaunen aus Lhandain vertrieben. In den letzten Tagen sind Hunderte von diesen Gestalten hier angekommen. Unsere eigenen Leute freuen sich nicht unbedingt darüber, wie Ihr Euch sicher vorstellen könnt.«

Mein Onkel presste die Kiefer aufeinander. »Moricanus, dieser Bastard … Diese Menschen haben seit Generationen in Lhandain gelebt.«

Der Wächter zuckte mit den Schultern. »Ich sage es Euch so, wie es ist, Herr.«

»Wie hat Moricanus es überhaupt geschafft, die alle aus ihren Häusern zu vertreiben?«, fragte ich. »Ich hätte nicht gedacht, dass er dafür genug Männer hat.«

»Verica hat eine seiner Kriegsbanden nach Lhandain geschickt. Um die Unabhängigkeit der Siedlung zu schützen, sagt er.« Die Wache spuckte voller Verachtung aus. »Seine Männer haben das Land von allen beschlagnahmt, die von catuvellaunischem Blut sind, und ihnen befohlen, Lhandain sofort zu verlassen.«

»Hat sich denn niemand geweigert?«

»Doch, aber die wurden getötet, soweit ich weiß.«

»Wo ist der König?«, fragte Epaticcus.

Der Mann wies auf den Fürstenhof am anderen Ende der Siedlung. »Dort, Herr.«

Wir ließen unsere Pferde bei den Kriegern der Leibwache meines Vaters zurück und gingen zu Fuß durch Camulodunum, das sich stark verändert hatte, seit ich zum letzten Mal hier gewesen war. In den schmutzigen Gassen zwischen den dicht gedrängten Rundhäusern standen ganz offenkundig schnell zusammengezimmerte Tavernen. Ich sah viel mehr Krieger als früher. Sie saßen auf Bänken vor den Lokalen, lachten oder stritten miteinander. Die einen ließen Weinkrüge kreisen, während die anderen ihr Hab und Gut beim Würfelspiel verwetteten. Entlang des Flussufers standen aus Holz errichtete Lagerhäuser und Werkstätten, eine Gruppe Sklaven war gerade dabei, Waren aus mehreren vertäuten Booten zu entladen. Auf dem belebten Marktplatz wurden römische Handelsgüter wie Weine oder feines Tuch angeboten. Am Rand der Siedlung standen mehrere Häuser, die augenscheinlich jenen Händlern gehörten, die sich vor Kurzem hier niedergelassen hatten.

Wir gingen an den Tavernen vorbei zum großen Fürstenhof am anderen Ende der Siedlung. Die drei dort postierten Wachen unterbrachen ihre Plauderei nur kurz, um meinen Onkel mit einem knappen Nicken zu grüßen und uns durch das Tor zu winken. Ich folgte Epaticcus in die Große Halle. Wir marschierten an den leeren Tischreihen vorbei zur Tür am anderen Ende des riesigen Raums. Splittern, Knacken und dumpfe Schläge erfüllten die Luft, als wir das Übungsgelände hinter der Halle betraten. Auf der linken Seite hieben etwa ein Dutzend Krieger der königlichen Leibwache mit ihren Langschwertern auf die hölzernen Pfosten ein. Mein Vater stand umringt von Beratern und Edelmännern daneben.

Als wir uns näherten, bemerkte uns einer der Berater und deutete in unsere Richtung. Der König der Catuvellaunen wandte sich abrupt von seinen Kriegern ab und kam mit seinem Gefolge im Schlepptau auf uns zu. Dabei strahlte er über das ganze Gesicht. »Caratacus! Mein Sohn! Willkommen zu Hause.«

Als er sich näherte, fiel mir auf, dass mein Vater stark gealtert war. Die Krähenfüße in seinen Augenwinkeln waren tiefer geworden und sein Bart mehr weiß als grau. Doch der Blick seiner eisblauen Augen war so lebhaft und berechnend wie eh und je. Zwei Jungen hielten sich artig an seiner Seite. Der Ältere war zehn oder elf Jahre alt, hatte helle Haut, runde, sommersprossige Wangen und leuchtend blaue Augen. Der andere war etwa drei Jahre jünger, hatte lockiges Haar und trug ein silbernes Amulett um den Hals. Beide betrachteten mich neugierig, als ich mich vor dem König verbeugte. »Ich grüße Euch, Vater.«

Cunobelinus packte mich bei den Schultern und sah mich an. »Du siehst gut aus, mein Junge. Schmal, aber zäh. Bei Lud, ich erkenne dich kaum wieder. Aus dir ist ja ein richtiger Mann geworden, seit ich dich das letzte Mal gesehen habe.«

»Danke, Vater.«

»Wie war die Reise?«, fragte er dann in demselben schroffen Tonfall, in dem er schon immer mit seinen Kindern gesprochen hatte.

Ich warf Epaticcus einen Blick zu. »Ereignislos.«

»Gut, gut.« Mein Vater sah müde aus. »Ich habe gehört, dass du dich bei den Druiden sehr gut gemacht hast«, sagte er. »Du wurdest in den ersten Ring aufgenommen, meine Hochachtung!«

Ich bestätigte ihm, dass das alles der Wahrheit entsprach, und mein Vater nickte. »Deine Mutter wäre stolz auf dich gewesen. Sie war den druidischen Kulten immer treu ergeben, wie du weißt.«

»Ja, Vater.«

»Vielleicht werden deine Leistungen die Kleinen hier ein bisschen anspornen.« Er legte dem sommersprossigen Jungen eine Hand auf die Schulter. »Erinnerst du dich noch an Maridius? Er ist inzwischen ein kräftiger junger Bursche geworden. Genau wie Vodenius«, fügte er hinzu und deutete auf den jüngeren der beiden.

Als ich meine jüngsten Brüder das letzte Mal gesehen hatte, waren sie noch Kleinkinder gewesen. Sie betrachteten mich schüchtern, und ich lächelte sie freundlich an. »Seid gegrüßt, meine Brüder.«

»Ich nehme an, dein Onkel hat dir die Gründe für deine Rückkehr bereits erklärt«, sagte mein Vater und wechselte damit abrupt das Thema. »Ich kann mir vorstellen, dass du Merladion nur ungern verlassen hast, aber du verstehst sicher die Dringlichkeit der Situation in Lhandain. Ein abgelegenes Heiligtum ist in diesen schwierigen Zeiten nicht der richtige Ort für einen Prinzen.«

»Sieht so aus, als hätte sich die Lage seit meiner Abreise noch verschlimmert«, sagte Epaticcus und deutete in Richtung der Ställe, vor denen die Menschen unter freiem Himmel lagerten.

Die Miene meines Vaters verdüsterte sich. »Verica scheint fest entschlossen, alle unliebsamen Einwohner aus Lhandain zu vertreiben.«

»Herr, dafür sollten wir ihn zur Rechenschaft ziehen«, murmelte Epaticcus. »Ihn und Moricanus, diesen hinterhältigen Drecksack. Wir dürfen es nicht zulassen, dass sie unsere Leute wie Hunde behandeln.«

Mein Vater starrte ihn böse an. »Wir werden die Druiden über diese Situation entscheiden lassen, Bruder. Wie wir es besprochen haben.«

»Ja, Herr.«

Während er sprach, kam eine drahtige Gestalt aus Richtung des Übungsplatzes auf uns zu. Der Oberkörper des jungen Mannes war nackt, und man konnte sehen, wie gestählt seine Muskeln waren. Das hellbraune Haar hing in dicken Zöpfen über die breiten Schultern, und Schweiß glänzte auf seinem Körper. Er war eine Handbreit größer als ich. Trotz der langen Jahre, die ich fern von meiner Familie verbracht hatte, erkannte ich ihn sofort.

»Togodumnus!«

Mein jüngerer Bruder grinste. »Bei allen Göttern der Anderswelt, Caratacus! Du bist es wirklich!«

Er streckte einen muskulösen Unterarm aus, und ich ergriff ihn beherzt. Dabei starrte ich ihn erstaunt an, denn ich konnte kaum glauben, dass aus meinem dickköpfigen kleinen Bruder ein so kraftstrotzender Krieger geworden war. »Wie schön, dich zu sehen, Bruder.«

»Die Freude ist ganz meinerseits.« Togodumnus gab mir einen Klaps auf die Schulter. »Wurde auch Zeit, der Platz eines Kriegers ist schließlich bei seinem Volk und nicht bei irgendwelchen bärtigen Einsiedlern in irgendeinem heiligen Hain. Hoffentlich hast du da draußen vor lauter Zaubersprüchen und fremden Sprachen nicht verlernt, wie ein echter Catuvellaune zu kämpfen.«

»Kannst du wirklich zaubern?«, fragte Vodenius und sah mich mit großen Augen an.

Ich kicherte. »Noch nicht. Man muss viele Jahre lang studieren, um die Geheimnisse der Magie zu ergründen. Aber ich kann dir Überlieferungen der britannischen Stämme in vielen verschiedenen Sprachen vorsagen.«

»Klingt langweilig.« Vodenius wirkte enttäuscht.

»Ich würde gern eine Geschichte über Druiden hören«, sagte Maridius. »Erzählst du mir eine, Caratacus? Bitte?«

»Vielleicht später«, fiel ihm unser Vater ins Wort. »Dein Bruder hat eine weite Reise hinter sich. Er ist sicher müde.«

In diesem Augenblick kam ein schlanker, gut aussehender Mann mit kurz geschnittenem blondem Haar von der Großen Halle zu uns herüber. Ich erkannte Adminius nicht sofort – er trug eine gemusterte Tunika im römischen Schnitt, lilafarbene Beinkleider und Lederstiefel. An seinen Fingern glitzerten goldene Ringe, und an seinem Gürtel hing ein Dolch, dessen Griff kunstvoll mit Silbereinlagen verziert war. Er hatte einige junge Männer mit glatt rasierten Gesichtern im Schlepptau – die kriecherischen Söhne minderer Adliger und Berater des Hofes, die sich an den Thronerben hängten, um später von dessen Macht zu profitieren.

Adminius streckte einen Arm zur Begrüßung aus und verzog den Mund zu einem schmalen Lächeln, das seine makellosen weißen Zähne zum Vorschein brachte. »Mein lieber Bruder. Wie schön, dich zu sehen.« Sein Lächeln wurde etwas breiter, aber seine Augen verrieten, dass es nicht aufrichtig war. Trotz meiner jahrelangen Abwesenheit war er so verbittert und eifersüchtig wie eh und je.

»Sei gegrüßt, Bruder«, erwiderte ich.

Adminius betrachtete die verschlungenen Tätowierungen auf meinem Gesicht und an meinen Armen. »Wie ich sehe, trägst du recht ausgefallenen neuen Körperschmuck. Doch was bei allen Göttern ist *das*?« Er deutete auf das Brandmal auf meiner Stirn, das Zeichen meiner Aufnahme in den ersten Ring.

»Werden etwa alle Novizen der Druiden gebrandmarkt wie jene elenden Sklaven, die man auf den Märkten Galliens kaufen kann?«

Ein paar junge Männer aus seinem Gefolge lachten höhnisch. Ich sah ihn gleichmütig an. »Das hättest du selbst herausfinden können«, antwortete ich dann. »Wenn du dich deiner Ausbildung gewidmet hättest, anstatt mit deinen Kumpels zu trinken. Du hättest mehr Ehrgeiz an den Tag legen können.«

»Ehrgeiz? Wenn du damit den Ehrgeiz meinst, bei irgendwelchen Wilden in den Bergen zu leben – den hatte ich in der Tat nicht. Offen gestanden bevorzuge ich die zivilisierteren Teile unserer Insel.«

»Die Silurer sind keine Wilden.«

»Bist du dir da ganz sicher, Bruder?« Adminius schnupperte in die Luft. »Warum stinkst du dann wie einer?«

In diesem Moment trat unser Vater zwischen uns und legte uns beiden eine Hand auf die Schulter. »Adminius erlaubt sich nur einen Scherz. Er freut sich sehr, dich zu sehen, mein Junge. Ist es nicht so?«

Adminius grinste höhnisch. »Ja, Vater«, sagte er. »Aber natürlich.«

»Gut.« Mein Vater nickte uns beiden kurz zu. »Heute Abend werden wir deine Rückkehr mit einem großen Fest feiern, Caratacus. Aber jetzt wird dir Parvilius erst einmal dein Quartier zeigen.« Er deutete auf einen seiner Leibwächter. »Ich erwarte dich zur Abenddämmerung in der Halle, dann werden wir uns weiter unterhalten. Es gibt eine Menge zu besprechen.«

KAPITEL 19

Später am Nachmittag, als sich bereits die Dämmerung über dem Tal ausbreitete, ging ich zur Großen Halle und durchquerte sie, um zu den Gemächern meines Vaters im hinteren Teil des Gebäudes zu gelangen. Vor der Tür stand ein Leibwächter mit einer kurzen Lanze in der Rechten. Er schlug mit der Faust gegen den Türrahmen, um meine Ankunft anzukündigen. Einen Augenblick später hörte ich die Stimme meines Vaters hinter dem Vorhang. Der Leibwächter zog das schwere Leder zurück, und ich betrat das Quartier meines Vaters. In einer Ecke knisterte ein Feuer, und die Steinplatten auf dem Boden waren teilweise mit Fellen bedeckt. Tierschädel, Trophäen, die mein Vater in jüngeren Jahren auf vielen Jagden erbeutet hatte, schmückten die Wände.

Mein Vater saß am Kopfende eines großen Tisches zur Linken seines verschwenderisch gepolsterten Bettes. Epaticcus, Togodumnus, Adminius und eine Reihe minderer Häuptlinge und Adliger hatten ebenfalls bereits Platz genommen. Die meisten Gesichter waren mir aus meiner Kindheit vertraut, andere dagegen hatte ich noch nie gesehen. Einige trugen römische Kleidung: ein weiterer Hinweis auf Roms wachsenden Einfluss. Auf dem Tisch standen mehrere mit Wein und Bier gefüllte silberne Krüge. Im Gegensatz zu den anderen bediente sich mein Vater nicht daraus. Das überraschte mich nicht, da ich wusste, dass er seine Pläne lieber mit klarem Kopf schmiedete – einer der Gründe, warum er so viel länger überlebt hatte als viele andere Könige.

»Caratacus, da bist du ja!«, sagte mein Vater und deutete auf den leeren Stuhl links neben meinem Onkel. »Setz dich, bitte.«

Ich nahm Platz, und jeder Anwesende stellte sich kurz vor, bevor mein Vater sich wieder an uns alle wandte. »Ich habe euch rufen lassen, damit wir uns vor dem Treffen mit den Druiden noch einmal besprechen«, sagte er. »Wie ihr alle wisst, steht uns unter Umständen ein großer Krieg zwischen unseren Stämmen bevor. Wir dürfen nicht davon ausgehen, dass die Gespräche in Lhandain erfolgreich sein werden, aber ich bin fest entschlossen, eine friedliche Lösung zu suchen.«

Er hielt inne, um seine Worte sacken zu lassen, und ich betrachtete die Mitglieder des königlichen Rates. Viele waren hochangesehene Krieger, die an der Seite meines Vaters gegen die Trinovanten und die Cantiaci gekämpft hatten. Auch Adlige waren darunter, Männer mit glatt rasierten Gesichtern, die große Ländereien besaßen und durch ihren Reichtum eine beträchtliche Gefolgschaft hinter sich vereint hatten – manche geboten über mehrere Hundert Krieger und Leibeigene. Einige der einflussreichsten Männer des Königreichs waren hier versammelt, und auch wenn mein Vater ein mächtiger Herrscher war, brauchte er für wichtige Entscheidungen doch die Unterstützung der Adligen und des königlichen Rates.

»Die Druiden haben uns zum heiligen Steinkreis von Senomagus gerufen, der sich etwa fünfzig Meilen von hier und ganz in der Nähe von Lhandain befindet«, fuhr er fort. »Die Versammlung wird in drei Tagen stattfinden, und der Rat der Druiden wird sich die Standpunkte beider Seiten anhören, bevor seine Mitglieder darüber abstimmen. Moricanus wird teilnehmen, Verica und sein Gefolge ebenfalls. Ihr alle werdet mich begleiten, dazu meine Leibwache und ein zusätzlicher Trupp unserer besten Männer.«

Epaticcus hob eine Augenbraue. »Vermutest du eine Falle?«

»Ein Hinterhalt auf heiligem Boden?« Mein Vater kicherte leise. »Nicht einmal Verica würde so etwas Schändliches tun. Aber ich will trotzdem auf alles vorbereitet sein.«

»Was ist mit Waffen, Herr?«, fragte der stämmige, bärtige Bellocatus, ein ausnehmend stolzer, aufbrausender und fest in den kriegerischen Traditionen unseres Stammes verwurzelter Kämpfer, der eine der Kriegsbanden meines Vaters befehligte.

»Die Druiden haben uns gestattet, während der Gespräche Waffen zu tragen, aber nur unter der strikten Bedingung, dass auf gar keinen Fall ein Schwert gezogen wird.« Der König hielt inne und sah alle Mitglieder des Rates nacheinander an. »Eines will ich unmissverständlich klarstellen: Es darf bei diesem Treffen zu keinerlei gewalttätigen Auseinandersetzungen kommen. Wir werden der Gegenseite stets mit Hochachtung begegnen.«

Bellocatus senkte den Kopf. »Wie Ihr wünscht, Herr.«

Einer der älteren Adligen räusperte sich geräuschvoll. Es war Orenus, ein Mann mit schmalem Gesicht, faltiger Haut und silbrigem Haar, der bereits dem alten König der Trinovanten gedient hatte, bevor er nach der Einnahme von Camulodunum durch unseren Stamm die Seiten gewechselt hatte. Ein Opportunist, dem ich nicht über den Weg traute.

»Orenus?«, sagte mein Vater. »Ihr könnt offen sprechen.«

»Hoheit.« Orenus verschränkte die Hände und beugte sich vor. »Verzeiht, aber wie wahrscheinlich ist es, dass die Druiden zu unseren Gunsten abstimmen werden?«

Der König deutete mit dem Kopf in meine Richtung. »Caratacus hat acht Jahre bei den Druiden verbracht. Er wurde in einem ihrer heiligsten Heiligtümer ausgebildet und ist bestens mit ihren Gesetzen vertraut. Er kennt die Druiden besser als wir, und ich habe ihn hinzugebeten, damit er uns im Umgang mit dem Hohen Rat anleitet.«

»Verstehe.« Orenus' graue Augen ruhten nun auf mir. »Nun, Caratacus? Werden die Druiden unsere Seite unterstützen?«

Ich spitzte die Lippen und dachte einen Moment lang nach. »Das ist schwer zu sagen. Die Mitglieder des Rates gehören den Kulten verschiedener Stämme an, von denen nicht alle den Catuvellaunen gewogen sind. Doch sie sind ohne Ausnahme zuallererst ihrem Kult und nicht ihrem Stamm verpflichtet. Sie haben einen Eid geschworen, in Stammesangelegenheiten keine Partei zu ergreifen. Viele werden erkennen, dass das Recht auf unserer Seite ist, da bin ich sehr zuversichtlich. Aber andere werden schwerer davon zu überzeugen sein.«

»Ich kann mir nicht vorstellen, dass der Rat zu unseren Ungunsten entscheidet.« Bellocatus legte die gespreizten Hände auf den Tisch. »Lhandain gehört uns. Moricanus und seine Kumpane treten jenen Vertrag, der uns das Recht auf Lhandain garantiert, mit Füßen. Sie haben ihr Wort gebrochen, und nichts ist den Stämmen heiliger als ein Eid ihrer Herrscher.«

Seine Bemerkung löste zustimmendes Gemurmel unter den ranghöheren Adligen aus. Ich wartete, bis sie wieder verstummt waren. »Es ist nicht nur eine Frage des Gesetzes«, fuhr ich fort. »Einige Druiden fürchten die wachsende Macht unseres Stammes. Solche Männer werden sich nicht so leicht für unsere Sache gewinnen lassen.«

»Was sollen wir also tun?«

»Wir müssen dafür sorgen, dass unsere Argumente überzeugend sind«, sagte mein Vater, »und die unentschlossenen Mitglieder des Rates auf unsere Seite ziehen.«

»Aber wie?«, fragte Bellocatus. »Euer Sohn sagt doch, dass viele Druiden uns schwächen wollen, anstatt die Angelegenheit gerecht zu entscheiden.«

Mein Vater lächelte. »Man kann auch ohne den Einsatz des Schwerts überzeugend sein, Bellocatus. Diesen Rat solltest du beherzigen.«

Orenus blickte ihn zweifelnd an. »Was ist mit den angeblichen Beweisen für die Rechtmäßigkeit seiner Forderungen, die Moricanus vorzubringen gedenkt? Was wissen wir darüber?«

»Bedauerlicherweise gar nichts.«

Epaticcus schnaubte. »Wie diese Beweise auch immer aussehen sollen, sie werden die Entscheidung des Rates nicht beeinflussen. Was könnte verbindlicher sein als ein heiliger, von den Druiden bezeugter Eid zwischen unseren Stämmen?«

»Und wenn sie sich trotzdem gegen uns entscheiden?«, fragte Orenus. »Werden wir Lhandain dann wirklich Moricanus und seinen atrebatischen Herren überlassen?«

»Das ist ja schließlich der Sinn dieses Verfahrens, Orenus«, antwortete der König. »Alle Parteien müssen sich dem Schiedsspruch des Rates fügen – vorausgesetzt, dass sich seine Mitglieder einig werden.«

Die Anwesenden rutschten unbehaglich auf ihren Stühlen herum. Es gab bei uns keine höhere Macht als den Hohen Rat der Druiden, denn ihm gehörten Männer aus den innersten Ringen eines jeden Kultes an, Männer, die von den Göttern auserwählt worden waren, um in Rechtsangelegenheiten zu entscheiden. Wer sich ihrem Urteil widersetzte, würde sogar in seinem eigenen Königreich zu einem Ausgestoßenen werden.

Bellocatus schüttelte den Kopf. »Wenn sie sich nicht einigen, was Caratacus durchaus für möglich hält, warum machen wir uns dann überhaupt die Mühe, mit den Atrebaten zu reden? Herr, warum marschieren wir nicht sofort in Lhandain ein, bevor Verica noch mehr Männer dorthin schicken und seine Position stärken kann?«

»Und damit in Kauf nehmen, dass Verica die Römer um Hilfe bittet?« Adminius warf die Hände in die Luft. »Warum sollten wir wegen eines Handelspostens einen Krieg mit Rom riskieren?«

Bellocatus gab sich keine Mühe, seine Verachtung zu verbergen. »Wir Catuvellaunen drücken uns niemals vor einem Kampf, schon gar nicht, wenn unsere Sache gerecht und unser Feind im Unrecht ist, Herr.«

»›Feind‹ ist ein ziemlich starkes Wort. Wir befinden

uns schließlich nicht im Krieg – weder mit den Atrebaten noch mit Rom.«

»Noch nicht.«

»Wir wissen doch, dass Verica eine engere Bindung an Rom will. Es gehen sogar Gerüchte um, dass er ein Bündnis mit dem Kaiser anstrebt. Wenn unsere Krieger Lhandain besetzen, können wir mit ziemlicher Sicherheit davon ausgehen, dass sich die Römer auf seine Seite schlagen werden, wenn es zu einem Konflikt kommt.«

»Umso mehr spricht doch dafür, ihn jetzt sofort anzugreifen.« Bellocatus schlug die Faust in die Handfläche. »Meine Kriegsbande ist kampfbereit, Herr. Ihr müsst nur den Befehl dazu geben, und ich schwöre bei allen Göttern, dass Moricanus den Schwertern meiner Männer nicht entkommen wird.«

»Es reicht!« Mein Vater seufzte müde. »Wir haben das doch schon oft genug besprochen. Wir müssen um jeden Preis vermeiden, dass Rom in den Konflikt eingreift … Zumindest solange noch eine friedliche Lösung möglich ist.« Bellocatus wollte noch etwas hinzufügen, aber mein Vater ließ ihn nicht zu Wort kommen. »Wenn sich unter den Druiden keine klare Mehrheit für die eine oder andere Seite findet, dann und nur dann werden wir handeln. Ist das klar?«

»Ja, Herr«, antwortete Bellocatus leise.

»Dann wollen wir nun fortfahren. Und wage es nicht noch einmal, meine Entscheidungen infrage zu stellen.«

Einige Zeit später richtete sich mein Vater mit sichtlich steifen Gliedern auf und beendete die Sitzung. Ich folgte dem Rest der Ratsmitglieder aus seinem Privatgemach.

Es war bereits dunkel geworden. Togodumnus wartete vor der Großen Halle auf mich. »Ein paar von den Jungs gehen vor dem Fest noch einen heben«, sagte er. »Möchtest du dich uns anschließen?«

Ich war kurz versucht, ihn zu begleiten, aber es war ein anstrengender Tag gewesen, ich war müde von der langen Reise und brauchte etwas Zeit zum Nachdenken. »Vielleicht ein andermal.«

»Wie du willst.« Togodumnus sah sich kurz um, ob jemand in Hörweite war. »Was hältst du von diesem ganzen Gerede?«

Ich zögerte. »Unser Onkel hatte recht. Der Rat ist tief gespalten. Diese Angelegenheit mit Lhandain verheißt nichts Gutes.«

Mein Bruder blies die Wangen auf. »Das ist noch gar nichts. Seit Moricanus den Thron an sich gerissen hat, stehen sich im Rat zwei feindliche Lager gegenüber. Es ist so schlimm geworden, dass die eine Hälfte von Vaters Beratern nicht einmal mehr mit der anderen an einem Tisch essen will. Es grenzt an ein Wunder, dass sie sich gerade eben nicht an die Gurgel gegangen sind.«

»Ich weiß … Anscheinend haben viele Adlige große Angst davor, Rom zu reizen.«

»Kannst du es ihnen verdenken? In deiner Abwesenheit hat sich hier viel verändert, Bruder. Und zwar nicht zum Besseren. Viele der Ältesten in Camulodunum haben sich an römischen Wein und römischen Tand gewöhnt. Auch Adminius findet Gefallen daran.«

»Das ist mir nicht entgangen.«

Togodumnus sah mich beunruhigt an. »Glaubst du, dass die Druiden uns im Stich lassen werden?«

»Ich hoffe nicht. Aber wenn ich eine Wette abschließen müsste, dann darauf, dass es zu keiner Entscheidung kommen wird.«

Togodumnus seufzte. »Wenn sich die Druiden nicht einig werden, wird es Krieg geben, genau wie Vater vorhergesagt hat.«

»Ja, beides ist gleich wahrscheinlich. Und wenn es wirklich zum Krieg kommen sollte, können wir uns keine Zerwürfnisse leisten. Wenn wir es nicht schaffen, uns zusammenzuraufen, wird Verica das geringste unserer Probleme sein.«

Mein Vater gab an diesem Abend wie angekündigt ein Fest zu Ehren meines Eintritts ins Mannesalter und meiner Rückkehr aus dem Heiligtum. Nach den feierlichen Trinksprüchen bedeutete er mir, zu ihm auf das steinerne Podest zu kommen. Dann griff er nach einem langen, schmalen Gegenstand, der in feines Tuch eingeschlagen war. »Ein junger Krieger von Adel braucht eine geeignete Waffe«, sagte er, während er das Tuch wegnahm und ein reich verziertes Langschwert enthüllte, das er mir dann mit einem Lächeln überreichte. »Dies ist das Schwert deines Großvaters Tasciovanus«, sagte er. »Er hat damit in der Schlacht von Verulamium den trinovantischen König Addedomarus im Zweikampf erschlagen. Jetzt soll es dir gehören, als Geschenk zum Abschluss deiner Ausbildung.«

Ich legte meine Hand um den juwelenbesetzten Griff und prüfte Gewicht und Schwerpunkt des Schwerts. Es war erstaunlich leicht im Vergleich zu den hölzernen Übungswaffen, mit denen ich in Silurien trainiert hatte. Ich verneigte mich dankbar vor meinem Vater, während Adminius mich mit unverhohlener Eifersucht anstarrte.

Das Bier floss bis spät in die Nacht in Strömen. Die Gäste erzählten einander Witze und alte Geschichten von ihren Heldentaten gegen unbarmherzige Feinde. Verglichen mit der zurückhaltenden Ernsthaftigkeit römischer Feierlichkeiten waren unsere Feste recht ausgelassen. Zwei Männer rauften in einer Ecke der Halle vor einem kleinen Publikum. Daneben erbrach sich ein älterer Krieger auf den Steinboden, während sein Begleiter eine der Dienerinnen begrapschte. In dieser Nacht trank ich viel, denn in unserem Stamm wird die Persönlichkeit eines jungen Aristokraten unter anderem danach beurteilt, wie viel Bier zu trinken er imstande ist.

Irgendwann sah ich mich in der Halle um und stellte fest, dass viele Gäste bereits gegangen waren, schlafend über den Tischen hingen oder an der Wand lehnten. Die beiden Krieger in der Ecke hatten ihren Schlagabtausch wieder aufgenommen, und ihre Kumpane feuerten sie an. Nur ein paar kleinere Gruppen zechten noch oder unterhielten sich leise. Da bemerkte ich eine junge Frau, die allein am Tisch saß und an ihrem Trinkhorn nippte. Sie war etwa in meinem Alter, groß und hellhäutig, mit runden Wangen und schulterlangem rotem Haar. Sie trug eine leuchtend grüne Tunika von der Farbe ihrer Augen und um ihren schlanken Hals einen schweren goldenen Torques zum Zeichen ihrer adligen Herkunft. Sie war auffallend schön. Ich hatte sie schon früher am Tag im königlichen Haushalt bemerkt, aber noch nicht die Zeit gefunden, mich ihr vorzustellen. »Gefällt Euch das Fest, Herrin?«, lallte ich, während ich zu ihr hinüberschlenderte.

»Offensichtlich nicht so gut wie manch anderem hier.« Sie lächelte amüsiert.

»Herrin?«

Die junge Adlige schwenkte ihr Trinkhorn in meine Richtung. »Es scheint, als hättet Ihr heute Abend ziemlich ausgelassen gefeiert. Meinen Glückwunsch, Herr. Ich bin erstaunt, dass Ihr noch aufrecht stehen könnt.«

Ihr Lächeln ließ darauf schließen, dass sie meine Trunkenheit eher lustig als beleidigend fand. »Ihr braucht Euch keine Sorgen zu machen. Ich bin in einem Kriegerhaushalt aufgewachsen und gewöhnt an die Eskapaden der Betrunkenen.«

»Darf ich mich vorstellen?«, stammelte ich. »Ich bin …«

»Caratacus – ja, ich weiß, wer Ihr seid. Druide des ersten Rings. Eine große Leistung, zumindest für jemanden von Eurem Stamm.«

Ich runzelte die Stirn. »Was soll das denn bedeuten?«

»Sagen wir einfach, dass Euer Stamm für ein eher rüpelhaftes Benehmen bekannt ist.«

»Das stimmt doch gar nicht.«

»Nein? Und was ist mit Euren Gefährten da drüben?«, fragte sie und deutete auf die sich prügelnden Krieger. »Sie scheinen meine Behauptung zu bestätigen, oder etwa nicht?«

»Nicht alle bei uns benehmen sich so.«

»Nein. Das wohl nicht.« Sie lächelte mich wieder an, und in meiner Brust breitete sich ein warmes Gefühl aus.

»Was ist mit Euch? Wie hat Euch die Ausbildung bei den Druiden gefallen?«

»Anfangs war es schwierig für mich, so weit weg von zu Hause und meiner Familie. Die Ausbildung war wirklich hart. Aber dann habe ich mich daran gewöhnt. Die Druiden haben mich vieles gelehrt – und es gibt so viel, das ich noch lernen muss.«

»Warum seid Ihr nicht dort geblieben?«

»Es sollte nicht sein.« Ich zuckte mit den Schultern. »Der Wille der Götter ist manchmal schwer zu begreifen.«

Sie warf mir einen nachdenklichen Blick zu. »Glaubt Ihr also tatsächlich daran, Caratacus? An den Willen der Götter?«

»Ich glaube an die Lehren der Druiden«, sagte ich vorsichtig. »Die Götter mögen uns zum Ufer des Wassers führen …«

»Aber die Überfahrt müssen wir selbst unternehmen, auch wenn sie gefährlich ist«, ergänzte sie. »Ja, ich kenne diese Worte. Aus der Sage von Beranius.«

Ich sah sie erstaunt an. »Woher wisst Ihr das?«

»Mein Vater wollte, dass ich eine ordentliche Ausbildung bekomme«, erklärte sie. »Dafür hat er für viel Geld Lehrer aus Gallien kommen lassen, die mir alles beigebracht haben, was sie wussten. Man muss nach Wissen streben, wenn man Wahrheit von Lüge unterscheiden will, hat er immer gesagt.«

»Das klingt, als wäre er ein weiser Mann.«

»Das war er auch.«

Ein entrückter Blick trübte ihre Augen, dann trank sie ihr Bier aus und erhob sich. »Es war schön, Euch kennenzulernen. Ich hoffe, Euer Kopf schmerzt morgen nicht allzu sehr.«

»Ihr wollt schon gehen?«, fragte ich unbeholfen.

»Es ist spät, und ich bin müde.« Die Zuschauer auf der anderen Seite der Halle brüllten vor Begeisterung, als einer der Raufenden den anderen mit einem wuchtigen Aufwärtshaken am Kinn traf und dieser daraufhin gegen einen Tisch mit Platten und Tonbechern krachte. »Und ich würde mich gern in meine Kammer zurückziehen, bevor diese Rüpel anfangen, die Möbel zu zerschlagen.«

»Wie war doch gleich Euer Name?«

»Den hatte ich Euch noch nicht genannt.« Sie lächelte. »Ich heiße Mardicca.«

»Gute Nacht, Herrin.«

»Gute Nacht.«

Ich sah ihr hinterher. Zu diesem Zeitpunkt hätte ich nicht erklären können, was mich an Mardicca so faszinierte, doch ich musste mehr über sie wissen. Togodumnus kam zu mir herübergetorkelt und legte mir mit einem betrunkenen Grinsen den Arm um die Schulter. »Schließt du neue Freundschaften, Bruder?«

»Wer ist das?«, fragte ich. »Sie ist mir nicht von früher in Erinnerung.«

»Mardicca?« Er hickste. »Sie ist die Tochter von König Eppillus.«

Ich biss mir auf die Lippen und erinnerte mich an die Nachricht vom Sieg unseres Stammes über die Cantiaci, die ich im letzten Winter erhalten hatte. Eppillus war in der Schlacht um Durovernum gefallen. Mein Vater hatte ihn vor den Augen seiner Leibwache getötet, als unsere Truppen seinen Fürstenhof stürmten. »Wieso ist sie hier?«

»Vater hat sie in unseren Haushalt aufgenommen«, erklärte Togodumnus, »nachdem sich die Ältesten der Cantiaci uns ergeben hatten. Mardicca hatte keine Familie mehr in Durovernum, aber ihre Großmutter war eine catuvellaunische Adlige gewesen. Vater hatte Mitleid mit ihr und hat sie mitgenommen.«

»Weshalb?«

»Er hat Pläne für sie. Er will sich durch ihre Verheiratung ein Bündnis mit einem anderen Stamm sichern.«

»Verstehe.«

»Ich könnte gut auf sie verzichten«, fuhr Togodumnus fort.

»Ach, warum das?«, wollte ich wissen.

»Sie ist viel zu schlau, und sie kann uns nicht leiden.«

»Das kann man ihr ja wohl kaum verübeln, wenn man bedenkt, was mit ihrer Familie passiert ist.«

Togodumnus überlegte einen Moment lang. »Schon möglich«, sagte er schließlich, »aber eine ordentliche Catuvellaunerin ist mir allemal lieber. Die atrebatischen Frauen halten sich allesamt für etwas Besseres.« Er verzog angewidert das Gesicht. »Ganz ehrlich, ich würde mich lieber mit einer Horde icenischer Krieger anlegen, als so eine zu heiraten.«

KAPITEL 20

An einem klaren Herbstmorgen brachen wir zur Versammlung im Heiligtum von Senomagus auf. Vor dem Haupttor hatte sich eine kleine Menschenmenge versammelt, um uns zu verabschieden. Es herrschte eine gedrückte Stimmung, und die Menschen wirkten ängstlich. Der übliche Jubel für den König blieb aus. Ich war erleichtert, als wir schließlich aus der Stadt waren und den Weg nach Süden in Richtung Lhandain einschlugen. Unsere Gruppe zählte mehr als hundert Mann. Die königliche Leibwache bildete die Vorhut, dann kamen mein Vater, ich, Adminius, Togodumnus und der Rest des königlichen Gefolges. Unsere jüngsten Brüder, Vodenius und Maridius, waren zu ihrer großen Enttäuschung in Camulodunum geblieben. Hinter uns ritten verschiedene catuvellaunische Häuptlinge mit ihren Gefolgsleuten. Jeder trug einen einzigartigen Torques und führte ein Langschwert oder einen Dolch mit sich. Das Schwert des Tasciovanus hing an einer Gürtelschlaufe an meiner Seite.

Auf unserem Weg nach Süden durchquerten wir flache Täler und üppige Wiesen. Die Männer arbeiteten auf den Feldern und sangen dabei, aus den Hütten stürmten magere Kinder, um uns vorbeiziehen zu sehen. Einige rannten aufgeregt neben unseren Pferden her, während andere bei den Edelmännern aus dem Gefolge meines Vaters um Essen oder Münzen bettelten. Junge Frauen lächelten den Leibwächtern schüchtern zu. In diesen Momenten schien der Krieg unvorstellbar.

Togodumnus ritt neben mir her. »Der Alte sieht müde aus«, sagte er leise und deutete mit dem Blick auf unseren Vater, der mit angespannter Miene den Horizont beobachtete. Adminius war an seiner Seite.

»Wundert dich das?«, fragte ich ihn. »Schließlich lastet die Verantwortung für ein ganzes Königreich auf seinen Schultern.«

»Vater bräuchte sich doch eigentlich keine Sorgen zu machen. Selbst wenn es schiefgeht, werden unsere Kriegsbanden die Atrebaten wie Ungeziefer zerquetschen. Und wir können uns auf den Tag freuen, an dem die Barden von unseren glorreichen Siegen über Vericas Männer singen.«

»Glorreiche Siege?« Ich zog eine Augenbraue hoch. »Die Atrebaten gehören zu den gefürchtetsten Kriegern Britanniens, Bruder. Wie kommst du darauf, dass wir sie mit Leichtigkeit besiegen werden?«

»Na gut, leicht wird es vielleicht nicht«, räumte Togodumnus ein. »Aber der Kampf liegt uns nun mal im Blut. Das macht uns zu Catuvellaunen.« Er griff die Zügel fester und spuckte aus. »Jedenfalls würde ich diesen Streit lieber mit dem Schwert beilegen anstatt mit Gerede wie alte Männer.«

»Glaubst du, dass es falsch von Vater war, die Sache vor den Rat der Druiden zu bringen?«

Togodumnus kaute auf seiner Lippe. »Nein. Er will beiden Seiten ein Blutvergießen ersparen, und ich achte seine Entscheidung. Aber vielleicht ist es ja nur zum Besten, wenn die Friedensgespräche scheitern. Mit einem

Krieg könnten wir Lhandain ehrenhaft erobern und Vericas Versuchen, unsere Vormachtstellung zu untergraben, ein Ende bereiten.«

»Möglich …« Ich dachte einen Moment lang nach. »Doch selbst wenn wir Verica so leicht bezwingen, wie du glaubst, könnte ein solcher Sieg seine ganz eigenen Gefahren mit sich bringen. Einige Druidenkulte fürchten die wachsende Macht der Catuvellaunen und betrachten die Atrebaten als notwendiges Gegengewicht. Wenn wir sie besiegen, wird unser Stamm mächtiger sein als je zuvor. Ich frage mich, wie lange es dauern wird, bis sich die anderen Stämme aus Selbstschutz gegen uns verbünden.«

Togodumnus kicherte. »Ich glaube, du überschätzt die Bereitschaft der Kelten zur Zusammenarbeit, Bruder.«

Ich zuckte mit den Schultern. »Unmöglich ist es nicht. Wenn wir uns nur dazu durchringen könnten, unsere Kräfte zu bündeln, dann gäbe es nichts, was gegen die Macht der Völker dieser Insel bestehen könnte.«

»Nicht einmal Rom?« Togodumnus sah mich belustigt an.

»Vielleicht nicht einmal Rom. Ich glaube, dass wir schon bald eine Antwort auf diese Frage bekommen werden – und zwar früher, als wir denken. Wenn wir die Atrebaten in die Knie zwingen, müssen wir damit rechnen, dass sie Rom um Unterstützung bitten. Und wer weiß, wohin das dann führt.« Ich schüttelte traurig den Kopf. »Das ist eine äußerst verzwickte Lage. Ich möchte nicht in Vaters Haut stecken.«

»Das kannst du laut sagen. Manchmal frage ich mich, ob König zu sein die ganze Mühe wert ist.«

»Adminius scheint sich diese Frage nicht zu stellen«, sagte ich leise.

»Oh nein.« Togodumnus' Miene verhärtete sich. »Er hält mit seinen Absichten nicht hinter dem Berg. Der selbstgefällige Bastard tut gerade so, als würde Vater nur noch den Thron für ihn warmhalten.«

»Und wie denkt Vater darüber?«

Togodumnus zuckte mit seinen riesigen Schultern. »Er hat Adminius immer als seinen Nachfolger gesehen. Aber mit seinem Verhalten ist er nicht unbedingt einverstanden. Er mag seine neuen Freunde nicht.«

»Die römischen Händler?«

Togodumnus nickte, dann senkte er die Stimme. »Vater und Adminius verstehen sich inzwischen überhaupt nicht mehr. Und seit der Ärger mit Lhandain begonnen hat, ist es noch schlimmer geworden. Vater hat vor dem königlichen Rat darauf bestanden, dass wir mit allen Mitteln versuchen müssen, Lhandain in unsere Gewalt zu bringen, aber Adminius meint, wir sollten nicht gegen die Atrebaten in den Krieg ziehen. Er befürchtet, dass wir damit Roms Aufmerksamkeit erregen.«

»In diesem Punkt hat Adminius sicher nicht unrecht«, sagte ich.

Togodumnus lächelte grimmig. »Dann bete lieber zu den Göttern, dass diese Gespräche Erfolg haben, Bruder.«

Ich schwieg und wandte den Blick ab. Es war zum Verzweifeln. Die Feindschaft zwischen uns und den Atrebaten drohte uns in einen möglicherweise für beide Seiten verheerenden Krieg zu führen, und selbst die Druiden schienen nicht in der Lage, das zu verhindern.

An diesem Abend schlugen wir unser Lager am Kiesufer eines Flusses auf und brachen am nächsten Tag in aller Frühe wieder auf. Am Nachmittag des zweiten Tages erreichten wir ein kleines Dorf nicht weit von der Grenze zum Königreich Lhandain. Mein Vater ließ anhalten und rief seine Berater herbei, während unsere Pferde an einem nahen Fluss getränkt wurden.

»Senomagus ist nur noch zwei Meilen von hier«, sagte er. »Wir werden uns direkt zum Steinkreis begeben. Die Druiden sollten bereits dort sein. Sie werden die notwendigen Rituale durchführen, sobald alle Parteien eingetroffen sind, damit die Zusammenkunft bei Einbruch der Nacht beginnen kann.«

»Wie lange wird das Ganze dauern, Herr?«, fragte Epaticcus.

»Das hängt ganz davon ab, wie lange jede Seite braucht, um ihre Argumente vorzutragen, bevor die Druiden darüber abstimmen. Aber egal, wie die Sache ausgeht, wir werden hierher zurückkehren und in diesem Dorf übernachten, sobald die Entscheidung gefallen ist. Es ist der zwölfte Tag des Mondes, also wird es auch nachts hell genug sein, um den Weg zu finden.«

Wir machten kurz im Dorf Rast und aßen etwas Brot und Käse. Der Dorfvorsteher, ein alter Mann mit wettergegerbtem Gesicht und einem grauen, struppigen Bart, der ihm wie Spinnweben am Kinn klebte, kam zu uns, um dem König seine Aufwartung zu machen. Er hatte bereits von Durchreisenden von der geplanten Versammlung erfahren und hoffte inständig, dass die Druiden einen Krieg zwischen den Stämmen verhindern würden.

»Warum?«, fragte ich ihn. Das Dorfoberhaupt rang die

Hände und deutete mit dem Kopf nach Süden. »Wir machen Geschäfte mit den römischen Händlern in Lhandain. Sie kaufen unser Getreide, und verschiffen es über das Meer.« Er grinste und entblößte dabei verfärbte Zähne. »Die Legionen am Rhein müssen schließlich auch etwas essen.«

Ich warf ihm einen finsteren Blick zu. »Ihr füttert damit die Soldaten, die vielleicht eines Tages hier auftauchen und euch euer Land wegnehmen.«

Er zuckte mit den Schultern. »Die Römer zahlen einen guten Preis, und ich habe viele Mäuler zu stopfen.«

Darauf wusste ich nichts weiter zu sagen. Manchmal konnte man an unserem Volk wirklich verzweifeln.

Kurze Zeit später brachen wir wieder auf und folgten der Straße nach Senomagus durch ein flaches Tal, das auf beiden Seiten von dichten dunklen Wäldern gesäumt war. Nun hatten wir die Grenze zu Lhandain überquert. Es herrschte gedrückte Stimmung, und ich hielt ständig nach im Schatten der Bäume lauernden Feinden Ausschau. Schließlich zwang ich mich, mich zu entspannen. Moricanus und seine Verbündeten hatten geschworen, die Regeln der Versammlung zu achten. Es war unwahrscheinlich, dass sie den Zorn der Druiden riskierten, indem sie diesen Schwur brachen und uns in einen Hinterhalt lockten.

Eine halbe Stunde später wurde der Weg hinter einem kleinen Wäldchen abrupt steiler und führte einen grasbewachsenen Hügel hinauf. Überall lagen gefällte Bäume herum. Wir trieben unsere Pferde die Anhöhe hinauf, wo wir in der beginnenden Dämmerung einen ersten Blick auf Senomagus erhaschten. Die heilige Stätte der Druiden lag unter uns auf einer ausgedehnten Ebene. Eine etwa eine halbe Meile lange, in regelmäßigen Abständen von steinernen Stelen gesäumte Allee führte zu einem offenen Holztor am westlichen Rand einer großen kreisförmigen Einfriedung, umgeben von einem niedrigen Erdwall und einem Graben.

Hinter dem Tor erhob sich ein Kreis aus etwa sechzig riesigen Steinstelen mit waagerechten Decksteinen darauf, die von einem Ring aus flackernden Fackeln umgeben waren. An der Südseite des Steinkreises führte ein kleinerer Eingang zu einer weiteren Allee, die am drei Meilen entfernten Ufer des Tamesis endete. Das Land jenseits der Einfriedung war übersät mit den riesigen Grabhügeln hiesiger Häuptlinge und berühmter Krieger. Feuer loderten zwischen den Wegmarkierungen entlang der beiden Alleen, sodass das Heiligtum meilenweit zu sehen war. Die Flammen dienten der Vorbereitung des Bodens für die druidischen Zeremonien. Vor derartigen Versammlungen werden ganz bestimmte Rituale durchgeführt, die ich hier aber nicht beschreiben kann, da sie meinem Volk heilig sind. Die Strafe der Götter wäre mir gewiss, wenn ich sie mit den römischen Lesern meiner Geschichte teilen würde.

»Was für ein wundervoller Anblick«, bemerkte Togodumnus.

»Ansichtssache«, widersprach Epaticcus. »Mir ist dieser Ort überhaupt nicht geheuer.«

»Wer das wohl gebaut hat?«, fragte Togodumnus.

»Riesen, wer denn sonst? Die Riesen, die vor Jahrhunderten durch dieses Land streiften.«

»Anscheinend sind unsere atrebatischen Freunde bereits eingetroffen«, sagte mein Vater und deutete auf eine Ansammlung von Menschen und Pferden in der Nähe der Allee, die zum Steinkreis führte. Meiner Schätzung nach waren es mindestens zweihundert Mann.

»Sieht so aus, als hätte Verica ausnahmslos jeden Edelmann seines Landes mitgebracht«, zischte Epaticcus.

»Er will seine Stärke zeigen«, sagte ich. »Damit wir sehen, womit wir es zu tun bekommen, wenn wir gegen Moricanus und seine Verbündeten in den Krieg ziehen. Das war klug von ihm.«

»Er wird nicht mehr ganz so klug aussehen, wenn mein Schwert in seinem Bauch steckt«, erwiderte Epaticcus.

Mein Vater blickte finster drein. »Ich will während der Verhandlungen keine einzige Drohung hören. Wir werden dem Rat unsere Argumente mit einem kühlen Kopf vortragen. Keine Beleidigungen! Damit würden wir nur die Druiden gegen uns aufbringen. Also los!« Er ließ die Zügel schnalzen. »Bringen wir es hinter uns!«

Wir spornten unsere Pferde an und ritten den Hang hinab, während die letzten Strahlen der Sonne hinter dem Horizont verschwanden und sich Dunkelheit über das Tal legte. Schließlich erreichten wir die Ebene mit der von den Feuern beleuchteten Allee, hielten auf den Befehl meines Vaters hin an und stiegen ab. Die atrebatische Abordnung mit all ihren Kriegern und Beratern war bereits auf dem Weg ins Innere des Steinkreises. Eine weitere Gruppe von atrebatischen Gefolgsleuten, Leibwachen und Dienern war vor der Anlage geblieben und bewachte die Pferde ihrer Herren. Ganz in der Nähe entdeckte ich die Leibwachen der Druiden neben ihren Reittieren.

Drei Druiden in schwarzen Gewändern, unter ihnen auch Bladocus, schritten zügig vom Eingang her auf uns zu. Sie blieben in ein paar Schritt Entfernung stehen. Ein dicker, kleiner Druide mit Kapuze über dem tätowierten Kopf trat vor und verbeugte sich leicht vor meinem Vater. »Willkommen«, sagte er in unserer Sprache, aber mit einem abscheulichen Akzent. »Bitte lasst Eure Pferde hier und folgt mir. Der Hohe Rat der Druiden ist bereit und die Zeremonie kann beginnen.«

Er drehte sich um und ging in schnellem Tempo die Allee hinunter. Mein Vater befahl seinen Dienern, bei den Pferden zu bleiben. Wir beeilten uns, den Druiden und der atrebatischen Abordnung die Allee hinunter zum Haupttor zu folgen. Bladocus ließ sich etwas zurückfallen, bis er neben mir herging, während die anderen Druiden ein paar Schritte vor uns liefen. »Pass gut auf«, sagte er mit leiser Stimme, wobei er sie genau im Auge behielt. »Ich muss dir etwas mitteilen.«

Noch nie zuvor hatte ich eine solche Anspannung bei meinem Lehrer erlebt. »Was denn, Herr?«

Bladocus schwieg und wartete, bis ein druidischer Leibwächter an uns vorbeigeeilt und außer Hörweite war. »Jemand hat versucht, mich hier in Lhandain zu bestechen«, sagte er dann.

Ich blieb abrupt stehen und sah ihn an. »Wer hat das versucht?«

Bladocus bedeutete mir weiterzugehen. »Ein römischer Händler. Seinen Namen hat er mir nicht genannt, aber er hat behauptet, von einer Gruppe besorgter

Händler aus Lhandain beauftragt worden zu sein«, fuhr er fort. »Er wollte, dass ich zugunsten der atrebatischen Seite abstimme.«

»Wann war das?«

»Vor zwei Tagen, kurz nach der Ankunft des Hohen Rates.«

Eine böse Vorahnung durchfuhr mich wie eine Messerklinge, als ich die offensichtliche Frage stellte: »Hat er noch andere Mitglieder des Hohen Rates angesprochen?«

»Ich glaube schon, ja.«

Ich schluckte. »Sollten wir dann nicht die anderen Druiden umgehend davon in Kenntnis setzen?«

»Das wäre unklug.«

»Warum, Herr?«

Bladocus fuhr sich mit der Zunge über die Lippen und sah sich schnell um, bevor er weitersprach. »Ich befürchte, dass einige der anderen Ratsmitglieder diesem Römer mit weniger Prinzipientreue begegnet sind als ich.«

Ich erschrak. »Ihr glaubt, dass sie sich bestechen ließen?«

»Nicht alle Druiden sind immun gegen den Lockruf des römischen Weins und der römischen Münzen«, sagte Bladocus verbittert.

Trotz der Hitze der Feuer zu beiden Seiten der Allee lief mir ein kalter Schauer den Rücken hinunter.

»Lässt sich das irgendwie beweisen?«, fragte ich.

Bladocus schüttelte den Kopf. »Bislang noch nicht.«

»Und was sollen wir jetzt tun, Herr?«

Bladocus konnte mir diese Frage nicht mehr beantworten, denn wir näherten uns der Menschenmenge vor dem Eingang des Steinkreises. An die riesigen Holzstelen zu beiden Seiten des Eingangs waren die Schädel derer genagelt, die an diesem Ort den Göttern geopfert worden waren – es waren Dutzende. Der Ringgraben gleich hinter dem Tor war mit den Knochen geschlachteter Opfertiere gefüllt. Über allem hing der unverkennbare Gestank des Todes.

Mehrere druidische Bedienstete waren damit beschäftigt, die Neuankömmlinge zu ihren Plätzen rund um den Steinkreis herum zu führen. Einer näherte sich uns und winkte uns zu sich. Wir folgten ihm an den Feuern vorbei in den Kreis aus mit Flechten bedeckten heiligen Steinen, von denen jeder so groß wie drei Männer war, und nahmen unsere Plätze auf der vom Eingang aus gesehen linken Seite des Steinkreises ein. Bladocus und die anderen Druiden gesellten sich zu den anderen Ratsmitgliedern, die zu beiden Seiten des großen, mit getrocknetem Blut befleckten Steinaltars Aufstellung genommen hatten. Die atrebatische Abordnung bildete eine große Gruppe zur rechten Seite des Kreises. Die Krieger darunter waren leicht an ihrer Haartracht, den Torques und gemusterten Umhängen zu erkennen. Viele starrten uns in stummer Feindseligkeit an.

»Das gefällt mir ganz und gar nicht«, murmelte Epaticcus. »Wir sind weit in der Unterzahl. Wenn das schiefgeht, stecken wir in Schwierigkeiten.«

»Mach dich nicht lächerlich«, erwiderte Adminius gereizt. »Selbst Verica und seine Anhänger sind nicht so töricht, und auf heiligem Boden anzugreifen.«

»Ruhe!«, zischte mein Vater.

Kaum hatten alle ihre Positionen eingenommen, trat ein Druide mit einer bronzenen Sichel vor und sorgte dafür, dass Ruhe einkehrte. Einen Moment lang war außer dem scharfen Knistern der Feuer und dem fernen Rufen der Nachtschwalben kein Laut zu hören. Dann tauchte aus der undurchdringlichen Schwärze der Nacht hinter den Steinen ein weißbärtiger Druide auf. Seine mit Stierhörnern versehene Kopfbedeckung zeichnete ihn als einen Hochdruiden aus, von Lud auserwählt, um ihn in unserer Welt zu vertreten, und mit der Fähigkeit ausgestattet, mit den Göttern Zwiesprache zu halten. Der Mann blieb neben dem Altar stehen und ließ den Blick über die Reihen der Könige, Adligen, Krieger und Druiden vor ihm schweifen.

»Bevor wir beginnen, müssen alle Anwesenden einen Eid ablegen«, sagte er, und seine brüchige Stimme hallte von den steinernen Stelen um uns herum wider. »Jeder Anwesende muss schwören, das Urteil zu respektieren, das dieser Rat im Angesicht der Götter fällt. Über jeden, der gegen das heute Abend gefällte Urteil verstößt, wird die Schande der Entehrung kommen und er wird für immer ein Ausgestoßener der Stämme sein. Nun sprecht mir diesen Eid nach.«

Wir legten die rechte Hand auf unsere Schwerter und wiederholten die Worte des Hochdruiden. Dann wandte er sich an meinen Vater. »Habt Ihr eine Opfergabe für die Götter?«

»Ja, die habe ich.« Der König gab Parvilius, dem Kommandanten der königlichen Leibwache, einen Befehl. Dieser machte ein Zeichen, woraufhin zwei seiner Männer eine spindeldürre Gestalt in fadenscheinigen Beinkleidern nach vorn zerrten. Die Hände des Mannes waren mit einem Seil hinter dem Rücken gefesselt, und seine nackte Brust war mit grässlichen und gewiss schmerzhaften Striemen und Narben übersät.

Bei dem Mann handelte es sich um einen Viehdieb – und Viehdiebstahl ist eines der schlimmsten Verbrechen, die unser Stamm kannte. Nun sollte er den Göttern geopfert werden. Wenn Ihr nun entsetzt seid, Römer, dann seid Ihr damit gewiss nicht allein. Ich weiß, dass viele Eurer Landsleute diesen keltischen Brauch abstoßend finden – sogar dann, wenn sie im gleichen Atemzug voller Begeisterung über die neueste Blutorgie in Eurem Amphitheater sprechen. Dennoch werde ich Euch alles so berichten, wie es sich zugetragen hat, so widerwärtig es Euch auch erscheinen mag. Unsere Götter müssen vor solchen Zusammenkünften besänftigt werden, so ist es nun mal. Sich auf heiligem Boden zu versammeln, ohne sich vorher ihre Zustimmung einzuholen, würde nur ihren Zorn erregen und Unglück über unser Volk bringen.

Der Hochdruide ließ sich von einem Diener einen Dolch geben, schloss die Augen und trug die heiligen Worte vor, während die Wachen den Gefangenen auf die Knie drückten. Der Mann ließ es ohne Widerworte oder um sein Leben zu flehen geschehen, denn nur diejenigen, die mutig in den Tod gehen, dürfen mit Lud in der Großen Halle der Anderswelt das erlesenste Fleisch und das beste Bier genießen. Um den Gefangenen für seine Reise zu stärken, reichte ihm einer der Druiden ein Getränk aus dem Saft von Schlehenblüten, gemischt mit Kräutern und dem Blut eines weißen Stiers. Der Mann leerte den Becher und aß dann eine Schale mit Pilzen leer, die ihm ein zweiter Diener reichte.

Als er fertig war, begann der Hochdruide mit einer

weiteren Beschwörungsformel. Schließlich hob er den Dolch hoch über seinen Kopf, sodass die Spitze der Klinge das Licht des Feuers reflektierte, bevor er sie im Nacken des Gefangenen versenkte. Der Körper des Mannes verkrampfte sich, er stieß einen gurgelnden Laut aus, kippte nach vorn und sackte dann in sich zusammen. Während er sich am Boden krümmte, drängten sich die Druiden um ihn und bückten sich, um die Zuckungen seiner Gliedmaßen ebenso genau zu beobachten wie den Fluss des stoßweise aus der Wunde strömenden Blutes, um den Willen der Götter daraus zu lesen.

Schließlich tat der Gefangene seinen letzten Atemzug, und die Wächter trugen den Leichnam fort. Der Hochdruide richtete sich zu seiner vollen Größe auf und wandte sich dann wieder an die beiden Parteien. »Der Todeskampf war glückverheißend«, erklärte er. »Lud hat das Geschenk zu seinen Ehren angenommen. Die Versammlung kann nun beginnen.«

Der Hochdruide gab den blutbefleckten Dolch an einen Diener weiter, dann verschränkte er die Hände hinter dem Rücken und sprach weiter zu der im Kreis aus Feuer und Stein versammelten Menge. »Wir sind heute Abend hier zusammengekommen, um gegensätzliche Ansprüche auf das Reich Lhandain, vormals regiert von dem verstorbenen Fürsten Trigomaris, zu verhandeln. Es haben sich sowohl Vertreter des fürstlichen Hofes in Lhandain sowie seiner atrebatischen Verbündeten als auch die Abgesandten der Catuvellaunen eingefunden. Wir werden die Forderungen beider Seiten anhören. Sobald alle ihre Argumente vorgetragen haben, wird jedes Mitglied des Hohen Rates der Druiden seine Stimme abgeben. Da die catuvellaunische Partei die Angelegenheit vor den Hohen Rat gebracht hat, werden ihre Vertreter auch den Anfang machen.«

Mein Vater trat vor und richtete den Blick auf die Druiden am Altar. »Weise Männer des Hohen Rates. Ich bin Cunobelinus, Großkönig der Catuvellaunen, Trinovanten und Cantiaci. Ich danke Euch, dass Ihr uns die Gelegenheit gebt, unsere Argumente vorzutragen. Ich werde mich kurz fassen, denn die Fakten liegen auf der Hand. Wir allein haben Anspruch auf Lhandain.« Er hielt mit hinter dem Rücken verschränkten Händen inne, den Blick fest auf die Druiden gerichtet, und vergewisserte sich, dass er ihre volle Aufmerksamkeit hatte. Nicht ein einziges Mal warf er auch nur einen Blick auf die Atrebaten, als hätten diese nichts mit der Sache zu tun. Die Redekunst meines Vaters war jedem Möchtegern-Cicero an den Gerichten Roms ebenbürtig. »Wie Ihr wisst, gibt es eine Vereinbarung zwischen unserem Stamm und dem Großvater des verehrten Fürsten Trigomaris, nach dem all seine Ländereien an unser Königreich übergehen, falls der letzte Herrscher Lhandains ohne Erben stirbt. Diese Vereinbarung wurde, wie ich hinzufügen möchte, vom gesamten Rat der Adligen in Lhandain angenommen. Und es war auch dieser ehrwürdige Hohe Rat hier damals Zeuge, als der Vertrag geschlossen wurde.«

Der Hochdruide stützte nachdenklich sein Kinn auf die geballte Faust. »Aber dieser Vertrag ist nicht mehr gültig, da Moricanus behauptet, das Land sei ihm von Trigomaris selbst versprochen worden.«

»Das ist eine Lüge aus dem Munde eines verräterischen Usurpators«, erwiderte mein Vater. »Trigomaris hat öffentlich erklärt, dass seine Ländereien niemals in die Hände der Atrebaten fallen sollen. Er hätte den Vertrag mit uns niemals gebrochen.«

»Mehrere Vertreter der atrebatischen Seite bestreiten das«, erklärte der Hochdruide. »Cunobelinus, könnt Ihr noch etwas vorbringen, das Euren Anspruch stützt? Etwas anderes als einen Vertrag, der vor Generationen geschlossen wurde und an den sich heute kaum noch jemand in seinen Einzelheiten erinnert? Keiner von den damaligen Zeugen ist noch am Leben, um Eure Version der Geschichte zu bestätigen.«

»Die Abstammung und das Blut der Menschen hier bestätigen unseren Anspruch.« Mein Vater machte eine weit ausholende Geste, die das ganze Tal miteinschloss. »Seht Euch um. Dieses Land ist seit Generationen die Heimat unseres Stammes. Einst herrschte hier mein Vorfahr Cassivellaunus. Das Volk dieses Reichs spricht unsere Sprache, folgt unseren Bräuchen und heiratet unsere Söhne und Töchter. Viele von ihnen haben in unseren Kriegsbanden gekämpft. Lhandain war und ist nur dem Namen nach nicht catuvellaunisch.«

»Das ist wohl kaum eine unbestreitbare Behauptung«, erwiderte der Hochdruide. »Ein Stamm kann sich nicht das Land eines anderen aneignen, nur weil ein paar Bewohner ihre Haare auf dieselbe Weise flechten.«

»Scheiße, auf wessen Seite steht der eigentlich?«, flüsterte Epaticcus.

»Nicht auf unserer«, murmelte ich. »So viel ist jedenfalls sicher.«

Mein Vater schüttelte energisch den Kopf. »Die Bande zwischen Lhandain und unserem Stamm reichen viel tiefer. Sie sind unsere Brüder im Blute. Aber es gibt noch einen anderen Grund, das Gebiet uns zuzuschlagen. Und das ist vielleicht der wichtigste Grund von allen, sogar noch wichtiger als der Vertrag zwischen unseren Stämmen.«

»Dann lasst ihn uns hören, Cunobelinus«, sagte der Hochdruide.

»Der Einfluss Roms breitet sich schleichend auf unserer Insel aus, das wissen wir alle. Einige von uns haben versucht, dieses Vordringen einzudämmen, indem sie mit den Fremden Handel treiben, sie aber dennoch auf Distanz halten. Das ist nicht immer einfach. Männer wie Verica haben dagegen einen anderen Weg eingeschlagen und sich immer enger mit den Römern verbunden. Wenn Ihr zulasst, dass das Königreich in die Hände von Fürst Moricanus und seiner atrebatischen Verbündeten fällt, werden sie unser Land weit für den römischen Einfluss öffnen. Wollen wir das wirklich?«

»Meine Brüder, der König hat hier gerade einen sehr wichtigen Punkt angesprochen«, sagte Bladocus. »Wir alle wissen, was geschah, als Rom sich in die Angelegenheiten der Stämme Galliens eingemischt hat. Unzählige Krieger wurden abgeschlachtet, das Land verwüstet, Frauen und Kinder aus den höchsten Adelsfamilien in das Elend der Sklaverei verschleppt.«

Der Hochdruide verdrehte die Augen. »Ich bitte Euch, Bladocus. Ein paar römische Händler stellen doch wohl keine ernsthafte Bedrohung dar. Seit Generationen kommen Fremde zu uns, um mit uns zu handeln, und bislang hat es damit keine Schwierigkeiten gegeben.«

»Das hier ist etwas anderes.« Dies war eine Herzensangelegenheit meines Vaters, und ich hörte leichte Wut in seiner Stimme. »Es ist richtig, dass wir viele Jahre lang ohne Angst vor der Unterdrückung und den Legionen unseres verhassten Feindes jenseits des Meeres gelebt haben. Doch ich befürchte, dass es damit nun bald vorbei ist. Die Legionen haben die germanischen Stämme unterworfen, ihre Anführer verbannt oder getötet, und die Grenze entlang des Rhenus ist alles andere als gesichert. Wie lange wird es wohl dauern, bis Rom seinen gierigen Blick wieder auf uns richtet? Wir müssen jetzt handeln, um zu verhindern, dass das Gift Roms in unser Land sickert. Und dazu muss Lhandain unter unsere Herrschaft fallen. Nur die Catuvellaunen haben genug Macht, das große Unheil zu verhindern, das alle Stämme unserer Insel bedroht.« Meine Beschreibung kann der wortgewaltigen Rede meines Vaters nicht gerecht werden. Aber als ich dabei die zweifelnden Mienen der Druiden bemerkte, fragte ich mich, ob wir genug Ratsmitglieder von unserer Sache überzeugen konnten.

Es folgte ein längeres Schweigen, dann wandte sich der Hochdruide erneut an meinen Vater. »Habt Ihr dem noch etwas hinzuzufügen?«

»Nein.«

»Wenn Ihr erlaubt, möchten wir uns nun die andere Streitpartei anhören.«

Mein Vater verließ die Mitte des Kreises, und der Hochdruide erteilte dem Lager der Atrebaten das Wort. Ein großer, hagerer Mann mittleren Alters trat vor. Sein Bart war ordentlich gestutzt, und er trug eine kunstvoll mit goldenen Mustern durchwirkte Wolltunika von bester Qualität. Seine Gesichtszüge erinnerten mich an einen Falken, und in seinen Augen lag ein stählernes Funkeln. Bereits da wurde mir klar, dass dies ein gefährlicher Mann war, dem man nur so weit trauen konnte, wie man einen Stein spucken kann.

»König Verica wird nun sprechen«, sagte der Hochdruide.

»Ich danke Euch, weise Männer des Hohen Rates.« Verica warf einen Blick in die Runde. »Ihr alle wisst, wer ich bin. Mein Name ist Verica, Bruder des Eppillus, Bruder des Tincomarus, Sohn des Commius. Mein Volk kann seine Vorfahren bis zu den großen Stämmen Galliens zurückverfolgen. Heute Abend spreche ich als Freund von Fürst Moricanus zu Euch, dem rechtmäßigen Erben des Throns von Lhandain.«

Er hielt inne und deutete auf einen schmal gebauten Mann mit dunklem, lockigem Haar, bartlosen Wangen und einer kurzen Tunika im römischen Stil unter seinem bunt gemusterten Umhang. Neben Fürst Moricanus stand ein grimmig dreinblickender Leibwächter mit einem Lederbeutel über der Schulter.

»Ich strebe Frieden und Wohlstand für alle an«, fuhr Verica fort. »Und es ist mein sehnlichster Wunsch, einen Krieg mit den Catuvellaunen zu vermeiden. Von unserem lieben Freund Cunobelinus haben wir einige deutliche Worte gehört. Er beschuldigt mein Volk, sich mit Rom verbündet zu haben, und verurteilt uns dafür. Aber gibt es denn eine andere Möglichkeit, frage ich Euch? Sollen wir uns weigern, unsere Waren an ihre Händler zu verkaufen, und dadurch verarmen? Würde die Zurückweisung ihrer Händler die Römer nicht erst recht zur Eroberung reizen? Auf diese Weise kommen wir wenigstens in den Genuss einer für beide Seiten vorteilhaften Beziehung. Rom wünscht Frieden mit unseren Stämmen.«

»Frieden, Verica?«, sagte mein Vater verächtlich. »Erzähl das den hingeschlachteten Völkern von Gallien und Hispanien. Jawohl, Freunde, es gibt so etwas wie einen römischen Frieden. Doch dieser Frieden wird durch das Schwert erzwungen, und wenn wir den Feind mit offenen Armen empfangen, wie Verica vorschlägt, sorgen wir selbst für unseren Untergang.«

»Cunobelinus, Ihr sprecht von längst vergangenen Zeiten. Seitdem hat sich viel geändert. Roms Hunger nach Eroberungen ist gestillt.«

»Und warum sollten wir Euch das glauben, Verica?«, rief mein Vater. »Ihr behauptet, für den Frieden zu sein, aber wer will schon einen Mörder als Freund?«

Vericas Augen verengten sich zu Schlitzen. »Erklärt Euch!«

»Freunde«, sagte mein Vater und deutete auf Moricanus, »wir alle haben die Gerüchte gehört, die Trigomaris' Ende umranken. Angeblich wurde er bei einem Jagdunfall durch den Pfeil eines seiner eigenen Edelmänner getötet. Obwohl dieser Edelmann sehr geschickt mit dem Bogen war. Nun ist auch dieser Adlige selbst unter verdächtigen Umständen gestorben. Er wurde drei Tage nach dem Tod des Fürsten mit einem Stich in den Nacken ermordet.«

Verica grinste. »Ihr unterstellt also ein Verbrechen, Cunobelinus?«

»Ich unterstelle gar nichts, Verica. Die Fakten sprechen für sich.«

»Das reicht!«, brüllte der Hochdruide aus vollem Halse. »Hört sofort auf, vor dem Rat weiter mit haltlosen Anschuldigungen um Euch zu werfen. Verica, fahrt bitte fort.«

Der Atrebat nickte, drehte sich um und wandte sich nun direkt an die Druiden. »Ihr weisen Männer, wie ich gerade sagte, hat Rom keinen Grund, uns anzugreifen. Derzeit genießen die Römer auch ohne den gewaltigen Aufwand einer militärischen Besatzung die Vorteile des Handels mit unseren Stämmen. Warum sollte uns Rom seine Legionen schicken? Aber es gibt eine andere Bedrohung. Eine, die uns viel näher ist und die unser aller Interessen gefährdet. Ich spreche von den Catuvellaunen.«

Es war völlig still, als Verica in die Mitte des Kreises schritt und auf die Adligen auf unserer Seite deutete. »Diese Männer haben unter ihrem kriegslüsternen König die Ländereien der Trinovanten und die Königreiche der Cantiaci erobert, und wir haben nichts getan, um sie aufzuhalten. Sie sind die wahren Aggressoren und nicht Rom«, donnerte er, und seine Stimme hallte von den hohen Steinen um uns herum wider. »Gebt Cunobelinus die Kontrolle über Lhandain, und er wird sich alle Stämme im Süden unserer Insel untertan machen. Keiner wird vor seinen Kriegsbanden sicher sein.«

»Es ist besser, dass unser Volk von seinesgleichen regiert wird als von einem Handlanger Roms«, schrie Epaticcus unter lautstarker Zustimmung auf unserer Seite.

»Hier geht es nicht um irgendwelche anderen Stämme«, warf mein Vater ein. »Wir sind hier zusammengekommen, um über den rechtmäßigen Besitzer von

Lhandain zu entscheiden. Lenkt nicht vom eigentlichen Thema ab, Verica.«

»Ganz im Gegenteil, Verica hat ein gutes Argument vorgebracht«, sagte der Hochdruide. »Darf ich die Mitglieder des Hohen Rates daran erinnern, dass sich dieser von jeher als Wächter des Gleichgewichts zwischen den vielen Stämmen Britanniens versteht? Wir alle sind uns der Gefahr bewusst, die entsteht, wenn ein Stamm zu mächtig wird. Sollen wir diesen Grundsatz wegen der fragwürdigen Ansprüche von König Cunobelinus und seinem Gefolge aufgeben?«

Bladocus räusperte sich. »Hoher Herr, wenn ich etwas sagen dürfte.«

»Ja, Bladocus?«

»Es ist richtig, dass dieser Rat in der Vergangenheit von dem Grundsatz des Gleichgewichts der Kräfte zwischen den Stämmen geleitet wurde. Aber ich frage mich, ob ein solches Handeln angesichts der wachsenden Einmischung Roms in unsere Angelegenheiten noch gerechtfertigt ist.«

»Wie das?«

»Hoher Herr, König Cunobelinus hat uns auf die Gefahr hingewiesen, die uns von unseren alten Feinden auf der anderen Seite des Meeres droht. Eine Gefahr, die ich nur zu gut kenne.«

Der Hochdruide lächelte nachsichtig. »Wir alle wissen, dass Ihr aus Gallien stammt, Bladocus. Schließlich werdet Ihr ja auch nicht müde, uns immer wieder an das Schicksal Eurer Vorväter zu erinnern. Kommt zur Sache.«

»Unsere Stämme wurden von den Römern bezwungen, weil wir zu sehr damit beschäftigt waren, uns untereinander zu bekämpfen. Wir waren nicht dazu in der Lage, unsere Meinungsverschiedenheiten beizulegen, und als unsere Anführer schließlich den Ernst der Lage erkannten und Vercingetorix die Treue schworen, war es bereits zu spät. Das sollte uns allen hier als Warnung dienen. Wenn wir uns nicht zusammenfinden, werden wir den römischen Legionen kaum Widerstand leisten können. Nur vereint haben wir überhaupt eine Chance.«

»Ihr glaubt also, dass wir den Catuvellaunen erlauben sollten, ihre Nachbarn zu unterwerfen?«

»Ich glaube an einen einzigen mächtigen Stammesbund, der mächtig genug ist, unseren Feinden zu widerstehen. Das wäre doch im Interesse aller – und jedenfalls besser als Haarspaltereien über winzige Reiche.«

»Ein Bündnis unter einem einzigen König?«

»Das hat es schon einmal gegeben, Hoher Herr. Als Caesar einmarschiert ist, haben sich die Stämme unter Cassivellaunus zu einem Bündnis zusammengeschlossen.«

Der Hochdruide verzog das Gesicht, als hätte er verdorbene Milch getrunken. »Und Ihr seht ja, wie gut das ausgegangen ist, Bladocus! Bei Euch in Gallien mag das ja anders sein, aber wir hier gestehen den Stämmen von jeher eine große Unabhängigkeit zu.«

»Da hat er verdammt noch mal recht«, murmelte Epaticcus.

»Nein«, gab ich zurück. »Bladocus spricht die Wahrheit.«

»Pffff! Das sagst du nur, weil er dein Lehrer ist. Und außerdem werden die Stämme ihre Streitigkeiten niemals beilegen.«

»Im Moment sind sie dazu vielleicht noch nicht bereit, aber wenn Rom erst einmal offen unser Land bedroht, sieht es womöglich anders aus.«

»Dann kennst du unsere Insel aber schlecht, mein Junge. Sieh sie dir doch an!« Er deutete mit dem Kopf auf die griesgrämig dreinblickenden Atrebaten. »Diese Bande würde sich lieber die Augen ausstechen lassen, als an unserer Seite zu kämpfen.«

Der Hochdruide starrte Bladocus kühl an, und ein Hauch von Wut schlich sich in seine Stimme. »Bladocus, dies ist nicht der richtige Zeitpunkt, um über irgendwelche Pläne zu sprechen, die Ihr Euch ausgedacht habt. Bitte richtet Eure Aufmerksamkeit wieder auf die heute zu entscheidende Frage. Verica, bitte, fahrt fort.«

Einen Moment lang sah ich etwas in den Augen des atrebatischen Königs aufblitzen. »Danke, Hoher Herr.« Er hielt inne und wandte sich an die Gesamtheit der Ratsmitglieder. »Cunobelinus behauptet, dass Lhandain zu seinem Stamm gehört. Aber ich habe einen unwiderlegbaren Beweis, dass die Ländereien ganz ohne Zweifel unserem Verbündeten Fürst Moricanus überlassen wurden.«

Er machte Moricanus ein Zeichen. Der Fürst wandte sich an den hünenhaften Leibwächter, woraufhin dieser aus seinem ledernen Beutel eine Schriftrolle hervorholte und Verica reichte. Mein Vater und Epaticcus sahen sich fragend an, während der König der Atrebaten die Schriftrolle in die Höhe hielt, damit alle sie sehen konnten. »Das hier ist eine schriftliche Vereinbarung, unterzeichnet von Trigomaris persönlich. Sie bestätigt, dass es sein letzter Wunsch war, Lhandain an Moricanus zu übertragen«, erklärte er. »Es handelt sich hierbei um ein beglaubigtes und rechtsverbindliches Dokument, dessen Gültigkeit nicht in Zweifel gezogen werden kann.«

Ein überraschtes Raunen ging durch die Menge der versammelten Adligen. Das hatte es noch nie gegeben, schließlich hatten wir keine eigene Schriftsprache. Unsere Gesetze und frühere Urteilssprüche wurden mündlich von einer Generation zur nächsten weitergegeben. Das Wort eines Mannes galt als so verbindlich und heilig, als hätte er Lud selbst einen Eid geschworen.

»Das Dokument wurde auf Latein verfasst«, fuhr Verica fort. »Es gibt klar und deutlich Trigomaris' Wünsche wieder, und jeder, der der lateinischen Sprache mächtig ist, kann sich mit eigenen Augen davon überzeugen. Hier steht, dass Lhandain künftig von Fürst Moricanus regiert werden soll.«

»Verica, du verhöhnst unsere Gesetze«, sagte mein Vater anklagend. »Eine Schriftrolle in der Sprache unserer Feinde? Was für eine Bedeutung soll sie für unser Volk haben? Die geschätzten Mitglieder des Rates werden diesen sogenannten Beweis sicher mit der gebührenden Verachtung zurückweisen.«

»Wir hatten keine andere Wahl. Trigomaris war nach seinem Jagdunfall schwer verletzt«, fügte Moricanus hinzu. Er hatte eine unangenehm krächzende Stimme. »Deswegen mussten wir seine Wünsche so schnell wie möglich festhalten. Ein römischer Händler, der früher einmal Schreiber gewesen war, erbot sich, das Dokument zu verfassen und die Unterschriften zu beglaubigen, damit keine Missverständnisse über die Absicht des Fürsten entstehen können.«

Verica streckte seine Hand aus. »Ihr glaubt mir nicht, Cunobelinus? Hier, überzeugt Euch selbst.«

Mein Vater nickte mir zu. Ich war der Einzige von uns, der Latein lesen konnte, denn ich hatte die Sprache der Römer viele Jahre lang in Merladion studiert. Ich nahm Verica die Schriftrolle ab, wickelte sie von unten auf und überflog den sauber und ordentlich geschriebenen Text. Das Dokument war in knapper juristischer Sprache verfasst und von drei Personen unterschrieben worden.

»Und? Was steht da?«, fragte Cunobelinus ungeduldig.

Ich schluckte. »Das ist ein unterzeichneter Vertrag zwischen Trigomaris und Moricanus, beglaubigt von einem römischen Kaufmann namens Bassianus, in dem festgelegt wird, dass Lhandain mit allen Ländereien Moricanus zufallen soll. Genau wie Verica gesagt hat, Vater.«

Verica wandte seine Aufmerksamkeit nun wieder den Druiden zu. »Außer diesem Dokument und den Unterschriften darauf sollten keine weiteren Beweise nötig sein, damit Ihr Eure Entscheidung treffen könnt. Ihr werdet mir gewiss zustimmen, dass dieses Dokument weitaus zuverlässiger ist als eine vage mündliche Vereinbarung, die getroffen wurde, lange bevor einer von uns hier überhaupt geboren war.«

Mein Vater schüttelte den Kopf. »Das ist lächerlich. Trigomaris war des Lateinischen nicht mächtig. Er wusste nicht, was er da unterschreibt. Die Druiden können das unmöglich akzeptieren.«

Verica setzte eine empörte Miene auf. »Wollt Ihr damit sagen, dass wir ihn getäuscht hätten? Solche Anschuldigungen sind nun wirklich unter Eurer Würde, Cunobelinus.«

Der Streit ging weiter hin und her, und die Druiden trugen abwechselnd ihre jeweilige Meinung dazu vor. Als sich über den Steinen die Mondsichel zeigte, hob der Hochdruide seine Hand, um die Debatte zu beenden. »Wir haben genug gehört«, verkündete er. »Meine Brüder, jetzt müssen wir abstimmen. Bringen wir diese Angelegenheit zu einem Abschluss.«

Als beide Parteien in Erwartung des Urteils ihre Blicke auf die Druiden richteten, war die Anspannung, die in der Nachtluft hing, förmlich mit Händen zu greifen.

Der Hochdruide trat vor den Rat. »Alle, die dafür sind, Lhandain den Catuvellaunen zuzusprechen, mögen ihre Hand erheben«, sagte er mit gebieterischer Stimme.

Nur wenige Druiden hoben die Hände. Ich zählte sie mit wachsender Bestürzung. Weniger als ein Drittel des Rates hatte für unsere Seite gestimmt. Einige catuvellaunische Edelmänner stöhnten enttäuscht auf oder murmelten Flüche, als der Hochdruide nun alle diejenigen zur Abstimmung aufforderte, die für das den Atrebaten genehmere Ergebnis waren. Eine größere Gruppe hob die Hände, darunter auch der Hochdruide selbst. Epaticcus fluchte neben mir leise vor sich hin. »Scheiße. Ich kann es einfach nicht glauben.«

»Damit ist die Sache entschieden«, erklärte der Hochdruide. »Eine klare Mehrheit hat Partei für Fürst Moricanus ergriffen. Er sei hiermit als rechtmäßiger Herrscher von Lhandain anerkannt. Die Catuvellaunen werden jeden weiteren Anspruch auf sein Land aufgeben. Dies ist der Wille des Hohen Rates.«

Die atrebatische Abordnung brach in Jubel aus, und die Männer klopften sich gegenseitig auf die Schultern.

Zu meiner Linken stand mein Vater und starrte sie an. Sein vom Schein der Flammen beleuchtetes Antlitz war von Wut verzerrt. Da entfernte sich Bladocus plötzlich vom Altar und lief schnell zum Rand des Steinkreises. Ich verrenkte mir den Hals, um ihn hinter der Menge mit dem Blick verfolgen zu können. Er rief einem der druidischen Leibwächter etwas zu, dieser drehte sich um und eilte die Allee hinunter. Einige Augenblicke später kehrte er mit einem edlen weißen Pferd zurück, an dessen Sattelhörnchen zwei lederne Taschen hingen. Bladocus nahm dem Leibwächter die Zügel ab und führte das Tier an den alten Steinstelen vorbei in die Mitte des Kreises.

»Brüder des Hohen Rates!«, rief er.

Der Jubel aus dem Lager der Atrebaten verstummte, und beide Delegationen sahen Bladocus an. Der Hochdruide stand wie erstarrt und mit verwirrter Miene da. »Was in Luds Namen habt Ihr vor?«, fragte er.

Ohne die Frage zu beantworten, deutete Bladocus auf das Pferd an seiner Seite. »Könnt Ihr bestätigen, dass dies Euer Reittier ist, Hoher Herr?«

»Natürlich«, blaffte der Hochdruide ungeduldig. »Was hat das zu bedeuten?«

»Was bei allen Göttern geht hier vor sich?«, flüsterte Epaticcus.

»Keine Ahnung«, antwortete ich. Aber ich spürte, wie mir ein kalter Schauer über den Rücken lief.

Unter den Augen der Menge löste Bladocus die Lederriemen einer der beiden Satteltaschen. Ich sah zu dem Hochdruiden hinüber, über dessen pockennarbiges Gesicht ein Ausdruck des Entsetzens huschte. »Verdammter Narr, was fällt Euch ein?«, rief er. »Lasst das gefälligst bleiben!«

Bevor der Hochdruide noch etwas sagen konnte, nahm Bladocus die Tasche und schüttete den Inhalt heraus. Ein Haufen frisch geprägter Silbermünzen prasselte zu seinen Füßen auf den Boden. Die versammelten Adligen und Krieger verstummten. Einen Moment lang waren wir alle starr vor Schreck. Dann näherte sich mein Vater dem glänzenden Münzhaufen, bückte sich, hob eine Handvoll davon auf und betrachtete sie im Schein des Feuers. »Diese Münzen tragen das Bildnis des Kaisers Tiberius«, sagte er.

Bladocus nickte. »Vor zwei Tagen wurde ich in Lhandain von einem römischen Händler angesprochen. Dieser Mann behauptete, im Auftrag des Kaisers eine Entscheidung zugunsten der Atrebaten erwirken zu wollen. Ich lehnte seine Silbermünzen ab, aber als ich am nächsten Morgen meinen Verdacht mitteilen wollte, sah ich, wie derselbe Händler das Quartier des Hochdruiden verließ.«

»Lügen!«, röchelte der Hochdruide mit Schaumflocken um den Mundwinkel. »Völlig haltlose Lügen!«

»Es ist die Wahrheit«, sagte Bladocus an meinen Vater gerichtet, ohne den Blick vom Hochdruiden abzuwenden.

»Warum habt Ihr das nicht früher gesagt?«, fragte mein Vater.

»Ich hatte einen Verdacht, aber ich konnte mir nicht sicher sein. Und ich wollte meine Position im Rat nicht gefährden, indem ich mich vor der Versammlung öffentlich auf eine Seite schlage. Aber als unser hochverehrter Anführer die atrebatische Seite unterstützt hat, obwohl sie die schwächeren Argumente vorzuweisen hatte, wusste ich, dass er die römischen Münzen nicht abgelehnt hat.« Er starrte die anderen am Altar versammelten Druiden wütend an. »Und ich vermute, dass er nicht der Einzige ist.«

Mehrere Druiden, die für unsere Seite gestimmt hatten, blickten ihre Gefährten anklagend an. Der Hochdruide sah auf den Haufen Münzen hinunter und fuhr sich mit der Zunge über die Lippen.

»Das ist ungeheuerlich!«, rief mein Vater.

Schreie der Empörung und der Wut hallten nun durch den Steinkreis. Dann schritt Verica in dessen Mitte und hob beschwichtigend die Hände.

»Das Ganze ist doch ein fauler Trick, meine Freunde«, sagte er sanft. »Ein catuvellaunischer Diener hat sich an den Satteltaschen zu schaffen gemacht, während wir alle hier verhandelt haben. Dies ist ganz offensichtlich ein dreister Versuch, den guten Namen des Hochdruiden in den Schmutz zu ziehen.«

»Erwartet Ihr wirklich, dass wir das glauben?« Cunobelinus sah ihn verächtlich an. Seine Stimme bebte vor Wut. »Verica, Ihr habt Euch das Ergebnis dieser Versammlung gekauft. Ihr seid nichts als ein ehrloser Dieb, Ihr und Eure römischen Freunde. Ihr seid nichts als Abschaum!«

Er schleuderte Verica die Münzen ins Gesicht.

Und dann brach das Chaos aus.

KAPITEL 21

Was dann geschah, darüber gingen die Meinungen der beiden Stämme lange auseinander. Verica behauptete später, gesehen zu haben, wie mein Vater und seine Leibwächter nach ihren Schwertern griffen, *bevor* er seinen eigenen Männern befahl, ihn zu schützen. Mein Vater hat immer darauf bestanden, dass unsere Krieger ihre Waffen erst zogen, *nachdem* Verica seinen Leibwächtern den Befehl zugebrüllt hatte. In diesem Fall wäre Verica für das Blutbad von Senomagus verantwortlich. Es gibt mehrere unterschiedliche Versionen der Ereignisse jener Nacht, die sich in vielen Einzelheiten unterscheiden. Selbst ich bin mir nicht völlig sicher, was dort passiert ist – obwohl ich dabei war.

Was ich aber mit Sicherheit sagen kann, ist Folgendes: Nachdem mein Vater Verica die Münzen ins Gesicht geschleudert hatte, erfüllte ein metallisches Schaben die Luft, als die Vertreter beider Seiten ihre Schwerter aus der Scheide zogen und in die Mitte des Kreises stürmten, um ihre jeweiligen Könige zu schützen. Unter ihnen waren auch Epaticcus und eine Handvoll Leibwachen meines Vaters, die sich der Gefahr bereits bewusst gewesen waren. Sie stürzten sich mit den furchterregenden Schlachtrufen unseres Stammes auf ihre atrebatischen Gegner. Kurze Zeit später griffen auch die restlichen Krieger beider Seiten in den Kampf ein. Die beiden Parteien prallten in einem wogenden Meer aus Stahlklingen aufeinander. Durch den Lärm hörte ich, wie einige der Druiden uns anflehten, auf geweihtem Boden kein Blut zu vergießen, doch ihre Bitten stießen bei den Rasenden auf taube Ohren.

Inmitten des Handgemenges stürzte sich einer von Vericas Leibwächtern mit einem herausfordernden Ruf auf mich. Die Klinge seines Langschwerts blitzte im Schein des Feuers, als er wie wild damit nach mir hieb. Ich wich zurück und riss gleichzeitig mein Schwert aus der Scheide, um seine Attacken damit abzuwehren, wobei brennender Schmerz meinen Arm durchfuhr. Der Krieger knurrte und griff mich erneut an. Dieses Mal parierte ich nicht nur seinen Hieb, sondern traf auch seine ungeschützte Körpermitte mit einem Schwertstreich. Der Mann heulte vor Schmerz auf, als meine Klinge seinen Bauch aufschlitzte wie einen prall gefüllten Getreidesack. Er ging brüllend und nach seinen Eingeweiden greifend zu Boden.

»Ausgezeichnet!«, schrie Epaticcus und hieb dabei mit voller Wut auf einen anderen Atrebaten ein. »Tötet sie! Macht sie alle nieder!«

Der Kampf breitete sich schnell über den gesamten Steinkreis aus. In den Werken der Geschichtsschreiber klingt es immer so, als wären Schlachten geordnete Ereignisse, in denen die Formationen in Reih und Glied auf offenem Felde gegeneinander antreten. Doch damit hatte das, was um mich herum geschah, nichts zu tun. Es war ein dichtes Gedränge von Körpern, die hemmungslos aufeinander einhieben, begleitet von den irrsinnigen Schreien der Verletzten und Sterbenden, dem Grunzen der Kämpfenden und dem scharfen Klirren von Stahl auf Stahl. Für mich war nicht einmal erkennbar, ob eine Seite im Vorteil war.

Einige Schritte von mir entfernt sah ich den Hochdruiden neben dem Haufen aus Silbermünzen knien, die er mit den Händen zurück in die Satteltasche schaufelte, während um ihn herum der Kampf tobte. Ganz in der Nähe lag sein weißes Pferd auf der Seite. Der Schaft einer Lanze ragte aus der Flanke, sein gequältes Wiehern zerriss die Nachtluft. Einen Augenblick später packte einer unserer Krieger den Druiden und warf ihn grob zu Boden. Der Druide hob die Hände und flehte um Gnade, doch dann verstummte er, als der Krieger sein Schwert mit solcher Wucht auf ihn herabsausen ließ, dass er den Kopf des Mannes fast in zwei Hälften spaltete.

Aus dem Augenwinkel heraus bemerkte ich eine Bewegung. Ich drehte mich und sah einen Krieger mit nacktem Oberkörper und einem lang herabhängenden Schnauzbart auf mich zustürmen. Die Spitze seines Schwerts zielte direkt auf meinen Kopf. Ich hatte keine Zeit, dem Angriff auszuweichen, also riss ich den rechten Arm hoch, fing den Hieb mit meinem Schwert ab und wich zurück, als der Krieger mit einer Reihe gnadenloser Schläge nachsetzte, die abzuwehren meine Armmuskeln vor Anstrengung pochen ließ. Ich würde ihm nicht lange standhalten können.

Der Krieger knurrte wütend und stürzte sich erneut auf mich. Diesmal überraschte ich ihn, indem ich erst auf seine Brust zielte, dann im letzten Moment die Richtung des Hiebs änderte und seinen Oberschenkel traf. Der Mann fauchte durch zusammengebissene Zähne, als meine Klinge in sein Fleisch schnitt und Muskeln und Sehnen durchtrennte. Fluchend taumelte er zurück, bis er außer Reichweite meines Schwerts war. Blut spritzte aus der tiefen Wunde. Ich nutzte meinen Vorteil, indem ich den Atrebaten mit einer Reihe von Hieben weiter zurückdrängte.

Mit einem weiteren Schwertstreich brachte ich ihm knapp unterhalb seiner Deckung eine flache Wunde über den Rippen bei, gefolgt von einer schnellen Attacke auf seinen Kopf. Der Mann zuckte zurück, sprang nach hinten und stolperte dabei mit einem plötzlichen Schrei über einen toten Leibwächter Vericas. Mein Gegner ging zu Boden, und das Schwert fiel ihm aus der Hand. Dann verschwand er unter den Füßen der Krieger, die innerhalb des Steinkreises weiter aufeinander eindrangen.

Inzwischen war der Boden glitschig vor Blut, aber auch – da sich Blase und Darm der Schwerverwundeten und Toten entleerten – vor Urin und Exkrementen. Ich rang nach Luft und warf einen Blick über meine Schulter. Mein Magen krampfte sich zusammen. Beide Seiten lieferten sich über das gesamte Heiligtum verteilt heftige Gefechte, aber obwohl unsere Männer tapfer kämpften, liefen wir Gefahr, von den Atrebaten überrannt zu werden. Unsere Krieger wurden an allen Fronten von den vereinten Kräften von Verica und Moricanus an den Rand des Steinkreises zurückgedrängt. In einer Ecke schlug gerade ein atrebatischer Adliger einem unserer Krieger mit der Axt den Kopf ein, sodass dessen Hirn auf den Boden spritzte.

»Es sind zu viele!«, fauchte Bellocatus.

In diesem Moment bemerkte ich eine Bewegung am Rand meines Blickfelds. Ich drehte mich um und sah, wie hinter den ringförmig angeordneten Feuern mehrere Gestalten durch das Haupttor stürmten. Es waren die atrebatischen Leibwachen, die außerhalb des Steinkreises gewartet hatten und nun ihren Kameraden zu Hilfe eilten. Sie stürzten sich auf die nächstbesten catuvellaunischen Krieger, hackten wie wild auf sie ein und streckten mehrere von ihnen nieder, noch bevor sich diese überhaupt umdrehen konnten, um sich zu verteidigen. Die Druiden rannten zu Dutzenden um ihr Leben und flohen dabei in alle Richtungen, um dem Gemetzel zu entkommen.

Inmitten des Gedränges sah ich mich verzweifelt nach meinem Vater um. Ich entdeckte ihn am Rand des Steinkreises, wo er mit Togodumnus, Adminius und einer Handvoll Leibwächter in einen Kampf verwickelt war. Um sie herum war der Boden mit Leichen, Schwertern und im Feuerschein glänzenden Eingeweiden bedeckt. Zu diesem Zeitpunkt war mindestens die Hälfte unserer Männer von den Atrebaten niedergemetzelt worden. Die Kämpfe hatten sich mittlerweile über den Steinkreis hinaus ausgebreitet. Mehrere unserer Krieger, die die drohende Niederlage spürten, zogen sich bereits in Richtung des Erdwalls zurück, wurden aber niedergemacht, bevor sie entkommen konnten. In wenigen Augenblicken würden wir ebenfalls überwältigt werden.

»Vater! Schnell, zu den Pferden!«, schrie ich und lief zu ihm. »Sonst sind wir alle erledigt!«

»Verdammt, er hat recht«, knurrte Epaticcus. Sein Gesicht war mit Blut verschmiert, und es war unmöglich zu sagen, ob es auch sein eigenes war. »Wenn wir hierbleiben, sind wir tot.«

Mein Vater nickte grimmig und rief nach meinen Brüdern. Seine Stimme war über den tobenden Kampfeslärm kaum zu hören, dennoch machten die beiden sofort kehrt und liefen, dicht gefolgt von Bellocatus und einem Großteil der Leibwächter meines Vaters, zum Haupttor. Ich war ein paar Schritte hinter ihnen. Epaticcus und ein paar andere Krieger deckten unseren Rückzug, indem sie unsere Gegner so gut es ging von uns fernhielten.

»Na los, Onkel!«, brüllte ich. »Weg hier! Sofort!«

Epaticcus und die anderen Krieger wirbelten herum und rannten uns hinterher an den Feuern vorbei, die den Steinkreis umgaben. Einige waren verwundet, und wer noch konnte, half ihnen, durch das Tor zu humpeln. Die meisten Atrebaten waren in Zweikämpfe verwickelt, und die wenigen, die versuchten, uns anzugreifen, wurden von den Leibwächtern meines Vaters schnell unschädlich gemacht. Als wir uns dem Tor näherten, warf ich einen Blick über die Schulter und suchte unter den Stammesangehörigen, die weiter gegen die Atrebaten aushielten, nach Bladocus, konnte ihn aber nirgends entdecken.

Dann zwang ich mich, meinen Blick wieder nach vorn zu richten und weiterzulaufen. Wir stolperten mit Epaticcus und den anderen Nachzüglern durch das Tor. Etwas weiter vor uns waren mein Vater und meine Brüder inmitten einer Gruppe von königlichen Leibwächtern zu sehen. Unsere einzige Hoffnung war, den Steinkreis zu verlassen, alle Atrebaten abzuwehren, die sich uns noch in den Weg stellten, und dann auf der Allee zu unseren Pferden zu laufen. Wenn wir im Schutz der Dunkelheit eventuellen Verfolgern entkamen, konnten wir zurück nach Camulodunum reiten. Dort wären wir vor den Atrebaten sicher und konnten unsere Rache planen. Sofern wir es lebend bis dorthin schafften.

Nach etwa einer Viertelmeile hörte ich den panischen Schrei eines unserer Krieger. Ich blickte über meine Schulter und sah eine kleine Gruppe von mit kurzen Speeren, Streitäxten und Schwertern bewaffneten Atrebaten die Allee hinunter auf uns zustürmen. Meine Muskeln brannten, aber ich biss ein weiteres Mal die Zähne zusammen und trieb den Verletzten an, der an meiner Seite hinkte. Die verwundeten Krieger in unserer Mitte hielten uns auf, und als ich ein weiteres Mal zurückblickte, stellte ich mit Schrecken fest, dass die Atrebaten schnell aufholten.

Ich lief mit rasendem Herzen weiter. Mein Vater und die anderen hatten die Pferde am Ende der Allee fast erreicht. Ein weiterer Blick über die Schulter verriet mir, dass die uns verfolgenden Atrebaten nun weniger als fünfzig Schritt entfernt waren. Wir würden die Pferde nicht mehr erreichen, bevor sie uns einholten. Dann ertönte plötzlich direkt hinter mir ein Kriegsschrei, und ich drehte mich genau in dem Moment um, in dem die Atrebaten sich mit im Schein der Flammen funkelnden Schwertklingen und Speerspitzen auf uns stürzten.

Ein hagerer Mann mit einer Lanze ging auf mich los, fletschte seine gelben Zähne und knurrte. Ich brachte den verwundeten Krieger, den ich gestützt hatte, durch einen kräftigen Stoß außer Gefahr und wich dann selbst mit einem Sprung der Lanze aus, die auf meinen Bauch zielte. Ihre Spitze traf mich an der Flanke, zerriss den

Stoff meiner Tunika und streifte meine Rippen. Ich biss die Zähne zusammen und taumelte nach hinten außer Reichweite der Waffe. Mein Gegner knurrte ein weiteres Mal und stieß erneut nach mir, wobei er nun etwas höher zielte. Ich erriet seine Absicht, sah die blattförmige Spitze auf mich zukommen und ging in die Hocke. Die Lanze rauschte durch die Luft und verfehlte nur knapp meinen Kopf. Bevor sich mein Gegner wieder zurückziehen konnte, sprang ich vor und vollführte einen Hieb schräg nach unten. Wenn ich nicht sterben wollte, musste ich sofort einen Treffer landen, egal wohin. Mein Schwert grub sich tief in den Fußknöchel des Atrebaten, durchtrennte Muskeln und Sehnen und zertrümmerte den Knochen. Er stieß einen grässlichen Schrei aus, fiel auf den Rücken und griff nach seinem fast abgetrennten Fuß. Dann sah er zu mir auf, und in seinen Augen lag animalische Angst, als er um sein Leben flehte. Nichtsdestotrotz schlitzte ich ihm die Kehle auf. Der Atrebat verfluchte mich, dann gingen seine Worte in einem gurgelnden Laut unter, als er an seinem eigenen Blut erstickte.

Der Kampf schien kein Ende nehmen zu wollen. Ich sah einen der Leibwächter meines Vaters seine abgetrennte Hand von der blutgetränkten Erde aufheben. Ein Atrebat heulte vor Schmerz auf, als ihm sein Gegner die Lanze in die Leiste stieß und tief in die Eingeweide rammte. Ein Catuvellaune stürzte mit einer Streitaxt zwischen den Schulterblättern zu Boden. Die Männer schrien ihren Gegnern Beleidigungen zu, die sogar über das Stöhnen der Sterbenden hinweg zu hören waren. Epaticcus war gleich neben mir. Blut floss aus einer flachen Wunde an seinem Arm, während er sich verzweifelt gegen einen Atrebaten mit Lanze und einen zweiten mit Schwert zur Wehr setzte. Epaticcus setzte den Lanzenkämpfer mit einem ungestümen Hieb in den Magen außer Gefecht, aber noch während dieser auf die Knie sank, sprang der zweite Atrebat vor, hieb mit seinem Schwert nach meinem Onkel und schlitzte seine Tunika auf. Epaticcus stolperte rückwärts und wäre fast auf dem blutgetränkten Boden ausgerutscht, als der Mann ein weiteres Mal mit dem Schwert auf ihn losging.

Ich stürmte vor, stieß einen catuvellaunischen Leibwächter zur Seite, dessen linker Unterarm am Ellenbogen in einem blutigen Stumpf endete, und stürzte mich auf den Atrebaten. Anscheinend hörte er meinen Schrei, denn er ließ von Epaticcus ab und wirbelte herum. Auf seinem Gesicht erschien ein Ausdruck der Überraschung und des Entsetzens, als ich ihm mein Schwert in den Unterleib stieß. Dann erschlaffte sein Antlitz, und er gab ein leises Stöhnen von sich.

Ich zog meine Waffe aus dem Körper des sterbenden Atrebaten und ging neben meinem Onkel in die Hocke. Epaticcus war in die Knie gegangen und hatte die Augen geschlossen. Blut schoss aus der großen Wunde in seiner Flanke und durchtränkte seine Tunika. Ich zog ihn auf die Beine und legte einen Arm um seine Taille, während Togodumnus, der die Pferde bereits erreicht hatte, wild brüllend zurück und an uns vorbeigerannt kam, sich auf den nächstbesten Atrebaten stürzte und diesen mit einigen schnellen Hieben niederstreckte. Mit ihm stürmten mehrere Wachen herbei und machten kurzen Prozess mit unseren nun zahlenmäßig hoffnungslos unterlegenen

Angreifern. Im Nu hatten sie die Atrebaten förmlich in Stücke gehackt.

»Los!«, rief mir Togodumnus zu. »Weg hier!«

Weitere vor Wut brüllende Atrebaten rannten so schnell sie konnten die Allee hinunter, um unsere Flucht doch noch zu verhindern. Togodumnus legte den Arm von der anderen Seite um meinen Onkel, und dann humpelten wir mit vereinten Kräften zu den Pferden. Mein Onkel war blass und atmete unregelmäßig. Ich befürchtete, dass er bald das Bewusstsein verlieren würde. Hinter uns halfen die Leibwachen den Verwundeten. Einige hatte es zu schwer erwischt. Sie mussten zurückbleiben. Die Sterbenden schrien uns hinterher, dass wir sie lieber töten sollten, damit sie unseren Feinden nicht in die Hände fielen, aber wir konnten nichts mehr für sie tun.

Nach etwa hundert Schritten erreichten wir die Pferde. Ich blickte noch einmal zurück und sah, dass sich unsere Verfolger in vielleicht doppelter Entfernung befanden, aber schnell näherten. Wir führten Epaticcus zu einem der Ersatzpferde, hoben ihn in den Sattel und hielten ihn aufrecht, während die anderen zu ihren eigenen Tieren liefen. Epaticcus schwankte bedenklich, und seiner kalkweißen Haut nach zu urteilen hatte er bereits eine beträchtliche Menge Blut verloren.

Ich rief zwei der Wachen meines Vaters herbei und wies sie an, zu beiden Seiten von Epaticcus zu reiten, um ihn aufrecht zu halten.

»Er darf auf keinen Fall vom Pferd stürzen«, sagte ich zu ihnen und bemühte mich, dabei nicht allzu angespannt zu klingen. »Verstanden?«

»Mach dir keine Sorgen, ich habe nicht vor, hier zu sterben«, stöhnte Epaticcus schwach und presste eine Hand auf seine blutbefleckte Tunika. »Nicht an so einem beschissenen Ort.«

Ich rannte zu meinem Pferd und stieg auf. Togodumnus folgte kurz darauf meinem Beispiel. Adminius galoppierte bereits mit meinem Vater und einigen altgedienten Leibwächtern voraus auf die Hügel in der Entfernung zu. Ich ergriff die Zügel und trieb mein Pferd an, während mein Bruder und mein Onkel in schnellem Trab neben mir herritten. Die Atrebaten rannten immer noch hinter uns her. Einige blieben stehen und schleuderten in einem letzten Versuch, unsere Flucht zu verhindern, ihre Speere auf uns. Sie zischten durch die Luft und bohrten sich hinter uns in den Boden. Die meisten verfehlten uns, aber ein Speer traf ein etwas zu langsames Pferd in der Flanke. Das verwundete Tier bäumte sich auf und gab einen jämmerlichen Schmerzenslaut von sich, bevor es zur Seite kippte und seinen Reiter unter sich begrub. Ich warf noch einen Blick über die Schulter. Der Mann versuchte, unter dem Körper seines sterbenden Reittieres hervorzukriechen, als ihn einige Atrebaten einholten. Sie hackten mit Streitäxten auf ihn ein, und markerschütternde Schreie hallten durch die Nacht.

Die anderen Atrebaten rannten zu ihren Pferden und schwangen sich in die Sättel, um die Verfolgung aufzunehmen. Sie verschwanden aber bald in der Dunkelheit, als wir uns immer weiter vom Steinkreis entfernten. Während wir die Pferde den Hang hinaufhetzten, sahen wir uns ständig um. In dieser Nacht hörten wir noch zweimal Hufgetrappel hinter uns. In beiden Fällen konnten wir uns rechtzeitig verbergen und die Verfolger aus dem Hinterhalt unschädlich machen, wobei nur zwei unserer Männer leicht verwundet wurden. Kurz nach dem zweiten Angriff überquerten wir die Grenze, und die Atrebaten gaben die Verfolgung auf. Wir trieben unsere Pferde weiter an, bis wir die Sicherheit des nächsten größeren Dorfs erreichten. Der Dorfälteste ließ uns von seinen besten Kriegern bewachen, während wir uns um unsere Verwundeten kümmerten und die erschöpften Tiere ausruhen ließen.

Epaticcus war während der Flucht immer schwächer geworden. Als wir ihm aus dem Sattel halfen, war er kaum noch bei Bewusstsein. Wir legten ihn zusammen mit den anderen Schwerverletzten auf einen Karren. Bellocatus riss einen Stoffstreifen von seiner Tunika ab und verband seine Taille, um die Blutung zu stillen. Bis wir nach Camulodunum zurückkehrten, konnten wir nicht mehr für ihn tun. Beim Anblick seines blutbefleckten Bruders auf dem Karren schnaubte mein Vater vor Wut. Zum ersten und einzigen Mal in meinem Leben sah ich, wie ihm Tränen in die Augen stiegen.

»Wird er überleben?«, fragte ich Bellocatus, während er den notdürftigen Verband befestigte.

Bellocatus hielt inne und wischte sich das Blut an seinen schmutzigen Beinkleidern ab. Er sah erschöpft aus.

»Schwer zu sagen, Herr. Ich habe schon erlebt, dass sich Männer von solchen Wunden erholt haben. Andere dagegen …« Er sprach nicht weiter, wir verstanden ihn auch so. Eine Zeit lang sagte niemand etwas. Wir standen vor dem Haus des Dorfoberhaupts und lauschten dem gequälten Stöhnen unserer verletzten Kameraden, das aus der Finsternis drang. Diener brachten uns Wasser und Essen, aber obwohl wir völlig ausgelaugt waren, hatte keiner von uns Appetit. Meiner Schätzung nach waren nicht mehr als dreißig unserer Männer dem Gemetzel am Steinkreis entkommen – weniger als ein Drittel derjenigen, mit denen wir aus Camulodunum aufgebrochen waren. Wieder fragte ich mich, welches Schicksal Bladocus und die Zurückgebliebenen ereilt haben mochte, und ich bat Lud im stillen Gebet, sie vor unseren Feinden zu beschützen.

Bellocatus sah zu meinem Vater hinüber. »Wie lauten Eure Befehle, Herr?«

»Die Männer sollen bei Tagesanbruch abmarschbereit sein. Wir reiten nach Camulodunum. Sag dem Dorfvorsteher, er soll Proviant für dreißig Männer und Futter für die Pferde bereitstellen.«

»Ja, Herr.«

»Das wird Verica bereuen, dafür werden wir sorgen«, sagte mein Vater. Er sprach zu niemandem im Besonderen, sondern starrte in die tiefe Schwärze jenseits der Palisade, die Hände zu Fäusten geballt. »Für das, was er heute Nacht getan hat, werde ich ihm das Herz aus dem Leib schneiden«, fuhr er mit zitternder Stimme fort. »Alle Atrebaten werden dafür bezahlen. Jeder Einzelne. Das schwöre ich.«

KAPITEL 22

Rom, 61 n. Chr.

Wir verließen das Dorf im Morgengrauen und ritten in aller Eile weiter nach Camulodunum«, sagte Caratacus. »Der Dorfälteste gab uns einige seiner Männer als Begleitschutz mit, aber glücklicherweise begegneten wir auf den großen Straßen keinen gegnerischen Kriegern. Wir hielten nur, um die Pferde zu tränken und ihnen etwas Erholung zu gönnen, und erreichten am zweiten Nachmittag nach unserer Flucht Camulodunum. Nicht lange nach unserer Ankunft kehrte auch Bladocus zurück. Er berichtete, wie es ihm gelungen war, mit einer Handvoll anderer dem Blutbad zu Fuß zu entkommen. Anschließend waren sie die ganze Nacht durchgelaufen. Er berichtete auch, dass alle, die wir zurückgelassen hatten, getötet worden waren. Die Atrebaten hatten keine Gefangenen gemacht.«

»Und Euer Onkel?«, fragte ich.

»Zu diesem Zeitpunkt hatte Epaticcus so viel Blut verloren, dass er immer wieder ohnmächtig wurde«, sagte Caratacus. »Vater gab ihn in die Obhut des königlichen Heilers. Er war nicht der Einzige, dem es sehr schlecht ging. In den nächsten Tagen erlagen viele Schwerverwundete ihren Verletzungen. Wir haben sie begraben, wie es bei unserem Volk üblich ist.«

Ich musste ein Schaudern unterdrücken, denn ich hatte ganz vergessen, dass die Britannier – genau wie ihre gallischen Brüder – ihre Toten immer in der Nähe der Siedlungen begruben, anstatt sie zu verbrennen wie die zivilisierteren Völker dieser Welt. Eine äußerst widerwärtige Sitte, da werdet Ihr, geschätzter Leser, mir sicher zustimmen. Und ein weiterer Grund, warum fast niemand in Rom den Untergang der Kelten und ihrer tumben Kultur betrauert.

Caratacus verfiel wieder in Schweigen, wie er es des Öfteren zu tun pflegte, und starrte an mir vorbei ins Nichts – vielleicht war er im Geiste gerade auf der nebelumhüllten Insel seiner Jugend. Ich wartete geduldig darauf, dass er fortfuhr.

»So nahm alles seinen Anfang«, sagte er schließlich. »Der Konflikt zwischen uns und den Atrebaten. Ich bin mir sicher, dass Ihr diese Ereignisse wortgewaltiger schildern werdet als ich. Verzeiht mir meine Unbedarftheit bei der Beschreibung dieser Dinge, Felicitus.« Er grinste schief. »Leider fehlt mir Eure Fähigkeit, mit Worten umzugehen.«

»Aber keineswegs. Ihr habt es ziemlich gut wiedergegeben. Und Euer Gedächtnis ist wirklich außergewöhnlich. Ich hätte nicht gedacht, dass es möglich ist, sich so lebhaft an jedes Detail eines Kampfes zu erinnern, der bereits ein halbes Leben zurückliegt.«

»Zweifelt Ihr etwa an der Wahrhaftigkeit meiner Worte?«

»Nein, überhaupt nicht. Das war nur eine Beobachtung.«

»Auf mein Gedächtnis ist Verlass, falls Euch das Sorgen bereitet«, sagte Caratacus. »Ich wurde schließlich bei den Druiden erzogen, und dort kann man ohne die Fähigkeit, eine enorme Menge an Wissen im Kopf zu behalten, nichts werden. Außerdem erinnert man sich gerade an die prägenden Momente seines Lebens ganz besonders gut. Wie sonst ist es zu erklären, dass Ihr Geschichtsschreiber Euch so gut an die Reden Eurer Feldherren am Vorabend einer Schlacht erinnern könnt?«

Ich lief rot an. Es ist ein offenes Geheimnis der römischen Schreiberzunft, dass die langen Reden, die wir unseren Feldherren und auch ihren Gegnern in den Mund legen, von vorn bis hinten erfunden sind. Vermutlich war sich auch Caratacus dessen bewusst, und ich murmelte etwas von künstlerischer Freiheit und der Notwendigkeit, dem Leser ein Gefühl für die Stimmung des Augenblicks zu vermitteln, auch wenn die Worte selbst vielleicht nicht ganz der Wahrheit entsprachen.

»Ich hoffe wirklich sehr, dass Ihr nicht das Bedürfnis verspürt, meiner Geschichte noch irgendwelche Ausgeburten Eurer Fantasie hinzuzufügen«, sagte er.

»Auf gar keinen Fall.«

»Gut.« Er lächelte. »Zumindest weiß ich, dass meine Geschichte bei Euch in den Händen eines fähigen Schriftstellers ist, wie mir Eure Geschichte der Familie Macrinus bewiesen hat.«

»Ihr seid mit meinen Arbeiten vertraut?« Ich versuchte, meine Verblüffung zu verbergen. Ich hätte damit rechnen müssen, dass Caratacus einen Blick in frühere Werke von mir werfen würde. Schließlich war er – im Gegensatz zu vielen seiner ungebildeten britannischen Volksgenossen – dem geschriebenen Wort sehr zugetan.

»Nicht mit allen«, sagte Caratacus. »Nur mit den Lebensgeschichten der bekannteren Senatoren sowie ein, zwei kleineren Arbeiten.«

»Wie haben sie Euch gefallen?« Ich konnte mir diese naheliegende Frage nicht verkneifen.

»Ihr habt eine äußerst geschliffene Sprache, vor allem in Euren frühen Büchern, nüchtern und solide, ohne die verstaubte Prosa der schlechteren Literatur, die im Argiletum zu haben ist. Ich bin zuversichtlich, dass ich meine Geschichte in die Obhut eines fähigen Schreibers gebe.«

»Danke«, antwortete ich etwas unbeholfen, doch ich wusste nicht, was ich sonst darauf hätte sagen sollen. Von einem barbarischen Britannier Komplimente für meinen Schreibstil zu bekommen, war alles andere als alltäglich für mich.

Ich hatte beinahe den Eindruck, dass Caratacus versuchte, mir zu schmeicheln. Bislang hatten ihn meine schriftstellerischen Qualitäten herzlich wenig gekümmert, doch plötzlich überschüttete er mich mit Lob. Ob ihm nun doch daran gelegen war, dass ich seine Geschichte in einem bestimmten Licht darstellte und ihn selbst in einer angemessen heroischen Weise, damit künftige Leser ein Bild von Caratacus ganz nach seinen Wünschen haben würden?

Was mich einmal mehr zu der Frage zurückbrachte, warum er sich überhaupt bereit erklärt hatte, mir seine Lebensgeschichte zu erzählen. Die Motive meiner Klienten waren normalerweise leicht zu durchschauen: Mal sollte der gute Ruf der Familie vor einer Senatorenwahl aufpoliert, mal sollten mächtige Freunde beeindruckt werden, die über Einfluss am kaiserlichen Hof verfügten. Ich wurde sogar schon beauftragt, Geschichten zu schreiben, von denen mein Klient später behauptete, sie selbst verfasst zu haben (was häufiger vorkommt, als Ihr, werter Leser, vielleicht denken mögt). Nichts ist der Karriere so hilfreich, wie von sich sagen zu können, die ausführliche Lebensgeschichte irgendeines kleinen Etruskerkönigs verfasst zu haben. Vielleicht war die Annahme, dass Caratacus vor allem der Wunsch umtrieb, die Geschichte seiner Insel zu bewahren, zu gutgläubig von mir gewesen. Allmählich kam mir der Verdacht, er könne dafür noch einen anderen Grund haben.

Es war spät geworden. Eine beträchtliche Zahl von Hafenarbeitern und Schauerleuten bevölkerte mittlerweile die Taverne, um den hart verdienten Lohn bei Würfelspiel und überteuertem Wein zu verprassen. In einer Ecke stritten sich zwei Männer über die jeweiligen Vorzüge der Blauen und der Grünen, zweier Rennställe im Circus Maximus, denen die entsprechenden Farben zugeordnet waren. Draußen, im schwachen Schein des Lichts aus dem Eingang einer Taverne auf der anderen Straßenseite, riefen zwei auffällig gekleidete Frauen einem betrunkenen Passanten die Preise für ihre unsittlichen (und meiner Meinung nach schon rein anatomisch unmöglichen) Dienstleistungen zu. Rom bei Nacht mag nicht unbedingt nach dem Geschmack der ehrenwerteren Bewohner unserer Stadt sein, aber so viel ist unbestreitbar: Es ist interessanter als jedes Gastmahl auf dem Caelius.

»Und wie ging es weiter?«, fragte ich, begierig darauf, mehr zu erfahren. »Nachdem Ihr in Eure Hauptstadt zurückgekehrt wart?«

Caratacus nahm einen Schluck Bier. »Der Krieg war

nun unausweichlich, und mein Vater musste Vorbereitungen für die kommenden Monate treffen. Er musste Versammlungen abhalten und Männer für seine Kriegsbanden sammeln.«

»Und was war mit den Ältesten?«

»Was soll mit ihnen gewesen sein?«

»Ihr habt gesagt, dass einige von ihnen dem römischen Reich durchaus gewogen waren. Oder zumindest wollten sie nicht, dass ihre Geschäftsbeziehungen mit den römischen Händlern gestört wurden. Waren sie deshalb nicht gegen die Pläne Eures Vaters?«

Caratacus schüttelte den Kopf. »Nach dem Blutbad von Senomagus änderte sich das alles. Mein Vater gab ihnen zu verstehen, dass sie sich eindeutig für oder gegen Rom entscheiden mussten. Er wusste natürlich, dass sie sich auf keinen Fall gegen ihr eigenes Volk stellen würden. Von diesem Zeitpunkt an hatten sie gar keine andere Wahl, als meinen Vater voll und ganz zu unterstützen.«

»Selbst diejenigen, die sich gegen die Inbesitznahme Lhandains um jeden Preis ausgesprochen hatten?«

»Ja, sogar die.«

»Ein Zyniker würde wohl behaupten, dass das Blutbad von Senomagus für Euren Vater zu keinem günstigeren Zeitpunkt hätte stattfinden können.«

»Inwiefern?«, fragte Caratacus.

»Ihr sagtet, dass der Hof in Camulodunum vor dem Treffen mit den Druiden entzweit war. Euer Vater musste die zerstrittenen Fraktionen also wieder vereinen.« Ich zuckte mit den Schultern. »Vericas Verhalten hat ihm direkt in die Hände gespielt, oder etwa nicht?«

»Vielleicht. Aber das hatte mein Vater nicht beabsichtigt. Und der Frieden zwischen den beiden Fraktionen währte auch nicht besonders lange.«

Mir fiel etwas ein, das ich in einem der militärischen Berichte über die Invasion Britanniens gelesen hatte: »Plautius hat seinem *Bericht über die Eroberung Britanniens* eine kurze Geschichte der Stämme vorangestellt. Er schreibt, dass Camulodunum in den Jahren vor der Ankunft der Legionen ein florierender Handelsposten gewesen sei.«

»Na und?«

»Euer Stamm muss demnach weiterhin einen wie auch immer gearteten Kontakt mit römischen Händlern unterhalten haben«, sagte ich. »Die Catuvellaunen können also nach dem Blutbad von Senomagus nicht jeden Kontakt zu Rom abgebrochen haben.«

»Haben wir auch nicht.« Caratacus lachte. »Unser Stamm verdankte einen Teil seines Wohlstands dem Handel mit Völkern jenseits des Meeres. Wir hätten uns nur ins eigene Fleisch geschnitten, wenn wir die Händler aus Camulodunum vertrieben hätten.«

»Ich versuche nur, die Haltung Eures Stammes Rom gegenüber zu verstehen. Einerseits sagt Ihr, Euer Vater hätte uns so sehr verachtet, dass er bereit war, in den Krieg zu ziehen, damit Lhandain nicht unter römischen Einfluss geriet. Aber andererseits habt Ihr selbst vom Handel mit uns profitiert. Das erscheint widersprüchlich.«

Er nickte. »Da habt Ihr recht, Felicitus. Bei uns gibt es ein Sprichwort: Wenn du den Wolf vom Schafstall fernhalten willst, musst du ihm etwas Fleisch hinwerfen.«

Mir fiel auf, dass er es sich allmählich zur Gewohnheit zu machen schien, mich mit meinem Cognomen anzusprechen, was sich vielleicht als ein Zeichen wachsenden Vertrauens deuten ließ. Oder – was mir wahrscheinlicher schien – dazu dienen sollte, mein Wohlwollen zu gewinnen, damit ich auch schrieb, was in seinem Sinne war. »Ich weiß nicht, ob ich dieses Sprichwort richtig verstehe.«

»Mein Vater wusste, dass es besser ist, seine Feinde immer im Blick zu haben, um deren Absichten besser zu verstehen, deswegen erlaubte er den Römern zu bleiben. Er war außerdem der Ansicht, dass sich mit den Römern Handel treiben ließe, ohne ihnen Gelegenheit zur weiteren Einmischung in unsere Angelegenheiten zu geben. Später wurde er dann eines Besseren belehrt.«

»Wart Ihr damit einverstanden, dass Euer Vater den Römern gestattete, in Camulodunum zu bleiben?«

»Bis zu einem gewissen Grad, ja. Ich sah zwar ein, dass man Rom nicht unnötig provozieren sollte, war aber andererseits der Meinung, dass die Anwesenheit der römischen Händler in unserem Land ein gefährliches Einfallstor darstellte. Schließlich hatte der römische Kaiser bereits den Hohen Rat bestechen lassen.«

Unwillkürlich zog ich die Augenbrauen hoch, als ich diese skandalöse Bemerkung hörte. So etwas würde in den literarischen Zirkeln Roms zweifellos Aufmerksamkeit erregen. »Seid Ihr der Ansicht, dass der Kaiser mit diesem Komplott zu tun hatte?«

»Die Druiden wurden mit römischen Silbermünzen bestochen«, sagte Caratacus. »Und ein römischer Händler hat das Dokument aufgesetzt, das die Herrschaft über Lhandain an Moricanus übertrug. Das alles war das Werk der Römer, da bin ich mir sicher.«

Etwas jedoch verstand ich noch nicht so richtig. »Warum hätte Rom die Atrebaten überhaupt unterstützen sollen? Wir hatten kein Abkommen mit Verica«, sagte ich – so stand es in den Geschichtswerken geschrieben, die ich zur Vorbereitung gelesen hatte. »Rom hatte gar keinen Grund, seinen Anspruch auf Lhandain zu unterstützen.«

»Ich glaube, dass der Kaiser oder seine Verbündeten in dieser Versammlung eine Gelegenheit sahen, Zwietracht zwischen den Stämmen zu säen.«

»Habt Ihr Beweise dafür?«

»Die brauche ich nicht. Aus welchem Grund hätten die Römer den Hohen Rat denn sonst bestechen sollen? Sie wussten, dass es viel einfacher war, in unser Land einzufallen, wenn wir uns nicht gegen sie verbünden würden, weil wir zu sehr damit beschäftigt waren, uns gegenseitig zu bekämpfen.«

»Aber das alles geschah fünfzehn Jahre vor der Invasion«, gab ich zu bedenken. »Kaiser Tiberius hatte kein Interesse an einer Eroberung Eurer Insel. Er war zu dieser Zeit nicht einmal mehr in Rom, sondern hatte sich bereits nach Caprae zurückgezogen und seine Regierungsgeschäfte von dort aus geführt.«

Ein leichtes Grinsen umspielte die Lippen des Britanniers. »Ihr seid Geschichtsschreiber, Felicitus. Glaubt Ihr nicht, dass jeder Kaiser insgeheim die Eroberung Britanniens zumindest erwogen hat?«

Ich musste zugeben, dass er damit nicht ganz unrecht hatte. In der Vergangenheit hatten unsere Herrscher ebenso häufig wie öffentlich Feldzüge nach Britannien in Aussicht gestellt. Die Vorstellung, ruhmvoll zu vollenden, was Caesar vor Jahren hatte abbrechen müssen, war einfach zu verlockend. Was sie dann letztendlich alle davon abgehalten hatte, war ihre mangelnde politische Willenskraft, einen solch riskanten – und ausnehmend kostspieligen – Feldzug zu unternehmen. Doch das änderte sich, als die Prätorianer dann dem kränklichen Narren Claudius auf den Kaiserthron verhalfen.

Ich versuchte, Caratacus' Aufmerksamkeit wieder auf das eigentliche Thema zu lenken. »Also hat Cunobelinus den Atrebaten den Krieg erklärt?« Er nickte. »Hatte er keine Angst davor, dass Verica die Römer um Hilfe bitten könnte?«

»Mein Vater hielt das für unwahrscheinlich, denn der Zeitpunkt war günstig für uns. Rom war gerade mit einem Aufstand der Frisii beschäftigt. Wenn wir schnell handelten, konnten wir die Atrebaten besiegen, bevor Rom die Gelegenheit zum Eingreifen hatte.«

»Euer Vater war ein kluger Mann.«

Plötzlich loderte Zorn in den Augen des Britanniers auf. »Überrascht Euch das?«

»Ganz und gar nicht. Das war ein einfaches Kompliment.«

»Unsere Könige standen Euren Herrschern an Intelligenz und Gerissenheit in nichts nach«, wies mich Caratacus zurecht. »Macht bloß nicht den Fehler, sie für naiv zu halten, nur weil sie nicht in Palästen lebten. Habt Ihr eine Ahnung, wie schwer es ist, unsere Stämme zu beherrschen und zusammenzuhalten – trotz der vielen Eifersüchteleien und Blutfehden und der Adligen, die einem beim kleinsten Anzeichen von Schwäche in den Rücken fallen?«

»Verzeiht.« Ich räusperte mich. »Es lag nicht in meiner Absicht, irgendjemanden zu beleidigen.«

»Deshalb ist Rom für viele so verabscheuungswürdig, Felicitus. Ihr haltet euch für die größte Zivilisation der Welt, die selbstverständlich allen anderen überlegen ist. Diesen Fehler haben Eure Feldherren in Britannien gemacht. Sie haben uns für unwissende Barbaren gehalten, und ihre Legionen mussten dafür mit Blut bezahlen.«

Ich hatte nicht das Bedürfnis, mich mit meinem Klienten auf eine ermüdende Debatte über die Invasion Britanniens einzulassen, also beschloss ich, zu warten, bis seine Wut abgeklungen war. »Was geschah, nachdem Euer Vater beschlossen hatte, in den Krieg zu ziehen?«, fragte ich nach einer langen Pause.

»Zuerst nicht viel. Es war Herbst, und bis zum nächsten Frühjahr wurde sowieso nicht gekämpft, da die Männer für die Ernte gebraucht wurden. Aber das brachte mich auf eine Idee. Ich sah eine Gelegenheit, unseren Gegner zu schwächen.«

Ich wartete darauf, dass er fortfuhr. Auf der anderen Seite der Taverne ertönten Schreie, als die beiden betrunkenen Anhänger der verschiedenen Rennställe sich gegenseitig beleidigten und mit Prügel drohten. Caratacus stand auf, was wohl bedeutete, dass unser Gespräch beendet war.

»Sollen wir uns woanders weiterunterhalten?«, fragte ich hoffnungsvoll, denn ich wollte unbedingt mehr über den Stammeskrieg erfahren. »Ich kenne eine andere Taverne ein paar Straßen weiter. Dort ist es etwas weniger … laut. Wollen wir dorthin gehen?«

»Heute Abend nicht mehr«, antwortete Caratacus. »Ich bin müde und würde mich jetzt gern zurückziehen.«

Es kostete mich eine geradezu heldenhafte Anstrengung, meine Enttäuschung zu verbergen. »Und wann treffen wir uns wieder?«

»Bald. In ein paar Tagen. Ich habe in der Zwischenzeit noch etwas zu erledigen. Ich werde einen meiner Haussklaven mit einer Nachricht zu Euch schicken, wann ich Euch wieder empfangen kann.«

Ich gab ihm meine Adresse. Dann legte er ein paar Münzen auf den Tisch und bestand darauf, die Rechnung für uns beide zu begleichen. Was immer man von den Britanniern halten mag – und die Götter wissen, dass sie eine Menge Schwächen haben –, ich für meinen Teil kann nur sagen, dass Caratacus mir gegenüber immer eine bemerkenswerte Großzügigkeit an den Tag legte. Ganz im Gegensatz zu einigen der wohlhabendsten Bürger unserer Stadt, wie ich hinzufügen möchte.

Caratacus stand auf und starrte mich mit einem durchdringenden Blick an. »Ich werde Euch von dem erbarmungslosen Krieg zwischen meinem Stamm und den Atrebaten berichten. Wir wussten, dass die Zukunft von allem, was uns lieb und teuer war, auf dem Spiel stand, und dass eine gewaltige Macht diesen Krieg mit wachsendem Appetit beobachtete, ihre Muskeln anspannte wie ein Raubtier und sich bereit machte, über das Meer zu springen, um die Stämme Britanniens in Stücke zu reißen und sich ihr Land einzuverleiben. Wir ahnten damals nicht, dass dieser Krieg zwischen den Stämmen nur ein Vorgeschmack auf die Schrecken war, die noch kommen sollten.«

VIERTER TEIL
Brüder des Schwerts

KAPITEL 23

Rom, 61 n. Chr.

In der Zeit bis zu meiner nächsten Begegnung mit Caratacus beherrschte der Mord an dem Stadtpräfekten Lucius Pedanius Secundus durch einen seiner Sklaven den Klatsch und Tratsch in den Tavernen und Badehäusern Roms.

Der Senat hatte in seiner leider endlichen Weisheit entschieden, dass zur Strafe alle vierhundert Sklaven des Secundus hingerichtet werden sollten. Als Nero dann beschloss, dieses Urteil tatsächlich vollstrecken zu lassen, erregte das wie zu erwarten den Zorn der Plebs. Es kam zu Ausschreitungen, Geschäfte und Privathäuser wurden geplündert, bis der Kaiser schließlich Soldaten auf die Straße schickte, um die öffentliche Ordnung wiederherzustellen.

Um seine Herrschaft zu festigen, versprach Kaiser Nero, der von einer Krise zur nächsten stolperte, dem Pöbel zur Ablenkung immer wieder hastig Brot und Spiele. Und unsere ach so ehrenwerten Senatoren waren üblicherweise zu feige, sich ihm zu widersetzen. Ich erlebte das alles nicht zum ersten Mal und machte mir auch keine größeren Gedanken darüber.

Allerdings geschahen zwei merkwürdige Dinge, die mich dann doch aus der Ruhe brachten.

Das erste dieser Erlebnisse ereignete sich bei einem verschwenderischen Gastmahl auf dem Quirinal. Unser Gastgeber war der ehrgeizige junge Senator Appius Ovidius Calvus, für den ich erst kurz zuvor die Geschichte seiner illustren Vorfahren niedergeschrieben hatte – eines meiner besten Werke, wenn ich das in aller Bescheidenheit anmerken darf. Ich hatte seine familiären Wurzeln äußerst geschickt bis in die Zeit der letzten etruskischen Könige zurückverfolgt und dabei jegliches plebejische Blut aus seinem Stammbaum getilgt. In einem Anfall von Kreativität hatte ich einen seiner entfernten Verwandten sogar neben dem Heerführer Dentatus bei dessen berühmtem Sieg über Pyrrhus in der Schlacht von Beneventum kämpfen lassen, ein Detail, das – da bin ich mir fast sicher – dazu beigetragen hatte, dass Calvus bei der in diesem Jahr stattfindenden Zensorenwahl einen der beiden Posten gewinnen konnte. (An dieser Stelle ein Ratschlag für alle aufstrebenden Biografen: Bringt die Familie Eures Klienten möglichst mit Schlachten in Verbindung, die länger als siebzig Jahre zurückliegen. Auf diese Weise lässt sich von vornherein ausschließen, dass ein überlebender Augenzeuge Euren Bericht in Zweifel zieht.)

Aelia und ich nahmen seitdem regelmäßig an den gesellschaftlichen Veranstaltungen dieses Senators teil, und obwohl ich diese Zusammenkünfte von angeberischen Politikern der schlimmsten Sorte und müßiggängerischen Aristokraten oft sterbenslangweilig fand, stellten sie doch gute Gelegenheiten dar, um neue Klienten zu gewinnen. Sie waren außerdem eine hervorragende Quelle für Palastklatsch, da zu Calvus' Bekannten auch ein paar Höflinge aus dem Umkreis des Kaisers selbst zählten. Für solchen Tratsch gibt es wie für jede andere Ware auch einen Markt, und ab und zu besserte ich mein bescheidenes Einkommen auf, indem ich mein Wissen über diesen oder jenen korrupten Senator an den Mann brachte – was selbstverständlich alles im öffentlichen Interesse geschah, geschätzte Leser. Man werfe mir also keine moralische Schwäche vor.

Die ersten Gänge (gefüllte Lerchen, Austern aus Baiae und gebratene und großzügig mit Garum übergossene Schnecken) hatte ich damit verbracht, die Fragen meines Tischnachbarn zu meiner Profession zu beantworten. Bei diesem handelte es sich um einen furchtbar langweiligen Anwalt von enormer Leibesfülle, dessen Name mir zum Glück entfallen ist. Der Mann erklärte mir, dass er über eine berufliche Veränderung nachgedacht habe und davon überzeugt sei, seinen Lebensunterhalt wesentlich einfacher als Schriftsteller verdienen zu können. Diese Behauptung ist mir durchaus geläufig, und ich höre sie immer nur von irgendwelchen hochwohlgeborenen Gecken, die sich für den nächsten Vergil halten, aber keine Ahnung von den vielen Stunden haben, die ich spät in der Nacht beim fahlen Licht einer Öllampe mit meiner Arbeit zubringen muss. Was den Anwalt betrifft, so glaube ich, ihn mit dem Hinweis erfreut zu haben, dass er durch seine Tätigkeit am Gericht gewiss schon sehr geübt im Verfassen von Texten mit einer gewissen künstlerischen Freiheit sei.

Nach dem Hauptgang brachten die Sklaven silberne Tabletts mit Honigdatteln, Käse und Nüssen. Während die Musiker (Hispanier, für deren Auftritt man eine gewaltige Summe ausgegeben hatte, wie Aelia diskret bemerkte) eines ihrer nicht enden wollenden Klagelieder anstimmten, fanden sich einige Gäste in einer Ecke zu einer Gruppe zusammen, um unter sich zu trinken und sich zu unterhalten. Zu meiner großen Erleichterung entschuldigte sich der beleibte Möchtegernschriftsteller, um nach Calvus zu suchen, den er in einer privaten Angelegenheit sprechen wollte. Mein Blick fiel auf drei Männer in edlen Tuniken auf der anderen Seite des Raums. Sie hatten allesamt breite Schultern und geölte Locken, und ihre Vertrautheit im Umgang ließ vermuten, dass es sich um alte Freunde handelte.

Ich hatte sie noch bei keinem von Calvus' Gastmählern gesehen, und aus irgendeinem Grund weckte diese kleine Zusammenkunft meine Neugier. Aufgrund ihres Auftretens und einiger Gesprächsfetzen, die an mein Ohr drangen, nahm ich an, dass es sich bei den Männern um Soldaten handelte. Und als ich einen anderen Tischnachbarn dazu befragte, bestätigte er mir diese Vermutung mit einem zustimmenden Nicken. »Das sind Offiziere im Ruhestand«, sagte er. »Von der tapferen und siegreichen Zwanzigsten.«

Ich glaubte eine Spur von Bitterkeit in seiner Stimme zu hören und verscheuchte den Sklaven, der meinen Becher nachfüllen wollte, um mich meinem Tischnachbarn nun mit voller Aufmerksamkeit zuzuwenden. Er war etwas älter als die drei ehemaligen Offiziere, und sein Gesicht war durch eine markante Narbe auf der linken Wange verunstaltet. Seine Augen waren blutunterlaufen, und sein gepflegter Bart war schon leicht ergraut.

»Sind das Bekannte von Euch?«, fragte ich.

»Das könnte man wohl so sagen«, antwortete der Mann. Er trank noch einen Schluck von seinem Mulsum und hob eine Faust an die Lippen, um ein Rülpsen zu unterdrücken. »Wir waren einst Offizierskameraden in derselben Legion. Aber das ist lange her.«

Mir fiel etwas ein. »Die Zwanzigste Legion, sagt Ihr? War die nicht an der Eroberung Britanniens beteiligt?«

»Das stimmt. Wir vier haben gemeinsam als Zenturionen unter Legat Aculeo gedient und mit ihm den Oceanus überquert.«

»Ihr habt sicher viel erlebt«, sagte ich.

»Oh ja, in der Tat.«

Ich wartete darauf, dass er weitersprach, aber stattdessen starrte er nur an mir vorbei und die drei Offiziere auf der anderen Seite des Festsaals an, die gerade über etwas lachten, das einer von ihnen gesagt hatte. Dann stimmten sie ein bekanntes Marschlied an. Ihre vor Trunkenheit heiseren Stimmen übertönten das Geträller der Musiker – ich wusste nicht, was ich schlimmer finden sollte.

»Eure Freunde sind offensichtlich bester Laune«, sagte ich, um seine Aufmerksamkeit zurückzugewinnen.

Der andere Mann grunzte. »Warum auch nicht? Sie feiern.«

»Aus welchem Anlass?«

»Heute jährt sich die Schlacht von Durocornovium«, antwortete der Mann.

Ich erinnerte mich, davon gelesen zu haben, als ich mich über Caratacus schlau gemacht hatte. Durocornovium war der Schauplatz einer berühmten Schlacht zwischen mehreren Kohorten der Zwanzigsten Legion und

Caratacus und seiner Kriegsbande gewesen. Noch Jahre nach der Eroberung der Insel hatten der gerissene Britannier und seine Anhänger die römischen Streitkräfte im Süden Britanniens nicht zur Ruhe kommen lassen. Sie hatten Nachschublinien und militärische Außenposten angegriffen und die Geschwindigkeit des römischen Vormarsches erheblich verlangsamt. Die exorbitanten Kosten für den Unterhalt der Legionen auf dieser fernen Insel hatten für Unruhe im kaiserlichen Palast gesorgt, und es war sogar das Gerücht umgegangen, dass Claudius gezwungen sein könnte, ähnlich wie Generationen zuvor Caesar, den taktischen Rückzug aus Britannien anzutreten.

Doch dann war die Nachricht von einem überwältigenden Sieg über die Britannier auf einem Hügel in der Nähe eines Ortes namens Durocornovium eingetroffen. Die Männer unter Legat Aculeo hatten Caratacus' Armee in einer harten Schlacht bezwungen, indem sie ihm große Verluste zugefügt und ihn gezwungen hatten, mit den Überlebenden seiner Kriegsbande nach Westen zu den Bergstämmen der Silurer und Ordovicer zu fliehen. Als Belohnung für seine Taten hatte man Aculeo später zum Statthalter einer der östlichen Provinzen ernannt, und mehrere hohe Offiziere waren für ihre Verdienste ausgezeichnet worden. Es war in der Tat ein glorreicher Sieg gewesen.

»Wenn diese Herren Eure Freunde sind, warum trinkt Ihr dann nicht mit ihnen zusammen auf diesen großartigen Triumph?« Ich konnte mir diese naheliegende Frage nicht verkneifen. Tatsächlich hatte der Mann den ganzen Abend kein Wort mit seinen Kameraden gewechselt.

Mein Tischnachbar zuckte mit den Schultern. »Nur weil wir alte Kameraden sind, heißt das noch lange nicht, dass wir in gewissen Dingen auch einer Meinung sind.«

»Was meint Ihr damit?«, hakte ich nach.

Plötzlich kniff mein Gegenüber die Augen zu, runzelte die Stirn und presste die Lippen zusammen, als wäre er gerade in einen Hundehaufen getreten. »Ihr seid dieser Geschichtsschreiber, nicht wahr?«

»Caius Placonius Felicitus, zu Euren Diensten.«

Er nickte, als wäre er über diese Antwort enttäuscht. »Ihr stellt viel zu viele Fragen, Felicitus.«

So etwas hörte ich öfter von den römischen Aristokraten. Schließlich leben wir in einer Gesellschaft, in der ein allzu loses Mundwerk oder eine unbedachte Bemerkung dazu führen kann, dass man mitten in der Nacht von den Prätorianern aus dem Bett gezerrt und mitgenommen wird. Doch so leicht ließ ich mich nicht beirren. »Werter Herr, wie war gleich noch Euer Name?«

»Vulcatius Araricus.«

Der Name sagte mir damals nichts – das war schließlich Jahre vor jener Verschwörung, die dafür sorgen sollte, dass man sich auf ewig an ihn erinnern würde. Damals besetzte Araricus einen unwichtigen Posten in der Verwaltung des Reichs. »Wann seid Ihr in unsere schöne Stadt zurückgekehrt?«

»Vor mittlerweile zwei Jahren«, antwortete Araricus. »Ich ließ mich zurück nach Rom versetzen und leistete meine noch verbliebene Dienstzeit bei der Prätorianergarde ab. Dann ging ich mit einer Abfindung in den Ruhestand.«

»Habt Ihr die Zwanzigste Legion aus irgendeinem besonderen Grund verlassen? Wart Ihr Britanniens überdrüssig?«

Araricus lachte, und als ich ihn fragte, was so amüsant sei, warf er mir einen langen, ernsten Blick zu. »Ihr habt diese Provinz noch nie besucht, oder?«

»Nein«, antwortete ich. »Leider nicht.«

»Im Gegenteil, Ihr könnt Euch glücklich schätzen.«

Die Leute reden gern mit mir. Ich habe die Erfahrung gemacht, dass man einfach nur echtes Interesse vorgeben muss, dann sind die meisten bereit, einem alles Mögliche zu erzählen. Vor allem, wenn der Betreffende nicht mehr ganz nüchtern ist. Wie beispielsweise Araricus.

»Die ganze Insel ist ein stinkendes Loch«, fuhr er fort. »Das Wetter ist im Allgemeinen grauenhaft, das Essen ungenießbar, und das ganze Land besteht aus nichts als Sümpfen, Bergen und Wäldern. Und von den dortigen Barbaren will ich gar nicht erst anfangen. Wenn Ihr mich fragt, hätten wir diese Insel schon vor Jahren sich selbst überlassen sollen. Damit hätten wir uns viel erspart.«

Die Offenheit des Mannes überraschte mich. Man hörte nur selten Kritik an unserer Strategie in Britannien, und schon gar nicht von einem hohen Offizier, der dort gedient hatte. Die meisten wurden nicht müde, öffentlich zu betonen, dass die Zivilisierung dieser jüngsten Erweiterung des Reichs schnell voranschreite und sich die immensen Kosten der Besatzung nun bald auch bezahlt machen würden, auch wenn die Glaubwürdigkeit dieser Behauptungen durch die jüngste Rebellion auf eine harte Probe gestellt worden war. Ich machte eine gedankenlose Bemerkung über die Beschreibungen von Britannien in den militärischen Berichten, die ich gelesen hatte. Sie vermittelten das Bild bukolischer Landschaften mit vielen Bauernhöfen, exotischen rothaarigen Frauen und edlen, aber stumpfsinnigen Kriegern, die sich – wenn auch widerwillig – mit Hypokaustum, Steuern und anderen Vorzügen der römischen Zivilisation abgefunden hatten.

»Man sollte nicht alles glauben, was man in diesen Berichten liest«, knurrte Araricus. »Das sollte doch gerade jemandem wie Euch bewusst sein, Schreiberling.«

»Aber es wird doch sicherlich nicht alles schlecht gewesen sein, oder?«

»Britannien ist ein geldverschlingendes Drecksloch, anders kann man es nicht ausdrücken. Wir haben dort jahrelang gegen einen Feind gekämpft, der niemals auch nur einen Fingerbreit nachgegeben hat. Das ist das Britannien, das ich erlebt habe.«

»Eurer Laufbahn hat es aber doch wohl nicht geschadet. So ziemlich jeder Römer hat von der Schlacht bei Durocornovium gehört, die zu unseren glorreichsten Siegen über die Britannier gehört.«

»Wenn Ihr meint.« Araricus lächelte traurig. »Ich für meinen Teil bin mir da nicht so sicher.«

»Ich kann Euch leider nicht recht folgen.«

Der ehemalige Zenturio sah wieder zu seinen alten Kameraden hinüber. Oder vielleicht starrte er auch einfach nur hinaus in den nächtlichen Garten – von meiner Warte aus konnte ich es nicht erkennen. »Der Schein trügt oft. Ich dachte, bei den Legionen wäre es schon schlimm, aber in Rom ...« Offensichtlich überkam Araricus ein kurzer Anflug von Nüchternheit, und er verstummte mitten im Satz.

»Ja?«, bohrte ich neugierig nach.

»Vergesst, was ich gesagt habe.« Araricus stellte abrupt seinen Weinbecher ab, erhob sich und rief nach seiner Sänfte. »Ich werde aufbrechen.«

»Ihr wollt schon gehen?«

»Ich muss schon bei Morgengrauen wieder meinen Pflichten nachkommen. Es war mir ein Vergnügen, Eure Bekanntschaft zu machen.«

»Vielleicht können wir uns ein anderes Mal weiter über Eure Zeit in Britannien unterhalten? Ich möchte gern mehr über die Invasion erfahren.« Das stimmte natürlich, wenn auch nicht zuletzt aus Eigennutz, wie mir in diesem Augenblick klar wurde – eine kritische römische Gegenstimme zur öffentlichen Meinung war durchaus brauchbar: Araricus schien mir eine erfrischend aufrichtige Sicht auf die Lage in der britannischen Provinz zu haben – in jedem Fall jedoch konnte er dazu beitragen, die Lücken in Caratacus' Gedächtnis zu füllen.

»Ich habe nicht vor, meine Lebensgeschichte aufschreiben und veröffentlichen zu lassen, falls Ihr darauf hinauswollt. Vielleicht habt Ihr damit mehr Glück bei meinen Freunden da drüben.« Araricus deutete mit dem Kinn auf die drei Kameraden. »Selbstdarstellung scheint ihnen jedenfalls nicht fremd zu sein.«

Ein Sklave teilte ihm mit, dass seine Sänfte nun vor dem Haus auf ihn warte. Er seufzte bitter und nickte mir zum Abschied zu. Ich starrte ihm hinterher und fragte mich, weshalb er seinen ehemaligen Kameraden mit solcher Verachtung begegnete.

Der zweite merkwürdige Vorfall ereignete sich vier Tage später in der Buchhandlung des Fulgentius im Argiletum bei einer Lesung meines alten Freundes Marcus Cominius Largus, einem mäßig talentierten Schriftsteller, der sich als Dramatiker versucht hatte, bevor er sich der populären Geschichtsschreiberei schlimmster Sorte zugewandt hatte. Werte Leser, Ihr wisst sicher, wovon ich spreche: patriotische Geschichten über heldenhafte römische Offiziere, die an irgendwelchen trostlosen Orten die römische Grenze gegen barbarische Horden verteidigen. Mit solchen Werken war er – wie man sich denken kann – außergewöhnlich erfolgreich, und durch die sich daraus ergebenden Aufträge konnte Largus sich ein großes Haus an den oberen Hängen des Caelian leisten. Ich gebe freimütig zu, dass ich einen Hauch von Neid auf seinen Erfolg verspürte. Davor ist schließlich kein Schriftsteller gefeit.

An diesem Morgen war einer von Caratacus' Sklaven in meinem Haus vorstellig geworden und hatte mir mitgeteilt, dass der Britannier nun bereit sei, mich wieder zu empfangen. Da mir bis zu dieser Verabredung noch ein paar Stunden geblieben waren, hatte ich mehr aus Langeweile denn aus Begeisterung für Largus' Werk beschlossen, der Lesung beizuwohnen. Nun stand ich inmitten einer Menschentraube in der engen, staubigen Buchhandlung des Fulgentius und hörte Largus dabei zu, wie er aus seiner weitschweifig erzählten Geschichte der Samnitenkriege vorlas. Es war ein für Largus durchschnittliches Werk, was bedeutete, dass es den literarischen Wert der Wandkritzeleien in einer Latrine in der Suburra hatte (und wenn Ihr, werte Leser, jetzt der Ansicht seid, dass ich zu hart mit ihm ins Gericht gehe, dann habt Ihr sicherlich noch nichts von ihm gelesen).

Als Largus endlich geendet hatte, wäre ich lieber selbst in der Schlacht von Lautulae gefallen, als noch ein weiteres Wort seiner schnörkeligen, überladenen Prosa über mich ergehen lassen zu müssen. Ich wollte sofort aufbrechen, damit ich genug Zeit hatte, rechtzeitig bei Caratacus zu erscheinen, wofür ich die halbe Stadt durchqueren musste. Doch Largus fing mich ab, bevor ich mich davonschleichen konnte. »Felicitus! Da seid Ihr ja!«, rief er aufgeregt und umklammerte meinen Unterarm. »Es freut mich sehr, dass Ihr es einrichten konntet.«

»Selbstverständlich. Wir Schriftsteller müssen doch zusammenhalten.«

»Sagt mir, wie hat es Euch gefallen?« Er deutete mit dem Daumen auf den Stapel Schriftrollen auf dem Tisch hinter ihm. »Seid ruhig ehrlich. Die Wahrheit kann mich nicht verletzen.«

»Ein erstklassiges Werk«, antwortete ich mit bewundernswert ernster Miene. »Ich hatte beinahe das Gefühl, persönlich an der Seite von Heerführer Rullianus zu kämpfen.«

»Danke«, sagte Largus. »Das bedeutet mir sehr viel.«

»Aber nicht doch, mein lieber Freund. Ich würde auch gern noch bleiben und ein wenig mit Euch plaudern, aber ich muss leider weiter.«

Gerade als ich mich verabschieden wollte, fiel mir Largus ins Wort: »Ich würde Euch gern einen Moment sprechen.«

»Nun gut, aber schnell.«

»Ihr seid ein wenig in Eile, wie mir scheint?«

»Das könnte man so sagen.«

Largus nahm mich am Arm und führte mich in eine ruhige Ecke des Raums, weg vom Publikum, das sich gerade an Süßigkeiten und billigem Wein gütlich tat. Einen schrecklichen Moment lang fürchtete ich, er würde mich um eine Empfehlung von einem meiner wohlhabenden Mäzene bitten, und überlegte schon, wie ich mich aus der Affäre ziehen konnte. »Passt auf, Felicitus. Ich will gleich zur Sache kommen: Man hat mir Fragen über Euch gestellt, und zwar nicht in einem wohlwollenden Sinne«, fügte er mit Nachdruck hinzu.

In Neros Rom war nur eins schlimmer, als wenn nicht über Euch gesprochen wird: dass über Euch gesprochen wird. Seine Warnung jagte mir einen großen Schreck ein, und es dauerte einen Moment, bis ich die Sprache wiederfand. »Wer hat nach mir gefragt?«

»Jemand aus Neros Umkreis«, sagte Largus. »Er hat sich nicht vorgestellt, und ich habe es auch nicht gewagt, ihn nach seinem Namen zu fragen, aber ich hatte ihn schon einmal im Palast gesehen.«

Ein flaues Gefühl machte sich in meinem Magen breit. »Und was genau wollte dieser Mann von Euch wissen?«

»Alles Mögliche. Er behauptete, dass Ihr an einem neuen Buch arbeitet, das mit dem Britannienfeldzug zu tun hat – und da wir gute Freunde seien, wolle er wissen, ob ich etwas darüber gehört hätte. Das ganze Gespräch war ziemlich merkwürdig.«

»Was habt Ihr ihm geantwortet?«, fragte ich.

»Die Wahrheit, was hätte ich ihm sonst sagen sollen? Dass wir uns seit Wochen nicht mehr gesehen haben und dass Ihr nur ungern über Eure Aufträge sprecht, bevor Ihr damit fertig seid.« Largus sah mich mit zusammengekniffenen Augen an. »*Woran* arbeitet Ihr denn da, alter Freund?«

»Hat er sonst noch etwas gesagt?«, wollte ich wissen, ohne seine Frage zu beantworten.

Largus zuckte mit den schmalen Schultern. »Nur, dass ich ihm Bescheid geben soll, wenn ich etwas über Euer neues Werk erfahre. Er hat angedeutet, dass er sich meine Mitarbeit etwas kosten lassen würde, aber ich werde ihm selbstverständlich nichts von unserem Gespräch erzählen.«

»Vielen Dank, Largus.«

Er grinste und legte den Arm um mich. »Wir Schriftsteller müssen doch zusammenhalten. Also, ladet mich doch auf einen Krug Wein ein, wenn ich hier fertig bin. Und dann erzählt Ihr mir, was hier wirklich vor sich geht, ja?«

Ich schüttelte den Kopf. »Das geht leider nicht. Ich bin am anderen Ende der Stadt verabredet.«

»Mit einem Freund?«

»Eher einem Bekannten, um ehrlich zu sein.«

»Kenne ich ihn?«

»Nein, bestimmt nicht.«

»Verstehe. Dann ein andermal.«

Ich nickte und machte dann auf dem Absatz kehrt, um zu gehen.

»Ach … einen Moment noch, Felicitus.«

Ich blieb stehen und sah mich noch einmal um. »Ja?«

»Der Tonfall des Kerls war ganz und gar nicht freundlich. Das verheißt nichts Gutes, worum auch immer es da gehen mag. Bitte seid vorsichtig.«

»Bin ich«, sagte ich. »Danke.«

Ich verließ das Argiletum, und auf dem Weg durch die Suburra war ich in Gedanken völlig bei dieser beunruhigenden Entwicklung, während ich darauf achtete, den Haufen von verdorbenem Gemüse und den verrottenden Kadavern streunender Hunde auszuweichen, mit denen die Straßen zwischen den Mietskasernen dieses stinkenden Elendsviertels übersät waren.

Ich überquerte das Forum und bahnte mir einen Weg durch die quirlige Masse der Straßenhändler, Parfümverkäufer und phönizischen Zauberkünstler, die darauf warteten, ahnungslose Besucher der Stadt über den Tisch zu ziehen. Gelegentlich warf ich einen Blick über die Schulter, um zu sehen, ob mir jemand folgte. Natürlich war das töricht und außerdem völlig sinnlos: Wenn mich die Spione des Kaisers tatsächlich beschatteten, würde ich sie in der Menschenmenge wohl kaum entdecken.

Auch als ich den Circus Maximus passierte und in Richtung Aventin weiterging, ließen mir Largus' Worte keine Ruhe. Ich fragte mich, wie der kaiserliche Palast von meinem Werk über Caratacus erfahren hatte. Mein erster Gedanke war, dass Aelia es unvorsichtigerweise einer Freundin gegenüber erwähnt haben könnte, aber diese Vermutung verwarf ich schnell wieder. Ich hatte sie schwören lassen, mit niemandem über meine Pläne zu sprechen – und so gern meine liebe Frau dem Klatsch und Tratsch frönte: Über diese heikle Angelegenheit würde sie ganz sicher Schweigen bewahren.

Vielleicht maß Largus der Sache zu viel Bedeutung bei. Es konnte schließlich auch eine völlig harmlose Erklärung dafür geben, dass sich einer von Neros Männern nach meiner Arbeit erkundigt hatte. Doch schnell musste ich mir eingestehen, dass das höchst unwahrscheinlich war, und als ich schließlich oben auf dem Aventin ankam, spürte ich die Besorgnis wie eine schwere Last auf meinen Schultern. Als ich bei Caratacus ankam, folgte ich dem Türhüter ins Arbeitszimmer, wo der grauhaarige Britannier über eine Buchrolle gebeugt vor seinem Regal stand. Er blickte auf und deutete auf den Stuhl vor seinem Schreibtisch.

»Setzt Euch«, sagte er. »Ich habe gerade einmal wieder Vergils frühe Gedichte gelesen.«

Ich hatte mein Erstaunen wohl nur schlecht verborgen, denn seine Miene veränderte sich. »Seid Ihr etwa überrascht? Man sollte immer versuchen, vor allem über seine Feinde so viel wie möglich in Erfahrung zu bringen«, sagte er. »Wenn man sie besiegen will, muss man wissen, wie sie denken.«

»Ein kluger Rat.«

»Das will ich meinen. Mein Vater hat ihn mir vor vielen Jahren gegeben.« Caratacus legte die Buchrolle zurück und befahl einem seiner Küchensklaven, einen Krug Bier und Trinkbecher zu holen, dann ließ er sich in dem Stuhl hinter seinem Schreibtisch nieder.

»Bevor wir anfangen, möchte ich noch bemerken«, sagte ich vorsichtig, »dass es vielleicht klüger wäre, sich in Zukunft woanders zu treffen. An einem … unverfänglicheren Ort.«

Der Britannier runzelte die wettergegerbte Stirn. »Warum? Ist etwas passiert?«

»Nein, es ist alles in Ordnung«, log ich. »Aber Ihr wohnt in einer sehr belebten Straße.«

»Ihr besitzt wirklich eine außergewöhnliche Beobachtungsgabe, Felicitus.«

Ich beugte mich vor. »Was ist, wenn Eure Nachbarn neugierig werden, wer bei Euch seit Kurzem öfter zu Gast ist? Das könnte zu unangenehmen Fragen führen, versteht Ihr? Unser Vorhaben soll schließlich für absehbare Zeit geheim bleiben.«

»Davos weiß, wie er mit neugierigen Fremden an der Tür umzugehen hat.«

»Das bezweifle ich nicht. Aber wäre es nicht trotzdem ratsam, sich vorsichtig zu verhalten?« Ich hatte den Entschluss gefasst, ihm nichts von meiner Unterhaltung mit Largus zu erzählen. Es hatte mich bereits alle meine Überredungskunst gekostet, Caratacus überhaupt dazu zu bringen, mir seine Geschichte zu erzählen. Eine Erwähnung dieses Vorfalls würde ihn womöglich dazu bewegen, die Zusammenarbeit mit mir zu beenden.

»Mein Freund Lugnus könnte uns dabei behilflich sein«, sagte er. »Ihr habt ihn neulich kennengelernt.«

»Der Gallier, dem der Betrunkene Eber unten am Hügel gehört?«

Caratacus nickte. »Er hat ein paar Zimmer über der Taverne. Ich könnte ihn fragen, ob wir uns dort treffen können.«

»Das ist eine gute Idee«, sagte ich.

»Und Ihr seid Euch ganz sicher, dass es keinen besonderen Grund zur Besorgnis gibt, ja?«

Ich nickte. »Ich bin lediglich der Meinung, dass wir lieber vorsichtig sein sollten. In dieser Stadt haben die Wände Ohren.«

Caratacus brach in dröhnendes Gelächter aus. »Zumindest in dieser Hinsicht unterscheidet sich Rom nicht besonders vom königlichen Hof in Camulodunum.«

Der Küchensklave brachte ein silbernes Tablett mit einem Krug und zwei Bechern. Caratacus vollzog das mittlerweile vertraute Ritual des Einschenkens, während ich mich darauf vorbereitete, mir Notizen zu machen.

»Zuletzt hatten wir darüber gesprochen, dass Euer Vater den Atrebaten den Krieg erklärt hat«, sagte ich.

»Ja.« Caratacus nippte an seinem Bier, wobei ein wenig Schaum an seinem langen Schnurrbart hängen blieb. »Dies geschah kurz nach dem Blutbad von Senomagus. Das war eine schlimme Zeit für unseren Stamm. So viele unserer Edelmänner hatten bei dem Blutbad ihr Leben gelassen, und wer überlebt hatte, war vor Scham regelrecht zerfressen. Wir wussten, dass der Krieg gegen die Atrebaten hart werden würde, und das machte vielen Angst. Unser Königreich hatte seit vielen Jahren – seit der Herrschaft meines Großvaters – keiner derartigen Bedrohung mehr gegenübergestanden. Nun lag ein Kampf gegen einen übermächtigen Feind vor uns, bei dem es ums Überleben unseres Stammes ging. Der Sieg war alles andere als sicher, und viele am Hof befürchteten, dass wir gegen Verica und seine Verbündeten nicht bestehen würden.«

»Habt Ihr diese Befürchtungen geteilt?«

Caratacus stützte das Kinn auf die geballte Faust. »Ich war der Ansicht, dass wir nur gewinnen konnten, wenn wir unsere Strategie neu überdachten. Natürlich hätte ich eine blutige Auseinandersetzung zwischen den Stämmen gern vermieden.«

»Eine bemerkenswerte Aussage von jemandem, der den Großteil seines Lebens mit Kämpfen verbracht hat.«

»Man muss nicht unbedingt Spaß am Krieg haben, um gut darin zu sein, Römer. Ich wäre auch zufrieden gewesen, wenn ich mein Schwert niemals im Kampf hätte erheben müssen – doch manchmal führte kein Weg am Krieg vorbei.«

»Aber der Krieg hat Euch zu dem gemacht, der Ihr jetzt seid«, sagte ich. »Ohne den Krieg würde heute kaum jemand in Rom Euren Namen kennen. Jetzt seid Ihr der berühmteste Britannier im ganzen Römischen Reich.«

»Angesichts des jüngsten Aufstands wäre ich mir da nicht so sicher. Ich wage sogar zu behaupten, dass Königin Boudiccas Name den kommenden Generationen vertrauter sein wird als meiner.«

Ich bezweifelte ernsthaft, dass Boudiccas Ruhm den von Caratacus dauerhaft überstrahlen konnte – erst recht bei dem Gedanken, dass mein Werk über Caratacus eines Tages in den Regalen der römischen Buchläden zu finden sein würde.

»Habt Ihr sie gekannt?«

»Nur flüchtig. Ihren Mann, König Prasutagus, kannte ich dagegen gut. Er konnte einen zur Weißglut treiben – wie alle Icener war er äußerst eigensinnig und stolz. Und er hätte es besser wissen müssen, als sich mit den Römern einzulassen. Trotzdem war er ein guter Krieger.«

Ich ahnte, dass Caratacus einmal mehr kurz davor war, in eine seiner mäandernden Erinnerungen über die kommerziell weniger verwertbaren Aspekte seines einstigen Lebens in Britannien zu verfallen, und bemühte mich, ihn sanft zum Kern unserer Erzählung zurückzugeleiten. »Ihr habt gesagt, dass Ihr Eure Kampfweise anpassen musstet. Wie war das gemeint?«

»Mir war klar, dass wir gegen Vericas riesige Streitmacht auf dem Schlachtfeld nicht würden bestehen können. Wir konnten ihn nur besiegen, indem wir uns auf weniger traditionelle Methoden der Kriegsführung verlegten.«

»Ich kann mir nicht vorstellen, dass das bei Euren Stammesangehörigen gut ankam – in Anbetracht dessen, wie stolz sie auf ihre Traditionen waren.«

Er lächelte dünn. »Nein, in der Tat nicht. Aber ich habe keine Schwierigkeiten damit, den Leuten die Wahrheit ins Gesicht zu sagen.«

»Tatsächlich?«

»Mir geht es nur um die Wahrheit, auch wenn sie noch so schmerzhaft sein sollte. Sonst säße ich nicht hier mit Euch.«

Es gab keinen Grund, ihm nicht zu glauben, und doch beschlich mich einmal mehr das unangenehme Gefühl, dass der alte König mich gerade auf gewitzte Art für seine Zwecke einspannte.

»Sprechen wir über den Krieg gegen Verica«, sagte ich. »Wann hat er begonnen?«

»Ich war neunzehn Jahre alt.« Caratacus lehnte sich auf seinem Stuhl zurück. »Und das war das letzte Mal für viele Jahre, dass ich Frieden erlebte. Damals ahnte niemand, dass unser Feldzug gegen die Atrebaten so lange dauern und einen so hohen Preis fordern würde.«

KAPITEL 24

Camulodunum, 26 n. Chr.

Für uns Catuvellaunen war das Blutbad von Senomagus eine Katastrophe. Dutzende unserer besten Krieger und bedeutendsten Edelmänner waren niedergemetzelt worden, und ein Krieg mit verheerenden Folgen für ganz Britannien war dadurch unvermeidlich geworden. Aber es lehrte mich auch eine wichtige Lektion: Zum ersten Mal wurde mir klar, dass Rom sein Weltreich ebenso durch List und Tücke wie durch Mut und Stärke auf dem Schlachtfeld geschaffen hat. Die Legionen sind nur eine Waffe unter vielen, die es in seinem ewigen Streben nach Macht einsetzt. Und ich wusste nun, dass es unter uns auch solche gab, die bereit waren, ihre Seelen im Tausch gegen Silbermünzen und Freundschaftsversprechen zu verkaufen. Und dabei war die Verschwörung zur Bestechung des Hohen Rates der Druiden nur ein erster Vorgeschmack auf das, was noch kommen sollte.

Damals waren die meisten meiner Stammesgenossen noch blind gegenüber dem Schatten, den Rom da schon auf unsere Insel warf. Fremdländische Verschwörungen oder die schleichende Ausbreitung des römischen Einflusses kümmerten sie wenig, denn sie waren viel zu sehr damit beschäftigt, sich auf den großen Krieg gegen die Atrebaten vorzubereiten.

Nach dem Blutbad von Senomagus verbrachten wir mehrere Tage damit, unsere Toten zu betrauern und zu begraben. Auf Anweisung meines Vaters wurden Epaticcus und die übrigen Verwundeten in den Gästequartieren seines Fürstenhofes untergebracht. Unsere Frauen kümmerten sich nach Kräften um sie, machten es ihnen so angenehm wie möglich und versorgten ihre Wunden. Die meisten der Verletzten starben trotzdem, und es verging kaum ein Tag, ohne dass eine Prozession von Trauernden durch das Tor marschierte, um einen Angehörigen jenseits der Stadtbefestigung in geweihter Erde zu bestatten. Die Krieger tranken auf das Wohl ihrer getöteten Brüder und schworen unseren verhassten Feinden Rache, die untröstlichen Frauen weinten vor Kummer und die Barden sangen, während die Druiden die althergebrachten Begräbnisriten vollzogen. Unser Vertrauen in die Druiden war allerdings tief erschüttert. Bis dahin hatten wir sie allesamt für ehrliche Diener ihrer Kulte gehalten, doch nun hatten sie sich als so käuflich wie der gemeinste Dieb erwiesen. Doch trotz aller Beweise für ihre Bestechlichkeit verehrten viele Stammesangehörige sie weiterhin.

Eine Zeit lang fürchtete ich, dass Epaticcus ebenfalls seinen Verletzungen erlegen könnte.

Der Heiler meines Vaters kümmerte sich persönlich um ihn, ein hagerer Mann aus einem belgischen Stamm, der sich bei einem griechischen Arzt in Lugdunum einige grundlegende medizinische Kenntnisse erworben hatte. Nachdem er Epaticcus' Wunde genau untersucht hatte, entfernte er den Eiter und reinigte sie mit einer Mischung aus Honig und Essig. Dann vernähte er die Wunde mit einem feinen Faden und legte einen frischen Umschlag darauf, der die Genesung beschleunigen sollte.

»Wie steht es um ihn?«, fragte ich, während der Heiler sich die Hände an einem Lappen abwischte.

»Er sollte es eigentlich überleben, Herr«, antwortete der Mann vorsichtig. »Euer Onkel hat eine beträchtliche Menge Blut verloren, aber der Schwerthieb hat ihn unterhalb der Rippen getroffen, sodass kein Knochen gesplittert ist, und glücklicherweise ist die Klinge auch nicht tiefer als einen Fingerbreit eingedrungen. Ihr könnt von Glück sagen, dass hierzulande der Schwerthieb üblich ist.«

»Warum spielt das eine Rolle?«

»Die Gladiatoren in Gallien zum Beispiel nutzen ihr Schwert in erster Linie, um zuzustechen, wobei die Klinge wesentlich tiefer in den Körper eindringt. Bei einem Stichangriff wären die Organe Eures Onkels durchbohrt worden. Dann wäre er schon längst gestorben, so aber glaube ich, dass er sich vollständig erholen wird – vorausgesetzt, dass sein Blut nicht vergiftet ist.«

»Und wenn doch?«

»Dann werdet Ihr das daran erkennen, dass die Wunde einen fauligen Geruch verströmt.« Der Heiler zuckte mit den Achseln. »In dem Fall liegt sein Schicksal in den Händen der Götter, denn so etwas zu heilen liegt nicht in der Macht der Sterblichen, Herr.«

Ich warf ihm einen strengen Blick zu. »Dann sorgt besser dafür, dass es gar nicht erst so weit kommt.«

Mein Onkel blieb zwei Tage lang bewusstlos, und wir konnten nichts für ihn tun, außer unseren Göttern angemessene Opfer darzubringen. Am dritten Tag erwachte er, und von da an ging es ihm allmählich besser. Der Heiler war nun zuversichtlich, dass mein Onkel überleben würde, aber er gab auch zu bedenken, dass Epaticcus mehrere Monate lang kampfunfähig sein würde.

Später am gleichen Nachmittag rief mein Vater die Edelmänner und seine besten Krieger in die Große Halle, das Machtzentrum unseres Stammes. Als ich mich auf den Weg zu der überdachten Vorhalle des Thronsaals machte, brach bereits die Dämmerung herein. Bladocus ging neben mir her, denn der König hatte auch ihn zu der Versammlung gerufen. Vor uns bewegte sich eine lose Gruppe älterer Männer auf den Eingang zu.

»Herr, warum ist der königliche Rat ebenfalls hier?«, fragte ich. »Wozu sollten wir ihn denn noch befragen?«

»Um Verica den Krieg zu erklären, muss dein Vater zuerst die Zustimmung des Rates einholen«, erklärte Bladocus. »Das ist ein kluger Schritt, um sich in der bevorstehenden Auseinandersetzung die Unterstützung des Volkes zu sichern.«

Ich starrte ihn an. »Sie werden ihm doch nicht die Unterstützung verweigern, oder? Nicht, nachdem sich Verica in Senomagus so unehrenhaft verhalten hat.«

»Das ist das geringste Problem deines Vaters, fürchte ich.« Bladocus senkte die Stimme.

»Was wollt Ihr damit sagen, Herr?«

Der Druide deutete auf die Gruppe vor uns, die gerade die Halle betrat. »Die Ratsmitglieder sind ein wankelmütiger Haufen.«

»Wie meint Ihr das?«

»Es sind viele darunter, die einst unter den großen Königen der Trinovanten dienten. Sie besaßen ein mächtiges

Reich, bis die Truppen deines Vaters ihr Land besetzten und ihren König samt Familie zur Flucht zwangen. Manche hoffen darauf, an jene ruhmreiche Zeit anknüpfen zu können, sollten die Catuvellaunen an Macht verlieren.«

»Glaubt Ihr, dass unser Reich zerbrechen wird?« So etwas schien mir völlig undenkbar, denn unser Stamm gehörte damals zu den mächtigsten von ganz Britannien.

»Alle Königreiche gehen früher oder später unter. Eine Dynastie ist genauso wenig unsterblich wie der älteste Baum eines Waldes. Nur ein Narr würde daran zweifeln – ein Narr oder ein Römer.« Er warf mir einen strengen Blick zu. »Hast du etwa die Lektionen der Druiden schon vergessen?«

»Selbst wenn dem so ist, wird mein Vater nicht so leicht zu besiegen sein. Bislang hat er seine Feinde noch immer in die Knie gezwungen«, rief ich ihm in Erinnerung.

»Aber dieses Mal liegen die Dinge anders.« Bladocus hielt kurz inne. »Verica war deinem Vater immer einen Schritt voraus, zumindest bis jetzt …«, fügte er dann noch hinzu.

Mein Magen verkrampfte sich leicht. »Glaubt Ihr wirklich, dass wir ernsthaft in Gefahr sind, Herr?«

»Selbst ein so mächtiger König wie dein Vater kann nicht viele Niederlagen überstehen. Ich fürchte, seine Gegner im königlichen Rat und bei Hofe werden keine weiteren Demütigungen durch die Atrebaten hinnehmen. Sollte das passieren, werden sie sich womöglich nach einem anderen Herrscher umsehen.«

Ich schluckte schwer und wandte den Blick ab. Manchmal war die schonungslose Ehrlichkeit des Druiden nur schwer zu ertragen. »Das sollten sie sich gut überlegen. Mein Vater hat viele Ländereien erobert und ihnen reiche Beute beschert.«

»Das ist ihnen egal. Kein König kann lange von vergangenem Ruhm zehren. Treue muss man sich beständig aufs Neue erwerben, entweder durch Heldentaten oder durch Geld.«

Die Atmosphäre in der Halle war angespannt. Die Diener hatten die Tische hinausgetragen. Eine kleine Gruppe von Edelmännern mit versteinerten Mienen hatte sich vor dem Podium auf der gegenüberliegenden Seite des Raums versammelt. Bladocus gesellte sich zu den anderen Druiden, und ich nahm meinen Platz bei Togodumnus, Adminius und den anderen überlebenden Mitgliedern unseres Adels ein.

Unter respektvollem Schweigen trat mein Vater, in einen pelzverbrämten Umhang gehüllt und gefolgt von einem seiner Lieblingsjagdhunde, aus seinen Gemächern, stieg auf das Podium und nahm auf dem Thron Platz. Er legte die Hände in den Schoß und warf einen Blick in die Runde, bevor er das Wort ergriff. »Brüder, die Lage ist eindeutig«, sagte er schließlich. »Ihr wisst alle, welcher Verrat sich am Heiligtum von Senomagus zugetragen hat. Auf Empfehlung meiner Berater habe ich mein Möglichstes versucht, um eine friedliche Lösung für den Streit zwischen uns und den Atrebaten herbeizuführen. Doch dieser Versuch ist ganz offensichtlich gescheitert.« Er hielt inne, um die traurige Wahrheit des Gesagten zu betonen. »Viele unserer besten jungen Männer sind nun tot, und Moricanus herrscht mit Unterstützung der Atrebaten weiterhin über Lhandain. Die korrupten, von römischen Verschwörern bestochenen Druiden des Hohen Rates haben uns verraten. Und nun bleibt uns keine andere Wahl, als uns Lhandain mit Gewalt zu nehmen und unseren Feind zu vernichten. Dies ist kein leichtes Unterfangen. Die Atrebaten haben geschworen, ihre Verbündeten in Lhandain zu schützen. Unterschätzt unseren Gegner nicht: Er ist gefährlich, gerissen und zu allem entschlossen. Wir müssen bereit sein, für den Sieg einen hohen Preis zu zahlen. Aber ich sehe keine andere Möglichkeit – wenn wir eine weitere Ausbreitung des römischen Einflusses in unseren Ländern verhindern wollen, ist es unabdingbar, die Kontrolle über Lhandain zu erlangen. Das Schicksal unseres Königreichs könnte davon abhängen. Wer anders darüber denkt, der möge jetzt sprechen.«

Die versammelten Edelmänner und Stammesältesten sahen einander an. Dann ergriff ein gebrechlich aussehender Mann mit schmalem Gesicht und wässrigen Augen das Wort. »Hoheit, ich glaube, ich spreche für alle Anwesenden, wenn ich sage, dass wir vereint hinter Euch stehen. Aber wie wollt Ihr die Atrebaten besiegen? Wir alle wissen, was unsere Spione aus Calleva berichten: Verica ist dabei, ein Heer in seiner Hauptstadt zusammenzuziehen. Viertausend Mann, so heißt es.«

»Baloras hat recht«, sagte ein korpulenter Ältester namens Trenico unter zustimmendem Gemurmel. »Außerdem hat Verica durch die Eroberung der Regni viele der reichsten Ländereien im Süden in seine Gewalt gebracht. Mit dem Getreide und dem Eisenerz von dort sind die Atrebaten in der Lage, einen Zermürbungskrieg zu führen, denn sie können ihre Männer auch über einen lange andauernden Feldzug ausreichend ernähren und mit allem Nötigen versorgen.«

»Die Ländereien, von denen du sprichst, gehören zu einem besetzten Königreich«, erwiderte mein Vater. »Die Regni sind nicht freiwillig ein Bündnis mit den Atrebaten eingegangen.«

»Das mag sein, Hoheit. Aber sie werden Verica trotzdem unterstützen, dafür werden die in all ihren großen Siedlungen stationierten atrebatischen Krieger schon sorgen. Eine Streitmacht von solcher Größe werden wir nicht so einfach besiegen können.«

»Wir werden unsere eigenen Streitkräfte in den Wintermonaten aufstocken«, erwiderte mein Vater. »Vor dem Frühjahr wird es ohnehin keine Feldzüge geben. Vericas Männer werden ebenso wie die unseren damit beschäftigt sein, die Ernte einzubringen – und mit den zahlreichen anderen Aufgaben, die vor dem ersten Winterfrost erledigt werden müssen. Danach ist es für einen Angriff bereits zu spät im Jahr. Wir werden diese Zeit nutzen, um die Männer aus den Dörfern zu rekrutieren. Sobald sie mit der Ernte fertig sind, wird jeder brauchbare Mann zu den Waffen greifen. Ich bin mir sicher, dass es genügend Krieger gibt, die darauf brennen, den Tod ihrer Angehörigen zu rächen.«

»Ganz recht, Hoheit. Aber ich fürchte, das wird nicht ausreichen. Die Dörfer haben in den letzten Jahren bereits viele Rekruten gestellt. In einigen Siedlungen gibt es jetzt schon kaum noch genug Männer für die Feldarbeit. Mir ist zu Ohren gekommen, dass teilweise kranke, alte Männer und kleine Kinder auf den Feldern arbeiten.«

»Deshalb habe ich einen Boten zu unserem treuen Verbündeten König Antedius geschickt. Die Dobunni haben geschworen, uns mit ihren Kriegern zu unterstützen. Sie werden im Frühjahr zu uns stoßen.«

»Wie viele Männer werden das sein, Hoheit?«

»Ich habe Antedius um tausend Mann gebeten«, sagte mein Vater. »Ich erwarte, dass er uns etwa die Hälfte schicken wird.«

Baloras schüttelte den Kopf. »Selbst damit werden unsere Kriegsbanden nicht stärker als zweitausend Mann sein. Verica hat etwa doppelt so viele Krieger.«

»Wenn wir mit weniger Männern als unser Gegner in den Kampf ziehen müssen, dann ist das eben so«, warf Bellocatus ein. Gesicht und Arme des dunkelhaarigen Kriegers waren noch mit den Narben und Blutergüssen bedeckt, die er sich bei dem Kampf in Segomagus zugezogen hatte. »Wir sind Catuvellaunen«, fuhr er fort und schlug sich stolz mit der Faust gegen die Brust. »Wir ziehen nicht vor unseren Feinden den Schwanz ein. Unser Kampfgeist und die Gunst der Götter werden uns zum Sieg verhelfen.«

»Die Tapferkeit unserer Männer steht außer Frage«, erwiderte Baloras vorsichtig. »Aber wir werden mit oder ohne Hilfe der Dobunni gegen einen zahlenmäßig überlegenen Feind antreten müssen … Und außerdem besteht noch die Möglichkeit, dass es Verica in den nächsten Monaten gelingt, weitere Stämme hinter sich zu vereinen.«

Mein Vater lachte trocken. »Verica wird nicht so ohne Weiteres neue Freunde gewinnen können, nicht nach seinen Taten in Senomagus. Nur wenige Stämme werden bereit sein, einem Mann die Treue zu schwören, der so bereitwillig römisches Geld nimmt. Wir sollten uns einzig und allein darum kümmern, unsere Kriegsbanden aufzustellen und Vorbereitungen für die kommende Auseinandersetzung zu treffen.

In der Zwischenzeit habe ich Befehl gegeben, die Verteidigungsanlagen hier und in Verlamium zu verstärken. Im kommenden Frühjahr werden wir ins Feld ziehen und ehrenvoll gegen unsere Feinde kämpfen. Mögen die Götter mit uns sein«, sagte mein Vater. Damit war die Versammlung beendet.

Die Edelmänner neigten ehrfurchtsvoll die Köpfe vor dem König, dann verließen sie die Halle und unterhielten sich dabei mit gedämpften Stimmen. Viele von ihnen wirkten ängstlich und bedrückt. Togodumnus, der neben mir stand, blies die Wangen auf. »Sieht aus, als hättest du recht gehabt«, murmelte er leise. »Dieser Kriegszug wird härter als alles, was wir bislang erlebt haben.«

»Ich dachte, du wolltest unseren Streit mit Verica so unbedingt mit dem Schwert austragen?«

»Das will ich auch, nach wie vor. Aber ich würde es vorziehen, unseren Feinden auf Augenhöhe zu begegnen.«

»Ich auch«, antwortete ich leise. »Aber was können wir schon tun? Die Atrebaten haben mehr Männer als wir, und sie haben die Mittel, um sie auszurüsten und zu verpflegen. Wie Vater gesagt hat: Wir können nur hoffen, dass Verica vor dem Frühling nicht noch weitere Verbündete findet.«

»Vielleicht sollten wir jetzt angreifen«, sagte Togodumnus. »Vor dem ersten Schnee. So könnten wir Verica überrumpeln und Lhandain besetzen.«

»Unmöglich. Unsere Truppen sind nicht stark genug, um die Atrebaten zu vertreiben.« Ich mahlte wütend mit den Kiefern. »Eines ist jedenfalls sicher.«

Togodumnus legte den Kopf schief. »Nämlich?«

»Wenn man den Berichten über Vericas Streitkräfte Glauben schenken darf, dann werden unsere Kriegsbanden zahlenmäßig stark unterlegen sein. Wenn es uns nicht irgendwie gelingt, unseren Feind zu schwächen, laufen wir ernsthaft Gefahr, diesen Krieg zu verlieren, bevor er überhaupt richtig begonnen hat.«

KAPITEL 25

Drei Tage später ging ich am frühen Nachmittag in die Große Halle, um mit meinem Vater zu sprechen. Im Fürstenhof herrschte rege Betriebsamkeit, da Vorbereitungen für ein großes Festmahl getroffen wurden, zu dem mein Vater an diesem Abend alle Häuptlinge der umliegenden Siedlungen zusammen mit ihren wichtigsten Beratern eingeladen hatte. Dabei sollte der bevorstehende Kriegszug gegen die Atrebaten verkündet und gleichzeitig auch der Blutschwur der Häuptlinge erneuert werden, Land und König zu beschützen. Die Druiden würden den Göttern in der Hoffnung auf große Siege im Frühling großzügige Opfer darbringen. Die Küchensklaven mühten sich an den Herdfeuern ab, und ein Geruch von über der Glut gebratenem Schweinefleisch lag in der Luft. Andere waren damit beschäftigt, Bierfässer, zusätzliche Tische und weitere Vorräte aus den königlichen Lagern herbeizuschaffen.

Auf dem Weg zu den Gemächern meines Vaters war Bladocus an meiner Seite. Der Druide hatte sich bereit erklärt, mich zu begleiten, nachdem ich ihm meinen Plan erklärt hatte. Mir war bewusst, dass mein Vorschlag erst einmal auf heftigen Widerstand stoßen würde, und ich hoffte, dass sich die Anwesenheit meines Lehrers zu meinen Gunsten auswirken würde.

Die vor dem Zimmer postierte Leibwache klopfte gegen den Türrahmen und winkte uns dann hinein. Mein Vater saß am Kopfende seines Tisches und ließ sich gerade von zwei älteren Gefolgsmännern erzählen, welche Darbietungen zur Unterhaltung für das Festmahl geplant waren. Als ich eintrat, verstummten die beiden.

Mein Vater richtete den Blick auf mich. »Ja, mein Sohn?«

Ich verbeugte mich und erklärte, dass ich ihn in einer sehr dringenden Angelegenheit sprechen müsse. Einen Moment lang sah mich mein Vater verwirrt an, doch dann entließ er seine Berater und bedeutete Bladocus und mir, Platz zu nehmen.

»Nun, was gibt es?«, fragte er ungeduldig, nachdem die Adligen den Raum verlassen hatten. »Was musst du mir denn so Dringendes mitteilen?«

Ich warf Bladocus einen kurzen Blick zu. »Ich habe darüber nachgedacht, wie wir Verica bei der Schlacht im Frühjahr besiegen können«, begann ich dann vorsichtig.

»Dieses Thema beherrscht derzeit die Gedanken eines jeden Edelmannes und Kriegers in ganz Camulodunum«, erwiderte mein Vater. »Caratacus, ich bin es leid, mir die Einfälle von Männern anzuhören, die allesamt behaupten, sie allein wüssten, wie man unseren Gegner bezwingt.«

»Das kann ich mir gut vorstellen«, antwortete ich. »Aber vielleicht werdet Ihr Euch meinen Vorschlag trotzdem anhören wollen.«

Mein Vater seufzte. »Unsere Kriegsbanden sind von den jahrelangen Kämpfen geschwächt, und jetzt, da die Icener wieder mit ihren Raubzügen begonnen haben, sind unsere verbliebenen Truppen weit über das Land der Trinovanten verteilt, um die größten Siedlungen und die Getreidevorräte zu bewachen. Außerdem weiß ich aus zuverlässiger Quelle, dass einige Adlige der Dobunni mit der Entscheidung ihres Königs, uns zu unterstützen, nicht einverstanden sind – Antedius wird sich vielleicht nicht mehr lange auf dem Thron halten können. Heute Abend muss ich mich vor die versammelten Häuptlinge stellen und ihnen verkünden, dass ich sie in einen Krieg führen werde, der uns das Leben vieler guter junger Männer kosten wird und bei dem nur wenig Hoffnung auf einen Sieg besteht. Wieso bist du also der Meinung, dass du eine bessere Idee hättest als meine erfahrensten Krieger und Berater?«

Ich holte tief Luft. »Es gibt eine Möglichkeit, die Atrebaten zu schlagen, Vater. Eine, bei der wir nicht auf den Frühling warten müssen und die auch nur eine kleine Anzahl von Männern erfordert.«

Mein Vater sah Bladocus fragend an. »Caratacus hat mir seine Idee bereits unterbreitet, Herr«, sagte der Druide. »Ich meine, dass es sich lohnt, den Jungen anzuhören.«

Daraufhin wirkte mein Vater etwas interessierter. »Fahr bitte fort, Caratacus.«

Ich wechselte einen kurzen Blick mit Bladocus. Der Einfall zu meinem Plan war mir bei dem Treffen meines Vaters mit dem königlichen Rat gekommen und hatte dann schnell in meinem Kopf Gestalt angenommen. Aber ich wusste, dass viel davon abhing, wie ich ihn meinem Vater vermittelte. Unsere Stämme legten äußersten Wert auf ihre Traditionen, sie waren der Vergangenheit verhaftet und allen neuen Einfällen gegenüber sehr feindselig eingestellt – selbst wenn diese uns vor der Vernichtung durch unsere Feinde bewahren konnten.

»Wir wissen, dass Verica eine große Anzahl von Kriegern in Calleva versammelt. Unseren Spionen zufolge sind es etwa viertausend Mann. Und da er die Brücke über den Tamesis in seiner Gewalt hat, kann er die Verteidigung von Lhandain schnell verstärken, sobald unser Angriff bevorsteht. Gegen eine so große Streitmacht in einer derart gut zu verteidigenden Stellung kommen wir nicht an, egal wie hart unsere Männer kämpfen.«

»Worauf willst du hinaus?«

»Wenn wir diesen Krieg gewinnen wollen, müssen wir Vericas Streitkräfte noch vor dem Frühjahr schwächen.«

»Und wie bitte schön willst du das erreichen?«

»Diejenigen, die von Verica beherrscht werden, vor allem die Stämme, die er erobert hat, verachten ihn zutiefst. Wenn es uns gelingt, dort Unruhe zu stiften, wird er viele Krieger abstellen müssen, um sein Hinterland zu befrieden. Besonders in solchen Gegenden wie den Gebieten der Regni, die er besetzt hält«, erklärte ich. »Deswegen sollten wir dort zuschlagen.«

»Aber wir liegen nicht im Krieg mit den Regni«, erwiderte mein Vater zweifelnd.

»Das nicht«, sagte ich. »Aber die Regni bewirtschaften das fruchtbarste Land im ganzen Süden. Verica ist auf sie angewiesen, um seine Männer zu ernähren und auszurüsten. Und anders als die größeren Siedlungen im Norden sind ihre Dörfer meist unbefestigt und leichter anzugreifen. Gib mir nur ein paar Männer, Vater, und ich werde Verica schon während der Wintermonate angreifen und schwächen. Wir werden uns von dem ernähren, was wir plündern, und unseren Gegner bei jeder Gelegenheit schikanieren, indem wir seine Getreidelager in Brand stecken und seine Minen angreifen. So entziehen wir den Atrebaten die Versorgungsgrundlage ihrer Kriegsbanden und sorgen gleichzeitig für eine Verringerung der Streitkräfte in Lhandain, da Verica durch unsere Überfälle gezwungen sein wird, einen Teil seiner Truppen in den Süden zu verlegen. Er wird gar keine andere Wahl haben, als jede größere Siedlung seines Reichs zu bewachen.«

Mein Vater legte die Fingerspitzen auf den Tisch. »Das ist gewiss eine kühne Strategie. Aber Raubzüge sind keine ehrenhafte Art der Kriegsführung, Caratacus.«

»Manchmal ist ein Krieg aber nicht auf ehrenvolle Weise zu gewinnen«, sagte ich. »Wenn wir so kämpfen, wie wir schon immer gekämpft haben, während unsere Feinde im Gegenzug keine Hemmungen haben, Verrat zu begehen und sich unehrenhaft zu verhalten, werden wir zwangsläufig verlieren. Verica ist an allem schuld, und auch wenn es für uns nur schwer zu ertragen ist: Wenn wir überleben wollen, müssen wir es ihm mit gleicher Münze heimzahlen. Das ist die einzige Möglichkeit für uns, diesen Krieg zu gewinnen. Ich wünschte, es wäre anders, Vater, aber so ist es nun mal. Entweder wir machen es so oder wir müssen im Frühling mit einer Niederlage rechnen.«

Mein Vater sah wieder Bladocus an. »Was sagt Ihr dazu? Ihr werdet ein derart ungeheuerliches Vorhaben doch wohl nicht gutheißen, oder?«

Der Druide senkte leicht den Kopf. »Manchmal, Herr, wiegt die Notwendigkeit schwerer als Grundsätze oder Traditionen. Wir haben am eigenen Leib erfahren, dass selbst die Höchsten unter den Druiden um des römischen Silbers willen Ehre und Tradition aufgegeben haben. Es sind dunkle Zeiten, und dunkle Zeiten erfordern dunkle Taten, wenn wir das Licht wieder sehen wollen.«

Mein Vater hob überrascht die Augenbrauen. »Es ist wirklich traurig, so etwas aus dem Munde eines Druiden zu hören.«

»Wie dem auch sei, Herr – ich glaube, dass der Plan des Jungen gut durchdacht ist.«

»Ihr würdet es also gutheißen, wenn mein Sohn auf eine Art und Weise Krieg führt, die der Hohe Rat der Druiden eigentlich missbilligt? Ihr, ein gewähltes Mitglied ebendieses Rates?«

»Herr, ich glaube, dass der Hohe Rat seine Berechtigung als moralische Instanz in dem Augenblick verwirkt hat, in dem sich seine Mitglieder mit römischem Geld kaufen ließen«, erwiderte Bladocus nüchtern. »Damit hat er Schande über alle Druiden gebracht.«

»Caratacus, mit der herkömmlichen Art der Kriegsführung zu brechen, ist eine ernste Angelegenheit«, sagte mein Vater. »Das wirst du sicher nicht bestreiten wollen.«

»Natürlich nicht, Herr. Aber ich möchte dagegenhalten, dass sich die Catuvellaunen der weiteren Ausbreitung der Atrebaten mit allen Mitteln widersetzen müssen, weil Verica viel zu enge Beziehungen zu Rom pflegt. Es ist überlebenswichtig, dass wir unsere Kulte vor der Verderbnis durch fremde Einflüsse schützen. Ihr werdet doch nicht denken, dass Rom unsere Traditionen ehren und auf eine Weise kämpfen wird, wie es bei unseren Kriegern Brauch ist?«

»Der Hohe Rat hat trotz allem immer noch großen Einfluss. Wenn du – oder einer meiner anderen Männer – gefangen genommen wirst und die Druiden herausfinden, woher ihr kommt, werden sie unseren guten Ruf in ganz Britannien zunichtemachen. Alle Stämme im Süden würden sich gegen uns wenden, und unsere Bündnisse würden zerbrechen.«

»Auch daran hat der Junge schon gedacht, Herr«, sagte Bladocus.

»Ach ja?« Mein Vater sah mich scharf an. »Ich höre.«

»Wir werden uns als silurische Räuber verkleiden«, erklärte ich. »Das ist leicht zu bewerkstelligen. In Merladion habe ich viele Jahre unter den Silurern gelebt und bin sowohl mit ihrem Dialekt als auch mit ihren Stammeszeichen wohlvertraut. Außerdem werden wir uns von Westen, also vom Gebiet der Dobunni aus, nähern. Im Zweifelsfall wird man uns für eine einfache Räuberbande halten.«

»Aber die Silurer haben keine gemeinsame Grenze mit den Regni. Die Häuptlinge der Regni würden sich doch sicher wundern, dass dieses Bergvolk plötzlich bei ihnen auf Raubzug geht, oder etwa nicht?«

»Nicht unbedingt, Herr«, sagte Bladocus. »In jüngster Zeit haben die den Silurern benachbarten Stämme, nachdem sie jahrelang immer wieder von ihnen überfallen wurden, ihre Verteidigungsmaßnahmen verbessert. Die Regni werden annehmen, dass die Silurer nun gezwungen sind, sich auf die Suche nach leichterer Beute zu begeben.«

Der König verengte die Augen und dachte nach. »Das könnte funktionieren … zumindest für eine Weile. Die Atrebaten werden diese List sicher früher oder später durchschauen.«

»Wir werden nur in den Wintermonaten auf Raubzug gehen«, sagte ich. »Wir müssen die Täuschung nur lang genug aufrechterhalten, um Verica seiner Vorräte zu berauben und ihn dazu zu zwingen, seine Männer im Land der Regni zu stationieren.«

Bladocus warf mir einen Seitenblick zu. »Je weniger von Caratacus' Plan wissen, desto geringer ist die Gefahr, entdeckt zu werden.«

Mein Vater nickte nachdenklich. »Und wie willst du den Atrebaten aus dem Weg gehen? Wenn dein Plan tatsächlich so erfolgreich ist, wie du es dir erhoffst, werden Vericas Männer doch sicher Jagd auf dich machen.«

»Wir werden zu Pferd unterwegs sein und immer in Bewegung bleiben. Ein großer Teil des Königreichs der Regni ist von Wald bedeckt, was es uns erleichtert, uns vor den feindlichen Kriegern zu verstecken.«

»Und wie willst du im tiefsten Winter im Freien überleben? Ich glaube, du überschätzt dich, mein Sohn.«

»Ich bin bereit für jede Prüfung, die die Götter mir auferlegen«, erwiderte ich gleichmütig.

»Es ist unwahrscheinlich, dass Vericas Männer viel Unterstützung von der örtlichen Bevölkerung erhalten werden«, warf Bladocus ein. »Man weiß ja, wie sehr die Regni ihre Besatzer verabscheuen. Eine Getreideknappheit könnte sie sogar dazu ermutigen, gegen sie zu rebellieren, Herr.«

Mein Vater zog eine Augenbraue hoch. »Die Wut der

Regni wird sich gegen die richten, die ihre Dörfer angreifen – ganz egal, wie sie zu den Atrebaten stehen.«

Auf diesen Einwand war ich vorbereitet. »Da bin ich anderer Meinung, Vater. Die Atrebaten sind für die Sicherheit des Reichs verantwortlich. Der Zorn der Regni wird sich gegen Verica richten, weil er es versäumt hat, die Menschen vor den Angriffen zu beschützen.«

»Was ihn wiederum dazu zwingen wird, weitere Krieger in den Süden zu schicken«, fügte Bladocus hinzu. »Denn das Letzte, was Verica brauchen kann, sind Unruhen im Süden, wenn er den Großteil seiner Streitkräfte am Tamesis versammelt hat.«

Mein Vater schien immer noch nicht vollends überzeugt.

»Der Plan ist nicht ohne Gefahren«, räumte ich ein. »Aber ich sehe keine andere Möglichkeit, Verica zu besiegen. Wenn er gezwungen ist, Truppen zur Verteidigung seiner Ländereien im Süden abzustellen, können wir ihm in Lhandain auf Augenhöhe begegnen. Ansonsten werden wir im Frühjahr viele unserer Krieger in einem ungleichen Kampf verlieren.«

Mein Vater legte den Kopf schief und dachte nach. »Wenn Bladocus diese Strategie ebenfalls für notwendig erachtet, werde ich das unter Vorbehalt auch tun. Aber es ist wichtig, dass dieser Plan ein streng gehütetes Geheimnis bleibt. Niemand darf davon erfahren, keine Menschenseele. Wir dürfen keinerlei Risiko eingehen.«

»Wie Ihr wünscht, Vater.«

»Wie viele Männer brauchst du für deinen Raubzug?«

»Gebt mir hundert, und ich werde Euch beweisen, was sich auf diese Weise erreichen lässt.«

»Du bekommst fünfzig Männer oder gar keinen«, sagte er, noch bevor ich Widerspruch einlegen konnte. »Mehr kann ich nicht entbehren.«

Ich gab klein bei. »Dann eben fünfzig.«

»Ich werde dir dafür meine besten Krieger geben.« Mein Vater beugte sich vor und sah mir in die Augen. »Wenn dieses Unterfangen gelingen soll, muss es richtig angepackt werden. Du wirst Männer brauchen, die nicht nur kämpfen, sondern auch über längere Zeit hin Entbehrungen aushalten können. Männer, die sich nicht scheuen, in der Wildnis zu leben, umgeben von unseren schlimmsten Feinden.«

Ich erwiderte seinen Blick, und ich begriff, was er mir damit sagen wollte: »Es werden auch einige Krieger aus Adminius' Kriegsbande darunter sein«, sagte ich. Mein Vater hatte Adminius nach unserer Niederlage beim Blutbad von Senomagus zum Anführer einer unserer ruhmreichsten Kriegsbanden gemacht. »Darüber wird er sicher nicht erfreut sein.«

»Adminius kannst du getrost mir überlassen«, sagte er scharf. »Ich werde ihm sagen, dass du mit diesen Kriegern zu den Stämmen im Norden reisen wirst, um Pferde zu kaufen. Außerdem brauchst du einen Kundschafter, jemanden, der das Land der Regni kennt. Dein Plan wird nur aufgehen, wenn du die Möglichkeit hast, dich in den Dörfern der Einheimischen umzuhören.«

»Soweit ich weiß, gibt es in Camulodunum viele Regni, die vor den Atrebaten aus ihrem Land geflohen sind«, sagte ich. »Einige von ihnen haben sogar in unseren Kriegsbanden gedient. Ich bin mir sicher, dass sich unter ihnen ein geeigneter Kundschafter finden lässt.«

»Eine ausgezeichnete Idee«, sagte der König und verschränkte seine Hände. »Du wirst außerdem eine rechte Hand brauchen, jemanden, der die Männer kennt. Du warst schließlich acht Jahre lang nicht hier, das ist eine lange Zeit.«

»Ich hätte da jemanden im Sinn, Vater.«

»Wen denn?«

»Togodumnus«, sagte ich. »Er hat das Zeug zu einem guten Krieger. Er ist vielleicht etwas eigensinnig, aber er ist mutig und die Männer haben große Achtung vor ihm.«

Mein Vater strich sich über das Kinn und sah mich einen Moment lang an. »Einverstanden«, sagte er schließlich. »Ich wüsste nicht, warum sich dein Bruder dir nicht anschließen sollte. Er wird sich über die Gelegenheit freuen, sein Schwert in das Blut unserer Feinde zu tauchen, schließlich ist er ein catuvellaunischer Prinz.«

»Ich danke Euch, Vater.«

»Ihr werdet außerdem noch dringend Pferde und Vorräte brauchen.«

Ich nickte.

»Sprich mit meinem Proviantmeister. Er wird dir alles geben, was du brauchst.«

»Ja, Vater.«

»Gibt es noch Fragen?« Vater sah erst mich und dann Bladocus an.

Wir hatten keine.

»Dann schlage ich vor, dass ihr sofort mit euren Vorbereitungen beginnt. In der Zwischenzeit werde ich mit Adminius sprechen. Ich nehme an, dass ihr so schnell wie möglich aufbrechen wollt?«

»Ja, Vater. Wenn wir Erfolg haben wollen, dürfen wir keine Zeit verlieren.«

»Nun gut.« Der König erhob sich. »Dann wollen wir hoffen, dass dir die Götter gnädig sind, Caratacus. Um unser aller Willen«, sagte er ernst.

KAPITEL 26

Die nächsten Tage vergingen sehr schnell. Ich hatte vor dem Aufbruch noch viele Vorbereitungen zu treffen. Zuerst ging ich zu Togodumnus, um ihn zu meinem Stellvertreter zu ernennen und über meine Pläne in Kenntnis zu setzen.

Er nahm die Nachricht wie erwartet mit einem breiten Grinsen und einem boshaften Funkeln in den Augen auf. »Das wird ein ganz wunderbarer Jagdausflug, Bruder«, sagte er und rieb sich die Hände. »Verica rechnet nicht mit Ärger im Süden. Wir überraschen diesen Bastard und treten ihm ordentlich in den Arsch.«

»Das hoffe ich jedenfalls«, antwortete ich. »Vater will mir seine besten Männer zur Verfügung stellen. Du kennst die Krieger hier besser als ich, also sorge bitte dafür, dass wir auch wirklich die besten bekommen. Männer, denen wir vertrauen können.«

»Denkst du, dass unser Bruder uns diesbezüglich Schwierigkeiten machen wird?«

»Es würde mich wundern, wenn nicht.«

»Da hast du natürlich recht. Adminius wird seine besten Männer nicht hergeben wollen und sie unserem Befehl unterstellen erst recht nicht. Womöglich nutzt er die Gelegenheit, um ein paar unbrauchbare Leute loszuwerden.«

»Das müssen wir natürlich um jeden Preis verhindern.«

Ich überließ es Togodumnus, sich mit Adminius zu streiten sowie unter unseren Kriegern einen geeigneten Kundschafter zu finden, und kümmerte mich um die Ausrüstung. Unsere Männer zogen üblicherweise mit ihren eigenen Waffen, Rüstungen und Schilden in den Kampf, aber diese durften sie nicht mitnehmen, um nicht als catuvellaunische Krieger erkannt zu werden. Daher befahl ich den Schmieden, einfache Schwerter sowie Speere, Bögen, Pfeile und Bleigeschosse für die Schleudern anzufertigen, wobei ich ihnen strikte Anweisung gab, ihre Arbeit in keiner Weise zu kennzeichnen. Aus den königlichen Lagern stellte ich außerdem Reiseproviant für ein paar Tage zusammen – danach würden wir uns von dem ernähren, was wir plünderten. Außerdem brauchten wir eine Jagdausrüstung, Bier und dickere Mäntel, damit wir wie Silurer aussahen.

Inzwischen war das Ende der Erntezeit gekommen und die ersten Tage der dunklen Zeit folgten, in der die Nächte länger werden und Lud die Tore der Anderswelt öffnet, damit die Seelen unserer Toten zu ihm kommen können. Wir entzündeten große Feuer, und die Druiden brachten Opfer dar, um die dunklen Geister abzuwehren, die während dieser gefährlichen Zeit aus Luds Reich entkommen und frei durch unser Land streifen. Die Bauern schlachteten das Vieh, und das Getreide wurde als Vorrat für die Wintermonate in Gruben eingelagert. Am Abend feierten wir ein großes Fest in der Halle, bei dem wir für die Toten Plätze an unseren Tischen freihielten. Es gab Hundekämpfe und gebratene Ferkel für die Gäste, und natürlich wurde auch viel getrunken. Bellocatus gewann einen äußerst unterhaltsamen Wettkampf gegen einen seiner Vettern und erhielt daraufhin das beste Stück Fleisch.

Am nächsten Nachmittag rief Togodumnus die fünfzig Männer, die er für uns ausgewählt hatte, im Fürstenhof zusammen. Ich erklärte ihnen, dass wir am nächsten Morgen nach Norden aufbrechen würden, um dort einige Monate lang bei den Briganten junge Pferde zu kaufen, damit sie dies auch ihren Familien und Freunden erzählten und so eventuell mithörende Spione in die Irre führten. Jeder Krieger hatte sich bei Tagesanbruch mit Pferd und Gepäck am Haupttor einzufinden.

Am nächsten Morgen ritten wir los, zuerst in Richtung Norden. Nach ein paar Meilen hielten wir am Rand einer Lichtung und gaben den Männern Waffen, Ausrüstung und Proviant: Schlafmatten, Wasserschläuche, graubraune Tuniken und schwarze Beinkleider im Stil der silurischen Stämme sowie gefüllte Brotbeutel.

Es war ein schöner Herbsttag mit einem klaren blauen Himmel. Eine frische Brise zerrte an unseren Wollmänteln, als ich die Krieger um mich versammelte. Togodumnus stand neben mir, die muskulösen Arme vor der Brust verschränkt. »Meine Brüder«, begann ich und deutete damit an, welche Verbindung ich künftig mit ihnen anstrebte. »Ich habe euch heute hier zusammengerufen, weil ihr mich auf eine Unternehmung von entscheidender Bedeutung für unseren König und unser Volk begleiten werdet. Unsere Reise wird uns nicht zu den Briganten führen, sondern nach Süden ins Feindesland. Dies wird uns allen große Mühen und Opfer abverlangen, aber wir dürfen nicht scheitern. Das Schicksal unseres Stammes hängt davon ab.«

Die Männer, kräftig gebaute Krieger in der Blüte ihres Lebens, starrten mich mit einer Mischung aus Überraschung und gespannter Erwartung an. Viele gehörten zu Adminius' Kriegsbande, andere zur königlichen Leibwache. Dies waren die zähesten und härtesten Krieger unseres Stammes, gut ausgebildete Schwertkämpfer mit vielen Jahren Kampferfahrung.

Ich gehörte zu den jüngsten unter ihnen – und das stellte eine Schwierigkeit dar, denn diese Veteranen waren schon seit vielen Jahren bei unseren Kriegsbanden. Die althergebrachte Kampfweise war ihnen in Fleisch und Blut übergegangen, was es umso schwerer machte, sie von der Notwendigkeit eines unehrenhaften Raubzugs gegen die Atrebaten zu überzeugen. Ich würde sie an ihre Treue zu ihrem König und an die tiefe Verbundenheit erinnern müssen, die jeder wahre keltische Krieger mit seinem Stamm und den Geistern seiner Vorfahren hat.

»Ich will ganz offen sein«, sagte ich. »Die Zukunft unseres Volkes steht auf Messers Schneide. Mit dem Krieg gegen die Atrebaten steht uns die größte Prüfung unseres Zeitalters bevor. Sollten sie uns besiegen, wird der Ruhm, den mein Vater, unser König, für das Volk der Catuvellaunen errungen hat, in alle Winde zerstreut. Wir werden nicht länger andere Stämme anführen, sondern Vasallen Vericas und der Atrebaten sein …« Ich hielt inne und blickte in die Runde. Mehrere Männer schüttelten den Kopf und fluchten leise. »Ich kann mir keine größere Demütigung vorstellen, als von einem Herrscher unterworfen zu werden, der das Ehrgefühl einer Kröte besitzt. Um einem solchen Schicksal zu entgehen, würde ich bis zum letzten Atemzug und mit den tödlichsten

Waffen kämpfen, die mir zur Verfügung stehen. Oft vergessen diejenigen, die den kommenden Generationen von unseren Kriegen erzählen, wer die größten Opfer hat bringen müssen. Aber das schmälert solch große Taten keineswegs. Es mag sein, dass sich unsere Rolle im kommenden Kampf nie als Stoff für Legenden eignen wird. Damit müssen wir uns abfinden. Wahre Heldentaten brauchen kein Publikum, das ihre Größe bestätigt. Meine Brüder, es steht uns nicht zu, über unsere Aufgabe zu urteilen. Wir müssen sie einfach nur erfüllen.« Ich ließ meine Worte einen Moment lang ihre Wirkung entfalten. »Es wird Zeiten geben, in denen ihr die Ehrenhaftigkeit unseres Handelns hinterfragt. Euer Herz wird sich nach dem Ruhm der Schlacht und den alten Traditionen sehnen – genau wie meines. Aber wir müssen stets unser Ziel im Auge behalten: den Sieg über unseren gefährlichsten Gegner. Das als das Einzige zu erkennen, was zählt, ist eine Frage des Geistes, nicht des Herzens. Wir werden in das Land der Regni reisen und dort aus dem Schatten heraus kämpfen. Dieses Königreich ist, wie einige von euch vielleicht wissen, von größter Wichtigkeit für die Kriegsanstrengungen der Atrebaten … was bedeutet, dass wir sie empfindlich treffen, wenn wir sie *dort* angreifen. Dort werden wir auf die Jagd gehen, Brüder. Wir werden unserem Gegner bei jeder sich bietenden Gelegenheit Schaden zufügen. Wir werden sein Getreide verbrennen, seine Höfe zerstören und ihn des Eisens berauben, das er für die Waffenherstellung braucht. Diese Raubzüge – so grausam sie auch sein mögen – sind entscheidend für das Überleben unseres Stammes. Wir werden überall Angst und Verwirrung verbreiten, bis sich Verica und alle Handlanger dieser Schlange vor ihrem eigenen Schatten fürchten. Diejenigen unter euch, die ein solches Vorgehen für unehrenhaft erachten, sollten an ihre toten Brüder denken, die in Senomagus heimtückisch niedergemetzelt wurden. Die Atrebaten haben keine Gnade gezeigt – und nun ist es an der Zeit, es ihnen mit gleicher Münze heimzuzahlen. Kann ich auf euch zählen?«

Die Krieger sahen einander an, während sie meine Worte verdauten. Nach einer kurzen Pause trat Togodumnus vor. »Ich werde an deiner Seite stehen, Bruder. Bis zum Ende. Komme, was wolle.«

»Bis zum Ende«, wiederholte ich. »Komme, was wolle. So lautet unser Schwur.«

Nacheinander traten nun auch die anderen vor und legten ihrerseits diesen Eid ab. Zu meiner Überraschung und Erleichterung bat kein Einziger darum, diese Unternehmung nicht mitmachen zu müssen. Als der Letzte geschworen hatte, schenkte ich ihnen ein dankbares Lächeln.

»Wir werden uns als Silurer verkleidet über die Grenze schleichen. Diese Verkleidung wird sicher nicht allen von euch gefallen, aber der Feind darf keinen Verdacht schöpfen. Niemand darf erfahren, dass wir hinter den Überfällen stecken – zumindest, solange der Krieg noch nicht entschieden ist. Gegen Ende des Winters werden wir zurückkehren, um uns unseren Brüdern im Kampf um Lhandain anzuschließen. Das ist die gute Nachricht. Die schlechte Nachricht ist, dass wir die nächsten Monate in der Kälte schlafen müssen, ohne uns an einem Herdfeuer wärmen zu können. Schlimmer noch, wir werden wie silurische Räuber leben müssen – das bedeutet, dass wir uns grobe Zöpfe flechten und unsere Bärte wachsen lassen und außerdem wie die Weiber reden müssen.« Lautes Gelächter erklang aus den Reihen der Krieger. Es war ein eher lahmer Witz, aber er löste die Anspannung ein wenig. »Ich warne euch: Dieses Unternehmen wird unerfreulich und gefährlich werden«, fuhr ich fort. »Aber wenn wir erfolgreich sind, werden wir Verica zwingen, Männer in den Süden abzuziehen, die ihm dann bei der Verteidigung von Lhandain fehlen. Allerdings sage ich euch ebenso offen und ehrlich, dass wir nicht mit Gnade rechnen dürfen, wenn wir erwischt werden – ihr müsst euch im Klaren über die Gefahren sein, die uns erwarten. Unser Plan erfordert, die althergebrachten Kampfweisen unseres Stammes aufzugeben. Die Lage, in der wir uns befinden, lässt uns keine andere Wahl. Wenn wir keinen Erfolg haben, wird unser Königreich im Frühjahr von der Übermacht des Feindes besiegt werden. Doch um erfolgreich zu sein, müssen wir zunächst einmal überleben. Wir müssen wie eine Räuberbande kämpfen, Beutezüge unternehmen, feindlichen Patrouillen ausweichen und ständig in Bewegung bleiben. Wann immer es möglich ist, werden wir Kämpfe vermeiden. Brüder, macht euch keine falschen Hoffnungen: Die Atrebaten sind starke Gegner, und einige von euch werden im Frühling nicht nach Hause zurückkehren. Aber eines kann ich euch versprechen: Ihr werdet eine reiche Beute mit nach Hause zu euren Familien nehmen. Und wenn die Götter uns wohlgesonnen sind, werden unsere Nachkommen unsere Taten vielleicht doch in ehrenvoller Erinnerung behalten – und wenn ihr dann eines Tages als alte Männer im Winter ums Feuer kauert, könnt ihr sagen, dass ihr einst mit Caratacus geritten seid. Dann werden sie verstummen und zu euch aufblicken und eure Geschichte hören wollen. Brüder, ich verlange nichts weiter von euch, als dass ihr diese armen Schweine dann nicht zu Tode langweilt.«

Meine Worte hatten die gewünschte Wirkung. Die Männer jubelten oder brachen in schallendes Gelächter aus, einige schüttelten die Fäuste oder grinsten einfach nur aufgeregt. Ich hob einen Arm, rief sie zur Ruhe und deutete dann auf Togodumnus. »Ihr alle kennt meinen Bruder Togodumnus. Er ist mein Stellvertreter. Ich erwarte von euch, dass ihr alle Befehle, die wir euch geben, ohne Wenn und Aber befolgt.« Ich beobachtete herausfordernd die Gesichter der Krieger und wartete auf Einwände oder Widerspruch, aber alle schwiegen. »Wir werden zunächst nach Westen reiten, tief hinein in das Land der Dobunni. Erst dann werden wir uns nach Süden wenden. Falls uns jemand beim Überqueren der Grenze entdecken sollte, wird er uns für silurische Plünderer halten, die sich von den Bergen her nähern. Und nun macht euch bereit für die Reise.«

Während die Männer zu ihren Pferden stapften, winkte ich Togodumnus zu mir. »Wo ist unser Kundschafter?«, fragte ich. »Ich möchte ihn sofort sprechen.«

Togodumnus machte auf dem Absatz kehrt, marschierte zu der Schar von Kriegern hinüber und kam in Begleitung eines schlanken jungen Mannes zurück. »Das ist Nemobnus«, sagte mein Bruder. »Er gehört zu Adminius' Kriegsbande.«

Nemobnus senkte ehrerbietig den Kopf. »Herr, es ist mir eine große Ehre, für den Sohn von König Cunobelinus zu kämpfen.«

Er sprach mit einem starken, schwerfälligen und gemächlichen Akzent, der mir völlig fremd war, hatte sanfte blaue Augen und makellose Zähne. Sein gemusterter Mantel sah sehr edel aus, und sein blonder Schnurrbart hing zu beiden Seiten seines zarten Mundes herab. Seine Bewegungen hatten etwas Tierhaftes, und sein Blick war wachsam. Einige Tätowierungen auf seinen Wangen und dem übrigen Gesicht wiesen ihn als Krieger vom Stamm der Regni aus.

»Nemobnus, wie lange hast du unter meinem Bruder gedient?«, fragte ich.

»Zwei Jahre, Herr.«

»Und was hast du davor gemacht?«

»Ich war Krieger in den Diensten von Tingetus, dem König der Regni. Ich lebte mit meiner Familie in einem Dorf in der Nähe von Noviomagus – bis die Atrebaten in unser Land einfielen.« Hass flackerte in seinen sanften Augen auf.

»Was ist passiert?«, fragte ich.

»Wir haben die Schlacht verloren«, sagte Nemobnus. »Wir waren zahlenmäßig so stark unterlegen, dass es völlig aussichtslos war. Als Tingetus fiel, gerieten alle in Panik und flohen. Ich konnte entkommen und machte mich auf den Weg zurück zu meiner Familie. Ich hatte vor, sie nach Norden zu bringen. Aber Vericas Männer hatten unser Dorf bereits niedergebrannt. Als ich die Leichen erblickte …« Nemobnus wandte den Blick ab, von stummer Wut gepackt. »Die Atrebaten hatten sie alle abgeschlachtet«, fuhr er schließlich fort. »Männer, Frauen, Alte … sogar Säuglinge. In ihrer Raserei hatten sie niemanden verschont. Meine Frau und meine beiden

Söhne hatten sie in den Dorfbrunnen geworfen. Ich werde nie vergessen, was ich an diesem Tag gesehen habe.« Wieder verstummte er für einen Augenblick. »Danach habe ich versucht, zur Familie meines Bruders in Noviomagus zu gelangen, aber da hatten die Kriegsbanden der Atrebaten unsere Hauptstadt bereits eingenommen und ich konnte nichts mehr für sie tun. Also floh ich nach Norden. Nach Camulodunum.«

»Warum ausgerechnet nach Camulodunum?«, fragte ich.

»Ich habe Verwandte in dieser Gegend, Herr. Bei ihnen lebe ich jetzt.«

Es war offensichtlich, dass Nemobnus wie so viele seiner Stammesgenossen durch Verica Männer entsetzliches Leid erfahren hatte. Verica hielt sich nicht an die altehrwürdigen Kriegsbräuche, die zwischen unseren Stämmen üblich waren – das hatte er nicht zuletzt beim Blutbad von Senomagus bewiesen. Bei der Eroberung der Regni war er ähnlich brutal vorgegangen: Seine Krieger hatten alle Adligen abgeschlachtet, anstatt ihr Leben zu verschonen und sie als Geiseln gegen Lösegeld einzutauschen, wie es üblich war. Seine abscheulichen Verbrechen erfüllten mich mit kalter Wut. Ich versicherte Nemobnus, dass ich seinen Verlust bedauerte und dass er bald die Gelegenheit bekommen würde, den Tod seiner Familie zu rächen.

»Gebt mir die Gelegenheit, diesen Bastard Verica mein Schwert spüren zu lassen. Ihn und das übrige Pack. Ich schwöre bei Lud, sie werden büßen für das, was sie meiner Familie angetan haben …«

»Dir wird die gefährlichste Aufgabe von allen zufallen,

Nemobnus«, sagte ich, »aber gleichzeitig auch eine der wichtigsten. Von Zeit zu Zeit wirst du in die Siedlungen gehen müssen, um die Bewohner auszuhorchen.«

»Das kann ich tun, Herr«, antwortete er zuversichtlich.

»Wie willst du das bewerkstelligen?«

Er dachte kurz nach. »Ich werde mich als fahrender Barde ausgeben, Herr.«

»Kannst du das denn?«, fragte Togodumnus.

Nemobnus grinste. »Mein Onkel war Barde und hat mir genug beigebracht. Ich kenne alle Sagen und Geschichten und bin in der Lage, einen glaubhaften Barden abzugeben.«

»Wird dich auch niemand erkennen?«, fragte ich. »Immerhin wirst du unter deinen Leuten sein.«

»Nein, Herr. Meine Familie wurde so gut wie ausgelöscht, als die Atrebaten unser Land eroberten.«

»Was ist mit der Familie deines Bruders? Ist da noch jemand am Leben?«

Nemobnus zuckte mit den Schultern. »Ich habe sie seit meiner Flucht nicht mehr gesehen. Vielleicht konnten sie entkommen.«

»Oder sie wurden in Noviomagus getötet«, murmelte Togodumnus.

Nemobnus warf ihm einen bösen Blick zu, sagte aber nichts.

»Wir brauchen ein Versteck an einem abgelegenen Ort – in der Nähe unserer Angriffsziele, aber nahe genug an der Grenze, um bei einer Entdeckung schnell entkommen zu können.«

Der Krieger überlegte kurz. »Ich kenne einen solchen

Ort, Herr. Einen halben Tagesritt von Noviomagus entfernt gibt es ein altes Jägerquartier im Wald. Es ist schon seit Jahren verlassen.«

»Wissen die Atrebaten davon?«

»Nein, Herr. Außer ein paar Jägern kennt es niemand.«

»Gut. Das klingt sehr vielversprechend.«

Kurze Zeit später führten wir unsere Pferde aus dem Tal hinaus und ritten auf den schlammigen Wegen nach Westen. Nun waren wir mit leichten ovalen Schilden, schmucklosen Schwertern, Dolchen und Wurfspeeren ausgerüstet. Sie waren von den geschicktesten Handwerkern unseres Stammes hergestellt, ließen aber keinen Schluss auf ihre Herkunft zu. Ich hatte entschieden, dass wir die Kleidung unseres Stammes anbehalten würden, bis wir in die Nähe der Grenze kamen. Der Anblick einer Horde silurischer Plünderer hätte nur für Aufruhr in den Dörfern der mit uns befreundeten Dobunni gesorgt, und wir wollten jedes Aufsehen vermeiden, das am Ende noch zu unserer Enttarnung hätte führen können.

Vor uns lag eine gefahrvolle Reise in das Land unserer Todfeinde. Und dabei lastete nicht weniger als die Verantwortung für das Überleben unseres Volkes und das Weiterbestehen unseres großen Königreichs auf unseren Schultern. Ich war damals noch sehr jung und trug schwer an dieser Bürde, aber ich war fest entschlossen, alles in meiner Macht Stehende zu tun, um die Atrebaten zu vernichten. Insgeheim legte ich den Göttern gegenüber den feierlichen Schwur ab, dass ich mit meinem Leben für das Gelingen meines Plans einstehen wollte.

KAPITEL 27

Wir ritten durch eine karge Landschaft mit morastigen Feldern und kahlen Bäumen nach Westen. Am zweiten Nachmittag rasteten wir nur wenige Meilen von Verulamium entfernt in einem ausgedehnten Waldgebiet. Tags darauf durchquerten wir mit unseren Pferden den Fluss, der die Grenze zum Reich der Dobunni bildete. Während wir durch das Land unserer Verbündeten zogen, starrte ich in den bleigrauen Himmel und schauderte trotz meines Mantels bei der Vorstellung, die nächsten Monate in den Wäldern und Tälern im Süden überleben zu müssen.

Bei einem kleinen Gehöft kauften wir ausreichend Brot, Trockenfleisch und Bier. Der Bauer, ein Greis mit der bei seinesgleichen so oft anzutreffenden Mischung aus Witz und Schwarzmalerei, nahm uns unsere Geschichte, dass wir nach Westen ritten, um Reittiere zu kaufen, ohne Weiteres ab. Er sagte, dass er für unsere Sicherheit beten wolle, und als ich ihn fragte, warum, verzog er das Gesicht und deutete auf das uns umgebende Land. »Es steht ein harter Winter bevor«, sagte er in seinem kehligen Dialekt. »Die Gänse sind schon früh davongeflogen, letzten Monat wurde in Ledrid ein Fohlen ohne Vorderbeine geboren, und als die Druiden Lud ihre Erntegaben brachten, soll ein schwarzer Rabe gesehen worden sein, der nach Osten flog – das sind alles schlechte Omen.«

Als ich Togodumnus das später alles erzählte, lachte er spöttisch. »Glaubst du dieses Altweibergeschwätz wirklich? Wenn es darum geht, Unheil vorherzusagen, überbieten die Bauern jeden Seher.«

»Hoffentlich hast du recht«, erwiderte ich.

Am sechsten Abend erreichten wir eine abgelegene Talsenke. Wir waren noch ein paar Meilen von der Grenze zum Reich der Belgae entfernt. Das Land dieses Stammes, das für keine der beiden Seiten Partei ergriffen hatte, mussten wir noch durchqueren, bevor wir Feindesland erreichten. Wir ruhten uns aus und fütterten die Pferde, die Männer schlugen sich die Bäuche mit Brot und gesalzenem Hammelfleisch voll. Ich rief unsere beiden besten Reiter zu mir.

Vassedo war ein kleiner, untersetzter Trinovante mit wildem Haar, buschigen Augenbrauen und einem verschmitzten Blick. Er war in einem Dorf in der Nähe von Camulodunum in einer Familie von Jägern aufgewachsen und besaß daher auch die scharfe Beobachtungsgabe des Jägers und ein Gespür für seine Umgebung und alles, was darin lebte – ein stämmiger, zäher Bursche, der mit den härtesten Bedingungen zurechtkam.

Der andere Reiter, ein großer, sehniger und dunkelhaariger Mann namens Dubnocatus war nur ein paar Jahre älter als ich, hatte sich jedoch bereits den Ruf als einer unserer fähigsten Krieger erworben. Er war ruhig, nachdenklich, aber auch reizbar. Wie alle Adligen unseres Stammes war er ein hervorragender Reiter, der es mit jedem Parther hätte aufnehmen können. Nicht umsonst waren die Catuvellaunen als die geschicktesten Reiter Britanniens bekannt. Wir züchteten die besten Pferde und ritten von Kindheit an, auf einem Pferd zu sitzen war für uns so natürlich wie atmen. Auf einem guten Pferd kommt ein Catuvellaune gute zehn Meilen weiter als jeder andere Britannier.

»Von nun an müssen wir uns vorsichtig bewegen«, sagte ich zu den beiden Kriegern. »Ihr werdet vorausreiten und nach Ärger Ausschau halten. Wenn ihr eine Patrouille seht, geht ihr aus dem Weg, kehrt so schnell wie möglich zurück und erstattet mir Bericht.«

»Herr, müssen wir hier mit Ärger rechnen?«, fragte Vassedo.

»Die Belgae sind eigentlich neutral«, antwortete ich. »Aber ihr Häuptling ist den Atrebaten durchaus gewogen, und wir dürfen auf gar keinen Fall Gefahr laufen, unsere Feinde auf unsere Anwesenheit aufmerksam zu machen.«

Nachdem ich meine beiden Späher entlassen hatte, rief ich Nemobnus zu mir. »Wie weit ist dieses verlassene Jägerquartier von hier entfernt?«

Der Regni blickte mit zusammengekniffenen Augen zum Horizont und überschlug die Strecke im Kopf. »Etwa drei Tage. Vorausgesetzt, wir kommen gut voran, Herr.«

Ich nickte. »Sobald wir die Grenze überquert haben, reitest du mit den Spähern voraus. Sobald wir dort angekommen sind, werden wir Vorbereitungen für unseren ersten Überfall treffen. Wenn wir Verica wirklich schaden wollen, dürfen wir keine Zeit verlieren.«

Nemobnus grinste. »Jetzt, da die Ernte eingefahren ist, werden wir überall reiche Beute finden, darauf könnt Ihr Euch verlassen. Und wir werden sie völlig unvorbereitet erwischen – mit einem Angriff rechnen sie ganz bestimmt nicht.«

Am nächsten Morgen zogen wir die einfachen Tuniken und Beinkleider an, die wir mitführten, und flochten uns das Haar nach Art der Silurer, bevor wir unseren Weg nach Osten fortsetzten. Es würde noch etwas dauern, bis unsere Bärte die richtige Länge hatten, aber aus der Ferne würden wir für einen unaufmerksamen Beobachter sicher wie eine silurische Räuberbande aussehen.

Während unserer bisherigen gemeinsamen Reise hatte ich die Männer etwas besser kennengelernt und entwickelte allmählich ein Gefühl für ihre unterschiedlichen Fähigkeiten. Das war wichtig, denn ein keltischer Anführer hat nicht den Vorteil, Disziplin mit dem Stock erzwingen zu können und die Männer wie Ochsen auf dem Feld anzutreiben, so wie es Eure Zenturionen tun. Bei uns muss man vielmehr selbst mit gutem Beispiel vorangehen.

Neben Vassedo und Dubnocatus, die als Späher vorausritten, und unserem Kundschafter Nemobnus vom Stamm der Regni sind noch weitere Krieger unseres Trupps erwähnenswert. Maglocunus, ein altgedienter Leibwächter meines Vaters etwa: Der grimmige Veteran mit dem dichten roten Bart und der Lederklappe über dem linken Auge besaß zahlreiche Narben an Gesicht und Händen, die von den vielen Schlachten erzählten, an denen er unter dem Banner meines Vaters bereits teilgenommen hatte. Oder Garmanus, ein weiteres Mitglied der königlichen Leibwache. Der hünenhafte Krieger, dem mehrere Zähne fehlten, war einst Ringkämpfer gewesen, bevor er seinen Eid geschworen hatte, unseren

König zu schützen. Er war hitzköpfig, schnell beleidigt und geriet oft mit seinen Kumpanen in Streit, aber seine Tapferkeit in der Schlacht suchte ihresgleichen.

Wir bewegten uns nun möglichst unauffällig fort und schlugen am Abend nicht weit von einem Ort namens Sorviodunum entfernt das Lager auf. Zwei Tage später erreichten wir das Territorium der Regni. Vor uns lag ein fruchtbares Land mit sanften grünen Hügeln und Tälern, Waldstücken, braunen, abgeernteten Weizenfeldern und einer Handvoll abgelegener Siedlungen – ideal für die Art von Überfall, die ich im Sinn hatte.

Im Laufe des Tages wurde die Luft kälter und der Wind rasch stärker. Nemobnus führte uns abseits der Straßen und Siedlungen durch einen dichten Wald. Ich hatte alle Gespräche verboten, sodass für die nächsten Stunden nichts außer dem Schnauben der Pferde und dem Geräusch der Äste im schneidenden Wind zu hören war. Meine Nerven waren bis zum Zerreißen gespannt, da ich insgeheim befürchtete, Verica könnte trotz der vielen Vorsichtsmaßnahmen von meinen Plänen erfahren haben. Außerdem ging mir beständig die Möglichkeit eines feindlichen Hinterhalts durch den Kopf. Zu meiner Erleichterung gab es aber keine Zwischenfälle.

Kurz vor Einbruch der Dämmerung hielten wir am Rand einer großen, dicht von kahlen Eichen und Birken, stacheligem Gebüsch und braunen Heidekrautflecken umstandenen Lichtung, in deren Mitte in einem Halbkreis mehrere halb verfallene Holzbauten standen, die von einem niedrigen Zaun umgeben waren – das alte Jägerquartier. Hier würden wir unser einstweiliges Lager aufschlagen, bevor wir mit den Überfällen begannen.

Die Männer waren erschöpft von dem langen Ritt, aber ich teilte sie sofort zu weiteren Arbeiten ein. Sie sammelten Farn und Zweige, um sich daraus einfache Bettstätten zu bauen. Sobald es dunkel wurde, entzündeten wir auf einer kleinen Waldlichtung in der Nähe ein bescheidenes Feuer und aßen etwas Brot und Hammelfleisch, bevor wir uns zur Ruhe begaben. Die kleinen Flammen trugen nur wenig dazu bei, uns zu wärmen. Als die Dunkelheit über den Wald hereinbrach, hüllten wir uns in unsere Wintermäntel und lagen zitternd da.

»Bei allen Göttern, das ist ja furchtbar«, murmelte Togodumnus und zog seinen Mantel noch fester um sich. »Warum bei Lud habe ich diesem Scheißplan überhaupt zugestimmt?«

Ich lachte leise. »Du bist viel zu verwöhnt, Bruder«, sagte ich. »Weil du so lange zu Hause im Überfluss gelebt hast. Versuch mal, jahrelang auf dem nackten Boden einer silurischen Hütte zu schlafen und dich dabei nur von Fleischresten und schimmeligem Brot zu ernähren, das nicht einmal wilde Tiere fressen würden.«

»Klingt beschissen.«

»Wenn dir zu kalt zum Schlafen ist, können wir nebeneinanderliegen und uns gegenseitig wärmen.«

»Was?« Togodumnus warf mir einen angewiderten Blick zu. »Aneinanderkuscheln? Du und ich? Du machst wohl Witze. Nichts für ungut, aber da friere ich mir lieber die Eier ab.«

Ich zuckte mit den Schultern. »So machen es die Silurer in Merladion, um sich im Winter warm zu halten.«

Togodumnus verzog das Gesicht. »Deine silurischen

Freunde haben ja seltsame Einfälle. Muss wohl an der verdammten Bergluft liegen.«

»Wie du meinst.«

Am nächsten Morgen wurde es noch kälter. Der schlammige Boden war nun leicht gefroren und die Pflanzen mit Raureif überzogen. Ich war mir der Notwendigkeit bewusst, dass wir unseren Feind angreifen mussten, bevor unsere eigenen Vorräte zur Neige gingen. Kurz nach Sonnenaufgang schickte ich Nemobnus und Vassedo nach Süden, um in den nächstgelegenen Siedlungen Erkundigungen einzuholen. Die anderen Männer beschäftigte ich währenddessen mit der Sicherung unseres Lagers. Ich stellte rund um die Lichtung Wachposten auf und ließ eine kleine Gruppe die Holzbauten wieder instand setzen und eine Palisade darum errichten.

Togodumnus teilte die übrigen Männer zur Essensbeschaffung ein, und ich ordnete an, nur in der Nacht Feuer zu entzünden. Bei Tageslicht hätte schon die kleinste Rauchfahne unsere Anwesenheit verraten. Ein paar Männer gingen jagen, während andere Wurzeln und Blätter sammelten, um damit die Färbemittel herzustellen, die wir brauchten, um als silurische Krieger durchzugehen.

Drei Tage nach unserer Ankunft kehrten Nemobnus und Vassedo gegen Mittag ins Lager zurück und erstatteten mir Bericht. Anschließend rief ich die Krieger zu einer Versammlung vor den mittlerweile wohnlichen Hütten zusammen.

»Es ist Zeit, Brüder«, sagte ich und grinste Togodumnus an. »Morgen gehen wir auf die Jagd … nach einem ganz besonderen Wild.«

Ich sah die Aufregung in den Gesichtern der Männer. Togodumnus rieb sich erwartungsvoll die Hände, und seine Augen leuchteten voller Vorfreude.

»Wohin geht es, Herr?«, fragte Maglocunus.

»Zu einem Dorf namens Arundun am Ufer des Trisantonis. Das ist ein halber Tagesritt von hier.« Ich wies auf unseren Kundschafter. »Nemobnus hier hat sich in den Dörfern im Süden umgehört und dabei in Erfahrung gebracht, dass es dort große Getreidelager gibt, weil Arundun in der Nähe des Hofes liegt, der dem hiesigen Häuptling gehört. Das Getreide soll nach Norden gebracht werden, um damit Vericas Streitkräfte zu versorgen.«

»Herr, wie könnt Ihr Euch da so sicher sein?«, fragte Garmanus.

Ich gab die Frage an Nemobnus weiter. »Ich habe gestern in einer Taverne ein paar Edelmänner belauscht«, sagte er. »Die Ernte der Atrebaten ist dieses Jahr schlecht ausgefallen, weshalb Vericas Männer Getreide von hier benötigen. Der hiesige Häuptling hat sich bereit erklärt, Verica zur Versorgung seiner Kriegsbanden den Überschuss an Korn abzutreten. Schon bald soll das Getreide nach Calleva gebracht werden.«

»Ich kann mir nicht vorstellen, dass die Einheimischen darüber sehr glücklich sind.«

»Die sind außer sich vor Wut«, sagte Nemobnus. »Die Bauern verdienen sich normalerweise ein kleines Zubrot durch den Verkauf von überschüssigem Getreide an ihre Nachbarn im Osten. Jetzt müssen sie die Früchte ihrer Arbeit ohne Gegenleistung abtreten.« Er spuckte auf den Boden. »Viele werden diesen Winter hungern müssen.«

»Warum gibt der Häuptling den Atrebaten das Getreide überhaupt?«, fragte Togodumnus.

»Er ist mit Verica verbündet«, erklärte Nemobnus. »Jeder Adlige des Königreichs wurde gezwungen, ihm die Treue zu schwören. Sollte der Häuptling sich weigern, die Atrebaten zu unterstützen, würden sie ihn mit Gewalt absetzen und durch einen Fügsameren ersetzen.«

»Arundun ist nur schlecht verteidigt«, sagte ich. »Es liegt weit von den Grenzen entfernt, und die meisten Krieger sind nach der Eroberung vor den Atrebaten geflohen. Der Ort ist also ideal für unser Vorhaben. Wir überfallen die Siedlung, überrumpeln die Wachen und stecken die Getreidespeicher in Brand. Dann beschaffen wir uns im Dorf Vorräte und machen uns wieder aus dem Staub.«

Maglocunus zog seine zerklüftete Stirn in Falten. »Mit wie vielen Wachen werden wir es dort zu tun bekommen, Herr?«

»Verica hat dem Häuptling nur eine kleine Anzahl von Leibwächtern zugestanden. Höchstens dreißig, schätzen wir. Vielleicht auch weniger.«

»Und die übrigen Dorfbewohner?«

»Das sind hauptsächlich Bauern und Handwerker«, sagte Nemobnus. »Die haben höchstens ein paar Knüppel und Speere und sollten keine große Bedrohung darstellen.«

»Unsere Aufgabe ist die Behinderung von Vericas Fähigkeit, Krieg zu führen«, rief ich allen Anwesenden in Erinnerung. »Der Getreideüberschuss ist von zentraler Bedeutung für Verica, da er damit seine Krieger versorgen muss. Ohne die zusätzlichen Vorräte aus dem Süden wird er gezwungen sein, sich zu entscheiden, ob er entweder seine Krieger oder sein Volk ernähren will. Beides kann er dann nicht mehr tun.«

Einigen Kriegern stand das Unbehagen deutlich ins Gesicht geschrieben. »Mir ist bewusst, dass das eine schmutzige Arbeit ist, Brüder. Ich bin ja selbst untröstlich, dass wir den unschuldigen Untertanen von Verica Leid zufügen müssen, aber wenn er besiegt und abgesetzt wird, können sie sich auf bessere Zeiten freuen. Und bedenkt noch etwas anderes: Glaubt ihr, dass er unser Volk nicht genauso behandeln würde, sollte er uns besiegen? Er hat uns die Bürde dieses Kriegs aufgezwungen, vergesst das nicht.«

Wir verbrachten den Rest des Nachmittags damit, uns auf den Einsatz vorzubereiten, indem wir unsere Waffen und die Ausrüstung überprüften. Die Stimmung war nervös und angespannt. Wir kochten die gesammelten Wurzeln und Pflanzen in Wasser, um die Farbe herzustellen, die wir zur Vervollständigung unserer Verkleidung brauchten. Die Männer sahen genau dabei zu, wie ich Dubnocatus' Arme und Gesicht mit den komplizierten Mustern bemalte, die mir aus meiner Zeit bei den Silurern im Gedächtnis geblieben waren. Dann bemalten sie sich gegenseitig. Als sie fertig waren, ließ ich sie in einer langen Reihe antreten, um das Ergebnis ihrer Bemühungen zu begutachten. Ich war ganz zufrieden, bis mein Blick auf Togodumnus fiel.

»Und?«, fragte er, als ich die wässrige Farbe auf seinem Gesicht betrachtete. »Wie sehe ich aus?«

»Wer hat dich bemalt?«, sagte ich.

»Maglocunus, warum?« Togodumnus zog die Augenbrauen zusammen. »Was ist?«

Die Farbe, mit der die Symbole auf seine Stirn gemalt waren, lief bereits in dünnen Rinnsalen sein Gesicht herunter. Es war ein drolliger Anblick, bei dem ich unwillkürlich kichern musste, was meinen kleinen Bruder noch mehr verärgerte. Einige der anderen fielen in mein Gelächter ein.

»Was verdammt noch mal ist hier eigentlich so lustig?«, schnauzte Togodumnus uns an, dann tropfte ihm die Farbe von den Augenbrauen. Er runzelte die Stirn, berührte sein Gesicht und starrte dann die dünnflüssige Farbe auf seinen Fingerspitzen an. »So eine Scheiße!«

»Verzeiht, Herr«, stammelte Maglocunus und rang die Hände. »Ich habe mein Bestes versucht ...«

»Verdammter Schwachkopf.« Togodumnus starrte ihn an. »Hast du nicht gesagt, dass du wüsstest, was du tust?«

»Wasch es ab«, befahl ich meinem Bruder und wandte mich dann Maglocunus zu. »Versuch es noch einmal mit einer weniger flüssigen Mischung. Wir wollen den Feind täuschen, Maglocunus«, fügte ich mit einem amüsierten Grinsen hinzu, »und ihn nicht dazu bringen, sich totzulachen.«

»Ja, Herr.« Das narbige Gesicht des Kriegers errötete vor Verlegenheit.

»Alle anderen werden jetzt Essen fassen und sich dann schlafen legen«, sagte ich. »Bei Tagesanbruch reiten wir nach Arundun.«

KAPITEL 28

Wir verließen das Lager vor Sonnenaufgang. Es war ein trüber Wintertag mit grauen, tief am Himmel hängenden Wolken. Ich ließ ein halbes Dutzend Männer unter Garmanus' Befehl zur Bewachung des Lagers zurück. Garmanus war bitter enttäuscht, nicht mitreiten zu dürfen, ließ sich das als treuer Gefolgsmann aber nicht anmerken. Ich befahl ihm, nur bis zum nächsten Abend auf uns zu warten. Waren wir bis dahin nicht zurück, sollte er davon ausgehen, dass wir gefangen genommen oder getötet worden waren, das Lager verlassen und sich auf den Rückweg nach Camulodunum machen. Dann nahmen wir unsere Schilde und Waffen und ritten nach Süden.

Nach einigen Meilen verließen wir das Zwielicht des Waldes und kamen in eine weite Landschaft mit tiefen Tälern und abgeernteten Feldern, durchzogen von schlammigen, unbefestigten Straßen und schmalen Ziegenpfaden. Gelegentlich entdeckten wir Hinweise auf die Invasion der Atrebaten: vor nicht allzu langer Zeit errichtete Grabhügel und die rußbedeckten Überreste abgebrannter Gehöfte. Später erreichten wir die Ruinen eines zerstörten Dorfes. Die Atrebaten hatten die meisten Hütten und Rundhäuser der Regni dem Erdboden gleichgemacht. Nur noch ein paar vom Feuer geschwärzte Balken und Steinhaufen sowie die skelettierten Überreste von Menschen und Tieren waren übrig.

»Was ist hier denn passiert?«, fragte sich Togodumnus laut.

Nemobnus, der neben mir ritt, starrte das zerstörte Dorf mit zusammengepressten Kiefern an, und mir fiel ein, dass wir uns ganz in der Nähe seiner eigenen Siedlung befanden.

»Herr, so sieht es jetzt an vielen Orten in unserem Land aus«, sagte er. »Verica und seine Männer kannten kein Erbarmen. Sie haben diese Siedlung zerstört, den Häuptling und seine Krieger getötet und die anderen gezwungen, Verica die Treue zu schwören. Alle, die sich weigerten, wurden hingerichtet oder auf den gallischen Sklavenmärkten verkauft.«

»Woher weißt du das?«, fragte ich.

Nemobnus zuckte mit den Schultern. »Freunde von mir haben hier gewohnt. Einem Dorfältesten gelang die Flucht nach Camulodunum. Er hat mir erzählt, was sich hier zugetragen hat. Die anderen hatten nicht so viel Glück.«

Ich legte eine Hand auf seine Schulter. »So die Götter wollen, wirst du bald die Gelegenheit zur Rache bekommen, Nemobnus.«

»Ja, Herr«, erwiderte er traurig. »Aber ich wünschte, es wäre anders.«

»Willst du den Geistern der Toten keine Gerechtigkeit verschaffen?«

»Ich würde lieber in der Gesellschaft meiner Familie trinken, Herr. Rache ist ein schlechter Ersatz für das Lächeln eines Freundes.«

Da hatte er recht. Ich suchte nach tröstenden Worten, fand aber keine.

Später am Nachmittag hob Nemobnus die Hand, und wir hielten an. Ich trabte zu ihm, und er deutete auf einen kleinen, grasbedeckten Hügel mit bewaldetem Kamm südlich von uns. »Arundun liegt auf der anderen Seite dieses Hügels«, sagte er.

Ich winkte Dubnocatus zu mir. »Du bleibst mit den anderen hier und sorgst dafür, dass sich die Männer ruhig verhalten«, befahl ich. »Keinen Ton, hörst du?«

»Herr, wo wollt Ihr hin?«

»Ich werde das Dorf auskundschaften.«

Ich stieg von meinem Pferd und befahl Maglocunus, mich zu begleiten. Zusammen folgten wir Nemobnus einen schmalen Pfad den Hügel hinauf. Als wir endlich den Kamm erreichten, hielten wir inne, um zu verschnaufen, dann durchquerten wir das Wäldchen und robbten bis zu einem flachen Graben, von dem aus wir freien Blick auf die Siedlung im Tal unter uns hatten.

Arundun war in den Jahren vor der römischen Invasion nicht mehr als ein paar Scheunen, Ställe und Rundhäuser auf einer Anhöhe an einer Biegung des Trisantonis. Seine Lage hatte es den Einheimischen jedoch ermöglicht, mit den Galliern zunehmend mit Jagdhunden, Sklaven und Schmuck Handel zu treiben, und die Siedlung war im Laufe der Jahre erheblich gewachsen. Die paar Boote, die an der Anlegestelle vertäut waren, zeichneten sich dunkel vor dem grauen Wasser ab. Wie bei vielen ihrer kleineren Siedlungen hatten sich die Regni nicht die Mühe gemacht, einen Verteidigungswall oder Graben zu errichten. In der Nähe der Anlegestelle, etwa eine Meile von uns entfernt, standen zwei mit Speeren bewaffnete Regni-Krieger vor einem großen, rechteckigen Bauwerk.

»Das ist das Getreidelager von Arundun, Herr«, sagte Nemobnus. »Angeblich lässt der Häuptling das für die Atrebaten vorgesehene Getreide von seinen eigenen Männern beschützen, während er sich gleichzeitig weigert, die Ärmsten seines eigenen Stammes zu versorgen. Abgesehen vom Hof des Häuptlings ist das das einzige Bauwerk des Dorfes, das bewacht wird.«

Maglocunus ließ den Blick über die Siedlung schweifen und grinste zufrieden. »Dieses Dorf lädt ja förmlich zu einem Überfall ein. Das wird ein Kinderspiel.«

»Kein Kampf ist leicht, wenn Männer ihr Zuhause verteidigen«, warnte ich.

Wir verbrachten einige Zeit damit, das Dorf zu beobachten und uns Zahl und Position der feindlichen Krieger einzuprägen. Schließlich senkte sich die Dämmerung über das Land. »Brüder, ich habe genug gesehen«, sagte ich schließlich. »Verschwinden wir wieder.«

Im schwindenden Licht schlichen wir durch das Wäldchen und die andere Seite des Hügels hinunter zurück zu unseren Leuten. Ich versammelte die erfahrensten Krieger um mich und teilte ihnen meinen Schlachtplan mit.

Die nächsten Stunden verbrachten wir mit den Vorbereitungen auf den nächtlichen Überfall. So nahe beim Dorf konnten wir kein Feuer entzünden, weshalb wir nur grobes Brot und Käse aus unserem Proviant aßen und alles mit Bier hinunterspülten. Ein wenig später – der sichelförmige Mond warf sein fahles, schwaches Licht auf das Land – befahl ich den Männern, ihre Pferde zu besteigen. »Brüder, vergesst nicht, dass wir jetzt Silurer sind«, sagte ich. »Das bedeutet, dass wir auch wie Silurer kämpfen müssen. Beeilt euch, nehmt mit, was ihr tragen könnt … und habt kein Erbarmen mit denen, die es wagen, sich uns zu widersetzen.«

Wir folgten leise einem unbefestigten Pfad um den Fuß des Hügels herum, wobei uns der dichte Fichtenwald vor den Blicken der Dorfbewohner verbarg. Außer dem Scharren der Hufe auf dem verrotteten Laub, den geflüsterten Gebeten der Männer und dem schwachen Klirren der Pferdegebisse war nichts zu hören.

Wir ritten den sanften Hang bis zur Talsohle hinab, wo sich der Wald allmählich lichtete. Etwa hundert Schritt vor uns lag Arundun, dessen weit verstreute Rundhäuser sich als dunkle, undeutliche Formen vom Nachthimmel abhoben. Die meisten Bewohner schliefen sicher schon, und die einzigen Lebenszeichen waren das schwache Licht der Herdfeuer mehrerer Rundhäuser und einige gedämpfte Stimmen.

Auf meinen Befehl hin zogen wir die Zügel an und hielten hinter ein paar spindeldürren Birken. Die Männer stiegen schweigend ab und banden die Zügel an in den Boden getriebenen Holzpflöcken fest. Dann schlichen wir in der Schwärze der Nacht über das offene Gelände zu einer kleinen, grasbewachsenen Anhöhe in Bogenschussweite der Siedlung. Fackeln wurden angezündet, und Togodumnus rief leise ein Dutzend mit Brandpfeilen bewaffnete Krieger nach vorn – unsere besten Bogenschützen. Die übrigen Männer blieben oben auf der Anhöhe stehen, während sich die Schützen etwas tiefer und näher an der Siedlung positionierten. Dann zogen sie die

Brandpfeile aus den Köchern und entzündeten die pechgetränkten Spitzen an den Fackeln in den Händen ihrer Kameraden. Togodumnus gab leise den Befehl, und die Bogenschützen schossen ihre Feuerpfeile auf die strohgedeckten Rundhäuser ab.

Die Geschosse flogen als glühende Punkte, die einen orange lodernden Schweif hinter sich herzogen, in hohem Bogen durch den Nachthimmel und stürzten auf die Siedlung hinab. Mehrere Pfeile bohrten sich in die Dächer von Hütten oder Scheunen, andere schlugen in den Boden ein oder setzten Heuhaufen und Holzstapel in Brand. Das Feuer breitete sich schnell aus, und schon bald standen die Rundhäuser in Flammen. Dutzende Dorfbewohner eilten daraus hervor, einige schnappten sich Eimer und versuchten, die Brände zu löschen, während andere mit ihren schreienden Kindern in Richtung der Hügel davonrannten.

Inmitten dieses Unheils erblickte ich einen Mann, der auf dem Boden lag und nach einem Pfeil in seinem Oberschenkel griff. Ein anderer wollte davonhinken, als ein Pfeil seinen Hals durchbohrte. Zur gleichen Zeit rannten viele Menschen aus dem Hof des Häuptlings. Diener eilten zu den Rundhäusern und versuchten verzweifelt, die Brände zu löschen, während die Leibwachen in Vorbereitung eines Angriffs Speere und Äxte ergriffen.

Unsere Bogenschützen schossen einen weiteren unheilbringenden Pfeilhagel ab. Einige Geschosse flogen nicht weit genug und trafen statt ihrer Ziele den Viehpferch. Die getroffenen Rinder brüllten, Feuer und Pfeilhagel versetzten sie in Panik. Die Schreie der Dorfbewohner wurden lauter, als die verängstigte Herde durch den für den Ansturm viel zu schwachen Zaun brach. Mehrere Krieger wurden von der Herde erfasst. Ihre Schreie hallten durch die Nacht, bevor sie von den donnernden Hufen zu Tode getrampelt wurden. Das Vieh preschte durch die Straßen und hinterließ eine Spur der Zerstörung und des Todes. Bei diesem entsetzlichen Anblick musste ich mich immer wieder an die unbedingte Notwendigkeit unseres Handelns erinnern. Im Stillen verfluchte ich Verica dafür, dass er uns zu solchen Taten trieb.

Die Siedlung war nun in völligem Aufruhr, und ich befahl meinen Männern den Angriff. Wir rannten den Hügel hinunter auf das brennende Dorf zu, unsere Stiefel stampften auf den gefrorenen Boden, das wilde Geschrei unserer Krieger vermischte sich mit dem panischen Kreischen der Dorfbewohner, dem wilden Brüllen des Viehs und dem Tosen der Flammen. Ich sah mich um: Togodumnus und die anderen Schützen hatten nun ebenfalls die Langschwerter gezogen und folgten uns. Mit unseren mit Färberwaid bemalten Körpern, dem geflochtenen Haar und den im Feuerschein glänzenden Waffen boten wir einen furchterregenden Anblick.

Ein Mann vor mir stieß einen Schreckensschrei aus, als ein verletzter Stier, dessen Flanke in Flammen stand, auf uns zustürmte. Das Biest rammte den Mann, bevor er ausweichen konnte, und spießte ihn förmlich mit den Hörnern auf. Instinktiv warf ich mich zur Seite und entging so um Haaresbreite dem verwundeten Tier. Es stürmte an mir vorbei in Richtung der dunklen Hügel.

»Verbrennt die Vorräte!«, rief ich Togodumnus zu und deutete auf die Lagerhallen am Flussufer.

Er nickte und rief die Männer zusammen, die noch Fackeln trugen, und sie folgten meinem Bruder die Hauptstraße hinunter zu den Getreidespeichern. Während sie die Vorräte unseres Gegners vernichteten, nahm sich der Großteil unseres Trupps den Häuptling und sein Gefolge vor.

Als wir uns dem Hof des Häuptlings in der Mitte des Dorfes näherten, stürmten uns die überlebenden Leibwächter Speere und Streitäxte schwingend entgegen. Wir prallten in einem Wirbel im uns umgebenden Feuerschein mit blitzenden Waffen aufeinander. Ich hörte einen Schrei und sah einen breitgesichtigen Krieger mit vom Kopf abstehenden Haaren auf mich zustürmen, wobei er etwas in dem schwer verständlichen Dialekt der Regni brüllte.

Ich riss hastig meinen Schild in die Höhe, um den Schlag seiner Breitaxt abzuwehren. Die Klinge bohrte sich mit einem splitternden, krachenden Geräusch tief in meinen Schild, und ein brennender Schmerz fuhr in meinen Unterarm. Ich biss die Zähne zusammen. Der Axtkämpfer befreite unter zornigem Gebrüll seine Waffe und ging ein weiteres Mal auf mich los. Ich zuckte zurück, wich dem Schlag knapp aus, sprang zur Seite und schwang mein Schwert von unten nach oben. Die Klinge riss kaum eine Handbreit unter der Achselhöhle des Mannes eine tiefe Wunde in seine ungeschützte Flanke, durchtrennte Sehnen und Muskeln. Doch bevor ich meinen Gegner töten konnte, stürzte sich einer meiner Krieger auf den Axtkämpfer und rammte ihm die Spitze seines Speers mit solcher Wucht in die Brust, dass er von den Füßen gerissen wurde.

Auf der anderen Seite der Hauptstraße leisteten die Leibwächter weiterhin entschlossen Widerstand. Unter ihnen war auch ein Mann mit gekalktem Haar und einem goldenen Torques, der Befehle brüllte. Seine reich verzierten Armreifen und die glänzenden Ringe an den Fingern wiesen ihn eindeutig als Häuptling aus. Nachdem ihre Reihen durch Pfeile und Feuer gelichtet worden waren, befanden sich seine Männer hoffnungslos in der Unterzahl. Bald hatten wir die überlebenden Krieger in Richtung des Häuptlingshofs zurückgedrängt. Der Boden hatte sich mittlerweile in einen wahren Sumpf aus Schlamm, Blut und Eingeweiden verwandelt, denn immer mehr der Leibwächter fielen unter den unerbittlichen Hieben und Schlägen unserer Männer.

Inmitten des Getümmels stürzte sich ein älterer Mann mit wildem grauem Haar mit seiner Lanze auf mich. Die blattförmige Spitze bohrte sich durch den Stoff meiner weiten Tunika und schnitt in mein Fleisch. Ich taumelte zurück, wobei ich den stechenden Schmerz in meiner Seite kaum wahrnahm. Der grauhaarige Regni griff ein weiteres Mal mit für sein fortgeschrittenes Alter überraschender Beweglichkeit und Geschwindigkeit an. Nach einer Reihe von Hieben und Stößen drehte er die Lanze und traf mich mit dem Schaft am Kiefer. Etwas knirschte im Inneren meines Schädels. Ich sah einen weißen Blitz, dann fiel ich hilflos nach hinten um und landete auf dem blutgetränkten Boden. Ich sah die Lanzenspitze über mir funkeln. Kurz vor dem nächsten Stoß rollte ich mich verzweifelt im letzten Moment nach links. Die Lanze bohrte sich in den Boden, und ich schlug nach meinem Gegner, bevor er sich wieder zu mir umdrehen konnte. Ich traf ihn erst am Schienbein, dann am Hals. Mit einem scharfen Zischen entwich die Luft aus der aufgeschlitzten Kehle des Mannes. Blut, dunkelrot wie römischer Wein, schoss in einem kräftigen Schwall aus der Wunde. Er brach zusammen und starb inmitten der Scheiße und der Blutlachen, die Augen vor Schreck geweitet, als der Lebenssaft aus ihm strömte. Ist es nicht merkwürdig, dass ich jede Einzelheit selbst nach so vielen Jahren noch vor meinem geistigen Auge sehe? Den Tod mancher Männer vergisst man nie. Auch wenn die Dichter etwas anderes behaupten: Im Krieg liegt kein Ruhm. Krieg ist nichts als der entsetzliche Anblick und die grässlichen Geräusche von Männern, die sich in einem verzweifelten Kampf ums Überleben gegenseitig zerfleischen.

Ich weiß nicht, wie lange das Scharmützel dauerte, aber es war schnell vorbei. Innerhalb kürzester Zeit lag mehr als die Hälfte der Leibwächter des Häuptlings tot oder sterbend am Boden. Im flackernden Licht der Flammen sah ich, wie Vassedo mit seiner Streitaxt einem Krieger den Kopf bis zum Kiefer hinunter spaltete. Maglocunus stieß einen Triumphschrei aus, als er sein Langschwert in den Bauch eines weiteren Feindes rammte. Ein kleines Stück die Hauptstraße hinauf stolperte ein Regni aus einem brennenden Rundhaus. Sein Körper war in Flammen gehüllt, und seine gequälten Schreie durchdrangen die Nacht. Dennoch schlug der Mann blindlings mit seinem Schwert auf zwei meiner Krieger ein, bevor er niedergestreckt wurde.

Als die verbliebenen Leibwächter erkannten, dass ihrem Häuptling Gefahr drohte, traten sie den Rückzug an und flohen mit ihm in Richtung der entfernten Wälder. In diesem Augenblick war der Kampf vorüber. Eine Handvoll Krieger hielt weiter aus, fest entschlossen, ihrem Häuptling Zeit zur Flucht zu verschaffen und dabei einen ehrenvollen Tod zu sterben. Andere ließen ihre Waffen fallen und ergaben sich mit erhobenen Händen, doch meine Männer waren im Blutrausch und hackten sie buchstäblich in Stücke. Wenige Augenblicke später war auch der letzte Verteidiger tot.

Während unsere Männer ihren Sieg bejubelten, blickte ich über meine Schulter zu den brennenden Getreidelagern, und mich durchfuhr ein wohliger Schauer der Genugtuung. Die Gebäude standen nun komplett in Flammen, und das Feuer spiegelte sich orangefarben schimmernd im schwarzen Wasser des Flusses.

Sofort begannen unsere Krieger mit der Plünderung der Siedlung. Ich schickte Vassedo los, um alle Hütten zu durchsuchen, die noch nicht Feuer gefangen hatten. Er trommelte ein halbes Dutzend unserer – mittlerweile schon ziemlich erschöpften – Krieger zusammen. Sie trugen Brot, Haselnüsse, Käse und gesalzenes Schweinefleisch sowie ein paar dicke Hühner und mehrere Krüge mit Bier aus den Hütten. Ich beauftragte Nemobnus damit, die Maultiere aus den Ställen des Häuptlings zu holen, damit wir auf ihnen die Beute in unser Versteck bringen konnten. »Nehmt auch Futter für die Pferde mit«, fügte ich noch hinzu. »So viel, wie ihr tragen könnt.«

Die übrigen Männer machten sich auf die Suche nach Wertgegenständen im Quartier des Häuptlings, andere raubten den Toten ihre Torques und Ringe. Dies war ein notwendiger Teil unseres Täuschungsmanövers, denn keine silurische Räuberbande, die etwas auf sich hält, würde eine so reiche Beute zurücklassen.

Ein Haufen verzweifelter Dorfbewohner, die es nicht geschafft hatten, aus der Siedlung zu entkommen, sahen hilflos dabei zu, wie meine Männer mit vollen Händen die Beute aus dem Hof des Häuptlings trugen. Mütter versuchten, ihre weinenden Säuglinge zu beruhigen. Ältere Männer sahen uns hasserfüllt an.

Ich wollte nicht einen Augenblick länger als nötig in Arundun bleiben. Die nächstgelegene größere Siedlung war weniger als einen halben Tagesritt entfernt, und es würde sicher nicht lange dauern, bis der Häuptling und seine überlebenden Männer sie erreichten und Alarm schlugen.

Wenige Augenblicke später stieß Togodumnus aus Richtung des Flusses zu uns.

»Und?«, fragte ich.

»Die Vorräte sind zerstört«, erwiderte er. »Ein Teil war bereits auf die Boote verladen, aber die Kameraden haben sie geentert und in Brand gesteckt, bevor die Besatzung die Leinen lösen und davonfahren konnte. Von hier wird Verica in diesem Jahr keinen einzigen Scheffel Getreide erhalten.«

Ich nickte in grimmiger Zufriedenheit. Togodumnus betrachtete schweigend das zerstörte Dorf. Ein ekelerregender Geruch hing in der schwarzen Luft. Ich kann ihn noch immer riechen, diesen entsetzlichen Gestank von verkohltem Fleisch, vermischt mit dem Geruch von brennendem Holz.

»Unser Raubzug ist ein voller Erfolg«, sagte ich.

Mein Bruder lächelte traurig. »Ja«, antwortete er leise.

»Aber trotzdem wünschte ich, wir hätten eine andere Wahl gehabt. Bauern und alte Männer anzugreifen ist nicht besonders ehrenvoll.«

Ich schüttelte den Kopf. »Hier geht es nicht um Ehre. Verica hat uns keine andere Möglichkeit gelassen, unser Volk zu retten. Wenn wir versagen, werden wir unter dem Joch der Atrebaten enden, genau wie die Regni.«

»Ich weiß«, sagte er unglücklich. »Aber ich würde lieber auf dem Schlachtfeld gegen Vericas Kriegsbanden kämpfen. Auf die herkömmliche Art. Die ruhmreiche Art.«

Ich warf ihm einen harten, unnachgiebigen Blick zu. »Wenn wir Verica nicht vor dem Frühling den Nachschub abschneiden, wird es höchstens eine ruhmreiche Niederlage. Bruder, wenn du diese Art der Kriegsführung nicht aushalten kannst, solltest du vielleicht nach Camulodunum zurückkehren. Vater würde sich ganz bestimmt freuen, dich an seiner Seite zu haben.«

Togodumnus warf sich in die Brust. »Ich habe dir einen Eid geschworen, Bruder: bis zum Ende, komme, was wolle. Und ich würde eher sterben, als einen Schwur zu brechen, das weißt du genau.«

»Ich habe auch keine Freude an solchen Überfällen. Aber uns bleibt keine Wahl.« Ich klopfte ihm auf die Schulter. »Mach dir keine Sorgen. Wir werden noch früh genug die Gelegenheit bekommen, auf dem Schlachtfeld zu kämpfen«, versicherte ich ihm. »Und dann mit der Aussicht auf einen Sieg. Im Frühjahr werden wir Verica und seine Kriegsbanden vernichten.«

»Das will ich verdammt noch mal auch hoffen«, knurrte Togodumnus.

In diesem Moment kam Nemobnus zu uns herüber. »Die Maultiere sind bereit, Herr.«

Ich nickte. »Ruf die Männer zusammen«, sagte ich zu Togodumnus. »Wir müssen sofort aufbrechen und uns bis Tagesanbruch so weit von diesem Dorf entfernen wie nur möglich.«

»Ja, Herr.«

Togodumnus nahm eine Hand an den Mund und rief nach den anderen Kriegern, wobei er sich anstrengen musste, um sich über das unaufhörliche Gebrüll des Feuers hinweg Gehör zu verschaffen. Als wir zu den Maultieren gingen, die in der Nähe des zerstörten Rinderstalls warteten, hörte ich eine Stimme und sah mich um. Ein Dorfbewohner, ein gebrechlicher alter Mann, gebeugt, faltig und in Lumpen gekleidet, kam auf Nemobnus zu. Dabei redete er in der rauen Sprache der Regni auf ihn ein und hob flehend die Hände.

Nemobnus täuschte Unverständnis vor und spielte weiter die Rolle des silurischen Räubers, aber der alte Dorfbewohner gab nicht auf. Er deutete auf eine füllige Frau und einen blonden Jungen, die neben einem unversehrt gebliebenen Rundhaus standen.

Nemobnus stand still da und hörte dem Mann schweigend zu. Dann schüttelte er den Kopf, murmelte ein paar Worte und machte auf dem Absatz kehrt und ging mit uns zu den wartenden Maultieren.

»Was war das denn?«, fragte ich ihn.

»Irgendein alter Mann, der uns beschuldigt, sein Hab und Gut vernichtet zu haben«, sagte Nemobnus. »Nun weiß er nicht, wie er seine Familie durch den Winter bringen soll. Ich wusste nicht, was ich darauf sagen sollte.« Die anklagenden Worte des alten Mannes hatten ihn sichtlich erschüttert.

»Es ist furchtbar, dass diese Menschen so leiden müssen«, sagte ich.

»Herr, es ist, wie Ihr gesagt habt«, sagte Nemobnus niedergeschlagen. »So schlimm es auch ist, Verica lässt uns einfach keine andere Wahl.«

Wir verließen die Siedlung lange vor Tagesanbruch, die Maultiere beladen mit Proviant und Säcken voll Silbermünzen, Schmuck und anderen Wertgegenständen. Ich führte meine Krieger wieder die kleine Anhöhe hinauf zu unseren Pferden, und wir saßen auf. Wir würden unsere Beute nicht weit von unserem Versteck vergraben, damit wir sie holen konnten, falls wir jenseits der Grenze im Land der Belgae neue Vorräte kaufen mussten.

Ich schwang mich wieder in den Sattel und warf einen letzten Blick auf das verwüstete Dorf hinter uns, nahm mir einen Moment, um unser Werk zu betrachten. Die Flammen züngelten in den winterlichen Himmel.

Unser Schattenkrieg gegen die Atrebaten hatte begonnen.

KAPITEL 29

Rom, 61 n. Chr.

Unser Überfall auf Arundun war nur der erste von vielen erfolgreichen Unternehmungen gegen die Regni«, sagte Caratacus in jenem abwesenden Tonfall, an den ich mich in den letzten Wochen gewöhnt hatte.

»Im Laufe dieses Winters brannten wir Dutzende von Höfen und Dörfern nieder, und nur wenige wagten es, sich uns zu widersetzen. Der Anblick unserer mit Färberwaid bemalten Körper, die mit Schwertern und Speeren bewaffnet und die Schlachtrufe der Silurer brüllend aus der Dunkelheit gestürmt kamen, reichte schon aus, um die meisten Dorfbewohner aus ihren Häusern zu vertreiben. Alle, die sich uns widersetzten, bezahlten es mit ihrem Leben. Wir schlugen ihnen die Köpfe von den Schultern und spießten sie auf. Ihre Leiber warfen wir in Abfallgruben, wo wilde Hunde sie fraßen. Ich bedauerte es zutiefst, Unschuldige zu töten, aber das war angesichts der Bedeutung unseres Vorhabens unumgänglich. Dies war nicht einfach irgendein läppischer Streit zwischen zwei Stämmen, wie sie so viele Jahre lang Unglück über unsere Insel gebracht hatten. Nein, hier ging es um nichts Geringeres als um das Überleben unseres Volkes. Ich hatte vorausgesehen, dass das Zeitalter der Helden vorbei war. Ränke und Lügen beherrschten diese Welt, und es ging ums nackte Überleben – und in einer solchen Welt ist kein Platz für Gnade.«

Ich saß da und starrte Caratacus an, während sich ein unbehagliches Schweigen ausbreitete. In diesem Moment fiel es mir schwer, ihn anzusehen. Dieser alte, geschlagene König besaß erstaunlichen Witz und Intellekt – doch nun beschrieb er ganz ruhig, wie er seine britannischen Brüder ausgeplündert und ermordet hatte.

Caratacus muss mein Unbehagen gespürt haben, denn er legte den Kopf schief und warf mir einen fragenden Blick zu. »Ihr haltet wohl nicht besonders viel von solchen Kriegstaktiken?«, fragte er in seinem gutturalen Akzent.

Ich rutschte unbehaglich auf meinem Stuhl herum. »Wenn ich es richtig verstehe, wurden die Regni zuerst Opfer der Atrebaten, und dann kamt auch noch Ihr mit Euren Männern, habt die Dorfbewohner abgeschlachtet, ihre Häuser zerstört, ihr Vieh getötet und ihr Hab und Gut geraubt. Es ist nicht einfach nachzuvollziehen, wie sich derartige Gewaltakte rechtfertigen lassen.«

Caratacus grinste schief. »Römer, Ihr müsst noch viel über Eure Legionen lernen und darüber, was sie meinem Volk angetan haben.«

»Mit Verlaub, ich bin kein Narr«, erwiderte ich. »Und ich bezweifle auch gar nicht, dass einige unserer Soldaten in Britannien Gräueltaten begangen haben mögen. Der Krieg hat es so an sich, das Böse in den Herzen der Menschen zum Vorschein zu bringen.«

Die Miene des Briten verhärtete sich, und er starrte mich mit stiller Wut in den Augen an. »Ihr missversteht mich. Ich spreche nicht von einem einzelnen Massaker.

Was die Römer getan haben, war schlimmer, viel schlimmer …« Er biss die Zähne zusammen und wandte den Blick ab in dem Versuch, seine Gefühle zu verbergen. Beschämt tat ich so, als würde ich in meine Notizen sehen. Ich begriff, dass unsere überkommene Vorstellung vom Charakter der Britannier nur zum Teil der Wahrheit entsprach. Sofern Caratacus' Wesen dem des durchschnittlichen Stammesangehörigen entsprach, dann zeichnete sich der Britannier im Allgemeinen durch die bereitwillige Zurschaustellung seiner Gefühle aus. Sogar ihre Edelmänner halten mit ihren Launen nicht hinter dem Berg – ganz im Gegensatz zu dem überaus beherrschten Verhalten, das unsere hochwohlgeborenen Aristokraten an den Tag legen. (Zumindest in der Öffentlichkeit. Hinter verschlossenen Türen stellt sich das unter Umständen ganz anders dar. Doch das tut hier nichts zur Sache.)

Caratacus starrte abwesend in das Peristyl hinaus. Ein paar Augenblicke später fasste ich mir ein Herz und sprach ihn erneut an. »Was genau meint Ihr?«, fragte ich. »In Bezug auf unsere Soldaten in Britannien?«

Caratacus schüttelte energisch den Kopf. »Darüber werden wir uns später unterhalten. Zuvor ist noch viel anderes passiert, und ich muss Euch meine Geschichte so erzählen, wie sie sich zugetragen hat.«

Ich kannte Caratacus inzwischen gut genug, um zu wissen, dass es zwecklos war, weiter in ihn zu dringen. Also nahm ich mir vor, später noch einmal auf dieses Thema zurückzukommen. »In Ordnung«, sagte ich. »Dann kehren wir wieder zu diesen Überfällen zurück.«

»Wollt Ihr wissen, wie wir unser Vorgehen gegen die Regni rechtfertigten?« Ich nickte. Caratacus nahm einen tiefen Schluck Bier und ließ sich Zeit mit seiner Antwort. »Sie waren keineswegs unsere Feinde, wie Ihr ganz richtig bemerkt habt. Aber vergesst nicht, dass wir für Silurer gehalten werden wollten und entsprechend handeln mussten, um uns nicht zu verraten. Hätten wir auch nur das kleinste bisschen Gnade gezeigt, hätten uns die Atrebaten schnell durchschaut. Übrigens waren die Regni mitnichten völlig unschuldige Opfer. Viele ihrer Häuptlinge und Dorfältesten hatten Verica bereitwillig die Treue geschworen. Und die anderen müssen sich selbst die Schuld geben. Sie hätten tapferer kämpfen und sich nicht so einfach unterwerfen lassen sollen – dann hätten sie von uns auch nichts zu befürchten gehabt.«

In diesem Moment wurde mir die Persönlichkeit dieses einst so mächtigen Kriegsherrn verständlicher. Wir Römer nehmen gemeinhin an, dass die keltischen Stämme kaum mehr sind als ein Haufen unkultivierter Flegel, tapfer und stur, aber nicht besonders schlau. Caratacus hingegen war eindeutig viel mehr als ein stolzer Krieger – er war zu kalter Berechnung und scharfsinnigen Taktiken fähig, bereit, Härten zu ertragen und alles zu tun, was nötig war, um seine Feinde zu besiegen – selbst wenn das bedeutete, dass er seinen britannischen Brüdern unsägliches Leid zufügte. In einem anderen Leben wäre er ein brillanter römischer Feldherr geworden. Hier hatten sich viele darüber gewundert, dass ein Haufen haariger Britannier unseren Legionen so viele Jahre lang hatte widerstehen können. Aber vielleicht sind wir da einem Irrtum aufgesessen. Angesichts der Unfähigkeit unserer eigenen Offiziere, von denen viele eher am eigenen Fortkommen als an den Feinheiten der Kriegskunst interessiert sind, ist es vielmehr überraschend, dass Caratacus uns nicht noch viel länger die Stirn geboten hat.

»Und was war mit Euren Männern?«, fragte ich. »Haben sie nie an Eurem Vorhaben gezweifelt? Ihr habt ja selbst gesagt, dass viele Eurer Stammesgenossen solch schändliche Taktiken verabscheuten.«

»Falls dem so war, haben sie es sich nicht anmerken lassen. Ich glaube, allen meinen Kriegern war die Bedeutung unserer Aufgabe bewusst. Außerdem hatten sie vor den Göttern einen Eid auf mich abgelegt. So etwas hat bei uns große Bedeutung, und niemand würde leichtfertig einen Schwur brechen. In jedem Fall fanden die Männer schnell Gefallen an unseren erfolgreichen Überfällen – und ein Sieg wirkt besser als jeder Zaubertrank. Bald hatten wir einen beträchtlichen Teil der Getreidevorräte unseres Feindes vernichtet, außerdem Schmelzöfen, Vieh und Werkstätten, in denen Streitwagen und Bögen hergestellt wurden. Wir töteten alle Schmiede und Handwerker, die uns in die Hände fielen, denn jemand mit solchen Fertigkeiten ist nicht leicht zu ersetzen. Kurze Zeit später hörten wir, dass es in Noviomagus einen Aufstand gegeben hatte. Die Bewohner der Stadt hatten sich gegen ihre Besatzer erhoben, weil sie sie nicht vor den Räubern schützten.«

»Hatten sie damit Erfolg?«

»Nein. Die Atrebaten schlugen den Aufstand nieder, was viele Opfer forderte. Dennoch berichtete uns Nemobnus von einer wachsenden Unzufriedenheit unter den Ältesten der Stadt. Das war eine gute Nachricht, hieß es doch, dass wir dem Feind tatsächlich Schaden zufügten. Und das versetzte uns in Hochstimmung. Aber ich wusste auch, dass es nur eine Frage der Zeit war, bis die Atrebaten zum Gegenschlag ausholen würden.«

»Und wie ging es dann weiter?«, fragte ich. »Habt Ihr Eure Überfälle den ganzen Winter lang fortgesetzt?«

»Eine Weile schon«, antwortete Caratacus. »Nach etwa einem Monat war ich der Ansicht, dass sich meine Männer eine Pause verdient hatten, also überquerten wir unverkleidet die Grenze nach Osten, in das Land der Cantiaci, um dort ein paar Tage lang bei einem befreundeten Häuptling zu trinken und zu schlemmen. Er kannte Dubnocatus und glaubte bereitwillig unsere Geschichte, dass wir in der Gegend patrouillierten, um Viehdiebe abzuwehren. Togodumnus gefiel diese Unterbrechung ganz und gar nicht. Er fand, ich sei zu nachsichtig mit den Männern – ich dagegen war der Meinung, dass Krieger dann am besten kämpfen, wenn sie gut ernährt und ausgeruht sind.«

»Und die Atrebaten? Was taten die?«

»Anfangs gar nichts«, antwortete Caratacus. »Aber als wir in unser Versteck zurückkehrten, erfuhren wir von unserem Kundschafter Nemobnus beunruhigende Neuigkeiten. Er hatte in einem nahe gelegenen Dorf mit einem gallischen Händler gesprochen, der einige Tage zuvor in Calleva gewesen war. Dort hatte Verica verkünden lassen, dass er einen großzügigen Betrag in Silbermünzen an jeden zahlen würde, der Hinweise lieferte, die zu unserer Gefangennahme führten. Wer dagegen in den Verdacht geriet, uns zu helfen, würde zusammen mit seiner Familie hingerichtet werden.

Das war klug von Verica, denn diese öffentliche Bekanntmachung erschwerte es uns sehr, die Dorfbewohner auszuhorchen. Viele wurden nun vorsichtig, wenn sie mit Fremden sprachen. Bis dahin hatten uns außerdem einige gewissenlose Häuptlinge entlang der Grenze Vorräte verkauft, aber jetzt weigerten sie sich, mit uns zu handeln. Sie hatten Angst vor Vergeltungsmaßnahmen der Atrebaten.«

»Man könnte also sagen, dass Ihr zu erfolgreich wart.«

Das entlockte dem Britannier ein dünnes Lächeln. »Ja. Aber mir war von vornherein bewusst gewesen, dass unser Glück nicht von Dauer sein würde. Früher oder später musste Verica auf die Angriffe auf seine Versorgungslinien reagieren, und kurz darauf schickten die Atrebaten berittene Krieger los, die in den Wäldern nach uns suchen sollten. Ein paarmal entgingen meine Späher nur knapp der Gefangennahme. Verica entsandte außerdem Truppen in den Süden, um die größeren Siedlungen zu bewachen. In manchen Dörfern hielten sich nun mehr als hundert Krieger auf, um die Bewohner zu beschützen. Trotzdem erzielten wir noch einige Erfolge, aber es wurde zunehmend schwieriger, lohnende Ziele auszumachen. Manchmal kundschafteten wir eine Siedlung aus, nur um ein paar Tage später festzustellen, dass die Atrebaten in der Zwischenzeit Krieger dorthin verlegt hatten. Togodumnus schlug vor, eine kleinere Garnison anzugreifen, um unsere Stärke zu zeigen und Verica zu zwingen, noch mehr Männer in den Süden zu schicken – die seinem Heer dann beim Krieg gegen uns fehlen würden. Doch ich weigerte mich, das Leben meiner Krieger dafür aufs Spiel zu setzen. »Wir hätten auf jeden Fall Verluste zu beklagen«, erklärte ich ihm. »Wir würden dabei vermutlich mehr Leute verlieren als die Sache wert ist. Wir müssen uns gedulden.« Zu dieser Zeit kam es zu einigen heftigen Auseinandersetzungen zwischen meinem Bruder und mir. Doch alle diese Schwierigkeiten waren erst der Anfang. Uns stand noch weitaus Schlimmeres bevor. Ich hätte das Unglück vorhersehen müssen, das uns schließlich befiel.«

»Was meint Ihr?«

Der alte König begann zu husten und schlug eine Faust vor den Mund. Ich wartete, während er sich geräuschvoll räusperte und einen Schluck Bier nahm. Sein Gesicht verzerrte sich, als er um Worte rang. »Es war meine Schuld«, sagte er, und seine Stimme war nur noch ein heiseres Flüstern. »Ich hätte es wissen müssen. Ich hätte ...«

Er sah mich an, dann erschütterte ein heftiger Hustenanfall seinen ganzen Körper. Er krümmte sich auf seinem Stuhl zusammen und stöhnte vor Schmerzen. Ich sprang auf und rief um Hilfe, während Caratacus weiterhin keuchend dasaß und sich die Brust hielt. Einen Augenblick später stürmte der dicke Türhüter ins Arbeitszimmer. Hilflos sah ich dabei zu, wie er zu seinem Herrn eilte und neben ihm niederkniete.

»Geht es ihm gut?«, fragte ich törichterweise.

Bevor der Sklave antworten konnte, kam Mardicca aus Richtung des Atriums hinzugeeilt. »Davos, bring meinen Mann in sein Zimmer«, befahl sie ihm in gebrochenem Latein. »Auf der Stelle.«

»Ja, Herrin.« Der Türhüter legte einen Arm um Caratacus und half ihm auf die Beine.

Mardicca warf mir einen verächtlichen Blick zu. »Ihr müsst nun gehen«, sagte sie mit eisiger Stimme. »Mein Mann muss sich ausruhen.«

»Keine Sorge«, sagte Caratacus kraftlos. »Eine Lungenerkrankung … das ist alles.« Er drehte sich zu mir um und versuchte zu lächeln. »Wir sehen uns wieder … in ein paar Tagen.« Das Sprechen bereitete ihm sichtlich Mühe. »Davos wird Euch Bescheid geben und … einen Treffpunkt nennen.«

Ich nahm eilends meine Wachstafeln und meinen Griffel und verließ das Arbeitszimmer. Als ich durch das Atrium zum Flur ging, der zur Eingangstür führte, hörte ich Mardicca nach mir rufen und drehte mich um. Sie kam aus dem Arbeitszimmer auf mich zumarschiert. Hinter ihr sah ich, wie Davos seinen Herrn stützte und in einen anderen Teil des Hauses führte. Mardicca verschränkte die Arme und starrte mich an. Ihre Augen loderten vor Wut. »Habt Ihr uns nicht schon genug Ärger gemacht?«, schnauzte sie mich an. »Wie lange wollt Ihr uns noch quälen?«

Vor Schock darüber, dass mich diese derbe keltische Frau derart anherrschte, verschlug es mir einen Augenblick lang die Sprache. »Bitte verzeiht, Herrin, aber ich habe keine Ahnung, wovon Ihr sprecht«, antwortete ich ruhig, sobald ich die Fassung wiedererlangt hatte.

»Spielt keine Spielchen mit mir«, erwiderte Mardicca, und ihre Stimme überschlug sich vor Wut. Sie deutete auf Caratacus' gebeugte Gestalt. »Seht Ihr nicht, dass mein Mann krank ist? Sehr krank sogar! All das Gerede über die alten Zeiten ist nicht gut für seine Gesundheit. Es macht ihm viel zu viel Kummer.«

»Verzeiht, Herrin. Aber Euer Gatte hat mir gegenüber keine Krankheit erwähnt.«

»Natürlich nicht. Dafür ist er zu stolz«, erwiderte sie

verächtlich. »Wie alle Krieger unseres Volkes. Das Letzte, was er gerade brauchen kann, seid Ihr mit Eurer verdammten Geschichtsschreiberei.«

»Herrin, ich helfe ihm doch nur, seine Geschichte zu erzählen«, erwiderte ich abwehrend. »Das ist eine wichtige Angelegenheit.«

»Wichtig? Für wen? Für meinen Mann? Oder für Euch?«

Diese Frage ließ ich lieber unbeantwortet. »Einer meiner Bekannten weiß einen ausgezeichneten griechischen Arzt«, sagte ich stattdessen. »Ich könnte ihn bitten, Eurem Mann einen Besuch abzustatten, wenn Ihr das wünscht. Vielleicht kann er ihm helfen.«

Mardicca lachte bitter auf. »Wir sind Kelten. Eure gottlose griechische Magie kommt mir nicht ins Haus. Außerdem kenne ich die Römer. Keiner von euch hilft einfach so – er wird immer eine Gegenleistung verlangen.«

Nun, da hatte sie natürlich recht. Caratacus' Frau mochte eine ungehobelte Xanthippe sein, dumm war sie ganz offensichtlich nicht. Es hatte keinen Zweck, weiter mit ihr zu streiten, also murmelte ich eine Entschuldigung und eilte aus dem Haus, während sie mir mit einem verächtlichen Blick hinterhersah, der eher zu einer Bordellbesitzerin aus der Suburra als zur Gattin eines edlen britannischen Königs gepasst hätte.

Ich durchquerte das vernachlässigte Atrium, öffnete die Haustür und trat hinaus. Die Sonne ging bereits unter und tauchte die Stadt in ein warmes Licht. Drei Trunkenbolde würfelten an einer Straßenecke, Bettler durchwühlten Müllhaufen nach weggeworfenen Essensresten, und mehrere Lampadarii bereiteten sich auf ihr nächtliches Geschäft vor. Ich rechnete mir aus, dass ich gerade noch genug Zeit hatte, um vor Einbruch der Nacht zu meinem Haus auf der ärmeren Seite des Esquilin zurückzukehren.

Das Gespräch war gut verlaufen, trotzdem plagte mich ein finsterer Gedanke, als ich den Aventin hinunterging. Was, wenn Caratacus starb, bevor er mir seine Geschichte zu Ende erzählt hatte? Wenn man Mardicca Glauben schenken konnte, war sein Zustand ernst. Die entsetzliche Aussicht auf ein unvollendetes Manuskript tat sich vor mir auf: die größte Heldengeschichte unserer Zeit – und das Vermögen, das ich damit machen würde –, ruiniert durch eine Krankheit. Ich musste mich sooft es ging mit Caratacus treffen und hoffen, dass ihm seine Gesundheit noch ein wenig erhalten blieb. Und das war nicht meine einzige Sorge. Ich dachte erneut an das Gespräch mit Largus: Nun musste ich mich auch noch damit herumschlagen, dass der kaiserliche Palast auf mein Vorhaben aufmerksam geworden war.

Caratacus' Geschichte niederzuschreiben stellte sich eindeutig als komplizierter und gefährlicher heraus, als ich es mir vorgestellt hatte. Und doch wollte ich mehr von ihm erfahren, ich konnte einfach nicht anders. Was hatte er damit gemeint, dass das Schlimmste noch bevorgestanden hatte und dass er das Unglück, das ihn und seine Männer ereilte, hätte vorhersehen müssen? Voller Ungeduld sehnte ich unser nächstes Treffen herbei.

FÜNFTER TEIL
Der Kriegsherr

KAPITEL 30

Britannien, zu Beginn des Jahres 27 n. Chr.

Das Gedächtnis ist nicht immer ein zuverlässiger Diener der Wahrheit, wie ich in letzter Zeit feststellen muss. Das Alter schwächt unweigerlich den Geist, so wie es unsere Knochen rosten und unser Fleisch erschlaffen lässt. Römer, Ihr seid noch jung und glaubt mir das vielleicht nicht, doch mit der Zeit werdet Ihr verstehen, was ich meine. Namen und Gesichter, die mir einst so vertraut waren, wollen mir nicht mehr einfallen, und ich bin mir auch nicht mehr sicher, was den genauen zeitlichen Ablauf mancher Ereignisse betrifft. Manchmal erscheint mir meine Vergangenheit bruchstückhaft und verworren, ein Durcheinander der Bilder. Aber manches hat sich so tief in mein Gedächtnis eingebrannt, dass die Erinnerung daran sicher nie verlöscht. Selbst wenn die Götter mich noch hundert Jahre leben ließen, würde ich niemals den langen und schrecklichen Winter vergessen, den wir in diesem ersten Jahr des Kriegs zwischen unserem Stamm und unseren atrebatischen Todfeinden erlebten.

Wir waren bereits mehr als zwei Monate im Land der mit ihnen verbündeten Regni unterwegs, als das Wetter umschlug. Mehrere Tage lang fiel Schnee in dicken weißen Flocken und bedeckte das Land. Nachts wurde die

Luft so kalt, dass sie förmlich in der Kehle kratzte, wenn ich hustete. Beim Wachdienst mussten die Männer mit den Füßen im Schnee trampeln, um sich warm zu halten, die anderen zitterten und fluchten unter ihren Wolldecken.

Bis auf die giftigen roten Beeren, die noch an den Zweigen der vereisten Bäume hingen, hatte das Land um unser Versteck herum jede Farbe verloren. Die Sonne stand fahl und blass am niemals klaren Himmel. Bei meinen Kriegern machte sich Unmut breit. Sie befürchteten, dass ihre Familien hungern würden, sollte der Winter länger als gewöhnlich dauern.

Damals glaubte ich noch, dass unser größtes Problem darin bestand, unserem Feind unter solch miserablen Bedingungen weiter zuzusetzen – doch da irrte ich mich gewaltig.

In den nächsten Wochen führten wir noch einige wenige erfolgreiche Überfälle durch, aber nachdem Verica befohlen hatte, die wichtigeren Siedlungen mit Kriegern zu schützen, wurde es zusehends schwieriger, lohnende Ziele finden. Mehr und mehr berittene Patrouillen durchstreiften das Land, und jedes Mal, wenn meine Späher ein Dorf auskundschafteten, musste ich befürchten, dass sie gefangen genommen und gefoltert wurden, bis sie unseren Aufenthaltsort verrieten. Als schließlich einige Männer beim Jagen nur sechs Meilen von unserem Versteck entfernt atrebatische Reiter im Wald entdeckten, beschloss ich, dass es an der Zeit war, sich nach einem neuen Unterschlupf umzusehen.

Togodumnus war mit meiner Entscheidung nicht einverstanden, da wir uns dadurch von der Grenze zu den Belgae im Westen entfernen mussten. »Wenn wir in Schwierigkeiten geraten, wird es nicht mehr so leicht sein zu entkommen«, gab er zu bedenken.

Er hatte recht, aber wir konnten trotzdem nicht bleiben, denn es war nur noch eine Frage der Zeit, bis eine feindliche Patrouille unser Lager entdecken würde. Außerdem rechnete unser Gegner nicht mit Angriffen weiter im Osten, und ich war zuversichtlich, dass wir dort noch eine Weile auf Raubzug gehen konnten.

Am nächsten Morgen brachen wir unser Lager ab. Der Himmel war wolkenverhangen. Nichts war zu hören bis auf das Zwitschern der Rotkehlchen, das Schnauben der Pferde und das leise Knirschen des Schnees unter ihren Hufen. Wir ritten fast den ganzen Tag lang durch eine hügelige Landschaft mit kahlen Wäldern und Stoppelfeldern, in denen Schwärme von Dohlen nach übrig gebliebenen Getreidekörnern pickten. Im schwindenden Licht der Dämmerung erreichten wir einen kleinen Wald am Ende eines abgelegenen Tals. Nemobnus führte uns einen zugewachsenen Pfad entlang auf eine von Bäumen geschützte Rodung, etwa einen halben Tagesritt vom nächsten größeren Dorf entfernt. Hier schlugen wir unser nächstes Lager auf.

Die Männer errichteten notdürftige Ställe für das von den Bauernhöfen erbeutete Vieh. Wir schufteten mit vor Kälte tauben Händen und Füßen, während dichte Schneewirbel über das Land fegten. Dann stellten wir Wachen an allen zu unserem Lager führenden Wegen auf, und die Späher kundschafteten die Umgebung aus. Doch von jedem Streifzug kamen sie mit denselben enttäuschenden Nachrichten zurück: Die Dörfer waren so stark befestigt, dass wir bei einem Angriff mit schweren Verlusten rechnen mussten. Viele kleinere Weiler waren aufgegeben worden und ihre Bewohner in die besser geschützten größeren Siedlungen umgezogen. Dabei hatten sie natürlich auch die Getreidevorräte mitgenommen. Wir durchsuchten die Behausungen nach zurückgelassenen Vorräten, aber das hatten bereits örtliche Plünderer vor uns getan.

Die Moral litt. Die Männer hatten nichts zu tun und gerieten einander in die Haare. Dann, kurze Zeit darauf, hörte Nemobnus in Malleva im Gespräch mit einem Händler von einem lohnenden Ziel: ein kleines Dorf, nur einen Tagesritt weiter östlich in einem Gebiet, das reich an Eisenerz war und dessen Häuptling die Atrebaten mit Waffen belieferte. Während ihres gemeinsamen Trinkgelages hatte der Händler unserem Kundschafter außerdem verraten, dass das Dorf nur schlecht verteidigt wurde.

Mit Maglocunus wählte ich einen erfahrenen Veteranen, der während meiner Abwesenheit im Lager die Führung übernehmen sollte. Der altgediente Krieger war kein Mann vieler Worte, trat aber selbstbewusst auf und wurde von den Männern respektiert. Dann brach ich mit Nemobnus, Togodumnus sowie Vassedo und Dubnocatus – meinen beiden besten Reitern – auf, um den Ort gründlich auszukundschaften. Das Wetter hatte sich gebessert. Es taute, was den Schnee in wässrigen braunen Matsch verwandelte. Wir ritten fünfzehn Meilen durch dunkle Wälder, bis wir eine kleine Senke im Schatten eines Hügels erreichten. Dort ließen wir die Pferde zurück und stiegen zu Fuß die Anhöhe hinauf.

Unter uns, nicht weiter als eine halbe Meile entfernt in der Mitte eines weiten Tals, sah ich mehrere Rundhäuser sowie unmittelbar an das Dorf angrenzende Werkstätten. Rauchschwaden stiegen von den Schmelzöfen und den Schlackenhalden auf. In der Nähe schlug eine Gruppe von Kriegern mit nacktem Oberkörper mit Langschwertern und Äxten auf eine Reihe von Pfosten ein. Auf der anderen Seite der Siedlung waren weitere Männer damit beschäftigt, eine stabil aussehende Palisade hinter einem Graben zu errichten.

»Bei Lud, da unten sind mindestens hundert Krieger«, sagte Togodumnus. »Sollte das nicht angeblich ein leichtes Ziel sein?«

Nemobnus schüttelte den Kopf. »Ich verstehe das nicht«, sagte er. »Der Händler hat behauptet, er wäre vor weniger als einem Monat hier gewesen. Da hatte der Häuptling nicht mehr als zwanzig Mann in seiner Kriegsbande.«

»Verica muss ihm Verstärkung zur Verteidigung der Siedlung geschickt haben«, sagte ich. »Ich wette, dass das atrebatische Krieger sind.«

Vassedo schnaubte. »Dieser Hundesohn. Bald werden seine Männer jedes einzelne Dorf des ganzen Königreichs bewachen.«

»Seht, Herr«, sagte Dubnocatus. »Dort.«

Der junge Krieger deutete auf eine kleine Gruppe von Edelmännern, die sich am Rand der Siedlung versammelt hatten. Unter ihnen war auch eine hochgewachsene Gestalt, die völlig anders gekleidet war als die anderen.

Wir hatten noch nie einen römischen Zenturio zu Gesicht bekommen, doch trotzdem war uns sofort klar, dass wir hier einen vor uns hatten. Wir alle hatten in unserer Kindheit von den Alten die Geschichten über die schrecklichen Rotmäntel gehört, die vor Generationen in unser Land eingefallen waren. Aber das war das erste Mal, dass ich mit eigenen Augen einen Legionär sah.

Der Mann in dem scharlachroten Militärumhang mit dem Federbusch auf dem Helm und den an seinem Brustpanzer schimmernden Medaillen schien den Ausbau der Verteidigungsmaßnahmen zu beaufsichtigen. Er gab den Arbeitern Befehle und sah sich den bereits fertiggestellten Palisadenabschnitt an.

»Anscheinend hat Verica neue Freunde gefunden«, sagte Togodumnus.

Ich biss vor Wut die Zähne zusammen, obwohl es mich eigentlich nicht hätte überraschen sollen, denn Verica hatte nie einen Hehl daraus gemacht, engere Beziehungen zu Rom knüpfen zu wollen. Und er war auch beileibe nicht der erste keltische Stammesführer, der sich dem Kaiser zu Füßen warf.

Ich fragte mich, wie viele Männer Rom noch gesandt hatte, um die Atrebaten zu unterstützen. Womöglich brachte sich in Calleva bereits ein römischer Stoßtrupp in Stellung. Schnell verbannte ich diesen Gedanken aus meinem Kopf. Wären fremde Krieger in großer Zahl an Britanniens Küste gelandet, hätten wir sicher davon gehört.

»Wir haben genug gesehen«, sagte ich zu den anderen. »Verschwinden wir von hier, bevor der Wind den Gestank der Römer zu uns heraufweht.«

Am nächsten Tag wurde das Wetter noch schlechter. Es schneite den ganzen Morgen, und am Abend wurde es so kalt, dass der Bach in der Nähe zufror. Wir machten nun jede Nacht ein Feuer und kauerten dann in einem verzweifelten Versuch, uns warm zu halten, paarweise um die Flammen.

Zwei Tage später schickte ich Nemobnus los, um Vorräte zu besorgen. Er hatte behauptet, dass der Dorfvorsteher einer Siedlung an der Grenze zu den Cantiaci der Sohn eines alten Freundes von ihm sei. Nemobnus hatte diesem Freund einmal das Leben gerettet und war sich daher sicher, dass dessen Sohn ihn nicht verraten würde. Togodumnus war gegen diesen Plan, aber es waren bereits zu viele Tage ohne nennenswerte Erfolge verstrichen, sodass ich beschloss, das Risiko einzugehen. Die Menschen in dieser Gegend waren ein sehr eigenständiges Völkchen und hielten große Stücke auf ihre Stammeszugehörigkeit. Für Verica hatten sie dagegen nichts übrig. Nemobnus kehrte zwei Tage später mit Fleisch, Brot und einem Krug Bier zurück. Mehr hatten die verarmten Dorfbewohner nicht entbehren können. Außerdem hatte er bei dieser Gelegenheit von einem Ort erfahren, der sich womöglich als Ziel für einen Überfall eignete: eine kleine, aber wohlhabende Siedlung, deren Verteidigungsanlagen während der Eroberung durch die Atrebaten geschleift und noch nicht wieder vollständig aufgebaut worden waren. Ich beschloss, mir diese Siedlung genauer anzusehen, und am nächsten Morgen begleiteten ich und zwei Dutzend Männer Nemobnus nach Westen. Wir würden in der Nähe des Dorfes warten, um bei günstiger Gelegenheit sofort angreifen zu können.

Die Sonne war bereits aufgegangen, als wir ein Eichenwäldchen ein paar Meilen von unserem Lager entfernt erreichten. Nemobnus ging voraus, um das Dorf auszukundschaften. Mit einem gestreiften Mantel und einem Paar hellgrüner Beinkleider sah er aus wie ein fahrender Barde. Wir anderen hüllten uns in unsere Mäntel und setzten uns, während der eisige Wind um uns herum heulte.

»Dieser Glückspilz«, murmelte Togodumnus etwa eine Stunde später. »Der genießt gerade ein herzhaftes Essen an einem warmen Feuer und unterhält die Einheimischen mit Gesang, während wir uns hier die Eier abfrieren.« Er kaute auf einem Stück Brot herum. »Ich hoffe wirklich, dass wir hier nicht schon wieder unsere Zeit verschwenden.«

»Das werden wir bald herausfinden«, antwortete ich.

»Vielleicht sollten wir in Betracht ziehen, nach Camulodunum zurückzukehren.«

»Das können wir nicht. Wir haben eine Aufgabe, und die werden wir auch erfüllen.«

»Warum denn? Welchen Sinn hat es noch, hierzubleiben, nachdem Verica in jeder Siedlung, die einen Raubzug wert wäre, eine Garnison aufgestellt hat? Seit unserem letzten erfolgreichen Überfall sind Wochen vergangen.« Togodumnus zog seinen Mantel fester um sich.

Ich habe meinen jüngeren Bruder sehr geliebt, aber ihm fehlte die Fähigkeit, größere strategische Zusammenhänge zu begreifen. »Wir müssen Vericas Streitkräfte so lange wie möglich hier binden«, erklärte ich ihm. »Jeder Krieger, den er hier zur Verteidigung einsetzen muss, fehlt ihm in seinen Kriegsbanden. Das ist das Maß für den Erfolg unserer Unternehmung.«

»Und was ist, wenn wir keine passenden Ziele für unsere Überfälle mehr finden? Was ist dann?«

»Das Blatt wird sich wenden. Verica kann nicht jede Handbreit dieses Landes gleichzeitig verteidigen. Wie dem auch sei, wir haben keine andere Wahl, als hier bis zum Frühjahr auszuharren, wenn die Dobunni Verstärkung schicken – vorher kann Vater Lhandain nicht angreifen.«

»Solange der König der Dobunni sein Versprechen hält.«

»Das wird er. Ich habe Antedius kennengelernt«, sagte ich im Brustton der Überzeugung und erinnerte mich dabei an den Abend, den ich bei meiner Heimreise von Merladion als Gast des Königs verbracht hatte. »Er ist ein Mann der Ehre und wird uns nicht im Stich lassen.«

»Trotzdem sind das keine Catuvellaunen. Ich für meinen Teil traue diesen Mistkerlen nicht.«

»Es gibt Männer aus unserem eigenen Stamm, denen ich weniger vertrauen würde«, erwiderte ich und dachte dabei an unseren älteren Bruder. »Es ist nicht mehr lange bis zum Frühling. Wir müssen nur noch eine Weile durchhalten, dann können wir nach Hause zurückkehren.«

»Vielleicht schmilzt bis dahin auch dieser verdammte Schnee.« Togodumnus spuckte aus. »Womöglich gefällt den Göttern unsere Taktik nicht, und sie schicken uns deswegen so schlechtes Wetter.«

Die Sonne ging bereits unter und ließ den Schnee bläulich schimmern, als Nemobnus endlich zurückkehrte. Als er abstieg, erhob ich mich mit vor Kälte steifen Gliedern, um ihn zu begrüßen. Sein Gesicht war leichenblass. »Herr, ich fürchte, die Siedlung, die wir ins Auge gefasst hatten, ist zu gut geschützt«, sagte er besorgt. »Ich habe mindestens achtzig Krieger gezählt.«

»Und die Verteidigungsanlagen?«

»Die Palisade und das Tor wurden wiederaufgerichtet, Herr. Wir können unmöglich angreifen, ohne schwere Verluste zu erleiden.«

Togodumnus stieß einen üblen Fluch aus. »Verica hat uns wieder mal einen Strich durch die Rechnung gemacht.«

Ich hörte ihn kaum. Stattdessen beobachtete ich Nemobnus' kalkweißes Gesicht. »Was ist los?«, fragte ich. »Du siehst aus, als wärst du gerade Cruach persönlich begegnet.«

Der Kundschafter trat von einem Fuß auf den anderen und wandte den Blick ab. »Es ist nichts weiter, Herr.«

»Na los.« Ich legte ihm die Hand auf die Schulter, um ihn zu beruhigen. »Nemobnus, du bist hier unter Brüdern und kannst frei sprechen. Was beunruhigt dich?«

Nemobnus schloss für einen Moment die Augen und atmete einmal tief durch. »Herr, ein Dorf westlich von hier wurde von den Atrebaten angegriffen. Ich habe zufällig mitbekommen, wie ein paar Leute sich darüber unterhalten haben. Die Atrebaten haben angekündigt, für jeden Krieger, der durch unsere Überfälle stirbt, zehn Regni zu töten. Sie gehen davon aus, dass die Regni uns nicht entschlossen genug entgegentreten. Jeder einzelne Mann in diesem Dorf wurde hingerichtet und die Frauen und Kinder nach Noviomagus verschleppt, um sie auf den Sklavenmärkten in Gallien zu verkaufen.«

Togodumnus schäumte vor Wut. »Dieser verfluchte Verica ist inzwischen wohl schon so verzweifelt, dass ihm jedes Mittel recht ist, um uns Einhalt zu gebieten.«

»Das sind ja nun beileibe nicht die ersten Gräueltaten an deinem Volk«, sagte ich ruhig zu Nemobnus. »Warum beschäftigt dich das so sehr?«

Nemobnus zögerte. »Die Last, die Ihr zu tragen habt, ist auch so schon schwer genug, Herr. Ich will nicht noch weitere Schwierigkeiten machen.«

»Das lass mal meine Sorge sein. Nemobnus, nun sag mir die Wahrheit, ich befehle es dir.«

»Mein Bruder war in diesem Dorf«, antwortete der Regni mit brechender Stimme. »Zusammen mit seiner Frau und seinen beiden Söhnen.« Er ließ den Kopf hängen.

»Ich dachte, du hättest hier keine Angehörigen mehr«, erwiderte ich. »Du hast gesagt, dass sie nach der atrebatischen Invasion geflohen sind.«

»Das habe ich auch gedacht, Herr.«

»Wie kommt es dann, dass dein Bruder und seine Familie hier waren?«, fragte ich. »Wusstest du das schon, als wir Camulodunum verließen?«

»Nein, Herr.« Nemobnus leckte sich die Lippen. »Bei unserem ersten Raubzug, als wir Arundun überfielen, hat mich ein alter Bekannter wiedererkannt und mir erzählt, dass er vor einigen Monaten seine Familie in diesem Dorf hier besucht und dort auch meinen Bruder gesehen hätte.«

Dabei fiel mir der alte Mann ein, der bei unserer ersten Plünderung Nemobnus im Dialekt der Regni angesprochen hatte. Das Ganze schien eine Ewigkeit her. Ich starrte den Kundschafter mit gerunzelter Stirn an. »Warum ist dein Bruder hiergeblieben, anstatt über die Grenze in neutrales Gebiet zu fliehen?«, fragte ich.

»Herr, die Familie seiner Frau – sofern noch jemand davon am Leben ist – hat in dem Dorf einen Hof. Dorthin müssen sie sich geflüchtet haben. Es ist ein kleiner Weiler, weit weg von den größeren Siedlungen. Vielleicht dachten sie, dass sie dort sicher sind.« Nemobnus schluckte schwer. »Verzeiht mir, Herr. Ich hatte Angst, dass Ihr mich nach Camulodunum zurückschicken würdet, wenn Ihr gewusst hättet, dass man mich erkannt hat. Und ich dachte oder hoffte zumindest, dass mein Bruder und seine Familie in dem Dorf sicher seien. Jetzt weiß ich, dass ich mich geirrt habe.« Er biss sich auf die Lippe und sah sich ängstlich unter seinen Kameraden um.
Einen Moment lang sagte niemand ein Wort. »Hat dich sonst noch jemand irgendwo erkannt?«, fragte ich. »Sag die Wahrheit.«

»Nein, Herr. Ich schwöre es.«

»Du wirst verstehen, dass wir nichts für die Familie deines Bruders tun können. Ein Angriff auf Noviomagus kommt nicht infrage. Das ist die reinste Festung.«

Er nickte mit ernster Miene. »Herr, ich bitte Euch nur darum, bleiben und Euch im Kampf gegen unseren gemeinsamen Feind unterstützen zu dürfen. Und wenn die Götter uns gewogen sind, werde ich im Frühling, wenn der Tamesis sich mit dem Blut dieser atrebatischen Hunde rot färbt, meine Rache bekommen.«

Ich erwog, Nemobnus zur Strafe zurück nach Camulodunum zu schicken, verwarf den Gedanken aber schnell wieder. Unser Kundschafter war vom Stamm der Regni und kannte Land und Leute weit besser als alle meine anderen Männer. Ohne ihn würde es uns bedeutend schwerer fallen, lohnende Ziele auszukundschaften.

Auch wenn es mir nicht gefiel: Wir hatten keine andere Wahl, als Nemobnus bei uns zu behalten. Zumindest aber gab ich ihm deutlich zu verstehen, welche Folgen es haben würde, wenn er mich noch einmal anlog, und wies Togodumnus heimlich an, ihn in Zukunft genau im Auge zu behalten.

Am nächsten Morgen kehrten wir in niedergeschlagener Stimmung zu unserem Lager zurück. Als die Männer an diesem Abend in kleinen Gruppen um das Feuer saßen, waren sie ungewöhnlich still. Da wir kein lohnendes Ziel ausmachen konnten, machte sich Mutlosigkeit unter ihnen breit, und selbst ich zweifelte allmählich daran, dass uns noch große Erfolge beschieden sein würden. Wenn sich unser Glück nicht wendete, würden wir kaum in der Lage sein, unsere Taktik bis zum Frühjahr fortzusetzen, nicht zuletzt, da unsere Vorräte bald zur Neige gingen. Außerdem mussten wir den Patrouillen Vericas oder seiner römischen Freunde ausweichen. Dies alles lastete schwer auf meinen Schultern, und so beschloss ich, Lud in den nächsten Tagen ein Opfer darzubringen. Schließlich fiel ich vor Erschöpfung in einen unruhigen Schlaf.

Aus diesem wurde ich jäh gerissen. Ein schwacher Lichtstreif war am Horizont zu sehen, die Morgendämmerung war also nicht mehr weit. Um mich herum dösten die meisten Männer neben dem Feuer unter ihren Decken. Vassedo war neben mir in die Hocke gegangen. »Herr, wir haben Gesellschaft«, flüsterte er mir mit besorgter Stimme zu.

Ich setzte mich kerzengerade auf und sah mich erschrocken um. »Wo?«

Vassedo deutete in Richtung des Waldes jenseits der Lichtung. »Ich habe sich nähernde Männer gehört.« Er hielt inne. »Viele Männer.«

Ich blickte in Richtung des Waldstücks, auf das Vassedo gedeutet hatte, und lauschte, konnte jedoch außer dem leisen Flüstern des kalten Windes in den Bäumen und dem Zischen und Knacken des brennenden Holzes keine Geräusche wahrnehmen.

»Bist du dir sicher?«, fragte ich Vassedo leise. »Ich kann nichts hören.«

Noch während ich diese Worte sprach, erfüllte ein unverwechselbares, schwirrendes Geräusch die Luft. Kaum einen Atemzug später stieß einer der Krieger, die das Feuer hüteten, einen Schrei aus. Ich drehte mich um und sah, wie der Mann mit einem Pfeil im Rücken zu Boden ging. Gleichzeitig schlugen weitere Pfeile um uns herum ein, und weitere Schreie ertönten.

»Zu den Waffen!«, brüllte ich.

KAPITEL 31

Trotz des eiskalten Entsetzens, das mich erfasste, als der Pfeilhagel auf die Lichtung niederging, verstand ich sofort, was geschehen war. Die Atrebaten hatten von unserem Versteck erfahren und sich im Schutz der Dunkelheit herangeschlichen. In dieser Nacht war nur eine schmale Mondsichel am Himmel gewesen, sodass wir sie im Schatten der Bäume nicht hatten sehen können. Sie hatten Aufstellung genommen und auf den ersten Schimmer der Morgendämmerung gewartet, um anzugreifen. Ihre Bogenschützen sorgten für Verwirrung in unseren Reihen, und die Hauptstreitmacht würde uns anschließend im Sturmangriff überrennen. Eine gute Taktik.

Panik ergriff meine Männer. Mehrere Krieger waren, noch während sie zusammengekauert in ihren Mänteln geschlafen hatten, von der ersten Pfeilsalve getötet oder verletzt worden. Im flackernden Schein des Lagerfeuers sah ich sich windende Gestalten, in deren Gesichtern und Körpern Pfeile steckten. Ich griff nach meinem Schild und befahl meinen Männern brüllend, sich um mich herum zu sammeln. Uns blieben nur wenige Augenblicke, um uns zu formieren. Wer den ersten unbarmherzigen Pfeilhagel überlebt hatte, nahm seine Waffen und rannte mit über dem Kopf erhobenem Schild zu mir in die Mitte der Lichtung.

Währenddessen suchte ich das Lager verzweifelt nach Nemobnus ab. Er allein kannte den besten Weg durch den dichten Wald jenseits der Lichtung. Wenn wir die Flucht ergreifen wollten, würden wir seine Fähigkeiten als Führer brauchen. Da bemerkte ich, dass seine Schlafmatte leer war. Seine Decken waren verschwunden, ebenso wie sein Gepäck und sein Pferd. Da wusste ich, dass Nemobnus uns verraten und dem Feind den Standort unseres Lagers mitgeteilt hatte.

Inmitten der allgemeinen Verwirrung um uns herum ging ein weiterer Pfeilhagel nieder. Garmanus zuckte, als sich zwei Pfeile in seinen Rücken bohrten. Er taumelte noch ein paar Schritte und fiel dann in den Schnee. Ein anderer Krieger schrie auf, als ein Pfeil sein rechtes Auge durchbohrte.

»Schilde hoch!«, brüllte ich.

Weitere Pfeile trafen die Pferde. Die verwundeten Tiere wieherten vor Schmerz und fielen schwer auf die Seite, andere rissen sich von ihren Pflöcken los und flohen in den Wald. Es folgten noch zwei weitere Salven, dann stürmte unter dem Klang einer Kriegstrompete eine Horde Krieger mit wildem Haar aus dem Wald.

Hunderte Atrebaten, erkennbar an ihren gutturalen Kriegsschreien und den blauen Mustern auf ihren Körpern, rannten auf uns zu. Als sie durch die Bäume brachen, wurde mir klar, dass wir hoffnungslos in der Unterzahl waren.

Von meinen fünfzig Männern waren mindestens ein Dutzend in den ersten Augenblicken des Angriffs getötet oder verwundet worden. Mehrere überlebende Krieger drehten sich um und traten den Atrebaten entgegen, aber sie fielen schnell den auf sie einprasselnden Hieben von Schwertern und Äxten zum Opfer. Die feindlichen Krieger überrannten das Lager, und mir wurde klar, dass der Kampf verloren war. Ich holte tief Luft. »Lauft, Brüder! Flieht!«, schrie ich meinen Männern zu.

Meine Krieger brauchten keine Ermutigung. Ich hatte ihnen oft genug eingeschärft, dass Tapferkeit mitunter weniger wichtig war als das bloße Überleben – auch wenn dies im Gegensatz zu unseren Kriegsbräuchen stand. »Manchmal ist es besser, einfach nur am Leben zu bleiben«, hatte ich gesagt. »Ein sinnloser Tod nutzt nur dem Barden, der für klingende Münze an irgendeiner Festtafel von eurem Heldentum singt.«

Uns blieb keine Zeit, Vorräte einzupacken oder die Pferde zu satteln. Wir warfen die von Pfeilen durchlöcherten Schilde weg, da ihr Gewicht uns nur verlangsamt hätte, und schnappten uns alle greifbaren Waffen. Ich überlegte kurz, ob ich die Lanze statt meines Langschwerts mitnehmen sollte, entschied mich aber dagegen. Die Lanze hatte zwar eine größere Reichweite, aber der Schaft konnte sich leicht im Unterholz verheddern. Im dichten Wald war das Schwert die bessere Wahl. Die anderen griffen sich Äxte, Schleudern und Bogen, und wir flohen auf die andere Seite der Rodung, weg vom Feind und auf die Hügelkette im Osten zu, die sich tiefschwarz gegen das helle Band der Morgendämmerung abhob.

Als wir uns den Bäumen näherten, warf ich einen Blick zurück. Unsere Angreifer fielen über die Nachzügler her und machten sie in Windeseile nieder. Ihre Kameraden gerieten in Panik und zerstreuten sich in alle Richtungen.

Einige flohen den Hang hinunter ins Tal, aber die Atrebaten verfolgten sie einzeln oder zu zweit und hieben sie förmlich in Stücke. Der Schrei eines Mannes verstummte, als ein Atrebat seinen Schädel mit einer doppelschneidigen Axt in der Mitte spaltete. Andere wurden erschlagen oder von Speeren und Schwertern durchbohrt. In dieser schrecklichen Morgendämmerung färbte sich der Schnee rot mit dem Blut vieler guter catuvellaunischer Krieger.

Ich lief weiter auf die Bäume zu. »Folgt mir!«, brüllte ich. »Hier entlang!«

Wir rannten noch schneller und retteten uns zwischen die Bäume. Togodumnus war an meiner Seite. Unsere Atemwolken stiegen in die eiskalte Luft, als wir uns vorwärtskämpften. Etwa eine Meile vor uns, weiter die Anhöhe hinauf, wurde der Wald dichter. Diese Gegend hatten wir schon sehr früh ausgekundschaftet, nachdem wir unser Lager aufgeschlagen hatten: Das dichte Waldgebiet setzte sich hinter dem Hügelkamm für viele Meilen fort. Vielleicht konnten wir dort unseren Verfolgern entkommen. Die feindlichen Krieger schleuderten uns ihre Speere hinterher, um uns an der Flucht zu hindern. Die meisten verfehlten ihr Ziel oder prallten an Baumstämmen ab. Einer durchbohrte den Oberschenkel eines bulligen Kriegers, der hinter uns herhumpelte. Er brach im Schnee zusammen und schrie um Hilfe. Einige Augenblicke später fiel er unter den Hieben und Stichen der rasenden Atrebaten.

Nach etwa hundert Schritten wurde die Anhöhe steiler, und ich hielt kurz inne, um einen Blick zurück auf das Lager zu werfen. Die Atrebaten hatten die meisten, die sich dem Kampf gestellt hatten, bereits niedergemetzelt. Diejenigen, die so töricht gewesen waren, sich zu ergeben, wurden ebenfalls auf der Stelle getötet. Auf der gegenüberliegenden Seite der Rodung entdeckte ich eine kleine Gruppe von Reitern. Einen hatte ich schon einmal gesehen: Es war der römische Zenturio. Er saß in seiner Rüstung und mit einem Federbusch auf dem Helm auf einem weißen Pferd. Nemobnus war auf einem Pferd mit dichtem Winterfell an seiner Seite. Unbändige Wut erfüllte beim Anblick des Verräters mein Herz. Dann drehte ich mich um und stieg zusammen mit den anderen Überlebenden weiter den Hügel hinauf.

Elf waren entkommen. Abgesehen von Togodumnus und mir bestand unsere kleine Gruppe nun nur noch aus unseren beiden Spähern Vassedo und Dubnocatus sowie Maglocunus und sechs weiteren altgedienten Männern.

Fast vierzig der besten Schwertkämpfer unseres Stammes waren tot. Dieser Verlust traf mich wie ein Faustschlag in die Magengrube, aber in diesem Moment konnte ich mir keine Trauer leisten. Dafür war später noch genug Zeit.

Wir kämpften uns weiter durch den Wald. Nach einer Weile lichtete sich der Baumbestand und machte Ginster und Heidekraut Platz. Als kurze Zeit später das Licht der Dämmerung den Himmel erfüllte, blieben wir auf einem Hügelkamm stehen und hielten nach etwaigen Verfolgern Ausschau. Zunächst war niemand zu sehen.

Togodumnus atmete erleichtert auf. »Sieht so aus, als ob wir sie abgehängt hätten«, sagte er.

»Herr! Dort!«, rief uns Vassedo zu, bevor ich etwas erwidern konnte.

Ich sah den Hang hinunter und entdeckte in weniger als einer Meile Entfernung mehrere Reiter, die in lockerer Formation durch den Wald auf den Kamm zupreschten. Einen Augenblick später waren sie hinter dichtem Gestrüpp und Dornenbüschen verschwunden.

»Wir müssen weiter«, keuchte ich.

Wir stiegen so schnell wir konnten in das bewaldete Tal auf der anderen Hangseite hinab, wobei wir hin und wieder durch Schneeverwehungen stapfen mussten. Ein kräftiger Ostwind wehte über das Land, und bald fröstelten wir unter unseren Wintermänteln. Ohne anzuhalten liefen wir so schnell weiter, wie es unsere kältesteifen Glieder erlaubten. Dennoch kamen wir durch den Schnee nur langsam voran, und als wir eine kleine Erhebung erreichten, entdeckte ich zu meiner Verzweiflung kleine dunkle Gestalten auf dem Hügel hinter uns.

»Sie holen auf«, sagte Dubnocatus. »Wir können sie nicht abhängen.«

»Lauft weiter«, drängte ich die Männer. »In den Wald.«

Die Reiter verfolgten uns den ganzen Morgen. Jedes Mal, wenn wir eine Lichtung im Wald erreichten, hielten wir kurz inne und sahen uns in der Hoffnung um, sie abgehängt zu haben, doch jedes Mal entdeckten wir wieder Reiter hinter uns. Wir hatten weder Lebensmittel noch Wasser, um unsere müden Körper zu erfrischen, und als wir wieder aus dem Tal stiegen, waren wir bedeutend langsamer geworden. Ich sah, dass die Atrebaten noch weiter aufgeholt hatten. Wir schienen ihnen nicht entkommen zu können, was Togodumnus regelrecht zur Verzweiflung trieb.

Nach einer weiteren mühsamen Meile erreichten wir eine von einem mäandernden Wasserlauf in die Landschaft geschnittene enge, gewundene Schlucht mit steilen, bewaldeten Hängen. Als ich die Bäume betrachtete, kam mir eine Idee. Wir marschierten noch etwa hundert Schritte, dann ließ ich die Männer anhalten.

»Herr, warum gehen wir nicht weiter?«, fragte Maglocunus, dem die Erschöpfung deutlich anzusehen war.

Ich holte tief Luft. Mein Herz raste. »Wir können diesen Reitern nicht entkommen. Sie werden uns bald eingeholt haben. Wir werden uns ihnen stellen und gegen sie kämpfen müssen, sonst werden sie uns wie räudige Hunde zur Strecke bringen.«

Togodumnus lächelte in grimmiger Entschlossenheit. »Was schlägst du vor?«

»Passt auf, Männer. Wir werden Folgendes tun …«

Die Männer hörten aufmerksam zu, als ich ihnen meinen Plan erklärte. Niemand widersprach, denn allen war klar, dass wir uns in einer verzweifelten Situation befanden. Dann marschierten wir los, bogen nach rechts vom Weg ab und kletterten den steilen Hang hinauf. Oben angekommen gingen wir etwa fünfzig Schritte in die Richtung, aus der wir gekommen waren, bis wir an einer Stelle standen, an der der Fluss eine Biegung machte. Dann bewegten wir uns langsam bis zum Waldrand vor, legten uns mit griffbereiten Schwertern im Schnee auf den Bauch und warteten.

Trotz der Kälte blieben wir ganz still liegen und hielten Ausschau nach unseren Verfolgern. Mich beschlichen leichte Zweifel, doch als ich meinen Plan noch einmal gründlich überdachte, kam ich erneut zu dem Schluss, dass dies eine gute Stelle für einen Hinterhalt war.

Nach einer scheinbaren Ewigkeit berührte Togodumnus vorsichtig meinen Arm und deutete auf ein Kiefernwäldchen flussabwärts der Biegung. Dort schälte sich langsam eine berittene Gestalt aus dem Schatten. Sie trug einen Wolfspelz über einem gestreiften Mantel und einen Hut aus Schafsfell. Ich hielt zwischen den Bäumen nach anderen Reitern Ausschau, aber der Mann schien allein zu sein.

»Das ist ihr Spurenleser«, flüsterte Togodumnus. »Kein Zweifel.«

Wir gaben keinen Laut von uns, als der Atrebat vor der Biegung anhielt und sich umsah. Er schwang sich aus dem Sattel und bückte sich, um die Fußspuren zu untersuchen, die wir im Schnee hinterlassen hatten. Kurze Zeit später richtete er seinen Blick auf die Hänge zu beiden Seiten der Schlucht, und in mir stieg die Befürchtung auf, dass er uns entdeckt hatte. Doch er legte die Hände um den Mund und rief die anderen Reiter, die zwischen den Bäumen auftauchten und dem Pfad folgten.

Ich packte den mit Leder umwickelten Griff meines Schwerts fester und ließ den letzten Reiter nicht aus den Augen, um mich zu vergewissern, dass ihm keine weiteren Männer aus dem Wald folgten. Es waren insgesamt neun Krieger, jeder bewaffnet mit einem langen Speer, einem Schwert und einem kleinen Rundschild. Während die Gruppe unseren Spuren auf dem Pfad folgte, wurde die Totenstille der schneebedeckten Landschaft um uns herum nur durch das leise Klirren der Pferdegebisse und das Schnauben der Tiere unterbrochen.

Als der Fährtenleser sich der Biegung näherte, robbte Togodumnus etwas vor, um unsere Verfolger besser sehen zu können, und streifte dabei unvorsichtigerweise die niedrigen Äste einer Kiefer, von denen der Schnee fiel. Die plötzliche Bewegung erregte die Aufmerksamkeit des Fährtenlesers. Er riss an den Zügeln, richtete den Blick den Hang hinauf und direkt auf mich. Dann drehte er sich im Sattel herum, rief den Reitern hinter ihm etwas zu und deutete mit einem wild winkenden Arm in unsere Richtung. Die anderen hielten an und drehten ihre Pferde zu uns um.

»Jetzt!«, brüllte ich.

Auf mein Kommando schleuderten meine Männer große Steine, die sie zuvor gesammelt hatten, auf die Reiter, bevor diese ihre Schilde heben konnten. Dabei zielten wir auf die Männer selbst und nicht auf die Pferde, die wir noch für unsere Flucht brauchten. Die meisten Steine trafen unsere Feinde und verursachten kleinere Verletzungen. Einen Reiter erwischte es am Kopf, und er stürzte aus dem Sattel.

»Angriff!«, brüllte ich. »Tötet sie! Tötet sie alle!«

Mit Gebrüll rannten wir den Abhang hinunter. Unsere Lungen brannten vor Anstrengung. Togodumnus und fünf andere Krieger stürmten auf die Reiter zu. Sie hatten den Befehl, von hinten anzugreifen, während wir uns die Atrebaten an der Spitze vornahmen. Es dauerte nicht lange, dann prallten wir am Wegesrand aufeinander. Die Luft war erfüllt vom scharfen Krachen der Schwerter und Äxte auf die Schilde, vom Grunzen der Kämpfenden und dem schrillen Wiehern der verängstigten Pferde.

Die Reiter leisteten erbitterten Widerstand. Ein Mann zu meiner Rechten keuchte vor Schmerz auf, als ihn ein Schwerthieb in die Leiste traf. Zwei andere wurden von ihren Pferden abgeworfen und inmitten des Tumults niedergetrampelt. Ich wehrte die Lanzenstiche des Reiters vor mir – eines hochgewachsenen Atrebaten mit Hirschlederumhang – ab und hieb dann wütend auf ihn ein. Mein Gegner fletschte die Zähne und stieß mit der Lanze auf mich herab. Ich wich nach rechts aus, und die blattförmige Spitze zischte an meinem Oberkörper vorbei. Dann sprang ich vor und hieb nach dem Hals des Reiters. Meine Schwertklinge knallte gegen seinen Schild. Mit einem blutrünstigen Schrei hämmerte er damit wieder und wieder auf mich ein. Ich musste zurückweichen, dann zielte ich auf seinen ungedeckten Schildarm und brachte ihm eine tiefe Fleischwunde bei. Der Reiter heulte auf, als das Blut herausspritzte. Bevor er sich wieder gefangen hatte, stieß ich erneut zu und versenkte mein Schwert mit einem reißenden Geräusch, als würde man einen Leinensack zerschneiden, tief in seinen Eingeweiden. Der Mann fiel aus dem Sattel und landete mit einem leisen Aufprall auf dem Boden.

Der Kampf war sehr schnell vorbei. Inmitten der sich in der engen Schlucht drängenden Leiber von Männern und Pferden waren die Lanzen den Reitern eher hinderlich. Wir stürzten uns wie wilde Tiere auf die letzten Reiter und stießen unsere Waffen in ihre Körper hinauf. Es gelang uns, alle neun Atrebaten zu töten, wobei wir drei von unseren eigenen Männern verloren. Nachdem wir auch die feindlichen Verwundeten erledigt hatten, legten wir unsere Toten mit über ihren Waffen verschränkten

Armen Seite an Seite. Zwei Männer waren verletzt. Während Togodumnus ihre Wunden mit Stoffstreifen verband, durchsuchte ich die Satteltaschen der Reiter nach Proviant und fand ein paar magere Streifen Pökelfleisch, etwas Gerstenbrot sowie Wasserschläuche und Futternetze für die Pferde – es war kaum genug für zwei Tage.

»Was jetzt, Herr?«, fragte Maglocunus.

»Wir werden nach Osten in Richtung des Flusses Meadway reiten, bis es Nacht wird. Unsere Verfolger werden annehmen, dass wir in das Land der Cantiaci wollen, da es schließlich zu unserem Reich gehört. Aber sobald es dunkel wird, wenden wir uns stattdessen nach Norden in Richtung des Tamesis. Damit werden sie nicht rechnen, was uns etwas Zeit zur Überquerung des Flusses verschaffen sollte.«

Togodumnus hob die Augenbrauen. »Bruder, du vergisst, dass die einzige Brücke über den Tamesis in den Händen der Atrebaten ist. Bei Lhandain gibt es keinen anderen Übergang.«

»Wir suchen eine seichte Stelle und schwimmen mit den Pferden an das andere Ufer«, erwiderte ich. »Viele haben den Tamesis schon auf diese Weise überquert.«

»Aber dabei müssen wir doch mitten durch Feindesland«, sagte Maglocunus. »Wenn uns jemand sieht, sind wir erledigt.«

»Nicht unbedingt«, antwortete ich ruhig. »Nach dem Wetterumschwung werden die meisten Einheimischen in ihren Häusern sein. Die Gefahr, dass jemand uns bemerkt, ist gering.«

»Abgesehen von den Patrouillen«, rief mir Vassedo in Erinnerung.

»Das stimmt. Aber mit denen müssen wir in jeder Richtung rechnen.«

Maglocunus sog hörbar die kalte Luft zwischen den Zähnen ein. »Trotzdem ist es gefährlich. Vielleicht wäre es besser, wenn wir bis zum Gebiet der Cantiaci weiterreiten. Ihr Land gehört zu unserem, und es ist näher, wie Ihr selbst schon gesagt habt.«

Ich warf dem erfahrenen Krieger einen strengen Blick zu. »Das werden wir nicht schaffen. Unser Feind wird genau das erwarten und versuchen, uns den Weg abzuschneiden. Bis zur Grenze sind es zwei Tagesritte, und sie haben den Vorteil von frischen Pferden und guten Straßen. Sie werden uns abfangen, bevor wir die Grenze erreichen.«

»Herr, wir könnten nach Westen reiten«, schlug Dubnocatus vor. Der junge Mann sah sich unter den Älteren nach Zustimmung um, erhielt keine und fuhr trotzdem fort: »Wir könnten den Atrebaten weismachen, dass wir auf dem Weg nach Silurien wären, und dann nach Norden zu den Dobunni reiten.«

Vassedo schüttelte den Kopf. »Das wird nicht klappen. Inzwischen wissen Verica und seine Männer, wer wir sind. Nemobnus hat ihnen doch sicher alles über unseren Auftrag erzählt.«

»Diese Schlange«, sagte Togodumnus. »Ich würde ihm am liebsten die Eingeweide rausreißen.«

Ich hatte viele Fragen, was Nemobnus anging. Hatte er von Anfang an die Absicht gehabt, uns zu verraten? Es war möglich, aber ich hielt es nicht für wahrscheinlich: Nemobnus hatte unserem Stamm jahrelang als einer unserer treuesten Krieger gedient und sich das Vertrauen meines Vaters erarbeitet. Nein, wahrscheinlicher war, dass er einen Handel mit dem Zenturio eingegangen war, nachdem er vom Schicksal der Familie seines Bruders erfahren hatte. Um dessen Frau und den Kindern die Schrecken der Sklavenarbeit auf einem gallischen Bauernhof zu ersparen, hatte er sie gegen Informationen über den Standort unseres Lagers getauscht. Wahrscheinlich hatte er die Atrebaten und ihren römischen Berater direkt dorthin geführt.

Ich zwang mich dazu, wieder über die drängenderen Probleme nachzudenken. »Der Weg nach Westen führt noch weiter weg von unserem Land. Nein, wenn wir unserem Feind entkommen wollen, müssen wir zum Tamesis. Es ist entschieden.« Ich blickte herausfordernd in die Runde. Bis auf Togodumnus und Dubnocatus waren alle mehrere Jahre älter als ich. Ich musste jeden Ungehorsam im Keim ersticken, um das Kommando nicht zu verlieren.

»Ich stimme dir zu«, sagte Togodumnus nach längerer unbehaglicher Stille. »Ich bin an deiner Seite, Bruder. Genau wie wir alle.« Er sah die anderen nacheinander trotzig an. »So wie immer.«

Maglocunus und Vassedo murmelten ihr Einverständnis, und auch der Rest der Männer stimmte meinem Plan zu, wenn auch ohne große Begeisterung. Vielleicht wollte keiner dem Befehlshaber widersprechen, vielleicht war ihnen aber auch einfach bereits klar, dass uns nicht viel anderes übrig blieb.

Ich stellte mich gerade hin und räusperte mich. »Wir brechen sofort auf.«

Wir stiegen auf unsere neuen Reittiere und stießen

ihnen die Fersen in die Flanken. Die Pferde wieherten und schnaubten zwar widerspenstig, weil sie sich so schnell nach dem anstrengenden Ritt durch den Schnee erneut in Bewegung setzen sollten, aber es dauerte nicht lange, und wir waren mit annehmbarer Geschwindigkeit auf dem Weg nach Osten in Richtung des Meadway und der Grenze zu den Cantiaci.

KAPITEL 32

Während wir an diesem Nachmittag nach Osten ritten, wurde das Wetter immer schlechter. Der Wind nahm an Stärke zu und wirbelte viel Schnee auf, die Landschaft um uns herum verschwand im dichten weißen Gestöber. Schließlich konnte man kaum mehr als zwei Speerlängen weit sehen, was uns zwar einerseits vor Verfolgern verbarg, uns andererseits aber auch selbst die Sicht nahm. Wir wussten also nicht, ob wir verfolgt wurden, und da wir nur sehr langsam vorwärtskamen, bestand immer die Gefahr, auf eine Patrouille der Atrebaten zu stoßen. Vassedo kannte diese Gegend von früheren Streifzügen und hatte die Führung übernommen. Ab und zu hob der untersetzte Späher die Hand, und wir hielten an, während er auf der Suche nach einem ihm bekannten Wegzeichen vorausritt.

Die Kälte war unerträglich. Ein unbarmherziger, eisiger Wind fegte über die Hügel und stach in Hand und Gesicht. Mein ganzer Körper schmerzte wie nie zuvor. In der Abenddämmerung suchten wir unter einem Überhang am Fuße eines felsigen Hügels Schutz. Wir legten den Pferden die Futternetze um und aßen selbst etwas Brot und Pökelfleisch. Während die Männer an einem nahe gelegenen Bach verdorrte Farnwedel und Schilfrohr für ein behelfsmäßiges Nachtlager sammelten, studierte ich die Sterne am nächtlichen Himmel, so wie ich es von den Druiden in Merladion gelernt hatte. Ich entdeckte das Sternbild, das bei uns als Luds Pflug bekannt ist – wie Ihr Römer es nennt, weiß ich leider nicht – und bestimmte mit seiner Hilfe die Himmelsrichtungen. Dann legte ich einen Speer mit der Spitze nach Osten auf den Boden, damit wir am nächsten Tag wussten, in welche Richtung wir weiterreiten mussten.

Es wurde eine harte Nacht. Wir deckten uns mit unseren Mänteln zu und lehnten unsere müden Köpfe an die Satteltaschen, aber der Wind war unerbittlich, und als wir im Morgengrauen erwachten, waren wir so erschöpft und froren derart erbärmlich, dass wir wussten, wir würden nicht mehr lange durchhalten können.

Es schneite den ganzen Tag. Wir ritten immer weiter nach Osten durch eine Landschaft mit alten Wäldern, Heideland und sanften Hügeln. Um Dörfer machten wir einen Bogen von mehreren hundert Schritten. Togodumnus hielt diese Vorsicht für übertrieben und eine unnötige Verzögerung, aber ich wollte kein Risiko eingehen. Die Regni in diesem Teil des Königreichs waren dafür bekannt, mit den Atrebaten befreundet zu sein. Zweifellos würden sie Alarm schlagen, sollten sie uns entdecken.

Am frühen Nachmittag näherten wir uns einem Ort namens Crulaigh, nicht weit von dem Fluss Meadway, der die Grenze zwischen dem Reich der Regni und dem der Cantiaci markierte. Dort bogen wir nach Norden ab und ritten in Richtung des Tamesis weiter. Der beständige Schneefall machte es schwieriger, unseren Spuren zu folgen, aber ich behielt trotzdem den Horizont hinter uns im Auge. Nachdem ich mehrere Stunden lang keine

Verfolger entdecken konnte, glaubte ich allmählich, dass unsere List erfolgreich gewesen war. Doch die Erleichterung wurde schnell von meiner Sorge um den sich verschlechternden Zustand meiner Männer getrübt. Wir müssen ein erbärmliches Bild abgegeben haben: hungrig, müde und in klammer Kleidung. Nach ein paar Stunden fing Vellodnus, einer der Verletzten, vor Fieber zu zittern an. Beim Kampf in der Schlucht hatte er einen Lanzenstoß in die Hüfte davongetragen. Wir hatten die Wunde gereinigt und verbunden, doch er wurde immer blasser, und sein Geist trübte sich zusehends. Insgeheim befürchtete ich, dass er die Nacht nicht überstehen würde.

In der Abenddämmerung rasteten wir in einer Bodensenke, wo unsere geschundenen Körper einigermaßen vor dem Schneesturm geschützt waren. Ich wies Vassedo an, es Vellodnus so bequem wie möglich zu machen, aber bei Tagesanbruch fanden wir nur noch dessen starren Leichnam vor. Wir versuchten, ihn zu begraben, kamen aber nicht gegen den gefrorenen Boden an. Dies hatte große Betrübnis unter meinen Männern zur Folge, da sein Geist ohne ein feierliches Begräbnis die Reise ins Jenseits nicht antreten konnte.

Kurz nach Tagesanbruch hörte es auf zu schneien, und der Himmel klarte auf. In düsterer Stimmung machten wir uns wieder auf den Weg nach Norden. Wir kamen an einer Handvoll verstreuter Gehöfte vorbei. Alles wirkte ruhig, die einzigen Hinweise auf menschliche Gegenwart waren die dünnen Rauchschwaden, die aus den strohgedeckten Rundhäusern in den Himmel stiegen.

»Die bleiben heute wohl lieber zu Hause«, bemerkte Dubnocatus mit einer Spur von Neid in der Stimme. Ich wusste genau, was er dachte, und auch ich hätte alles dafür gegeben, mir die Hände an einem Herdfeuer wärmen zu können.

Togodumnus lachte bitter. »Das sind ja keine Narren. Man muss schon verrückt sein, um sich bei diesem Wetter nach draußen zu wagen. Verrückt – oder verzweifelt.« Er schüttelte sich den Schnee aus den Haaren.

»Wann werden wir den Tamesis erreichen?«, fragte ich Vassedo.

Der Späher betrachtete den Horizont mit zugekniffenen Augen und dachte kurz nach. »Es ist noch ein halber Tagesritt, nicht länger. Wir werden kurz nach Sonnenuntergang am Tamesis sein. Sofern das Wetter hält.«

»Viel schlimmer kann es doch wohl nicht mehr werden«, sagte Maglocunus verärgert. »Die Götter haben uns schon genug bestraft.«

»Es sind nicht die Götter, die mir Sorgen machen«, murmelte ich und warf einen Blick zurück in die Richtung, aus der wir gekommen waren.

»Glaubst du, sie verfolgen uns noch immer?«, fragte Togodumnus ängstlich.

»Das weiß ich nicht. Aber eines weiß ich sicher.«

»Nämlich?«

»Die Atrebaten würden alles tun, um uns an der Flucht zu hindern. Verica wird sich die einmalige Gelegenheit, gleich zwei Söhne von Cunobelinus in seine Gewalt zu bringen, nicht entgehen lassen.«

»Bruder, wenn es so weit kommt, sollten wir ihm nicht lebend in die Hände fallen«, erwiderte Togodumnus.

Wir setzten unseren Weg über die Ausläufer einer Hügelkette fort, dann durchquerten wir ein bewaldetes, wildreiches Tal. Etwa eine Stunde darauf sah ich in ungefähr zwei Meilen Entfernung eine Bewegung auf der anderen Seite des Tals, das wir gerade durchquert hatten. Ein Reitertrupp bewegte sich den Hügel hinunter in unsere Richtung.

Togodumnus zog die Stirn in Falten. »Nein«, sagte er mit rauer Stimme. »Das kann einfach nicht sein.«

Maglocunus starrte die Reiter ungläubig an. »Ich verstehe das nicht. Herr, wie konnten sie uns hierher folgen? Der fallende Schnee muss unsere Spuren doch verwischt haben.«

»Sie müssen einen besonders geschickten Fährtenleser dabeihaben«, antwortete Vassedo. »Vielleicht einen von Vericas Hirschjägern. Sonst wäre niemand fähig, uns unter diesen Bedingungen aufzuspüren.«

»Und wie können wir sie wieder abschütteln?«

»Gar nicht. Diese Männer sind wie Jagdhunde. Wenn sie erst einmal eine Witterung aufgenommen haben, wird man sie nicht wieder los.«

»Dann nichts wie weg«, sagte ich. »Wir müssen in Bewegung bleiben.«

Über die nächsten Stunden hinweg ritten wir, so schnell wir konnten. Die Flanken unserer Reittiere hoben und senkten sich bald in schneller Folge, da wir ihnen solche Anstrengungen abverlangten. Dennoch mussten wir gegen Nachmittag feststellen, dass unsere Verfolger weiter aufgeholt hatten und nun weniger als eine Meile von uns entfernt waren. Kurze Zeit später brachen zwei der Pferde vor Erschöpfung zusammen, und wir mussten sie aufgeben. Ihre Reiter stiegen auf die beiden stärksten verbliebenen Pferde. Die Tiere ächzten unter dem zusätzlichen Gewicht, und schon bald hatten sie Mühe, mit den anderen mitzuhalten.

»Bei Lud, wieso konnten sie denn so schnell aufholen?«, knurrte Togodumnus, als die Reiter auf der Hügelkuppe hinter uns erschienen.

»Sie sind in ihrem eigenen Land«, rief ich ihm in Erinnerung. »Deshalb bekommen sie frische Pferde in den Dörfern. Und sie kennen das Gelände.«

»Sie werden uns bald einholen«, sagte Maglocunus mit verzweifelter Miene.

»Was sollen wir tun?«, fragte Togodumnus.

Ich packte die Zügel fester. »Wir reiten weiter. Wenn wir es über den Tamesis schaffen, können wir ihnen entkommen.«

Wir setzten uns wieder in Bewegung. Inzwischen waren unsere Verfolger stets am Horizont sichtbar. Den Tamesis zu überqueren, bevor sie uns einholten, würde uns bestenfalls mit knapper Not gelingen.

Eine halbe Stunde später ritten wir um einen Hügel herum und stießen etwa hundert Schritt weiter auf einen schmalen Pfad, der in einen Kiefernwald führte. Durch die Äste hindurch war kaum Schnee auf den Weg gefallen, was es unseren Verfolgern erschweren würde, unserer Spur zu folgen. Ich ließ anhalten und befahl den Männern, den Pferden Äste an die Schweife zu binden, mit denen sie ihre Hufspuren verwischten. So ritten wir etwa eine Meile an einem sanft fließenden Bach entlang nach Norden, bis wir schließlich ein kleines Tal zwischen kahlen Hügeln erreichten.

»Ob wir sie so abschütteln können?«, fragte Togodumnus, als wir eine halbe Stunde später anhielten, um nach unseren Verfolgern Ausschau zu halten.

Ich zuckte mit den Schultern. »Keine Ahnung. Zumindest sollten wir so etwas Zeit gewinnen. Auch der beste Spurenleser braucht eine Fährte, der er folgen kann.«

»Wenn sie so gut sind, wie Vassedo behauptet, werden sie die schon bald wieder aufnehmen.«

»Dann hoffe ich, dass wir den Fluss bis dahin überquert haben«, antwortete ich knapp.

Wir trieben die verbliebenen Pferde bis an die Grenzen ihrer körperlichen Belastbarkeit. Sie atmeten schwer und blähten ihre Nüstern, trotzdem wurden wir immer langsamer. Schließlich waren die Pferde zu schwach, und wir mussten absteigen und die armen Tiere dem Tod am Wegesrand überlassen. Dann gingen wir zu Fuß weiter. Als die Dämmerung hereinbrach, erreichten wir die Sümpfe südlich des Tamesis und folgten einem Wildwechsel vorbei an gefrorenen Wasserläufen, verkümmerten Bäumen und dichtem Gestrüpp und Weißdorn. Auf dem unebenen, sumpfigen Boden kamen wir nur langsam voran, und wir warfen viele ängstliche Blicke hinter uns, konnten in der nebelverhangenen Landschaft aber keine Verfolger mehr entdecken.

Nach zwei Meilen erreichten wir den festen Boden einer kleinen, mit einem Wäldchen bestandenen Anhöhe. Wir folgten Vassedo durch dichtes Ginstergebüsch bis zu einem Schilfgürtel am Südufer des Tamesis, durch den wir geduckt bis zum Wasser hinunterschlichen. Dort hielten wir inne und sahen uns um.

Der Tamesis war an mehreren Stellen zugefroren. Eine

glatte Schneedecke lag auf dem Eis, Schneeverwehungen hatten sich an den Rändern des Schilfs gebildet. Es herrschte vollkommene Stille.

Etwa eine halbe Meile weiter östlich führte eine Holzbrücke zu einer Siedlung. Hütten und Häuser aus Holz und Lehm waren auf zwei flachen Hügeln am Fluss verteilt, zwischen denen ein schmaler Wasserlauf floss: Wir hatten Lhandain erreicht. Ein Stück weiter flussabwärts davon befand sich eine Anlegestelle mit einigen von Fackeln beleuchteten Lagerhäusern. Eine Handvoll Fischerboote und kleine Schiffe lagen vor Anker. Etwa eine Meile flussaufwärts war durch den grauen Nebel karges Sumpfland sichtbar. Auf unserer Seite des Tamesis, nicht weit von der Brücke entfernt, sahen wir den Schein eines Lagerfeuers.

»Die Götter verhöhnen uns«, sagte Vassedo. »Wir können den Fluss nicht überqueren, das Eis würde unser Gewicht nicht tragen.«

Maglocunus schnalzte mit der Zunge. »Vassedo hat recht, was die Flüsse in dieser Gegend angeht. Das Eis wird nicht dicker als eine Handbreit. Das ist nicht genug, um das Gewicht eines Menschen zu tragen.«

»Von hier aus wirkt es aber ziemlich fest«, bemerkte ich.

»Herr, das ist zu riskant«, erwiderte Vassedo. »Wenn das Eis nicht hält, werden wir ertrinken.«

»Haben wir denn eine Wahl?«, knurrte ich ungeduldig. »Wir können nicht hierbleiben, und wir können weder nach Osten noch nach Westen. Überall erwartet uns dasselbe.«

»Warum nehmen wir nicht einfach die Brücke, anstatt

unser Leben auf dem Eis zu riskieren?«, fragte Togodumnus.

Ich deutete auf das Lagerfeuer. »Das sind höchstwahrscheinlich Vericas Männer, die die Brücke bewachen. Sie ist der einzige Übergang nach Lhandain, und Verica wird sich eine Rückzugsmöglichkeit sichern wollen, falls seine Truppen unterliegen sollten.«

Maglocunus nickte zähneknirschend. »Selbst wenn es uns gelingt, die Wachen zu überwältigen, würde sicher jemand Alarm schlagen. Und dann wären wir in Lhandain gefangen.«

»Wir könnten hinüberschwimmen«, schlug Vassedo vor. »Dabei frieren wir uns vielleicht die Eier ab, aber wenn uns unsere Verfolger erwischen, werden unsere Eier unsere geringste Sorge sein.« Er wies auf das tiefere Wasser vor der Anlegestelle flussabwärts. »Herr, dort ist der Fluss nicht zugefroren.«

Darüber hatte ich bereits nachgedacht. »Das ist zu nahe an der Brücke. Die Wachen würden uns entdecken und töten, noch bevor wir das Wasser erreichen.«

»Es muss doch verdammt noch mal einen Weg auf die andere Seite geben«, knurrte Togodumnus frustriert.

Ich sah wieder zum Fluss hinüber und suchte vergeblich nach einer anderen Möglichkeit, ihn zu überqueren. Auch ein Versteck war nirgendwo zu finden – die einzige Behausung weit und breit war ein nur schwach im Licht des Lagerfeuers zu erkennender Bauernhof bei der Brücke, der aus einem Rundhaus mit zwei Fuhrwerken davor und der üblichen Ansammlung von Scheunen, Lagerschuppen und Ställen bestand. Dort Schutz zu suchen, kam nicht infrage.

Wir hielten uns die ganze Nacht über im Schilf versteckt und überlegten, was wir als Nächstes tun sollten. Wenn wir keinen Weg auf die andere Seite fanden, würden uns unsere Verfolger – oder eine feindliche Patrouille – früher oder später gefangen nehmen. Verica würde ganz sicher keine Gnade kennen. Er würde meinen Bruder und mich als Geiseln nehmen oder uns gleich alle hinrichten, dachte ich niedergeschlagen. Man würde uns bei lebendigem Leib die Haut abziehen oder in einer Figur aus Weidenruten verbrennen – was eine bevorzugte Methode des atrebatischen Druidenkults war.

Kurz vor Tagesanbruch beschloss ich, dass wir es nicht riskieren sollten, noch länger zu warten. Wir mussten den Fluss irgendwie überqueren, bevor es zu hell wurde – denn spätestens dann würden uns die Wachen an der Brücke mit Sicherheit entdecken. Ich wollte gerade den Befehl zum Aufbruch geben, als Maglocunus plötzlich den Arm ausstreckte. »Herr! Da drüben! Seht!«, flüsterte er.

Ich spähte in die Dunkelheit. Eine einsame Gestalt tauchte aus dem Nebel auf und bahnte sich einen Weg über das Eis. Der Mann hielt einen Jagdbogen in der rechten Hand, an seinem Gürtel hing ein mit Pfeilen gefüllter Köcher. Der Jäger schien auf eine etwa fünfzig Schritt westlich von uns über den gefrorenen Fluss hängende Weide am Südufer zuzugehen.

»Was macht er bei diesem Wetter da draußen?«, fragte Dubnocatus leise.

»Vielleicht ist er auf dem Weg in das Tal, das wir gestern durchquert haben«, sagte Vassedo. »Dort gab es eine Menge Wild.«

»Wen kümmert's?«, warf Togodumnus ein. »Es ist

möglich, über das Eis zu gehen. Da haben wir den Beweis! Worauf warten wir also noch?«

»Noch nicht«, zischte ich. »Vielleicht ist das Eis nur an bestimmten Stellen dick genug. Warten wir, bis unser Freund den Fluss komplett überquert hat, dann fragen wir ihn.«

»Herr, wie kommt Ihr darauf, dass er uns helfen wird?«, fragte Maglocunus.

Ich grinste. »Wir sind acht bewaffnete und ziemlich verzweifelt wirkende Krieger. Da wird es nicht viel Überredungskunst brauchen.«

Wir zogen uns vom Schilf zurück und schlichen dann vorsichtig am Ufer entlang zur Weide, neben der wir einen schmalen, teilweise von Brombeerbüschen verdeckten Durchgang durch die Schilfrohre entdeckten. Aus der Ferne wäre er leicht zu übersehen gewesen.

Wir kauerten uns zu beiden Seiten der Öffnung ins Röhricht. Ich beobachtete den Fremden durch die stacheligen Binsen hindurch dabei, wie er sich dem südlichen Ufer näherte. Obwohl wir ihn deutlich sehen konnten, waren wir selbst hinter dem dichten Schilfgürtel verborgen, und im Halbdunkel würde er uns erst bemerken, wenn es schon zu spät war.

Sobald der Jäger aus dem Schilf trat, stürzte sich Togodumnus auf ihn und warf ihn zu Boden. Der Mann keuchte überrascht. Der Aufprall raubte ihm den Atem, und der Jagdbogen fiel ihm aus der Hand, und noch bevor er den Mund öffnen und um Hilfe rufen konnte, hielt ich ihm mein Schwert direkt vors Gesicht. »Wenn du auch nur ein Wort von dir gibst, dann schwöre ich bei allen Göttern, es wird dein letztes sein.«

Der Jäger sah die wilde Entschlossenheit in meinem Blick und nickte eifrig. Ich bedeutete Vassedo mit einer kurzen Kopfbewegung, mit Dubnocatus den umliegenden Sumpf im Auge zu behalten, während wir den hageren Mann befragten, der uns verwirrt und erschrocken anstarrte. Sein ausgezehrtes Gesicht und seine schlechten Zähne ließen auf ein Leben voller Mühsal und Entbehrungen schließen.

»Keine Angst«, sagte ich. »Wir haben nicht vor, dir etwas anzutun, es sei denn, du lässt uns keine andere Wahl. Wir möchten dir nur ein paar Fragen stellen.«

Der Jäger leckte sich über die Lippen. »Wer seid ihr?«, fragte er nervös. »Räuber?«

»Ruhe!«, fuhr ihn Togodumnus an. »Wir stellen hier die Fragen, nicht du.«

Der Mann sah meinen Bruder mit zusammengekniffenen Augen an. »Ich kenne diesen Akzent. Ihr seid Catuvellaunen …«

Noch bevor ich etwas erwidern konnte, schlug ihm Togodumnus mit der Faust ins Gesicht, sodass der Kopf des Mannes nach hinten geschleudert wurde. Er stieß einen spitzen Schmerzensschrei aus.

Ich packte meinen Bruder an der Schulter und zog ihn grob beiseite. »Bei Lud! Was soll das?«, schnauzte ich ihn an.

»Der braucht erst einmal eine tüchtige Abreibung«, antwortete Togodumnus abwehrend. »Um ihm die Zunge zu lösen.«

Ich warf ihm einen finsteren Blick zu. »Dieser Mann ist nicht unser Feind. Wir müssen ihn nicht verprügeln, damit er uns verrät, was wir wissen wollen.«

Dann drehte ich mich wieder zu dem Jäger um. Er sah mich misstrauisch an. Blut tropfte aus einer Wunde an seiner Unterlippe. »Wie heißt du?«, fragte ich.

»Andoccus. Aus Lhandain«, kam die zögerliche Antwort. »Bitte, ich bin ein armer Mann, und ich habe zu Hause viele Mäuler zu stopfen. Ich will keinen Ärger.«

»Wir auch nicht, Andoccus. Wir wollen dir nur ein paar Fragen stellen.«

Er warf einen Blick auf meinen Bruder, dann nickte er. »Was wollt ihr wissen?«

»Wir haben gesehen, wie du den Fluss überquert hast«, sagte ich. »Also gibt es eine Eisfurt.«

»Ja«, antwortete Andoccus ängstlich. »An dieser Stelle sind einige Untiefen, die zusammen eine Furt bilden. Im Sommer kann man den Fluss dort zu Fuß überqueren. Wenn er im Winter an dieser Stelle zufriert, kann er das Gewicht eines Menschen tragen. Wenn auch nur gerade so.«

»Woher weißt du davon?«

»Ich und ein paar andere Jäger nutzen diese Furt. Sie ist unser Geheimnis. Mein Onkel hat mir diesen Weg gezeigt, als ich noch ein kleiner Junge war.«

»Warum gehst du nicht über die Brücke?«, fragte Maglocunus.

Der Jäger lachte spöttisch. »Weil ich dann Wegzoll zahlen muss. Das Leben ist schon schwer genug.«

»Was meinst du damit?«, fragte ich.

»Seit Verícas Kriegsbanden hier sind, gibt es kaum noch Lebensmittel. Sie haben den größten Teil davon beschlagnahmt. Viele von uns sind bereits am Verhungern«, fügte er verzweifelt hinzu.

Ich warf Togodumnus einen besorgten Blick zu. »Die atrebatischen Truppen sind bereits hier?«, fragte ich.

Der Jäger nickte. »Verica und seine Krieger sind vor ein paar Tagen hier eingetroffen, zusammen mit einem römischen Soldaten.« Er spuckte voller Verachtung aus. »Sie bereiten sich auf die Schlacht gegen die Catuvellaunen vor.«

»Die Catuvellaunen sind auch schon hier? Wo haben sie ihr Lager aufgeschlagen?«, fragte ich.

Der Jäger deutete mit einem dürren Arm in Richtung Lhandain. »In dieser Richtung. Im Norden, nicht weit von dem Ort, an dem die alten Könige begraben sind.« Er hielt inne. »Man sagt, Cunobelinus habe ein großes Heer um sich versammelt. Alle Häuptlinge der Catuvellaunen, Trinovanten und Cantiaci haben sich hinter ihn gestellt. Wenn es zur Schlacht kommt, wird er Vericas Krieger vernichten, heißt es.«

Sein Tonfall ließ vermuten, dass er auf einen solchen Ausgang hoffte. »Wenn das der Fall ist, warum hat Cunobelinus noch nicht angegriffen?«, fragte Maglocunus.

Andoccus zuckte mit den Schultern. »Vielleicht warten seine Druiden noch auf ein günstiges Zeichen der Götter.«

»Schon möglich«, sagte Togodumnus. »Er würde nicht wagen, die Götter zu beleidigen, indem er ohne ihren Segen in den Kampf zieht.«

»Wie kommen wir über den Fluss, mein Freund?«, fragte ich und wandte mich wieder dem Jäger zu.

»Freund?« Der Mann sah mich misstrauisch an.

»Du scheinst den Atrebaten nicht wohlgesinnt zu sein. Wir haben also denselben Feind.«

Andoccus dachte einen Moment lang nach, dann nickte er und deutete auf das andere Ufer. »Seht ihr die beiden Holzpfähle im Schlamm, direkt nördlich von hier?«

Ich suchte das andere Flussufer aufmerksam ab. Im schwachen Licht konnte ich vor dem Schilf und den Büschen gerade so zwei dicke Holzpfähle ausmachen, die in einigem Abstand hintereinander im Schlamm standen. Man konnte sie zwischen den Binsen kaum erkennen.

»Diese beiden Pfosten weisen den Jägern den Weg durch die Furt. Solange der eine hinter dem anderen verborgen ist, seid ihr auf dem richtigen Weg und gelangt sicher über das Eis.«

»Das ist alles?«

Er zuckte mit den Schultern. »Es ist kinderleicht. Aber weicht bloß nicht vom Weg ab«, fügte er ernst hinzu. »Das Wasser zu beiden Seiten der Furt ist viel tiefer und das Eis dort nicht dick genug, um euch zu tragen. Es sind schon einige Männer durch eine solche Unachtsamkeit zu Tode gekommen.«

»Wir stehen in deiner Schuld. Wenn unsere Kriegsbanden gesiegt haben, werde ich dafür sorgen, dass dich unser König belohnt.«

Der Jäger schüttelte den Kopf. »Ich will keine Belohnung. Je schneller die Atrebaten aus Lhandain verschwinden, desto besser.«

»Dann bete zu Lud, dass wir sie besiegen.« Ich sah ihn einen Moment lang an und musste seine Hartnäckigkeit und ruhige Würde im Angesicht des zermürbenden täglichen Überlebenskampfes bewundern. Wenn sich nur einige wenige unserer Häuptlinge ein Beispiel an ihm genommen hätten, wäre der Kampf um unsere Insel vielleicht anders ausgegangen.

»Danke, Andoccus.« Ich trat einen Schritt von ihm zurück und befahl Maglocunus, ihm seinen Bogen zurückzugeben. »Du kannst gehen«, sagte ich.

»Einen Moment«, mischte sich Togodumnus ein. »Wieso bist du dir so sicher, dass wir ihm trauen können?«

Ich hatte Nemobnus' demütigenden Verrat nicht vergessen, aber trotzdem das Gefühl, tief genug in das Herz dieses Jägers geblickt zu haben. Sein Hass auf die Atrebaten war echt. »Er ist einer von uns. Du hast doch gehört, was er gesagt hat.«

»Aber …«

»Es ist entschieden. Er hat uns geholfen, und ich vertraue ihm.«

Der hagere Mann nickte mir zum Dank zu, dann machte er sich wieder auf den Weg und verschwand mit der Gewandtheit des geborenen Jägers im Schatten der Bäume.

»Hoffen wir, dass er auf seinem Weg nach Süden keine Atrebaten trifft«, bemerkte Togodumnus. »Die werden nicht so sanft mit ihm umgehen wie wir.«

»Wenn die Götter gerecht sind, werden sie ihn beschützen.«

»Herr, wie geht es jetzt weiter?«, fragte Maglocunus.

Ich warf einen Blick auf die beiden Holzpfosten. »Wir müssen die Furt überqueren und uns dann auf den Weg zum Lager meines Vaters machen. Wenn wir uns ranhalten, können wir es noch vor der Mittagszeit erreichen.«

»Vorausgesetzt, dieser Mann hat die Wahrheit über diese beschissene Furt gesagt«, murmelte Togodumnus. »Sonst laufen wir direkt in unseren Tod.«

Ich hatte keine Lust, diesen Streit fortzusetzen. Stattdessen wandte ich mich an die anderen. »Lasst alles hier, was ihr nicht unbedingt braucht. Wir warten, bis es hell genug ist, dass wir die Pfosten deutlich sehen können. Dann gehen wir über das Eis.«

KAPITEL 33

Im grauen Licht der Morgendämmerung schlichen wir durch das Schilf auf den Fluss zu. Ich ging voraus, Togodumnus und die anderen folgten mir einer hinter dem anderen. Um so leicht wie möglich zu sein, hatten wir die Wasserschläuche und alles andere, was wir unseren Verfolgern abgenommen hatten, zurückgelassen. Da die Dämmerung erstaunlich schnell heraufzog, konnten wir nicht warten, bis einer den Fluss überquert hatte, bevor sich dann der nächste auf den Weg machte. Das hätte viel zu lange gedauert. Ich warf einen Blick zum anderen Ufer hinüber, das plötzlich unerreichbar weit entfernt schien.

»Bist du sicher, dass das eine gute Idee ist?«, fragte Togodumnus hinter mir.

»Wenn du eine bessere hast, wäre jetzt der richtige Zeitpunkt, um sie uns zu verraten.«

Er gab keine Antwort.

Am östlichen Horizont war bereits die aufgehende Sonne zu erahnen, und ich zwang meinen Körper, sich zu entspannen. Dann tat ich einen zaghaften ersten Schritt aus dem Schilf heraus. Große, im fahlen Morgengrauen blau schimmernde Schneehaufen zwischen Schilf und Eisfläche machten es unmöglich zu erkennen, wo das Ufer aufhörte und der Fluss anfing. Der Fluss selbst war ein Mosaik aus Eis und Schneewehen. An manchen

Stellen hatte das Eis eine rauchige Farbe, an anderen war es klar und glatt.

Vorsichtig wagte ich mich weiter vor. Das Eis war rutschig unter den Ledersohlen meiner Stiefel, und ich musste kleine Schritte machen, um nicht das Gleichgewicht zu verlieren. Immer wieder hielt ich inne, um einen Blick auf das andere Ufer zu werfen und mich zu vergewissern, dass sich die beiden Holzpfähle, die wie abgebrochene Zähne aus dem Fluss ragten, noch immer genau hintereinander befanden. Das Eis unter mir gab ab und zu ein leises Knarren von sich. Ich rechnete jeden Moment damit einzubrechen und sah schon vor mir, wie ich in die eisigen Fluten brach und mit rudernden Armen auf den Grund des Flusses sank.

Plötzlich ertönte hinter mir ein kurzer, panischer Aufschrei, gefolgt von einem harten Aufschlag. Ich drehte mich um und sah Togodumnus flach auf dem Eis liegen. Er schüttelte den Kopf und fluchte derb.

»Bist du verletzt?«, flüsterte ich.

Er rappelte sich wieder auf. »Hat dieser Jäger nicht gesagt, es wäre ein Kinderspiel, den Fluss zu überqueren?«, schnaubte er wütend.

»Geh weiter«, sagte ich. »Und um Luds willen, pass auf, wo du hintrittst, bevor du noch einbrichst.«

Wir setzten unseren behutsamen Marsch über das Eis fort. Nebel hing über dem Sumpfgebiet hinter dem Schilfgürtel am anderen Ufer. Es wurde immer heller und die Gefahr, von den Wachen an der Brücke entdeckt zu werden, zusehends größer. Ich musste gegen das Verlangen ankämpfen, meine Schritte zu beschleunigen und zum gegenüberliegenden Ufer zu rennen.

Wir hatten etwa die Hälfte des Flusses überquert, als die Furt über eine dünnere Eisfläche führte. Ich machte einen weiteren Schritt, als plötzlich ein scharfes, splitterndes Geräusch die Luft durchschnitt. Ich blickte nach unten, und meine Kehle schnürte sich zusammen, als sich haarfeine Risse unter meinem Fuß ausbreiteten, als würden unsichtbare Hämmer auf das Eis einschlagen. Ich blieb wie angewurzelt stehen und hob stumm die Hand, damit die anderen ebenfalls anhielten. Einen scheinbar endlosen Augenblick lang wagte niemand, sich zu bewegen. Dann hörte das Knacken auf, und ich verlagerte ganz vorsichtig mein Gewicht, um zu prüfen, ob das Eis mein Körpergewicht noch trug. Erst als ich mir wirklich sicher war, dass es standhielt, gingen wir weiter.

Es kam mir wie eine Ewigkeit vor, bis wir am Nordufer angelangten. Erleichtert, wieder festen Boden unter den Füßen zu haben, liefen wir durch das schulterhohe Schilf. Dann blieben wir geduckt stehen und sahen uns um. Flussabwärts, etwa eine halbe Meile östlich von uns, sah ich die dunklen Erdwälle der Befestigungsanlagen von Lhandain. Vor uns lag ein flaches Tal, durch das ein Seitenarm des Tamesis floss. Weiter westlich erstreckte sich ein trostloses Sumpfgebiet, das sich in der Ferne in einer dicken weißen Nebelbank verlor.

»Und wohin jetzt?«, fragte Togodumnus leise.

»Wir folgen dem Fluss durch das Tal«, erwiderte ich. »Dann müssen wir ja irgendwann das catuvellaunische Lager erreichen.«

Wir machten uns auf den Weg. Dabei hielten wir uns immer in der Nähe des dichten Gestrüpps aus Ginster und Brombeersträuchern, das den sumpfigen Boden am

Ufer des Bachs bedeckte. Die Strapazen der Flucht und die nagende Kälte hatten ihren Tribut gefordert, und wir kamen nur noch langsam durch das dichte Unterholz voran. Vassedo ging voraus und hielt nach feindlichen Kriegern Ausschau, blieb aber immer in Sichtweite.

Nach etwa einer halben Stunde erreichten wir einen dichten Eibenwald, durch den sich ein schneebedeckter Pfad schlängelte. Meine kleine Gruppe marschierte in angespanntem Schweigen durch den nebelverhangenen, düsteren Wald. Die Äste hingen wie ineinander verschränkte Finger über unseren Köpfen, und die Totenstille wurde nur durch das gelegentliche Krächzen von in den Bäumen verborgenen Krähen gestört, was die bedrückende Stimmung nur noch verstärkte.

Kurz darauf beschlich mich die Ahnung, dass der Weg in die falsche Richtung führte, da sich die aufgehende Sonne mittlerweile nicht mehr zu unserer Rechten befand. Um zum catuvellaunischen Lager zu gelangen, mussten wir nach Norden gehen, der Weg hingegen setzte sich weiter in Richtung Westen fort. Kurze Zeit später lichtete sich der Nebel und enthüllte einen kleinen Hügel am Wegesrand. Ich beschloss, hinaufzusteigen, um mir einen Überblick zu verschaffen.

Als wir uns dem Hügel näherten, blieb Vassedo plötzlich wie angewurzelt stehen und ging in die Hocke. Ich ließ die Gruppe anhalten, schlich zu ihm und ging neben unseren Späher auf ein Knie.

»Was ist los?«, fragte ich.

»Herr, hört selbst!«, antwortete Vassedo eindringlich.

Ich legte den Kopf schief und konzentrierte mich. Zunächst hörte ich überhaupt nichts und fragte mich schon, ob Vassedo vor Erschöpfung Sinnestäuschungen hatte. Dann, ganz leise, durchdrang ein gedämpfter Ton die Stille.

»Herr, das sind Stimmen«, sagte Vassedo.

»Was meinst du, wie viele sind es?«

»Sehr viele.«

»Sind das unsere Leute? Oder die Atrebaten?«

Vassedo lauschte und schüttelte dann den Kopf. »Sie sind zu weit entfernt, um das herauszuhören.«

»Ich bezweifle, dass sich unsere Wachposten so weit vom Lager entfernen würden«, sagte ich.

»Das sehe ich auch so, Herr.«

»Warte hier.« Ich schlich zurück zu Togodumnus und wies ihn an, mit dem Rest der Männer neben einem Brombeergestrüpp zu warten. Dann schlich ich mit Vassedo leise weiter, spitzte die Ohren und hielt Ausschau nach denjenigen, zu denen die Stimmen gehörten. Sie schienen sich direkt vor uns zu befinden, irgendwo jenseits des Nebels. Als wir näher kamen, erkannte ich den vertrauten rauen Ton des atrebatischen Dialekts. Vassedo berührte meinen Arm und deutete auf einen entwurzelten Baum, der nicht mehr als ein Dutzend Schritte entfernt inmitten von Nesseln und Sauergras lag. Auf allen vieren krochen wir zu dem moosbedeckten Stamm und spähten darüber hinweg. Nicht weit vor uns fiel der Boden zu einer breiten, von Birken umstandenen Lichtung ab. Auf der uns zugewandten Seite, keine fünfzig Schritte von uns entfernt, zeichneten sich mehrere Gestalten und ein paar Zelte undeutlich im schwindenden Nebel ab.

»Eine Kriegsbande«, flüsterte Vassedo. »Aber keine große, so wie es aussieht.«

»Sind das Vericas Männer?«, fragte ich, obwohl ich die Antwort bereits kannte.

»Ja, gewiss. Wer sonst sollte sich hier draußen aufhalten?«

Eine kurze Zeit lang beobachteten wir schweigend die schemenhaften Gestalten. Dann lichtete sich der Nebel allmählich, als würde das Segel eines Schiffes eingeholt, und gab den Blick frei auf eine Vielzahl von Zelten und eine Kriegerhorde, die sich auf der Lichtung drängte.

»Bei Lud«, sagte Vassedo leise. »Da unten sind ja Hunderte von diesen Hurensöhnen.«

Ich betrachtete das Lager vor uns und nickte.

»Was die wohl hier im Wald im Schilde führen?«, überlegte Vassedo.

»Nichts Gutes, da bin ich mir sicher.« Ich kroch ein Stück vom Baumstamm weg. »Na los, gehen wir zurück zu den anderen, bevor sie uns noch bemerken.«

Wir schlichen vorsichtig den Hang wieder hinunter, wobei wir darauf achteten, Rascheln im Unterholz oder knackende Zweige zu vermeiden. Togodumnus und die anderen Männer kauerten noch neben den Brombeersträuchern. Wir erzählten ihnen, was wir auf der Lichtung gesehen hatten.

Togodumnus schüttelte den Kopf. »Das verstehe ich nicht. Warum sollte Verica einen Teil seiner Krieger hier in den Wald schicken?«

»Wir haben später noch genug Zeit, um uns darüber Gedanken zu machen. Jetzt müssen wir erst einmal von hier verschwinden.« Ich deutete auf einen schmalen

Pfad, der sich an knorrigen Eichen vorbei nach Osten schlängelte. »Wir gehen auf diesem Weg weiter. Er wird uns von dem Lager weg und früher oder später auch an den Waldrand führen.«

»Aber wenn die Atrebaten in der Nähe sind, werden sie sicher Wachen aufgestellt haben«, gab Maglocunus zu bedenken. »Wahrscheinlich wimmelt es im Wald davon.«

»Dann müssen wir darauf hoffen, dass die Götter auf unserer Seite sind.«

Wir bahnten uns einen Weg durch Gestrüpp und Totholz, und ich hoffte, dass der schmale Pfad uns auch wirklich nach Osten führte. Bald wurde der Nebel wieder dichter. Hin und wieder konnten wir nicht weiter als zehn oder fünfzehn Schritt sehen und mussten aufpassen, nicht über die frei liegenden Wurzeln der uralten Bäume zu stolpern. Wir kamen nur langsam voran. Die feuchte Luft und die Nähe zum Lager der Atrebaten verstärkten unsere Anspannung. Bei jedem Knacken eines Zweiges oder Rascheln eines Blattes griffen wir nach unseren Waffen.

Wir marschierten schweigend weiter durch den Wald, bis wir einige Zeit später eine mit Büschen bestandene Lichtung erreichten, die auf allen Seiten von dichtem Wald umgeben war. In etwa vierzig Schritt Entfernung schlängelte sich der Weg an einem kleinen Teich mit brackigem Wasser vorbei. Als wir uns dem Teich näherten, hörten wir das leise Trappeln von Pferdehufen von irgendwo hinter der weißen Nebelwand. Wir warfen uns auf den Boden, robbten ins Gebüsch und lauschten auf das immer lauter werdende Schnauben der Tiere. Durch den undurchdringlichen Nebel war aber weiterhin nichts zu sehen.

»Scheiße! Wer das auch immer ist, er kommt direkt auf uns zu«, sagte Togodumnus.

»Ruhe!«, zischte ich. »Bleibt, wo ihr seid! Niemand bewegt sich.«

Ich legte die Hand auf den Knauf meines Schwerts und richtete meine volle Aufmerksamkeit auf die Geräusche vor uns. Die Hufschläge waren jetzt gefährlich nah, dann tauchte nicht mehr als zwanzig Schritt entfernt die gespenstische Gestalt eines mit einer Lanze bewaffneten Reiters aus dem Nebel auf. Hinter ihm ritten zwei weitere, schemenhafte Gestalten. Wir sahen ihnen dabei zu, wie sie in der Nähe des Teiches abstiegen und ihre Pferde tränkten. Ein Krieger sagte etwas zu seinen Kameraden, und ich erkannte am Dialekt, dass es sich um Atrebaten handelte.

»Eine Patrouille«, flüstere Vassedo. »Die sind bestimmt aus dem Lager.«

»Wir sollten von hier verschwinden«, sagte Togodumnus.

»Sobald wir uns bewegen, bemerken sie uns«, zischte ich. »Der Weg führt direkt an uns vorbei, es ist also nur eine Frage der Zeit, bis sie uns sehen. Wir müssen sie überrumpeln. Wartet auf meinen Befehl.«

Ich spannte die Muskeln an und umklammerte den Griff meines Schwerts, während ich weiter die Atrebaten beobachtete. Von irgendwo aus den Bäumen über uns durchbrach eine Krähe mit einem lauten Krächzen die Stille, woraufhin sich ein Atrebat umdrehte und mit der Hand auf der Waffe in unsere Richtung blickte.

Kurz darauf wandte er sich wieder ab. Sobald er sich wieder zu seinen Gefährten umgedreht hatte, sprang ich auf, zog mein Schwert und befahl brüllend den Angriff.

Nun wirbelten alle drei Atrebaten zu uns herum. Wir erreichten sie, noch bevor sie eine Verteidigungsposition einnehmen oder auf ihre Pferde springen konnten. Ich ging auf den nächstbesten Mann los, wobei ich gekonnt seinem stümperhaften Lanzenstoß auswich. Als ich ihm mein Schwert in die Eingeweide rammte, sah er mich schockiert an und taumelte rückwärts. Blut gurgelte in seiner Kehle. Vassedo, Togodumnus und der Rest meiner Männer griffen die beiden anderen Atrebaten an. Einer versuchte, auf sein Pferd zu steigen, aber das Tier bäumte sich vor Schreck auf und warf ihn wieder aus dem Sattel.

Sein Kamerad, der ein paar Schritte von ihm entfernt war, warf die Waffe weg und hob die Hände über den Kopf. »Bitte nicht!«, flehte der blasse, große und drahtige Mann. »Nicht! Ich ergebe mich.«

Togodumnus lachte und ging mit erhobenem Schwert auf den Mann zu. »Warte!«, fuhr ich ihn an. »Wir verschonen sie.«

Mein Bruder ließ widerwillig die Waffe sinken, während Maglocunus dem Reiter mit kräftigem Griff auf die Beine half. Ich wischte meine Klinge am Mantel des Erschlagenen ab, warf mich in die Brust und ging auf die beiden Männer zu. Der bleiche Mann war im besten Mannesalter, sein Begleiter viel jünger. Er zählte höchstens sechzehn oder siebzehn Jahre, hatte jedoch eine kräftige Statur, sommersprossige Wangen und flachsfarbenes Haar.

»Bitte, tötet uns nicht«, sagte der ältere Mann mit zitternder Stimme. Schweiß glänzte auf seiner Stirn, seine Augen waren vor Angst geweitet. »Bitte!«

Beide trugen fadenscheinige Tuniken und Beinkleider – im Gegensatz zu ihrem toten Kameraden, dessen feiner goldener Torques und teurer Mantel ihn als Mitglied des atrebatischen Adels auswiesen. Vassedo und Dubnocatus führten sie zu einem Dickicht aus Dornensträuchern, während die anderen die Leiche des Atrebaten vom Pfad entfernten.

»Wie heißt ihr?«, fragte ich.

»Senetio«, antwortete der schmächtige Mann.

»Caladocus«, stammelte der jüngere Mann mit dem hellblonden Haar ängstlich.

»Sind noch irgendwelche Kameraden von euch in der Nähe?«, fragte ich.

»Nein, Herr«, antwortete Senetio. »Wir sind allein, das schwöre ich bei Lud.«

»Blödsinn«, sagte Togodumnus. »Warum sollten wir diesem stinkenden Scheißhaufen hier Glauben schenken? Wahrscheinlich sind sie Kundschafter einer viel größeren Truppe. Wir machen sie einen Kopf kürzer und verschwinden, solange wir noch können.«

»Senetio sagt die Wahrheit, Herr«, beharrte Caladocus. »Wir sind nur zu dritt ... verzeiht, zu zweit.« Er starrte den Leichnam seines Reisegefährten an und ließ den Kopf hängen.

Ich betrachtete Senetio genau. Er sprach mit einem anderen Akzent, und die Symbole auf seinen Wangen schienen mir nicht atrebatisch zu sein. »Woher kommst du? Ihr seht nicht wie Atrebaten aus.«

»Ich wurde in Leucomagus geboren, Herr«, antwortete Senetio. »Im Land der Belgae.«

»Das kenne ich. Wie kommst du dazu, einem atrebatischen Edelmann zu dienen?«

»Ich habe die Tochter eines atrebatischen Bauern aus einer kleinen Siedlung nahe Calleva geheiratet, Herr. Wir waren dort eigentlich ganz glücklich, bis letzten Monat Vericas Männer aufgetaucht sind und mich und den Jungen hier zusammen mit vielen anderen für seine Kriegsbanden geholt haben. Jeder, der auch nur einen Speer halten kann, wurde von den Feldern gezerrt und gezwungen, diesem Mann den Diensteid zu schwören.« Er deutete auf die Leiche des Adligen. »Wir wurden mit Vericas übrigen Truppen direkt nach Lhandain geschickt.« Ich hörte Verbitterung in seiner Stimme und spürte, dass dieser Mann nicht besonders viel von Verica und seinen Schergen hielt.

»Herr, Verica muss wirklich verzweifelt sein, wenn er jetzt schon Bauern rekrutiert«, flüsterte Maglocunus. »Offenbar hatten unsere Raubzüge eine größere Wirkung als erhofft.«

»Ja.« Ich sah unseren beiden Gefangenen in die Augen. »Was macht ihr hier im Wald?«

Die beiden Atrebaten sahen sich an.

»Raus mit der Wahrheit, und zwar schnell. Sonst werden meine Männer euch zum Reden bringen.«

Caladocus biss sich auf die Lippe, da er seine Herren nicht verraten wollte. Senetio, der ältere der beiden, starrte mich ebenso misstrauisch wie ängstlich an. »Wir sollten unseren Herrn zum Lager unserer Verbündeten begleiten«, sagte er schließlich. »Den Durotrigern. Er hatte ihrem König eine Nachricht zu überbringen.«

»Du lügst«, sagte ich. »Die Durotriger sind nicht mit den Atrebaten verbündet.«

»Jetzt schon. Ich habe gehört, wie mein Herr mit den anderen Adligen darüber gesprochen hat. König Bogiodubnus hat sich nach dem Blutbad von Senomagus auf Vericas Seite geschlagen. Er hat Angst vor ihm.«

»Und wo sind die Durotriger jetzt?«

»Am Tamesis, einen Tagesmarsch flussaufwärts.« Er nannte mir den Namen eines Dorfes. »König Bogiodubnus ist vor ein paar Tagen dort eingetroffen. Verica hat seine Verbündeten aufgefordert, sich ihm in der großen Schlacht gegen die Catuvellaunen anzuschließen.«

»Aber sie sind noch nicht weiter in Richtung Lhandain gezogen, um sich Verica anzuschließen? Warum nicht?«

»Bogiodubnus wartet darauf, dass der Rest seiner Streitkräfte zu ihm aufschließt. Das Gelände dort ist sumpfig und schwer zu begehen, was seinen Vormarsch verlangsamt hat. Verica befiehlt ihm, sich zu beeilen, damit sie morgen mit ihm in die Schlacht ziehen können. So lautet die Botschaft, die unser Herr überbringen sollte.«

»Cunobelinus wird morgen die Schlacht eröffnen?«

Der Gefangene nickte.

»Wie viele Männer hat Bogiodubnus?«

»Etwa eintausend, Herr.«

Maglocunus blies die Wangen auf. »Damit hat Verica einen gewaltigen Vorteil. Mit der Verstärkung durch seine Verbündeten und den Kriegern hier im Wald sind sie unseren Kriegsbanden zahlenmäßig überlegen.«

»Warum hat Bogiodubnus den Tamesis so weit flussaufwärts überquert, anstatt sich seinem Verbündeten hier in Lhandain anzuschließen?«, fragte Togodumnus.

»Aus demselben Grund, aus dem Verica einige seiner Krieger in diesem Wald versteckt hat«, sagte Maglocunus. »Dieser Bastard will uns glauben machen, dass wir zahlenmäßig im Vorteil sind, und uns damit in eine Falle locken.«

»Was hat Verica mit den im Wald verborgenen Männern vor?«, fragte ich die beiden Atrebaten.

»Herr, das wissen wir nicht.« Senetio zuckte hilflos mit den Schultern.

»Aber ihr müsst doch eine Ahnung haben, was sie vorhaben. Antwortet, wenn euch euer Leben lieb ist.«

Senetio und Caladocus wechselten einen weiteren Blick. »Unser Herr hat gestern Abend an Vericas Kriegsrat teilgenommen«, sagte Senetio schließlich. »Wenn Cunobelinus morgen von Norden her anrückt und die Schlacht eröffnet, wird eine Überraschung auf ihn warten, hat er gesagt. Und dass die Felder vor Lhandain am Ende des Tages mit den Leichen unserer Feinde übersät sein, die Köpfe der catuvellaunischen Edelmänner bald an den Dachsparren der Großen Halle in Calleva hängen und die Barden noch viele Generationen von den großen Taten der Atrebaten singen werden.«

»Wie viele Männer sind in dem Lager im Wald?«

Caladocus dachte einen Augenblick lang nach. »Mindestens vierhundert. Sie stehen unter dem Befehl von Fürst Moricanus.«

»Wurden catuvellaunische Kundschafter in der Nähe gesichtet?«

»Nein.«

»Seid ihr sicher?«

»Sehr sicher. Ein Feind, der diese Gegend auskundschaften will, kommt nicht weit. Verica hat Moricanus befohlen, die Wachen um sein Lager herum zu verdoppeln.«

Ich drehte mich zu meinen Männern um. »Es ist offensichtlich, was Verica vorhat.«

»Wirklich?«, fragte Togodumnus.

»Er will unsere Truppen überraschen«, erklärte ich ihm. »Moricanus wartet, bis sich die Schlachtreihen auf beiden Seiten formiert haben. Auf ein Signal hin werden die im Wald versteckten Männer herausstürmen, um unseren nichts ahnenden Kriegern in die Flanke zu fallen.«

Man konnte sehen, wie es Togodumnus allmählich dämmerte. »Dieser Hund. Er besudelt die Ehre seiner Vorfahren mit solch niederträchtigen Listen.«

»Was wir ebenfalls getan haben«, gab ich zu bedenken. »Bruder, ich fürchte, dass es in diesem Krieg nicht viel Ehre zu holen gibt. Verica hat viel zu viel zu verlieren. Er wird vor nichts zurückschrecken, um seinen Einfluss nördlich des Tamesis auszudehnen. Er und seine römischen Freunde«, fügte ich verbittert hinzu und dachte dabei an den Zenturio, der die Atrebaten begleitet hatte.

Eine Sache, die ich soeben gehört hatte, gab mir noch Rätsel auf. Ich drehte mich wieder zu unseren Gefangenen um. »Woher weiß Verica eigentlich von unserer Absicht, morgen anzugreifen?«

Senetio warf seinem jüngeren Kameraden einen Blick zu. »In Eurem Lager ist ein Verräter. Ich habe gehört, wie unser Herr mit den anderen Mitgliedern des Kriegsrats über ihn gesprochen hat. Er teilt uns schon seit Monaten Eure Pläne mit.«

Ein flaues Gefühl machte sich in meinem Magen breit. »Wer ist es?«

»Das weiß ich nicht. Sein Name ist nicht gefallen … zumindest nicht in unserer Gegenwart. Nur Verica und seine engsten Berater wissen, wer es ist.«

»Scheiße«, sagte Togodumnus und mahlte mit den Kiefern. »Ein Verräter. Das hat uns gerade noch gefehlt.«

»Unser Vater ist in großer Gefahr«, sagte ich. »Wir müssen sein Lager so schnell wie möglich finden und ihn warnen, bevor er in die Falle tappt.«

»Herr, was machen wir mit den beiden hier?«, fragte Dubnocatus und deutete mit dem Kinn auf die Gefangenen.

»Tötet sie«, zischte Vassedo.

»Bitte nicht!«, rief Senetio. »Ich flehe Euch an, Herr. Wir haben alles getan, was Ihr verlangt habt. Lasst uns gehen.«

»Was? Damit ihr uns an die erstbeste feindliche Patrouille verraten könnt?« Maglocunus lachte grausam. »Wie kämen wir dazu? Da ist es doch viel einfacher, euch zu töten.«

»Wir könnten sie mitnehmen«, sagte Dubnocatus. »Vielleicht möchte sie der König selbst verhören.«

»Kommt nicht infrage. Wir können sie nicht mitnehmen«, sagte Maglocunus leise. »Unsere Männer sind völlig am Ende und können nicht auch noch auf die beiden da aufpassen.«

Ich drehte mich wieder zu unseren Gefangenen um, die mich entsetzt anstarrten, während ich überlegte, ob sie in ihre Heimat auf der anderen Seite des Flusses fliehen oder uns verraten würden, wenn ich sie freiließ.

Ich hatte Mitleid mit diesen armen Schweinen. Sie waren in einen Krieg hineingezogen worden, den sie kaum verstanden, um für den Anspruch ihres Königs auf ein Gebiet zu kämpfen, in dem sie noch nie gewesen waren, während sich niemand mehr um ihr eigenes Land kümmerte. Es war kaum verwunderlich, dass sie nicht besonders begeistert davon waren, für Verica zu den Waffen greifen zu müssen.

Togodumnus berührte leicht meinen Arm. »Wir können kein Risiko eingehen, Bruder. Es steht zu viel auf dem Spiel.«

»Wir kämpfen nicht gegen das Volk der Atrebaten, sondern gegen seinen Herrscher und dessen Verbündete. Was bringt es da, zwei Männer zu töten, die noch nicht einmal für ihren König kämpfen wollen?«

»Und was, wenn sie auf dem Weg zum Sumpf auf ihre Kameraden treffen? Wenn Verica erfährt, dass wir von seiner versteckten Kriegsbande und der Ankunft der Durotriger wissen, wird er jeden Mann, den er entbehren kann, auf uns hetzen – um uns zur Strecke zu bringen, bevor wir unseren Vater warnen können.«

Ich schwieg einen Moment lang und wollte mir zuerst nicht eingestehen, dass er recht hatte. Menschen kaltblütig zu töten, hat mir nie Freude bereitet, aber es stimmte, was mein Bruder sagte: Es war notwendig. Es stand zu viel auf dem Spiel. Doch meine Ideale waren schon vor langer Zeit ein Opfer dieses schrecklichen Kriegs geworden. Ich nickte Togodumnus zu.

»Soll ich mich darum kümmern?«, fragte er.

»Nein. Es war schließlich meine Entscheidung.«

Togodumnus deutete mit dem Kinn auf den toten atrebatischen Edelmann. »Was sollen wir mit ihm und den anderen machen? Wir können ihre Leichen nicht einfach hier liegen lassen, damit der Feind darüber stolpert.«

»Wir beschweren sie mit Steinen und versenken sie im Teich. Aber den Kopf des Adligen behalten wir.«

»Seinen Kopf?«, wiederholte Togodumnus und runzelte die Stirn. »Bruder, dies ist nicht der richtige Augenblick, um Trophäen zu sammeln.«

»Nein, natürlich nicht«, sagte ich. »Aber wir können ihn vielleicht noch brauchen.«

Die Gefangenen, die alles mitangehört hatten, sahen in stummer Verzweiflung dabei zu, wie Maglocunus sein Schwert zückte, einen Stiefel auf die Brust des toten Edelmanns setzte und dreimal kräftig auf seinen Hals einschlug, als würde er Holz hacken. Mit einem widerlichen Knirschen durchtrennte die Klinge Knochen und Knorpel. Dann bückte sich der stämmige Krieger, hob den abgetrennten Kopf des Boten auf, wickelte ihn in ein Stoffbündel und steckte ihn in eine Tasche.

Ich drehte mich wieder zu unseren beiden Gefangenen um, während meine Männer einen losen Kreis um sie bildeten, um sie an der Flucht zu hindern. »Auf die Knie mit euch!«

KAPITEL 34

Als sich später an diesem Vormittag die Wintersonne zeigte, erreichten wir einen Pfad, der sich einen Hügel hinaufschlängelte. Wir folgten ihm, bis wir den mit Stechginster bewachsenen Gipfel erreichten. Von hier aus hatten wir eine klare Sicht auf das Lhandain umgebende Land. Unmittelbar nördlich der Stadt lag eine weite Ebene, die auf der Westseite von kleinen Flüssen und Bächen, dichten Wäldern und Erhebungen mit markanten Grabhügeln darauf begrenzt wurde. Ein paar Meilen weiter östlich endete die Ebene an einem großen Sumpfgebiet, durch den ein weiterer der zahlreichen Nebenarme des Tamesis floss. Nördlich der Flussaue, etwa zwei Meilen von Lhandains Nordtor entfernt, hing eine Rauchwolke über einem großen, auf einer Anhöhe errichteten Heerlager. Dahinter erhoben sich bewaldete Hügel.

Dass wir dem catuvellaunischen Lager und unseren Kameraden so nahe waren, hob unsere Stimmung. Gut gelaunt stiegen wir den Hügel wieder hinunter und bahnten uns einen Weg durch den lichten Eichenwald bis zum Rand der großen Ebene. Dort blieben wir stehen, um das kreuz und quer von Knüppeldämmen durchzogene Ackerland erst einmal genau zu beobachten. Alles schien ruhig. Die meisten Bewohner waren wohl entweder längst nach Norden geflohen oder hatten sich nun vor der bevorstehenden Schlacht in Lhandain in Sicherheit gebracht. Wir bewegten uns zügig auf das Lager zu, wobei wir die Hauptwege mieden und beständig Ausschau nach feindlichen Patrouillen hielten.

Die Angst davor, gefangen genommen zu werden, ließ mich auch jetzt nicht los. Wenn wir meinen Vater nicht rechtzeitig vor den im dichten Wald versteckten atrebatischen Kriegern warnten, würden unsere Kriegsbanden sie erst entdecken, wenn es bereits zu spät war, und so in Vericas Falle tappen. Auf diese Weise konnte den Atrebaten im Kampf um Lhandain ein überwältigender Sieg über unsere Männer gelingen. Als Folge daraus würden sich unsere Verbündeten von uns abwenden, Camulodunum würde unweigerlich fallen und unsere Familie würde aus dem Land ihrer Vorfahren vertrieben werden. Wir würden den Rest unserer Tage, wie so viele von der Insel verbannte britannische Adelsfamilien vor uns, irgendwo im Exil bei den Stämmen Galliens oder Germaniens verbringen und in Vergessenheit geraten.

Ich hing solch düsteren Gedanken nach, bis wir nur noch wenige Hundert Schritt von unserem Lager entfernt waren. Wir steckten die Waffen weg und bewegten uns mit äußerster Vorsicht weiter – wohl wissend, dass man uns mit dem Feind verwechseln konnte. Dazu brauchte es nur einen einzigen ängstlichen Wachposten, der uns aus der Ferne sah und den Angriff auf die Fremden befahl, die sich dem Lager näherten.

Fünfzig Schritte weiter ließ ich anhalten und rief nach den Wachen, die – da war ich mir sicher – ganz in der Nähe im dichten Heidekraut und Ginster verborgen waren. Daraufhin tauchte in dreißig Schritt Entfernung ein junger, mir unbekannter Krieger aus dem hohen Gras auf und richtete seine Lanze auf mich. Er betrachtete die verwilderten Gestalten, die er vor sich hatte, dann verlangte er zu wissen, wer wir seien.

Ich hob die Hände und antwortete.

»Prinz Caratacus? So ein Schwachsinn!«, spottete der Krieger, sobald ich ihm meinen Namen genannt hatte. »Verschwindet! Na los, verpisst euch!«

»Was bildet sich der kleine Scheißer ein?«, knurrte Maglocunus. »Keiner hat das Recht, so mit Prinz Caratacus zu reden.« Er trat vor und griff nach seinem Schwert.

»Nicht!«, schrie ich, bevor ich mich wieder dem Wachposten zuwandte. »Lass uns sofort durch. Das ist ein Befehl!«, fuhr ich ihn an. »Wir haben wichtige Nachrichten für den König.«

»Niemand darf ohne Erlaubnis ins Lager. So lautet der Befehl des Königs.«

In diesem Moment kam ein mit vielen Narben gezeichneter Veteran hinzu, der nachsehen wollte, was es mit der Unruhe auf sich hatte. Ich erkannte ihn sofort: Es war Parvilius, der seit vielen Jahren in der Leibwache meines Vaters diente und auch bei jener schicksalhaften Versammlung des Hohen Rats der Druiden im vergangenen Herbst dabei gewesen war. Wir begrüßten uns herzlich, der Wächter stammelte eine Entschuldigung, und dann führte uns Parvilius vorbei an Lederzelten, Fuhrwerken und Pferden zum Quartier meines Vaters in der Mitte des Lagers.

Die vier mit langen Lanzen bewaffneten Leibwachen vor dem Zelteingang blickten mich verdattert an, als Parvilius ihnen sagte, wer wir waren. Wahrscheinlich hatte ich stärkere Ähnlichkeit mit einem dreckigen Vagabunden denn mit dem Sohn des Großkönigs der Catuvellaunen. Sie machten Platz, und ich trat geduckt durch den mit Ziegenhäuten verhängten Eingang. Togodumnus folgte mir, während der Rest meiner zerlumpten Kriegerschar in Schlamm und Schnee vor dem Zelt wartete.

Mein Vater saß auf einem Stuhl, meinen Lehrer Bladocus an seiner Seite. Vor ihm hatten sich die Mitglieder seines treuen Kriegsrats versammelt. »Caratacus … Togodumnus.« Mein Vater sah uns überrascht an und stand auf, um uns zu begrüßen. »Meine Söhne …«

»Vater.« Ich verbeugte mich.

Er hatte uns nicht umarmt. Mein Vater war den Traditionen unseres Stammes verpflichtet, und ein König hatte seinen Söhnen Härte, Furchtlosigkeit und Demut vor den Ranghöheren beizubringen. Ich bewunderte meinen Vater für das, was er für unser Volk erreicht hatte, für seine politische Klugheit, sein Geschick in der Schlacht und seine Fähigkeit, menschliche Schwächen zu erkennen – Stärken, mit denen er den Aufstieg unseres Stammes zur führenden Macht nördlich des Tamesis ermöglicht hatte. Aber er war auch ein harter Mann, barsch und unnahbar, und was er wirklich dachte, war mir stets ein Rätsel – doch wahrscheinlich machte ihn genau das zu einem so gefährlichen Widersacher.

Ich begrüßte Epaticcus, indem wir uns an den Unterarmen packten. Erleichtert sah ich, dass mein Onkel von den Verletzungen genesen war, die er bei dem Blutbad von Senomagus erlitten hatte. Adminius nickte ich zum Gruß lediglich zu. An der Seite meines Bruders stand ein Mann, den ich noch nie gesehen hatte. Er hatte dunkles, fettiges Haar, einen Stoppelbart und olivfarbene Haut. Auf seinem Gesicht waren weder Tätowierungen noch sah ich irgendwelche anderen Zeichen, die auf seine Stammeszugehörigkeit hindeuteten. Seine Hände und Wangen waren mit rosafarbenen Narben übersät und sein haarloser Oberkörper muskelbepackt. Wenn ich hätte raten müssen, hätte ich ihn entweder für einen römischen Soldaten oder einen ehemaligen Ringkämpfer gehalten.

»Ist das ein neuer Freund von dir?«, fragte ich.

Ein spöttisches Grinsen blitzte in Adminius' Gesicht auf. »Das ist Tejanus, mein neuer Leibwächter. Er war Gladiator und hat mehrmals bei den Spielen im Amphitheater des Statilius Taurus gekämpft.«

Davon hatte ich bereits gehört: Sogar wir Britannier wussten von dem römischen Brauch, Männer zur Unterhaltung der Reichen und Mächtigen zu einem Kampf auf Leben und Tod zu zwingen.

»Der Kerl gefällt mir nicht«, sagte Togodumnus leise zu mir.

Mein Vater ergriff wieder das Wort. »Ihr seid mir ein willkommener Anblick – und ein ziemlich unerwarteter«, sagte er und betrachtete dabei unser verwahrlostes Äußeres und die zerrissene Kleidung. »Und wo sind deine Männer?«

»Vor dem Zelt, Vater«, antwortete ich. »Es haben nur fünf überlebt.«

»Ich verstehe.« Seine Augen verengten sich leicht. Die Bewegung war beinahe unmerklich, sodass man sie leicht hätte übersehen können, doch um seinen Unmut mitzuteilen, war sie deutlich genug. »Und die anderen?«

»Sie sind gefallen«, sagte Togodumnus ohne Umschweife. »Wir wurden vor ein paar Tagen vom Feind überrascht.«

»Vom Feind?«, wiederholte Bellocatus. Der dunkelhaarige Veteran wirkte verwirrt. »Seid ihr nicht über den Winter nach Norden gereist, um bei den Briganten Pferde zu kaufen?«

Eine unangenehme Pause folgte, und Togodumnus lief hochrot an. Ich hustete. »Mein Bruder wollte sagen, dass wir auf dem Rückweg von Räubern überfallen wurden. Sie haben den Großteil unserer Männer getötet und sich mit den Pferden und unserem Geld aus dem Staub gemacht.«

Ich sah aus dem Augenwinkel, wie Tejanus Adminius etwas ins Ohr flüsterte. »Könnten wir uns unter vier Augen unterhalten?«, fragte ich meinen Vater. »Ich habe eine dringende Nachricht für Euch.«

Mein Vater sah in die Runde der Edelmänner. »Bladocus, Epaticcus, ihr könnt bleiben. Ihr anderen geht zu euren Kriegsbanden. Wir werden unsere Besprechung später fortsetzen.«

Adminius sah ihn beleidigt an. »Und ich, Vater?«

»Lass uns allein. Wir sprechen uns heute Nachmittag.«

Adminius stieß ein ungläubiges Lachen aus. »Ich bin der Thronfolger. Was auch immer mein geliebter Bruder zu sagen hat, sollte ich ebenfalls hören.«

»Keine Widerrede, Adminius.«

»Aber Vater …«

»Geh. Das ist ein Befehl.«

Adminius öffnete den Mund zu weiterem Protest, doch dann presste er die Lippen fest zusammen und starrte mich mit kalter Wut an. Er herrschte seinen Leibwächter auf Latein an, dann folgten die beiden den anderen Adligen aus dem Zelt. Sobald sie gegangen waren, setzte sich mein Vater. »Was ist das für eine dringende Nachricht?«

Ich zögerte und warf Epaticcus einen Blick zu. »Keine Sorge«, sagte mein Vater. »Epaticcus kennt den wahren Zweck deiner Abwesenheit. Du kannst frei sprechen.«

Ich erzählte ihm, dass wir Moricanus' Truppen in den Wäldern westlich von Lhandain entdeckt hatten. Mein Vater setzte sich kerzengerade auf und legte die Stirn in Falten. »Im Wald, sagst du?«

»Ja, Vater. Westlich von der großen Ebene. Wir sind auf dem Weg hierher zufällig auf Moricanus' Lager gestoßen. Er hat dort mit vierhundert Mann Stellung bezogen.«

Die Falten auf der Stirn meines Vaters vertieften sich. »Aber Adminius hat das Gebiet bereits gründlich ausgekundschaftet und mir versichert, dass keine feindlichen Einheiten im Wald sind.«

»Dann lügt er«, sagte Togodumnus.

»Und das ist noch nicht alles, was wir herausgefunden haben«, sagte ich. »Nicht weiter als einen Tagesmarsch flussaufwärts von hier befindet sich eine große Streitmacht der Durotriger. Eintausend Krieger, angeführt von König Bogiodubnus. Verica hat ihm aufgetragen, morgen mit ihm in die Schlacht zu ziehen und uns endgültig zu vernichten, nachdem Moricanus uns in die Flanke gefallen ist. So lautet ihr Plan.«

»Woher weißt du das alles?«

Ich nickte Togodumnus zu. »Zeig es ihm.«

Mein Bruder trat aus dem Zelt und kam einen Augenblick später mit Maglocunus zurück. Der griff in seine Tasche, holte den abgetrennten Kopf des atrebatischen Boten heraus und hielt ihn an einem Büschel fettiger Haare in die Höhe. Dann verneigte sich Maglocunus vor dem König, reichte mir den Kopf und verließ eilends das Zelt. Ich warf das abgetrennte Haupt auf den Boden. Es rollte vor die Füße meines Vaters.

Epaticcus beugte sich zu dem Kopf vor und betrachtete die Tätowierungen auf den Wangen. »Das sind die Symbole eines atrebatischen Kriegers«, sagte er dann.

»Woher habt ihr ihn?«, fragte der König.

»Wir sind seinem Besitzer im Wald über den Weg gelaufen.« Ich beschrieb das Zusammentreffen und erzählte, was wir von den Begleitern des Edelmanns erfahren hatten.

»Und du glaubst diese Geschichte? Könnte es nicht eine List sein?«

»Sie hatten keinen Grund, uns anzulügen.«

Das Gesicht meines Vaters verfinsterte sich, als ihm das ganze Ausmaß der Gefahr bewusst wurde, das von Vericas Falle ausging. Auch Bladocus hörte mit versteinerter Miene zu.

»Und ich habe noch etwas von ihnen erfahren«, sagte ich.

»Was?«

»Die beiden Männer haben behauptet, es gäbe einen Verräter in unseren Reihen, der für die Atrebaten spioniert. Jemand, der von ihrem Hinterhalt ebenso wie von Eurer Absicht weiß, morgen anzugreifen.«

Epaticcus' Miene verfinsterte sich. »Das ist unmöglich.

Nur die Mitglieder des Kriegsrats kennen die Einzelheiten unseres Feldzugs.«

»Dennoch halte ich ihre Behauptungen für glaubwürdig. Wie sonst könnte Verica wissen, dass ihr morgen angreifen wollt?«

»Vielleicht hat er es sich irgendwie zusammengereimt?«

Ich schüttelte den Kopf. Seit wir den Wald verlassen hatten, hatte ich gründlich darüber nachgedacht. »Verica hätte den Durotrigern nicht befohlen, sich zu beeilen, wenn er sich Eurer Absichten nicht völlig sicher wäre. Es gibt nur eine Möglichkeit, wie er das in Erfahrung hatte bringen können: Jemand hat ihn über Eure Pläne unterrichtet.«

Mein Vater sah Bladocus wie um Rat suchend an. »Herr, ich bin geneigt, dem zuzustimmen«, sagte der Druide in seinem schweren gallischen Akzent. »Wir haben ja auch unsere Spione am Hof von Calleva – da ist es genauso gut vorstellbar, dass Verica einen Verbündeten unter uns hat.«

»Wer ist dieser Verräter?«, fragte mich mein Vater. »Haben dir die beiden Männer auch seinen Namen verraten?«

»Leider nicht. Und bedauerlicherweise gab es auch noch einen weiteren Verräter.« Ich erzählte ihm, wie Nemobnus uns den Atrebaten ausgeliefert hatte – mit verheerenden Folgen.

»Also weiß Verica höchstwahrscheinlich, dass ihr hinter den Überfällen auf seine Verbündeten steckt?«, fragte mein Vater, wobei sein Blick zwischen mir und Togodumnus hin und her huschte.

»Ja. Das hat er ganz sicher von Nemobnus erfahren. Er hat ihnen gewiss alles erzählt.«

»Das ist sehr bedauerlich, Caratacus. Du hättest vorsichtiger sein müssen. Aber so hast du mich vierzig meiner besten Männer gekostet, und wir könnten sogar einen noch höheren Preis zahlen, wenn die Atrebaten die anderen Stämme davon überzeugen, dass du und nicht irgendwelche silurischen Räuber für die Angriffe auf ihre Bauern verantwortlich sind.«

»Sie haben Nemobnus«, sagte Epaticcus. »Sein Wort ist Beweis genug.«

»Die Aussage eines Verräters? Wohl kaum«, sagte nun Bladocus.

Mein Vater überlegte. »Gibt es sonst noch etwas, das uns mit den Überfällen in Verbindung bringt?«, fragte er mich.

Ich dachte angestrengt nach und schüttelte den Kopf. »Nein, Vater. Wir waren sehr auf unsere Tarnung bedacht. Die Männer hatten nichts bei sich, mit dem sie als Catuvellaunen erkennbar gewesen wären.«

»Dann scheint es so, als wären wir mit einem blauen Auge davongekommen«, sagte Bladocus. »Ich bezweifle, dass Verica Interesse daran hat, die Angelegenheit weiterzuverfolgen – schließlich hat er selbst Dreck am Stecken, da er in die Bestechung der Druiden des Hohen Rats verwickelt war. Diese ganze Sache spricht sich immer weiter herum. Aber wie immer dem auch sei: Wenn die Catuvellaunen besiegt werden, wer soll dann die Stämme gegen die Römer anführen? Früher oder später werden sie wieder an unseren Küsten erscheinen. Wir dürfen das große Ganze nicht aus dem Blick verlieren, und deshalb dürfen die Catuvellaunen jetzt nicht unterliegen – egal, welchen Schaden der Ruf der Druiden dabei erleidet.«

Nachdenklich starrte mein Vater den abgetrennten Kopf an. »Es scheint, als hätte Verica uns mithilfe seines Spions eine raffinierte Falle gestellt. Das bedeutet natürlich, dass wir unsere Pläne ändern müssen … Und dafür bleibt uns nicht viel Zeit. Um die Enttarnung des Verräters kümmern wir uns später.«

»Habt Ihr immer noch die Absicht, die Schlacht am morgigen Tag zu eröffnen?«, fragte ich.

»Ja, und zwar in der nördlichen Ebene, fünfhundert Schritt von Lhandain entfernt. Unsere Truppen werden erst am Nachmittag vorrücken, sobald die Dobunni zu uns gestoßen sind und sich etwas ausruhen konnten.«

Unsere Verbündeten, erklärte mein Vater, waren vor einigen Tagen von ihrer Hauptstadt aus aufgebrochen und auf dem Weg zu uns. Kurz vor meiner Ankunft hatte ein Bote von Antedius, dem König der Dobunni, die Nachricht überbracht, dass seine Vorhut den kleinen Ort Brigandun eine halbe Tagesreise von uns entfernt erreicht hatte. Der Rest seiner Männer würde dann in der Abenddämmerung in Brigandun eintreffen.

»Wie viele Männer hat Antedius dabei?«, fragte ich.

»Vierhundert. Angeblich seine besten Krieger.«

»Das ist alles?«

»Wir hatten auf mehr gehofft«, sagte Bladocus. »Aber die Entscheidung des Königs, uns zu unterstützen, hat seinen Stamm entzweit. Viele von den Edelmännern der Dobunni sind nicht bereit, ihre Krieger gegen die Atrebaten kämpfen zu lassen. Sie fürchten Vericas Rache im Falle seines Sieges.«

»Es ist eine Schande«, sagte mein Vater. »Aber ich fühle mich geehrt, dass ich auf Antedius zählen kann – und auf jene Krieger, die bereit sind, mit uns in die Schlacht zu ziehen. Trotzdem bleibt die Frage: Wie können wir Vericas Plan vereiteln?«

Ich ergriff das Wort. »Wie viele Männer hat Verica in Lhandain?«

»Etwas weniger als zweitausend Krieger, wenn die Berichte der Wahrheit entsprechen.«

»Also etwas weniger als unsere Kriegsbanden.«

»Ja. Aber mit Moricanus' im Wald versteckten Männern wird er uns zahlenmäßig überlegen sein.«

»Vergesst die Durotriger nicht«, gab Togodumnus zu bedenken. »Das sind noch einmal tausend Mann in einem Lager flussaufwärts – sofern die beiden Atrebaten die Wahrheit gesagt haben. Was sollen wir gegen sie unternehmen?«

»Die Durotriger sitzen derzeit im Sumpf fest und warten noch auf den Rest ihrer Streitkräfte«, erklärte ich. »Sie werden sich erst in Bewegung setzen, wenn sie Vericas Befehle erhalten haben, und bis die Atrebaten merken, dass ihr Bote verschwunden ist, wird es mindestens einen Tag dauern. Damit hätten wir die Gelegenheit, jetzt zu handeln und sie zu besiegen, bevor ihnen ihre Verbündeten zu Hilfe eilen.«

»Was auch immer wir jetzt entscheiden, es ändert nichts daran, dass wir morgen in die Schlacht ziehen müssen«, sagte mein Vater. »Sonst hat Verica genug Zeit, die Durotriger herbeizurufen, und wir verlieren diesen Vorteil.«

»Warum sollten wir die Atrebaten fürchten?«, fragte Epaticcus und schlug sich trotzig mit einer Faust auf die

Brust. »Wir sind Catuvellaunen. Unsere Krieger sind gut ausgebildet. Wenn die Götter uns gewogen sind, werden wir die Atrebaten ebenso hinwegfegen wie die Truppen des Eppillus bei Durovernum.«

»Das ist keine Frage des göttlichen Wohlwollens«, sagte der König. »Und auch keine der Tapferkeit. Caratacus hat recht. Die im Wald verborgenen Männer werden uns von Westen her in die Flanke fallen, sobald unsere Truppen in der Schlacht gebunden sind. Wir dürfen nicht sehenden Auges in Vericas Falle laufen und hoffen, dass uns unsere überlegene Kampfkraft zum Sieg verhelfen wird.« Er warf Epaticcus einen vernichtenden Blick zu. »Nein, die Lage ist eindeutig: Wir müssen Vericas Plan gegen ihn wenden, ohne dass er durch seinen Spion in unseren Reihen davon erfährt.«

»Zu schade, dass wir ihnen nicht umgekehrt eine Falle stellen können«, sagte Togodumnus verdrießlich. »Ich habe mich schon so auf den Anblick gefreut, wenn sie sich auf den Spitzen unserer Speere winden wie die Würmer.«

Während dieser Auseinandersetzung hatte ich fieberhaft nachgedacht. Dann kam mir plötzlich ein Geistesblitz. Mir fielen die Eisfurt über den Tamesis, die von den Atrebaten bewachte Brücke und die Dobunni ein, die zu unserer Verstärkung unterwegs waren. »Vielleicht gibt es *doch* eine Möglichkeit, Verica zu besiegen«, sagte ich.

Mein Vater zog die Augenbrauen hoch. »Caratacus, ist das wieder einer deiner schlauen Pläne? Wie viele Männer wird es mich dieses Mal kosten?«, fragte er eisig.

»Gefahrlos ist es nicht«, fuhr ich unverzagt fort. »Aber wenn mein Plan aufgeht, können unsere Männer die atrebatischen Truppen ein für alle Mal aus Lhandain vertreiben.«

»Und warum sollte ich dir vertrauen? Immerhin hast du mich vierzig meiner besten Männer gekostet.«

»Herr, wir sollten ihn wenigstens anhören«, warf Bladocus ein, noch bevor ich etwas sagen konnte. »Seine Raubzüge haben die Atrebaten dazu gezwungen, viele Krieger in den Süden zu schicken, und man kann ihn wohl kaum dafür verantwortlich machen, dass es einen Verräter in seinen Reihen gab.«

Mein Vater trommelte mit den Fingern auf seinem Oberschenkel und starrte mich einige Augenblicke lang an. Dann atmete er aus. »Nun gut. Hören wir uns deinen Plan an.«

Ich atmete tief durch. »Wenn wir morgen trotz unserer schlechten Ausgangsposition siegen wollen, dann müssen wir die Falle unseres Feindes gegen ihn wenden. Und dafür sollten wir Folgendes tun …«

KAPITEL 35

Ich war völlig erschöpft von unserer Flucht aus dem Feindesland und schlief in dieser Nacht wie ein Toter. Am nächsten Morgen machten sich unsere zweitausend Mann – neben unseren eigenen Kriegern auch die der Trinovanten und Cantiaci – bereit, dem Heer der Atrebaten auf der großen Ebene vor Lhandain in einer Schlacht entgegenzutreten, die über das Schicksal ganz Südbritanniens entscheiden würde. Schon im ersten Morgengrauen wurden die Krieger aus ihrem Schlummer geweckt. Mein Vater hatte jedem Mann am Abend zuvor nur ein Trinkhorn voll Bier erlaubt, denn er wollte, dass sie ausgeruht und mit einem klaren Kopf in den Kampf zogen. Er hatte von den umliegenden Bauernhöfen Schafe beschlagnahmen lassen, und bald war die Luft erfüllt vom Duft ihres gebratenen Fleisches, das zusammen mit Brot und Käse unser letztes Morgenmahl vor dem Angriff darstellte.

Im Lager herrschte geschäftiges Treiben: Männer eilten hin und her und riefen Befehle, Pferde wieherten, Bedienstete holten Ausrüstung von den Wagen im hinteren Teil des Lagers. Im Zelt meines Vaters ging ein ständiger Strom von Boten ein und aus. Sie brachten Nachrichten und eilten mit Befehlen für die Dobunni, die Brigandun verlassen und auf dem Weg hierher waren, sowie für unsere anderen Verbündeten und unsere eigenen Kriegsbanden wieder davon. Die Carnyxe wurden vorbereitet, unsere Druiden warfen Orakelstäbe und sangen Beschwörungsformeln, um den Zorn der Götter auf den Feind zu lenken. Bladocus verkündete, dass eine Krähe auf der Spitze einer Eibe gesichtet worden und dann nach Süden geflogen war – ein günstiges Omen. Gefolgsleute halfen ihren Herren in die Ringpanzerhemden oder polierten die aufwendig verzierten Helme, die vereinzelt im Kampf getragen wurden. Die Wagenlenker schmierten die Achsen ihrer Fahrzeuge mit Tierfett ein. Die Druiden brachten meinem Vater eine weiße Ziege, der er die Kehle durchtrennte, um durch dieses Opfer die Gunst der Götter in der bevorstehenden Schlacht zu erbitten.

Die Männer versammelten sich um die Standarten ihrer jeweiligen Kriegsbanden und warteten auf den Befehl zum Vormarsch. Einige beteten, dass die Götter sie nicht zu Krüppeln werden ließen – oder vor der noch schlimmeren Schande der Feigheit bewahrten. Weniger erfahrene Krieger nestelten nervös an ihrer Ausrüstung herum. Andere erzählten derbe Witze, träumten laut von dem Festmahl, das sie am heutigen Abend in Lhandain zu genießen gedachten, oder von den hundert anderen Dingen, die sich ein Krieger ausmalt, um die schreckliche Tatsache zu verdrängen, dass er sich noch am selben Tag den Schwertern seiner Feinde stellen muss. Die Veteranen hingegen schonten ihre Kräfte und beobachteten stumm das Heer am anderen Ende der schneebedeckten Ebene.

Mehrere Hundert Schritte von uns entfernt hatten Vericas atrebatische Truppen Aufstellung genommen. Ihre Speere und Schwerter blitzten im Licht der Morgensonne. Sie waren bereits kurz vor Sonnenaufgang aus dem Nordtor Lhandains marschiert gekommen, nun standen uns fast zweitausend Krieger in drei langen Reihen gefechtsbereit gegenüber. Die Standarten der Atrebaten flatterten im schwachen Wind. Ganz in der Nähe sah ich die Streitwagen des atrebatischen Königshauses, umgeben von einer Schar von Gefolgsleuten und den Druiden des atrebatischen Kultes.

Es war ein schöner, klarer Morgen mit einem Himmel so blau wie das Wasser Eures geliebten Mittelmeeres. Der unberührte Schnee glänzte wie Marmor, die Wärme der Sonne auf unseren Wangen kündete vom nahenden Frühling. Epaticcus zufolge, der an meiner Seite stand, war es ein guter Tag zum Kämpfen.

»Glaubst du, dass dein Plan aufgehen wird, mein Junge?«, fragte er.

Ich sah meinen Onkel an. Wir befanden uns am Rand einer Böschung, von der man die Ebene überblicken konnte. Mein Vater stand einige Schritte von uns entfernt, umgeben von seinen Leibwächtern und Untergebenen, und beobachtete den Feind, während unsere Kriegsbanden letzte Vorbereitungen trafen. Unter ihnen war auch Adminius. Er trug ein Ringpanzerhemd, lederne Armschienen und einen von einer Rabenfigur gekrönten Bronzehelm. Der mit Koralle verzierte Griff seines Schwerts glänzte im Sonnenlicht. Sein Leibwächter Tejanus stand pflichtbewusst an der Seite seines Herrn. Seine fleischige Hand ruhte auf dem Knauf seines Schwerts. Adminius sah mich einen Augenblick lang an, dann wandte er sich wieder zu den anderen Edelmännern um.

»Jeder Plan kann schiefgehen«, sagte ich.

Ich wandte den Blick ab und hoffte, Epaticcus würde die Anspannung nicht bemerken, die sich ganz bestimmt auf meinem Gesicht abzeichnete. Das Wissen, dass es in seinem engsten Kreis einen Verräter gab, hatte meinen Vater dazu veranlasst, den Mitgliedern seines Kriegsrats die Einzelheiten unseres Täuschungsmanövers vorzuenthalten. Außer dem König und mir waren nur Epaticcus, Bellocatus und Bladocus in den Plan eingeweiht. Doch sollte Verica trotz unserer Vorsichtsmaßnahmen davon erfahren haben, war es möglich, dass wir die Schlacht ungeachtet aller Bemühungen dennoch verloren.

Eine Niederlage wäre eine Katastrophe für unseren Stamm gewesen. Es stand weit mehr auf dem Spiel als Lhandain: Eine Niederlage hätte das Ende der catuvellaunischen Vorherrschaft bedeutet. Mit Lhandain hätte Verica einen Brückenkopf nördlich des Tamesis gehabt, und mit Unterstützung der Durotriger wäre er dann in der Lage gewesen, weiter nach Norden vorzurücken und unsere Hauptstadt zu bedrohen. Damit wäre auch meine Hoffnung auf die von meinem druidischen Lehrer prophezeite Zukunft zunichtegemacht worden: Ich würde niemals den catuvellaunischen Thron besteigen, die Stämme einen und Rom die Stirn bieten.

»Dann lass uns beten, dass die Götter heute mit uns sind«, murmelte Epaticcus. »Ich habe so das Gefühl, dass wir ihre Hilfe brauchen werden.«

»Hast du Zweifel an unserem Plan?«

Nachdenklich schürzte er die Lippen. »Ich würde lieber auf andere Weise kämpfen – aber ich bin Krieger und kein Stratege wie dein Vater. Er hat deinem Plan zugestimmt, und mehr muss ich nicht wissen – solange es damit endet, dass wir heute Abend in Lhandain unseren Sieg feiern.«

»Von den Dobunni hängt zugegebenermaßen vieles ab«, musste ich einräumen. »Und von Togodumnus. Aber ich sehe keine andere Möglichkeit, und wenn alles nach Plan läuft, werden wir heute siegen.«

»Gut. Denn ich möchte nicht, dass irgendein atrebatischer Hurensohn meinen Kopf triumphierend durch Calleva trägt.«

Ich lächelte grimmig. »Geht mir auch so.«

Dann schwieg ich und wandte mich wieder der Ebene vor uns zu, auf der ich an jenem Morgen vor der Schlacht Folgendes erblickte: Das atrebatische Heer stand fünfhundert Schritt vor Lhandain, jener reichen Stadt, die es einzunehmen galt. Hinter der Anlegestelle der Siedlung befand sich die Holzbrücke, die an der schmalsten Stelle über den Tamesis führte. Inmitten von Schilf und Binsen erkannte ich den Bauernhof am anderen Ufer. Ungefähr an dieser Stelle hatten wir die Furt überquert.

Etwa eine Meile westlich von der Flussaue lag der Wald, in dem Fürst Moricanus mit seinen Truppen darauf wartete, uns aus dem Hinterhalt in die Flanke zu fallen. Drei Meilen östlich von der Ebene fing das tückische Marschland an, das sich bis zum Horizont erstreckte. Wenn unser Plan scheiterte, würden Vericas Männer zweifellos versuchen, unsere Truppen in die Sümpfe zu drängen, wo wir eine leichte Beute für sie sein würden. Mehrere Hundert Schritt zur Rechten unseres Lagers hatten unsere Späher auf dem höchsten Punkt eines westlich der Ebene gelegenen Hügels Position bezogen. Dort würden sie den ganzen Tag über Wache halten und unsere Befehlshaber beim ersten Anzeichen der sich nähernden Dobunni benachrichtigen.

Mein Plan war relativ einfach: Unsere Hauptstreitmacht würde dem atrebatischen Heer auf der Ebene gegenüberstehen, bis unsere Späher das Eintreffen der Dobunni meldeten. Erst dann würden wir auf das feindliche Heer vorrücken. Handverlesene Männer der königlichen Kriegsbande verstärkten in Erwartung des Hinterhalts der im Wald versteckten feindlichen Truppen unsere rechte Flanke. Um die Täuschung vollständig zu machen, trugen die Männer einfache Tuniken und verbargen ihre auffälligen Tätowierungen, die sie als Elitekrieger auswiesen, unter blauer Waidfarbe. Togodumnus lauerte mit einem kleinen Kriegertrupp im Schilfgürtel auf der anderen Seite des Tamesis. Sie hatten den Fluss in tiefster Nacht an der Eisfurt überquert. Ihr Befehl lautete, die wenigen Wachen am Südufer zu töten und die Brücke mit den beiden vor dem Bauernhof stehenden Fuhrwerken zu blockieren und dann anzuzünden.

Wenn wir den Atrebaten so den einzigen Fluchtweg abschnitten, blieb ihnen nur, weiterzukämpfen, in die Sümpfe zu fliehen oder ihr Glück auf dem gefrorenen Fluss zu versuchen. Mein Plan würde aufgehen, redete ich mir ein weiteres Mal ein, um mich zu beruhigen – vorausgesetzt, dass die Dobunni nicht aufgehalten wurden und alle Beteiligten ihre Befehle befolgten.

»Ihr müsst warten, bis Moricanus aus dem Wald heraus angreift und Vericas Truppen vollständig in die Schlacht eingebunden sind, vergiss das nicht«, hatte ich Togodumnus bei der gestrigen Besprechung im Zelt meines Vaters eingeschärft. »Wenn ihr zu früh angreift, werden die

Atrebaten unseren Plan durchschauen und versuchen, euch aufzuhalten. Und wir können euch dann nicht helfen.«

»Was ist, wenn die Atrebaten eine Reserve am Südufer des Tamesis zurückhalten? Gegen eine größere Einheit bestehen zu wollen, wäre Selbstmord.«

»Eine Kriegerreserve am Südufer warten zu lassen, wäre strategischer Irrsinn. Nein, Verica wird sein gesamtes Heer an das Nordufer gebracht haben. Das ist viel vernünftiger. Vertrau mir, ihr werdet es nur mit ein paar Brückenwachen zu tun haben. Sobald ihr den Fluss überquert habt, müsst ihr euch unbedingt ausruhen. Du bist erschöpft, und morgen zum Kampf musst du in bester Verfassung sein.«

Mein Bruder war mit allem einverstanden gewesen, aber trotzdem hatte ich ihn in jener Nacht nicht ohne Bedenken verabschiedet. Nur wenige konnten es mit seinem Kampfesmut aufnehmen, aber ich wusste nur zu gut, dass ihn seine Hitzköpfigkeit gelegentlich zu vorschnellem Handeln verführte.

Als die Sonne über die Baumwipfel lugte, steigerten sich die Atrebaten in wilde Raserei. Sie schlugen ihre Schwerter rhythmisch gegen die Schilde, brüllten unseren Männern Kriegsschreie und Beleidigungen entgegen und beschimpften unsere Mütter mit den übelsten Ausdrücken. Gleichzeitig verkündeten ihre Barden lautstark die vielen glorreichen Taten ihres Adels. Unsere Seite antwortete mit einem Chor mindestens ebenso fantasiereicher Beschimpfungen und Schmährufe. »Seht die atrebatischen Hunde!«, schrie einer unserer Barden. »Seht, wie ihr erbärmlicher Anführer vor dem Ruhm des

Cunobelinus zittert! Unser König, Schlächter von tausend Feinden und größter Held unserer Zeit, befiehlt euch, unseren Gegner zu vernichten und euch euren Platz in der ewigen Herrlichkeit der Anderswelt zu sichern!«

Sein Gesang schien kein Ende nehmen zu wollen. »Such dir selbst einen Platz dort, du Arsch! Nimm dir einen Speer und mach mit!«, rief ein Witzbold. Wir lachten, während sich der Barde beschämt in den hinteren Reihen in Sicherheit brachte.

Der dumpfe Krach von Schwert auf Schild hallte über die Ebene und steigerte sich, begleitet von Jubel und Gebrüll der beiden Heere, zu einem ohrenbetäubenden Lärm. Unsere Männer konnten es kaum erwarten, sich auf den Feind zu stürzen. Die Männer in der vordersten Reihe der Atrebaten drehten sich um, ließen ihre Beinkleider fallen und zeigten uns ihre blassen Hintern. Ihre Kameraden brachen in Jubel aus und forderten uns auf, endlich anzugreifen.

»Diese Bastarde machen sich lustig über uns.« Epaticcus spuckte aus und warf unseren Gegnern böse Blicke zu. »Wir sollten diesen Abschaum ausweiden, anstatt uns von ihm beleidigen zu lassen.«

»Wir dürfen noch nicht angreifen«, erwiderte ich. »Wir müssen warten, bis die Dobunni in Sichtweite geraten. Erst dann kann Vater gefahrlos den Befehl zum Vorrücken geben.«

Epaticcus sah sich nervös über die Schulter zu unseren Spähern um, die ihrerseits die Hügel im Westen im Auge behielten. »Dann wollen wir mal hoffen, dass sie bald kommen. Wenn wir uns ihren Mist noch länger anhören müssen, marschiere ich gleich höchstpersönlich da rüber und sorge dafür, dass sie die Klappe halten.«

Eine plötzliche Bewegung auf der Brücke erregte meine Aufmerksamkeit. Eine Reihe von Maultieren gezogener Fuhrwerke rollte über die Brücke in Richtung Südufer. Eine Handvoll berittener Atrebaten begleitete den Zug. Einer trug die Standarte des Königshauses.

»Was ist das?«, fragte ich.

»Ein Wagenzug Vericas. Er lässt anscheinend seine Besitztümer aus Lhandain wegbringen, während seine Krieger anderweitig beschäftigt sind«, antwortete Epaticcus. »Das ist ein gutes Zeichen: Er scheint trotz seiner List eine Niederlage zu fürchten.« Epaticcus spuckte einen Schleimklumpen in den Schnee. »Schade um die Wagen. Unsere Jungs haben sich darauf gefreut, fette Beute zu machen, sobald wir den Atrebaten ordentlich in den Arsch getreten haben.«

»Da wird es schon noch mehr zu erbeuten geben«, sagte ich.

Der königliche Wagenzug näherte sich dem anderen Ende der Brücke. Das halbe Dutzend Wachen sprang eilends zur Seite, um die Fahrzeuge passieren zu lassen. Dann entdeckte ich eine Gruppe dunkler Gestalten, mit Speeren und Schwertern bewaffnet, die aus dem hohen Schilf auftauchten und auf die etwas flussabwärts von dem verlassenen Gehöft gelegene Kreuzung zustürmten.

»Das ist Togodumnus mit seinen Männern.« Epaticcus hielt gegen das gleißende Sonnenlicht die Hand über die Augen. »Scheiße, was bei allen Göttern haben die vor?«

Das begriff ich sofort, und ich spürte, wie sich die

Furcht in meinem Magen zusammenballte. »Sie wollen den Wagenzug angreifen.«

»Warum denn das? Dein Bruder hat den Befehl, auf unser Signal zu warten.«

»Er denkt vielleicht, dass Verica fliehen will«, erwiderte ich mit Blick auf die im Wind flatternde königliche Standarte. »Und dass ihm die Gefangennahme des Königs großen Ruhm einbringen wird.«

»Scheiße!« Epaticcus schlug sich mit der geballten Faust gegen den Oberschenkel. »Dieser Narr! Er wird den ganzen Plan verderben.«

Ich war dazu verurteilt, hilflos mitanzusehen, was mein Bruder in seiner sorglosen Hitzköpfigkeit tat. Die Wachen auf der Südseite der Brücke drehten sich zu ihren Angreifern um. Mehrere catuvellaunische Krieger stürzten sich auf die den Zug begleitenden Reiter, die anderen schwärmten um die Fuhrwerke herum. Die Fahrer am hinteren Ende der Kolonne sprangen von ihren Wagen und rannten so schnell sie konnten über die Brücke zurück nach Lhandain.

Was würde nun geschehen? Mein Bruder hatte zwanzig altgediente Krieger unter seinem Kommando: zähe Männer, von meinem Vater persönlich ausgewählt, um die Brücke zu sperren und in Brand zu setzen. Sie waren den Brückenwachen zahlenmäßig knapp überlegen, doch es würde nur wenige Augenblicke dauern, bis die Wagenlenker Lhandain erreichten und ihre Kameraden auf die Bedrohung von hinten aufmerksam machten. Ich drehte mich um und eilte zu meinem Vater hinüber, den Bellocatus bereits auf das Scharmützel am anderen Ufer aufmerksam gemacht hatte.

»Vater«, begann ich und bemühte mich, die Anspannung in meiner Stimme zu unterdrücken. »Wir müssen sofort angreifen. Wir dürfen keine Zeit verlieren.«

»Jetzt?«, fragte Adminius mit einem eisigen Gesichtsausdruck. »Geliebter Bruder, hast du den Verstand verloren? Es ist noch viel zu früh. Unsere Späher haben die Dobunni doch noch gar nicht gesichtet.«

Ich zügelte meinen Zorn und wandte mich direkt an meinen Vater. »Wenn wir nicht auf der Stelle angreifen, wird Verica von unserem Überfall auf die Brücke erfahren. Das ist das Todesurteil für Togodumnus und seine Männer.«

»Togodumnus?« Adminius starrte auf das nun schon beinahe beendete Scharmützel am anderen Flussufer. »Was hat er da drüben zu suchen?« Adminius drehte sich zu mir. »Du hinterlistiger Bastard, was ist da los?«

Ich antwortete nicht. Adminius sah meinen Vater an, und seine Augen weiteten sich in plötzlicher Erkenntnis. »Die Brücke! Togodumnus will sie in Brand stecken, nicht wahr? Er will unserem Gegner den Fluchtweg abschneiden.« Der König nickte, und Adminius starrte ihn mit einem Ausdruck unbändiger Wut an. »Du hast mich angelogen. Du hast mir gesagt, dass Togodumnus den Dobunni eine Nachricht überbringt.«

»Später, mein Sohn. Dies ist nicht der richtige Augenblick.«

Adminius richtete seinen Blick auf mich. »Bruder, warum weiß ich nichts davon? Was hast du mir sonst noch vorenthalten? Mit welchen widerwärtigen Intrigen hast du Vaters Herz vergiftet?«

Ohne meinem Bruder Beachtung zu schenken, bat ich

den König abermals, umgehend einzugreifen und Togodumnus zu retten.

»Das ist seine eigene Schuld«, antwortete Cunobelinus wütend. »Wir können nicht das Leben unserer Männer aufs Spiel setzen, um ihm den Arsch zu retten – nur, weil er sich nicht im Zaum halten konnte.«

»Es geht nicht nur um Togodumnus«, erwiderte ich. »Wenn er versagt, ist unser ganzer Plan zum Scheitern verurteilt. Wenn wir Verica s Streitkräfte an der Flucht hindern und vollständig aufreiben wollen, müssen wir jetzt angreifen.«

»Ohne die Dobunni haben wir nicht genug Männer, um die Atrebaten auf dem Schlachtfeld zu besiegen«, sagte Adminius mit einem spöttischen Grinsen. »Wenn unser leichtsinniger Bruder zu früh angegriffen hat, ist das sein Problem, nicht unseres.«

»Unsere rechte Flanke ist stark genug, um den Feind aufzuhalten«, sagte ich. »Wir müssten in der Lage sein, Moricanus' Kriegern zumindest so lange die Stirn zu bieten, bis die Dobunni zu uns stoßen.«

»Herr, das ist gefährlich«, sagte Bellocatus knapp. »Wenn die Dobunni aufgehalten werden oder sich – die Götter mögen uns davor bewahren – verirrt haben, werden uns die Atrebaten niedermachen.«

Mein Vater, der bisher geschwiegen hatte, betrachtete das feindliche Heer auf der anderen Seite der Ebene mit schicksalsergebenem Blick. Dann wandte er sich Bellocatus zu. »Gib den Befehl«, sagte er. »Wir rücken vor.«

»Aber, Herr, es ist noch zu früh.«

»Wir haben die Nachricht erhalten, dass die Dobunni ihr Lager schon vor der Morgendämmerung abgebrochen haben. Das bedeutet, dass sie in Kürze eintreffen werden. Wir müssen jetzt angreifen und zu den Göttern beten, dass unsere Verbündeten bald zu uns stoßen.«

Bellocatus wollte widersprechen, aber der König brachte ihn mit einer knappen Handbewegung zum Schweigen. »Meine Entscheidung ist gefallen. Nun liegt unser Schicksal in den Händen der Götter. Gib das Signal, oder ich enthebe dich deines Kommandos.«

»Ja, Herr.« Bellocatus atmete tief ein und schrie seinen Untergebenen den Befehl zu. Diese gaben ihn unmittelbar weiter, woraufhin die Kriegstrompeten ihre tiefsten Töne anstimmten – ein dröhnender Lärm, der die Lieder der Barden übertönte. Unsere Krieger hoben eilends Schilde und Waffen und schlossen ihre Reihen unter den Schlangenschwanzbannern in den Farben unserer Stämme: Rot für die Catuvellaunen, Violett für die Trinovanten und Gelb für die Cantiaci. Die Bediensteten und Sklaven hielten sich hinter den Schlachtreihen bei den leeren Fuhrwerken bereit, um die Verwundeten vom Feld zu bringen. Unsere Häuptlinge nahmen ihre Positionen in den vorderen Reihen ein. Mein Vater stieg auf seinen Streitwagen, dessen lederbespannte Seitenteile mit Bildern von Hunden und Hirschen verziert waren. Er hatte einen beinahe mannslangen Speer in der Hand. In wenigen Schritten Entfernung stieg nun auch Adminius auf seinen noch prächtigeren, mit Gold und Koralle verzierten Wagen. Die anderen insgesamt etwa fünfzig Streitwagen wurden als Reserve zurückgehalten, um bei Bedarf vorzustürmen und die Lücken in unseren Reihen zu schließen. Ich nahm meinen Platz neben Epaticcus und Bellocatus bei den Fußtruppen an der rechten Flanke ein. Wie besprochen hatten sich unsere besten Schwertkämpfer zur Verstärkung daruntergemischt, um den Angriff der im Wald versteckten Truppen besser abwehren zu können.

Mittlerweile hatten Togodumnus und seine Männer kurzen Prozess mit dem Begleitschutz des Wagenzugs auf der Südseite der Brücke gemacht. Die meisten waren tot, der Rest floh in die Sümpfe. Einige unserer Männer schoben bereits die aufgegebenen Wagen zur Brücke, um diese damit abzusperren. In der Ferne erblickte ich einige atrebatische Krieger, die von den Lagerhäusern herbeieilten. Sie trafen an der behelfsmäßigen Blockade am anderen Ende der Brücke auf den Trupp meines Bruders. Aus der Ferne schienen beide Parteien zahlenmäßig ebenbürtig zu sein, und ich ahnte, dass unsere Aussichten auf einen Sieg und die Zukunft unseres Stammes auf Messers Schneide standen.

Sobald mein Vater sich vergewissert hatte, dass unsere Truppen bereit waren, stieß er mit seinem Speer in Richtung der Atrebaten in die Luft und brüllte den Befehl zum Vorrücken. Vor dieser Schlacht gab es keine gefeilten Reden wie in den wirklichkeitsfernen Werken Eurer Geschichtsschreiber, stattdessen Kriegstrompeten, gebrüllte Befehle und das Schnauben der Pferde. Man hörte das Trappeln der Hufe im Schnee, das Klirren des Zaumzeugs und das Klappern der Wagenräder. Die Druiden schrien Verwünschungen und riefen Lud an, die Atrebaten zu zerschmettern. Zweitausend Männer brüllten ihre Schlachtrufe, während sie gegen den verhassten Feind vorrückten.

»Senomagus!«, rief jemand. »Gedenkt unserer Brüder, die bei Senomagus fielen!«

Andere griffen den Ruf auf, und bald brüllten unsere Krieger im Chor den Namen dieses Ortes, während wir den Hang hinunter und über das offene Gelände auf die Linien der wartenden Atrebaten zumarschierten. Als wir nur noch etwa zwanzig Schritte von unserem Gegner entfernt waren, ertönte ein Befehl, und unsere Krieger schleuderten ihre Wurfspeere gegen den Feind. Ein Speerschwarm prasselte auf eine Mauer aus erhobenen Schilden ein. Von meiner Warte aus war es unmöglich zu erkennen, wie viele ihr Ziel fanden, doch diese erste Angriffswelle sorgte für Verwirrung und Panik in den Reihen der Atrebaten. Überall waren bereits die Schreie der Verwundeten zu hören, als wir uns zum Klang unserer Trompeten auf unsere Feinde stürzten. Einen Augenblick später schleuderten nun auch die Atrebaten ihre Speere auf uns. Aus so kurzer Entfernung war es für sie fast unmöglich, uns zu verfehlen, und Dutzende unserer Männer fielen den Wurfgeschossen zum Opfer. Ich hörte ein Heulen zu meiner Rechten und sah, wie ein Mann nach hinten kippte, die Hände um einen Speer in seinen Eingeweiden gekrallt. Andere wurden niedergestreckt und dann unter den Füßen ihrer Kameraden totgetrampelt. Diese heftige Salve hielt unseren Vormarsch kurzzeitig auf, dann gaben auch die feindlichen Trompeten das Signal zum Angriff, und die Atrebaten stürmten mit ohrenbetäubendem Gebrüll auf uns zu.

Unsere Stämme prallten mit donnernden Schwertern und Schilden aufeinander. Jeder Mann stürzte sich auf den nächstbesten Gegner, und das Schlachtgetümmel zerfiel schnell in viele kleinere Scharmützel und Zweikämpfe. Ich sah, wie mein Vater und Adminius ihre Speere aus nächster Nähe auf den Feind schleuderten, bevor sie aus ihren Wagen in den Schnee sprangen und ihre Schwerter zogen, um sich in den Nahkampf zu stürzen. Die Wagenlenker manövrierten die Fahrzeuge gekonnt hinter die Kampflinien. Dort warteten sie in sicherer Entfernung darauf, ihren Kriegern zu Hilfe zu eilen, sollten diese verwundet oder zu erschöpft sein, um weiterzukämpfen – oder wenn der Befehl zum Rückzug gegeben wurde.

»Alles oder nichts, Männer!«, schrie Epaticcus über den Lärm der kämpfenden und sterbenden Männer hinweg. »Tötet diese Scheißkerle! Tötet sie alle!«

Ich stolperte im Schnee über den zertrampelten Körper eines Gefallenen. Als ich das Gleichgewicht wiederfand und aufblickte, sah ich einen atrebatischen Krieger auf mich zustürmen. Er war von der Taille aufwärts nackt, hatte seinen muskulösen Oberkörper über und über mit dem Blau des Färberwaids beschmiert und fletschte wütend die Zähne. Um seinen Hals hing ein dünnes Lederband mit menschlichen Ohren und Wolfszähnen, die lederne Vorderseite seines Schildes war mit dem Bild eines Wildschweins geschmückt, dem heiligen Tier der Atrebaten. Der Krieger ließ sein hoch erhobenes Schwert auf mich herabsausen, ich riss meinen Schild hoch, und die Klinge schlug mit einem durchdringenden Scheppern gegen das den Schildbuckel verstärkende Eisenband. Mein Schildarm brannte vor Anstrengung, als ich verzweifelt eine Reihe heftiger Hiebe abwehrte.

Als der Krieger Atem schöpfen musste, sah ich, dass sich sein Schwert – zweifellos kein Höhepunkt der

Schmiedekunst – durch die Wucht der Schläge verbogen hatte. Mein Gegner war so von Kampfeswut gepackt, dass er die Verformung nicht bemerkte. Ich wartete auf seinen nächsten Angriff. Die verbogene Klinge klirrte kraftlos gegen den Rand meines Schildes, mit dem ich unmittelbar darauf zuschlug. Ich traf ihn mit dem runden Eisenbuckel im Gesicht und gab ihm keine Gelegenheit, sich zu erholen, sondern trat vor und versetzte ihm einen waagerechten, gegen seinen Hals gezielten Schwerthieb, der Fleisch und Sehnen durchtrennte. Blut strömte aus der breiten, tiefen Wunde, auf die er vergeblich eine Hand presste, während er in den Schnee fiel.

Überall um uns herum führten die Krieger auf unserer verstärkten rechten Flanke einen entschlossenen Kampf gegen den Feind, für den wir jedoch mit einem geschwächten Zentrum bezahlten: Unsere anderen Kriegsbanden zu meiner Linken wichen allmählich vor Vericas Elitekämpfern zurück. Ich sah meinen Vater mitten im Kampfgetümmel, flankiert von seinen beiden besten Leibwächtern. Wir Kelten erwarten von unseren Anführern, dass sie gemeinsam mit ihren Kriegern in den Kampf ziehen, anstatt ihn nur aus der Ferne zu beobachten, wie es Eure römischen Feldherrn zu tun pflegen. Der Boden war mittlerweile glitschig von Blut und glänzenden Eingeweiden und die Luft dick vom widerlichen Gestank nach Schweiß und Pisse und Scheiße – dem fürchterlichen Geruch des Schlachtfelds. Ich schaute mich um und sah Epaticcus, wie er einen fast nackten Krieger niedermachte und mit wütendem Gebrüll seinen nächsten Gegner suchte, das Schwert rot vor atrebatischem Blut. »Na los! Traut sich denn keiner von euch verdammten Bastarden? Wer von euch will als Nächster gegen mich antreten?«

Dann ertönte zu unserer Rechten der schrille Klang einer Kriegstrompete. Ich blickte auf und sah die Atrebaten unter der Führung von Fürst Moricanus mit triumphalem Getöse aus dem Wald stürmen. Dutzende Streitwagen rasten vor der Woge brüllender Krieger einher. Die Fahrer wichen allzu aufgewühltem Schlamm und Pfützen aus schmelzendem Schnee mit geübter Leichtigkeit aus.

Bellocatus schrie aus voller Kehle einen Befehl. Die erfahrenen Veteranen, die wir wohlweislich in den hinteren Gefechtsreihen der rechten Flanke positioniert hatten, rückten nun zu uns vor. Ich kauerte mich hinter meinem Schild zusammen, als ich sah, wie ein Edelmann in einem karierten Mantel auf einem Streitwagen sein rechtes Knie gegen die Weidenruten auf den Seitenteilen stemmte, um seinen Wurfspeer auf mich zu schleudern. Die Eisenspitze durchschlug das Holz des Schildes und verfehlte mein Gesicht nur um eine Handbreit.

Während ich den Schild beiseitewarf, der mich nun nur behindert hätte, sprang der Edelmann vom Streitwagen und ging mit seinem Langschwert auf mich los. Er hatte langes dunkles Haar und kräftige, tätowierte Arme. Unter seinem flatternden Mantel trug er einen großen, korallenbesetzten Anhänger. Ich wich aus und parierte seine Hiebe, wobei meine Armmuskeln wie Feuer brannten. Wenn Ihr eine Erklärung dafür wollt, warum wir gegen Eure Legionen letztendlich unterlegen waren, solltet Ihr einmal versuchen, mit einem Langschwert zu kämpfen. Durch das größere Gewicht ist es viel anstrengender, die Hiebe des Gegners abzuwehren, als mit den kürzeren Schwertern der Legionäre. Das war ein Nachteil für die britannischen Krieger, aber natürlich würde keiner unserer Herrscher so etwas jemals zugeben.

Ich wehrte einen weiteren ungestümen Schlag ab. Der dunkelhaarige Krieger setzte mit einem nach unten gezielten Hieb nach, der sich jedoch als Finte herausstellte. So brachte er mir einen tiefen Schnitt am rechten Oberarm bei – die Narbe ist bis heute zu sehen. Ich keuchte vor Schmerz auf und ließ unwillkürlich das Schwert fallen, dann warf ich mich zur Seite und wich so seinem nächsten Angriff geschickt aus. Hier konnte ich meinen silurischen Ausbildern wirklich dankbar sein, dass sie in Merladion ebenso viel Wert auf Beweglichkeit und Schnelligkeit wie auf Geschick im Umgang mit der Waffe gelegt hatten. Der Atrebat biss die Zähne zusammen und hieb nun wie wild auf mich ein. Ich warf mich auf den Boden und griff nach einem kurzen Speer, der dort inmitten allerlei zerstörten Kriegsgeräts und verstümmelter Leichen lag, rollte mich ab, wirbelte herum und nutzte den Schwung der Bewegung, um meinem Gegner den Speer in das weiche Fleisch unterhalb des Kinns zu rammen. Der Mann zuckte, wie von einem unsichtbaren Hammer getroffen, dann hustete er Blut, dass mir die warmen Tropfen ins Gesicht spritzten. Schließlich ging er zu Boden, ich dagegen sprang schnell wieder auf die Beine, da ein anderer stämmiger Krieger vortrat, um den Platz des Gefallenen in der Schlachtreihe einzunehmen. Diesen beförderte ich mit einem gezielten Stich in die Eingeweide in die Anderswelt.

Der Ausgang der Schlacht hing nun von der äußersten

rechten Flanke ab. Zu meiner Linken drängte der Gegner das Zentrum unserer Schlachtreihe immer weiter zurück. Der Überraschungsangriff auf unsere rechte Flanke, der Verica den erhofften Sieg hatte bringen sollen, war dagegen misslungen – zu erbittert war der Widerstand, den wir Moricanus und seinen Männern entgegensetzten. Zweifellos hatten sie nicht damit gerechnet, auf so kampferfahrene Gegner zu treffen. Dennoch hatten wir nicht genug Männer, um den Feind zurückzudrängen oder gar seine Reihen zu durchbrechen. Ich spürte, dass die Kampfkraft unserer Männer allmählich schwand. Unsere Art zu kämpfen und unsere schweren Waffen erfordern ein Maß an Ausdauer, das selbst den stärksten Krieger an seine körperlichen Grenzen bringt. Einige Schritte von mir entfernt sah ich Bellocatus inmitten des Gemetzels. Sein Brustkorb hob und senkte sich vor Anstrengung. »Wo bleiben diese verdammten Dobunni?«, röchelte er zwischen zwei gequälten Atemzügen. »Sie sollten schon längst hier sein.«

Irgendwo rechts von mir brüllte mein Vater unseren Kriegern zu, sie sollten bloß weiterkämpfen und dem verfluchten Abschaum aus dem Süden keinen Fußbreit Boden überlassen. Die Männer stürzten sich noch einmal mit frischer Kraft auf die Atrebaten, doch wann immer ein feindlicher Krieger müde wurde, trat ein anderer an seine Stelle, während wir keine Männer mehr in Reserve hatten. Selbst unsere Wagenlenker waren bereits vollauf damit beschäftigt, die Mitte unserer Gefechtslinie zu halten. Ich kann nicht sagen, wie lange die Schlacht dauerte. In der Hitze des Gefechts können sich kurze Augenblicke wie Stunden anfühlen. Irgendwann blickte ich auf und sah dicke graue Rauchwolken über dem Tamesis aufsteigen. Da wusste ich, dass es Togodumnus gelungen war, die Brücke in Brand zu setzen, aber daraus konnten wir nur einen Nutzen ziehen, wenn uns Antedius und seine Truppen rechtzeitig zu Hilfe kamen. Nun hing alles von den Dobunni ab.

Über das dumpfe Aufeinanderprallen der Leiber, das Grunzen der Kämpfenden und das grelle metallische Klirren der Waffen hinweg hörte ich, wie einer der Atrebaten seinen Kameraden aufgeregt etwas zurief. Ein anderer jubelte und deutete mit seinem Schwert auf eine Anhöhe am Rand der Flussaue südlich des Waldes. Ich blickte auf, und dann sah ich sie ebenfalls: Eine lange Reihe bewaffneter Krieger und Streitwagen waren auf dem Kamm des nächsten Hügels erschienen. Einen Augenblick später stürmten sie den Hang hinunter auf uns zu. Sie waren zu weit entfernt, um Einzelheiten zu erkennen, aber über dem Wald aus aufgerichteten Speeren flatterte ein schwarzes Schlangenschwanzbanner – ein Banner, vor dem jeder Stamm in Britannien erzitterte.

»Die Durotriger sind hier!«, brüllte einer unserer Männer verzweifelt. »Verdammte Scheiße, wir sind erledigt!«

KAPITEL 36

Entsetzen machte sich unter unseren erschöpften Männern breit, als die ausgeruhten Krieger diagonal aus südwestlicher Richtung über die Ebene auf uns zustürmten. Einige von uns erstarrten einen Moment lang, als könnten sie ihren Augen nicht trauen. Andere stießen üble Verwünschungen aus oder verfluchten die Dobunni, die uns in der Stunde der Not im Stich ließen. Die atrebatischen Krieger in den hinteren Reihen begrüßten die anrückenden Truppen mit heiserem Jubel, voller Erleichterung und zuversichtlich, dass die Ankunft ihrer Verbündeten den Kampf nun endgültig zu ihren Gunsten entscheiden würde. Das war zu viel für Adminius. Er wandte sich mit schreckensbleichem Gesicht vom Kampf ab und eilte zu unserem Vater und König hinüber.

»Vater, wir müssen hier weg«, sagte er mit bebender Stimme. »Jetzt sofort, solange wir noch können.«

»Sei still! Du bleibst, wo du bist«, schrie ich ihn an.

»Bist du verrückt geworden?« Adminius deutete auf die vorrückenden Krieger. »Das wird ein Massaker, du Schwachkopf.« Er packte den Oberarm unseres Vaters. »Nun kommt endlich«, sagte er, doch der König schüttelte ihn wütend ab.

»Lass mich los, verdammt noch mal!«

»Aber … die Durotriger«, rief Adminius verzweifelt.

»Sie werden uns alle niedermachen. Um Luds willen, Ihr müsst das Signal zum Rückzug geben.«

»Wir kämpfen weiter. Das ist ein Befehl.«

Adminius starrte uns mit vor Verständnislosigkeit offenem Mund an. Dann fasste er einen Entschluss und schrie nach seinem Wagenlenker. Der ließ die Zügel schnalzen, die Pferde galoppierten los und sein Streitwagen bewegte sich mit klappernden Rädern über das Schlachtfeld. Als er neben Adminius zum Stehen kam, sprang dieser auf, hielt sich an den Seitenwänden fest und befahl dem Wagenlenker, ihn zurück zum Lager zu bringen. Der Streitwagen fuhr los, kam aber nicht weiter als zwanzig Schritte, bevor die Räder im aufgewühlten, geschmolzenen Schnee und Schlamm stecken blieben. Der Wagenlenker ließ die Peitsche knallen und trieb die Pferde weiter an, aber die festgefahrenen Räder wollten sich nicht lösen. Mein Bruder heulte vor Wut und Enttäuschung auf. Dann rief er nach seinem Leibwächter. Tejanus eilte sofort herbei, stemmte sich gegen den Wagen und versuchte, das Gefährt anzuschieben. Jede Sehne und jeder Muskel waren zum Zerreißen gespannt.

Ich wandte mich wieder dem Kampfgeschehen zu. Die ersten Reihen der schwarz gekleideten Krieger waren jetzt nur noch wenige Hundert Schritte von uns entfernt. Wir leisteten weiter Widerstand, auch als uns die Atrebaten mit frischem Mut und neu gewonnener Entschlossenheit angriffen. Durch das Stimmengewirr hörte ich, wie Moricanus seine Männer mit dem Versprechen anspornte, dass ihre Verbündeten sie gleich ablösen würden. Mein Vater rief im Gegenzug unsere tapferen Krieger dazu auf, standhaft zu bleiben, aber dennoch drohten wir, überrannt zu werden. Aus den Augenwinkeln sah ich, wie Parvilius mit einem Schwert in der Brust auf die Knie sank. Andere hieben trotz ihrer Verletzungen weiter verzweifelt auf den Feind ein – sie zogen den Heldentod der Demütigung einer Niederlage vor.

Dann, im letztmöglichen Augenblick, wurde das schwarze Schlangenschwanzbanner der herbeieilenden Truppen heruntergenommen, und an seiner Stelle hob der Standartenträger die leuchtend grüne Fahne der Dobunni in die Höhe.

Der Jubel unserer Gegner verwandelte sich schnell in Entsetzensschreie. Nun machte sich in ihren Reihen Panik breit. Die Atrebaten hatten auf eine zusätzliche Verstärkung ihrer Westflanke verzichtet, und nun blieb ihnen keine Zeit mehr, sich auf die unerwartete Attacke einzustellen, denn schon stürzten sich unsere Verbündeten auf sie. Die atrebatischen Krieger vor uns waren dicht gedrängt zwischen uns und den Dobunni gefangen. Sie hatten nicht einmal genug Platz, um ihre Langschwerter zu schwingen. Viele wurden bereits im ersten Augenblick des Angriffs niedergestreckt oder zu Tode gequetscht, was unsere Seite mit einem zufriedenen Gebrüll quittierte. Die atrebatischen Krieger in den hinteren Reihen versuchten sich aus dem Gefecht zu lösen und traten die Flucht nach Süden in Richtung Lhandain an.

Inmitten des Gemetzels sah ich, wie Moricanus versuchte, auf seinem Streitwagen zu entkommen. Ich befahl meinen Kriegern brüllend, ihn aufzuhalten. Das Gefährt fuhr ruckartig an und zerquetschte Verwundete unter seinen Rädern. Ein Krieger der Dobunni hörte meinen Ruf und stieß einem der den Wagen ziehenden Pferde seine Lanze in die Flanke. Das Tier wieherte gequält und ging dann schwer zu Boden, wodurch der Streitwagen umkippte und Moricanus laut schreiend herausfiel. Sein verletzter Wagenlenker suchte das Heil in der Flucht, ohne die Hilferufe seines Fürsten zu beachten. Drei Dobunni umzingelten Moricanus, bevor er wieder auf die Beine kommen konnte, und hieben erbarmungslos mit ihren Schwertern auf ihn ein.

Mit dem Tod ihres Anführers verloren die Männer des Fürsten allen Kampfesmut und flohen nun in großer Zahl über die Ebene nach Süden in Richtung Lhandain. Unsere Krieger trafen in der Mitte des Schlachtfelds auf die Dobunni, und die nun vereinte Streitmacht ließ die Falle endgültig zuschnappen, indem sie das Zentrum des atrebatischen Heeres umfasste und einkesselte. Wir waren dem Feind, der sich uns noch entgegenstellte, zahlenmäßig überlegen, und die Ankunft der Dobunni hatte unseren müden Männern neue Kraft verliehen. Dieser Wucht hatten die Atrebaten nichts entgegenzusetzen. Die Klügeren in Vericas Kriegsbanden ahnten die bevorstehende Niederlage und traten den geordneten Rückzug nach Lhandain an. Andere wollten sich ergeben, wurden aber von unseren Kriegern im Blutrausch buchstäblich in Stücke gehackt. Wir machten an diesem Tag nur wenige Gefangene, so groß war unser Hass auf die Atrebaten. Ich bezweifle, dass unsere Männer gehorcht hätten, wenn mein Vater etwas anderes befohlen hätte.

Die feindliche Gefechtslinie schwankte noch eine Weile und brach schließlich zusammen. Die Stammesbanner fielen und wurden unter den Füßen der nun Hals über Kopf nach Lhandain fliehenden Krieger zertrampelt. Wie ich vorausgesehen hatte, wollten die Atrebaten über die Brücke zurück in ihr eigenes Stammesgebiet gelangen. In ihrer Panik hatten sie die Rauchschwaden, die über den Lagerhäusern aufstiegen, entweder nicht gesehen oder ihnen keine Beachtung geschenkt – vielleicht glaubten sie aber auch, dass eine der Holzbauten an der Anlegestelle Feuer gefangen hatte. Am wahrscheinlichsten ist jedoch, dass sie wussten, was geschah, aber die Brücke als einzige Fluchtmöglichkeit vor dem Gemetzel trotzdem zu erreichen versuchten. Wie dem auch sei – unser Plan war aufgegangen. Die Atrebaten saßen zwischen der brennenden Brücke und unseren Kriegsbanden in einer Falle, aus der es kein Entrinnen mehr gab.

»Jetzt haben wir sie!«, brüllte Epaticcus. »Tötet sie alle! Niemand wird verschont!«

Ein aufgeriebenes feindliches Heer auf der Flucht ist für den Sieger ein ebenso schöner wie schrecklicher Anblick, denn er weiß nur zu gut, wie leicht es hätte anders kommen können. Unsere Truppen jagten den besiegten Feind einzeln oder in kleinen Gruppen durch Lhandain. Ihr Rachedurst war unbeschreiblich. Ich sah, wie sich die verängstigten Einwohner in Gassen oder hinter Marktständen versteckten. Einige wenige jubelten uns sogar zu. Die meisten hatten sich jedoch in ihre Rundhäuser geflüchtet, um dort das Ende der Kämpfe in den matschigen Straßen abzuwarten. Sie beobachteten uns argwöhnisch aus den Türöffnungen heraus. Ich konnte ihnen ihr Misstrauen nicht verübeln: Wir müssen furchterregend ausgesehen haben.

Die letzten Reste des atrebatischen Heeres flohen weiter in Richtung Fluss. Inzwischen hatte das Feuer den Südteil der Brücke vollständig verschlungen. Die wenigen noch stehenden Holzplanken und Pfosten waren in Rauch und Flammen gehüllt. Die sengende Hitze ließ die Atrebaten innehalten. Einige wandten sich in ihrer Verzweiflung nach rechts zum kleineren Westtor. Mein Vater hatte dies vorausgesehen – ein Trupp unserer Männer unter Führung von Bellocatus hatte die Siedlung umrundet und wartete bereits dort, um ihnen den Weg abzuschneiden, bevor sie das Torhaus erreichten. Die Atrebaten hatten größtenteils ihre schweren Schilde abgeworfen; nun stießen sie überraschte Schreie aus, als sie den mit Schwertern und Lanzen auf sie wartenden Männern in die Arme liefen. Bellocatus' Krieger streckten sie alle nieder, bevor sie sich verteidigen oder in eine andere Richtung fliehen konnten. In wenigen Augenblicken war der Boden mit Leichen übersät.

Überall in der Siedlung wurden weitere Männer auf der Stelle niedergemacht oder starben schmachvoll mit einem Wurfspeer im Rücken, wenn sie zu fliehen versuchten. Nicht einmal die Leichen wurden verschont: Ganze Kriegertrupps hieben den toten Edelmännern die Köpfe ab, um sie als Trophäen mitzunehmen. Um die Häupter brachen sogar Kämpfe unter den Männern aus. Solche Streitigkeiten sind nichts Ungewöhnliches, und ich habe von Männern gehört, die ihre Kameraden zu töten bereit waren, um an besonders begehrte Köpfe feindlicher Krieger zu gelangen.

Ich stieß einen verwundeten Atrebaten beiseite, der sich die blutüberströmte Brust hielt, wich dem Lanzenstoß eines königlichen Leibwächters aus und stieß ihm im Gegenzug mein Schwert in die Leiste. Dann rannte ich zur Anlegestelle, wo sich ein paar Atrebaten ein letztes Gefecht mit einer großen Schar catuvellaunischer Krieger lieferten, zu denen auch mein Vater, Epaticcus und vielleicht zwei Dutzend andere kampferprobte Männer zählten. Sie lieferten sich einen erbitterten, erbarmungslosen Kampf. Verica war ebenfalls dort, umgeben von einer Schar treuer Leibwächter, die ihn weiterhin mit Feuereifer verteidigten. Sein pelzbesetzter Mantel war mit Blut bespritzt, und seine volle Stimme, mit der er seine Männer beschwor, bis zum letzten Atemzug Widerstand zu leisten, war selbst durch den Kampflärm hindurch zu hören.

Hinter ihnen stiegen die leuchtend orangefarbenen Flammen, die die Brücke verzehrten, hoch in den Morgenhimmel, begleitet vom Knacken und Brüllen des brennenden Holzes. Die Hitze war unerträglich, ihr feuriger Atem versengte mein Haar und der beißende Rauch brannte in Augen und Hals. Die Männer um mich herum husteten. Schnell griff der alles verschlingende Feuersturm von der Brücke auf eines der Lagerhäuser am Nordufer über.

Die letzten Atrebaten leisteten erbitterten Widerstand. Das überraschte mich nicht, denn es gibt kaum gefährlichere Gegner als Männer, die wissen, dass sie weder fliehen noch sich ergeben können. Sie kämpften mit der festen Entschlossenheit, ihren König um jeden Preis zu schützen, aber unsere Übermacht brachte sie schnell an den Rand der Erschöpfung. Diejenigen, die wir nicht niedermachten, flohen hinaus auf das Eis in der Hoffnung, irgendwie über den gefrorenen Fluss zu entkommen.

Einige Flüchtende hatten fast ein paar kleine, flussaufwärts von der Brücke gelegene Sandinselchen in der Mitte des Tamesis erreicht, um die herum das Eis noch etwas dicker war, als plötzlich ein dumpfes Krachen die Luft erfüllte. Das Eis brach, und die am weitesten vom Ufer entfernten Krieger heulten vor Entsetzen, als sie in das eiskalte graue Wasser stürzten. Die anderen Männer erstarrten vor Schreck und Unentschlossenheit, während sich um sie herum weitere Risse im Eis auftaten. Wenige Augenblicke später waren die meisten Atrebaten eingebrochen. Sie schlugen im Wasser wild um sich und griffen vergeblich nach den scharfkantigen Eisschollen. Viele atrebatische Krieger ertranken an diesem Tag im Tamesis. Und auch die, die schwimmen konnten, überlebten nicht. Unsere Krieger stellten sich am Ufer auf und warfen den Wehrlosen ihre Speere hinterher. Epaticcus neben mir brüllte vor Begeisterung und befahl, nicht damit aufzuhören, solange noch ein Atrebat am Leben war. Er hatte mehr Grund als die meisten, die Männer aus dem Süden zu hassen: Schließlich hatten sie ihn bei Senomagus fast getötet.

Als ich das Gemetzel beobachtete, verlor ich den König der Atrebaten aus den Augen. »Wo ist Verica?«, krächzte ich und hörte über die lauten Gnadenrufe meiner Feinde die eigene Stimme kaum. Ich ließ meinen Blick über den Fluss schweifen, doch er oder seine Leibwächter waren weder unter den dort treibenden Leichen noch unter den Toten am Ufer.

»Herr!«, rief Bellocatus meinem Vater zu. »Dort!«

Ich drehte mich schnell um und sah eine kleine Gruppe Männer, die an den Werkstätten und steinernen Lagerhäusern vorbei zu einem an der Anlegestelle vertäuten Frachtkahn eilten. Dort war das Wasser tiefer und das Eis spärlicher und dünner. Einige Schritte vor ihnen kletterten gerade zwei alte atrebatische Edelmänner etwas umständlich in das Boot. Ein dritter Mann, der die einfache Kleidung eines Dieners trug, kniete nieder, um die Leinen von einem dicken Holzpfosten zu lösen. Doch bevor er das Tau losbinden konnte, stürzten sich drei Leibwächter mit ihren Schwertern auf ihn und brüllten ihn in ihrem kehligen Dialekt an. Die Klinge eines Kriegers blitzte auf, dann fiel der kopflose Leichnam des Dieners auf den Steg und Blut spritzte aus dem Halsstumpf. Die beiden Edelmänner schrien und hoben die Hände, um sich zu ergeben. Die Leibwächter zerrten sie aus dem Boot, während Verica und sein Gefolge an Bord kletterten.

»Dieser Hundesohn entkommt uns noch«, schrie Epaticcus. »Beeilt euch!«

Ich rannte neben meinem Onkel her. Man konnte vor lauter Rauch kaum atmen. Verica brüllte einem seiner Männer einen Befehl zu, woraufhin dieser das Boot vom Ufer abstieß. Die Leibwächter legten sich in die Riemen, und bald erreichte das Boot das offene Wasser, auf dem nur ein paar dünne Eisschollen trieben. Die Ruder tauchten rhythmisch in die wie Stahl glänzende Oberfläche des Tamesis und glitten wieder heraus. Als wir die Anlegestelle erreichten, hatten sie schon einigen Abstand zwischen sich und das Ufer gebracht. Bellocatus hob den Wurfspeer eines toten Kriegers auf und warf ihn dem

Boot hinterher. Der Speer flog in niedrigem Bogen über den Fluss, bevor er schließlich im Kielwasser des Bootes harmlos in die Fluten fiel.

Epaticcus knirschte vor Zorn mit den Zähnen und schrie dem fliehenden König eine Reihe unflätiger Flüche hinterher. Bellocatus schlug sich wütend auf die Schenkel. Die Leibwächter ruderten so schnell sie konnten auf das sichere Südufer zu. Dabei kamen sie an zwei wild im Wasser strampelnden Männern vorbei. Einer von ihnen streckte Hilfe suchend die Hand aus, wodurch sich das Boot zur Seite neigte. Verícas Wachen schlugen dem armen Kerl mit einem Ruder den Schädel ein, und er versank in den Fluten.

Ich sah mich in der Siedlung um. Den letzten Atrebaten, die noch in Lhandain gefangen waren, wurde klar, dass ihr König sie verlassen hatte. Sie verloren jeden Kampfeswillen und warfen ihre Waffen weg. Nur eine Handvoll Edelmänner wurde gefangen genommen, die meisten wurden getötet. Weiter flussabwärts entlang der Anlegestelle hatten sich die Männer in Fischerboote gezwängt. An dieser Stelle war zwar kaum Eis, doch die Boote lagen aufgrund der vielen verzweifelten Männer darauf gefährlich tief im Wasser. Viele ertranken, während sie versuchten, auf diese Weise dem Tod zu entrinnen. Wer sich retten wollte, indem er über die Eisschollen lief oder durch den Fluss schwamm, war leichte Beute für unsere Bogenschützen. Wie durch ein Wunder gelang es einigen wenigen, ans andere Ufer zu entkommen, und auch Vericas Boot erreichte den Schilfgürtel.

Wir standen erschöpft da und mussten dabei zusehen, wie sich Verica und die Überlebenden seines Gefolges in die finsteren Sümpfe südlich des Flusses flüchteten. Der König der Atrebaten blieb noch einmal stehen und blickte zu uns zurück. Er zog sein Schwert und stach damit in einer trotzigen Geste in unsere Richtung. Dann drehte er sich um und verschwand in den Sümpfen.

»Dieser Bastard …«, keuchte Bellocatus. »Fast hätten wir ihn gehabt.«

»Ist doch egal!«, sagte Epaticcus. »Wir haben gewonnen. Nur das zählt. Wir haben diese Schweine geschlagen.«

»Moment! Dein Bruder …« Bellocatus drehte sich mit einem entsetzten Blick zu mir um. »Er ist immer noch da drüben. Und die anderen auch.«

Ich schüttelte den Kopf. »Die haben sich längst in Sicherheit gebracht. Togodumnus hat den Befehl, den Rückzug anzutreten, sobald sie die Brücke in Brand gesteckt haben. Sie werden über das Eis zurückkehren, sobald es dort wieder sicher ist.«

»Mit einem Haufen von Vericas Schätzen, nehme ich an«, fügte mein Onkel hinzu. Er drehte sich zu mir um und grinste breit. Sein zerfurchtes Gesicht war voller Blut und Schmutz. »Wir haben es geschafft.« Er klopfte mir auf die Schulter. »Verflucht, wir haben es tatsächlich geschafft, mein Junge. Lhandain gehört uns!«

KAPITEL 37

Die Schlacht um Lhandain setzte Vericas Streben nach der Eroberung von Gebieten nördlich des Tamesis ein Ende. Seine Verluste waren gewaltig: Mehr als die Hälfte seiner Männer waren in der Schlacht um Lhandain gefallen oder verwundet worden. Die meisten, die versucht hatten, über den Tamesis zu entkommen, waren ebenfalls tot. Bei ihrer überstürzten Flucht hatten die Atrebaten den Tross des Heeres, Pferde, Streitwagen und einen Großteil der Waffen und Ausrüstung zurückgelassen. Und das war noch nicht alles: Togodumnus und seine Männer hatten aus Vericas Wagenzug mehrere große Säcke mit römischen Silbermünzen sowie zahlreiche andere Schätze erbeutet, die der atrebatische König dem Adel von Lhandain abgenommen hatte – eine weitere Demütigung für den Feind. Die Barden sollten unseren Sieg später als den glorreichsten in der Geschichte des Stammes der Catuvellaunen verklären. Doch der Krieg war damit noch lange nicht zu Ende. Solange sich Verica an die Macht klammerte, würden wir nicht zur Ruhe kommen.

Lhandain bot ein Bild der Zerstörung. Ein starker Südwind hatte dafür gesorgt, dass die Flammen von der Brücke auf mehrere Lagerhäuser an der Anlegestelle übergesprungen waren, darunter auch auf die Getreidespeicher. Epaticcus stellte einige unserer erschöpften

Krieger ab, um vom Ufer aus eine Eimerkette zu bilden und die Flammen zu löschen. Mehrere örtliche Händler fürchteten um ihre Waren und eilten ebenfalls herbei, sodass die Brände schon kurze Zeit später unter Kontrolle waren. Die übrigen Einwohner Lhandains nutzten die Gelegenheit zur Leichenfledderei. Sie stahlen Torques, Armbänder, Gürtel, Schuhe, Mäntel und alles andere von Wert. Ich sah einen skrupellosen alten Mann, der sich neben einen sterbenden Leibwächter kniete und diesem die Ringe von den Fingern riss, während der Krieger um Wasser flehte.

Diener und Sklaven des königlichen Haushalts wurden damit beauftragt, die auf dem Schlachtfeld verstreute Ausrüstung aufzusammeln, während sich andere auf die Suche nach unseren Vermissten machten. Vor der Großen Halle und anderen Fürstengebäuden wurden die Leibwächter meines Vaters postiert, um Plünderungen zu verhindern, andere suchten nach Mitgliedern des in Lhandain residierenden Rates der römischen Händler, doch wie sich herausstellte, waren sie bereits zu Beginn des Angriffs aus ihren gemütlichen Häusern geflohen. Die gesamte Kriegsbeute wurde in die Große Halle geschafft, um sie unter den Adligen und ihren Gefolgsleuten aufzuteilen, wobei jeder einen seinem Stand entsprechenden Anteil erhielt. Die wertvollsten Beutestücke wurden den Druiden übergeben, die sie in den Tamesis warfen, um den Sieg unseren Göttern zu widmen.

In den Straßen lagen Dutzende Leichen. Die Toten des Feindes warfen wir in einer Müllgrube jenseits der Stadtbefestigung den Vögeln und wilden Hunden zum Fraß vor. Unsere eigenen Gefallenen begruben wir unseren

Bräuchen gemäß in der Nähe des Schlachtfelds. Auf dem Marktplatz bei der Anlegestelle wurden behelfsmäßige Zelte errichtet, in denen die Heiler die Verwundeten versorgten. Das gequälte Stöhnen verstümmelter und sterbender Männer erfüllte die Luft.

Im Schilf hinter der Anlegestelle und in den Untiefen hatten sich aufgedunsene Leichen und Trümmer der verbrannten Brücke verfangen. Von der Brücke selbst waren nur noch ein paar rußige Stümpfe und immer noch schwelende Holzreste übrig. Nicht weit davon saß eine von Kriegern bewachte Gefangenengruppe am Boden. Man hatte die besiegten Männer ihrer Kleidung beraubt. Sie waren nackt, ihre Haare und Bärte blutverschmiert und ihre Handgelenke mit Seilen gefesselt, und sie starrten uns mit einem Ausdruck trotziger Wut an. Die Druiden würden mehrere Männer für ihre rituellen Opfer erhalten, die anderen sollten an Händler verkauft und dann nach Gallien verschifft werden, wo sie auf den Sklavenmärkten sicher einen guten Preis erzielen würden. Den Adligen blieb dieses schreckliche Schicksal allerdings erspart: Sie blieben unsere Geiseln, bis ihre Familien das Lösegeld bezahlten.

»Ein großer Sieg, Bruder«, sagte Togodumnus. »Diese atrebatischen Schweine werden uns zweifellos nicht so bald noch einmal belästigen – nicht nach der Abreibung, die wir ihnen heute verpasst haben.«

Wir saßen auf einer Bank am Rand des verwüsteten Marktplatzes und nippten an unseren Trinkhörnern. Bevor mein Vater mit Antedius und den Befehlshabern seiner Kriegsbanden zur Beratung in die Große Halle gegangen war, hatte er seinen Dienern befohlen, einen einfachen Unterstand zu errichten, wo die müden Krieger etwas zu trinken bekamen. Dort saßen wir nun zu zweit oder zu dritt zusammen, tranken und trauerten um gefallene Freunde. Ich hatte Togodumnus und die anderen Überlebenden seines Trupps in einem Zelt entdeckt. Zwei seiner Krieger waren gefallen, einem dritten hatte das Pferd eines Feindes gegen den Kopf getreten. Wir gingen nicht davon aus, dass er überleben würde. Mein Bruder erzählte, wie er und seine Männer die Brücke angezündet und sich dann mit dem erbeuteten Silber aus dem Staub gemacht hatten. Sie hatten die Eisfurt erst überquert, als sie sich sicher sein konnten, dass auch die letzten Atrebaten in die Sümpfe geflohen waren. Ich hätte meinen Bruder dafür schelten können, dass er die Brücke zu früh angegriffen und unseren Plan und das Leben unserer Krieger damit gefährdet hatte, aber weshalb? Wie Epaticcus ganz richtig bemerkt hatte: Wir hatten gesiegt. Und das war alles, was zählte. Zumindest im Augenblick.

Allerdings hatten wir einen hohen Preis für unseren Sieg bezahlt. Unsere Kriegsbanden hatten schreckliche Verluste erlitten: Mehr als dreihundert Krieger waren gefallen und doppelt so viele verwundet. Trotz der Opfer, die ihre Familien den Göttern darbringen würden, und der Bemühungen unserer Heiler würden viele ihren Verletzungen erliegen. Die königliche Kriegsbande hatte mehr als die Hälfte ihrer Männer verloren. Einige unserer erfahrensten Krieger waren darunter.

Ich lächelte grimmig. »Wir haben mit beträchtlichen Verlusten eine Schlacht gewonnen, aber der Krieg liegt noch vor uns. Verica wird nicht so leicht zu besiegen sein. Nach dieser Niederlage wird er alles tun, um sich zu rächen.«

»Dafür braucht er erst mal ein neues Heer«, sagte Togodumnus. »Wenn er sich überhaupt so lange halten kann. Der Ältestenrat der Atrebaten wird eine so schwere Niederlage nicht einfach hinnehmen.«

»Vielleicht«, sagte ich. Ich war mir da nicht so sicher. Der König der Atrebaten hatte sich als gerissener und intelligenter Herrscher erwiesen, der sich die Unterstützung zahlreicher Druidenkulte erkauft und Bündnisse mit anderen Stämmen geschmiedet hatte, die gegen die Vorherrschaft meines Vaters eingestellt waren. Und er hatte immer engere Beziehungen mit Rom geknüpft. Wenn jemand die Niederlage bei der Schlacht um Lhandain überstehen konnte, dann Verica.

»Wo ist eigentlich Adminius?«, fragte Togodumnus und ließ seinen Blick über die Siedlung schweifen. »Ich konnte ihn nirgends entdecken.«

Ich deutete mit dem Kopf in Richtung des Fürstenhofes von Lhandain. »Mit Vaters Befehlshabern in der Großen Halle, nehme ich an.«

Mein Vater war rastlos. Während seine Krieger noch das Ende der Schlacht feierten, tranken, aßen und sich ausruhten, bereitete er sich bereits auf eine mögliche feindliche Belagerung Lhandains vor. Kundschafter wurden ausgesandt, um nach den anrückenden Durotrigern Ausschau zu halten. Die bisher am wenigsten beanspruchten Kriegsbanden wurden auf den Erdwällen postiert, um Lhandain im Falle eines Angriffs mit Schleudergeschossen, Pfeilen und Wurfspeeren zu schützen. Epaticcus hielt es jedoch für unwahrscheinlich, dass Verricas Verbündete noch angreifen würden, und ich war ganz seiner Meinung. Die Durotriger waren ein wilder, unabhängiger und äußerst kriegerischer Stamm, der sich den Atrebaten nur angeschlossen hatte, um eine Gelegenheit zum Plündern und Morden zu erhalten. Sie hatten sich zweifellos wieder über den Fluss zurückgezogen, als sie von der vernichtenden Niederlage ihrer Verbündeten erfahren hatten.

»Adminius wird sicher wütend darüber sein, dass du ihn in deine List mit der falschen Standarte nicht eingeweiht hast«, sagte Togodumnus.

»Das war ebenso Vaters Entscheidung wie meine. Und sie war richtig – egal, was Adminius denkt. Wir durften nicht zulassen, dass der Verräter von unserem Plan erfährt.«

»Wo wir gerade davon sprechen – wer ist dieser Verräter überhaupt? Was glaubst du?«

»Ich habe jemanden in Verdacht«, antwortete ich vorsichtig.

Togodumnus sah mich mit durchdringendem Blick an. »Und wen?«

»Dazu will ich nichts weiter sagen. Noch nicht. Im Moment ist es nur eine Vermutung, sonst nichts. Bevor ich damit zu Vater gehen kann, brauche ich Beweise, und bis dahin müssen wir aufpassen, dass wir ihn nicht aus Versehen warnen. Du darfst niemandem sagen, dass wir einen Verräter in unserer Mitte vermuten, verstanden?«

Bevor er antworten konnte, hörte ich eine vertraute Stimme von der anderen Seite des Zeltes. »Caratacus! Bei allen Göttern …«

Ich sah mich um, und mein Herz machte vor Freude einen Satz, als ich einen kräftig gebauten Dobunni-Krieger auf mich zukommen sah. »Sediacus!«, rief ich.

Wir ergriffen uns an den Unterarmen, während Togodumnus den Neuankömmling neugierig musterte. »Ein Freund von dir?«, fragte er etwas ruppig.

Ich stellte Sediacus meinem jüngeren Bruder vor und erzählte ihm, wie wir uns vor vielen Jahren im Heiligtum der Druiden in Merladion kennengelernt hatten. Ich dachte an die Entbehrungen, die wir gemeinsam erlitten hatten, an die zermürbende Kampfausbildung unter den Silurern und daran, wie wir von den älteren Novizen gequält worden waren. Seitdem war so viel geschehen, dass mir die Erinnerung an unsere gemeinsame Zeit in Merladion manchmal so unwirklich wie ein Traum erschien.

»Wie schön, dich zu sehen, mein Freund«, sagte er und lächelte. »Und du bist immer noch so listig wie früher, wie mir scheint. Als der Bote mit euren Befehlen in unser Lager kam, wusste ich sofort, dass das dein Werk sein muss. Kein anderer hätte sich so etwas ausgedacht.«

»Aber der Plan ist nur aufgegangen, weil unsere Männer alles gegeben haben«, sagte ich. »Unsere – und deine«, ergänzte ich, als ich die Tätowierungen auf seiner Wange bemerkte. »Du gehörst jetzt zur königlichen Leibwache?«

»Ich bin sogar ihr Anführer«, antwortete Sediacus. »Es ist also aus uns beiden etwas geworden.«

Ich gratulierte ihm von ganzem Herzen, aber er verzog das Gesicht. »Das war keine so große Leistung, wie man meinen könnte.«

»Wieso nicht?«

»Der König hat mich erst befördert, nachdem sich die Verräter an seinem Hof gegen seine Herrschaft aufgelehnt hatten und nach Süden geflohen waren. Aber ich schätze, selbst im größten Unglück können sich Türen öffnen, man muss nur hindurchgehen, wie die Druiden zu sagen pflegen.«

Ich hatte davon gehört, dass sich die Adeligen am königlichen Hof der Dobunni entzweit hatten.

»Wenigstens weiß der König nun, wer ihm treu ergeben ist und wer nicht«, fuhr Sediacus fort. »Und ich bezweifle, dass die Aufständischen mit viel Unterstützung rechnen können … nicht nach dem heutigen Tag. Jetzt, wo wir die Atrebaten so vernichtend geschlagen haben, ist die Herrschaft unseres Königs gefestigter denn je, und seine Feinde werden sich hüten, etwas gegen ihn zu unternehmen. Zumindest in nächster Zeit.« Er klopfte mir auf den Rücken. Die Erleichterung war ihm deutlich anzusehen. »Ich bin froh, dass wir gesiegt haben, mein Freund. Das ist für unsere beiden Stämme eine gute Nachricht.«

»Ja, das glaube ich auch«, sagte ich und spürte, wie sich zum ersten Mal seit Monaten die Last von meinen Schultern hob.

Dann sah Sediacus meinen Bruder und mich schweigend mit gespitzten Lippen und gerunzelter Stirn an. »Dabei fällt mir ein, ich habe merkwürdige Gerüchte darüber gehört, dass wilde Räuberbanden in der Gegend von Noviomagus ihr Unwesen treiben, Dörfer niederbrennen und so weiter.« Er sah uns beide genau an. »Ihr wisst nicht zufällig etwas mehr darüber, oder?«

»Ich habe gehört, dass das Silurer waren«, erwiderte ich ganz ruhig.

»Das dachte ich auch, ja. Aber jetzt bin ich mir da nicht mehr so sicher. Noviomagus liegt sehr weit entfernt vom silurischen Gebiet, und die Silurer greifen üblicherweise ihre Nachbarn direkt hinter der Grenze an. Warum sollten sie plötzlich den ganzen langen Weg zu den Regni auf sich nehmen?«

»Vielleicht waren sie auf der Suche nach leichter Beute.«

»Ja, vielleicht. Aber du musst doch zugeben, dass das alles ein ziemlicher Zufall ist: Eine Räuberbande greift Vericas Verbündete im Süden an, verbrennt ihre Vorräte und sorgt so dafür, dass viele Krieger dorthin abgestellt werden müssen, während sich eure Stämme kurz vor dem Krieg miteinander befinden. Und du wurdest viele Jahre lang von Silurern ausgebildet.«

»Tja, wie du schon sagst: ein Zufall.«

Sediacus starrte mich einen Moment lang an. Dann zuckte er mit den Schultern und betrachtete die schwelenden Trümmer der Brücke, die verstümmelten Leichen, die immer noch überall in der Siedlung herumlagen, und die von Pfeilen und Speeren durchbohrten Körper, mit denen die Eisfläche übersät war. »Was für ein schrecklicher Anblick, nicht wahr?«, sagte er dann mit leiser Stimme. »Mir fehlen die Worte, aber das hier werde ich garantiert nie vergessen.«

»Mir geht es genauso. Ich hoffe inständig, dass uns in Zukunft ähnliche Anblicke erspart bleiben«, sagte ich.

»Warum sollte sich so etwas in absehbarer Zeit wiederholen?«, fragte Sediacus. »Das atrebatische Heer ist ja nun vernichtet, und ich nehme an, du wirst darüber sehr froh sein – besonders nach all dem Ärger, den Verica eurem Volk bereitet hat.«

»Es gibt noch andere Bedrohungen«, antwortete ich. »Solche, denen unsere Stämme gemeinsam begegnen müssen, wenn sie nicht untergehen wollen. Wir können es uns nicht leisten, uns weiterhin gegenseitig zu bekämpfen.«

»Du sprichst von den Römern, nehme ich an?«

Ich nickte und dachte an meinen Lehrer Bladocus und seinen Traum, dass unsere Stämme eines Tages ihre Streitigkeiten beilegen und sich unter einem gemeinsamen Banner vereinigen würden, um gegen die Römer zu kämpfen, sobald ihre Legionen wieder an unseren Küsten erschienen – was unweigerlich geschehen würde.

»Selbst wenn das so ist, müssen wir zuerst Verica loswerden«, erwiderte Togodumnus. »Die Gelegenheit ist günstig. Verica ist am Ende … Es ist nur eine Frage der Zeit, bis er vom Thron gestoßen wird.«

»Nicht, wenn er seine Freunde auf der anderen Seite des Meeres um Hilfe bittet«, gab ich zu bedenken.

Sediacus verzog das Gesicht. »Glaubst du wirklich, dass Verica die Römer um Unterstützung angeht?«

»Keine Ahnung, möglich wäre es. Verica hat ihre Hilfe bereits in der Vergangenheit angenommen. Die Vorstellung, dass er sie dieses Mal um eine direkte Einmischung bitten könnte, ist nicht so weit hergeholt – so verzweifelt, wie seine Lage gerade ist.«

»Glaubst du wirklich, dass er so tief sinken könnte?«

»Ich fürchte, Verica ist zu allem fähig, wenn es seinem Machterhalt dient.«

Wir standen eine Weile in düsterem Schweigen nebeneinander, bis Epaticcus aus der Großen Halle zu uns herübermarschierte. Er nickte Sediacus, dem er schon einmal begegnet war, zum Gruß zu. »Komm mal mit, mein Junge. Und du auch, Togodumnus.«

»Was ist?«

»Dein Vater will dich sprechen, Caratacus.«

»Jetzt gleich?« Ich war müde, jeder Muskel schmerzte entsetzlich, mein Gesicht und meine Kleidung waren immer noch mit Schmutz und dem getrockneten Blut meiner Feinde verschmiert, mein Mund war wie ausgedörrt. Ich sehnte mich nach nichts weiter als einer warmen Mahlzeit und ein paar Stunden Ruhe auf einer bequemen Schlafmatte.

»Komm einfach mit.«

Ich stand auf, reichte Sediacus mein Trinkhorn und folgte meinem Onkel in die Große Halle, wo viele Krieger und Adlige zu beiden Seiten des Mittelgangs versammelt waren. Der flackernde Schein der Herdfeuer erhellte die Spuren der Schlacht: Ich sah blutverschmierte Gesichter, zerrissene Tuniken und Beinkleider, Männer mit von Stoffstreifen umwickelten Wunden und zerschundenen Gesichtern.

Am Ende des Mittelgangs stand König Cunobelinus, flankiert von seinen Leibwächtern sowie Bladocus und Adminius, dessen Gesicht vor Wut verzerrt war. Mein Vater winkte mich zu sich, und ich ging auf ihn zu, ohne zu wissen, was er von mir wollte. Dabei spürte ich die Blicke der Krieger auf mir. Als ich mich dem steinernen Podest näherte, trat mein Vater auf mich zu und gab einem schmalen Mann in einer feinen Tunika ein Zeichen.

Der Diener trat daraufhin an meinen Vater heran und reichte ihm einen goldenen, an jedem Ende mit einem Hundekopf geschmückten Torques. Dann drehte sich mein Vater zu mir um, und ein Lächeln umspielte seine Mundwinkel. Da wusste ich Bescheid. »Mein Sohn«, begann er, und seine laute Stimme hallte durch den Saal, in dem einst die Fürsten von Lhandain gethront hatten. »Unser Königreich hat heute einen großen Sieg errungen, an den sich noch viele Generationen erinnern werden. Unsere Nachkommen werden in Ehrfurcht von der Schlacht um Lhandain und von den Heldentaten unserer Männer sprechen, so wie unsere Barden von den großen Taten des Tasciovanus und Cassivellaunus singen. Caratacus, wir sind dir zu großem Dank verpflichtet, denn du hast eine wichtige Rolle bei der Vernichtung des atrebatischen Heeres gespielt. Und du hast deinen Kampfesmut auf dem Schlachtfeld unter Beweis gestellt, ebenso wie dein Talent, den Feind zu überlisten. Das ist bemerkenswert für jemanden, der noch so jung an Jahren ist wie du, und wir werden deine Fähigkeiten noch brauchen können in dem langen Kampf gegen die Atrebaten und alle, die uns unseren rechtmäßigen Platz als mächtigstes Königreich Britanniens streitig machen wollen. Solche Großtaten nicht zu würdigen, hieße die Götter zu erzürnen. Deshalb ernenne ich dich zum Kriegsherrn des catuvellaunischen Königreichs und zum Oberbefehlshaber meiner Kriegsbanden.«

Mein Vater legte mir den Torques um den Hals. Das Gewicht des goldenen Schmuckes erfüllte mich mit Stolz. Bellocatus überreichte dem König ein Schwert mit juwelenbesetztem Griff. Ich fiel vor meinem Vater auf die Knie, Bladocus trat heran, und ich sprach den heiligen Eid, mit dem ich mich verpflichtete, meinen Stamm und meinen König zu verteidigen und vor allen Gefahren zu schützen, selbst wenn es mich das Leben kostete. Dann schlug mir mein Vater leicht mit der flachen Seite der Klinge auf die Schulter. »Hoch lebe Caratacus!«, rief mein Onkel mit lauter Stimme.

Alle versammelten Krieger reckten ihre Schwerter in die Höhe und jubelten. »Caratacus! Caratacus! Caratacus!«

Und so, Römer, wurde ich zum Kriegsherrn unseres Volkes – und später zur Geißel eurer Legionen.

KAPITEL 38

Rom, 61 n. Chr.

Caratacus verstummte. Wir saßen an einem Tisch in einem spärlich möblierten Raum im Obergeschoss des »Betrunkenen Ebers«. Eine billige, mit Stroh gefüllte Schlafmatte nahm eine Ecke des düsteren Raums ein, daneben standen zwei Fäkalienkübel. Die hölzernen Fensterläden waren geöffnet, um etwas Licht hereinzulassen, was allerdings die unangenehme Folge hatte, dass die über die Bodendielen huschenden Kakerlaken besser zu sehen waren. Ein widerlicher Gestank nach Kot und gegrilltem Fleisch waberte von der Straße herauf und vermischte sich mit dem beißenden Rauch der Holzfeuer, der beständig über der Stadt zu hängen schien.

Caratacus hatte stundenlang erzählt und ich ihm so gebannt zugehört, dass ich die beunruhigenden Umstände unseres letzten Gesprächs fast vergessen hatte. »Das ist ja eine Geschichte!«, sagte ich, während ich nur widerwillig ins Hier und Jetzt zurückkehrte.

Ich warf einen Blick auf meine hastig hingekritzelten Notizen. Ich hatte viele Fragen. Was war aus König Verica nach seiner Niederlage bei der Schlacht um Lhandain geworden? Wie hatte Adminius auf die Erhebung seines Bruders zum Kriegsherrn reagiert? Wie lange hatte der Krieg zwischen den Catuvellaunen und den Atrebaten gedauert und wie war er ausgegangen? Wie hatten sich die Britannier auf die römische Invasion vorbereitet? Und wen aus dem Kriegsrat seines Vaters hatte Caratacus als Verräter verdächtigt?

Doch bevor ich ihn zu alldem befragen konnte, erhob sich Caratacus von seinem Schemel, womit die heutige Sitzung beendet war. »Dies war nur der Anfang meiner Geschichte, Felicitus. Es gibt noch viel mehr zu erzählen – aber das muss warten.« Er schenkte mir ein müdes Lächeln. »Vor zwanzig Jahren wäre ich einfach sitzen geblieben, hätte die ganze Nacht weitererzählt und die alten Zeiten mit Freuden wieder aufleben lassen, aber meine Kräfte lassen mich mehr und mehr im Stich. Wir müssen unser Gespräch ein anderes Mal fortsetzen.«

»Wann?«

»Morgen, um die sechste Stunde. Dann werde ich Euch von einem noch viel größeren Abenteuer erzählen, Römer. Ich werde von unserer letzten Schlacht gegen Verica sprechen und von dem schrecklichen Verrat, der nicht nur unseren Stamm, sondern auch Vater und Sohn entzweit und Brüder zu Feinden gemacht hat. Und außerdem von dem Tag, an dem die Legionen Roms an unsere Ufer zurückkehrten – wie wir es immer erwartet hatten.«

Caratacus richtete sich zu seiner vollen Größe auf. Hinter seinen tief liegenden Augen im vernarbten Gesicht schien ein Feuer zu lodern, seine beeindruckende Gestalt nahm den ganzen Raum ein. Ich hatte das Gefühl, einen Blick auf den mächtigen Krieger zu werfen, der er einst gewesen war. Auf jenen Mann, der so lange einen erbarmungslosen Krieg gegen uns geführt hatte. Diese Seite von Caratacus hatte ich bislang nur einmal erlebt – an jenem Abend, an dem ich ihn bei Neros Gastmahl kennengelernt hatte. Ich hatte Caratacus vor mir, den Kriegsherrn von Britannien, den Mann, der es gewagt hatte, das größte Reich herauszufordern, das die Welt je gekannt hatte.

»Euer Kaiser Claudius und seine Heerführer haben in ihrer römischen Arroganz geglaubt, sie könnten uns leicht und schnell besiegen. Sie blickten mit Verachtung auf unsere kleinen Kriegsbanden. Aber eines hatten sie nicht bedacht.«

»Und was war das?«

»Wir haben unsere Heimat verteidigt. Unsere Prinzipien und unsere Lebensart. Wir waren schließlich die letzten noch nicht unterworfenen Kelten. Einige von uns haben sich kampflos ergeben, doch viel mehr waren bereit, für unser Volk zu sterben. Und als die römischen Legionen schließlich kamen, trafen sie auf eine stärkere Gegenwehr, als sie sich jemals hätten vorstellen können …«

NACHWORT

Vor einigen Jahren, während des Konsulats von Turpilianus und Caesennius, verfasste ich die Geschichte des mittlerweile verstorbenen Großkönigs von Britannien, der bei uns unter dem Namen Caratacus bekannt ist. Aus Umständen, die sich meinem Einfluss entzogen, war ich gezwungen, die Schriftrollen auf eigene, nicht unbeträchtliche Gefahr und ebensolche Kosten zu verwahren, da dieses Werk bis jetzt nicht veröffentlicht werden konnte. Ich hoffe sehr, dazu beizutragen, dass dieser große Krieger und berüchtigte Gegner Roms den ihm gebührenden Platz in der Geschichte erhält.

Ich hatte das große Vergnügen, Caratacus während seiner letzten Jahre in Rom kennenzulernen. Er entsprach keinesfalls dem weit verbreiteten Bild der Britannier als stumpfsinnige Wilde, sondern entpuppte sich als ein wortgewandter Zeuge jener historischen Ereignisse, von denen er mir berichtete. Seine Schilderungen waren ebenso klarsichtig wie detailliert. Wo immer möglich, habe ich versucht, die Kraft und den Geist seiner Stimme zu bewahren. Nur an einigen wenigen Stellen waren leichte redaktionelle Eingriffe notwendig.

Um Verwirrung bei meinen römischen Lesern zu vermeiden, habe ich im gesamten Text die römischen Maßeinheiten von Meilen und Stunden verwendet. Außerdem habe ich die lateinischen Bezeichnungen britannischer

Orts- und Personennamen benutzt – außer in Fällen, in denen die keltischen Namen auch bei uns bekannt sind oder keine lateinische Entsprechung haben. Mancher Leser wird damit sicher seine Schwierigkeiten haben, aber mein Ziel war es, die Geschichte nicht nur einer kleinen Zahl von Gelehrten der keltischen Sprache, sondern einem so großen Publikum wie möglich zugänglich zu machen.

Aufmerksame Leser werden feststellen, dass Caratacus' Erzählung an verschiedenen Stellen von der Darstellung der Ereignisse des Britannienfeldzugs durch römische Geschichtsschreiber abweicht.

Ich habe mich bemüht, Caratacus' Bericht nach Möglichkeit auf seinen Wahrheitsgehalt zu überprüfen. In allen anderen Fällen habe ich mich getreu an das gehalten, was er mir erzählt hat. Er hat mir geschworen, dass es ausschließlich die von keinen politischen Absichten getrübte Wahrheit ist.

Die Rebellion von Königin Boudicca ist heute nur noch eine ferne Erinnerung. Seit diesem letzten Flackern der Flamme des Widerstands wurde die Welt der Britannier unumkehrbaren Veränderungen ausgesetzt. Villen, Arenen, Tempel und Badehäuser sind an die Stelle der heiligen Haine und jener Großen Hallen getreten, in denen einst ihre Könige und deren Gefolgsleute feierten.

Es ist an der Zeit, die Wahrheit über jene zu erfahren, die die römische Propaganda als ungehobelte Barbaren darzustellen pflegt. Vielleicht können wir mithilfe dieses Berichts Caratacus, dem größten aller Britannier, ebenso wie seinem Volk den rechtmäßigen Platz als würdige

Feinde Roms und letzte Verteidiger einer mittlerweile untergegangenen Kultur einräumen.

Caius Placonius Felicitus
Im Jahr des Konsulats von Bassus und Crassus,
achthundert und siebzehn Jahre
nach der Gründung Roms

HISTORISCHE ANMERKUNGEN

In der Eisenzeit befand sich die nebelverhüllte Insel, auf der die Stämme Britanniens lebten, am Rand der römischen Welt. Die Britannier (auch wenn sie sich selbst nicht so bezeichnet hätten) waren weitgehend Analphabeten und hinterließen keine schriftlichen Zeugnisse ihrer Kultur, ihrer Bräuche oder Gesetze, weswegen der Historiker auf archäologische Funde wie etwa Münzen sowie zeitgenössische römische Quellen angewiesen ist. Das daraus entstehende Bild der Kelten bleibt jedoch oft frustrierend unvollständig.

Trotzdem lässt sich vor dem Hintergrund des wenigen gesicherten Wissens das Leben in Britannien im frühen ersten Jahrhundert nach Christus ungefähr nachvollziehen. Teile der Insel erlebten zu dieser Zeit einen raschen sozialen und kulturellen Wandel. Die südlichen Stämme hatten weitreichende Handelsbeziehungen mit Gallien etabliert: Wohlhabende Stammeseliten tauschten Getreide, Vieh und Sklaven gegen Olivenöl, Wein und andere Luxusgüter. Die reichsten und mächtigsten Könige – Männer wie Cunobelinus – ließen sogar ihre eigenen Münzen prägen. Doch der wachsende Wohlstand sorgte bedauerlicherweise nicht für Frieden. Die keltische Gesellschaft war äußerst kriegerisch und verehrte das Heldentum des Individuums. Die mächtigsten

Stämme trugen beständig Konflikte um Ansehen, Land und Reichtum aus, und diese nicht enden wollenden Stammesfehden sollten am Ende zum Untergang der Kelten beitragen.

Nur die Druiden waren in der Lage, die verschiedenen Stämme zu einen. Im Gegensatz zu den Klischeevorstellungen der Populärkultur waren die Druiden mehr als nur weiß gewandete Priester und Wahrsager. Sie vermittelten in Stammesfehden und unterrichteten die Söhne der Oberschicht.

Und sie brachten Menschenopfer dar. Die Römer schrieben reißerische Berichte über Rituale, bei denen die Opfer in riesigen Figuren aus Weidenruten lebendig verbrannt oder in düsteren heiligen Hainen auf blutgetränkten Altären gemeuchelt wurden. Wie viel davon der Wahrheit entspricht, lässt sich nicht mit Sicherheit sagen. Doch derartige Geschichten festigten sicherlich die römische Darstellung der Britannier als rückständige Barbaren, die der Zivilisierung durch das Imperium bedurften. Die Römer erkannten die Druiden schnell als eine Bedrohung für den Frieden in der neuen Provinz, weshalb sie diesen Kult während der Eroberung Galliens und später Britanniens vernichteten, wo immer sie konnten.

Man kann sich das Entsetzen vorstellen, mit dem die britannischen Druiden die neuesten Nachrichten von der Zerstörung der heiligen Haine, den Massakern an Kultmitgliedern und den kaiserlichen Ritualverboten von der anderen Seite des Ärmelkanals aufnahmen. Wer nicht von Habgier oder Eigennutz geblendet war, musste die ernste Bedrohung erkennen, die die Römer für

Britannien darstellten. Sicherlich war den Weitsichtigeren unter den Druiden daran gelegen, den politischen Einfluss derjenigen zu fördern, die den Legionen am ehesten widerstehen konnten. Als der größte und mächtigste Stamm Britanniens hatten die Catuvellaunen die besten Aussichten, die römischen Eindringlinge zu besiegen.

Am Ende von *Krieger* befindet sich Verica in der Defensive, und die Macht der Catuvellaunen wächst. Aber der Kampf um die Vorherrschaft zwischen den beiden mächtigsten britannischen Stämmen ist noch lange nicht vorbei. In dem kommenden Feldzug wird die Treue der Söhne des Cunobelinus auf die Probe gestellt werden. Feinde lauern sowohl auf dem Schlachtfeld als auch in der zwielichtigen, intriganten Welt des königlichen Hofes. Caratacus wird seinen ganzen Verstand brauchen, wenn er die Bedrohungen für das Reich seines Vaters abwehren und sich auf den Tag vorbereiten will, an dem Rom an die Küsten Britanniens zurückkehrt – in einem Krieg, der über das Schicksal der Insel entscheiden wird.

Simon Scarrow und T. J. Andrews,
im Januar 2023

LITERATUR

Adkins, Lesley, und Roy A. Adkins, *Handbook to Life in Ancient Rome*, Oxford University Press 1994

Allen, Stephen, *Lords of Battle*, Osprey Publishing 2007

Angela, Alberto, *Ein Tag im alten Rom*, Goldmann Verlag 2011

Berresford Ellis, Peter, *Die Druiden*, Komet 2006

Chadwick, Nora, *Die Kelten. Von der Vorgeschichte bis zum Normanneneinfall*, Kindler 1976

Cottrell, Leonard, *The Great Invasion*, Readers Union 1958

Cunliffe, Barry, *The Ancient Celts*, Oxford University Press 2018

Cunliffe, Barry, *Iron Age Communities in Britain*, Book Club Associates 1975

de la Bédoyère, Guy, *Defying Rome*, The History Press 2003

de la Bédoyère, Guy, *The Real Lives of Roman Britain*, Yale University Press 2015

de la Bédoyère, Guy, *Roman Britain*, Thames and Hudson Ltd 2010

Frere, Sheppard, *Britannia*, Cardinal Books 1974

Green, Miranda Jane, *Keltische Mythen. Eine Einführung*, Reclam 2016

Green, Miranda J. (Hg.), *The Celtic World*, Routledge 1995

Green, Miranda, und Ray Howell, *Celtic Wales*, University of Wales Press 2000
Haywood, John, *Die Zeit der Kelten. Ein Atlas*, Zweitausendeins 2002
Henig, Martin, *The Heirs of King Verica*, Amberley Publishing 2010
Hutton, Ronald, *Blood and Mistletoe*, Yale University Press 2011
Mattingly, David, *An Imperial Possession*, Penguin 2007
Matyszak, Philip, *Rom für fünf Denar am Tag*, Sanssouci Verlag 2008
Piggott, Stuart, *The Druids*, Penguin 1975
Pryor, Francis, *Britain BC*, HarperCollins 2004
Richmond, I. A., *Roman Britain*, Penguin 1967
Roberts, Alice, *The Celts*, Heron Books 2015
Ross, Ann, *Everyday Life of the Pagan Celts*, Batsford 1986
Russell, Miles, und Stuart Laycock, *UnRoman Britain*, The History Press Ltd 2010
Salway, Peter, *A History of Roman Britain*, Oxford University Press 1997
Webster, Graham, *Rome Against Caratacus*, Routledge 1993
Webster, Graham, *The Roman Invasion of Britain*, Routledge 1993
Wheeler, R. E. M., *Prehistoric & Roman Wales*, Oxford Clarendon Press 1925
Wilcox, Peter, *Die Feinde Roms*, Lempertz 2008

Werkverzeichnis von Simon Scarrow

© Bill Waters

› Werkverzeichnis

HEYNE ‹

DIE ROM-SERIE

Im Zeichen des Adlers

(Under the Eagle), Rom 1

Kaiser Claudius gewährt seinem siebzehnjährigen Leibsklaven Cato die lang ersehnte Freiheit. Im Gegenzug muss sich Cato zu zwanzig Jahren Dienst in der römischen Armee verpflichten. Kurz darauf befiehlt der Imperator das gefährlichste aller militärischen Abenteuer, an dem einst sogar Cäsar scheiterte: die Eroberung Britanniens. Cato muss sich im Kampf gegen blutrünstige Barbaren bewähren – und eine tödliche Verschwörung unter den Offizieren zerschlagen ...

Im Auftrag des Adlers

(The Eagle's Conquest), Rom 2

Die Invasion Britanniens hat begonnen! Centurio Macro und sein Vertrauter Cato führen die Zweite Legion gegen den schlimmsten Feind, mit dem es die römische Armee je zu tun hatte: Die keltischen Barbarenhorden sind wild, grausam und beinahe übermenschlich tapfer. Noch dazu müssen sich Cato und Macro gegen einen Feind aus den eigenen Reihen wehren. Denn der verräterische Tribun Vitellius hat seinen beiden Widersachern blutige Rache geschworen ...

Der Zorn des Adlers

(When the Eagle Hunts), Rom 3

Die Eroberung Britanniens gerät ins Stocken. Seit Monaten bringen verheerende Stürme über dem Kanal den dringend benötigten Nachschub zum Erliegen. Eisiger Frost lähmt die römische Invasionsarmee. Und dann die schreckliche Nachricht: General Plautius' Familie wurde von fanatischen Druiden verschleppt! Nur zwei Männer können ihr Leben jetzt noch retten: Centurio Macro und Optio Cato beginnen einen atemlosen Wettlauf mit der Zeit – denn bald schon werden die grausamen Götter der Druiden ein Blutopfer verlangen ...

Die Brüder des Adlers

(The Eagle and the Wolves), Rom 4

Britannien, 44 n. Chr.: Mit nadelstichartigen Attacken zerstören die britischen Barbaren immer mehr der wichtigsten römischen Versorgungswege. Und Zehntausenden von Legionären droht ein grausamer Hungertod! Allein Macro und Cato können die Nachschublinien jetzt noch vor dem Zusammenbruch retten – an der Spitze einer Schar von schlecht ausgebildeten keltischen Rekruten. Keine leichte Aufgabe, zumal die beiden Centurionen den einheimischen Kriegern zunächst zwei grundlegende Dinge beibringen müssen: eiserne Disziplin und unverbrüchliche Treue zu Rom – ihrem größten Feind ...

Die Beute des Adlers

(The Eagle's Prey), Rom 5

Britannien, 44 n.Chr.: Die römischen Eroberer kämpfen im zweiten Jahr gegen die Stämme Britanniens. Die meisten Soldaten sind kriegsmüde. Bei der entscheidenden Schlacht gerät die Legion, unter der die Centurionen Macro und Cato dienen, in eine Falle. Der Kampf ist verloren, die Soldaten werden vom jähzornigen General Plautius verbannt. Wie Tiere gehetzt, müssen Macro und Cato jetzt um ihr Leben kämpfen – und um ihre Ehre.

Die Prophezeiung des Adlers

(The Eagle's Prophecy), Rom 6

Rom, 45 n.Chr.: Die Centurionen Macro und Cato erhalten einen gefährlichen Auftrag. Geheime Schriftrollen, die über die Zukunft Roms entscheiden, sind in die Hände von Piraten geraten. Mit der römischen Flotte begeben sie sich auf die Jagd. Die erste Begegnung mit den Piraten jedoch gerät zum Desaster. Macro und Cato werden für die Niederlage verantwortlich gemacht. Um ihre Ehre zu retten, müssen sie das Hauptquartier der Piraten ausfindig machen.

Die Jagd des Adlers

(The Eagle in the Sand), Rom 7

Syrien, die östliche Grenze des Römischen Reichs, wird von Unruhen erschüttert. Die Centurionen Macro und Cato sollen die Schlagkraft der Kohorten wiederherstellen. Unterdessen schürt der Stammesführer Bannus den Hass gegen Rom. Gelingt es Macro und Cato nicht, die römischen Truppen gegen den Feind zu stärken, wird Rom seine östlichen Provinzen verlieren – und sie ihr Leben …

Centurio

(Centurion), Rom 8

Im ersten Jahrhundert nach Christus steht nur das kleine Königreich Palmyra zwischen dem römischen Imperium und seinem Erzfeind, dem Reich der Parther. Als die Parther in Palmyra einfallen, um eine Invasion vorzubereiten, werden die beiden Veteranen Macro und Cato mit der Aufgabe betraut, die scheinbar unbesiegbare Übermacht aufzuhalten.

Gladiator

(Gladiator), Rom 9

Die Krieger Macro und Cato sind auf dem Weg nach Rom, als ihr schwer beschädigtes Schiff vor Kreta anlegen muss. Dort tobt ein Aufstand – die Revolte unter der Führung des brutalen Gladiators Ajax droht die Mittelmeerinsel ins Chaos zu stürzen. Ajax steht dem Römischen Reich mit unversöhnlichem Hass gegenüber, und auch gegen die beiden Centurionen hegt er tiefen Groll ...

Die Legion

(The Legion), Rom 10

Der ehemalige Gladiator Ajax wurde aus Kreta vertrieben und macht nun Ägypten unsicher. Seine Überfälle auf Flottenstützpunkte und Handelsschiffe stellen eine Bedrohung für die Stabilität des römischen Imperiums dar, da sich seine Männer als Römer ausgeben und so den Hass der Bevölkerung auf die Besatzungsmacht schüren. Die beiden erprobten Kämpfer Cato und Macro werden von Ägyptens Statthalter damit beauftragt, sich der 22. Legion anzuschließen und Ajax zur Strecke zu bringen, bevor das Land endgültig verloren ist.

Die Garde

(Praetorian), Rom 11

Rom im Jahre 50 n. Chr.: Intrigen sind an der Tagesordnung, und ein mysteriöser Geheimbund scheint alle Schaltzentralen der Macht unterwandert zu haben. Die Drahtzieher gehören offenbar zu den kampferprobten Prätorianern, der Leibgarde des Kaisers. Allein zwei mutigen Männern, die dem Imperium bis in den Tod treu ergeben sind, gelingt es, sich in die Prätorianergarde einzuschleusen: Präfekt Cato und Centurio Macro. Doch dann bringt sie ein alter Feind in Gefahr, und die beiden müssen erneut zu den Waffen greifen.

Die Blutkrähen

(The Blood Crows), Rom 12

Britannien, 57 n. Chr.: Seit zehn Jahren kämpft das Römische Reich darum, seine Herrschaft über Britannien aufrechtzuerhalten. In dieser Situation ist es fatal, dass der größenwahnsinnige römische Kommandant Quertus einen grausamen Privatkrieg führt, der den Hass in Britannien weiter schürt. Mit seiner Kohorte der »Blutkrähen« richtet er tief im Feindesland wahre Massaker unter der Bevölkerung an. Nun liegt es an den beiden Kriegsveteranen Cato und Macro zu verhindern, dass das Land im Chaos versinkt ...

Blutsbrüder

(Brothers in Blood), Rom 13

Britannien, 52 n. Chr.: Präfekt Cato und Centurio Macro führen ihre Männer weiter im Kampf gegen die einheimischen Stämme unter dem mächtigen Anführer Caratacus. Moral und Stärke der römischen Truppen sind durch unausgesetzte Attacken ausgehöhlt. In dieser verzweifelten Situation wählen Cato und Macro den direkten Angriffsweg ohne Rücksicht auf Verluste ...

Britannia

(Britannia), Rom 14

Britannien, 52 n. Chr.: Die westlichen Stämme planen einen Aufstand. Während Centurio Macro seine Wunden pflegen muss, führt Präfekt Cato eine Legion gegen die Stammeskämpfer an. Doch der Winter naht. Cato und seine Männer kämpfen gegen erbarmungslose Kälte und tödliche Schneestürme. Unterdessen kommt Macro ein schrecklicher Verdacht: Soll Catos Truppe für eine Intrige geopfert werden? Schon bald merken die beiden Blutsbrüder, dass ihre Feinde überall lauern ...

Invictus

(Invictus), Rom 15

Wir schreiben das Jahr 54 n. Chr. Mit brutaler Gewalt zwingt Rom der übrigen Welt seinen Willen auf. Präfekt Cato und Centurio Macro machen sich zusammen mit der kaiserlichen Garde auf nach Spanien, um Ruhm zu erlangen – über ein Land, das als unbesiegbar gilt ...

Imperator

(Day of the Caesars), Rom 16

Rom, 55 n. Chr.: Kaiser Claudius ist tot, auf dem Thron regiert der grausame Nero. Als Präfekt Cato und Centurio Macro von einem Feldzug zurückkehren, finden sie Rom im Chaos vor. Verzweifelt versuchen Cato und Macro, eine Armee aus loyalen Kämpfern zusammenzustellen. Doch der Machtkampf, der nun entbrennt, droht Rom in einen Bürgerkrieg zu stürzen ...

Das Blut Roms

(The Blood of Rome), Rom 17

Das mächtige Persische Reich fällt in das von Rom regierte Armenien ein. König Rhadamistus, bei aller Härte loyal gegenüber Rom, wird nach blutigen Kämpfen vom Thron gestoßen. Nun obliegt es seinem General Corbulo, den Kampf gegen die persischen Eindringlinge zu führen. Präfekt Cato und Centurio Macro springen Corbulo bei. Die zahlenmäßig unterlegene Schlagkraft der armenischen Krieger müssen sie mit Tapferkeit und ihrem strategischen Geschick ausgleichen: Es beginnt ein gewaltiger Kampf um Leben und Tod ...

Helden der Schlacht

(Traitor of Rome), Rom 18

An der Ostgrenze des Imperiums stehen römische Truppen den Parthern gegenüber. Schon wurden erste feindliche Krieger an den Ufern des Euphrat gesichtet. Tribun Cato und Centurio Macro sind kampferprobt in zahllosen Schlachten. Doch die Spione der Parther beobachten jeden ihrer Schritte. Und auch aus den eigenen Reihen droht Gefahr: Ein Verräter ist unter ihnen. Es ist an Macro und Cato, ihn zu finden und zu richten – sonst könnte er nicht nur die Legion zu Fall bringen, sondern das gesamte römische Imperium.

Verbannung

(The Emperor's Exile), Rom 19

57 n. Chr.: Nach außen ist Nero der schillernde Herrscher Roms. Doch in Wahrheit lenken andere die Geschicke des Imperiums. Als eine Geliebte des Kaisers zu viel Einfluss gewinnt, veranlasst der Berater Seneca ihre Verbannung nach Sardinien. Tribun Cato soll ihre Sicherheit garantieren. Doch die Stämme aus dem Hinterland der Insel verüben immer wieder blutige Raubzüge. Lediglich eine Handvoll loyaler Männer steht an Catos Seite. Furchtlos kreuzen die zahlenmäßig unterlegenen Römer ihre Klingen mit den Barbaren.

Die Ehre Roms

(The Honour of Rome), Rom 20

Einst kehrten die römischen Truppen siegreich aus Britannien zurück. Doch als Centurio Macro fünfzehn Jahre später erneut auf die Insel kommt, ist die Lage angespannt. Die britischen Stämme haben sich nur widerwillig ergeben, und selbst in der Hauptstadt Londinium werden die Gesetze Roms missachtet. Dass die heimlichen Herrscher der Stadt vor nichts zurückschrecken, erfährt Macro bei einem nächtlichen Überfall schmerzhaft am eigenen Leib. Doch die Unruhestifter haben die Rechnung ohne Macros alte Waffenbrüder gemacht.

Rebellion

(Death of the Emperor), Rom 21

Die unter großer Mühsal eroberte Provinz Britannien ist ein Stachel im Fleisch des römischen Imperiums. Einheimische Rebellengruppen hören nicht auf, erbitterten Widerstand zu leisten, und schmieden Allianzen gegen ihren gemeinsamen Feind. Zugleich bereichern sich auf römischer Seite gierige Verwalter auf Kosten der darbenden Bevölkerung. In dieser aufgeheizten Stimmung entsendet das Imperium zwei seiner erfahrensten Soldaten: Erneut stehen Präfekt Cato und Centurio Macro den Rebellen Seite an Seite gegenüber. Können sie den Herrschaftsanspruch Roms behaupten oder wird es ihre letzte Schlacht?

DIE NAPOLEON-SAGA

Schlacht und Blut

(Young Bloods), 1769–1795

Korsika 1769: Unter dramatischen Umständen erblickt ein Junge das Licht der Welt, der schon bald das Schicksal Europas erschüttern wird: Napoleon Bonaparte. Im selben Jahr wird im fernen Dublin Arthur Wellesley geboren. Auf den Schlachtfeldern der Französischen Revolution kreuzen sich die Wege dieser beiden außergewöhnlichen Männer zum ersten Mal – der Beginn einer lebenslangen Feindschaft.

Ketten und Macht

(The Generals), 1795–1803

Im Chaos, das die Französische Revolution hinterlässt, wird Napoleon des Verrats angeklagt. Um seine Reputation zu retten, begibt der große Feldherr sich auf Kriegszüge nach Italien und Ägypten. Während Napoleon sich in zahlreichen blutigen Schlachten verliert, schickt England sich an, unter der Führung Wellingtons das mächtige Frankreich zu unterwerfen. Der Kampf der beiden mächtigen Schlachtenlenker erschüttert die Grundfesten der Weltgeschichte …

Feuer und Schwert

(Fire and Sword), 1804–1809

1804. Napoleon trachtet danach, Europa zu unterwerfen. Nach der Niederlage in der Schlacht von Trafalgar erringt er bei Austerlitz einen glorreichen Sieg gegen die Russen und Österreicher. Doch ein erbitterter Feind steht ihm weiterhin im Weg; Arthur Wellesley führt die britischen Truppen auf dem Kontinent von Sieg zu Sieg. Bei jenen, die sich der napoleonischen Herrschaft nur widerwillig unterworfen haben, keimt Hoffnung. Freiheit liegt in der Luft ...

Kampf und Tod

(The Fields of Death), 1809–1815

Während Wellington in Spanien Siege erringt, scheint sich Napoleons Schicksal gewendet zu haben. Doch selbst nach der verheerenden Niederlage in der Völkerschlacht bei Leipzig weigert sich der Franzosenkaiser, die Waffen zu strecken. Seine Armee ist noch immer gewaltig. Bei Waterloo stehen sich die beiden Erzfeinde zur letzten Entscheidungsschlacht gegenüber.

EINZELTITEL

Arena

(Arena)

Optio Macro, der in der zweiten Legion dient, ist gerade für besondere Tapferkeit ausgezeichnet worden. Jetzt will er Rom hinter sich lassen und neue Abenteuer suchen. Doch das Schicksal meint es anders mit ihm: Macro erhält den kaiserlichen Auftrag, den jungen Gladiator Marcus Valerio Pavo für die Arena vorzubereiten, und gerät schon bald in tödliche Gefahr: Denn bei dem Gladiatorenkampf geht es um mehr als um Leben und Tod ...

Schwert und Säbel

(Sword and Scimitar)

A.D. 1565: Die gewaltige osmanische Flotte nimmt Kurs auf Malta. Die Insel ist das letzte Bollwerk zwischen dem expandierenden Weltreich und den christlichen Ländern im Mittelmeerraum. Sir Thomas Barrett, der einst von der englischen Königin ins Exil verbannt wurde, kehrt zurück, um den Rittern des Malteserordens beizustehen. Im erbitterten Kampf um Malta stehen Schwerter gegen Säbel ...

Invasion
(Invader)

Britannien, 44 n. Chr.: Die Invasion Roms in Britannien hat viel Blut gekostet. Doch noch immer gibt es Widerstand. Die Männer der Zweiten Legion kämpfen weiter. Unter ihnen ist Figulus, ein junger Centurio, der sich durch besondere Tapferkeit hervortut und den Schlachtentod nicht fürchtet. Als der Winter naht, beginnt für Figulus eine gefährliche Mission, die nur Sieg oder Verderben kennt!

Piraten
(Pirata)

Römisches Reich, 25 n. Chr.: Seine erste Fahrt zur See mündet für den jungen Telemachos in einen Kampf um Leben und Tod. Das Handelsschiff, auf dem er angeheuert hat, wird gekapert. Um seine Haut zu retten, muss er sich wohl oder übel den Männern des grausamen Kapitäns Bulla anschließen. In der brutalen Welt der Seeräuber verdient sich Telemachos durch Zähigkeit und Geschick den Respekt der Mannschaft. Als am Horizont die Segel der römischen Flotte in Sicht kommen, ist er längst selbst zum Piraten geworden. Die letzte Schlacht naht!

Krieger

(Warrior)

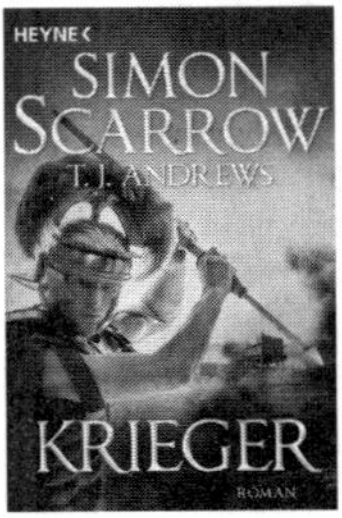

Als im Jahr 43 römische Schiffe in Britannien anlanden, rechnen die Befehlshaber mit einem raschen Sieg: Das Imperium wird sich die Insel einverleiben wie viele andere Territorien zuvor. Doch trotz ihrer Disziplin und der überlegenen Waffentechnik gelingt es den Legionen nicht, die über die Insel verstreut lebenden Clans durch einen Handstreich zu unterwerfen. Stattdessen formiert sich heftiger Widerstand gegen die Invasoren. Besonders ein Mann ist den Römern ein Dorn im Auge – Caratacus, der jüngste Sohn eines lokalen Königs, wurde von Kindesbeinen an in der hohen Kunst des Krieges geschult. Unter seinem Schwert versammeln sich die Einwohner Britanniens zur alles entscheidenden Schlacht.